LA CONSTANCE
DU JARDINIER

Le monde de la diplomatie britannique en poste à Nairobi au Kenya apprend avec stupeur l'assassinat de Tessa Quayle. Les soupçons pèsent sur le médecin noir Arnold Bluhm, son amant supposé, qui l'accompagnait et qui a mystérieusement disparu. L'époux de Tessa, Justin Quayle, diplomate professionnel et jardinier amateur, convaincu de l'innocence d'Arnold, se lance sur les traces de son épouse afin de démasquer les assassins. Menacé de toutes parts, il rassemble et assemble peu à peu les pièces du puzzle en lisant le courrier de Tessa, en pénétrant dans son ordinateur, en interrogeant ses collaborateurs, en retrouvant ses informateurs. Tessa, amazone de l'humanitaire, menaçait de faire éclater un scandale politico-commercial, et aurait été la victime de l'omniprésente filiale britannique en Afrique d'une multinationale pharmaceutique - entreprise qui a mis sur le marché le Dypraxa, un nouveau médicament pour le traitement de la tuberculose, lequel se révèle mortel pour certains.

De Londres à l'île d'Elbe, de Francfort à Vancouver, il mène inlassablement son enquête à la mémoire de Tessa, une épouse tendrement aimée, mais qu'il ne découvre véritablement qu'après sa mort. Une enquête qui le ramènera en Afrique, où il élucidera l'affaire, menant du même coup à son terme la mission que s'était fixée Tessa.

La consécration vient avec la trilogie : La Taupe, Comme un collégien *et* Les Gens de Smiley. *À son roman le plus autobiographique,* Un pur espion, *succèdent* La Maison Russie, Le Voyageur secret, Le Directeur de nuit, Notre jeu, Single & Single *et* Le Tailleur de Panama. *John le Carré vit en Cornouailles.*

John le Carré

LA CONSTANCE
DU JARDINIER

ROMAN

Traduit de l'anglais
par Mimi et Isabelle Perrin

Éditions du Seuil

TEXTE INTÉGRAL

TITRE ORIGINAL
The Constant Gardener
ÉDITEUR ORIGINAL
Hodder & Stoughton, Londres
© 2001, David Cornwell

ISBN original : 0-340-73337-3

ISBN 2-02-055721-5
(ISBN 2-02-049575-9, 1re publication)

© Éditions du Seuil, octobre 2001, pour la traduction française

www.seuil.com

Pour Yvette Pierpaoli,
qui vécut et mourut sans jamais renoncer.

« Il faut vouloir saisir plus qu'on ne peut étreindre,
Sinon, pourquoi le Ciel ? »

« Andrea del Sarto », de Robert Browning,
in *Hommes et Femmes*,
traduction française de Louis Casamian
(Aubier bilingue, 1938).

Chapitre 1

Le haut-commissariat britannique de Nairobi reçut la nouvelle à 9 h 30 un lundi matin. Sandy Woodrow la prit comme une balle, les dents serrées et le torse bombé, droit dans son cœur d'Anglais velléitaire. Il était debout. De cela au moins, il se souvint par la suite : lui debout et la ligne intérieure qui sonnait. Il suspendit le geste qu'il avait amorcé, se pencha vers son bureau, décrocha le combiné et annonça : « Woodrow », ou peut-être : « Ici Woodrow. » Presque en aboyant – il garda un souvenir très net de sa voix soudain cassante, méconnaissable : « Ici Woodrow. » Son nom pourtant si respectable, mais sans le surnom « Sandy » pour l'adoucir, et craché comme s'il le détestait, parce qu'il devait officier dans trente minutes précises à la grand-messe rituelle du haut-commissaire où, en tant que premier conseiller à la chancellerie, il jouait les modérateurs face à la bande de divas maison qui se disputaient l'exclusivité du cœur et de l'âme du haut-commissaire.

Bref, encore un de ces lundis noirs de la fin janvier, époque la plus chaude de l'année à Nairobi, synonyme de poussière, de coupures d'eau, d'herbe brunâtre, d'yeux irrités, de trottoirs défoncés par la chaleur et de jacarandas qui, comme tout le monde, attendent la saison des pluies.

Jamais il ne put s'expliquer au juste sa station debout. A *priori*, il aurait dû être courbé devant son bureau à pianoter sur son clavier pour compulser fiévreusement les instructions de Londres et les messages des missions africaines voisines. Au lieu de quoi, il était debout devant ledit bureau, à s'acquitter de quelque obscure tâche vitale, par exemple redresser la photographie de son épouse Gloria et de leurs

11

deux jeunes fils, prise l'été précédent pendant les vacances au pays. Le haut-commissariat était construit sur une pente assez mouvante pour qu'un week-end suffise à ce que les cadres laissés sans surveillance ne soient plus d'aplomb.

Ou peut-être aspergeait-il d'antimoustique quelque insecte kenyan contre lequel les diplomates eux-mêmes ne sont pas immuns. Il y avait eu quelques mois auparavant une invasion d'onchocerques, une mouche qui, si on a le malheur de l'écraser sur la peau en frottant, peut provoquer cloques ou ampoules, voire rendre aveugle. Donc il vaporise, il entend le téléphone, il pose l'aérosol sur son bureau et il décroche : possible aussi, parce que dans un recoin de sa mémoire subsistait l'image rémanente d'une bombe insecticide rouge posée sur la corbeille du courrier en partance. Donc « Ici Woodrow », et le combiné collé à l'oreille.

« Ah, bonjour, Sandy, c'est Mike Mildren. Vous êtes seul, j'espère ? »

Mildren, le secrétaire particulier du haut-commissaire, un obèse de vingt-quatre ans au visage luisant et à l'accent de l'Essex, qui débarquait tout droit d'Angleterre pour son premier poste à l'étranger et que tout le personnel subalterne avait naturellement surnommé Mildred.

Ayant reconnu être seul, Woodrow demanda pourquoi.

« Il y a un problème, Sandy. J'aurais voulu passer vous voir.

– Ça ne peut pas attendre après la réunion ?

– Eh bien, je ne crois pas, non, franchement non, répondit Mildren avec un aplomb croissant. C'est à propos de Tessa Quayle, Sandy. »

Un autre Woodrow, soudain, les sens en éveil, les nerfs à vif. Tessa. « Qu'est-ce qu'elle a ? » demanda-t-il d'un ton délibérément désintéressé, mais l'esprit affolé. Oh, Tessa. Oh, mon Dieu ! Qu'as-tu encore fait ?

« Selon la police de Nairobi, elle a été tuée, affirma Mildren comme s'il prononçait ce genre de phrase tous les jours.

– C'est absurde ! rétorqua Woodrow sans même s'accorder un instant de réflexion. Ne soyez pas ridicule. Où ça ? Quand ça ?

– Au lac Turkana. Sur la rive orientale. Ce week-end. Pour

12

les détails, ils font preuve d'une réserve toute diplomatique : dans sa voiture, un malheureux accident…, ajouta-t-il d'un ton désolé. J'ai eu l'impression qu'ils essayaient de nous ménager.

– La voiture de qui ? » lança Woodrow.

Il se rebellait à présent, il rejetait en bloc cette idée délirante. Qui, comment, où, ses autres pensées, ses autres réflexions, il les refoulait au plus profond, et en lieu et place de tous les souvenirs secrets qu'il gardait d'elle, coupés net au montage, se substituait l'aride paysage lunaire de Turkana tel qu'il se le rappelait de son voyage sur le terrain six mois auparavant en la compagnie officieuse de l'attaché militaire.

« Ne bougez pas, ordonna-t-il. Je monte. Et n'en parlez à personne d'autre, vous m'entendez ? »

A présent sur pilote automatique, Woodrow raccrocha, contourna son bureau, prit son veston sur le dossier de sa chaise et l'enfila une manche après l'autre. D'ordinaire, il s'en serait dispensé, la veste n'étant pas de rigueur pour la réunion du lundi et encore moins pour une causette avec le rondouillard Mildren dans le bureau particulier. Mais là, le professionnel en Woodrow lui disait que son voyage allait être long. Ce qui ne l'empêcha pas, grâce à un énorme effort de volonté dans l'escalier, de revenir à ses premiers principes en cas de crise potentielle et s'assurer, comme il venait d'en assurer Mildren, que tout cela était absurde. A cet effet, il se remémora l'affaire de la jeune Anglaise massacrée dans le bush africain qui avait fait sensation dix ans plus tôt. C'est un canular malsain, voilà ce que c'est. Un tordu se sera rejoué cette histoire dans sa tête. Un policier africain isolé, perdu au fin fond du désert, rendu à moitié fou par le *bangi*, essayant d'arrondir le salaire de misère qu'on ne lui a pas versé depuis six mois.

Le bâtiment de finition récente dans lequel il se trouvait était austère et fonctionnel. Il en aimait le style, peut-être parce qu'il correspondait au sien en apparence. Avec son enceinte bien délimitée, sa cantine, sa boutique, sa pompe à essence et ses couloirs propres et silencieux, l'ensemble dégageait une impression de solidité autarcique. Et les dehors de Woodrow présentaient la même remarquable qualité. A quarante ans, il était l'heureux époux de Gloria – et sinon se croyait du moins le seul à le savoir. Il était premier conseiller, et il y avait fort à parier que, s'il jouait bien ses cartes, il décrocherait sa propre modeste mission à sa prochaine affectation, d'où il progresserait *via* des missions moins modestes jusqu'à l'anoblissement – perspective à laquelle lui-même n'attachait aucune importance, bien sûr, sinon qu'elle comblerait Gloria. Il avait une allure quelque peu militaire, mais après tout il était fils de militaire. En dix-sept ans dans le service diplomatique de Sa Majesté, il avait hissé les couleurs d'une demi-douzaine de missions britanniques à l'étranger, et le Kenya, ancien protectorat dangereux et décadent, pillé et ruiné, l'avait plus marqué que beaucoup d'autres, même s'il n'osait se demander à quel point c'était dû à Tessa.

« Très bien », lança-t-il d'un ton agressif à Mildren après avoir refermé et verrouillé la porte.

Assis à son bureau, Mildren affichait cette moue caractéristique qui lui donnait l'air d'un sale gamin joufflu décidé à ne pas finir sa bouillie.

« Elle était descendue à l'Oasis, annonça-t-il.

– Quelle oasis ? Essayez d'être précis, au moins. »

Mais Mildren n'était pas aussi facile à ébranler que son âge et son rang auraient pu laisser croire à Woodrow. Il avait pris des notes en sténo, qu'il consulta avant de commencer son récit. C'est ça qu'on doit leur enseigner de nos jours, songea Woodrow avec mépris. Sinon, comment un petit parvenu tel que Mildren trouverait-il le temps d'apprendre la sténo ?

« Il y a un lodge sur la rive est du lac Turkana, à la pointe sud, commença Mildren, les yeux sur son bloc. L'Oasis Lodge. Tessa y a passé la nuit et en est partie le lendemain matin dans un 4×4 prêté par le propriétaire de l'Oasis. Elle voulait voir le berceau de la civilisation, à 320 kilomètres au nord. Le trou de Leakey, dit-il avant de se reprendre : le site paléontologique de Richard Leakey, dans le parc national de Sibiloi.

– Elle était seule ?

– Wolfgang lui a fourni un chauffeur. Son corps est à côté du sien dans le 4×4.

– Wolfgang ?

– Le propriétaire de l'Oasis. Nom de famille à suivre. Tout le monde l'appelle Wolfgang. Allemand, apparemment. Un sacré personnage. D'après la police, le chauffeur a été sauvagement assassiné.

– Comment ?

– Décapité. Et on ne la retrouve pas.

– Qui est-ce qu'on ne retrouve pas ? Vous avez dit qu'il était dans la voiture avec elle.

– C'est la tête qu'on ne retrouve pas. »

Comment ne l'ai-je pas deviné ?

« A quoi attribue-t-on le décès de Tessa ?

– Accident. Ils n'en disent pas plus.

– On lui a dérobé quelque chose ?

– D'après la police, non. »

L'absence de vol associée au meurtre du chauffeur fit s'envoler l'imagination de Woodrow.

« Racontez-moi tout dans les détails », ordonna-t-il.

Mildren appuya ses joues rebondies sur ses paumes pendant qu'il consultait à nouveau ses notes.

« 9 h 29, appel entrant de la brigade mobile du quartier général de la police de Nairobi à l'attention du haut-commissaire, récita-t-il. J'explique que Son Excellence est en ville à faire la tournée des ministères et qu'il devrait être de retour au plus tard à 10 heures. Un officier de service qui avait l'air efficace, j'ai pris son nom. Il m'a dit qu'il recevait des rapports de Lodwar…

– Lodwar ? Mais c'est à des kilomètres du Turkana !

– C'est le poste de police le plus proche. Un 4×4 appartenant à l'Oasis Lodge de Turkana et en route pour le site de Leakey a été retrouvé abandonné sur la rive est du lac, à proximité d'Allia Bay, avec deux cadavres à bord. La mort remontait au moins à trente-six heures. Une femme blanche, cause du décès inconnue, et un Africain sans tête identifié comme Noah le chauffeur, marié, quatre enfants. Une chaussure de marche pointure 40 de marque Mephisto. Une saharienne bleue taille XL, tachée de sang, retrouvée sur le

15

plancher de la voiture. La femme, vingt-cinq-trente ans, brune, une bague en or à l'annulaire gauche. Un collier en or sur le tapis de sol. »

Ce collier que vous portez, Woodrow s'entend-il la défier par jeu tandis qu'ils dansent ensemble.

Ma grand-mère l'a donné à ma mère le jour de son mariage, répond-elle. *Je le porte en permanence, même si on ne le voit pas.*

Au lit aussi ?

Ça dépend.

« Qui les a retrouvés ?

– Wolfgang. Il a prévenu la police et son bureau de Nairobi par radio. L'Oasis n'a pas le téléphone.

– Si le chauffeur n'a plus de tête, comment peuvent-ils savoir que c'est lui ?

– Son bras écrasé. C'est pour ça qu'il s'était reconverti dans ce métier. Wolfgang a vu Tessa partir avec Noah le samedi à 5 h 30 en compagnie d'Arnold Bluhm. C'est la dernière fois qu'il les a vus vivants. »

Il citait toujours ses notes, ou en tout cas s'ingéniait à le faire croire. A voir ses épaules obstinément rigides, il semblait résolu à garder les joues appuyées sur la paume de ses mains.

« Redites-moi ça, ordonna Woodrow après un instant.

– Tessa était accompagnée par Arnold Bluhm. Ils sont arrivés ensemble à l'Oasis Lodge, ils y ont passé la nuit de vendredi à samedi et ils sont partis dans la jeep de Noah à 5 h 30 du matin, répéta patiemment Mildren. Le corps de Bluhm n'est pas dans le 4×4, et il n'y a aucune trace de lui. Enfin, pour l'instant. La police de Lodwar et la brigade mobile sont sur place, mais le QG de Nairobi veut savoir si on accepte de payer un hélicoptère.

– Où sont les corps ? s'enquit Woodrow en bon fils de soldat, efficace et pragmatique.

– On ne sait pas. La police voulait que l'Oasis s'en charge, mais Wolfgang a refusé sous prétexte que ça ferait détaler ses employés et ses clients. Elle s'est inscrite sous le nom de Tessa Abbott, précisa-t-il après un instant d'hésitation.

– Abbott ?

16

– C'est son nom de jeune fille. Tessa Abbott, avec un numéro de boîte postale à Nairobi. La nôtre. On n'a pas d'Abbott chez nous, alors j'ai fait une recherche croisée dans nos archives et je suis tombé sur Quayle Tessa, née Abbott. J'ai cru comprendre que c'est ce nom-là qu'elle utilise pour ses activités humanitaires, dit-il en consultant la dernière page de ses notes. J'ai essayé de joindre le haut-commissaire, mais il court les ministères et c'est l'heure de pointe. »

Ce qui signifiait : ici, dans le Nairobi moderne du président Moi, une communication locale peut prendre une demi-heure de *Désolée, toutes les lignes sont occupées, veuillez renouveler votre appel* inlassablement répété par une matrone arrogante.

« Vous n'avez prévenu personne ? demanda Woodrow, déjà près de la porte.

– Non, personne.

– Et la police ?

– Ils disent que non. Mais ils ne peuvent pas répondre de Lodwar, et je ne suis pas sûr qu'ils puissent répondre d'eux-mêmes.

– Et, à votre connaissance, personne n'a rien dit à Justin ?

– Exact.

– Où est-il ?

– Dans son bureau, j'imagine.

– Qu'il y reste.

– Il est arrivé tôt. Comme toujours quand Tessa est en déplacement. Vous voulez que j'annule la réunion ?

– Non, pas encore. »

A présent conscient, s'il en avait jamais douté, de faire face à un scandale force 12 assorti d'une tragédie, Woodrow monta en flèche un escalier de service « réservé au personnel autorisé » et pénétra dans un corridor sinistre menant à une porte en acier équipée d'un œilleton et d'une sonnette, qu'il actionna sous l'objectif d'une caméra. Une rousse élancée en jean et chemisier à fleurs lui ouvrit. Sheila, leur numéro 2, kiSwahiliphone, se dit-il machinalement.

« Où est Tim ? demanda-t-il.

– C'est Sandy et il est pressé, annonça Sheila, le doigt sur le bouton de l'interphone.

– Accordez-moi une petite minute ! » cria une voix d'homme chaleureuse.

Ils la lui accordèrent.

« C'est bon, la voie est libre », décréta la voix tandis qu'une deuxième porte s'ouvrait avec un hoquet.

Sheila s'effaça pour laisser entrer Woodrow. Tim Donohue, le chef d'antenne, se dressait de tout son double mètre devant son bureau, qu'il devait s'être affairé à ranger, car il n'y avait pas le moindre document en vue. Lui que Gloria, l'épouse de Woodrow, persistait à croire mourant avait l'air encore plus malade que d'habitude : joues hâves, poches de peau flétrie sous les yeux tirés et jaunâtres, maigre moustache en croc broussailleuse pendant lamentablement.

« Salut, Sandy ! Qu'est-ce qu'on peut faire pour vous ? » s'exclama-t-il avec son rictus de tête de mort en dévisageant Woodrow à travers ses doubles-foyers.

Il ne sait pas garder ses distances avec les gens, se souvint Woodrow. Il empiète sur leur territoire et il intercepte leurs communications avant même qu'il les envoient.

« Tessa Quayle aurait été tuée dans le coin du lac Turkana, annonça-t-il, mû par une envie vindicative de choquer. Il y a un endroit qui s'appelle l'Oasis Lodge, et j'ai besoin de parler par radio au propriétaire. »

C'est à cela qu'on les entraîne, songea-t-il. Règle numéro un : ne jamais montrer ses sentiments, si on en a. Sheila affichait une moue sceptique sous ses taches de rousseur, et Tim Donohue son même sourire niais autant qu'indéfinissable.

« Pardon ? Vous pouvez répéter, vieux ?

– Elle a été tuée. La police ne sait pas comment ou ne veut pas le dire. Le chauffeur de sa jeep a été décapité. Voilà toute l'histoire.

– Tuée et détroussée ?

– Simplement tuée.

– Près du lac Turkana ?

– Oui.

– Mais qu'est-ce qu'elle allait foutre là-bas ?

– Aucune idée. Officiellement, visiter le site de Leakey.

– Justin est au courant ?

– Pas encore.

– D'autres connaissances à nous sont impliquées ?

– C'est une des choses que j'essaie de découvrir. »

Donohue le précéda dans une cabine de télécommunications insonorisée que Woodrow n'avait encore jamais vue. Des téléphones de couleur munis d'encoches pour les losanges de code, un télécopieur posé sur ce qui ressemblait à un bidon d'huile, un émetteur radio constitué de boîtes métalliques vertes tavelées et, dessus, un annuaire imprimé en interne. Alors c'est ainsi que nos espions s'échangent des mots doux depuis l'intérieur de nos murs, songea-t-il. Officiel ou officieux ? Il ne savait jamais. Donohue s'installa devant la radio, consulta l'annuaire, puis tripota les molettes de ses doigts pâles et tremblants tout en psalmodiant : « ZNB 85, ZNB 85 appelle TKA 60 » comme le héros d'un film de guerre. « TKA 60, vous me recevez ? A vous. Oasis, vous m'entendez, Oasis ? A vous. »

Après une salve de parasites, une voix gouailleuse à l'accent germanique lança en sommation : « Ici Oasis. Je vous reçois cinq sur cinq. Qui êtes-vous ? A vous.

– Oasis, ici le haut-commissariat britannique à Nairobi. Je vous passe Sandy Woodrow. »

Woodrow s'appuya des deux mains sur le bureau de Donohue pour s'approcher du micro.

« Ici Woodrow, premier conseiller à la chancellerie. Je parle bien à Wolfgang ? A vous.

– "Chancellerie", comme celle de Hitler ?

– La section politique. A vous.

– OK, monsieur Chancellerie, c'est moi, Wolfgang. Quelle est la question ? A vous.

– Je voudrais que vous me décriviez la femme qui est descendue chez vous sous le nom de Mlle Tessa Abbott. Je ne me trompe pas ? C'est bien ce qu'elle a écrit ? A vous.

– Oui, oui. Tessa.

– Elle ressemblait à quoi ? A vous.

– Grande, brune, pas maquillée, moins de trente ans, pas anglaise. Enfin, d'après moi. Allemande du sud, autrichienne ou italienne. Je suis hôtelier, alors j'ai l'œil. Une beauté – je n'en suis pas moins homme. Elle bougeait de façon sexy, féline. Et des vêtements qu'on aurait pu lui enlever en soufflant dessus. Ça ressemble à votre Abbott ou pas ? A vous. »

La tête de Donohue se trouvait à quelques centimètres de celle de Woodrow, et Sheila de l'autre côté. Tous trois avaient les yeux braqués sur le micro.

« Oui, ça ressemble à Mlle Abbott. Pourriez-vous me dire quand et comment elle a fait sa réservation, je vous prie ? Il me semble que vous avez des bureaux à Nairobi. A vous.

— Elle n'a pas réservé.

— Pardon ?

— Le docteur Bluhm s'en est chargé pour eux deux. Deux bungalows près de la piscine, une nuit. On n'en a plus qu'un de libre, je lui dis. OK, il est preneur. Il se démonte pas, le bougre, oh là ! Tout le monde les regardait. Les clients, le personnel. Une superbe femme blanche avec un superbe médecin africain, ça fait plaisir à voir. A vous.

— Il y a combien de chambres par bungalow ? demanda Woodrow avec l'espoir ténu d'écarter le scandale qui lui pendait au nez.

— Une chambre à deux lits, pas trop durs, bien moelleux. Un salon. Tout le monde signe le registre, ici. Et pas de pseudos, je leur dis. Si les gens se perdent, je dois savoir qui c'est. Alors, c'est bien son nom, Abbott ? A vous.

— Son nom de jeune fille. Le numéro de boîte postale qu'elle vous a donné est celui du haut-commissariat. A vous.

— Où est le mari ?

— Ici, à Nairobi.

— Oh là là…

— Quand est-ce que Bluhm a fait la réservation ? A vous.

— Jeudi. Jeudi soir. Il m'a appelé de Loki par radio. Il m'a dit qu'ils pensaient partir vendredi dès l'aube. Loki, c'est Lokichoggio. Sur la frontière nord. La capitale des ONG qui interviennent au Sud-Soudan. A vous.

— Je sais où se trouve Lokichoggio. Ils ont dit pourquoi ils y étaient ?

— Pour l'humanitaire. C'est bien le domaine de Bluhm, non ? Il n'y a pas d'autre raison d'échouer à Loki. Il m'a dit qu'il bossait pour une organisation médicale belge. A vous.

– Donc il a réservé de Loki et ils en sont partis le vendredi matin très tôt. A vous.

– Ils pensaient atteindre la rive ouest du lac vers midi, et il voulait que je leur trouve un bateau pour la traversée jusqu'à l'Oasis. "Attention, la route est dangereuse de Lokichoggio au Turkana. Vous feriez mieux de voyager avec un convoi alimentaire. Les collines sont infestées de brigands, des tribus qui se volent leur bétail. Normal, sauf qu'il y a dix ans ils avaient des sagaies et aujourd'hui des AK47." Lui, ça le fait rire. Il me dit qu'il s'en débrouillera. Et la preuve, ils arrivent sans encombre. A vous.

– Alors, ils arrivent, ils signent le registre, et puis quoi ? A vous.

– Bluhm me dit qu'ils ont besoin d'une jeep avec chauffeur pour aller au site de Leakey le lendemain dès l'aube. Ne me demandez pas pourquoi il ne m'en a pas averti en réservant, je ne lui ai pas posé la question. Peut-être qu'ils venaient de se décider. Ou alors ils ne voulaient pas évoquer leurs projets par radio. "Pas de problème. Vous avez de la chance, Noah est disponible." Bluhm est ravi, elle aussi. Ils font un tour dans le jardin, ils piquent une tête, ils s'installent au bar, ils dînent, ils disent bonsoir à la compagnie, ils se retirent dans leur bungalow, et le lendemain matin je les vois partir ensemble. Vous voulez savoir ce qu'ils ont pris au petit déjeuner ?

– Qui les a vus partir, à part vous ? A vous.

– Tous les gens qui étaient réveillés. Panier déjeuner, cubitainer d'eau, jerrican d'essence, rations de survie, trousse médicale. Tous les trois à l'avant comme une gentille petite famille, Abbott au milieu. C'est une oasis, ici, d'accord ? J'ai vingt clients, endormis pour la plupart, quarante employés, réveillés pour la plupart, et une centaine de zigotos dont je me passerais bien qui traînent sur mon parking pour vendre des peaux de bêtes, des cannes ou des couteaux de chasse. Tous les gens qui ont vu partir Bluhm et Abbott leur ont fait au revoir de la main. Je l'ai fait, les colporteurs aussi, Noah nous a rendu la politesse, Bluhm et Abbott aussi. Ils ne souriaient pas. Ils étaient sérieux. Comme s'ils avaient des affaires importantes à régler, de grandes décisions à prendre, est-ce que je sais ? Qu'est-ce que vous voulez que je fasse, monsieur Chancellerie ? Que je liquide les témoins ? Écoutez, moi je suis Galilée. Jetez-moi en prison, et je jurerai qu'elle n'a jamais mis les pieds à l'Oasis. A vous. »

Un instant paralysé, Woodrow fut à court de questions tant il en avait à poser. Moi, j'y suis déjà, en prison, songeat-il. En prison à vie, depuis cinq minutes. Après s'être passé la main devant les yeux, il vit Donohue et Sheila le fixer d'un regard aussi inexpressif que lorsqu'il leur avait appris la nouvelle.

« Quand avez-vous commencé à soupçonner que quelque chose ne tournait pas rond ? A vous. »

Affligeant. Pourquoi pas aussi : « Vous habitez sur place à longueur d'année ? A vous » ou : « Ça fait longtemps que vous gérez votre charmant hôtel ? A vous » ?

« Le 4×4 a une radio. Quand il véhicule des clients, Noah est censé appeler pour dire que tout va bien. Noah n'appelle pas. OK, la radio peut tomber en panne, les chauffeurs peuvent oublier. C'est la plaie, d'établir une liaison. Il faut arrêter la voiture, descendre, installer l'antenne… Vous me recevez toujours ? A vous.

– Cinq sur cinq. A vous.

– Sauf que Noah n'oublie jamais. C'est pour ça que je l'ai engagé. Et là, il n'appelle pas. Ni l'après-midi, ni le soir. Bon, peut-être qu'ils campent quelque part et qu'ils lui ont donné un coup de trop à boire, hein. Juste avant de fermer pour la nuit, je contacte les rangers près de la réserve de Leakey : aucune trace. Le lendemain matin au saut du lit, je vais à Lodwar signaler la disparition. C'est ma jeep et c'est mon chauffeur, après tout. Je n'ai pas le droit de faire la déclaration par radio, alors je dois me rendre sur place. C'est l'enfer, comme trajet, mais la loi est ainsi faite. La police de Lodwar adore aider les citoyens en difficulté. Ma jeep a disparu ? Pas de bol. Avec deux clients à moi et mon chauffeur à bord ? Eh ben alors, j'ai qu'à partir à leur recherche ! C'est dimanche, et ils n'ont pas l'intention de travailler. Il faut aller à la messe. "Si vous nous donnez de l'argent et que vous nous prêtez une voiture, peut-être qu'on vous aidera", ils me disent. Je rentre à l'Oasis et j'organise une battue. A vous.

– Avec qui ? demanda Woodrow, qui s'était ressaisi.

– Des gens à moi dans deux camions. Des réserves d'eau et d'essence, une trousse de secours, des provisions, du whisky au cas où j'aurais quelque chose à désinfecter. »

Il y eut des interférences, auxquelles Wolfgang ordonna de se casser des ondes et qui, étonnamment, lui obéirent.

« Il fait sacrément chaud dans le coin, en ce moment, monsieur Chancellerie. On se tape un bon 45 degrés, et ça grouille de chacals et d'hyènes. A vous, dit-il pour laisser son tour de parole à Woodrow.

– Je vous écoute.

– La jeep était sur le côté, ne me demandez pas pourquoi. Portières fermées, ne me demandez pas pourquoi non plus. Une vitre ouverte de cinq centimètres environ. Quelqu'un a fermé et verrouillé les portières avant d'emporter la clé. Rien que par la petite fente, l'odeur était indescriptible. Il y avait des égratignures partout, des entailles là où les hyènes avaient essayé d'entrer, le sol labouré tout autour là où elles avaient piqué leur crise. Une bonne hyène flaire le sang à dix kilomètres à la ronde. Si elles avaient pu atteindre les corps, elles les auraient ouverts d'un coup de dents pour récupérer la moelle. Mais elles n'ont pas pu. Quelqu'un leur a verrouillé les portières au nez en laissant la vitre entrouverte. Alors, elles sont devenues folles. Rien de plus normal. A vous.

– D'après la police, Noah a été décapité, commença Woodrow, qui peinait à rassembler ses mots. C'est vrai ? A vous.

– Oui, oui. C'était un type formidable. La famille est dans tous ses états. Ils ont envoyé des gens partout chercher la tête. S'ils ne la retrouvent pas, ils ne peuvent pas l'enterrer selon le rite, et son esprit reviendra les hanter. A vous.

– Et Mlle Abbott ? A vous. »

Vision atroce de Tessa sans tête.

« On ne vous a rien dit ?

– Non. A vous.

– La gorge tranchée. A vous. »

Nouvelle vision : le poing de l'assassin lui arrachant son collier pour laisser place au couteau. Wolfgang continuait le récit des événements.

« D'abord, je dis à mes gars de ne pas toucher aux portières. Il n'y a pas de survivants, là-dedans. Si on ouvre, on se prépare un sale quart d'heure. Je laisse un groupe sur place pour monter la garde et allumer un feu, et je ramène l'autre à l'Oasis. A vous.

— Question. A vous, dit Woodrow, qui avait du mal à tenir le choc.

— Quelle est la question, monsieur Chancellerie ? Répondez, je vous prie. A vous.

— Qui a ouvert la jeep ? A vous.

— Les flics. Dès leur arrivée, mes gars ont fait place nette. Personne n'aime la police. Personne n'aime se faire arrêter. Pas par chez nous. La police de Lodwar a été la première sur les lieux, et maintenant il y a la brigade mobile, plus quelques mecs de la Gestapo personnelle de Moi. Mes employés ont cadenassé le tiroir-caisse et planqué l'argenterie, sauf que je n'ai pas d'argenterie. A vous. »

Nouvelle pause le temps que Woodrow retrouve le fil de ses propos.

« Bluhm portait-il une saharienne quand ils sont partis pour le site de Leakey ? A vous.

— Bien sûr. Une vieille. Plus du genre gilet. Bleue. A vous.

— On a retrouvé un couteau sur les lieux du crime ? A vous.

— Non. Et il devait être maousse, croyez-moi. Un panga avec une lame Wilkinson. C'est entré dans Noah comme dans du beurre. En un seul coup. Même chose pour elle. Scrouitch. On lui a arraché ses vêtements, et elle avait des bleus partout. Je vous l'avais dit ? A vous. »

Non, vous ne me l'aviez pas dit, répondit silencieusement Woodrow. Vous avez occulté sa nudité. Et ses ecchymoses.

« Il y avait un panga à bord du 4×4 quand ils ont quitté le lodge ? A vous.

— Je n'ai jamais rencontré d'Africain qui parte en safari sans son panga, monsieur Chancellerie.

— Où sont les corps, maintenant ?

– Noah, ou plutôt ce qu'il en reste, ils l'ont rendu à sa tribu. Mlle Abbott, la police a envoyé un bateau à moteur la récupérer. Ils ont dû découper le toit de la jeep, même qu'ils nous ont emprunté du matériel. Et puis ils l'ont attachée sur le pont. Pas de place pour elle dans la cale. A vous.

– Pourquoi ? s'enquit Woodrow en le regrettant aussitôt.

– Un peu d'imagination, monsieur Chancellerie. Vous savez ce qui arrive aux cadavres, par cette chaleur ? Si vous voulez la rapatrier par avion à Nairobi, vous avez intérêt à la découper en morceaux, sinon elle tiendra pas dans la soute. »

Woodrow eut un moment d'hébétude, au sortir duquel il entendit Wolfgang répondre que oui, il avait déjà rencontré Bluhm. Il avait donc dû poser la question sans s'en rendre compte.

« Il y a neuf mois. Il cornaquait une bande de grosses légumes de l'humanitaire. La faim dans le monde, la santé dans le monde…, les notes de frais dans le monde, oui ! Ces enfoirés ont dépensé des monceaux de fric, et ils voulaient des reçus pour deux fois le montant. Je les ai envoyés se faire foutre. Bluhm a apprécié. A vous.

– Cette fois-ci, il vous a paru comment ? A vous.

– C'est-à-dire ?

– Il était différent ? Surexcité, bizarre, autre chose ?

– Vous me parlez de quoi, là, monsieur Chancellerie ?

– Eh bien, pensez-vous qu'il aurait pu être sous influence ? Sous l'influence de certaines substances, dirons-nous ? s'empêtra-t-il. Euh, comme, je ne sais pas moi, de la cocaïne ou quelque chose. A vous.

– C'est-y pas mignon, ça ! » ironisa Wolfgang avant que la liaison s'interrompe.

Woodrow sentit de nouveau sur lui le regard inquisiteur de Donohue. Sheila s'était éclipsée, sans doute pour aller faire quelque chose d'urgent. Mais quoi donc ? En quoi la mort de Tessa requérait-elle une intervention urgente des espions ? Il frissonna et regretta de n'avoir pas mis de gilet, pourtant il suait à grosses gouttes.

« On ne peut rien faire d'autre pour vous, mon vieux ? demanda Donohue avec une sollicitude appuyée, en le toisant toujours de ses yeux tristes aux sourcils broussailleux. Un petit verre ?

– Non merci, pas maintenant. »

Ils savaient, enragea Woodrow en redescendant. Ils savaient avant moi qu'elle était morte. Mais c'est là ce qu'ils veulent toujours faire croire : nous autres espions, nous en savons plus que vous sur tout, et bien avant vous.

« Le haut-commissaire est revenu ? demanda-t-il à Mildren en passant la tête par sa porte.

– Je l'attends d'un instant à l'autre.

– Annulez la réunion. »

Avant de se rendre au bureau de Justin, Woodrow alla voir Ghita Pearson, benjamine de la chancellerie et amie intime de Tessa. Anglo-Indienne blonde aux yeux de jais, elle avait une *bindî* sur le front. Recrutée sur place mais aspire à faire carrière dans le Service, se répéta Woodrow. Elle fronça les sourcils d'un air méfiant quand elle le vit fermer la porte derrière lui.

« Ghita, ceci reste strictement entre nous, d'accord ? commença-t-il sous son regard impassible. Bluhm. Le docteur Arnold Bluhm. Vous voyez ?

– Oui, quoi ?

– C'est un ami à vous. »

Pas de réaction.

« Enfin, vous êtes en bons termes, insista-t-il.

– C'est une relation, admit Ghita, en contact quotidien avec les organisations humanitaires de par ses fonctions.

– Et un ami de Tessa, apparemment, ajouta-t-il sans lire de confirmation dans ses yeux sombres. Vous connaissez d'autres gens dans l'ONG de Bluhm ?

– Il m'arrive de parler à Charlotte, qui lui sert de secrétaire. Les autres sont tous sur le terrain. Pourquoi ? »

Il avait un temps trouvé très attirante cette intonation anglo-indienne. Mais plus jamais. Plus jamais personne.

« Bluhm était à Lokichoggio la semaine dernière. Accompagné. »

Troisième hochement de tête, mais plus lent, et les yeux baissés.

« Je veux savoir ce qu'il faisait là-bas. De Loki, il est allé en voiture jusqu'au Turkana. J'ai besoin de savoir s'il est de retour à Nairobi. Ou peut-être à Loki. Vous pouvez vous en occuper sans casser trop d'œufs ?

– Je crains que non.

– Eh bien, essayez, ordonna-t-il, avant de se poser une question qui ne lui était jamais venue à l'idée durant tous ces mois où il avait côtoyé Tessa. Vous savez s'il est marié, Bluhm ?

– J'imagine. Plus ou moins. En général, ils le sont, non ? » *Ils*, c'est-à-dire les Africains ? Ou *ils*, les amants ? *Tous* les amants ?

« Mais il n'a pas d'épouse ici, à Nairobi ? Enfin, à votre connaissance. Bluhm.

– Pourquoi ? bredouilla-t-elle dans un souffle. Il est arrivé quelque chose à Tessa ?

– C'est possible. Nous vérifions. »

Woodrow se rendit au bureau de Justin, frappa et entra sans attendre d'autorisation. Cette fois, il ne verrouilla pas la porte derrière lui mais, les mains dans les poches, y adossa ses larges épaules, ce qui aurait le même effet tant qu'il ne bougerait pas.

Lui tournant le dos, impeccablement coiffé, l'élégant Justin étudiait un des graphiques qui tapissaient les murs de la pièce, colonnades bariolées, ascendantes ou descendantes, légendées d'initiales noires. En l'occurrence, INFRA-STRUCTURES RELATIVES 2005-2010 visait (pour autant que Woodrow puisse en juger d'où il se tenait) à prédire la prospérité future des nations africaines. Sur le rebord de la fenêtre, à la gauche de Justin, s'alignaient les plantes en pot qu'il cultivait. Woodrow identifia du jasmin et de l'impatiens, pour l'unique raison que Justin en avait offert à Gloria.

« Salut, Sandy, fit Justin en allongeant le *u*.

– Salut.

– Il paraît que la réunion de ce matin est annulée. Des soucis ? »

La fameuse voix d'or, songea Woodrow, attentif aux moindres détails comme s'il les découvrait. Ternie par le temps, mais toujours séduisante pour qui est plus sensible à l'intensité qu'au timbre. Pourquoi te mépriser quand je suis sur le point de chambouler ta vie ? Jusqu'à la fin de tes jours, il y aura un avant et un après cet instant, deux ères distinctes pour toi, tout comme pour moi. Pourquoi tu n'enlèves pas cette veste ridicule ? Tu dois bien être le dernier du Service à te faire couper des costumes tropicaux. Puis il se rappela que lui-même portait son veston.

« Comment va la petite famille ? demanda Justin avec ce même débit traînant. Gloria ne souffre pas trop de la canicule ? Les deux garçons tiennent la forme ?

– Nous allons bien, dit Woodrow avant de ménager une pause. Alors, comme ça, Tessa est partie dans le nord ? »

Sa façon de donner à Tessa une ultime chance de dissiper l'affreux malentendu. Quant à Justin, il s'anima aussitôt, comme à chaque mention du prénom de son épouse.

« Oui, en effet. Elle se consacre non-stop à l'humanitaire, ces temps-ci, dit-il en se penchant pour poser sur une console l'épais rapport des Nations unies qu'il serrait contre lui. A ce train-là, elle aura sauvé l'Afrique entière avant qu'on reparte.

– Qu'est-ce qu'elle est allée faire dans le nord, au juste ? Je croyais qu'elle travaillait ici, dans les bidonvilles de Nairobi, lança-t-il sans trop d'espoir. A Kibera, si je ne m'abuse.

– Oui, oui, acquiesça fièrement Justin. Jour et nuit, la pauvre. A ce qu'on m'a dit, elle fait tout, de torcher les bébés à informer les juristes de leurs droits civiques. La plupart de ses clients sont des femmes, évidemment, ce qui lui plaît bien. Même si ça plaît moins à leurs hommes…, ajouta-t-il avec son petit sourire résigné. Droit de propriété, divorce, maltraitance, viol conjugal, excision, pratiques sexuelles à risque. La totale, jour après jour. On comprend pourquoi les maris deviennent un tantinet susceptibles, non ? On le serait à moins, quand on est du genre à violer sa femme.

– Et alors, elle fait quoi dans le nord ? insista Woodrow.

– Oh, Dieu seul le sait ! Demandez au docteur Arnold, lança Justin de façon trop désinvolte. Là-bas, c'est son guide et son mentor. »

C'est vrai qu'il la joue comme ça, se rappela Woodrow. La couverture assez grande pour les protéger tous les trois. Dr Arnold Bluhm, tuteur moral, chevalier noir et protecteur de Tessa dans la jungle humanitaire. Tout sauf son amant toléré.

« Là-bas où, exactement ? demanda Woodrow.

– A Loki. Lokichoggio, précisa Justin en s'appuyant du coude sur le bord du bureau, peut-être en écho inconscient à la posture nonchalante de Woodrow devant la porte. Le Programme alimentaire mondial y organise un "atelier d'initiation au féminisme", vous imaginez ? Ils font venir des villageoises non initiées en avion du Sud-Soudan, ils leur font un cours intensif sur John Stuart Mill et ils les renvoient chez elles initiées. Arnold et Tessa sont allés profiter du spectacle, les veinards.

– Où est-elle, en ce moment ? »

La question sembla déplaire à Justin. Peut-être lui fit-elle comprendre que cette conversation n'avait rien d'anodin. Ou peut-être, songea Woodrow, n'aimait-il guère être coincé sur le sujet de Tessa quand il n'arrivait pas à la coincer lui-même.

« Sur le chemin du retour, il faut croire. Pourquoi ?

– Avec Arnold ?

– Sans doute. Il ne va pas la laisser en rade.

– Elle a donné de ses nouvelles ?

– De Loki ? Impossible. Ils n'ont pas le téléphone.

– Elle aurait pu utiliser la radio d'une des ONG. Ce n'est pas ce que font les gens, en général ?

– Tessa et "les gens", ce n'est pas pareil, rétorqua Justin en fronçant les sourcils. Elle a des principes bien ancrés. Entre autres, ne pas gaspiller l'argent des donateurs. Qu'est-ce qui se passe, Sandy ? » demanda-t-il en s'éloignant du bureau pour venir se planter au milieu de la pièce, les mains dans le dos et l'air renfrogné.

Observant au soleil son visage à la beauté soignée et ses cheveux poivre et sel, Woodrow se rappela ceux de Tessa, du même brun, mais ni grisonnants ni disciplinés. Il se souvint de la première fois qu'il les avait vus ensemble, Tessa et Justin, nos nouveaux arrivants, nos séduisants jeunes mariés, invités d'honneur de la soirée « Bienvenue à Nairobi » du haut-commissaire. En s'avançant pour les saluer, il se les était imaginés père et fille, et lui-même son soupirant.

« Alors, vous êtes sans nouvelles depuis… ?

– Mardi, quand je les ai emmenés à l'aéroport. Mais de quoi s'agit-il, Sandy ? Si Arnold est avec elle, elle est en sécurité. Elle fera ce qu'on lui dit de faire.

– Vous pensez qu'ils auraient pu pousser jusqu'au lac Turkana, elle et Bluhm… enfin, Arnold ?

– S'ils ont trouvé un moyen de transport et qu'ils en ont eu envie, pourquoi pas ? Tessa adore les coins sauvages, elle a le plus grand respect pour Richard Leakey, à la fois en tant que paléontologue et qu'Africain blanc et honnête. Il doit y avoir un dispensaire, là-bas. Arnold avait à y faire, et il l'aura emmenée. Sandy, qu'est-ce qui se passe, à la fin ? » répéta-t-il, indigné.

Quand il administra le coup de grâce, Woodrow fut bien obligé de constater l'effet de ses paroles sur les traits de Justin : les derniers vestiges de sa jeunesse passée l'abandonnèrent et, telle une créature marine, son beau visage se referma et se durcit en un bloc d'apparence coraline.

« Des rapports nous informent qu'une femme blanche et son chauffeur africain ont été retrouvés sur la rive est du lac Turkana. Tués, ajouta-t-il en évitant soigneusement le mot "assassinés". La voiture et le chauffeur avaient été fournis par l'Oasis Lodge. Le propriétaire affirme avoir identifié la femme comme étant Tessa. Selon lui, elle et Bluhm ont passé la nuit à l'Oasis avant de partir pour le site de Richard Leakey. Bluhm a disparu. On a retrouvé le collier de Tessa. Son collier fétiche. »

Et comment je le saurais ? Nom de Dieu, c'est vraiment le moment de faire étalage de ma connaissance intime de ce collier !

Woodrow observait toujours Justin. Le couard en lui voulait détourner le regard mais, pour le fils de militaire, c'eût été condamner un homme à mort sans aller assister à sa pendaison. Il vit ses yeux s'écarquiller de déception blessée, comme si un ami l'avait poignardé dans le dos, puis s'étrécir en deux fentes, comme si le même ami l'avait achevé. Il vit ses lèvres ourlées s'entrouvrir en un spasme de souffrance physique, puis se resserrer en une ligne dure et crispée au point de devenir exsangues.

« Merci de m'avoir prévenu, Sandy. La tâche n'a pas dû être agréable. Porter est au courant ? »

Porter étant le curieux prénom du haut-commissaire.

« Mildren essaie de lui mettre la main dessus. Ils ont retrouvé une Mephisto, taille 40. Ça cadrerait ? »

Justin éprouvait des troubles de la coordination. Il lui fallut un moment pour que les paroles de Woodrow lui parviennent aux oreilles. Puis il s'empressa de répondre par des phrases courtes au prix de coûteux efforts.

« Il y a une boutique près de Piccadilly. Elle en a acheté trois paires à notre dernier séjour. Je ne l'avais jamais vue faire ce genre de folies. Elle n'est pas dépensière, d'habitude. Elle n'a jamais été dans le besoin, donc elle n'a pas de besoins. Elle s'habillerait à la friperie de l'Armée du salut, pour un peu.

– Et aussi une sorte de saharienne. Bleue.

– Ah, elle avait ces trucs-là en horreur ! répliqua Justin avec une loquacité soudain retrouvée. Elle disait que si jamais je la voyais porter un de ces machins kaki à poches sur les cuisses, je devais le brûler ou le donner à Mustafa. »

Mustafa, son boy, se rappela Woodrow.

« Bleue, d'après la police.

– Elle détestait le bleu ! s'exclama Justin, que son sang-froid semblait abandonner. Et elle haïssait viscéralement tous les machins paramilitaires. »

A l'imparfait, déjà, remarqua Woodrow.

« Si, c'est vrai, elle a eu une saharienne verte, à une époque, reconnut Justin. Elle l'avait achetée chez Farbelow dans Stanley Street. J'ai oublié pourquoi je l'y avais emmenée. Elle avait dû me demander. Elle détestait le shopping. Elle l'a essayée, et elle a fait une attaque : "Regarde-moi, on dirait le général Patton en drag queen !" Je lui ai dit : "Non, ma grande, tu n'as pas l'air du général Patton. Tu es une très jolie fille qui porte une horrible saharienne verte." »

Il entreprit de ranger son bureau. Méticuleusement. Définitivement. Il ouvrit et referma des tiroirs, classa ses piles de dossiers dans son placard en acier et le verrouilla, tout cela en se lissant distraitement les cheveux à l'occasion, un tic que Woodrow avait toujours trouvé horripilant chez lui, puis éteignit son ordinateur honni d'un petit coup d'index prudent, comme s'il avait peur de se faire mordre – la rumeur voulait qu'il demande à Ghita Pearson de le lui allumer le matin. Woodrow le regarda embrasser la pièce d'un dernier regard absent. Fin du trimestre. Fin du chemin. Veuillez laisser ces locaux en bon état pour le prochain occupant. A la porte, Justin se retourna et jeta un coup d'œil aux plantes vertes sur le rebord de la fenêtre, hésitant peut-être à les emporter, ou du moins à laisser des instructions d'entretien, mais il n'en fit rien.

En l'escortant le long du couloir, Woodrow faillit lui toucher le bras, mais une certaine répugnance lui fit retenir son geste. Il veilla néanmoins à marcher assez près de lui pour le rattraper s'il s'effondrait ou trébuchait, parce que Justin semblait à présent errer sans but comme un dandy somnambule. Pour silencieuse qu'était leur lente progression, Ghita dut les entendre arriver, car elle ouvrit sa porte à leur passage et trottina au côté de Woodrow en retenant d'une main ses cheveux d'or pour lui murmurer à l'oreille : « Il a disparu. Ils le cherchent partout. »

Soit Justin avait l'ouïe plus fine qu'ils ne l'auraient cru, soit sa sensibilité exacerbée décuplait ses perceptions.

« Vous vous faites du souci pour Arnold, j'imagine », dit-il à Ghita du ton prévenant de qui indique son chemin à un inconnu.

*

D'une intelligence supérieure, le haut-commissaire était un homme en devenir, un éternel étudiant. Coleridge avait beau être l'époux d'une juge d'instance, le père d'un banquier d'affaires et d'une petite Rosie atteinte d'une grave lésion cérébrale qu'il portait en sac kangourou à longueur de week-end, et les adorer autant les uns que les autres, lui-même n'avait jamais vraiment atteint le seuil de l'âge adulte. Des bretelles d'adolescent retenaient son pantalon très large, et la veste assortie pendait derrière la porte à un cintre gravé à son nom : P. Coleridge, Balliol College, Oxford. Debout au centre de son grand bureau, il écoutait Woodrow en fulminant, sa tête hirsute penchée vers lui, les yeux et les joues mouillés de larmes.

« Et merde ! explosa-t-il, comme s'il avait dû se retenir de ne pas lâcher le mot plus tôt.

– Je sais, compatit Woodrow.

– Pauvre fille. Quel âge avait-elle ? C'était une gamine !

– Vingt-cinq ans. »

Et comment je le sais ?

« Enfin, dans ces eaux-là, ajouta-t-il pour ménager un flou artistique.

– Elle en faisait dix-huit. Ce pauvre bougre de Justin, avec ses fleurs.

– Je sais, répéta Woodrow.

– Ghita est au courant ?

– Plus ou moins.

– Mais qu'est-ce qu'il va bien pouvoir faire ? Il n'a même plus de carrière. Il était sur un siège éjectable dès la fin de cette mission. Si Tessa n'avait pas perdu son bébé, il aurait été de la dernière charrette, ajouta-t-il avant de se retourner pour faire quelques pas tant l'immobilité lui pesait. Rosie a attrapé une truite de deux livres, samedi ! lança-t-il d'un ton accusateur. Qu'est-ce que vous dites de ça, hein ? »

Coleridge avait pour habitude de gagner du temps par des diversions incongrues.

« Merveilleux, approuva dûment Woodrow.

– Tessa en aurait été ravie. Elle a toujours dit que Rosie s'en sortirait. Et Rosie l'adorait.

– J'en suis bien convaincu.

– Elle n'a pas voulu la manger, cela dit. On a dû maintenir la bête sous perf tout le week-end avant de pouvoir l'enterrer dans le jardin, raconta-t-il en redressant les épaules, signe que les choses sérieuses reprenaient. Cette affaire s'insère dans un contexte, Sandy. Un contexte assez pourri.

– J'en suis bien conscient.

– Cet enfoiré de Pellegrin a déjà téléphoné en glapissant qu'il fallait limiter les dégâts. »

Sir Bernard Pellegrin, mandarin du Foreign Office en charge de l'Afrique et ennemi juré de Coleridge.

« Et comment est-on censé limiter les dégâts quand on n'en connaît même pas l'étendue, bordel ? Avec un peu de chance, ça lui aura gâché sa partie de tennis, à lui.

– Je ne sais pas si c'est des dégâts, mais elle a passé quatre jours et quatre nuits avec Bluhm avant de mourir, dit Woodrow en s'assurant d'un coup d'œil que la porte était toujours fermée. Ils sont allés à Loki et de là au Turkana. Ils ont partagé un bungalow et Dieu sait quoi d'autre. Il y a toute une tripotée de gens qui les ont vus ensemble.

– Merci. Merci beaucoup. C'est juste ce que je voulais entendre, se plaignit Coleridge en enfonçant les mains dans ses poches déformées pour arpenter la pièce. Mais où est-ce qu'il est fourré, Bluhm, à la fin ?

– Ils remuent ciel et terre pour le retrouver, à ce qu'ils disent. La dernière fois qu'on l'a vu, il était assis à côté de Tessa dans la jeep, en partance pour le site de Leakey. »

Coleridge avança jusqu'à son bureau, se laissa tomber dans son fauteuil et s'y carra, bras écartés.

« Bon alors, élémentaire mon cher Woodrow, déclara-t-il. Bluhm a oublié son éducation, il a disjoncté, il les a liquidés tous les deux, il a mis la tête de Noah dans un sac, en souvenir, il a fait basculer la jeep, il l'a verrouillée et il s'est taillé. Logique, non ? Ah, putain…

– Vous le connaissez aussi bien que moi.

– Non. Je l'évite. Je n'aime pas le vedettariat de l'humanitaire. Mais où est-ce qu'il est allé ? Où ? »

Des images se bousculaient dans l'esprit de Woodrow. Bluhm l'Africain pour Occidentaux, apollon barbu du circuit des cocktails nairobiens, charismatique, spirituel, magnifique. Bluhm et Tessa côte à côte, serrant la main des invités tandis que Justin, le chouchou des vieilles filles, roucoule, sourit et sert les boissons. Le docteur Arnold Bluhm, ex-héros de la guerre d'Algérie, exposant les priorités sanitaires en cas de catastrophe humanitaire depuis le pupitre de la salle de conférences des Nations unies. Bluhm en fin de soirée, avachi dans un fauteuil, l'air perdu et vidé, cachant en son tréfonds le moindre détail d'intérêt sur sa personne.

« Je ne pouvais pas les renvoyer au pays, disait Coleridge du ton grave de l'homme conforté par un examen de conscience. Je n'ai jamais considéré que ruiner la carrière d'un type parce que sa femme aime la bagatelle fait partie de mon travail. C'est le nouveau millénaire, les gens ont bien le droit de foutre leur vie en l'air comme ils l'entendent.

– Absolument.

– Elle faisait un boulot formidable dans les bidonvilles, quoi que les membres du Muthaiga Club aient pu raconter sur elle. Les gars de Moi l'avaient peut-être dans le nez, mais tous les Africains qui comptent l'adoraient, tous.

– Ça, c'est sûr, acquiesça Woodrow.

– D'accord, elle était très branchée féminisme. Et alors ? Si on confiait l'Afrique aux femmes, ça pourrait fonctionner.

– Un appel du Protocole, monsieur, annonça Mildren en entrant sans frapper. Le corps de Tessa vient d'arriver à la morgue de l'hôpital. Ils exigent une identification immédiate. Et les agences de presse réclament un communiqué à cor et à cri.

– Comment diable ont-ils fait pour la rapatrier si vite à Nairobi ?

– Par avion, dit Woodrow en repensant à l'ignoble suggestion faite par Wolfgang de découper son cadavre pour le faire tenir dans la soute.

– Pas de communiqué tant qu'on ne l'a pas identifiée », décréta Coleridge.

*

Woodrow et Justin s'y rendirent ensemble, serrés sur le banc à lattes d'une fourgonnette Volkswagen à vitres teintées du haut-commissariat. Tassé à l'avant près de Livingstone le chauffeur, son imposant camarade kikuyu, Jackson, jouerait les renforts en cas de besoin. Malgré la climatisation poussée à fond, l'habitacle était une vraie fournaise. La circulation en ville atteignait son paroxysme de folie. De part et d'autre les dépassaient en trombe des matatus bondés qui klaxonnaient, vomissaient des gaz d'échappement et soulevaient une poussière graveleuse. Livingstone négocia un rond-point et se gara devant une arche en pierre autour de laquelle des hommes et des femmes se balançaient sur place en psalmodiant. Les prenant pour des manifestants, Woodrow laissa échapper un cri de colère avant de comprendre qu'il s'agissait de parents endeuillés attendant une levée de corps. Camionnettes et voitures rouillées ornées de draperies funèbres rouges les attendaient le long du trottoir.

« Sandy, vous n'êtes vraiment pas obligé de faire ça, dit Justin.

– Mais si, mais si », répondit noblement le fils de militaire.

Un troupeau de policiers et d'hommes en blouse blanche tachée, sans doute des médecins, les attendait sur le pas de la porte, tout à leur souci de se rendre utiles. Un certain inspecteur Muramba s'identifia et serra la main des deux distingués gentlemen du haut-commissariat britannique avec un sourire ravi. Un Indien en complet noir se présenta comme étant le chirurgien Banda Singh, à leur service. Des tuyaux au plafond les guidèrent le long d'un couloir déprimant aux murs en béton bordés de poubelles trop pleines. Les tuyaux alimentent les chambres froides, songea Woodrow, mais elles sont hors service parce qu'il y a une coupure d'électricité et que la morgue ne dispose pas de générateurs. Si le docteur Banda n'avait ouvert la marche, Woodrow aurait pu trouver son chemin tout seul : vers la gauche, on perd l'odeur ; vers la droite, elle s'accentue. Son côté insensible avait repris le dessus. Le devoir d'un soldat, c'est d'être présent, pas sensible. Le *devoir*. Pourquoi m'évoquait-elle toujours le devoir ? Il se demanda s'il y avait une antique superstition concernant le sort d'un amant potentiel qui pose les yeux sur le cadavre de la femme désirée. Le docteur Banda les précéda dans un petit escalier, qui déboucha sur une salle d'attente sans ventilation où la puanteur de la mort était omniprésente.

Ils se heurtèrent à une porte en acier rouillée sur laquelle Banda tambourina avec autorité, bien calé sur ses talons pour cogner quatre ou cinq fois à intervalles mesurés, comme s'il transmettait un code. La porte s'entrouvrit pour révéler les têtes hagardes et inquiètes de trois jeunes gens qui s'effacèrent à la vue du chirurgien et le laissèrent se glisser à l'intérieur, si bien que Woodrow, resté dans le hall puant, se vit offrir une vision dantesque du dortoir de son ancien pensionnat peuplé de morts sidéens de tous âges. Des corps émaciés gisaient à deux par lit et d'autres, entre eux, à même le sol, habillés ou nus, sur le dos ou le côté, parfois les genoux remontés en une futile posture d'autoprotection et le menton levé en signe de protestation. Au-dessus d'eux, des mouches formant une épaisse nuée ondoyante ronflaient sur une même note.

Dans la travée centrale du dortoir était garée la planche à repasser de la gouvernante, montée sur roulettes. Dessus, la masse neigeuse d'un linceul d'où émergeaient deux pieds humanoïdes monstrueux, qui rappelèrent à Woodrow les chaussons patte de canard que lui et Gloria avaient offerts à leur fils Harry pour Noël, ainsi qu'une main boursouflée dont les doigts aux bouts aigue-marine étaient couverts d'une couche de sang noir, très épaisse sur les jointures. *Un peu d'imagination, monsieur Chancellerie. Vous savez ce qui arrive aux cadavres, par cette chaleur ?*

« Monsieur Justin Quayle, je vous prie, appela le docteur Banda Singh avec l'importance d'un héraut à une réception royale.

– Je vous accompagne », marmotta Woodrow.

Au côté de Justin, il fit courageusement un pas en avant au moment où le docteur Banda dévoilait la tête de Tessa, grossière caricature ceinte du menton au sommet du crâne d'un tissu poisseux noué autour du cou à la place de son collier. Tel un noyé qui tente une ultime remontée à la surface, Woodrow absorba bravement tout le reste : ses cheveux noirs plaqués sur son crâne par le peigne du croque-mort, ses joues gonflées de chérubin exhalant un zéphyr, ses yeux clos, ses sourcils arqués et sa bouche béante en signe d'incrédulité, tapissée de sang noir coagulé comme si on lui avait arraché toutes les dents d'un coup. *Vous ?* souffle-t-elle bêtement à ses assassins, les lèvres arrondies sur le son *ou. Vous ?* Mais à qui ? Qui voit-elle derrière ses paupières blêmes et distendues ?

« Connaissez-vous cette femme, monsieur ? demanda l'inspecteur Muramba à Justin avec délicatesse.

– Oui, oui, merci, répondit Justin en pesant au préalable chacun de ses mots. C'est mon épouse, Tessa. Nous devons organiser l'enterrement, Sandy. Elle voudra que ça se fasse ici, en Afrique, le plus vite possible. Elle est enfant unique. Elle n'a pas de parents. Il n'y a personne d'autre que moi à consulter. Autant le faire au plus tôt.

– Eh bien, j'imagine que ça va dépendre un peu de la police », bougonna Woodrow.

Il eut juste le temps d'atteindre un évier fendillé pour vomir tripes et boyaux. Éternellement courtois, Justin vint se poster près de lui, lui passa le bras autour des épaules et lui murmura ses condoléances.

*

Depuis le sanctuaire moquetté du bureau particulier, Mildren dictait lentement au jeune homme à la voix blanche qu'il avait en ligne :

> Le haut-commissariat a la douleur de vous faire part du décès de Mme Tessa Quayle, épouse de Justin Quayle, premier secrétaire à la chancellerie. Mme Quayle a été retrouvée assassinée sur les rives du lac Turkana, près d'Allia Bay. Son chauffeur, M. Noah Katanga, a également été tué. Mme Quayle laisse le souvenir de son dévouement à la cause des droits des femmes africaines, ainsi que celui de sa jeunesse et de sa beauté. Nous souhaitons exprimer notre profonde sympathie à l'époux de Mme Quayle, Justin, et à ses nombreux amis. Le drapeau du haut-commissariat restera en berne jusqu'à nouvel ordre. Un livre de condoléances sera ouvert dans le hall d'accueil.

« Vous le diffuserez quand ?

– C'est déjà parti », répondit le jeune homme.

Chapitre 2

Les Woodrow habitaient une maison en moellons aux fenêtres style Tudor à petits carreaux cathédrale, sise parmi ses nombreuses semblables au cœur d'un vaste jardin à l'anglaise sur la colline du faubourg chic de Muthaiga, à deux pas du Muthaiga Club, de la résidence du haut-commissaire britannique et des somptueuses demeures des ambassadeurs de pays dont on ignore jusqu'à l'existence avant d'emprunter ces avenues sous haute protection et de remarquer leur nom sur une plaque entre deux pancartes « chien méchant » en kiSwahili. Après l'attentat à la bombe contre l'ambassade américaine de Nairobi, le Foreign Office avait fourni à tout le personnel du rang de Woodrow et au-dessus des portails en fer antichocs dûment surveillés nuit et jour par des brigades de Luhyas exubérants assistés de moult amis et parents. Les mêmes esprits avisés avaient ceint le jardin d'une clôture électrifiée surmontée de barbelés tranchants en rouleaux et de projecteurs qui brillaient toute la nuit. A Muthaiga, la hiérarchie s'applique en matière de sécurité comme dans tant d'autres domaines : pour la roture, tessons de bouteilles sur murs en pierre ; pour la petite noblesse, barbelés tranchants ; mais pour la protection du gotha diplomatique, rien de moins que portails en fer, clôtures électrifiées, détecteurs sur fenêtres et projecteurs de sécurité.

La maison des Woodrow comprenait trois niveaux. Les deux étages constituaient ce que les sociétés de surveillance appellent un refuge, isolable par un volet roulant en acier sur le premier palier, dont seuls les parents Woodrow avaient la clé. Au rez-de-chaussée, qui sur l'arrière formait sous-sol en raison de la déclivité de la colline et que les Woodrow avaient baptisé rez-de-jardin, protégées du regard des domestiques par une palissade, deux pièces d'aspect austère aux murs blancs, aux fenêtres à barreaux, aux grilles d'acier et à la nette allure de prison étaient réservées aux amis. En prévision de l'arrivée de son invité, Gloria les avait agrémentées de roses du jardin et d'une lampe prise dans le dressing de Sandy, ainsi que du téléviseur et de la radio du personnel, auquel cette privation temporaire ferait le plus grand bien. Bon, ça restait loin du cinq étoiles (confia-t-elle à son amie intime Elena, Anglaise mariée à un mollasson de fonctionnaire grec aux Nations unies), mais au moins le pauvre homme y trouverait-il cette intimité si vitale en cas de deuil, El, Gloria elle-même en avait fait l'expérience à la mort de maman, d'un autre côté Tessa et Justin formaient un couple, comment dire?, peu conformiste, bien que Gloria n'ait personnellement jamais douté de leur attachement sincère, enfin de la part de Justin en tout cas, parce que de la part de Tessa, franchement, El ma chérie, Dieu seul le sait et aucun de nous ne le saura jamais.

A quoi Elena, aussi souvent divorcée qu'expérimentée, contrairement à Gloria, répliqua : « Surveille tes fesses, ma belle. Les play-boys récemment veufs ne pensent qu'à ça. »

*

Gloria Woodrow était de ces épouses modèles de diplomate résolues à toujours voir le bon côté des choses. Et si l'horizon ne s'éclaircissait pas, elle éclatait d'un rire franc et disait : « Eh bien, nous voilà tous dans le même bain ! », cri de ralliement invitant les gens concernés à se serrer les coudes et à endosser sans se plaindre les misères de la vie. Fidèle ancienne des écoles privées qui l'avaient façonnée, elle les tenait régulièrement informées de son parcours et se repaissait des nouvelles de ses congénères. Pour l'anniversaire de la fondation, elle envoyait chaque année un télégramme de félicitations fort spirituel, ou plutôt, de nos jours, un e-mail fort spirituel, généralement en vers pour que personne n'oublie jamais qu'elle avait remporté le prix de poésie. Séduisante sans recherche, notoirement bavarde surtout lorsqu'il n'y avait pas grand-chose à dire, elle adoptait cette affreuse démarche dandinante qu'affectent les Anglaises de sang royal.

Gloria Woodrow n'était pas née idiote. Considérée dix-huit ans auparavant comme l'une des têtes de sa promotion à l'université d'Edimbourg, elle aurait pu décrocher une mention bien en philosophie politique, disait-on, si elle ne s'était autant consacrée à Woodrow. Mariage, maternité et aléas de la vie diplomatique avaient ensuite pris le pas sur les ambitions qu'elle aurait pu nourrir. Elle semblait parfois à Woodrow avoir délibérément endormi son intellect pour remplir son rôle d'épouse, ce qui le désolait en secret même s'il lui savait gré de ce sacrifice et de la sérénité avec laquelle elle s'abstenait de lire ses pensées intimes tout en se pliant docilement à ses souhaits. « Quand je voudrai une vie à moi, je te le dirai, l'assurait-elle lorsque, pris de remords ou d'ennui, il la poussait à préparer un diplôme plus élevé, à étudier le droit ou la médecine, enfin n'importe quoi, bon sang. Si tu ne m'aimes pas telle que je suis, là c'est autre chose », répondait-elle, faisant adroitement passer les doléances de son époux du particulier au général. « Mais si, mais si, je t'aime comme tu es ! » protestait-il en l'étreignant avec fougue. Et il y croyait presque.

Justin devint le prisonnier secret du rez-de-jardin le soir même de ce sombre lundi où il apprit la mort de Tessa, à l'heure où les limousines se mettent à piaffer derrière le portail en fer dans l'allée privée des ambassades avant que leur théorie s'ébranle vers leur terre d'élection pour les libations du jour. Qu'il s'agisse de la fête nationale zaïroise, malaise ou française, le drapeau claquera au vent dans le parc, les arroseurs automatiques auront été coupés et le tapis rouge déroulé, les domestiques noirs en gants blancs vaqueront comme à l'époque coloniale que nous désavouons tous solennellement, et une musique patriotique de circonstance résonnera sous la tente du buffet.

Ayant accompagné Justin de la morgue au QG de la police dans la camionnette Volkswagen noire, Woodrow l'avait regardé remplir de sa belle écriture scolaire la déclaration d'identification du corps de sa femme, puis avait prévenu Gloria par téléphone qu'il arriverait avec son invité spécial dans un quart d'heure s'il n'y avait pas trop de circulation. « Il va garder profil bas, ma chérie, et nous devons faire en sorte de l'aider en ce sens » – ce qui n'empêcha pas Gloria d'appeler Elena aussitôt, en recomposant le numéro jusqu'à ce que la ligne soit libre, pour établir avec elle le menu du dîner : ce pauvre Justin aimait-il le poisson ou non ? Elle avait oublié, mais avait l'impression qu'il était difficile, et mon Dieu, El, de quoi vais-je bien pouvoir lui parler quand Sandy sera de service et que je me retrouverai seule pendant des heures avec ce pauvre homme ? C'est vrai, quoi, tous les sujets intéressants sont tabous.

« Ne t'inquiète pas, très chère, t'auras bien une idée », l'assura Elena un peu sèchement.

Gloria trouva encore le temps de l'informer des coups de fil absolument harcelants qu'elle recevait des journalistes, dont certains qu'elle refusait de prendre, préférant faire répondre par Juma, son serviteur kamba, que M. et Mme Woodrow étaient indisponibles pour l'instant. Il y avait bien ce jeune journaliste du *Daily Telegraph* au langage si châtié auquel elle aurait adoré parler, mais Sandy le lui avait interdit sous peine de mort.

« Il t'écrira peut-être, ma chérie », fit Elena en guise de réconfort.

Dès que la fourgonnette Volkswagen aux vitres teintées s'arrêta dans l'allée de la propriété, Woodrow en émergea pour s'assurer qu'il n'y avait pas de journalistes dans les parages. Aussitôt après, Gloria aperçut enfin Justin, le veuf ayant perdu femme et bébé en l'espace de six mois, Justin le mari trompé qui ne le serait plus jamais, Justin avec son complet léger sur mesure et son doux regard, Justin son réfugié secret qu'elle cacherait au rez-de-jardin. De dos à son public, il ôta son chapeau de paille en sautant du hayon, remercia au passage Livingstone le chauffeur, Jackson le garde et Juma, qui traînait là sans but comme à son habitude, d'un petit salut distrait de sa belle tête brune et avança d'un pas souple jusqu'à la porte d'entrée. Quand il s'approcha d'elle, Gloria vit d'abord son visage dans l'obscurité puis dans la brève lueur crépusculaire.

« Bonsoir, Gloria ! C'est gentil à vous de m'accueillir ici, la remercia-t-il d'une voix si courageusement maîtrisée qu'elle en aurait pleuré – ce qu'elle fit d'ailleurs plus tard.

– Nous sommes tellement heureux de pouvoir vous venir un peu en aide, mon cher Justin, murmura-t-elle en l'embrassant avec une tendresse contenue.

– Pas de nouvelles d'Arnold, j'imagine ? Personne n'a appelé pendant que nous étions en chemin ?

– Désolée, très cher, rien de neuf. Nous sommes tous sur des charbons ardents, cela va sans dire. »

J'imagine…, songea-t-elle. Mais on n'imagine même pas l'héroïsme qu'il faut pour encaisser comme ça.

Quelque part à l'arrière-plan, Woodrow lui annonçait d'un ton lugubre qu'il devait retourner au bureau encore une heure et qu'il appellerait, ma chérie, mais elle n'en avait cure. Il n'a perdu personne, lui ! songea-t-elle méchamment. Sans y prêter attention, elle entendit les portières claquer et la Volkswagen démarrer. Elle n'avait d'yeux que pour Justin, son protégé, son héros tragique. Justin, lui apparut-il, n'était pas moins victime de ce drame que Tessa, car elle était morte alors que lui traînerait jusque dans la tombe le fardeau de son chagrin, qui avait déjà rendu son teint cendreux et changé sa démarche autant que son regard sur les choses. Ainsi, les bordures herbacées que Gloria chérissait, plantées selon les directives de Justin, n'eurent pas plus droit à un coup d'œil que le sumac et les deux pommiers qu'il avait si gentiment refusé de lui faire payer. Car c'était là un des talents de Justin auquel Gloria avait encore du mal à croire (cet aveu au bénéfice d'Elena lors d'un interminable résumé le soir même) : il savait tout sur les plantes, fleurs et jardins. D'où cela pouvait-il bien lui venir, dis-moi, El ? De sa mère, sans doute. N'était-elle pas à moitié une Dudley ? Les Dudley jardinent tous comme des fous depuis la nuit des temps. Parce que là on parle de botanique anglaise classique, El, pas de ce qu'on lit dans le journal du dimanche.

Gloria fit gravir le perron à son précieux invité, traverser

le hall, descendre l'escalier de service jusqu'au rez-de-jardin et visiter la prison où il résiderait le temps de sa réclu-
sion : la penderie en contreplaqué gauchi pour accrocher
vos complets, Justin – pourquoi diable n'avait-elle pas
donné 50 shillings de plus à Ebediah en lui demandant de la
repeindre ? –, la commode vermoulue pour vos chemises
et chaussettes – pourquoi n'avait-elle jamais pensé à en
tapisser l'intérieur ?

Mais, comme d'habitude, c'est Justin qui s'excusait.

« Vous savez, Gloria, je n'ai pas beaucoup de vêtements
à ranger. Mon domicile est assiégé par des meutes de journalistes, et Mustafa a dû débrancher le téléphone. Sandy
m'a aimablement offert de me prêter ce dont j'aurai besoin
jusqu'à ce que je puisse aller sans risque récupérer quelques
affaires chez moi.

– Oh, Justin, suis-je bête ! » s'écria Gloria en rougissant.

Parce qu'elle répugnait à le quitter ou ne savait comment
s'y prendre, elle tint ensuite à lui montrer l'horrible vieux
réfrigérateur bourré d'eau minérale et de sodas – pourquoi
n'avait-elle pas fait remplacer le joint pourri ? –, et la glace
est ici, Justin, il suffit de la passer sous l'eau du robinet pour
la dégeler, et la bouilloire électrique en plastique qu'elle
avait toujours détestée, le pot fissuré décoré de bourdons,
acheté à Ilfracombe et rempli de sachets de thé Tetley,
la boîte en fer cabossée de biscuits secs Huntley & Palmer
s'il aimait grignoter avant d'aller se coucher, comme Sandy
alors qu'on lui a recommandé de perdre du poids. Enfin
– Dieu merci, elle avait au moins un motif de satisfaction –,
le superbe vase de gueules-de-loup multicolores dont elle
avait planté les graines selon les instructions de Justin.

« Bon, eh bien je vais vous laisser tranquille, dit-elle avant
de s'apercevoir à sa grande honte en arrivant à la porte
qu'elle ne lui avait pas encore présenté ses condoléances.
Très cher Justin…, commença-t-elle.

– Merci, Gloria, c'est inutile », coupa-t-il avec une fermeté
surprenante.

Privée de sa minute de tendresse, elle s'efforça de recouvrer son sens pratique.

« Bien, vous montez quand vous en avez envie, cher ami.

On dîne à 20 heures en principe. Apéritif avant, si ça vous dit. Bref, vous faites ce que bon vous semble. Y compris rien du tout. Dieu seul sait quand Sandy sera de retour. »

Sur quoi elle remonta avec soulagement à sa chambre, se doucha, se changea et se maquilla avant d'aller vérifier que les garçons faisaient bien leurs devoirs. Impressionnés par l'atmosphère de mort qui rôdait, ils travaillaient d'arrache-pied, ou du moins en donnaient l'apparence.

« Est-ce qu'il a l'air affreusement triste ? demanda Harry, le cadet.

– Vous le verrez demain. Soyez très polis et sérieux avec lui. Mathilda vous prépare des hamburgers. Vous les mangerez dans la salle de jeux, pas dans la cuisine, compris ? lança-t-elle, avant d'ajouter une phrase qui lui sortit de la bouche sans même qu'elle y pense : C'est un monsieur très courageux, et il faudra le traiter avec beaucoup de respect. »

Elle descendit au salon, où elle eut la surprise de trouver Justin. Il accepta un whisky soda bien tassé, elle se versa un verre de vin blanc et s'assit dans un fauteuil, celui de Sandy en fait, sauf qu'elle ne pensait nullement à lui. Pendant quelques minutes – elle n'aurait su dire combien – aucun des deux ne parla, mais ce silence lui sembla un lien qui se renforçait plus il durait. Il sirotait son whisky, et elle fut soulagée de remarquer qu'il ne partageait pas l'irritante manie prise par Sandy de fermer les yeux avec une petite moue comme pour une dégustation. Son verre à la main, Justin alla jusqu'à la porte-fenêtre contempler le jardin illuminé par vingt ampoules de 150 watts reliées au groupe électrogène, dont l'éclat lui embrasait la moitié du visage.

« C'est peut-être ça que les gens pensent, lança-t-il, reprenant le fil d'une conversation qu'ils n'avaient pas commencée.

– Quoi, mon ami ? demanda Gloria sans être sûre qu'il s'adressait à elle, mais convaincue qu'il avait besoin de parler à quelqu'un.

– Qu'on vous a aimé pour ce que vous n'êtes pas. Que vous êtes une sorte d'imposteur. Un voleur d'amour. »

Sans du tout savoir si les gens pensaient cela, Gloria était persuadée qu'ils avaient tort.

« Bien sûr que non, vous n'êtes pas un imposteur, Justin, protesta-t-elle. Vous êtes une des personnes les plus sincères qui soient, et depuis toujours. Tessa vous adorait à juste titre. Elle aura été comblée. »

Quant à « voleur d'amour », songea-t-elle, pas besoin d'être malin pour deviner qui du couple commettait ce genre de larcin.

Justin ne réagit pas à sa déclaration convaincue, extérieurement du moins, et Gloria n'entendit un temps que la réaction en chaîne de chiens aboyant le long des trottoirs chics de Muthaiga.

« Vous avez toujours été bon envers elle, Justin, vous le savez bien. N'allez pas vous reprocher des fautes que vous n'avez pas commises. Beaucoup de gens font ça après un décès, et ils sont injustes envers eux-mêmes. On ne peut pas passer son temps à traiter ses proches comme s'ils allaient mourir d'un instant à l'autre, sinon on n'avancerait plus, pas vrai ? Vous lui avez toujours été loyal. Toujours », répéta-t-elle, impliquant par là qu'on ne pouvait pas en dire autant de Tessa.

Il avait d'ailleurs saisi le sous-entendu, elle en était certaine. Il s'apprêtait même à parler de ce misérable Arnold Bluhm lorsque, à son grand dépit, elle entendit son mari introduire sa clé dans la serrure, et le charme fut rompu.

« Justin, mon pauvre vieux, comment va ? lança Woodrow en se versant un verre de vin étonnamment petit avant de se laisser tomber sur le sofa. Toujours pas de nouvelles, ni bonnes ni mauvaises, désolé. Pas d'indice, pas de suspect, enfin pour l'instant, et pas la moindre trace d'Arnold. Les Belges ont fourni un hélicoptère, Londres un deuxième. Ah, l'argent, ça nous perdra tous. Mais bon, il est citoyen belge, alors pourquoi pas ? Ma chère, tu es ravissante ce soir. Qu'est-ce qu'on mange ? »

Il a bu, songea Gloria écœurée. Il dit qu'il travaille tard, mais il reste à son bureau pour boire pendant que je fais faire leurs devoirs aux garçons. Elle perçut un mouvement près de la fenêtre et vit avec consternation que Justin s'apprêtait à prendre congé, sans doute effarouché par la balourdise éléphantesque de son mari.

« Vous ne mangez rien ? s'indigna Woodrow. Il faut garder la forme, mon vieux.

– C'est très gentil, mais je n'ai vraiment pas faim. Gloria, encore merci. Bonsoir, Sandy.

– Au fait, Pellegrin vous transmet son soutien de Londres. Tout le Foreign Office est accablé de chagrin. Pellegrin ne voulait pas vous importuner.

– Bernard s'est toujours montré plein de tact. »

Gloria vit la porte se fermer, entendit Justin descendre l'escalier en béton, regarda le verre vide posé sur la table en bambou à côté de la baie vitrée, et l'espace d'un instant eut l'affreuse conviction qu'elle ne le reverrait plus jamais.

Au lieu de le savourer comme d'habitude, Woodrow engloutit son dîner sous le regard de Gloria, qui n'avait pas plus d'appétit que Justin, et de Juma leur serviteur, qui allait nerveusement de l'un à l'autre sur la pointe des pieds.

« Alors, comment nous portons-nous ? murmura Woodrow sur un ton de conspirateur en montrant le plancher pour indiquer à Gloria de l'imiter.

– Plutôt bien, dit-elle, jouant le jeu. Vu les circonstances. »

Que fais-tu en ce moment en bas ? se demandait-elle. Tu es allongé sur ton lit dans le noir à te fustiger ? Ou tu regardes dans le jardin à travers tes barreaux, en parlant au fantôme de Tessa ?

« Rien de significatif n'a émergé ? poursuivit Woodrow, qui buta un peu sur le mot "significatif" mais tenait à préserver le côté allusif de leur conversation à cause de Juma.

– C'est-à-dire ?

– Au sujet de notre tombeur », fit-il avec un regard appuyé et un signe du pouce vers la cafetière en articulant les mots « le noir », ce qui incita Juma à courir rechercher du café.

Gloria resta éveillée des heures au côté de son mari qui ronflait puis, croyant avoir entendu un bruit en bas, elle alla discrètement sur le palier regarder par la fenêtre. La coupure de courant était terminée. Un flamboiement orange s'élevait de la ville jusqu'aux étoiles, mais ni Tessa ni Justin ne hantaient le jardin éclairé. Gloria retourna vers son lit pour trouver Harry couché en travers, le pouce dans la bouche et l'autre bras sur le torse de son père.

47

*

Comme d'habitude, la famille se leva tôt, mais Justin les avait devancés et tournait en rond dans la pièce, vêtu de son complet froissé. Gloria lui trouva l'air énervé, un rien trop animé, les joues trop roses sous ses yeux cernés de brun. Les garçons lui serrèrent la main d'un air grave, selon la consigne, et Justin leur rendit leur salut avec autant de sérieux.

« Ah, Sandy, bonjour, fit-il à la vue de Woodrow. Je peux vous dire un mot ? »

Les deux hommes se retirèrent dans le solarium.

« C'est au sujet de ma maison, commença Justin dès qu'ils furent seuls.

– Ici ou celle de Londres, vieux ? » rétorqua Woodrow, affectant ridiculement un ton enjoué.

Gloria, qui entendait chaque mot par le passe-plat de la cuisine, lui aurait volontiers défoncé le crâne.

« Ici, à Nairobi. Ses papiers personnels, le courrier de ses avocats, les relevés du fidéicommis familial, tous ces documents précieux pour nous deux... Je ne peux tout de même pas laisser la police kenyane fouiller à sa guise dans sa correspondance privée.

– Vous suggérez quoi, vieux ?

– J'aimerais aller chez moi. Tout de suite. »

Quelle fermeté ! s'extasiait Gloria. *Quelle assurance, contre vents et marées !*

« Impossible, mon ami. Les plumitifs vous boufferaient tout cru.

– Oh, je ne pense pas. Ils peuvent essayer de me photographier, j'imagine, ils peuvent m'interpeller, mais si je ne réponds pas ils n'iront pas plus loin. Autant les prendre par surprise quand ils sont en train de se raser. »

Gloria connaissait par cœur les faux-fuyants de son mari. *Dans un instant, il va appeler Bernard Pellegrin à Londres, comme toujours quand il cherche à court-circuiter Porter Coleridge pour obtenir la réponse qu'il veut entendre.*

« Tiens, j'ai une idée. Si vous m'écriviez une liste de tout ce dont vous avez besoin ? Je m'arrangerai pour la faire passer à Mustafa et il apportera vos affaires ici. »

Ça, c'est bien de lui, enragea Gloria. *On hésite, on tergiverse, on cherche la solution de facilité à chaque fois.*

« Mustafa ne saura pas quoi prendre, entendit-elle Justin répliquer avec la même fermeté. Et ça ne lui servira à rien qu'on l'écrive, même la liste des courses le dépasse. Sandy, je dois vraiment ça à Tessa. C'est une dette d'honneur dont je dois m'acquitter, que vous m'accompagniez ou non. »

Ça, c'est la classe ! applaudit Gloria en silence depuis la touche. *Bien joué, mon gars !* Mais son esprit avait beau s'ouvrir depuis peu à toutes sortes de révélations inattendues, il ne lui vint pas à l'idée que son mari pût avoir ses propres raisons de vouloir se rendre chez Tessa.

*

Contrairement aux prévisions de Justin, les journalistes n'étaient pas en train de se raser. Ou alors ils le faisaient sur les bordures herbeuses à l'extérieur de la maison, où ils avaient campé toute la nuit dans des voitures de location, jetant leurs détritus dans les buissons d'hortensias. Deux camelots africains en costume d'Oncle Sam tenaient un stand de thé, d'autres faisaient cuire du maïs au charbon de bois. Des policiers moroses traînaient autour de leur voiture de patrouille cabossée. Leur chef, un obèse portant une ceinture marron bien astiquée et une Rolex en or, était vautré sur le siège du passager, les yeux clos. Il était 7 h 30. Un nuage bas cachait la ville. De grands oiseaux noirs se déplaçaient le long des câbles électriques, attendant le moment propice pour fondre sur la nourriture.

« Va plus loin et arrête-toi », ordonna du fond de la fourgonnette Woodrow, le fils de militaire.

Ils avaient repris leurs places de la veille : Livingstone et Jackson à l'avant, Woodrow et Justin tassés sur la banquette arrière. Si la Volkswagen noire avait des plaques diplomatiques, c'était le cas d'un véhicule sur deux à Muthaiga. Certes, un œil averti aurait pu repérer le préfixe britannique avant le numéro minéralogique, mais il ne devait pas y en avoir dans les parages, car personne ne montra d'intérêt lorsque Livingstone dépassa la grille d'entrée au pas, grimpa la pente douce puis arrêta le véhicule et serra le frein à main.

« Jackson, descends et va tranquillement jusqu'au portail de la résidence Quayle. Justin, comment s'appelle votre gardien ?

– Omari.

– Dis à Omari d'ouvrir la grille à la dernière minute quand il nous verra arriver et de la refermer derrière nous. Reste avec lui pour t'assurer qu'il exécute les ordres à la lettre. Vas-y. »

Parfait pour le rôle, Jackson s'extirpa de la camionnette, s'étira, tripota sa ceinture et descendit nonchalamment la colline jusqu'au portail en fer où, sous l'œil indifférent de la police et des journalistes, il prit place au côté d'Omari.

« OK, recule, ordonna Woodrow à Livingstone. Très lentement. Prends tout ton temps. »

Livingstone relâcha le frein à main et, moteur toujours en route, laissa la fourgonnette descendre doucement la pente en marche arrière jusqu'à ce que le hayon vienne s'encadrer dans l'entrée de l'allée privée. Il va faire demi-tour, crurent-ils peut-être. Impression de courte durée, car Livingstone écrasa soudain l'accélérateur et recula à toute allure jusqu'au portail en fendant la foule des journalistes ahuris. Les grilles s'ouvrirent à la volée, tirées d'un côté par Omari et de l'autre par Jackson, et se refermèrent sitôt la fourgonnette passée. Jackson, à l'affût côté maison, bondit au passage dans le véhicule et Livingstone roula jusqu'au perron, dont il monta les deux marches avant de s'arrêter à deux doigts de la porte d'entrée, que Mustafa, le serviteur de Justin, ouvrit de l'intérieur avec une prescience remarquable. Woodrow poussa Justin devant lui, puis s'engouffra à sa suite dans le vestibule en claquant la porte derrière lui.

*

La maison était plongée dans l'obscurité, le personnel ayant tiré les rideaux par égard pour Tessa ou à cause de la meute des journalistes. Justin, Woodrow et Mustafa restaient dans le hall. Mustafa pleurait en silence et Woodrow distinguait son visage défait, les dents blanches derrière le rictus douloureux, les larmes qui ruisselaient le long de ses joues presque jusqu'au lobe de ses oreilles. Pour le consoler, Justin lui passa un bras derrière la nuque, démonstration d'affection si peu britannique que Woodrow en fut surpris de sa part, voire choqué, et qu'il dut détourner les yeux, gêné, quand Justin attira Mustafa contre sa poitrine jusqu'à ce que la mâchoire crispée de ce dernier repose sur son épaule. Dans le couloir, d'autres silhouettes émergeaient du quartier des domestiques : le shamba boy manchot, un sans-papiers ougandais qui aidait Justin pour les travaux de jardinage et dont Woodrow n'avait jamais pu retenir le nom, puis Esmeralda, la réfugiée clandestine du Sud-Soudan qui avait toujours des démêlés avec les hommes. Tessa ne sachant pas plus résister à un récit larmoyant que se plier aux lois en vigueur, la maison prenait parfois des allures de foyer panafricain pour sans-abri handicapés, mais les diverses remarques que Woodrow avait adressées à Justin sur ce sujet s'étaient heurtées à un mur. Seule Esmeralda ne pleurait pas, affichant ce regard inexpressif que les Blancs prennent pour de l'impertinence ou de l'indifférence, et dont Woodrow, lui, savait qu'il reflétait seulement l'habitude et disait : la vraie vie est ainsi faite. Le chagrin, la haine, les massacres, voilà notre quotidien depuis notre naissance, un quotidien que vous les Wazungus ignorez.

Justin écarta gentiment Mustafa pour accueillir Esmeralda par une double poignée de main tandis qu'elle posait sa tempe bordée de tresses contre son front. Woodrow avait le sentiment de se retrouver au cœur d'un cercle d'affection inimaginable pour lui. Juma pleurerait-il autant si Gloria se faisait couper la gorge ? Ben tiens ! Et Ebediah ? Et la nouvelle bonne de Gloria, dont j'ai oublié le nom ? Justin étreignit le jardinier ougandais, lui tapota la joue, puis tourna le dos à tout le monde et attrapa de la main droite la rampe de l'escalier, qu'il gravit comme le vieil homme qu'il serait bientôt. Woodrow le regarda s'enfoncer dans la pénombre du palier et disparaître dans la chambre où lui-même n'avait jamais pénétré mais qu'il avait secrètement imaginée un nombre incalculable de fois.

Resté seul, Woodrow erra, en proie au même malaise qu'à chacune de ses visites chez Tessa : le provincial qui débarque en ville. S'il s'agit d'un cocktail, pourquoi ces gens me sont-ils inconnus ? Quelle cause va-t-on me demander d'épouser ce soir ? Dans quelle pièce se trouvera Tessa ? Où est Bluhm ? Près d'elle certainement. Ou dans la cuisine, à faire se tordre de rire les serviteurs. Revenant à son but premier, Woodrow progressa dans le couloir enténébré jusqu'à la porte du salon, qui n'était pas fermée à clé. Des rais de soleil matinal s'infiltrant entre les rideaux éclairaient les boucliers, masques et carpettes effrangées tissées main par des paraplégiques, et grâce auxquels Tessa avait réussi à égayer l'austère mobilier de fonction. Comment avait-elle pu tirer aussi joliment parti de ce fatras ? La même cheminée en brique que chez nous, les mêmes poutrelles en fer encastrées façon solives en chêne de l'Angleterre d'antan. Tout comme chez nous, mais en plus petit parce que les Quayle étaient sans enfants et d'un statut inférieur. Alors pourquoi la maison de Tessa semblait-elle être un modèle et la nôtre une pâle imitation ?

Il s'arrêta net au milieu de la pièce, bloqué par l'impact du souvenir. C'est ici que je me tenais pour lui faire la leçon, à la fille de la comtesse, près de cette jolie table en marqueterie que sa mère adorait, agrippé au dossier de cette petite chaise en citronnier, à pontifier tel un père de l'époque victorienne. Tessa debout, là-bas devant la fenêtre, dans sa robe de coton traversée par les rayons du soleil. Savait-elle que je parlais à une silhouette nue ? Que j'assouvissais mes fantasmes rien qu'en la regardant, ma créature de rêve sur une plage, mon inconnue rencontrée dans un train ?

« J'ai pensé que le mieux, c'était de passer vous voir, commence-t-il d'un ton grave.

– Et pourquoi donc, Sandy ? » demande-t-elle.

11 heures. Réunion à la chancellerie bouclée, Justin expédié à Kampala pour assister pendant trois jours à une conférence inutile sur l'optimisation de l'aide humanitaire. J'ai

beau être en mission officielle, j'ai garé ma voiture dans une rue voisine comme un amant coupable qui rend visite à la belle jeune femme d'un collègue. Dieu qu'elle est belle ! Et Dieu qu'elle est jeune ! Avec des seins hauts, provocateurs, fermes. Comment Justin peut-il la laisser un instant hors de sa vue ? Jeune aussi dans le regard furieux de ses grands yeux gris, le sourire trop averti pour son âge. En fait, Woodrow ne peut voir ce sourire en contre-jour, mais il le devine au ton moqueur de la voix charmeuse et raffinée. A tout moment, il peut le retrouver dans son souvenir, de même que le galbe de ses hanches et de ses cuisses dans la nudité de sa silhouette, et la grâce de sa démarche affolante. Pas étonnant qu'elle et Justin soient tombés amoureux : ils sont de la même race à vingt ans d'intervalle.

« Tess, franchement, ça ne peut pas durer.

– Ne m'appelez pas Tess.

– Pourquoi ?

– Ce diminutif est réservé. »

A qui ? se demande-t-il. A Bluhm ou à un autre de ses amants ? Quayle ne l'a jamais appelée Tess. Pas plus que Ghita, autant qu'il le sache.

« Vous ne pouvez pas continuer à exprimer vos opinions aussi librement. »

Suit le passage préparé à l'avance où il lui rappelle son devoir en tant qu'épouse responsable d'un diplomate en exercice. Mais il n'arrive pas jusqu'à la fin. Le mot « devoir » l'a piquée au vif.

« Mon devoir est envers l'Afrique, Sandy. Et le vôtre ?

– Envers mon pays, si vous me permettez d'être solennel, déclare-t-il, surpris d'avoir à répondre en son propre nom. Tout comme Justin. Envers mon service et mon chef de mission. Ça vous va ?

– Vous savez bien que non. Très loin de là.

– Comment pourrais-je le savoir ?

– Je croyais que vous étiez venu me parler des documents fascinants que je vous ai remis.

– Non, Tessa. Je suis venu vous demander de ne plus déblatérer sur tous les toits de Nairobi contre les méfaits du gouvernement Moi. Je suis venu vous inviter à jouer dans notre camp pour changer, au lieu de… Oh, et puis finissez donc la phrase vous-même », conclut-il insolemment.

Lui aurais-je tenu ces propos si je l'avais sue enceinte ? Sans doute pas de façon aussi abrupte. Mais je lui aurais quand même parlé. Avais-je décelé sa grossesse quand je m'efforçais de ne pas remarquer sa silhouette nue ? Non. Je la désirais à un point insoutenable, comme elle le devinait au ton altéré de ma voix et à mon attitude guindée.

« Ce qui signifie que vous ne les avez pas lus ? avance-t-elle sans s'écarter de la question des documents. Encore un peu et vous allez me dire que vous n'avez pas eu le temps.

– Bien sûr que je les ai lus.

– Alors, qu'en avez-vous pensé après lecture, Sandy ?

– Ils ne m'apprennent rien de nouveau, et ils ne sont pas de mon ressort.

– Voilà qui est bien négatif, Sandy. C'est même pire, c'est lâche. Pourquoi n'est-ce pas de votre ressort ?

– Parce que nous sommes diplomates, pas flics, Tessa, répond Woodrow en se haïssant. Le gouvernement Moi est corrompu jusqu'à la moelle, me dites-vous. Je n'en ai jamais douté. Ce pays meurt du sida, il est en pleine faillite, il n'y a pas un seul secteur, du tourisme à l'écologie, en passant par l'éducation, les transports, la sécurité sociale ou les télécoms, qui ne soit rongé par la fraude, l'incompétence et l'incurie. Bien vu. Des ministres et des fonctionnaires qui détournent des convois de nourriture et de matériel médical destinés aux réfugiés affamés, parfois avec la complicité de certains employés d'ONG, dites-vous. C'est évident. Les dépenses annuelles de santé représentent 5 dollars par tête, et ceci avant que du haut en bas de l'échelle chacun ait prélevé sa part. La police a pour habitude de molester quiconque serait assez malavisé d'attirer l'attention publique sur le sujet. C'est également vrai. Vous avez étudié leurs méthodes. Ils utilisent la torture par l'eau, dites-vous. Ils plongent les gens dans l'eau avant de les rouer de coups pour atténuer les marques. Vous avez encore raison, c'est ce qu'ils font. Ils ne font pas dans le détail. Et nous, on se tait. Ils louent aussi leurs armes à des gangs de tueurs amis, à condition qu'elles leur soient rendues à l'aube, sinon ils gardent la caution. Le haut-commissariat partage votre dégoût, mais ne proteste pas pour autant. Pourquoi ? Parce que nous sommes ici pour représenter notre pays, pas le leur, Dieu merci. Nous avons 35 000 ressortissants britanniques au Kenya, dont la subsistance dépend des lubies du président Moi. Le haut-commissariat n'a pas pour mission de leur rendre la vie plus dure qu'elle ne l'est déjà.

– Et vous avez aussi des intérêts commerciaux anglais à servir, lui rappelle-t-elle d'un ton taquin.

– Ce n'est pas un crime, Tessa, réplique-t-il, s'efforçant d'arracher son regard du contour de ses seins sous le corsage bouffant. Le commerce n'est pas un crime. Faire des échanges avec des pays en voie de développement n'est pas un crime. Au contraire, c'est une aide au développement. Ça rend possibles les réformes que nous souhaitons tous. Ça leur donne accès au monde moderne. Ça nous permet de les aider. Comment aider un pays pauvre si nous ne sommes pas riches nous-mêmes ?

– Quelle connerie !

– Pardon ?

– Dans le genre spécieux et pompeux, c'est de la connerie cent pour cent Foreign Office digne de l'inestimable Pellegrin lui-même. Ouvrez les yeux. Le commerce n'enrichit pas les pauvres. Le profit n'achète pas les réformes, il achète les officiels du gouvernement et les comptes en banque suisses.

– Je conteste formellement…

– Donc, on oublie tout, c'est ça ? l'interrompt-elle. Affaire classée sans suite, signé Sandy. Formidable. La mère des démocraties se révèle une fois de plus être une hypocrite et une menteuse, qui prêche la liberté et les droits de l'homme pour tous, sauf là où elle espère se faire du fric.

– C'est totalement injuste, ça ! D'accord, les comparses de Moi sont tous des escrocs et le vieux en a encore pour quelques années au pouvoir. Mais il y a de l'espoir. Un mot bien placé, un moratoire sur l'aide internationale, de la diplomatie en coulisses, tout cela finit par porter ses fruits. Et Richard Leakey entre au Conseil des ministres pour mettre un frein à la corruption et assurer aux donateurs qu'ils peuvent recommencer à se montrer généreux sans craindre de financer les rackets de Moi. »

Il commence à sonner comme une dépêche officielle et s'en rend compte. Pis encore, elle aussi, à preuve un énorme bâillement.

« Le Kenya n'a peut-être pas de présent, mais il a un avenir », conclut-il vaillamment.

Après quoi, il attend un signe de Tessa indiquant qu'ils s'acheminent vers une sorte de trêve. Mais Tessa n'est pas du genre conciliateur, non plus que son amie intime Ghita, se rappelle-t-il trop tard. Elles sont assez jeunes pour croire que la vérité toute simple existe.

« Les documents que je vous ai confiés fournissent des noms, des dates et des comptes bancaires, insiste-t-elle sans merci. Des ministres sont nommément identifiés et incriminés. Ça rentre dans la catégorie des mots bien placés, ça aussi, ou bien tout le monde fait la sourde oreille, là-bas ?

– Tessa… »

Elle lui échappe alors qu'il était venu pour se rapprocher d'elle.

« Sandy ?

– Je comprends votre point de vue, je vous entends. Mais pour l'amour de Dieu, un peu de bon sens ! Vous ne pouvez pas suggérer sérieusement que le gouvernement anglais fasse lancer par Bernard Pellegrin une chasse aux sorcières contre les ministres incriminés du gouvernement kenyan ! Enfin, bon sang, on n'est pas tout blancs non plus, nous autres. Vous imaginez le haut-commissaire kenyan à Londres nous disant de balayer devant notre porte ?

– C'est n'importe quoi et vous le savez très bien », réplique-t-elle, des étincelles dans les yeux.

Woodrow a compté sans Mustafa, qui entre à pas feutrés, le dos voûté. Avec une impeccable précision, il commence par installer entre eux sur le tapis un guéridon sur lequel repose un plateau en argent où trônent une cafetière en argent et la corbeille également en argent appartenant à la défunte mère de Tessa et contenant des biscuits sablés. A l'évidence, cette intrusion stimule la fibre théâtrale ancrée en Tessa, qui s'agenouille bien droite devant la petite table, les épaules rejetées en arrière, le corsage bien tendu sur les seins, et qui ponctue son discours de saillies inquisitrices sur les goûts de Woodrow.

« J'ai oublié, Sandy : vous l'aimez noir ou avec un nuage de lait ? demande-t-elle d'un ton faussement aristocratique, quand le vrai message est : *Voici la vie pharisaïque que nous menons. Un continent se meurt sous nos yeux et nous sommes ici, debout ou agenouillés, à boire du café devant un plateau en argent alors qu'au bout de la rue des enfants crèvent de faim, des malades meurent et des politiciens pourris ruinent le pays qu'ils ont manipulé pour se faire élire.* Une chasse aux sorcières ferait un excellent début, puisque vous en parlez. Moi je dis : qu'on les dénonce, qu'on les humilie et qu'on leur coupe la tête pour l'empaler sur les grilles de la ville ! L'ennui, c'est que ça ne marche pas comme ça. Tous les ans la presse de Nairobi publie le même palmarès de la honte, et tous les ans ce sont les mêmes politiciens kenyans qui y figurent. Aucun n'est viré, aucun n'est traîné en justice, dit-elle en pivotant sur les genoux pour lui tendre une tasse. Mais ça ne vous gêne pas, hein ? Vous êtes un homme de *statu quo*. C'est votre choix. On ne vous l'a pas imposée, cette décision, c'est vous qui l'avez prise. Vous, Sandy. Vous vous êtes regardé un jour dans la glace en vous disant : "Bonjour, bonjour, désormais je prends le monde comme je le trouve. Je vais faire de mon mieux pour l'Angleterre et j'appellerai ça mon devoir. Tant pis si ce devoir permet aux gouvernements les plus pourris de la planète de rester en place, j'assume", dit-elle en lui offrant du sucre qu'il refuse d'un geste. Alors, je crains que nous n'arrivions pas à nous entendre, n'est-ce pas ? Je veux parler haut et fort. Vous voulez que je pratique la politique de l'autruche, comme vous. Le devoir de l'une est la compromission de l'autre. Quoi de neuf sous le soleil ?

– Et Justin ? lance Woodrow, jouant vainement son va-tout. Que vient-il faire dans tout ça, je me le demande.

– Justin, c'est Justin, réplique-t-elle prudemment, se raidissant en flairant le piège. Il a fait ses choix, j'ai fait les miens.

« – Et Bluhm, c'est Bluhm, j'imagine ? » raille-t-il, poussé par la jalousie et la colère à prononcer le nom qu'il s'est juré de ne mentionner sous aucun prétexte.

Apparemment, elle s'est juré de ne pas l'entendre. Mue par une rigoureuse discipline intérieure, elle ne desserre pas les lèvres en attendant qu'il se rende encore plus ridicule. Ce qu'il ne manque pas de faire. Et dans les grandes largeurs.

« Vous ne croyez pas que vous portez préjudice à la carrière de Justin, par exemple ? s'enquiert-il avec arrogance.

– C'est pour ça que vous êtes venu me voir ?

– En gros, oui.

– Je croyais que c'était pour me sauver de moi-même. Or il semble que ce soit pour sauver Justin de moi-même. Quel bon camarade vous faites !

– J'avais imaginé que Justin et vous partagiez les mêmes intérêts. »

De nouveau en proie à la colère, elle éclate d'un rire forcé, sans joie. Mais contrairement à Woodrow, elle ne perd pas son sang-froid.

« Grand Dieu, Sandy, vous devez être le seul à Nairobi à imaginer une chose pareille ! s'écrie-t-elle en se levant pour mettre fin à l'entrevue. Vous devriez partir à présent, sinon les gens vont jaser. Vous serez heureux d'apprendre que je ne vous enverrai plus de documents. On ne voudrait pas faire rendre l'âme à la déchiqueteuse du haut-commissariat. Vous pourriez y perdre des points de promotion. »

Revivant la scène pour la énième fois en un an, il éprouva de nouveau humiliation et frustration, et sentit le regard méprisant de Tessa lui vrillant le dos lorsqu'il avait pris congé. Il ouvrit subrepticement un petit tiroir de la table en marqueterie tant aimée par la mère de Tessa, glissa la main à l'intérieur et rassembla tout ce qui s'y trouvait. J'étais saoul, j'étais fou, se dit-il en justification de son acte. J'avais un besoin impérieux d'agir avec témérité, de me faire tomber le toit sur la tête pour y voir plus clair.

Un bout de papier – c'est tout ce qu'il cherchait en fourrageant dans des tiroirs et en explorant des étagères, une insignifiante feuille de papier bleu de l'Imprimerie nationale, écrite d'un côté de sa main pour exprimer l'inexprimable en termes exceptionnellement clairs, sans équivoque du genre *D'un côté ceci, mais de l'autre je ne peux vraiment rien y faire*, signé non pas S ou SW mais Sandy, d'une belle écriture bien lisible, et presque suivi du nom WOODROW en capitales pour prouver au monde entier et à Tessa Quayle que, de retour dans son bureau le soir même, cédant à cinq minutes de folie, hanté par le souvenir de sa silhouette nue, un grand verre de whisky à portée de main, l'amoureux transi, un certain Sandy Woodrow, premier conseiller du haut-commissariat britannique de Nairobi, avait accompli un acte de démence inédit, intentionnel et calculé, compromettant carrière, femme et enfants pour s'efforcer vainement de mettre sa vie en accord avec ses sentiments.

Après quoi, il avait glissé ladite lettre dans une enveloppe officielle qu'il avait cachetée de sa langue parfumée au whisky, soigneusement libellée (ignorant des voix intérieures sensées qui l'incitaient à attendre une heure, un jour, une vie entière, à se verser un autre scotch, à demander un congé au pays ou du moins à n'envoyer sa missive que le lendemain matin après avoir dormi), puis montée à la salle du courrier du haut-commissariat où un Kikuyu recruté sur place, nommé Jomo en hommage au grand Kenyatta, sans chercher à savoir pourquoi le premier conseiller faisait porter une lettre marquée PERSONNEL à la silhouette nue de la superbe épouse d'un subalterne, l'avait fourrée dans un sac LOCAL (SIMPLE), tout en disant d'un ton obséquieux : « Bonsoir, m'sieur Woodrow » à celui-ci qui sortait.

*

De vieilles cartes de Noël.

De vieilles invitations sur lesquelles Tessa avait fait une croix signifiant « non ». D'autres portant un « jamais » plus catégorique.

Une vieille carte de bon rétablissement ornée d'oiseaux indiens, signée Ghita Pearson.

Un bout de ruban, un bouchon de vin, une liasse de bristols de diplomates retenue par une pince à dessin.

Mais pas la moindre feuille de papier bleu de l'Imprimerie nationale se terminant par ce gribouillage enflammé : « Je vous aime, je vous aime, je vous aime. Sandy. »

Woodrow passa en revue les dernières étagères, ouvrit des livres au hasard et des boîtes de colifichets tout en s'avouant vaincu. Reprends-toi, mon vieux, s'exhorta-t-il pour faire contre mauvaise fortune bon cœur. D'accord : pas de lettre. Mais pourquoi y en aurait-il une ? Tessa ? Après douze mois ? Elle l'aura jetée au panier le jour même ! Une femme comme elle, une flirteuse invétérée avec une mauviette de mari, on lui fait des avances deux fois par mois. Trois fois ! Chaque semaine ! Tous les jours ! Il transpirait. En Afrique, il avait des suées poisseuses qui lui dégoulinaient dessus avant de sécher. Il s'arrêta, tête penchée, laissant le flot passer, l'oreille aux aguets.

Qu'est-ce qu'il peut bien foutre, là-haut, à faire les cent pas sur la pointe des pieds ? Des papiers personnels, a-t-il dit. Des lettres d'avocats. Quels papiers trop personnels pour les laisser au rez-de-chaussée gardait-elle donc là-haut ? Le téléphone du salon sonnait sans arrêt depuis leur arrivée, mais il venait juste de le remarquer. Des journalistes ? Des amants ? Qu'importe ! Il le laissa sonner. Il se représentait la disposition des pièces à l'étage de sa propre maison pour l'appliquer à celle-ci. Justin se trouvait juste au-dessus de lui, à gauche de l'escalier en montant. Il y avait un dressing, une salle de bains et la chambre principale. Woodrow se rappela Tessa lui disant avoir transformé le dressing en cabinet de travail : *Il n'y a pas que les hommes qui en ont, Sandy. Nous autres femmes aussi*, avait-elle ajouté d'un ton provocateur, comme s'il s'agissait de certains organes. La cadence des pas au-dessus avait changé. Tiens, tu rassembles des objets tout autour de la pièce. Mais lesquels ? *Des documents précieux pour nous deux.* Pour moi aussi, peut-être, songea Woodrow, rongé par le souvenir exaspérant de son coup de folie.

S'apercevant qu'il se trouvait maintenant devant la fenêtre donnant sur le jardin de derrière, il écarta le rideau et vit les bordures d'arbustes à fleurs, fierté des journées « portes ouvertes » pour le personnel subalterne où Justin servait des fraises à la crème avec du vin blanc frappé et leur faisait faire le tour de son Paradis. « Un an de jardinage au Kenya en vaut dix en Angleterre », se plaisait-il à affirmer pendant les petits pèlerinages drolatiques dans la chancellerie où il offrait ses fleurs aux femmes comme aux hommes. En y repensant, c'était l'unique sujet dont il s'enorgueillissait ouvertement. Woodrow jeta un regard en coin vers l'épaulement de la colline. La demeure des Quayle était toute proche de la sienne, au point que de chacune on apercevait le soir les lumières de l'autre. Il concentra son attention sur la fenêtre d'où il avait si souvent été tenté de regarder dans cette direction. Et soudain, il se sentit au bord des larmes. La chevelure de Tessa lui balayait le visage. Il plongeait ses yeux dans les siens, sentait son parfum et l'odeur d'herbe tiède qui émanait d'elle quand on dansait avec elle au Muthaiga Club pour Noël et qu'on frôlait par hasard ses cheveux. Ça vient des rideaux, comprit-il, refoulant ses larmes. Ils ont gardé son odeur et je suis juste contre eux. Cédant à une impulsion, il saisit le rideau à deux mains, prêt à y enfouir son visage.

« Merci, Sandy. Désolé de vous avoir fait attendre. »

Woodrow se retourna vivement, repoussa le rideau et vit Justin dans l'embrasure de la porte, l'air aussi troublé que lui, et serrant une sacoche en cuir allongée, orange, en forme de saucisse, bourrée à craquer, très éraflée, avec des vis, des coins et des fermoirs en cuivre à chaque bout.

« Prêt, mon vieux ? Débarrassé de votre dette d'honneur ? demanda Woodrow, décontenancé, mais retrouvant aussitôt son côté charmeur, en bon diplomate qu'il était. Parfait. Bon esprit. Et vous avez trouvé tout ce que vous cherchiez ?

– Je pense, oui. Enfin, dans une certaine mesure.

– Vous ne semblez pas sûr.

– Ah bon ? C'est involontaire, alors. C'était à son père, précisa-t-il en montrant la sacoche.

– On dirait un sac de faiseuse d'anges », plaisanta Woodrow.

Il tendit une main pour l'aider, mais Justin préférait garder son butin pour lui. Woodrow monta dans la fourgonnette avant Justin, qui s'assit, une main crispée sur les vieilles poignées en cuir. Les sarcasmes des journalistes leur parvinrent à travers les minces parois.

« Vous pensez que Bluhm l'a butée, monsieur Quayle ? »

« Hé, Justin, mon patron est prêt à vous faire un pont d'or ! »

Woodrow crut entendre un bébé pleurer dans la maison par-dessus la sonnerie du téléphone, et comprit que c'était Mustafa.

Chapitre 3

La couverture médiatique initiale du meurtre de Tessa fut bien moins atroce que Woodrow et son haut-commissaire ne l'avaient craint. Les fumiers qui s'ingénient à grossir une histoire banale sont tout aussi capables du contraire, constata délicatement Coleridge. Et ce fut le cas au début. « Les tueurs du bush assassinent une épouse de diplomate anglais », annonçaient les premiers comptes rendus, et cette approche directe, relayée dans un style plus noble par les journaux de qualité et plus racoleur par les tabloïds, convint à un public averti. Exposé des risques croissants courus dans le monde entier par les travailleurs humanitaires, dénonciation cinglante de l'incapacité des Nations unies à protéger les siens et du prix toujours plus cher à payer pour des bénévoles ayant le courage de leurs opinions, évocation des sauvages sans foi ni loi cherchant des proies à dévorer, de sacrifices rituels, de sorcellerie et du trafic ignoble de peau humaine, dénigrement des bandes nomades de clandestins du Soudan, de Somalie et d'Éthiopie, mais pas une ligne sur le fait irréfutable que Tessa avait partagé un bungalow avec Bluhm au vu et au su du personnel et des clients la nuit précédant sa mort. Présenté comme « médecin belge au service d'une ONG » (exact), « consultant auprès des Nations unies » (faux) et « spécialiste des maladies tropicales » (faux), Bluhm aurait été enlevé par les assassins contre rançon ou pour être tué.

Les liens entre le médecin d'expérience et sa jeune et belle protégée se résumaient à leur engagement humanitaire. Quant à Noah, il eut droit aux premières éditions, puis connut une seconde mort. Le moindre journaliste débutant le sait bien : si une décapitation mérite mention, le sang noir ne fait pas l'actualité. Le feu des projecteurs se braqua donc sur Tessa, « la bourgeoise devenue juriste », « la princesse Diana des Africains miséreux », « la mère Teresa des bidonvilles de Nairobi », « l'ange rédempteur du Foreign Office ». Un éditorial du *Guardian* relevait que la « diplomate du nouveau millénaire » (*sic*) avait trouvé la mort au site de Leakey, le berceau de l'humanité, et en tirait cette morale alarmante : malgré l'évolution des relations interraciales, les abîmes de sauvagerie que recèle l'âme humaine demeurent insondables. L'article perdait quelque peu de son impact du fait qu'un secrétaire de rédaction connaissant mal le continent africain avait situé le meurtre sur les rives du lac Tanganyika au lieu de Turkana.

Il y eut pléthore de photos. Tessa bébé, souriant dans les bras de son père le juge à l'époque où Son Honneur n'était qu'un humble avocat subsistant de son mieux avec un demi-million de livres par an. Tessa à dix ans, portant tresses et jodhpur, à son école privée pour filles de famille, un poney docile à l'arrière-plan. (Bien que sa mère fût une comtesse italienne, les parents avaient eu la sagesse d'opter pour une éducation à l'anglaise, se félicitait l'article.) Tessa en bikini, adolescente de la jeunesse dorée, sa gorge non tranchée savamment rehaussée à l'aérographe par le directeur artistique. Tessa en minijupe et toge, son mortier d'universitaire coquinement incliné sur le crâne. Tessa, dans l'accoutrement ridicule des avocats anglais, marchant sur les traces de son père. Tessa le jour de ses noces avec Justin, l'ancien élève d'Eton arborant déjà un sourire de grand ancien.

A l'égard de Justin, la presse fit preuve d'une réserve inhabituelle parce que rien ne devait venir ternir l'image resplendissante de l'héroïne du moment, mais aussi parce qu'il y avait fort peu à dire. « Cadre moyen dévoué du Foreign Office » (comprenez « gratte-papier »), célibataire endurci « né dans la tradition diplomatique », il avait brandi le drapeau dans certains des pires points chauds du globe, dont Aden et Beyrouth, avant son mariage, et ses collègues louaient son sang-froid en période de crise. A Nairobi, il avait dirigé « un colloque international de pointe » sur l'aide humanitaire. Personne n'employa l'expression « voie de garage ». Détail assez cocasse, il y avait pénurie de photos de lui avant et après son mariage. Une « photo de famille » montrait un jeune homme morose et introverti qui, avec le recul, semblait destiné à un veuvage précoce. Sous la pression de son hôtesse, Justin avoua que ce cliché avait été détouré dans un portrait de groupe de l'équipe de rugby d'Eton.

« J'ignorais que vous aviez joué au rugby, Justin ! Quel courage ! s'écria Gloria, qui s'était assigné la tâche de lui porter tous les matins après le petit déjeuner les lettres de condoléances et les coupures de presse envoyées par le haut-commissariat.

– Aucun courage là-dedans, répliqua-t-il dans un de ses traits d'esprit si chers à Gloria. J'ai été recruté de force par mon chef de dortoir, une vraie brute persuadée qu'on n'est pas un homme tant qu'on n'a pas pris des coups. L'école n'aurait pas dû divulguer cette photo. Je vous suis très reconnaissant, Gloria », ajouta-t-il d'un ton plus calme.

Comme il l'était pour tout, rapporta-t-elle à Elena : les boissons, les repas et même sa cellule, leurs promenades dans le jardin et leurs petits cours sur le repiquage des plantes (il l'avait tout particulièrement félicitée d'avoir réussi à persuader l'alysse blanche et pourpre de s'épanouir sous le fromager), son aide à l'organisation de l'enterrement tout proche, entre autres son repérage avec Jackson de la tombe et du funérarium, Justin devant rester cloîtré jusqu'à ce que la clameur publique se soit calmée, sur ordre du Foreign Office arrivé par fax au haut-commissariat et signé « Alison Landsbury, chef du personnel ». Ceci avait produit une vive réaction chez Gloria, qui ne se souvint pas, après coup, avoir jamais perdu son sang-froid ainsi auparavant.

« Justin, c'est honteux, la façon dont on vous traite ! "Remettez-nous les clés de votre maison jusqu'à ce que les autorités aient pris les mesures nécessaires", nom d'une pipe en terre ! Quelles autorités ? Les autorités kenyanes ? Ou ces flics de Scotland Yard qui ne se sont même pas encore donné la peine de venir vous voir ?

– Mais Gloria, je suis déjà allé chez moi, souligna Justin

pour la calmer. Cette bataille-là n'est plus à gagner. Quand sommes-nous attendus au cimetière ?

– A 14 h 30. Rendez-vous à 14 heures au funérarium Lee. Il y aura un entrefilet dans la presse demain.

– Et elle reposera à côté de Garth ? »

Garth, son fils décédé, qui portait le prénom du père de Tessa, le juge.

« Juste à côté, mon ami. Sous le même jacaranda. Avec un petit garçon africain.

– Vous êtes vraiment très attentionnée », lui répéta-t-il pour la énième fois.

Sans un mot de plus, il se retira dans son rez-de-jardin pour y retrouver sa précieuse sacoche, son seul réconfort. A deux reprises déjà, Gloria l'avait aperçu à travers les barreaux de la fenêtre, assis sur son lit la tête entre les mains, l'œil fixé sur la sacoche à ses pieds. Son intime conviction, confiée à Elena, était que ce sac contenait les lettres d'amour de Bluhm, soustraites aux regards indiscrets par Justin (sans l'aide de Sandy) le temps de se sentir assez fort pour se décider à les lire ou à les brûler. Elena était bien d'accord, même si elle jugeait cette allumeuse de Tessa vraiment sotte de les avoir gardées. « A lire et à jeter, c'est ma devise, ma chère. » Ayant remarqué la réticence de Justin à quitter sa cellule en laissant la sacoche sans surveillance, Gloria lui suggéra de la ranger dans la cave à vins, dont la porte, une grille en fer, accentuait l'aspect carcéral du sous-sol.

« Et gardez la clé, Justin, dit-elle en la lui remettant avec solennité. Tenez. Quand Sandy voudra une bouteille, il sera obligé de venir vous la demander. Il boira peut-être un peu moins, comme ça. »

*

Peu à peu, une date de bouclage chassant l'autre, Woodrow et Coleridge furent presque convaincus d'avoir limité les dégâts. Soit Wolfgang avait imposé silence à son personnel et à ses clients, soit les journalistes étaient trop obnubilés par le lieu du crime pour aller fouiner à l'Oasis, supposèrent-ils.

S'adressant en personne aux doyens du Muthaiga Club, Coleridge les implora, au nom de la solidarité anglo-kenyane, d'endiguer l'afflux de commérages, et Woodrow sermonna de même le personnel du haut-commissariat. Quelles que soient nos pensées intimes, ne faisons rien qui risque d'attiser le feu, les exhorta-t-il avec conviction, sages paroles qui portèrent leurs fruits.

Mais tout n'était qu'illusion, comme l'esprit rationnel de Woodrow l'avait su dès le début. Au moment même où la presse commençait à s'essouffler, un quotidien belge publia un article à la une accusant Tessa et Bluhm d'une « liaison passionnée », assorti de la photocopie d'une page du registre de l'Oasis et de témoignages oculaires sur leur dîner en amoureux la veille du meurtre de Tessa. La presse anglaise du dimanche s'en donna à cœur joie : du jour au lendemain, Bluhm devint la cible de Fleet Street avec feu à volonté. Jusque-là, c'était Arnold Bluhm, docteur en médecine, fils adoptif congolais d'un riche couple d'exploitants miniers, ancien étudiant à Kinshasa, Bruxelles et la Sorbonne, preux chevalier de la médecine, habitué des zones de conflit, praticien altruiste à Alger. Désormais, c'était Bluhm le tombeur, Bluhm l'adultère, Bluhm le psychopathe. Une chronique en page trois sur les médecins criminels au fil des siècles était illustrée de photos jumelles de Bluhm et d'O. J. Simpson, avec l'accroche : « Lequel est le docteur ? » Pour les lecteurs de ce genre de presse, Bluhm était l'archétype du meurtrier noir. Il avait séduit l'épouse d'un Blanc, lui avait tranché la gorge, avait décapité le chauffeur et s'était enfui dans la brousse en quête d'une nouvelle victime ou pour faire ce que font ces Noirs de salon quand le naturel reprend le dessus. La barbe de Bluhm avait été effacée à l'aérographe pour accentuer la ressemblance.

Toute la journée, Gloria s'efforça de cacher le pire à Justin par crainte qu'il ne sorte de ses gonds. Mais comme il avait bien précisé qu'il tenait à tout voir sans qu'on lui épargne rien, le soir venu elle entra dans sa cellule avant le retour de Woodrow pour lui apporter un whisky et lui remettre à contrecœur la liasse honteuse. Outrée de trouver son fils Harry assis face à Justin à la table en pin bancale, tous deux concentrés sur une partie d'échecs, elle fut prise d'une crise de jalousie.

« Harry, mon chéri, c'est vraiment inconsidéré de ta part d'importuner ce pauvre M. Quayle pour jouer aux échecs, alors que…

– Votre fils a un esprit très retors, Gloria, l'interrompit Justin. Sandy fera bien de se tenir sur ses gardes, croyez-moi, dit-il avant de lui prendre le paquet des mains pour aller s'asseoir nonchalamment sur le lit et le feuilleter. Arnold a une excellente idée de nos préjugés, vous savez, continua-t-il sur le même ton détaché. S'il est toujours en vie, il ne sera pas surpris. Et sinon il s'en moquera, pas vrai ? »

Mais la presse avait encore en réserve une arme bien plus meurtrière que Gloria n'aurait pu l'imaginer dans ses pires heures de pessimisme.

*

Parmi la dizaine de bulletins régionaux indépendants auxquels était abonné le haut-commissariat – des feuilles grand format en couleurs signées de pseudonymes et imprimées avec les moyens du bord –, un en particulier avait fait preuve d'une étonnante capacité de survie. Il s'intitulait tout de go *L'Afrique corrompue*, et sa ligne éditoriale, si pareil terme s'appliquait aux turbulentes impulsions qui le gouvernaient, consistait à remuer la boue sans considération pour la race, la couleur, la vérité ou les conséquences. Il dénonçait avec autant d'aplomb les larcins censément commis par des ministres et fonctionnaires de l'administration Moi que les « pots-de-vin, la corruption et la vie de coq en pâte » des bureaucrates de l'humanitaire.

Le bulletin en question – à jamais connu ensuite sous le nom de Numéro 64 – n'était consacré à aucun de ces sujets. Imprimé recto verso sur un mètre carré de papier d'un rose criard, une fois bien plié il se glissait facilement dans une poche de veste. Un large liseré noir signalait que les éditeurs anonymes du Numéro 64 étaient en deuil, et la manchette se résumait à un seul mot : TESSA, en lettres noires de 3 pouces de haut. Woodrow en reçut un exemplaire le samedi après-midi des mains mêmes de Tim Donohue, le géant blafard, hirsute, binoclard et moustachu. La sonnette de la porte d'entrée tinta alors que Woodrow jouait au cricket avec les garçons. Gloria, d'ordinaire infatigable en gardienne du guichet, était à l'étage, terrassée par une migraine, et Justin à fond de cale dans sa prison, rideaux tirés. Subodorant la ruse de journaliste, Woodrow rentra dans la maison et regarda par l'œilleton, pour voir Donohue planté devant la porte, un sourire penaud sur son long visage sinistre, agitant devant lui ce qui ressemblait à une serviette de table rose.

« Vraiment désolé de vous déranger, vieux. Le samedi, c'est sacré, en plus. Mais il semblerait qu'on soit un tantinet dans la merde. »

Sans cacher sa désapprobation, Woodrow l'emmena dans le salon. Qu'est-ce qu'il fabrique ici, ce type ? Et d'ailleurs quand on y pense, qu'est-ce qu'il fabrique en général ? Woodrow détestait les « Amis », surnom inamical dont le Foreign Office affublait les espions. Donohue n'avait ni tact, ni don linguistique, ni charme et, en tout état de cause, semblait avoir dépassé sa date de péremption. Il occupait ses journées au golf du Muthaiga Club avec les entrepreneurs les plus florissants de Nairobi et ses soirées à jouer au bridge, mais vivait sur un grand pied dans une superbe demeure en location, avec quatre domestiques et Maud, une beauté fanée à l'air aussi souffreteux que lui. Nairobi était-il une sinécure pour lui ? Un placard doré à la fin d'une superbe carrière ? Woodrow avait ouï dire que les Amis faisaient ce genre de choses et, selon lui, Donohue représentait un poids mort dans une profession parasitaire et démodée par essence.

« Un de mes gars traînait place du Marché et il a remarqué deux types à l'air louche qui en distribuaient des exemplaires gratuits, commença Donohue. Alors il a pensé que ce serait bien d'en récupérer un. »

La première page alignait trois panégyriques de Tessa prétendument écrits par des amies africaines, en un sabir anglo-africain mêlant un zeste de prêche, un brin de harangue et des envolées sentimentales désarmantes. Chacune des trois déclarait dans son style personnel que Tessa avait brisé le moule. Sa fortune, ses origines familiales, son éducation et sa beauté la destinaient à danser et à festoyer dans la bonne société avec les pires adeptes kenyans de la suprématie blanche. En fait, elle était à l'opposé de toutes leurs valeurs. Tessa se révoltait contre sa classe, sa race et tout ce qui, selon elle, l'entravait, comme sa couleur de peau, les préjugés de ses pairs ou les liens d'un mariage conventionnel avec un fonctionnaire du Foreign Office.

« Comment va Justin ? s'enquit Donohue pendant que Woodrow lisait.

– Bien, compte tenu des circonstances, merci.

– J'ai entendu dire qu'il était passé chez lui, l'autre jour.

– Vous voulez me laisser lire, oui ?

– Joli coup d'avoir damé le pion aux rapaces devant la porte, vieux. Vous devriez rejoindre nos troupes. Justin est dans le coin ?

– Oui, mais il ne reçoit personne. »

Si l'Afrique était le pays d'adoption de Tessa Quayle, les Africaines étaient sa religion d'adoption, lut Woodrow.

> Tessa s'est battue pour nous sur tous les champs de bataille au mépris des tabous. Dans les cocktails mondains, les dîners mondains et toutes les réceptions mondaines où on avait l'imprudence de l'inviter, son message était toujours le même : seule l'émancipation de la femme africaine pourrait nous sauver des fautes et de la corruption de la gent masculine. Et lorsqu'elle s'est aperçue qu'elle était enceinte, Tessa a tenu à donner naissance à son enfant africain au milieu de ces femmes africaines qu'elle aimait.

« Mon Dieu ! lâcha discrètement Woodrow.

– C'est ce que je me suis dit aussi », approuva Donohue.

Woodrow lut machinalement le dernier paragraphe, imprimé en capitales :

> ADIEU, MAMA TESSA. NOUS SOMMES LES ENFANTS DE TON COURAGE. MERCI MAMA TESSA, MERCI POUR TON EXISTENCE. ARNOLD BLUHM VIT PEUT-ÊTRE ENCORE, MAIS TOI TU ES

MORTE, C'EST SÛR. SI LA REINE D'ANGLETERRE DÉCERNE
DES RÉCOMPENSES À TITRE POSTHUME, AU LIEU D'ANOBLIR
M. PORTER COLERIDGE POUR SERVICES RENDUS À LA SUFFI-
SANCE BRITANNIQUE, ESPÉRONS QU'ELLE TE DONNERA LA VIC-
TORIA CROSS, MAMA TESSA NOTRE AMIE, POUR TON REMAR-
QUABLE COURAGE FACE AU SECTARISME POSTCOLONIAL.

« Le meilleur se trouve au dos », annonça Donohue.
Woodrow retourna la feuille.

LE BÉBÉ AFRICAIN DE MAMA TESSA

Tessa Quayle avait pour principe de mettre son corps et sa
vie en accord avec ses convictions, et elle n'en attendait pas
moins des autres. Quand elle a été en couches à l'hôpital
Uhuru de Nairobi, son très proche ami le docteur Arnold
Bluhm lui a rendu visite chaque jour et, selon certaines
rumeurs, presque chaque nuit, apportant même un lit pliant
pour pouvoir dormir près d'elle dans la salle.

« Je crois que je vais aller la remettre à Porter, si vous êtes
d'accord, dit Woodrow en repliant la feuille, qu'il glissa
dans sa poche. Je peux la garder, j'imagine ?
– Elle est à vous, mon vieux. Avec les compliments de la
Firme. »
Woodrow se dirigea vers la porte, mais Donohue ne fai-
sait pas mine de le suivre.
« Vous venez ? demanda Woodrow.
– Je pensais rester encore un peu, si ça ne vous dérange
pas. Dire un mot à ce pauvre Justin. Où est-il ? En haut ?
– Je croyais que nous avions décidé que non.
– Vraiment, vieux ? Bon, bon. Ce sera pour une autre fois.
C'est chez vous, c'est votre invité. Vous ne cacheriez pas
Bluhm aussi, par hasard ?
– Ne soyez pas stupide. »
Sans se laisser abattre, Donohue bondit d'un pas élastique
au côté de Woodrow pour lui faire son petit numéro.
« Je vous dépose ? Je suis garé juste au coin. Ça vous évi-
tera de sortir la voiture. Il fait trop chaud pour marcher. »

Craignant encore confusément que Donohue ne revienne faire un saut pour voir Justin, Woodrow accepta l'offre et, avec un regard à sa voiture bien garée, se laissa conduire de l'autre côté de la colline. Porter et Veronica Coleridge profitaient du soleil dans leur jardin. A l'arrière-plan, la résidence de fonction style Surrey et, devant eux, les pelouses irréprochables et les parterres désherbés d'un jardin de riche banquier. Assis sur la balancelle, Coleridge lisait des documents contenus dans une serviette. Sa femme, la blonde Veronica, en robe bleu barbeau et chapeau de paille souple, était allongée sur l'herbe près d'un parc matelassé dans lequel leur fille Rosie se roulait sur le dos, admirant le feuillage d'un chêne entre ses doigts écartés, bercée par l'air que fredonnait sa mère. Woodrow tendit le journal à Coleridge et attendit les jurons. En vain.

« Qui est-ce qui lit ce genre de conneries ?

– Tous les journaleux du coin, je suppose, répondit Woodrow d'une voix blanche.

– Et quelle est leur prochaine étape ?

– L'hôpital », répliqua-t-il le cœur serré.

Affalé dans un fauteuil en velours du bureau, prêtant l'oreille à l'échange de phrases sibyllines entre Coleridge et son supérieur honni de Londres sur le téléphone digital toujours enfermé à clé dans un tiroir, Woodrow, dans le rêve récurrent qui le hanterait jusqu'à sa mort, se voyait, lui, l'homme blanc, traverser d'un pas conquérant les vastes salles bondées de l'hôpital Uhuru, s'arrêtant juste pour demander à la première blouse blanche venue de lui indiquer le bon escalier, le bon étage, la bonne salle, la bonne malade.

« Ce connard de Pellegrin dit de balayer tout ça sous le tapis, retransmit Porter Coleridge en raccrochant brutalement. Sous le tapis et vite. Sous le plus grand tapis qu'on puisse trouver. Ça ne m'étonne pas de lui, tiens. »

Par la fenêtre du bureau, Woodrow regarda Veronica sortir Rosie de son parc et se diriger vers la maison avec la petite dans ses bras.

« Il me semblait qu'on s'y employait déjà, fit-il remarquer, toujours perdu dans sa rêverie.

– Ce que Tessa faisait à ses moments perdus ne regardait qu'elle, y compris se taper Bluhm et défendre de nobles causes. Entre nous et seulement si on nous le demande, nous respections ses croisades tout en les jugeant malavisées et délirantes. Surtout, pas de commentaire sur les allégations irréfléchies de la presse à scandale, ordonna-t-il avant de marquer une pause le temps de lutter contre son dégoût. Et on doit faire courir le bruit qu'elle était folle.

– Mais pourquoi donc ? s'écria Woodrow, sortant soudain de sa rêverie.

– On n'est pas censés comprendre pourquoi. Déjà qu'elle était instable, mais la mort de son bébé lui a fait perdre les pédales. Qu'elle soit allée consulter un psy à Londres nous arrange bien d'ailleurs. C'est dégueulasse, tout ça, je déteste. Quand a lieu l'enterrement ?

– Pas avant le milieu de la semaine prochaine.

– Pas plus tôt ?

– Impossible.

– Pourquoi ?

– On doit attendre le résultat de l'autopsie, et il faut retenir une date à l'avance pour des obsèques.

– Un verre de sherry ?

– Non merci. Je vais retourner au ranch.

– Le Foreign Office apprécie la patience à toute épreuve, et Tessa était la croix que nous avons courageusement portée. Patience à toute épreuve, vous savez faire ça, vous ?

– Pas vraiment.

– Moi non plus. Ça me débecte à mort. »

Les mots lui avaient échappé si vite, chargés d'une telle conviction et d'une telle subversion que Woodrow se demanda sur le coup s'il avait bien entendu.

« Ce connard de Pellegrin dit que c'est une consigne impérative, poursuivit Coleridge d'un ton caustique et méprisant. Pas de sceptiques, pas de dissidents. Vous acceptez ça, vous ?

– Sans doute, oui.

– Bravo. Moi, je ne suis pas sûr. Toutes les démarches extérieures qu'elle a faites, avec Bluhm ou pas, auprès de n'importe qui, y compris vous et moi, toutes ses fixettes sur la faune, la flore, la politique ou les produits pharmaceutiques…, dit Coleridge avant de marquer une pause d'une durée insupportable, braquant sur Woodrow le regard fervent d'un hérétique l'exhortant à la rébellion. Tout ça, c'est en dehors de notre juridiction et on sait que dalle dessus. C'est clair, ou je dois l'écrire sur le mur à l'encre sympathique ?

– C'est clair.

– Parce que Pellegrin, lui, a été on ne peut plus clair. Pas la moindre zone d'ombre.

– Ça ne m'étonne pas.

– A-t-on gardé copie de ces documents qu'elle ne vous a jamais remis ? Ceux qu'on n'a jamais vus ni touchés et qui n'ont pas souillé notre conscience si pure ?

– Tout ce qu'elle nous a confié a été expédié à Pellegrin.

– Très malin de notre part ! Et vous avez le moral, Sandy, n'est-ce pas ? Bon pied bon œil, compte tenu de cette période éprouvante et du fait que vous logez le mari ?

– Je crois que ça va, oui. Et vous ? rétorqua Woodrow qui, depuis quelque temps, encouragé par Gloria, suivait avec intérêt le différend croissant entre Coleridge et Londres, se demandant comment l'exploiter au mieux.

– A vrai dire, je ne suis pas sûr d'avoir le moral, moi, répondit Coleridge avec une franchise inédite dans leurs rapports. Pas sûr du tout. Je suis même carrément sûr d'être incapable d'adhérer à tout ça, quand j'y pense. Incapable. Je m'y refuse. Qu'il aille se faire foutre, avec ses magouilles, ce con de Pellegrin. Se faire foutre ! En plus, il joue au tennis comme un pied. Et je ne me gênerai pas pour le lui dire. »

En toute autre occasion, Woodrow se serait réjoui d'une telle discorde, à laquelle il aurait apporté sa modeste contribution, mais ses souvenirs de l'hôpital le hantaient avec une intensité implacable et l'emplissaient d'hostilité envers un monde qui le tenait prisonnier contre son gré. Son trajet à pied de la résidence du haut-commissaire à la sienne ne lui prit pas plus de dix minutes. En chemin, il devint la cible de chiens qui aboyaient, de petits mendiants qui criaient : « Cinq shillings, cinq shillings ! » en lui courant après, et d'automobilistes secourables qui ralentissaient pour lui proposer de monter. Pourtant, quand il arriva dans son allée privée, il avait déjà revécu l'instant le plus cruel de sa vie.

*

Il y a six lits dans la salle de l'hôpital Uhuru, trois contre chaque mur, sans draps ni oreillers. Le sol est en béton. Les lucarnes fermées. C'est l'hiver, mais aucun souffle d'air ne passe et la puanteur des excréments et du désinfectant assaille Woodrow, qui a l'impression de l'avaler autant que de la respirer. Dans le lit du milieu contre le mur de gauche, Tessa donne le sein à un bébé. Volontairement, Woodrow ne la remarque qu'en dernier. De part et d'autre, des lits vides couverts d'une vilaine alaise en caoutchouc boutonnée au matelas. En face, une très jeune femme recroquevillée sur le flanc, la tête à plat, un bras nu se balançant dans le vide. Un adolescent est accroupi par terre près d'elle, ses grands yeux implorants rivés sur le visage qu'il évente avec un morceau de carton. A côté d'eux, une vieille femme chenue, très digne, assise bien droite, portant des lunettes à monture d'écaille et un de ces kangas en coton que l'on vend comme châle aux touristes, lit une bible de missionnaire. Plus loin, une femme munie d'écouteurs fronce les sourcils, le visage marqué par la souffrance et une profonde dévotion. Woodrow enregistre toute la scène comme un espion, mais du coin de l'œil il regarde Tessa en se demandant si elle l'a remarqué.

Bluhm, lui, l'a vu. Il a levé la tête dès que Woodrow est entré l'air gêné, a quitté son siège au chevet de Tessa et se penche en lui glissant quelque chose à l'oreille avant de venir silencieusement lui serrer la main d'homme à homme en murmurant : « Bienvenue. » Bienvenue où ça, au juste ? Bienvenue auprès de Tessa, avec la permission de son amant ? Bienvenue dans cet enfer puant de souffrance léthargique ? Woodrow répond poliment par un simple : « Heureux de vous voir, Arnold », et Bluhm s'éclipse dans le couloir.

Selon l'expérience limitée de Woodrow en la matière, les Anglaises qui allaitent y mettent une certaine pudeur. Du moins c'était le cas pour Gloria. Elles déboutonnent leur corsage comme les hommes leur chemise, puis s'ingénient à dissimuler ce qui se cache à l'intérieur. Mais ici dans cette fournaise africaine, Tessa ne s'encombre pas de pudeur. Nue jusqu'à la taille, protégée par un kanga comme celui de la vieille femme, elle serre le bébé contre son sein gauche, le droit à l'air, en attente. Son torse est frêle, sa peau diaphane et sa poitrine, malgré l'accouchement, toujours aussi menue et parfaite qu'il l'a si souvent imaginée. L'enfant est noir, d'un noir-bleu contre la blancheur d'albâtre de la jeune femme. Une minuscule main noire a trouvé le sein nourricier et le pétrit en toute sérénité sous le regard de Tessa, qui finit par lever ses grands yeux gris et les plonge dans ceux de Woodrow. Il cherche des mots qu'il ne trouve pas, se penche au-dessus d'elle et du bébé, la main gauche appuyée sur la tête de lit, et dépose un baiser sur son front. Ce faisant, il remarque avec surprise, là où Bluhm était assis, un carnet ouvert en équilibre précaire sur une petite table, près d'un verre d'eau pas fraîche et de deux stylos à bille. Sur ses pages, des pattes de mouche tremblées qui ne sont plus que l'ombre des belles italiques héritées de précepteurs privés qu'il associe à Tessa. Il s'assoit de biais au bord du lit, cherchant quoi dire. C'est Tessa qui parle la première, d'une voix faible, pâteuse, étranglée par la douleur, mais étonnamment posée et empreinte de cette pointe moqueuse qu'elle lui réserve toujours.

« Il s'appelle Baraka, annonce-t-elle. Ça veut dire "bénédiction". Mais ça, vous le savez.

– C'est un joli nom.

– Ce n'est pas mon bébé. Sa mère ne peut pas l'allaiter, explique-t-elle d'une voix traînante et rêveuse.

– Il a bien de la chance de vous avoir, dit sincèrement Woodrow. Comment allez-vous, Tessa ? Je me faisais un de ces soucis à votre sujet, vous n'imaginez pas. Je suis vraiment désolé. Qui s'occupe de vous, en dehors de Justin ? Ghita, et qui d'autre ?

– Arnold.

– Oui, à part Arnold aussi, ça va de soi.

– Vous m'avez dit un jour que je vais au-devant des hasards de la vie, lui rappelle-t-elle, ignorant sa question.

Qu'en montant au créneau, je force le cours des événements.

– Je vous ai toujours admirée pour ça.

– Encore aujourd'hui ?

– Bien sûr.

– Elle est mourante, annonce-t-elle en désignant du regard la femme dont le bras pend dans le vide et le garçon silencieux accroupi près d'elle. C'est la mère du bébé. Wanza. Allons, Sandy, vous ne me demandez pas de quoi ?

– De quoi ? obéit-il.

– De la vie. Dont les bouddhistes nous disent que c'est la première cause de mortalité. Surpopulation, malnutrition, insalubrité. Et cupidité, ajoute-t-elle en s'adressant au bébé. C'est un miracle qu'ils ne t'aient pas tué aussi. Mais ils t'ont épargné, hein ? Au début, ils sont venus la voir deux fois par jour. Ils étaient affolés.

– Qui ça ?

– Les hasards de la vie. Les rapaces dans leurs belles blouses blanches. Ils l'ont examinée, un peu auscultée, ils ont regardé ses résultats d'analyse, ils ont parlé aux infirmières. Maintenant, ils ne viennent même plus, dit-elle en réinstallant tendrement le bébé qui lui faisait mal. Le Christ, c'était sans problème. Il s'asseyait au chevet des mourants, il prononçait des paroles magiques, les gens survivaient et tout le monde applaudissait. Mais les hasards de la vie en sont incapables. C'est pour ça qu'ils sont partis. Ils l'ont tuée et ils ne connaissent pas la formule magique.

– Les pauvres ! compatit Woodrow pour lui faire plaisir.

– Oh non, corrige-t-elle en tournant la tête avec une petite grimace de douleur pour désigner l'autre côté de la pièce. C'est eux qu'il faut plaindre. Wanza, et le garçon par terre, Kioko, son frère. Il a fait 80 kilomètres à pied depuis son village pour écarter les mouches de toi, hein, ton oncle ? dit-elle au bébé qu'elle installe dans son giron en lui tapotant le dos jusqu'à ce qu'il fasse son rot, puis devant son autre sein qu'elle soutient d'une main.

– Tessa, écoutez-moi », commence Woodrow, qui la voit le jauger du regard.

Elle connaît cette voix-là. Elle connaît toutes ses voix. Il remarque l'ombre d'un doute passer sur son visage et s'y attarder. Elle m'a demandé de venir parce qu'elle attendait quelque chose de moi, mais elle vient de se rappeler qui je suis.

« Tessa, je vous en prie, écoutez-moi. Personne n'est en train de mourir. Personne n'a tué personne. Vous avez de la fièvre et ça vous fait délirer. Vous êtes épuisée. Oubliez tout ça. Reposez-vous, je vous en prie. »

Tessa reporte son attention sur le bébé, caressant doucement sa petite joue du bout d'un doigt.

« Tu es la plus belle chose que j'aie vue de ma vie, lui murmure-t-elle. N'oublie jamais ça.

– Je suis sûr qu'il n'oubliera pas, affirme Woodrow, dont le son de la voix rappelle sa présence à Tessa.

– Comment va la serre ? demande-t-elle en utilisant le surnom qu'elle donne au haut-commissariat.

– Florissante.

– Vous pourriez tous plier bagage et rentrer au pays demain, ça ne changerait rien, fait-elle d'un air distrait.

– C'est ce que vous me dites toujours.

– L'Afrique, c'est ici. Vous, vous êtes encore là-bas.

– On en discutera quand vous aurez repris des forces, suggère Woodrow de son ton le plus calme.

– C'est vrai ?

– Bien sûr.

– Et vous m'écouterez ?

– Des deux oreilles.

– Et on pourra vous parler des hasards de la vie, des rapaces en blouse blanche, vous nous croirez ? Marché conclu ?

– Qui ça, nous ?

– Arnold et moi.

– Je ferai mon possible en fonction des circonstances, assure Woodrow, que l'allusion à Bluhm ramène sur terre. Tout mon possible, dans les limites du raisonnable. C'est promis. Et maintenant, tâchez de vous reposer un peu, je vous en prie.

– Il promet de faire tout son possible en fonction des circonstances, explique-t-elle au bébé après y avoir réfléchi.

Dans les limites du raisonnable. Ça c'est un homme. Comment va Gloria ?

– Elle s'inquiète beaucoup pour vous. Elle vous adresse toutes ses amitiés. »

L'enfant toujours à son sein, Tessa pousse un long soupir d'épuisement et s'affaisse sur ses oreillers en fermant les yeux.

« Alors, rentrez vite la retrouver. Et ne m'écrivez plus jamais de lettres. Laissez Ghita tranquille, aussi. Ça ne marchera pas non plus avec elle. »

Il se lève et s'en va, s'attendant sans raison à voir Bluhm dans cette attitude qu'il déteste, nonchalamment appuyé contre le chambranle de la porte, les pouces glissés façon cow-boy derrière sa ceinture fantaisie, souriant de toutes ses dents blanches derrière sa prétentieuse barbe noire, mais il n'y a personne sur le seuil. Le couloir sombre, sans fenêtres, est vaguement éclairé comme un abri antiaérien par une rangée d'ampoules de faible puissance. Se frayant un chemin entre des chariots déglingués chargés de corps étendus, les narines assaillies par un relent de sang et d'excréments mêlé à l'odeur douceâtre et chevaline caractéristique de l'Afrique, Woodrow se demande si cet environnement sordide n'explique pas en partie son attirance pour Tessa : à cause d'elle, je suis fasciné par la réalité que j'ai passé ma vie à fuir.

Arrivant dans un hall où il y a foule, il surprend Bluhm en pleine discussion animée avec un homme. Il entend d'abord la voix de Bluhm – pas ses paroles –, perçante, accusatrice, qui résonne dans les poutrelles en acier. Puis l'autre lui répond. Il y a des gens qu'il suffit de voir une fois pour s'en souvenir à jamais, et celui-ci lui fait cet effet : trapu, ventru, les cheveux blond-roux clairsemés sur son crâne tanné, une expression de vil désespoir sur son visage luisant et charnu, une bouche en cul-de-poule à la fois suppliante et indignée, les yeux tout ronds de douleur, le regard empreint d'une horreur que les deux hommes semblent partager, des mains puissantes et tavelées, une chemise kaki avec des filets de sueur autour du col, le reste caché sous une blouse blanche de médecin.

Et on pourra vous parler des hasards de la vie, des rapaces en blouse blanche.

Woodrow avance à pas de loup et arrive presque à leur hauteur. Aucun des deux ne tourne la tête, absorbés qu'ils sont par leur discussion. Il passe à côté sans être remarqué et leurs voix perçantes se perdent dans le vacarme environnant.

*

La voiture de Donohue se trouvait à nouveau dans l'allée privée, et cette vue rendit Woodrow fou furieux. Il monta en trombe à l'étage, se doucha, enfila une chemise propre sans pour autant recouvrer son calme. La maison était inhabituellement silencieuse pour un samedi, et en jetant un coup d'œil par la fenêtre de la salle de bains il comprit pourquoi. Donohue, Justin, Gloria et les garçons jouaient au Monopoly à la table du jardin. Woodrow détestait tous les jeux de société, mais il avait une haine aussi irraisonnée pour le Monopoly que pour les Amis et tous les membres de la communauté pléthorique du renseignement britannique. Mais bon Dieu, qu'est-ce qui lui prend de revenir ici alors que je lui ai dit il y a quelques minutes de se tenir à l'écart ? Et qu'est-ce que c'est que ce drôle de mari qui joue au Monopoly si peu de temps après l'horrible meurtre de sa femme ? Woodrow et Gloria se disaient souvent en citant le proverbe chinois que les invités, c'est comme le poisson : ça pue dès le troisième jour, et pourtant, jour après jour, Gloria semblait plus attirée par le doux parfum de Justin.

Woodrow descendit et resta dans la cuisine à regarder par la fenêtre. Pas de personnel le samedi après-midi, bien sûr. C'est tellement plus agréable de se retrouver entre nous, chéri. Sauf que ce n'est pas entre nous mais entre vous, et tu as l'air fichtrement plus radieuse auprès de deux flatteurs d'âge mûr que tu ne l'es jamais avec moi.

A la table, Justin avait atterri dans la rue d'un des joueurs et payait une liasse de billets pour le loyer sous les cris ravis de Gloria et des garçons, tandis que Donohue s'exclamait qu'il était grand temps. Justin portait son ridicule chapeau de paille, qui lui seyait à merveille comme toute sa garderobe. Woodrow remplit d'eau une bouilloire et la posa sur le feu. *Je vais leur apporter du thé, qu'ils sachent au moins que je suis de retour, s'ils ne sont pas trop absorbés pour le remarquer.* Puis il se ravisa, sortit dans le jardin et marcha vers la table d'un pas décidé.

« Désolé de vous déranger, Justin. J'aimerais vous parler un instant, lui dit-il avant de s'adresser aux autres – *ma propre famille qui me regarde comme si j'avais violé la bonne*. Je ne voulais pas vous interrompre, les enfants. Je n'en ai que pour quelques minutes. Qui gagne ?

– Personne », répondit sèchement Gloria, tandis que Donohue ricanait sous cape.

Les deux hommes rallièrent la cellule de Justin, à laquelle Woodrow aurait préféré le jardin s'il n'avait été occupé. Les choses étant ce qu'elles étaient, ils se tinrent debout face à face dans la pièce lugubre, la sacoche de Tessa (ou plutôt de son père) posée derrière la grille. *Ma cave à vins. Sa* foutue clé. *La sacoche de son illustre père.* Dès qu'il prit la parole, il vit avec angoisse le décor changer. A la place du châlit en fer se trouvait le bureau en marqueterie tant aimé par la mère de Tessa. Derrière, la cheminée en brique sur le dessus de laquelle étaient posées des invitations. De l'autre côté de la pièce, où les fausses poutres semblaient converger, la silhouette nue de Tessa devant la porte-fenêtre. Il s'obligea à revenir au présent et le mirage s'évanouit.

« Justin.

– Oui, Sandy. »

Pour la deuxième fois en deux minutes, Woodrow éluda cette confrontation qu'il avait orchestrée.

« Un des journaux locaux publie un genre de *liber amicorum* sur Tessa.

– C'est très gentil.

– On y trouve pas mal de détails parlants sur Bluhm. On suggère qu'il a lui-même accouché Tessa. Et on insinue assez clairement que le bébé pourrait être de lui. Désolé.

– Vous parlez de Garth.

– Oui. »

La voix de Justin était tendue et, à l'oreille de Woodrow, aussi désagréablement haut perchée que la sienne.

« Je sais. Mais c'est une idée que certaines personnes ont pu se faire ces derniers mois, Sandy, et vu le climat actuel ce n'est certainement pas la dernière fois. »

Justin ne rejeta pas l'insinuation comme infondée alors que Woodrow lui en avait délibérément donné le temps, ce qui l'incita à insister plus lourdement, poussé par le démon de sa culpabilité.

« On avance aussi que Bluhm est allé jusqu'à apporter un lit de camp dans la salle pour pouvoir dormir près d'elle.

– Exact. Nous l'avons partagé.

– Pardon ?

– Des fois Arnold y dormait, d'autres fois c'était moi. On prenait des tours en fonction de notre travail respectif.

– Alors, ça ne vous gêne pas ?

– Quoi ?

– Qu'on dise ça d'eux, qu'il lui ait prêté autant d'attention, apparemment avec votre consentement, malgré son rôle officiel d'épouse, ici à Nairobi.

– Son *rôle* ? Mais *c'était* mon épouse, nom de Dieu ! »

Woodrow n'avait pas plus anticipé la fureur de Justin que celle de Coleridge, tant il était occupé à juguler la sienne, à maîtriser sa voix après avoir réussi à se décontracter un peu les épaules dans la cuisine. Venant de Justin, cette explosion verbale le prit de court et le médusa. Il s'attendait à un acte de contrition, voire de mortification, pour être franc, pas à une résistance armée.

« Qu'est-ce que vous me demandez exactement ? fit Justin. Je ne saisis pas.

– Il faut que je sache, Justin. C'est tout.

– Savoir quoi ? Si je tenais ma femme ?

– Écoutez, Justin, fit Woodrow, à la fois insistant et plus conciliant. Mettez-vous à ma place un instant, d'accord ? La presse du monde entier va s'emparer de cette affaire. J'ai le droit de savoir.

– De savoir quoi ?

– Ce que Tessa et Bluhm mijotaient encore qui fera les gros titres demain et durant les six semaines à venir, acheva-t-il sur un ton pitoyable.

– Qu'est-ce à dire ?

– Bluhm était son gourou, non ? Sans parler du reste.

– Et alors ?

– Ils partageaient certains engagements. Ils dépistaient les scandales. Les droits de l'homme, ce genre de chose. Bluhm a une mission de surveillance, pas vrai ? Enfin, ses employeurs. Alors Tessa l'aidait, poursuivit-il en perdant pied sous l'œil de Justin. C'est bien naturel. Compte tenu des circonstances. Elle mettait à profit ses connaissances juridiques.

– Vous voudriez bien m'expliquer à quoi ça nous mène, tout ça ?

– Ses papiers, voilà. Les documents qu'elle avait en sa possession. Ce que vous êtes retourné chercher. Avec moi. Tous les deux.

– Et alors ? »

Woodrow se reprit : Je suis ton supérieur, nom de Dieu, pas un simple quémandeur. Que nos rôles soient bien clairs.

« Et alors, j'ai besoin de votre parole que tous les papiers qu'elle a réunis pour étayer ses causes quand elle était ici en tant qu'épouse de diplomate envoyé par le gouvernement de Sa Majesté seront remis au Foreign Office. C'est à cette condition que je vous ai accompagné chez vous mardi. Sans quoi nous n'y serions jamais allés. »

Justin n'avait pas bougé, ni levé un doigt ni cillé des yeux pendant que Woodrow accouchait de cette trouvaille mensongère. A contre-jour, il restait aussi immobile que la silhouette nue de Tessa.

« L'autre promesse que je dois obtenir de vous va sans dire, enchaîna Woodrow.

– Quelle autre promesse ?

– Votre propre discrétion sur le sujet. Tout ce que vous savez de ses activités, de ses campagnes, de son soi-disant travail humanitaire qui a pris des proportions incontrôlables.

– Pour qui ?

– Disons les choses simplement : chaque fois qu'elle s'est aventurée en terrain officiel, vous êtes aussi lié que nous tous par le devoir de réserve. Désolé, c'est un ordre qui vient de très haut, dit-il, essayant d'en plaisanter mais sans qu'aucun des deux ne sourie. Un ordre de Pellegrin. »

Vous avez le moral, Sandy, n'est-ce pas ? Compte tenu de cette période éprouvante et du fait que vous logez le mari ?

« Merci, Sandy, fit Justin qui se décidait enfin à parler. J'apprécie tout ce que vous avez fait pour moi. Je vous suis reconnaissant de m'avoir permis de passer chez moi. Mais là, tout de suite, il faut que j'aille récupérer mon loyer de Piccadilly, où je possède apparemment un hôtel très rentable. »

Sur quoi, à la stupéfaction de Woodrow, il retourna dans le jardin, se rassit à côté de Donohue et reprit sa partie de Monopoly là où il l'avait laissée.

Chapitre 4

Les policiers britanniques étaient de vrais amours. Gloria l'affirmait, et si Woodrow ne partageait pas cet avis il n'en laissait rien paraître. Même Porter Coleridge, pourtant discret sur ses relations avec eux, les déclara « étonnamment civilisés pour des enfoirés ». Et le plus agréable, rapporta Gloria à Elena depuis sa chambre après les avoir introduits dans le salon pour leur deuxième journée avec Justin, le plus délicieusement agréable, El, c'est qu'on sentait vraiment qu'ils étaient là pour aider, pas pour ajouter à la douleur et à la gêne de Justin. Le garçon, Rob, était très mignon – enfin, le *monsieur*, El, il doit bien avoir vingt-cinq ans ! Un côté acteur mais pas cabot, très doué pour imiter les flics en tenue avec lesquels ils devaient collaborer à Nairobi. Et Lesley – attention, ma grande, c'est une femme, ce qui a surpris tout le monde et prouve à quel point on a perdu le contact avec ce qui se passe en Angleterre –, hormis ses vêtements à la mode de l'an dernier, eh bien, franchement, on ne croirait jamais qu'elle n'a pas eu une éducation comme la nôtre. Pas à son accent, de toute façon, parce que plus personne n'ose parler conformément à son milieu social, de nos jours. Mais comme chez elle dans mon salon, très digne, sûre d'elle, à l'aise, avec un joli sourire chaleureux, des cheveux déjà un peu grisonnants qu'elle a la sagesse de ne pas teindre, et ce que Sandy appelle un *silence convenable*, on n'a pas à chercher quoi dire chaque fois qu'ils font un arrêt au stand pour laisser Justin se reposer. Le seul ennui, c'est que Gloria n'avait pas la moindre idée de ce qui se passait entre eux, parce qu'elle pouvait difficilement rester dans la cuisine toute la journée l'oreille collée au passe-plat, enfin, sûrement pas en présence des domestiques, quoi, pas vrai, El ?

Mais si elle ignorait le détail des discussions entre Justin et les deux policiers, Gloria en savait encore moins sur leurs rapports avec son mari, pour la bonne raison qu'il les lui avait cachés.

*

Les premiers échanges entre Woodrow et les deux policiers furent la courtoisie même : eux avaient conscience d'être chargés d'une mission délicate, ne comptaient pas compromettre la communauté blanche de Nairobi, etc., etc., et lui leur promit en retour la coopération de son personnel et tous les moyens requis, amen. Ils s'engagèrent à le tenir informé des progrès de l'enquête tant que cela cadrait avec les instructions de Scotland Yard, et il leur fit aimablement remarquer qu'ils servaient la même reine et donc que si Sa Majesté se contentait de se faire appeler par son prénom, alors nous aussi.

« Bien. Quelles sont les attributions de Justin au haut-commissariat, monsieur Woodrow ? » demanda poliment Rob, le garçon, au mépris de cet appel à l'intimité.

Rob, qui avait couru le marathon de Londres, était tout en oreilles, en genoux, en coudes et en tripes. Lesley, qui aurait pu être sa grande sœur plus intelligente, transportait un fourre-tout que Woodrow se plut à imaginer rempli de l'attirail nécessaire à Rob pendant une course – teinture d'iode, tablettes de sel, lacets de rechange pour ses chaussures de sport –, mais qui apparemment ne contenait guère qu'un magnétophone, des cassettes et un assortiment coloré de blocs sténo et de calepins.

Woodrow affecta de considérer la question, avec ce froncement de sourcils judicieux qui lui donnait l'apparence du parfait professionnel.

« Eh bien, déjà, c'est notre ancien d'Eton à nous, plaisanta-t-il avec un franc succès. Non, sérieusement, Rob, c'est notre représentant au CEDAO, le Comité d'efficacité des donateurs en Afrique orientale, poursuivit-il avec le degré de clarté adapté à l'intelligence limitée de Rob. Au départ, le E voulait dire "efficience", mais ce n'est pas un mot très connu du public dans la région, alors on l'a remplacé par quelque chose de plus accessible.

– Qu'est-ce qu'il fait, ce comité ?

– Le CEDAO est un organe consultatif relativement récent, Rob. Il a son siège ici, à Nairobi, et rassemble des représentants de toutes les nations donatrices qui fournissent aide, soutien et assistance à l'Afrique orientale sous quelque forme que ce soit. Ses membres sont recrutés dans les ambassades et les hauts-commissariats de chaque pays donateur. Le comité a des réunions hebdomadaires et remet un rapport bimensuel.

– A qui ? demanda Rob en prenant des notes.

– A tous les pays membres, bien sûr.

– A quel sujet ?

– Comme son nom l'indique, il prône l'efficience, ou plutôt l'efficacité, dans le domaine de l'humanitaire, expliqua Woodrow avec indulgence envers le sans-gêne du jeune homme. Dans ce secteur, l'efficacité est plus ou moins le fin du fin. La compassion, elle, va de soi, ajouta-t-il avec un sourire désarmant signifiant que nous étions tous pleins de compassion. Le CEDAO travaille sur l'épineuse question de savoir quelle part de chaque dollar versé par chaque pays donateur atteint bien son destinataire, et d'évaluer le gaspillage dû au double emploi ou à une concurrence fâcheuse entre les différentes agences sur le terrain. Comme nous tous, hélas !, il est aux prises avec les trois R de l'action humanitaire : redondance, rivalité, rationalisation. Il compare les frais fixes à la productivité et il lui arrive de faire des recommandations discrètes, dit-il avec un sourire de vieux sage. Étant entendu que, contrairement à vous autres, il n'a aucun pouvoir exécutif ou disciplinaire, ajouta-t-il, annonçant d'un léger signe de tête une petite confidence. Entre nous, je ne suis pas convaincu que ç'ait été l'idée du siècle. Mais c'était le bébé de notre très cher ministre des Affaires étrangères, ça répondait aux appels à la transparence et à la moralisation de la politique étrangère et autres panacées fumeuses de l'époque, alors nous l'avons soutenu

87

au maximum. D'aucuns disent que c'est l'ONU qui devrait s'en charger, d'autres que c'est déjà le cas, d'autres encore que l'ONU est en partie responsable de ces maux. A vous de voir, suggéra-t-il avec un haussement d'épaules modeste.

– Quels maux ? s'enquit Rob.

– Le CEDAO n'a pas le pouvoir d'enquêter sur le terrain. Cela dit, la corruption est un facteur essentiel à prendre en compte quand on veut comparer les dépenses et les résultats. A ne pas confondre avec la déperdition naturelle et l'incompétence, malgré les similitudes, précisa-t-il avant de tenter une analogie pour béotien. Tiens, prenez notre bon vieux réseau d'eau courante, qui remonte à peu près à 1890. De l'eau quitte le réservoir et, si tout va bien, arrive pour partie jusqu'à votre robinet. Mais en chemin, il y aura eu de grosses fuites dans certains tuyaux. Alors quand cette eau est distribuée grâce à la générosité du public, on ne peut pas se permettre de la laisser s'écouler n'importe où, d'accord ? En tout cas, sûrement pas quand on dépend de l'électeur indécis pour rester en place.

– Son travail au comité le met en contact avec qui ? demanda Rob.

– Des diplomates de haut rang recrutés ici à Nairobi dans la communauté internationale. Conseillers d'ambassade ou plus. Parfois un premier secrétaire, mais c'est rare, dit-il l'air de croire que ces propos méritaient explication. D'après moi, il fallait viser haut pour ce comité, le placer au-dessus de la mêlée. Si on le rabaissait au niveau du terrain, ce ne serait plus qu'une sorte de super ONG – organisation non gouvernementale, Rob –, au même titre que celles qu'il audite. Je l'ai dit et répété. D'accord, le CEDAO doit se trouver ici à Nairobi, sur place, au fait de la situation locale. C'est évident. Mais ça n'en est pas moins un groupe de réflexion qui doit préserver sa vision d'ensemble et son impartialité. Il est vital qu'il reste une zone de non-émotion – si vous me permettez de me citer moi-même. Et Justin est le secrétaire du comité. Non que ce soit méritoire : c'est juste notre tour. Il dresse le procès-verbal, collecte les données et rédige le brouillon des rapports bimensuels.

– Tessa n'avait rien d'une zone de non-émotion, objecta

Rob après un instant de réflexion. Tessa n'était même que pure émotion, à ce qu'il paraît.

– Je crains que vous ne lisiez trop les journaux, Rob.

– Pas du tout. J'ai consulté ses rapports de mission. Elle était sur le terrain jour et nuit, manches retroussées, dans la merde jusqu'aux coudes.

– Aussi indispensable et louable que soit cet engagement, il n'incite guère à l'objectivité, or c'est le premier devoir du comité en tant qu'organe consultatif international, commenta aimablement Woodrow, sans plus relever cette saillie ordurière que celles de son haut-commissaire.

– Donc, ils allaient chacun leur chemin, conclut Rob en se carrant dans son siège et en se tapotant les dents du bout de son crayon. Il était objectif, elle émotionnelle. Il la jouait tranquille au centre, elle s'exposait à l'aile. Je vois. Pour tout dire, je crois que je le savais déjà. Alors, que vient faire Bluhm, là-dedans ?

– Comment ça ?

– Bluhm. Arnold Bluhm. Le médecin. Que vient-il faire dans la vie de Tessa et la vôtre ? »

Woodrow lui pardonna cette formulation malheureuse d'un petit sourire. Ma vie ? Quel rapport entre la vie de Tessa et la mienne ?

« Il y a une pléiade d'organisations caritatives, ici, comme vous devez le savoir. Soutenues par différents pays et financées par toutes sortes d'œuvres de bienfaisance ou autres. Notre charmant président Moi les déteste en bloc.

– Pourquoi ?

– Parce qu'elles font ce que ferait son gouvernement s'il faisait son boulot, et de plus en court-circuitant son système de corruption. Bluhm travaille pour une petite organisation médicale belge privée, voilà tout ce que je peux vous dire », s'excusa-t-il avec une candeur les invitant à partager son ignorance en la matière.

Mais ils ne se laissaient pas si facilement gagner.

« C'est un organe de surveillance, l'informa bientôt Rob. Ses médecins font le tour des autres ONG, visitent les dispensaires, contrôlent les diagnostics et les rectifient, genre "Ce n'est peut-être pas la malaria, docteur, c'est peut-être un cancer du foie", et après ils vérifient le traitement. Ils s'occupent aussi d'épidémiologie. Et Leakey?

– Oui, quoi?

– Bluhm et Tessa étaient en route vers son site, correct?

– Apparemment.

– Qui est-ce, au juste, ce Leakey? C'est quoi son truc?

– Un Blanc quasi légendaire en Afrique. Anthropologue et archéologue. Il a travaillé avec ses parents sur la rive est du lac Turkana pour y chercher les origines de l'humanité, et il a poursuivi leur œuvre après leur mort. Il a été nommé directeur du Musée national de Nairobi, et ensuite ministre de l'Environnement et de la Protection de la vie sauvage.

– Mais il a démissionné.

– Ou on l'y a poussé. C'est une histoire complexe.

– En plus, c'est une épine dans le pied de Moi, pas vrai?

– Quand il s'est opposé politiquement à Moi, il s'en est pris plein la figure, pour sa peine. A l'heure actuelle, il fait une sorte de come-back en tant que pourfendeur de la corruption kenyane. Le Fonds monétaire international et la Banque mondiale exigent ni plus ni moins son retour au gouvernement. »

Rob se renfonça dans son siège et laissa Lesley prendre le relais. Il apparut alors que le distinguo qu'il avait appliqué aux Quayle valait aussi pour le style propre des deux policiers. Rob parlait de façon saccadée, avec la lourdeur d'un homme qui lutte pour juguler ses émotions. Lesley était un modèle de sang-froid.

« Bon alors, c'est quelle sorte d'homme, ce Justin? demanda-t-elle comme s'il s'agissait d'un lointain personnage historique. En dehors de son travail et de ce comité? Quels sont ses intérêts, ses désirs, son style de vie, qui est-il?

– Ah mon Dieu, qui sommes-nous, tous? » déclama Woodrow peut-être un peu trop théâtralement.

Sur quoi, Rob fit de nouveau rouler son crayon entre ses dents, Lesley sourit patiemment et Woodrow, avec une réticence touchante, dévida la liste des modestes attributs de Justin : passionné de jardinage (quoique, en fait, un peu moins depuis que Tessa avait perdu son bébé), n'aime rien tant que s'occuper de ses parterres de fleurs le samedi après-midi, un gentleman, quoi que cela veuille dire, le parfait ancien élève d'Eton, courtois à l'excès dans ses rapports avec le personnel local, bien sûr, le genre de type sur lequel on peut compter pour danser avec les dames qui font tapisserie à la soirée annuelle du haut-commissaire, un peu vieux garçon par certains aspects indéfinissables selon lui, pas golfeur ni joueur de tennis, à sa connaissance, ni chasseur ni pêcheur ; bref, rien d'un homme d'extérieur, hormis son jardinage. Et, cela va sans dire, diplomate de tout premier rang, professionnel jusqu'au bout des ongles, des tonnes d'expérience, deux ou trois langues, très fiable, totalement respectueux des consignes de Londres. Et c'est là que c'est affreux, Rob : injustement négligé dans le mouvement de promotion.

« Et il ne fraie pas avec la racaille ? demanda Lesley en consultant ses notes. On ne l'a jamais vu faire la bringue dans des boîtes de nuit douteuses pendant les absences de Tessa ? avança-t-elle d'un ton badin. Ce ne serait pas son genre, si je comprends bien ?

– Des boîtes de nuit ? Justin ? Quelle drôle d'idée ! Chez Annabel, peut-être, il y a vingt-cinq ans. Mais d'où tenez-vous cette histoire ? s'exclama Woodrow avec un rire plus franc qu'il n'en avait eu depuis des jours.

– De notre divisionnaire, à vrai dire, Rob s'empressa-t-il de l'informer. M. Gridley. Il a été un temps agent de liaison à Nairobi. D'après lui, c'est dans les boîtes de nuit qu'il faut aller si on veut engager un tueur. Il y en a une sur River Road, à un pâté de maisons du New Stanley, ce qui est pratique si on y séjourne. 500 dollars et ils vous butent qui vous voulez. La moitié d'avance, la moitié le travail fini. Il pense même que c'est moins dans certains clubs, mais la qualité du service n'est pas la même.

– Justin aimait-il Tessa ? » demanda Lesley alors que Woodrow souriait toujours.

Dans ce climat de décontraction qui s'installait entre eux, Woodrow leva les bras et en appela aux cieux en un cri étouffé : « Ah mon Dieu ! Qui aime qui en ce bas monde et pourquoi ? » Et comme Lesley ne retirait pas sa question, il enchaîna : « Elle était belle. Intelligente. Jeune. Il avait la quarantaine quand il l'a rencontrée. L'âge mûr, bientôt les arrêts de jeu, la solitude, l'envie de se poser, le coup de foudre. L'aimait-il ? C'est à vous de voir, pas à moi. »

Si c'était là une invite à Lesley pour qu'elle fasse part de ses impressions, elle l'ignora. Comme Rob à son côté, elle semblait plus intéressée par la subtile transformation des traits de Woodrow, la crispation des rides sur les pommettes, les légères rougeurs sur le cou, les petits spasmes involontaires du menton.

« Et Justin ne lui reprochait rien ? Ses activités humanitaires, par exemple ? suggéra Rob.

– Pourquoi cela ?

– Ça ne l'agaçait pas qu'elle dénonce sans cesse des entreprises occidentales, y compris anglaises, qui dépouillent les Africains, leur surfacturent des services techniques, leur fourguent des médicaments périmés à prix d'or, les utilisent comme cobayes pour tester de nouveaux médicaments, enfin soi-disant, parce que ça n'a jamais été prouvé ?

– Je suis sûr que Justin était très fier de son action. Nos épouses ont tendance à se la couler douce, ici. L'engagement de Tessa compensait.

– Alors, il n'était pas en colère contre elle ? insista Rob.

– Justin n'est tout simplement pas sujet à la colère. Pas comme nous autres. S'il était quoi que ce soit, c'était plutôt gêné.

– Et vous, vous étiez gêné ? Je veux dire, vous tous, au haut-commissariat ?

– Mais par quoi donc ?

– Par son travail humanitaire. Ses centres d'intérêt. Entraient-ils un tant soit peu en conflit avec les intérêts de Sa Majesté ?

– Le gouvernement de Sa Majesté ne pourrait en aucune façon être gêné par des actes de bienfaisance, Rob, affirma Woodrow avec une moue de perplexité des plus désarmante. Vous devriez le savoir.

– Nous sommes en train de l'apprendre, monsieur Woodrow, intervint Lesley en douceur. Nous sommes nouveaux, ici. »

L'ayant longuement examiné sans se départir un instant de son joli sourire, elle rangea calepins et magnétophone dans son sac puis, prétextant des obligations en ville, proposa de reprendre l'entretien le lendemain à la même heure.

« Vous savez si Tessa se confiait à quelqu'un ? demanda-t-elle d'un ton détaché alors qu'ils avançaient tous trois vers la porte.

– En dehors de Bluhm, vous voulez dire ?

– Je pensais plutôt à des amies femmes.

– Non, répondit Woodrow, faisant mine de fouiller sa mémoire. Non, je ne crois pas. Je ne vois personne. Cela dit, je ne suis pas vraiment bien placé pour le savoir.

– Mais si, si cette personne fait partie de votre personnel. Comme Ghita Pearson, par exemple, suggéra-t-elle.

– Ghita ? Ah, mais oui, bien sûr, Ghita. Et on s'occupe bien de vous ? On vous a fourni un moyen de transport, tout ça ? Parfait. »

Une journée s'écoula, puis une nuit, avant leur retour.

*

Cette fois, ce fut Lesley et non Rob qui ouvrit le ban, avec une vivacité suggérant que des éléments encourageants étaient survenus depuis leur dernière rencontre.

« Tessa a eu des rapports sexuels peu avant sa mort, annonça-t-elle d'un ton guilleret tout en déballant ses petites affaires comme autant de preuves à conviction : crayons, carnets, magnétophone, gomme. Nous suspectons un viol. Ce n'est pas officiel, mais j'imagine que ce sera dans tous les journaux demain. Pour l'instant, ils ont juste fait un frottis vaginal, qu'ils ont examiné au microscope pour voir si le sperme était vivant. Résultat : non. Il viendrait de plusieurs hommes. Peut-être tout un cocktail. D'après nous, ils n'ont aucun moyen de le prouver. »

Woodrow plongea la tête entre ses mains.

« Il faudra attendre que nos experts à nous se prononcent pour être sûrs à cent pour cent », ajouta-t-elle en l'observant.

Comme la veille, Rob tapotait nonchalamment son crayon contre ses incisives.

« Le sang sur la tunique de Bluhm est celui de Tessa, continua Lesley avec la même franchise brutale. Enfin, attention, ça reste à confirmer. Ils ne font que les grands groupes, ici. Pour plus de détails, ce sera chez nous. »

Woodrow s'était levé, comme souvent lors de réunions informelles quand il voulait mettre tout le monde à l'aise. Il avança d'un pas souple jusqu'à la fenêtre à l'autre bout de la pièce et s'y posta en affectant de contempler le hideux paysage urbain. Il y avait du tonnerre dans l'air, et cette indéfinissable odeur de tension qui annonce en Afrique la pluie magique. Woodrow, par contraste, était d'un calme olympien. Personne ne pouvait voir les deux ou trois gouttes de sueur brûlante qui coulaient de ses aisselles et rampaient comme de gros insectes le long de ses côtes.

« Quelqu'un a prévenu Quayle ? s'inquiéta-t-il en se demandant, peut-être comme eux, pourquoi le veuf d'une femme violée devient soudain un Quayle et non plus un Justin.

— On pensait que ce serait mieux qu'il l'apprenne par un ami, répondit Lesley.

— Vous, suggéra Rob.

— Bien sûr.

— En plus, comme l'a dit Les, il est tout à fait possible que Tessa et Arnold s'en soient payé un dernier pour la route, si vous voulez le lui dire. A vous de voir. »

Quelle sera la goutte d'eau ? songea-t-il. Qu'est-ce qu'il me faut de plus pour me jeter par la fenêtre ? Voilà peut-être ce que j'attendais d'elle : qu'elle m'entraîne au-delà des limites de ce que je peux accepter.

« Il nous plaît vraiment, Bluhm, se plaignit Lesley en amie soucieuse de faire partager son sentiment à Woodrow. OK, ne perdons pas de vue l'autre Bluhm, la bête à forme humaine. On est bien placés pour savoir que les gens les plus placides commettent des atrocités si on les y pousse. Mais qui l'y a poussé, si c'est le cas ? Personne, à moins que ce soit elle. »

Lesley marqua une pause invitant Woodrow à faire un

commentaire, mais il avait décidé de jouir de son droit au silence.

« Bluhm est ce qui se rapproche le plus de l'honnête homme, insista-t-elle, comme si l'honnête homme était une espèce au même titre que l'*homo sapiens*. Il a fait plein de trucs formidables. Pas pour la frime, mais parce qu'il le voulait. Il a sauvé des vies, il a risqué la sienne, il a fait du bénévolat dans des endroits horribles, il a caché des gens dans son grenier. Vous n'êtes pas de mon avis, monsieur ? »

Était-ce une provocation ou recherchait-elle simplement les lumières d'un observateur réfléchi de la relation Tessa-Bluhm ?

« Je veux bien croire qu'il a un CV magnifique, concéda Woodrow.

— Bon, écoutez, oubliez son CV, ordonna Rob avec un grognement d'impatience et une étrange torsion du buste. Personnellement, vous l'aimez bien ou non ? C'est aussi simple que ça, conclut-il en se réinstallant dans son fauteuil.

— Mon Dieu ! lança Woodrow par-dessus son épaule, attentif cette fois à ne pas en rajouter dans le théâtral mais laissant néanmoins percer une pointe d'exaspération. Hier, c'était la définition de l'amour ; aujourd'hui, c'est la définition de ce que c'est d'aimer bien. Dites donc, on court après les belles définitions dans notre Angleterre branchée…

— Nous vous demandons votre opinion, monsieur », dit Rob.

Peut-être les « monsieur » renversèrent-ils la situation. A leur première rencontre, c'était « monsieur Woodrow », voire « Sandy » quand ils osaient. Maintenant, ces « monsieur » signifiaient que ces deux sous-fifres de policiers n'étaient ni ses collègues ni ses amis, mais des prolétaires qui venaient fourrer leur nez dans le club fermé qui lui assurait standing et protection depuis dix-sept ans. Il joignit les mains derrière le dos, bomba le torse et pivota sur les talons pour faire face à ses interrogateurs.

« Arnold Bluhm est persuasif, déclara-t-il *ex cathedra* depuis l'autre bout de la pièce. Il est bel homme, il a un certain charme et de l'esprit, si on aime ce genre d'humour. Une sorte d'aura – c'est peut-être le bouc qui fait ça. Les âmes impressionnables voient en lui un héros populaire

africain, conclut-il avant de se détourner comme s'il attendait qu'ils rangent leurs affaires et prennent congé.

– Et les âmes non impressionnables ? rétorqua Lesley,
profitant de cette posture pour l'étudier : les mains négli-
gemment jointes dans le dos en un geste de réconfort mutuel,
un genou relevé en un réflexe d'autoprotection.

– Oh, je suis sûr que nous sommes une minorité, susurra
Woodrow.

– Mais j'imagine que ça pouvait être très angoissant pour
vous – et vexant, vu votre fonction de premier conseiller –
de voir tout ça se passer sous votre nez tout en vous sachant
impuissant à y mettre fin. Je veux dire que vous ne pouviez
pas aller dire à Justin : "Regardez ce Noir barbu, là-bas, il se
tape votre femme." Ou bien si ?

– Quand un scandale menace de souiller la bonne réputation de la mission, j'ai le droit et même le devoir d'inter-
venir.

– Vous l'avez fait ? demanda Lesley.

– Plus ou moins, oui.

– Auprès de Justin ? Ou auprès de Tessa directement ?

– Le problème, évidemment, c'est que sa relation avec
Bluhm bénéficiait d'une couverture, si l'on peut dire, répliqua Woodrow pour éluder la question. Cet homme est un
médecin de renom, très bien considéré dans la communauté
humanitaire. Tessa était une bénévole dévouée, pour lui.
En apparence, tout cela est irréprochable. On ne peut pas
débarquer et les accuser d'adultère sans aucune preuve. On
peut juste dire : "Allons, ça fait mauvais effet, soyez un peu
plus discrets, s'il vous plaît."

– Et vous l'avez dit à qui ? insista Lesley tout en prenant
des notes dans son carnet.

– Ce n'est pas si simple. Il n'y a pas eu qu'un seul
épisode, qu'une seule conversation.

– Entre vous et Tessa ? fit Lesley, se penchant en avant
pour vérifier que le magnétophone tournait bien.

– Tessa, c'était un bijou de mécanique dans lequel il
manquerait la moitié des rouages. Avant de perdre son bébé,
elle était certes un peu extravagante, reconnut Woodrow, sur
le point de parachever sa trahison de Tessa, avec en tête

le souvenir d'un Porter Coleridge furieux assis dans son bureau à lui retransmettre les instructions de Pellegrin. Mais après, je dois dire à mon grand regret que bon nombre d'entre nous l'ont trouvée complètement siphonnée.

— Elle était nympho ? lâcha Rob.

— Désolé, cette question dépasse mon grade hiérarchique, répliqua Woodrow, glacial.

— Disons qu'elle flirtait outrageusement, suggéra Lesley. Avec tout le monde.

— Si vous insistez, concéda-t-il avec un détachement surhumain. Mais c'est difficile à dire, non ? Une belle jeune femme, la reine du bal, un mari plus âgé… Elle aguiche ou bien elle est simplement elle-même quand elle s'amuse ? Si elle parade en robe échancrée on la traite d'allumeuse, et sinon c'est un bonnet de nuit. C'est ça, la société blanche de Nairobi. C'est peut-être partout pareil. Mais je ne suis pas expert en la matière.

— Elle a flirté avec vous ? demanda Rob après un nouveau roulement de crayon horripilant sur ses dents.

— Je me répète : il était impossible de dire si elle flirtait ou si elle jouissait de la vie, spécifia Woodrow, atteignant des niveaux inégalés d'urbanité.

— Donc, euh, vous n'avez pas répondu à ses avances, par hasard ? poursuivit Rob. Ne faites pas cette tête, monsieur Woodrow. Vous avez la quarantaine, l'âge mûr, bientôt les arrêts de jeu, exactement comme Justin. Vous avez eu le béguin, pourquoi pas ? Moi, je l'aurais eu, je parie. »

La réaction de Woodrow fut si rapide qu'elle survint avant même qu'il s'en aperçoive.

« Ah là là, mon pauvre ami. Je ne pensais qu'à ça. Tessa, Tessa jour et nuit. Une véritable obsession. Demandez donc autour de vous.

— C'est ce qu'on a fait », annonça Rob.

*

Le lendemain matin, il sembla à Woodrow que ses interrogateurs mettaient une hâte indécente à le harceler. Rob posa le magnétophone sur la table, Lesley ouvrit un grand carnet rouge à une double page marquée par un élastique, puis lança les opérations.

« Nous avons lieu de penser que vous avez rendu visite à Tessa à l'hôpital de Nairobi peu après la perte de son bébé, monsieur, est-ce la vérité ? »

Woodrow sentit la terre trembler. Qui diable avait bien pu leur dire ça ? Justin ? Impossible, ils ne l'ont pas encore vu, sinon je le saurais.

« Arrêtez tout », ordonna-t-il sèchement.

Lesley releva la tête. Se redressant, Rob posa une longue main à plat sur son nez comme s'il voulait s'aplatir le visage, puis étudia Woodrow par-dessus le bout de ses doigts tendus.

« C'est notre thème de la matinée ? demanda Woodrow.

— Entre autres, reconnut Lesley.

— Alors, pouvez-vous me dire, je vous prie, puisque notre temps à tous est compté, quel peut bien être le rapport entre une visite à Tessa à l'hôpital et la recherche de son assassin, qui, si j'ai bien compris, est le but de votre présence ici ?

— On cherche un mobile, déclara Lesley.

— Vous m'avez dit que vous en aviez un. Le viol.

— Ça ne cadre plus. Pas comme mobile. Le viol était un effet collatéral. Peut-être un leurre pour nous faire croire à un meurtre irréfléchi, pulsionnel.

— Il y a eu préméditation, expliqua Rob, braquant ses grands yeux marron sur Woodrow. Ce qu'on appelle une entreprise criminelle. »

Pendant un court instant de panique, Woodrow eut l'esprit totalement vide. Puis il pensa *entreprise*. Pourquoi a-t-il dit *entreprise* ?

Entreprise criminelle, c'est-à-dire que le crime aurait été commandité par une entreprise ? Scandaleux ! Trop absurde pour mériter la considération d'un diplomate réputé !

Après quoi, son esprit ne fut plus qu'un écran blanc. Aucun mot, pas même les plus banals ou insignifiants, ne vint à sa rescousse. Il n'était plus guère qu'une sorte d'ordinateur qui collectait, combinait puis rejetait une série de connexions savamment codées dans une zone interdite de son cerveau.

Entreprise, sûrement pas. C'était irréfléchi. Pulsionnel. Un carnage à l'africaine.

« Alors, qu'est-ce qui vous a amené à l'hôpital ? entendit-il Lesley dire quand il reprit le fil de la bande-son. Pourquoi êtes-vous allé voir Tessa après la perte de son bébé ?

— Parce qu'elle me l'a demandé. Par l'intermédiaire de son mari. En ma qualité de supérieur hiérarchique de Justin.

— Quelqu'un d'autre parmi les invités ?

— Pas à ma connaissance.

— Ghita, peut-être ?

— Ghita Pearson ?

— Vous en connaissez d'autres ?

— Ghita Pearson n'était pas présente.

— Donc, c'était juste vous et Tessa, nota Lesley à voix haute, tout en écrivant dans son carnet. Je ne vois pas le rapport avec votre qualité de supérieur hiérarchique.

— Elle s'inquiétait pour Justin et voulait s'assurer qu'il allait bien, expliqua Woodrow en prenant tout son temps au lieu d'adopter le rythme accéléré qu'elle imposait. J'avais essayé de le persuader de prendre un congé, mais il préférait rester à son poste. La conférence annuelle des ministres du CEDAO approchait, et il tenait à s'y préparer. Je l'ai expliqué à Tessa et je lui ai promis de veiller sur lui.

— Elle avait son portable avec elle ? intervint Rob.

— Pardon ?

— Qu'est-ce qu'il y a de dur à comprendre ? Est-ce qu'elle avait son portable ? A côté d'elle, sur une table, sous le lit, sous les draps ? Son ordinateur portable. Tessa l'adorait. Elle envoyait des e-mails aux gens, avec. En permanence. A Bluhm, à Ghita, à un gamin malade en Italie dont elle s'occupait, à un ex à Londres, bref, au monde entier. Est-ce qu'elle avait son portable avec elle ?

— Merci de vos éclaircissements. Non, je n'ai pas vu de portable.

— Et un carnet ? »

Une hésitation, le temps de fouiller sa mémoire et de forger son mensonge.

« Pas que j'aie vu, en tout cas.

— Et que vous n'ayez pas vu ? »

Woodrow ne daigna pas répondre. Rob s'inclina en arrière et regarda le plafond d'un air faussement détendu.

« Alors, comment était-elle ? demanda-t-il.

– Personne n'est à son mieux après avoir mis au monde un bébé mort-né.

– Comment était-elle ?

– Faible. Délirante. Déprimée.

– Et c'est tout ce dont vous avez parlé. De Justin. Son époux bien-aimé.

– Autant que je m'en souvienne, oui.

– Vous êtes resté combien de temps avec elle ?

– Je n'ai pas chronométré, mais j'imagine dans les vingt minutes. Je ne voulais pas la fatiguer, cela va de soi.

– Alors vous avez parlé de Justin pendant vingt minutes. S'il mangeait bien son porridge, tout ça.

– La conversation était morcelée, répliqua Woodrow en rougissant. Quand on est fiévreuse, épuisée et qu'on vient de perdre son enfant, ce n'est pas évident d'avoir un échange lucide.

– D'autres personnes présentes ?

– Je vous l'ai déjà dit. J'y suis allé seul.

– Ce n'est pas ce que je vous ai demandé. Je vous ai demandé s'il y avait d'autres personnes présentes.

– Comme qui ?

– Comme quiconque aurait pu être présent. Une infirmière, un médecin, un autre visiteur, une amie, un ami, un ami africain. Le docteur Arnold Bluhm, par exemple. Pourquoi je dois vous tirer les vers du nez, monsieur ? »

Pour marquer son agacement, Rob se déplia comme un lanceur de javelot, lançant une main en l'air avant de reprendre ses appuis tant bien que mal sur ses longues jambes. Pendant ce temps, Woodrow consultait de nouveau ostensiblement ses souvenirs : il fronçait les sourcils d'un air à la fois nostalgique et amusé.

« Maintenant que vous me le dites, Rob, c'est vrai. Bien vu. Bluhm était là quand je suis arrivé. On s'est salués et il est parti. On a dû se croiser vingt secondes au plus. Mettons vingt-cinq. »

Cette belle désinvolture lui coûtait. Qui diable leur avait

dit que Bluhm était au chevet de Tessa ? Et ses appré-
hensions allaient plus loin, jusque dans les failles les plus
sombres de ses autres pensées, où affleuraient de nouveau
ces liens de causalité qu'il refusait d'accepter et que Porter
Coleridge lui avait rageusement ordonné d'oublier.

« Qu'est-ce que Bluhm faisait là, à votre avis, monsieur ?

– Il n'a pas justifié sa présence, pas plus qu'elle. Il est
médecin, non ? Indépendamment de tout le reste.

– Que faisait Tessa ?

– Elle était couchée. Vous vous attendiez à quoi ? A ce
qu'elle joue aux billes ? » se laissa-t-il emporter.

Rob étira ses longues jambes devant lui et contempla ses
immenses pieds tout au bout comme s'il faisait bronzette.

« J'en sais rien, moi. On s'attendait à quoi, Les ? demanda-
t-il à sa collègue. Pas à une partie de billes, ça non. Elle est
alitée. Et nous, on se demande ce qu'elle fait.

– Elle nourrit un bébé noir dont la mère est en train de
mourir, je dirais », avança Lesley.

Pendant un moment, seuls résonnèrent des bruits de pas
dans le couloir et le vrombissement des voitures faisant
la course en ville, de l'autre côté de la vallée. Rob tendit un
bras décharné et éteignit le magnétophone.

« Comme vous l'avez fait remarquer, monsieur, notre
temps à tous est compté, commença-t-il poliment. Alors,
arrêtez de le gâcher en répondant à côté et en nous traitant
comme de la merde, bordel ! explosa-t-il avant de rallumer
le magnétophone. Veuillez nous parler en vos propres
termes de la femme qui agonisait dans la salle commune et
de son bébé, monsieur Woodrow, je vous prie. Et de quoi
elle est morte, et qui essayait de la soigner et comment, et
tout ce que vous pourriez savoir à ce sujet. »

Acculé, furieux de se retrouver isolé, Woodrow eut pour
premier instinct d'en appeler à son chef de mission, avant
de se rappeler que Coleridge jouait l'Arlésienne. La veille
au soir, quand Woodrow avait essayé de le joindre pour une
conversation privée, Mildren l'avait informé que son maître
était cloîtré avec l'ambassadeur américain et ne pouvait être
dérangé qu'en cas d'urgence. Ce matin, Coleridge « réglait
des affaires depuis la résidence ».

Chapitre 5

Woodrow ne se laissait pas facilement démonter. Ayant dû faire face à bon nombre de situations embarrassantes au long de sa carrière diplomatique, il avait appris par expérience que l'attitude la plus sensée consistait à refuser d'admettre que quelque chose n'allait pas. Il appliqua donc cette leçon pour faire en phrases hachées un compte rendu minimaliste de la scène à l'hôpital. Oui, reconnut-il, quelque peu étonné qu'ils s'intéressent tant aux détails des couches de Tessa, il avait un vague souvenir d'une patiente endormie ou comateuse qui n'était pas en état d'allaiter. Tessa jouait donc les nourrices, et son malheur faisait le bonheur de l'enfant.

« Elle avait un nom, cette malade ? demanda Lesley.

— Pas que je me souvienne.

— Il y avait quelqu'un auprès d'elle, un parent, un ami ?

— Son frère. Un adolescent de son village. C'est ce que m'a dit Tessa mais, vu son état, je ne la considère pas comme un témoin fiable.

— Vous connaissez le nom du frère ?

— Non.

— Et le nom du village ?

— Non plus.

— Tessa vous a dit ce qui n'allait pas, chez cette femme ?

— Ses propos étaient incohérents, pour la plupart.

— Donc, certains étaient cohérents », fit remarquer Rob.

Une patience inquiétante l'habitait. Ses membres dégingandés enfin au repos, il semblait soudain avoir toute la journée à tuer.

« Quand elle était cohérente, que vous a dit Tessa sur

la malade du lit d'en face, monsieur Woodrow ? enchaîna-t-il.

– Qu'elle était mourante. Que sa maladie, dont elle ne m'a pas dit le nom, venait de ses mauvaises conditions de vie.

– Sida ?

– Ce n'est pas ce qu'elle a dit.

– Ça nous change.

– En effet.

– Quelqu'un la traitait pour cette maladie sans nom ?

– Sûrement, sinon pourquoi aurait-elle été à l'hôpital ?

– Lorbeer ?

– Qui ça ?

– Lorbeer, répéta Rob. *Lor* comme le métal précieux, *beer* comme Heineken. En partie hollandais. Rouquin ou blond. La cinquantaine. Gros.

– Jamais entendu parler, répliqua Woodrow avec un visage impavide mais les entrailles nouées.

– Avez-vous vu quelqu'un la soigner ?

– Non.

– Savez-vous comment elle était soignée ? Avec quoi ?

– Non.

– Vous n'avez jamais vu quelqu'un lui donner un cachet ou lui faire une piqûre ?

– Je vous l'ai déjà dit : aucun membre du personnel hospitalier n'est venu dans la salle en ma présence. »

Fort de sa quiétude nouvelle, Rob prit le temps de considérer cette réponse et de peser sa repartie.

« Et le personnel non hospitalier ?

– Pas en ma présence.

– Et en votre absence ?

– Comment le saurais-je ?

– Par Tessa, ce qu'elle vous a raconté quand elle était cohérente, expliqua Rob avec un sourire si large que sa bonhomie en devenait dérangeante, annonçant une blague qu'ils ne partageaient pas encore. D'après Tessa, la malade de la salle commune, celle dont elle allaitait le bébé, est-ce qu'elle recevait des soins médicaux de quiconque ? demanda-t-il patiemment en des termes choisis comme selon la règle d'un jeu de société non spécifié. La malade était-elle suivie, ou examinée, ou observée, ou soignée par quelqu'un, homme ou femme, noir ou blanc, infirmière, médecin, pas-médecin, de l'hôpital, de l'extérieur, balayeur, visiteur, bref par quelqu'un ? » termina-t-il en se carrant dans son siège comme pour dire : essaie donc de te tirer de celle-là !

Woodrow prenait conscience de la gravité de sa situation. Que savaient-ils de plus qu'ils ne révélaient pas ? Le nom de Lorbeer résonnait dans sa tête comme un glas. Quels autres noms allaient-ils lui jeter en pâture ? Jusqu'où pouvait-il nier sans perdre sa dignité ? Que leur avait dit Coleridge ? Pourquoi lui refusait-il son soutien, sa collaboration ? Ou bien avait-il tout avoué dans le dos de Woodrow ?

« Tessa m'a raconté une histoire sur des petits hommes en blouse blanche qui auraient rendu visite à la malade, répondit-il d'un ton dédaigneux. J'ai supposé qu'elle avait rêvé. Ou qu'elle rêvait en me la racontant. Je n'y ai pas accordé foi, conclut-il, l'air de leur conseiller d'en faire autant.

– Pourquoi les blouses blanches lui rendaient-elles visite ? D'après l'histoire de Tessa. Ce que vous appelez son rêve.

– Parce que les hommes en blouse blanche avaient tué la femme. A un moment, elle les a surnommés les "hasards de la vie", ajouta-t-il, ayant décidé de dire la vérité et de la tourner en ridicule. Je crois qu'elle les a aussi traités de rapaces. Ils voulaient la soigner mais en étaient incapables. C'était un ramassis de sornettes, son histoire.

– La soigner comment ?

– On n'en sait rien.

– La tuer comment, alors ?

– Je crains qu'elle n'ait pas été plus claire sur ce point.

– Elle l'avait écrite ?

– Son histoire ? Comment aurait-elle pu ?

– Avait-elle pris des notes ? Vous lisait-elle des notes ?

– Je vous l'ai dit. Que je sache elle n'avait pas de carnet. »

Rob pencha sa longue tête de côté pour observer Woodrow sous un angle différent, peut-être plus révélateur.

« Arnold Bluhm ne trouve pas que c'était un ramassis de sornettes, cette histoire. Ni que Tessa était incohérente.

Arnold pense qu'elle a tapé en plein dans le mille, avec tout ça. Pas vrai, Les ? »

*

Woodrow sentait que son visage était devenu exsangue. Pourtant, malgré le choc, il essuya le feu de leurs attaques avec tout le sang-froid du diplomate expérimenté en mission. Il réussit à faire entendre sa voix. Et son indignation.

« Pardon, vous êtes en train de me dire que vous avez retrouvé Bluhm ? C'est totalement scandaleux !

– Vous voulez dire que vous ne voulez pas qu'on le retrouve ? interrogea Rob, l'air étonné.

– Pas du tout. Je veux dire que vous êtes ici sous conditions et que, si vous avez retrouvé Bluhm ou que vous lui avez parlé, vous avez obligation formelle de transmettre cette information au haut-commissariat…

– On ne l'a pas retrouvé, monsieur, l'interrompit Rob en secouant la tête. On voudrait bien. Mais on a retrouvé des papiers à lui. Des petits bouts de trucs intéressants, pourrait-on dire, qui traînaient chez lui. Rien de sensationnel, hélas ! Quelques notes sur des patients, qui seront peut-être utiles à des gens. Des copies de quelques lettres d'injures qu'il a envoyées à tel ou tel laboratoire, firme ou CHU dans le monde. Et c'est à peu près tout, pas vrai, Les ?

– "Qui traînaient", c'est un peu exagéré, à vrai dire, admit Lesley. Ils étaient plutôt cachés. Il y en avait une liasse collée derrière le cadre d'un tableau, une autre sous la baignoire. Ça nous a pris la journée. Enfin, presque, rectifia-t-elle, avant de se lécher le doigt pour tourner une page de son calepin.

– En plus, les mecs avaient oublié sa voiture, lui rappela Rob.

– Ça tenait plus du dépotoir que de l'appartement après leur passage, acquiesça Lesley. Aucune finesse. On casse et on pique. Cela dit, on a ça aussi à Londres, maintenant. Dès que les journaux annoncent une disparition ou un décès, les voyous se pointent sur place le matin même pour se servir. Ça commence à sérieusement agacer les types de

106

la prévention anticriminalité. Vous permettez qu'on vous soumette encore quelques noms, monsieur Woodrow ? s'enquit-elle en levant ses yeux gris qu'elle fixa sur lui.

– Faites comme chez vous, répondit Woodrow comme si ce n'était déjà le cas.

– Kovacs. Une jeune femme présumée hongroise, cheveux noir corbeau, longues jambes – tout juste s'il ne nous donne pas ses mensurations. Prénom inconnu. Chercheuse.

– Elle, vous vous en souviendriez, commenta Rob.

– Eh bien, non, désolé.

– Emrich. Une femme aussi. Docteur en médecine, chercheuse, diplômée de Saint-Pétersbourg puis de Leipzig, a fait du travail de recherche à Gdansk. Pas de description physique. Ça vous dit quelque chose ?

– Je n'ai jamais entendu parler de cette personne de ma vie. Personne qui y ressemble, personne qui porte ce nom, personne qui soit de cette origine ou qui ait ces diplômes.

– Eh ben, dites donc ! On peut dire que vous n'en avez jamais entendu parler, hein ?

– Et notre vieil ami Lorbeer, coupa Lesley d'un ton d'excuse. Prénom inconnu, origine inconnue, sans doute mi-hollandais ou boer, diplômes inconnus. Le problème, c'est qu'on vous cite les notes de Bluhm, là, alors on est à sa merci, pour ainsi dire. Il a entouré ces trois noms en les reliant comme sur un organigramme, avec des bribes de description dans chaque bulle. Lorbeer et les deux doctoresses. Lorbeer, Emrich, Kovacs. Dur à prononcer, tout ça. On vous en aurait bien apporté une copie, mais on se méfie un peu des photocopieuses en ce moment. Vous connaissez la police locale. Quant aux magasins de reprographie, eh bien, franchement, on ne leur confierait même pas la reproduction du Notre Père, hein, Rob ?

– Utilisez la nôtre », proposa Woodrow trop hâtivement.

Un silence méditatif s'ensuivit, qui le frappa comme un instant de surdité pendant lequel ne circulaient plus de voitures, ne chantaient plus d'oiseaux, ne passaient plus de collègues dans le couloir derrière sa porte. Il fut rompu par Lesley, qui entreprit d'expliquer pourquoi Lorbeer était à interroger en priorité.

« Lorbeer est une véritable anguille. Il *travaillerait* dans l'industrie pharmaceutique. Il *aurait* fait plusieurs séjours à Nairobi au cours de l'année écoulée, mais étonnamment les Kenyans ne retrouvent pas sa trace. Il se *serait* rendu à l'hôpital Uhuru quand Tessa y séjournait. Un taureau, on nous l'a aussi décrit comme ça – j'ai cru que c'était son signe astrologique. Vous êtes bien sûr de n'avoir jamais croisé lors de vos déplacements un scientifique rouquin à l'allure de taureau nommé Lorbeer, peut-être médecin ?

– Je n'en ai jamais entendu parler. Ni de lui ni de personne qui y ressemble.

– Rebelote, commenta Rob depuis la coulisse.

– Tessa le connaissait. Et Bluhm aussi, précisa Lesley.

– Ça ne veut pas dire que moi je le connaissais.

– Bon, pour vous c'est quoi, la peste blanche ? lança Rob.

– Aucune idée. »

Comme les fois précédentes, ils le quittèrent sur un point d'interrogation de plus en plus gros.

*

Dès qu'il fut débarrassé d'eux, Woodrow décrocha le téléphone interne le reliant à Coleridge et fut soulagé d'entendre sa voix.

« Vous avez une minute ?

– Ça peut se faire. »

Il le trouva assis à son bureau, une main sur le front, l'air méfiant et belliqueux. Il portait des bretelles jaunes ornées de chevaux.

« Je veux l'assurance que nous avons le soutien de Londres, là-dessus, commença Woodrow sans s'asseoir.

– "Nous", c'est qui au juste ?

– Vous et moi.

– Et par "Londres" vous voulez dire "Pellegrin", je suppose.

– Pourquoi ? Il y a eu du changement ?

– Pas que je sache.

– Il va y en avoir ?

– Pas que je sache.

– Eh bien, mettons les choses comme ça : Pellegrin a-t-il du soutien ?

– Oh, Bernard a toujours du soutien.

– Bon, alors on continue ou pas ?

– Les mensonges, vous voulez dire ? Bien sûr.

– Dans ce cas, on pourrait accorder nos violons, non ?

– Très juste. Je ne sais pas. Si j'étais croyant, je filerais faire une prière. Mais c'est foutrement plus compliqué ! Déjà, elle est morte, pour commencer. Et nous, on est en vie, par ailleurs.

– Vous leur avez dit la vérité ?

– Non, non, grands dieux non ! J'ai la mémoire comme une passoire, moi. Désolé…

– Et vous comptez leur dire la vérité un jour ?

– A eux ? Non, non. Jamais. Ces enfoirés !

– Alors pourquoi on ne peut pas accorder nos violons ?

– Eh oui. Pourquoi ? Pourquoi, en effet ? Vous avez mis le doigt dessus, Sandy. Qu'est-ce qui nous en empêche ? »

*

« C'est au sujet de votre visite à l'hôpital Uhuru, monsieur, commença Lesley sèchement.

– Il me semblait que nous avions réglé la question lors de notre dernier entretien.

– L'autre visite. La deuxième. Un peu plus tard. Une visite de suivi, plutôt.

– De suivi ? Suivi de quoi ?

– Pour tenir une promesse que vous lui auriez faite.

– Mais de quoi parlez-vous ? Je ne comprends pas. »

Rob, lui, comprenait parfaitement sa collègue, et ne se gêna pas pour le dire.

« Ça m'a paru très clair, monsieur. Avez-vous eu une deuxième rencontre avec Tessa à l'hôpital ? Mettons, quatre semaines après sa sortie, par exemple ? Mettons, dans le hall du service postnatal où elle avait rendez-vous ? Parce que c'est dans les notes d'Arnold, et jusqu'ici il ne s'est jamais trompé, à ce que nous autres béotiens pouvons en juger. »

Arnold, nota Woodrow. Plus Bluhm.

Le fils de militaire s'interrogeait avec ce sang-froid calculateur qui lui servait de muse en période de crise, et revoyait la scène dans l'hôpital bondé comme s'il n'en était pas l'un des acteurs. Tessa s'est munie d'un sac en tapisserie à poignées de bambou que Woodrow lui voit pour la première fois, mais qui, de cet instant et jusqu'à la fin de sa courte vie, fera partie de l'image dure qu'elle s'est forgée pendant son séjour à l'hôpital, avec son bébé mort à la morgue, une mourante en face d'elle et le bébé de la mourante à son sein. Il s'accorde avec le maquillage plus discret, les cheveux plus courts et le regard noir assez proche du regard incrédule que Lesley lui accordait à cet instant en attendant sa version expurgée des faits. Comme partout dans l'hôpital, la lumière est capricieuse. De larges rayons de soleil strient la pénombre intérieure. Des petits oiseaux volettent entre les poutres. Tessa se tient debout, adossée à un mur incurvé, près d'une cafétéria aux chaises orange et à l'odeur repoussante. Malgré la foule qui traverse en tous sens les rais de lumière, il la repère au premier coup d'œil. Le sac en tapisserie serré à deux mains contre son bas-ventre, elle a la pose des belles de nuit sous les porches, du temps où il était jeune et intimidé. Le soleil n'atteignant pas les recoins de la pièce, le mur est dans l'ombre, et c'est peut-être la raison pour laquelle Tessa a choisi cet emplacement précis.

« Vous avez dit que vous m'écouteriez quand je serais remise », lui rappelle-t-elle d'une voix dure et grave qu'il reconnaît à peine.

C'est leur première conversation depuis qu'il lui a rendu visite dans la salle commune. Il voit ses lèvres, si fragiles quand elles ne sont pas soulignées par du rouge. Il voit la passion dans ses yeux gris et prend peur, comme toujours face à la passion, la sienne comprise.

« La rencontre à laquelle vous faites allusion n'était pas d'ordre social mais professionnel, dit-il à Rob en évitant le regard implacable de Lesley. Tessa prétendait être tombée sur des documents qui, si authentiques, étaient politiquement sensibles. Elle m'a demandé de la retrouver au dispensaire pour pouvoir me les remettre.

110

– Elle était tombée dessus comment ? demanda Rob.

– Elle avait des relations à l'extérieur. C'est tout ce que je sais. Des amis dans les organisations humanitaires.

– Comme Bluhm ?

– Entre autres. J'ajouterai que ce n'était pas la première fois qu'elle rapportait au haut-commissariat des rumeurs de scandale en haut lieu. C'était même une habitude chez elle.

– Par haut-commissariat, vous voulez dire vous ?

– Si vous voulez dire moi en ma capacité de premier conseiller, oui.

– Pourquoi ne les a-t-elle pas fait transmettre par Justin ?

– Parce que Justin devait rester en dehors du tableau. C'était son souhait à elle, et sans doute à lui aussi. »

Donnait-il trop d'explications – ce qui était un autre danger ? Il poursuivit :

« Je respectais cette décision. D'ailleurs, je respectais tous les scrupules qu'elle pouvait avoir.

– Pourquoi ne les a-t-elle pas donnés à Ghita ?

– Ghita est nouvelle, jeune et recrutée localement. Elle n'aurait pas fait un messager approprié.

– Bon, alors, vous vous rencontrez, reprit Lesley. A l'hôpital. Dans le hall du service postnatal. Pas très discret comme point de rencontre, si ? Deux Blancs perdus au milieu de tous ces Africains... »

Vous y êtes allés, songea-t-il dans un nouvel accès de proche panique. Vous avez visité l'hôpital.

« Ce n'était pas des Africains qu'elle avait peur, mais des Blancs. Impossible de lui faire entendre raison. Quand elle se trouvait parmi des Africains, elle se sentait en sécurité.

– Elle vous l'a dit ?

– Je l'ai déduit.

– De quoi ? s'enquit Rob.

– De son attitude ces derniers mois. Depuis le bébé. Vis-à-vis de moi, de la communauté blanche, de Bluhm. Bluhm ne pouvait rien faire de mal. Il était africain, beau et médecin. Ghita est à moitié indienne, ajouta-t-il sans raison.

– Comment Tessa vous a-t-elle fixé le rendez-vous ? demanda Rob.

111

– Elle a fait porter un mot chez moi par son boy, Mustafa.

– Votre épouse était au courant de cette rencontre ?

– Mustafa a confié le mot à mon boy, qui me l'a remis.

– Et vous n'en avez pas informé votre épouse ?

– J'ai considéré ce rendez-vous comme confidentiel.

– Pourquoi ne vous a-t-elle pas téléphoné ?

– Ma femme ?

– Non, Tessa.

– Elle se méfiait des téléphones diplomatiques. A juste titre. Nous nous en méfions tous.

– Pourquoi n'a-t-elle pas simplement fait porter les documents par Mustafa ?

– Elle exigeait certaines assurances de ma part. Des garanties.

– Pourquoi ne vous a-t-elle pas apporté les papiers ici ? s'entêta Rob.

– Pour la raison que je vous ai déjà donnée. Elle en était à un stade où elle se méfiait du haut-commissariat, elle ne voulait pas se salir à son contact, elle ne voulait pas qu'on la voie y entrer ou en sortir. Vous parlez de ses actes comme s'ils étaient logiques. Or, la logique s'applique mal aux derniers mois de Tessa.

– Pourquoi pas Coleridge ? Pourquoi forcément vous, à chaque fois ? Vous à son chevet, vous au dispensaire ? Elle ne connaissait personne d'autre, ici ? »

Pendant un périlleux instant Woodrow se rangea du côté de ses inquisiteurs. En effet, pourquoi moi ? demanda-t-il à Tessa dans un élan rageur d'apitoiement sur lui-même. Parce que ta foutue vanité se refusait à me laisser échapper. Parce que ça te plaisait de m'entendre te promettre mon âme, quand nous savions tous deux que, le jour venu, je ne te l'offrirais pas et tu ne l'accepterais pas. Parce qu'en t'en prenant à moi tu t'attaquais de front aux maux de l'Angleterre que tu adorais détester. Parce que j'étais une sorte d'archétype pour toi, « homme de rituel mais homme sans foi » pour te citer. Nous sommes debout, face à face, à trente centimètres l'un de l'autre, et je me demande pourquoi nous faisons la même taille jusqu'à ce que je m'aperçoive qu'une marche longe toute la base du mur et, comme les autres femmes présentes, tu es montée dessus en attendant que ton homme te repère. Nos visages sont à niveau et, malgré ta nouvelle austérité, c'est encore Noël et je danse avec toi et je sens le doux parfum d'herbe tiède dans tes cheveux.

« Donc elle vous a remis une liasse de documents, disait Rob. Ça parlait de quoi ? »

En prenant l'enveloppe que tu me tends, je sens le contact affolant de tes doigts. Tu rallumes délibérément la flamme en moi, tu le sais et tu n'y peux rien, tu m'attires de nouveau dans le gouffre en sachant pertinemment que tu ne m'y suivras pas. Je ne porte pas de veston. Tu me regardes déboutonner ma chemise, glisser l'enveloppe contre ma peau nue et la faire descendre jusqu'à ce que le bord inférieur se coince entre ma hanche et la ceinture de mon pantalon. Tu me regardes me reboutonner, et j'éprouve les mêmes sensations honteuses que si je t'avais fait l'amour. En bon diplomate, je te propose une tasse de café à la cafétéria. Tu refuses. Nous nous faisons face comme deux danseurs attendant la musique qui légitimera notre proximité.

« Rob vous a demandé de quoi parlaient les papiers, lui rappela Lesley, en dehors du champ de sa conscience.

– Ils prétendaient révéler un gros scandale.

– Ici, au Kenya ?

– La correspondance a été classée secrète.

– Par Tessa ?

– Ne soyez pas stupide, enfin. Comment aurait-elle pu classer quoi que ce soit ? » rétorqua Woodrow en regrettant aussitôt son emportement.

Vous devez les pousser à agir, Sandy, insistes-tu. Ton visage est pâle de souffrance et de courage. Tes élans théâtraux n'ont pas été calmés par l'expérience de la vraie tragédie. Tes yeux brillent des larmes qui les emplissent en permanence depuis le bébé. Ta voix est pressante, mais aussi caressante, et chantante comme avant. *Nous avons besoin d'un champion, Sandy. Quelqu'un d'extérieur. Quelqu'un d'officiel, de compétent. Promettez-moi. Si je peux croire en vous, vous pouvez croire en moi.*

Alors je le dis. A ton instar, je me laisse emporter par

l'intensité du moment. *Je crois. En Dieu. En l'amour. En Tessa.* Quand nous sommes sur scène tous les deux, *je crois.* Je me livre par des promesses, comme chaque fois que je viens à toi et comme tu le souhaites parce que tu es toi aussi adepte des relations impossibles et des scènes théâtrales. *Je vous le promets*, dis-je, et tu me le fais répéter. *Je vous le promets, je vous le promets. Je vous aime et je vous le promets.* C'est alors que tu embrasses les lèvres qui ont prononcé la honteuse promesse : un baiser pour me faire taire et sceller le pacte, une rapide étreinte pour m'emprisonner et me permettre de humer tes cheveux.

« Les papiers ont été envoyés par valise au sous-secrétaire concerné à Londres, expliquait Woodrow à Rob. Et là, ils ont été classés.

– Pourquoi ?

– En raison des graves allégations qu'ils contenaient.

– Contre qui ?

– Désolé, je passe.

– Une société ? Un particulier ?

– Je passe.

– Combien de pages faisait ce document, d'après vous ?

– Quinze ou vingt. Il y avait un genre d'annexe.

– Des photographies, des illustrations, des preuves ?

– Je passe.

– Des cassettes ? Des disquettes ? Des aveux enregistrés, des déclarations ?

– Je passe.

– A quel sous-secrétaire les avez-vous envoyés ?

– Sir Bernard Pellegrin.

– Vous en avez gardé une copie sur place ?

– La procédure exige que nous conservions le minimum de documents sensibles ici.

– Vous en avez gardé une copie ou pas ?

– Non.

– Les documents étaient dactylographiés ?

– Par qui ?

– Dactylographiés ou écrits à la main ?

– Dactylographiés.

– Comment ?

– Je ne suis pas expert en machines à écrire.

– Machine électrique ? Traitement de texte ? Ordinateur ? Vous vous rappelez le genre de caractères ? La police ? »

Woodrow eut un haussement d'épaules agacé qui frôlait l'agressivité.

« Ce n'était pas en italiques, par exemple ? insista Rob.

– Non.

– Ni dans cette fausse écriture cursive qu'ils font ?

– C'étaient des caractères romains tout ce qu'il y a de plus ordinaire.

– Impression électronique.

– Oui.

– Ben alors, vous vous souvenez. L'annexe était tapée ?

– Probablement.

– Dans le même caractère ?

– Probablement.

– Bon. Quinze à vingt pages, *grosso modo*, dans un caractère électronique romain tout ce qu'il y a de plus ordinaire. Merci. Vous avez eu une réaction de Londres ?

– Au bout du compte, oui.

– De Pellegrin ?

– De sir Bernard ou l'un de ses assistants.

– Qui disait quoi ?

– Sans suite.

– Il fournissait une explication ? s'informa Rob, qui balançait ses questions comme autant de coups.

– Les prétendues preuves que contenait le document étaient tendancieuses. Toute enquête approfondie tournerait court et entacherait nos relations avec le pays hôte.

– Vous avez dit à Tessa que la réponse était : sans suite ?

– Pas aussi nettement.

– Qu'est-ce que vous lui avez dit ? » demanda Lesley.

Était-ce sa nouvelle politique de franchise qui le fit répondre ainsi ou cédait-il à un besoin instinctif de se confesser ?

« Je lui ai dit ce qui me semblait acceptable pour elle, vu son état, la perte qu'elle avait subie et l'importance qu'elle attachait à ces documents.

– A votre avis, quel mensonge était donc acceptable pour

115

elle, monsieur ? demanda Lesley en rangeant ses carnets après avoir éteint son magnétophone.

– Que Londres se chargeait du dossier. Que des mesures allaient être prises. »

Pendant un instant béni Woodrow crut que la réunion était terminée. Mais Rob était toujours sur le ring à porter ses coups.

« Encore une chose, si ça ne vous dérange pas, monsieur Woodrow. Bell, Barker & Benjamin. BBB. Trois B. Mieux connus sous le surnom de ThreeBees, les trois abeilles. »

Woodrow ne bougea pas d'un iota.

« Des pubs partout dans la ville. "ThreeBees, les abeilles qui s'activent pour l'Afrique", "Adieu le bourdon ! J'adore ThreeBees". Siège social plus loin dans la rue. Un grand bâtiment vitré, on dirait un vaisseau spatial.

– Et alors ?

– Eh bien, on a vérifié leur profil hier soir, hein, Les ? Ils sont étonnants, dans cette boîte, vous n'avez pas idée. Anglais jusqu'à la moelle, mais des ramifications partout en Afrique. Hôtels, agences de voyages, journaux, compagnies de sécurité, banques, mines d'or, de charbon et de cuivre, import de voitures, de bateaux et de camions – j'en passe et des meilleures. Plus une jolie gamme de médicaments. "ThreeBees, le miel de votre santé." On l'a repérée en venant ici en voiture ce matin, celle-là, pas vrai, Les ?

– Juste derrière, sur la route, confirma Lesley.

– Et ils sont comme cul et chemise avec les gars de Moi, aussi, à ce qu'il paraît. Jets privés, filles à volonté.

– J'imagine que ceci nous mène quelque part.

– Pas vraiment. Je voulais juste voir votre tête quand je parlerais d'eux. Ça y est. Merci de votre patience. »

Lesley s'affairait toujours avec son sac. Vu tout l'intérêt qu'elle avait porté à cet échange, elle aurait aussi bien pu ne pas l'entendre.

« Les gens comme vous, il faut les empêcher de nuire, monsieur Woodrow, remarqua-t-elle en secouant la tête d'un air avisé et perplexe. Vous croyez résoudre les problèmes du monde, mais en fait c'est vous le problème.

116

– Ce qu'elle veut dire, c'est que vous êtes un fieffé menteur », précisa Rob.

Sans les raccompagner cette fois-ci, Woodrow resta à son poste derrière son bureau le temps que le bruit de leurs pas s'éloigne dans le couloir, puis il appela l'accueil et, de son ton le plus détaché, demanda à être prévenu dès qu'ils auraient quitté le bâtiment. Quand ce fut chose faite, il se précipita dans le bureau particulier de Coleridge, bien conscient que ce dernier n'y serait pas puisqu'il était en conférence avec le ministre kenyan des Affaires étrangères. Mildren était au téléphone sur la ligne intérieure, l'air dangereusement détendu.

« C'est urgent », l'informa Woodrow, impliquant que ce que Mildren était en train de faire ne l'était pas.

Assis au bureau de Coleridge, Woodrow regarda Mildren sortir un losange blanc du coffre-fort personnel du haut-commissaire et l'insérer d'un geste officiel dans le téléphone digital.

« Vous voulez parler à qui ? demanda Mildren avec cette insolence que réservent les secrétaires particuliers de basse extraction aux grands de ce monde.

– Sortez », ordonna Woodrow.

Dès qu'il fut seul, il composa le numéro direct de sir Bernard Pellegrin.

*

Assis sur la véranda, les deux collègues du Service s'offraient un dernier verre sous l'éclairage agressif des projecteurs de sécurité. Gloria s'était retirée au salon.

« Il n'y a pas de bonne façon de présenter les choses, Justin, commença Woodrow. Alors, j'y vais. Il y a de très fortes probabilités qu'elle ait été violée. Je suis vraiment désolé. Pour elle et pour vous. »

Et Woodrow l'était, désolé, il l'était forcément. Parfois, il n'y a pas besoin d'éprouver quelque chose pour savoir qu'on l'éprouve. Parfois, nos sens sont mis à rude épreuve au point qu'une nouvelle information atroce n'est qu'un détail ennuyeux de plus à régler.

« L'autopsie n'a pas encore été pratiquée, alors c'est officieux et prématuré, mais ils ont l'air sûrs, continua-t-il en évitant le regard de Justin. La police trouve que ça éclaircit les idées d'avoir enfin un mobile, expliqua-t-il, pris du besoin de fournir une consolation d'ordre pratique. Ça les aide dans leur vision d'ensemble de l'affaire, même s'ils n'ont toujours pas de suspect. »

Assis au garde-à-vous, Justin tenait son verre de cognac à deux mains devant lui, comme un trophée qu'on lui aurait remis.

« Une simple probabilité ? objecta-t-il enfin. Comme c'est étrange. Comment est-ce possible ? »

Woodrow n'aurait jamais pensé qu'il se retrouverait à répondre encore à des questions, mais d'une façon perverse il en fut plutôt content. Il était comme possédé.

« Eh bien, ils ne peuvent pas exclure qu'elle ait été consentante. C'est la routine.

– Consentante avec qui ? demanda Justin, intrigué.

– Eh bien, avec… avec leur suspect. On ne va pas faire leur boulot à leur place, quand même.

– Non, en effet. Pauvre Sandy. Vous vous coltinez toutes les sales corvées. Et maintenant, nous devrions nous occuper de Gloria. Elle a eu bien raison de nous laisser. S'asseoir dehors avec toute cette faune d'insectes africains aurait été insoutenable pour sa belle peau d'Anglaise. »

Pris d'une brusque aversion pour la proximité de Woodrow, il s'était levé et avait ouvert la porte vitrée.

« Gloria, très chère, nous vous avons bien négligée. »

Chapitre 6

Justin Quayle enterra sa femme sauvagement assassinée dans le beau cimetière africain de Langata, sous un jacaranda entre Garth, son fils mort-né, et un petit Kikuyu de cinq ans veillé par un ange en plâtre agenouillé dont l'égide indiquait qu'il avait rejoint les saints. Derrière Tessa reposait Horatio John Williams du Dorset, « près de Dieu », et devant elle Miranda K. Soper, « avec notre amour éternel ». Mais ses deux plus proches compagnons seraient Garth et le petit Africain, Gitau Karanja, selon le vœu de Justin, exaucé grâce aux largesses subtilement distribuées en son nom par Gloria. Au long de la cérémonie, Justin se tint à l'écart de tous, la tombe de Tessa à sa gauche, celle de Garth à sa droite, deux grands pas devant Woodrow et Gloria qui l'avaient encadré jusque-là d'un air protecteur, en partie pour lui apporter du réconfort, en partie pour le soustraire à la curiosité des journalistes, toujours soucieux de leur devoir envers le public et donc fermement décidés à obtenir photos et articles sur le diplomate anglais cocu et père putatif dont la femme blanche massacrée – selon les tabloïdes les plus hardis – avait porté le bébé de son amant africain et gisait maintenant à ses côtés dans un lopin de terre étrangère qui représenterait à jamais l'Angleterre – pour ne citer que trois d'entre eux le même jour.

A côté des Woodrow mais à bonne distance se tenait Ghita Pearson, en sari, tête baissée et mains jointes, dans l'éternelle attitude qui sied au deuil. Près d'elle, un Porter Coleridge livide et sa femme Veronica, qui semblaient à Woodrow reporter sur Ghita toute l'attention protectrice qu'ils auraient sinon accordée à leur fille absente, Rosie.

Le cimetière de Langata s'étend sur un luxuriant plateau de hautes herbes, de boue rouge et d'arbres ornementaux en fleur, à la fois triste et joyeux, à quelques kilomètres de la ville et à deux pas de Kibera, l'un des plus grands bidonvilles de Nairobi, vaste salissure brunâtre de bicoques en fer-blanc aux cheminées fumantes sous un linceul de cette écœurante poussière africaine, entassées dans la vallée du fleuve Nairobi sans un pouce d'espace entre elles. Kibera compte une population d'un demi-million d'habitants en constante augmentation, et la vallée regorge de rejets d'égouts, de sacs plastique, de haillons bigarrés, de peaux de bananes et d'oranges, d'épis de maïs, bref, de tous les rebuts de la ville. De l'autre côté de la route, face au cimetière, se trouvent les coquets bureaux de l'office du tourisme kenyan, l'entrée du parc national de Nairobi et, à l'arrière-plan, les baraquements délabrés de l'aéroport Wilson, le plus ancien du Kenya.

A mesure qu'approchait l'inhumation, les Woodrow et bon nombre des personnes présentes virent dans l'isolement de Justin quelque chose d'inquiétant et d'héroïque. Il semblait dire adieu à Tessa, mais aussi à sa carrière, à Nairobi, à son fils mort-né et à sa vie passée tant il se tenait dangereusement près du bord de la fosse. Tous avaient l'irrépressible sentiment qu'une grande part du Justin qu'ils connaissaient, sinon son être tout entier, accompagnait Tessa dans l'au-delà. Un seul être vivant semblait digne de son attention, remarqua Woodrow, et ce n'était pas le prêtre, ni la silhouette figée de Ghita Pearson, ni Porter Coleridge, le chef de mission réticent au visage livide, ni les journalistes se disputant la meilleure place pour le meilleur angle, ni les épouses anglaises chevalines unies dans leur peine empathique pour leur défunte sœur dont le sort aurait bien pu être le leur, ni la dizaine de policiers kenyans obèses qui tripotaient leur ceinture en cuir.

C'était Kioko, le petit garçon qui avait regardé mourir sa sœur assis par terre dans la salle de l'hôpital Uhuru, lui qui avait marché dix heures depuis son village pour être près d'elle à la fin et aujourd'hui pour être près de Tessa. S'étant aperçus au même instant, Justin et Kioko échangèrent un long regard complice. Kioko était la plus jeune des personnes présentes. Par respect de la tradition tribale, Justin avait demandé que les enfants ne soient pas admis.

Le cortège de Tessa passa entre les piliers blancs qui marquaient l'entrée du cimetière. Cactus géants, ornières de boue rouge, aimables vendeurs de bananes, de plantain et de glaces jalonnaient le chemin conduisant à sa tombe. Le prêtre était un Noir âgé et grisonnant dont Woodrow se rappelait avoir serré la main lors d'une réception chez Tessa. Son amour pour elle était si débordant, sa croyance en l'au-delà si fervente, le vacarme du trafic routier et aérien si constant – sans parler de la proximité d'autres obsèques, des stridences de musique religieuse diffusée par les camions d'autres cortèges, des orateurs concurrents armés de porte-voix qui haranguaient amis et familles pique-niquant sur l'herbe autour des cercueils de leurs chers disparus – que seules quelques paroles ailées du saint homme parvenaient aux oreilles de son auditoire. Et si toutefois Justin les entendait, il n'en montrait rien. Toujours élégant dans le complet sombre à veston croisé qu'il avait sorti pour l'occasion, il ne quittait pas des yeux le jeune Kioko qui, comme lui, s'était ménagé un petit coin à l'écart des autres et semblait s'y accrocher tel un pendu à sa branche, ses jambes grêles touchant à peine le sol, ses bras se balançant dans le vide, sa longue tête inclinée de côté dans une attitude d'interrogation permanente.

L'ultime voyage de Tessa n'avait pas été des plus paisibles, mais ni Woodrow ni Gloria ne le regrettaient, trouvant chacun en son for intérieur que son dernier acte se devait de contenir cet élément d'imprévisibilité qui avait caractérisé sa vie. Toute la maisonnée s'était levée tôt sans aucune raison, sinon qu'en pleine nuit Gloria s'était aperçue qu'elle n'avait pas de chapeau noir. Dès l'aube, un coup de fil à Elena lui apprit que celle-ci en possédait deux, mais en forme cloche style années vingt, qu'en pensait Gloria ? Une Mercedes officielle fut envoyée de la résidence de son époux grec, transportant un chapeau noir dans un sac plastique de chez Harrods. Gloria le renvoya, lui préférant un foulard de dentelle noir appartenant à sa mère, qu'elle porterait comme une mantille. Après tout, Tessa était à moitié italienne.

« Espagnole, ma chérie, corrigea Elena.

– N'importe quoi, répliqua Gloria. Sa mère était une comtesse toscane, c'était marqué dans le *Daily Telegraph*.

– Non, la mantille, chérie, rectifia patiemment Elena. Les mantilles sont d'origine espagnole, pas italienne. Désolée.

– En tout cas, sa mère était fichtrement bien italienne », répliqua sèchement Gloria, qui rappela Elena cinq minutes plus tard en imputant son accès d'humeur au stress.

Entre-temps, les garçons avaient été expédiés à l'école, Woodrow s'était rendu au haut-commissariat et Justin errait en costume-cravate dans la salle à manger. Il voulait des fleurs. Pas celles du jardin de Gloria, mais les siennes à lui, les freesias jaunes embaumants qu'il cultivait pour Tessa à longueur d'année et dont il parait toujours le salon quand elle revenait de ses expéditions sur le terrain. Il en voulait au moins deux douzaines pour le cercueil. Gloria réfléchissait au meilleur moyen de s'en procurer quand elle fut interrompue par un appel embrouillé d'un journal de Nairobi s'apprêtant à annoncer qu'on avait retrouvé le cadavre de Bluhm dans le lit asséché d'une rivière à 80 kilomètres à l'est du lac Turkana, et quelqu'un avait-il une déclaration à faire ? Gloria hurla : « Pas de commentaire ! » et raccrocha brutalement. Tout ébranlée, elle se demanda s'il fallait annoncer la nouvelle à Justin maintenant ou après les obsèques. Elle fut donc fort soulagée de recevoir à peine cinq minutes plus tard un appel de Mildren lui expliquant que Woodrow assistait à une réunion, mais que la rumeur était infondée : le corps, pour lequel une tribu de bandits somaliens réclamait 10 000 dollars, avait au moins cent ans d'âge, voire mille, et pouvait-il dire un mot à Justin ?

Gloria amena Justin au téléphone et resta officieusement à ses côtés tandis qu'il disait oui, cela lui convenait, c'est très aimable à vous et il s'arrangerait pour être prêt. Mais ce pour quoi Mildren était bien aimable et Justin se tiendrait prêt resta obscur. Et non merci, assura Justin à Mildren, ajoutant encore au mystère, il ne souhaitait pas qu'on vienne le chercher à l'arrivée et préférait prendre ses propres dispositions. Sur quoi il raccrocha et demanda, de façon plutôt insistante compte tenu de tous les services qu'elle lui avait rendus, à rester seul dans la salle à manger pour appeler en PCV son notaire à Londres, ce qu'il avait déjà fait à deux reprises ces derniers jours sans admettre la présence de Gloria. Avec une discrétion affichée, elle se retira dans la cuisine pour écouter par le passe-plat, mais y trouva un Mustafa accablé de chagrin, qui était entré sans y être invité par la porte de derrière, portant un panier de freesias jaunes cueillis de sa propre initiative dans le jardin de Justin. Forte de cette excuse, Gloria entra d'un pas décidé dans la salle à manger, espérant saisir la fin de la conversation télé-phonique, mais Justin raccrochait au même instant.

Soudain, sans que plus de temps se soit écoulé, tout semblait en retard. Gloria avait fini de s'habiller mais ne s'était pas maquillée, personne n'avait encore mangé alors que l'heure du déjeuner était passée, Woodrow attendait dehors dans la Volkswagen, Justin dans l'entrée, serrant sur son cœur ses freesias maintenant arrangés en bouquet, Juma agitait une assiette de sandwiches au fromage sous le nez de tout le monde et Gloria hésitait à nouer sa mantille sous le menton ou à la draper sur ses épaules comme sa mère.

Une fois assise sur le siège arrière de la fourgonnette entre Justin et Woodrow, Gloria s'avoua ce qu'Elena lui répétait depuis quelques jours : elle était tombée folle amoureuse de Justin, ce qui ne lui était pas arrivé depuis des années, et se trouvait au supplice à l'idée qu'il allait partir d'un jour à l'autre. D'un autre côté, comme Elena l'avait fait remar-quer, son départ permettrait à Gloria de reprendre ses esprits, ainsi que ses devoirs conjugaux. Et s'il s'avérait que l'éloi-gnement renforce les sentiments, eh bien, selon la sugges-tion hardie d'Elena, Gloria pourrait toujours s'en occuper à Londres.

Le trajet à travers la ville parut plus cahoteux que d'habi-tude à Gloria, gênée de sentir avec tant d'intensité la chaleur de la cuisse de Justin contre la sienne. Lorsqu'ils s'arrê-tèrent devant le funérarium, elle avait la gorge serrée, son mouchoir formait une boulette humide dans le creux de sa main, et elle ne savait plus si elle pleurait Tessa ou Justin. On ouvrit les portes arrière du véhicule de l'extérieur, Justin et Woodrow descendirent d'un bond, la laissant seule sur le siège avec Livingstone à l'avant. Pas de journalistes, remarqua-t-elle, soulagée, tout en s'efforçant de recouvrer son calme. Du moins pas encore. A travers le pare-brise, elle regarda ses deux hommes monter les marches d'un bâtiment en granit d'un étage aux corniches d'un vague style Tudor. Justin avec son complet sur mesure, sa belle toison gris-noir qu'on ne lui voyait jamais brosser ni peigner, ses freesias jaunes serrés contre lui et sa démarche d'officier de cavalerie qu'elle supposait commune à tous les descendants des Dudley, l'épaule droite en avant. Pourquoi lui semblait-il toujours que Justin ouvrait la marche et que Sandy suivait ? Et pourquoi Sandy se montrait-il aussi servile, ces temps-ci, un vrai majordome ? se lamentait-elle. Et puis, il serait temps qu'il s'achète un nouveau complet. On dirait un détective privé dans son truc en serge.

Ils disparurent dans le vestibule. « Quelques papiers à signer, avait expliqué Sandy d'un ton condescendant. Des décharges pour le corps de la défunte et tout ce genre de bêtises. » Pourquoi me traite-t-il comme une oie blanche tout d'un coup ? C'est moi qui ai organisé ces fichues obsèques, l'a-t-il oublié ? Un groupe de porteurs vêtus de noir s'était rassemblé à l'entrée latérale du funérarium. Des portes s'ouvraient, un grand fourgon noir reculait jusqu'à elles, le mot CORBILLARD inutilement peint en lettres blanches d'un pied de haut sur le côté. Gloria aperçut du bois verni couleur de miel et des freesias jaunes au moment où les complets noirs faisaient glisser le cercueil à l'arrière du véhicule. On a dû scotcher la gerbe au couvercle, sinon comment ces freesias tiendraient-ils dessus ? Justin pensait à tout. Le corbillard sortit de l'avant-cour, avec les porteurs à bord. Gloria renifla bruyamment et se moucha.

« C'est bien triste, madame, dit Livingstone depuis le siège avant. Très très triste.

– En effet, Livingstone », acquiesça Gloria, reconnaissante de cet échange cérémonieux.

Les regards vont être braqués sur toi, ma fille, se dit-elle résolument. Courage, tu dois donner l'exemple. Les portes arrière s'ouvrirent.

« Ça va, ma grande ? demanda Woodrow d'un ton jovial en se laissant tomber à côté d'elle. Ils ont été parfaits, n'est-ce pas, Justin ? Très concernés, très professionnels. »

Ne m'appelle plus jamais « ma grande », lui dit-elle, furieuse – mais en elle-même.

*

En entrant dans l'église Saint-Andrew, Woodrow embrassa l'assistance du regard et repéra les Coleridge, livides, devant Donohue et son étrange épouse Maud, du genre ancienne danseuse de cabaret sur le retour, et à côté d'eux Mildren *alias* Mildred, avec une blonde anorexique censée partager son appartement. L'artillerie lourde du Muthaiga Club, comme l'avait baptisée Tessa, formait le carré. De l'autre côté de la nef, il remarqua un contingent du Programme alimentaire mondial et un autre exclusivement composé d'Africaines, certaines en chapeau, d'autres en jean, toutes avec ce regard combatif et hostile qui caractérisait les amis extrémistes de Tessa. Derrière elles, perdu dans la foule, un groupe de jeunes d'allure française, quelque peu hautains, les femmes tête couverte, les hommes avec le col ouvert et une barbe de deux jours. Un instant perplexe, Woodrow conclut qu'ils appartenaient à l'ONG belge de Bluhm et supposa crûment qu'ils se demandaient s'ils auraient à revenir ici la semaine suivante pour Arnold. Les domestiques clandestins des Quayle s'alignaient à leur côté : Mustafa le boy, Esmeralda du Sud-Soudan et l'Ougandais manchot de nom inconnu. Au premier rang, dominant son petit mari grec à l'air sournois, la silhouette bien rembourrée de cette chère Elena, la bête noire de Woodrow, avec ses cheveux carotte, parée des bijoux de deuil en jais de sa grand-mère.

« Dis-moi, très chère, je peux porter ceux en jais ou ça fait trop ? avait-elle éprouvé le besoin de demander dès 8 heures à Gloria, qui lui avait conseillé l'audace, non sans une pointe de malice.

– Sur quelqu'un d'autre, El, franchement, ça pourrait paraître un rien exagéré, mais avec ta couleur de cheveux, ma chérie, n'hésite pas. »

Aucun policier présent, ni kenyan ni anglais, se réjouit Woodrow. Les potions magiques de Bernard Pellegrin auraient-elles fait effet ? Motus et bouche cousue.

Il jeta un autre coup d'œil à Coleridge, le visage blafard, l'air au supplice et, se rappelant leur étrange conversation à la résidence le samedi précédent, le traita mentalement de con velléitaire. Puis il reporta son regard sur le cercueil de Tessa trônant devant l'autel, les freesias jaunes de Justin bien arrimés dessus, et ses yeux s'emplirent de larmes qu'il s'empressa de refouler. L'orgue jouait le *Nunc Dimittis*, dont Gloria chantait à pleine gorge les paroles qu'elle connaissait par cœur. L'office du soir à la pension, la sienne comme la mienne, songeait Woodrow, qui détestait tout autant les deux établissements. Sandy et Gloria nés en captivité. La différence, c'est que j'en ai conscience, elle non. *Maintenant, Seigneur, laisse partir en paix Ton serviteur.* Parfois, je le souhaite vraiment. Partir et ne jamais revenir. Mais où trouver la paix ? Il reporta son regard sur le cercueil. Je t'aimais. C'est tellement plus facile à dire avec le verbe au passé. Je t'aimais. Moi, le maniaque du contrôle qui n'arrivait pas à se contrôler, m'as-tu aimablement fait remarquer. Mais regarde donc ce qui t'est arrivé, et pourquoi c'est arrivé.

Et puis non, je n'ai jamais entendu parler de Lorbeer. Je ne connais aucune beauté hongroise aux longues jambes nommée Kovacs, et je me refuse à écouter plus longtemps le tocsin des théories tacites et infondées qui résonne dans mon crâne, et je ne suis absolument pas intéressé par les frêles épaules olivâtres de la spectrale Ghita Pearson en sari. Mais je sais ceci : après toi, personne ne saura plus jamais quel enfant timide se cache dans ce corps de soldat.

*

Éprouvant le besoin de se changer les idées, Woodrow se lança dans une étude appliquée des fenêtres de l'église. Des saints, tous mâles, tous blancs, pas de Bluhm. Tessa aurait piqué une crise. Un vitrail commémorant le souvenir d'un charmant garçon blanc vêtu d'un costume marin et symboliquement entouré d'animaux de la jungle en adoration. *Une bonne hyène flaire le sang à dix kilomètres.* De nouveau au bord des larmes, Woodrow s'obligea à se concentrer sur ce cher saint Andrew lui-même, un sosie de Macpherson, notre guide la fois où on a emmené les garçons pêcher le saumon au Loch Awe. Même regard de braise écossais, même barbe écossaise couleur rouille. Que peuvent-ils bien penser de nous ? s'interrogea-t-il en portant son regard embué sur les visages noirs de la congrégation. Et nous, que croyions-nous faire ici, à l'époque, en fourguant notre Dieu blanc britannique et notre saint blanc écossais alors qu'on transformait ce pays en terrain de jeux pour aristocrates noceurs et dégénérés ?

« Personnellement, je tente de faire amende honorable », réponds-tu quand je te le demande en flirtant avec toi sur la piste de danse du Muthaiga Club. Mais tu ne réponds jamais à une question sans la retourner et t'en servir contre moi : « Et vous, que faites-vous ici, monsieur Woodrow ? » L'orchestre joue bruyamment, et nous devons danser l'un contre l'autre pour entendre ce que nous disons. Oui, ce sont mes seins, me disent tes yeux quand j'ose baisser les miens. Oui, ce sont mes hanches qui roulent sous tes mains. Tu as le droit de les regarder aussi, de t'en repaître. La plupart des hommes le font, alors n'essaie pas d'être une exception.

« Pour moi, ce que je fais vraiment, c'est d'aider les Kenyans à gérer tout notre héritage, dis-je pompeusement par-dessus la musique, sentant ton corps se raidir et se dérober presque avant la fin de ma phrase.

– Mais quel héritage, bon sang ? Ce qu'ils ont, ils l'ont pris eux-mêmes ! A coups de fusil ! On ne leur a rien donné. Rien ! »

Woodrow se retourna brusquement, imité par Gloria et les Coleridge de l'autre côté de la travée. Un hurlement au dehors de l'église avait été suivi d'un gros fracas de verre brisé. Par la porte ouverte, Woodrow vit deux bedeaux effrayés vêtus de noir fermer le portail extérieur, tandis que des policiers casqués formaient un cordon le long des grilles, brandissant à deux mains des matraques à bout en métal tels des joueurs de base-ball se préparant à batter. Dans la rue, où s'étaient rassemblés les étudiants, un arbre brûlait sur deux voitures retournées, leurs occupants trop terrifiés pour essayer de se dégager. Sous les clameurs d'encouragement de la foule, une limousine noire lustrée, une Volvo comme celle de Woodrow, décollait du sol en tanguant, soulevée par un essaim de jeunes gens. Hissée, ballottée, elle chavira sur le flanc, puis sur le capot, avant de rejoindre bruyamment ses compagnes défuntes. La police chargea. Ce pour quoi ils avaient attendu jusque-là s'était produit. Un instant passifs, l'instant d'après ils se taillaient un couloir sanglant au milieu de la racaille en déroute, ne s'arrêtant que pour faire pleuvoir de nouveaux coups sur ceux déjà à terre. Un fourgon blindé s'arrêta, et une demi-douzaine de corps ensanglantés furent balancés à l'intérieur.

« L'université est une vraie poudrière, mon vieux, Donohue avait-il prévenu Woodrow quand il s'était enquis des risques éventuels. Les bourses ont été supprimées, le personnel n'est plus payé, les places vont aux riches imbéciles, les dortoirs et les salles de classe sont surpeuplés, les toilettes bouchées, les portes arrachées, les risques d'incendie omniprésents et on fait la cuisine au charbon de bois dans les couloirs. Ils n'ont pas de courant, pas d'éclairage pour étudier et pas de livres non plus, de toute façon. Les étudiants les plus pauvres descendent dans la rue parce que le gouvernement privatise l'enseignement supérieur sans aucune consultation préalable et que l'éducation est réservée aux riches, sans compter que les résultats des examens sont truqués et que les autorités essaient de pousser les jeunes à aller faire leurs études à l'étranger. Et puis hier, la police a tué deux étudiants, ce que, curieusement, leurs copains n'ont pas voulu prendre à la légère. D'autres questions ? »

Les portes de l'église s'ouvrirent et l'orgue résonna de nouveau. Dieu pouvait reprendre ses activités.

*

Au cimetière, la chaleur était oppressante et implacable. Le vieux prêtre grisonnant avait terminé son éloge, mais le vacarme alentour, seulement déchiré par les rayons acérés du soleil, ne s'était pas calmé. D'un côté de Woodrow, un ghetto-blaster diffusait à pleine puissance une version rock de l'Ave Maria à un groupe de religieuses noires en habit gris ; de l'autre, une équipe de football en blazer était assemblée autour d'un jeu de massacre fait de canettes de bière vides tandis qu'un soliste chantait un au-revoir à leur coéquipier. En outre, il devait y avoir un meeting aérien à l'aéroport Wilson, vu les petits avions aux couleurs vives qui fendaient le ciel toutes les vingt secondes. Le vieux prêtre reposa son missel. Les porteurs s'approchèrent du cercueil et chacun prit le bout d'une sangle. Justin, toujours isolé, sembla vaciller. Woodrow s'avança pour le soutenir, mais Gloria le retint fermement d'une main gantée.

« Il la veut pour lui seul, imbécile », siffla-t-elle à travers ses larmes.

Les journalistes ne firent pas preuve du même tact. C'était le cliché pour lequel ils étaient venus : des porteurs noirs descendent dans la terre africaine le cercueil de la femme blanche assassinée, sous le regard du mari trompé. Un photographe au visage vérolé, coiffé en brosse, des appareils photo bringuebalant sur son ventre, tendit à Justin une truelle remplie de terre, espérant prendre un cliché du veuf la jetant sur le cercueil. Mais Justin l'écarta d'un geste. Au même instant, son regard surprit deux hommes dépenaillés qui poussaient vers le bord de la tombe une brouette en bois avec un pneu crevé, du ciment humide dégoulinant par-dessus bord.

« Qu'est-ce que vous faites, je vous prie ? leur lança-t-il si sèchement que tous les visages se tournèrent vers lui. Quelqu'un pourrait-il demander à ces messieurs ce qu'ils ont l'intention de faire avec leur ciment ? Sandy, j'ai besoin d'un interprète, s'il vous plaît. »

Ignorant Gloria, Woodrow le fils du général se hâta au côté de Justin. Sheila, l'asperge du service de Tim Donohue, s'adressa aux deux hommes, puis à Justin.

« Ils disent qu'ils font ça pour les riches, expliqua-t-elle.

– Qu'ils font quoi, exactement ? Je ne comprends pas. Expliquez-moi, je vous prie.

– Le ciment. C'est pour écarter les intrus, les voleurs. Les riches sont enterrés avec leur alliance et de beaux vêtements. Les Wazungus sont une cible de choix. Ils disent que le ciment, c'est une police d'assurance.

– Qui leur a donné l'ordre de faire ça ?

– Personne. Ça coûte 5 000 shillings.

– Qu'ils s'en aillent, s'il vous plaît. Vous voulez bien le leur dire, Sheila ? Je ne veux pas de leurs services, et je ne les paierai pas. Qu'ils repartent avec leur brouette. »

Mais, craignant peut-être qu'elle ne transmette pas son message avec assez de fermeté, Justin s'avança d'un pas décidé vers les deux hommes, se plaça entre leur brouette et la tombe et, tel Moïse, brandit un bras au-dessus du cortège funèbre et ordonna : « Partez, s'il vous plaît. Partez tout de suite. Merci. »

La foule s'écarta de part et d'autre de la direction indiquée, formant un chemin le long duquel les deux hommes détalèrent avec leur brouette sous l'œil de Justin. Dans le miroitement de cette fournaise, ils semblèrent s'enfoncer droit au cœur du ciel béant. Il se retourna, raide comme un soldat de plomb, pour s'adresser à la meute des journalistes.

« J'aimerais que vous partiez tous, s'il vous plaît, dit-il dans le silence qui s'était installé au milieu du vacarme. Vous avez été très bien. Merci. Adieu. »

A la stupéfaction générale, les journalistes remisèrent discrètement appareils et calepins, puis abandonnèrent le terrain en marmonnant quelques mots comme : « A plus tard, Justin. » Celui-ci reprit son poste solitaire auprès de Tessa. Sur ces entrefaites, un groupe d'Africaines s'avança et se disposa en demi-cercle au pied de la tombe. Elles portaient toutes le même uniforme, une robe à fleurs bleues avec des fanfreluches et un fichu dans le même tissu. Prises séparément, elles auraient pu sembler perdues dans la foule, mais ensemble elles faisaient bloc. Elles se mirent à chanter, doucement au début. Il n'y avait ni chef, ni instruments et la plupart pleuraient sans toutefois que leurs larmes n'affectent leur voix. Elles chantaient en chœur, tour à tour en anglais et en kiSwahili, puisant de l'intensité dans cette répétition : *Kwa heri, Mama Tessa… Petite mère, au revoir…* Woodrow essaya de saisir les autres paroles. *Kwa heri, Tessa… Tessa notre amie, au revoir… Tu es venue à nous, Mama Tessa, petite mère, tu nous as donné ton cœur… Kwa heri, Tessa, adieu.*

« Mais d'où elles sortent, celles-là ? demanda-t-il à Gloria entre ses dents.

– Du bas de la colline », murmura Gloria en indiquant de la tête le bidonville de Kibera.

Leur chant s'amplifia lorsqu'on descendit le cercueil dans la tombe sous le regard de Justin, qui tressaillit en l'entendant toucher le fond et à nouveau lorsque la première pelletée de terre atterrit sur le couvercle, la deuxième sur les freesias, maculant leurs pétales. Il y eut un hurlement horrible, aussi bref que le grincement d'un gond rouillé quand on claque une porte, mais assez long pour que Woodrow voie Ghita Pearson s'affaisser lentement sur les genoux, rouler sur sa hanche galbée en enfouissant son visage entre ses mains puis, de façon tout aussi inattendue, se relever en s'accrochant au bras de Veronica Coleridge et reprendre sa posture de deuil.

Justin appela-t-il Kioko ou Kioko agit-il de lui-même ? Discret comme l'ombre, il se faufila au côté de Justin et, en un geste d'affection impudique, lui saisit la main. A travers un nouveau flot de larmes, Gloria vit leurs mains jointes tâtonner jusqu'à ce que leurs doigts s'entrelacent. Ainsi réunis, l'époux et le frère endeuillés regardèrent ensemble le cercueil de Tessa disparaître sous la terre.

*

Justin quitta Nairobi le soir même. Woodrow n'avait pas prévenu Gloria, qui en resta blessée à jamais. La table du dîner était mise pour trois, Gloria avait elle-même débouché une bouteille de bordeaux et mis un canard au four, pour nous remonter le moral. Elle entendit des pas dans l'entrée et se réjouit à l'idée que Justin avait décidé de venir prendre un apéritif, rien que nous deux pendant que

Sandy lit *Biggles* aux garçons là-haut. Or elle vit soudain la vieille sacoche à côté d'une valise gris-vert que Mustafa lui avait apportée, toutes deux munies d'étiquettes et posées dans le hall, aux pieds de Justin, son imperméable sur le bras, un petit sac de voyage sur l'épaule, s'apprêtant à lui rendre la clé de la cave à vins.

« Justin, vous ne partez pas !

– Vous avez tous été extrêmement gentils avec moi, Gloria. Je ne pourrai jamais assez vous remercier.

– Désolé, chérie, s'écria allégrement Woodrow en descendant l'escalier quatre à quatre. Ça fait un peu barbouze, je sais, mais c'est pour éviter les ragots des domestiques. Il n'y avait pas d'autre solution. »

A cet instant, la sonnette de la porte tinta. C'était Livingstone le chauffeur, avec une Peugeot rouge empruntée à un ami pour éviter des plaques d'immatriculation diplomatiques trop révélatrices à l'aéroport. Affalé sur le siège du passager, Mustafa jetait à la ronde des regards aussi noirs que lui.

« Mais on doit absolument vous accompagner, Justin ! Vous mettre dans l'avion ! J'insiste. Je tiens à vous donner une de mes aquarelles ! Qu'est-ce qui vous attend, là-bas ? On ne peut pas vous laisser partir comme ça dans la nuit ! Chéri ! » s'écria Gloria, désespérée.

Le « chéri » s'adressait théoriquement à Woodrow mais aurait tout aussi bien pu être destiné à Justin, car en le disant elle ne put s'empêcher de fondre en larmes, pour clore sa longue et triste journée. Submergée par les sanglots, elle attira Justin à elle, lui martelant le dos de ses petits poings, frottant sa joue contre lui, murmurant : « Oh, ne partez pas, Justin, je vous en prie » et autres suppliques moins audibles, avant de s'écarter courageusement de lui et de pousser son mari pour monter l'escalier comme une trombe et s'enfermer dans sa chambre en claquant la porte.

« Un peu sur les nerfs, fit Woodrow avec un sourire.

– On l'est tous, remarqua Justin, qui serra la main tendue de Woodrow. Encore merci, Sandy.

– On garde le contact.

– Absolument.

– Vous êtes sûr de ne pas vouloir un comité d'accueil, là-bas ? Ils sont tous impatients de se rendre utiles.

– Oui, oui, merci. Les avocats de Tessa se tiennent prêts pour mon arrivée. »

L'instant d'après, Justin descendait les marches et se dirigeait vers la voiture rouge, Mustafa d'un côté portant la sacoche et Livingstone de l'autre avec la valise grise.

« J'ai laissé des enveloppes pour vous tous à M. Woodrow, dit Justin à Mustafa une fois en route. Et vous remettrez celle-ci discrètement à Ghita Pearson. En main propre, surtout.

– On sait que vous serez toujours quelqu'un de bien, Mzee », déclara Mustafa d'un ton prophétique en fourrant l'enveloppe dans les profondeurs de sa veste en coton.

Mais, dans sa voix, pas la moindre inflexion indiquant qu'il lui pardonnait de quitter l'Afrique.

*

Malgré son récent lifting, l'aéroport était en plein chaos. Des groupes de touristes écrevisse, l'air épuisé, formaient de longues queues, haranguant leurs guides et enfournant à la hâte d'énormes sacs à dos dans les machines à rayons X. Les préposés à l'enregistrement épluchaient chaque billet et murmuraient interminablement dans leur téléphone. Des haut-parleurs diffusaient des annonces incompréhensibles qui semaient la panique, sous l'œil de porteurs et de policiers désœuvrés. Mais Woodrow avait tout arrangé. A peine Justin était-il descendu de voiture qu'un représentant de British Airways l'entraîna dans un petit bureau à l'abri des regards.

« J'aimerais que mes amis me rejoignent, je vous prie, dit Justin.

– Pas de problème. »

Avec Livingstone et Mustafa sur ses talons, il se vit remettre une carte d'embarquement au nom de M. Alfred Brown, conformément à l'étiquette qui fut attachée à sa valise grise sous son regard indifférent.

« Je garde ma sacoche avec moi dans la cabine », déclarat-il d'un ton sans appel.

Le représentant, un Néo-Zélandais blond, fit mine de la soupeser d'une main et poussa un grognement épuisé.

« L'argenterie de famille, monsieur ?

– Celle de mon hôte, répliqua Justin sur le même ton badin, mais avec une expression indiquant que toute négociation était inutile.

– Si vous pouvez la soulever, nous aussi, conclut l'autre en lui rendant la sacoche. Je vous souhaite bon voyage, monsieur Brown. Nous allons vous faire passer par la porte des arrivées, si cela ne vous ennuie pas.

– Très aimable à vous. »

Se retournant pour faire ses adieux, il étreignit les énormes poings de Livingstone entre ses mains. Mais l'instant était trop douloureux pour Mustafa, qui s'était éclipsé en silence, comme à son habitude. Sa sacoche bien en main, Justin suivit son guide dans le hall des arrivées, et son regard tomba sur une immense femme aux formes généreuses, de race indéfinissable, qui lui adressait un large sourire depuis le mur. Elle mesurait 6 mètres de haut sur 1,5 de large, et c'était la seule affiche publicitaire dans tout le hall. Vêtue d'un uniforme d'infirmière avec trois abeilles dorées à chaque épaule et trois autres encore plus en vue sur la poche poitrine de sa blouse blanche, elle offrait un plateau de friandises pharmaceutiques à une famille vaguement multiraciale comprenant parents et enfants ravis. Sur le plateau, un assortiment destiné à chacun d'eux : pour le père des flacons de sirop ambré qui ressemblait à du whisky, pour les petits des pilules enrobées de chocolat faciles à grignoter et pour la mère des cosmétiques ornés de déesses nues bras tendus vers le soleil. En haut et en bas du poster s'étalait le message d'espoir adressé à l'humanité entière en caractères criards de couleur puce :

THREEBEES

UNE RUCHE QUI S'ACTIVE POUR LA SANTÉ DE L'AFRIQUE !

L'affiche retint l'attention de Justin.

Comme elle avait retenu celle de Tessa.

Planté tout raide devant à la regarder, Justin entend les vives protestations de Tessa à côté de lui. Épuisés par le voyage, chargés des bagages à main de dernière minute, ils ont débarqué ici pour la première fois quelques instants plus tôt en provenance de Londres. Ni l'un ni l'autre n'ont jamais posé le pied sur le continent africain. Le Kenya, l'Afrique entière les attendent. Mais c'est ce panneau publicitaire qui retient l'intérêt de Tessa, tout excitée.

« Justin, regarde ! Tu ne regardes pas !

– Bien sûr que si. Qu'y a-t-il ?

– Ils nous ont détourné nos abeilles, bon sang ! Quelqu'un doit se prendre pour Napoléon, ici ! C'est d'une impudence ! Un vrai scandale. Tu dois faire quelque chose ! »

Elle avait raison. Un scandale. Désopilant. Les trois abeilles de Napoléon, symboles de sa gloire, emblèmes chéris de l'île d'Elbe que Tessa adorait, où le grand homme avait passé son premier exil, avaient été déportées sans vergogne au Kenya et vendues pour exploitation commerciale. En arrêt aujourd'hui devant cette même affiche, Justin ne pouvait que s'incliner devant l'indécence des hasards de la vie.

Chapitre 7

Perché tout raide sur son siège surclassé à l'avant de l'avion, sa sacoche au-dessus de lui dans le compartiment à bagages, Justin Quayle scrutait les ténèbres de l'espace par-delà son propre reflet. Il était libre. Libéré. Pas pardonné, pas serein, pas réconforté, pas résolu. Pas libéré des cauchemars lui répétant qu'elle était morte, ni des réveils lui rappelant qu'ils disaient vrai. Pas libéré de la culpabilité du survivant. Pas libéré de ses angoisses au sujet d'Arnold. Mais libre au moins de faire son deuil à sa façon. Libéré de son atroce cellule, des geôliers qu'il avait appris à détester, de sa promenade en chambre de prisonnier rendu à moitié fou par l'hébétude et le confinement sordide. Libéré du silence de sa propre voix, des stations assises sur le bord du lit à se demander sans cesse *pourquoi ?* Libéré des honteux instants où il était déprimé, fatigué, vidé au point d'en arriver presque à se convaincre qu'il n'en avait cure, que ce mariage avait été folie de toute façon et que c'était fini, Dieu merci. Et si la peine, comme il l'avait lu quelque part, était fille d'oisiveté, il était aussi libéré de cette oisiveté qui le ramenait toujours à sa peine.

Libéré enfin des interrogatoires, durant lesquels un Justin qu'il ne reconnaissait pas prenait le devant de la scène et, en une suite de phrases parfaitement ciselées, vidait son sac aux pieds des policiers médusés – dans la mesure de ce que son instinct confus l'autorisait à révéler. Ils avaient commencé par l'accuser de meurtre.

« Il y a un scénario qu'on ne peut pas occulter, Justin, explique Lesley, contrite. Autant vous le présenter d'emblée pour que vous en soyez averti, même si nous savons que

137

c'est pénible. Ça s'appelle un triangle amoureux : vous êtes le mari jaloux et vous avez passé un contrat sur votre femme et son amant quand ils étaient à bonne distance, ce qui aide pour l'alibi. Vous avez assouvi votre vengeance en les faisant tuer. Vous avez stipulé qu'on sorte le corps d'Arnold Bluhm de la jeep et qu'on le fasse disparaître pour détourner nos soupçons sur lui. Avec tous les crocodiles qui grouillent dans le lac Turkana, ce n'était pas très difficile. En plus, vous allez toucher un joli petit héritage, à ce qu'on dit, ce qui vous donne un double mobile. »

Il sait bien qu'ils guettent en lui des signes de culpabilité, d'innocence, d'indignation, de désespoir – des signes de quelque chose, en tout cas –, mais en vain, parce que, contrairement à Woodrow, Justin reste d'abord impassible. Pensif, distant, il est assis, très digne, sur la copie de chaise Carver des Woodrow, le bout des doigts posé sur la table comme s'il venait de plaquer un accord qu'il écouterait mourir. Lesley a beau l'avoir accusé de meurtre, elle obtient pour toute réaction un petit froncement de sourcils révélant son repli dans son monde intérieur.

« D'après le peu que Woodrow a eu la bonté de me dire sur l'avancement de votre enquête, j'avais cru comprendre que vous privilégiiez la piste du crime gratuit, pas celle du meurtre avec préméditation, objecte Justin d'un ton chicanier d'universitaire plutôt que de veuf éploré.

– Woodrow déconne à pleins tubes », répond Rob à voix basse par respect pour leur hôtesse.

Il n'y a pas encore de magnétophone sur la table, et les carnets multicolores attendent dans le fourre-tout de Lesley. Rien pour imposer l'urgence ni rendre l'entrevue formelle. Gloria a apporté un plateau de thé et, après un interminable laïus sur le récent décès de son bull-terrier, s'est retirée à contrecœur.

« On a découvert les traces d'un second véhicule garé à 8 kilomètres du lieu du crime, annonce Lesley. Il attendait dans un ravin au sud-ouest de l'endroit où Tessa a été tuée. On a trouvé une flaque d'huile et les restes d'un feu. »

Justin cligne des yeux comme si la lumière du jour était un peu trop crue, puis incline poliment la tête pour montrer qu'il écoute toujours.

« Plus des bouteilles de bière récemment enterrées et des mégots de cigarettes, poursuit Lesley comme si elle le lui reprochait. Quand la jeep de Tessa est passée, le véhicule mystère a démarré derrière et l'a suivie, puis s'est rangé à niveau. Un des pneus avant de la jeep de Tessa a reçu un coup de fusil de chasse. Ça ne ressemble pas à un crime gratuit.

– Plutôt à un contrat, comme on dit, explique Rob. Organisé et exécuté par des professionnels rétribués, pour le compte d'un ou de plusieurs inconnus. Celui qui les a renseignés connaissait par cœur le programme de Tessa.

– Et le viol ? demande Justin avec un détachement feint, en gardant les yeux fixés sur ses mains croisées.

– Une mise en scène ou un à-côté, rétorque sèchement Rob. Les méchants ont perdu la tête, ou alors c'était prévu.

– Ce qui nous ramène au mobile, Justin, dit Lesley.

– Le vôtre, ajoute Rob. A moins que vous n'ayez une meilleure idée. »

Leurs deux visages sont braqués sur le sien comme des caméras symétriques, mais il reste aussi imperméable à leurs regards croisés qu'à leurs insinuations. Dans son repli sur soi, peut-être n'a-t-il conscience ni des uns ni des autres. Lesley tend la main vers son fourre-tout pour y chercher le magnétophone, mais se ravise et la laisse pendre, comme prise en flagrant délit, tandis que son corps fait toujours face à Justin, l'homme aux phrases impeccablement tournées, le comité à lui tout seul.

« Sauf que je ne connais pas de tueurs, voyez-vous, objecte-t-il, faisant ressortir la faille de leur raisonnement tout en regardant droit devant lui d'un œil vide. Je n'ai engagé personne, je n'ai donné d'instructions à personne, désolé. Je n'ai strictement rien à voir avec le meurtre de mon épouse. Pas dans le sens où vous l'impliquez. Je ne l'ai ni souhaité ni organisé, dit-il d'une voix tremblante, qui soudain se brise de façon gênante. Il n'y a pas de mots pour dire à quel point je le regrette. »

Et ceci avec une telle finalité que, l'espace d'un instant, les inspecteurs semblent dans l'impasse et préfèrent étudier les aquarelles de Singapour que Gloria a peintes, accrochées en rang au-dessus de la cheminée de brique, avec comme prix affiché « £ 199 ET SANS FOUTUE TVA ! », le même ciel délavé, le même palmier, le même vol d'oiseaux et son nom en lettres assez grosses pour être lues du trottoir d'en face, plus une date à l'attention des collectionneurs.

Jusqu'à ce que Rob, qui a l'impétuosité sinon l'assurance de son âge, redresse sa longue tête osseuse pour lancer : « Alors, ça ne vous gênait pas que votre femme et Bluhm couchent ensemble, j'en déduis ? Ça agacerait plus d'un mari, un truc comme ça » avant de refermer le bec, attendant que Justin fasse ce que les critères moraux de Rob requièrent des maris bafoués en pareille circonstance : qu'il pleure, rougisse, s'irrite de ses propres torts ou de la perfidie de ses amis. Si c'est le cas, Justin le déçoit.

« Ce n'est tout bonnement pas le problème, réplique-t-il avec une virulence qui l'étonne lui-même au point de se redresser pour chercher alentour l'intervenant incongru et le réprimander. Ça l'est peut-être pour la presse et pour vous, mais pas pour moi, ni avant ni maintenant.

– Alors, c'est quoi le problème ? s'enquiert Rob.

– Je l'ai déçue.

– Comment ? Vous n'avez pas assuré, vous voulez dire ? raille-t-il en bon mâle. Vous l'avez déçue au lit, c'est ça ?

– En prenant mes distances, murmure Justin avec un hochement de tête. En la laissant se démener seule. En émigrant loin d'elle par la pensée. En passant un contrat immoral avec elle, que je n'aurais jamais dû autoriser – et elle non plus.

– C'est-à-dire ? intervient Lesley, tout sucre tout miel après la rudesse délibérée de Rob.

– Elle suit sa conscience, moi je fais mon travail. C'était un distinguo immoral, inacceptable. C'était comme l'envoyer à l'église en lui disant de prier pour nous deux. Comme dessiner une ligne à la craie en plein milieu de notre maison et lui dire : "On se retrouve au lit." »

Sans se laisser démonter par la franchise de ces aveux ni par les jours et les nuits d'autocritique qu'ils laissent deviner, Rob s'apprête à le provoquer. Son visage sinistre affiche le même rictus incrédule, sa bouche s'ouvre toute ronde comme le canon d'un gros fusil. Toutefois Lesley est plus rapide que lui, aujourd'hui. Sa féminité aux aguets est sensible à des accents que l'oreille virile de Rob ne peut percevoir. Il se tourne vers elle afin d'obtenir son accord pour réattaquer sur Arnold Bluhm, peut-être, ou sur une autre question pertinente qui lui permettra de mieux cerner le meurtre. Mais Lesley secoue la tête et, levant la main restée près du fourre-tout, fait un geste qui intime le calme.

« Alors, comment vous êtes-vous rencontrés, tous les deux ? » demande-t-elle à Justin, comme à un compagnon de voyage au cours d'un long trajet.

Voilà tout le génie de Lesley : lui prodiguer l'écoute d'une femme et la compréhension d'une inconnue, ménager ainsi un répit hors du champ de bataille actuel en l'entraînant dans les calmes pâturages de son passé. Et Justin répond à cet appel. Il laisse tomber les épaules, ferme à moitié les paupières puis, sur un ton lointain et intime de remémoration, raconte l'histoire, exactement telle qu'il se l'est racontée à lui-même cent fois en autant d'heures de souffrance.

*

« Alors, à votre avis, monsieur Quayle, quand est-ce qu'un État cesse d'être un État ? » susurra Tessa.

Il était midi, par une calme journée à Cambridge, quatre ans auparavant, dans une antique salle de conférences mansardée où des rais de soleil chargés de poussière tombaient en oblique par le vasistas. Ces tout premiers mots qu'elle lui adressa déclenchèrent les rires du public alangui de cinquante avocats inscrits comme elle à un séminaire d'été de quinze jours sur la Loi et l'État de droit. Et Justin les répète aujourd'hui. Comment s'est-il retrouvé sur cette estrade dans son costume trois pièces en flanelle grise de chez Hayward, agrippant un pupitre à deux mains ? C'est l'histoire de sa vie, explique-t-il en se détournant des deux policiers pour s'adresser aux fausses niches Tudor de la salle à manger des Woodrow. « Quayle le fera bien ! s'était exclamé quelque acolyte en fonction au bureau particulier du sous-secrétaire permanent, tard la veille au soir, moins

141

de onze heures avant le début de la conférence. Allez me chercher Quayle ! » Quayle le célibataire endurci, voulait-il dire, le diplomate entre deux postes, l'idéal des débutantes sur le retour, le dernier d'une race en voie d'extinction, Dieu merci, tout juste rentré de la sanglante Bosnie et en partance pour l'Afrique, mais pas sur l'heure. Quayle l'homme disponible, bien utile quand on organise un dîner et qu'il en manque un, manières parfaites, sans doute gay – sauf qu'il ne l'était pas, comme certaines des épouses les plus jolies avaient quelque raison de le savoir, même si elles restaient discrètes.

« Justin, c'est vous ? Ici Haggarty. Vous étiez à la fac deux ans avant moi. Dites, le SSP fait un discours à Cambridge devant une bande de futurs avocats, sauf qu'il ne peut pas. Il doit partir à Washington dans une heure… »

Et ce brave Justin fonçant droit dans le piège : « Eh bien, si le texte est déjà rédigé, j'imagine que… S'il s'agit simplement de le lire… »

Et Haggarty l'interrompant : « J'envoie sa voiture avec chauffeur chez vous pour 9 heures pétantes, pas une minute de plus. C'est de la merde, son speech. Il l'a écrit lui-même. Vous pouvez l'arranger un peu en chemin. Justin, vous êtes un chic type. »

Or donc, notre chic type d'Eton venait d'accoucher de la conférence la plus ennuyeuse qu'il ait jamais lue de sa vie, moralisatrice, pompeuse et ampoulée comme son auteur, qui à cette heure-ci devait se prélasser à Washington dans un luxe digne de son rang. L'idée même qu'il aurait à répondre au public n'avait pas plus effleuré Justin que celle d'éluder à présent la question lancée par Tessa. En la repérant, assise de droit au centre géométrique de la salle, Justin alla s'imaginer que ses confrères avaient laissé exprès un vide autour d'elle par égard pour sa beauté. Le col montant de son chemisier blanc d'avocate, tel celui d'une parfaite petite choriste, lui frôlait le menton. Sa pâleur et sa minceur spectrale lui donnaient des airs d'orpheline qu'on aurait voulu envelopper dans une couverture et protéger. Les rayons de soleil tombant du vasistas faisaient briller sa chevelure brune si intensément que Justin eut d'abord du mal à distinguer le visage en dessous, à peine un large front blême, deux grands yeux sérieux et, dans un deuxième temps, un menton volontaire de lutteur. Mais en attendant, il voyait un ange. Ce qu'il était sur le point de découvrir, c'est que cet ange maniait le gourdin.

« Eh bien, corrigez-moi si vous n'êtes pas de cet avis…, commença Justin, comblant ainsi la différence d'âge et de sexe en instaurant une atmosphère d'égalitarisme, … mais je dirais que la réponse à votre question, c'est qu'un État cesse d'être un État quand il cesse d'assumer ses responsabilités fondamentales. Serait-ce à peu près votre sentiment, aussi ?

– Qu'entendez-vous par "responsabilités fondamentales" ? rétorqua l'angélique orpheline.

– Eh bien…, répéta un Justin à présent déboussolé, se repliant sur ces signaux de neutralité grâce auxquels il imaginait s'assurer une protection, sinon une immunité de fait. Eh bien…, fit-il une nouvelle fois avec un geste nerveux de la main, un aller et retour de son index d'Etonien à sa tempe grisonnante. Disons que de nos jours, en gros, un État civilisé se caractérise par… le droit de vote, euh… la sécurité des personnes et des biens… hum… la justice, la santé et l'éducation pour tous, du moins jusqu'à un certain point… et puis, l'entretien d'une infrastructure administrative solide… et les routes, les transports, les égouts, tout ça. Et… quoi d'autre ? Ah oui, la collecte équitable de l'impôt. Dès qu'un État faillit à un certain nombre de ces critères, force est de reconnaître que le contrat le liant au citoyen semble pour le moins précaire… Et s'il faillit à tous ces critères, alors c'est ce qu'on appelle la faillite de l'État. C'est un anti-État, quoi, plaisanta-t-il. Un était-État, tenta-t-il encore sans aucun succès. Cela répond-il à votre question ? »

Ayant supposé que l'ange prendrait un moment de réflexion pour méditer cette réponse profonde, il fut ébranlé par sa riposte immédiate, qui lui laissa à peine le temps d'aller à la ligne du paragraphe.

« Alors, pouvez-vous imaginer une situation où vous vous sentiriez personnellement obligé de saper les fondements de l'État ?

– Moi, personnellement ? Dans ce pays ? Grands dieux, non, surtout pas ! s'indigna naturellement Justin. Pas alors que je viens de rentrer au pays, ajouta-t-il en s'attirant les ricanements du public, tout acquis à Tessa.

– En aucune circonstance ?

– Aucune que j'envisage, non.

– Et dans d'autres pays ?

– Eh bien, pour commencer je ne suis pas citoyen d'autres pays, objecta-t-il en gagnant à lui quelques rieurs. Croyez-moi, c'est déjà bien assez dur d'essayer de parler d'un pays…, affirma-t-il en s'attirant d'autres rires, ce qui l'encouragea davantage. Alors, là, plus d'un pays, ce n'est carrément pas… »

Le temps qu'il cherche un adjectif, elle contre-attaquait par une salve de coups, des droite-gauche portés au visage et au corps.

« Pourquoi faudrait-il être citoyen d'un pays pour pouvoir le juger ? On négocie bien avec les autres pays, non ? On conclut des accords avec eux. On les légitime par le biais d'échanges commerciaux. Vous êtes en train de nous dire qu'il existe un étalon moral pour votre pays et un autre pour le reste du monde ? En fait, vous êtes en train de nous dire quoi, au juste ? »

Justin éprouva de la gêne, puis de la colère. Il se souvint, mais un peu tard, qu'il était encore épuisé par son récent séjour dans la sanglante Bosnie, et censément en période de récupération. Il se documentait en vue d'un poste en Afrique – sans doute un enfer, comme toujours. Il n'était pas revenu dans la Mère patrie pour se faire exploiter par un sous-secrétaire absentéiste, *a fortiori* lire son discours merdique. Alors, pas question que Justin l'éternel bon parti se laisse crucifier par une belle harpie qui voyait en lui l'archétype de la chiffe molle. L'ambiance restait au rire, mais un rire sur le fil du rasoir, susceptible de basculer d'un côté comme de l'autre. Très bien. Si elle faisait son numéro, il pouvait s'y mettre aussi. Cabot à l'extrême, il haussa ses sourcils arqués, avança d'un pas et leva les bras au ciel, paumes tournées vers l'extérieur en un geste d'auto-protection.

« Madame, commença-t-il en se mettant les rieurs dans la poche. Je pense, madame, je crains fort, même, que vous ne soyez en train d'essayer de m'entraîner dans une discussion sur ma moralité. »

Le public réagit par un tonnerre d'applaudissements, Tessa exceptée. Le soleil qui l'avait éclairée avait disparu, et Justin voyait enfin son beau visage à l'expression blessée et fuyante. Soudain, il la connaissait par cœur, mieux encore que lui-même à cet instant. Il comprenait le fardeau de la beauté, le fléau d'être toujours traitée en phénomène, et il s'aperçut qu'il venait de remporter une bataille qu'il aurait préféré perdre. Conscient de ses propres complexes, il les retrouvait en elle. Se croyant tenue par sa beauté de parler haut, elle avait joué la provocation, essuyé un revers et ne savait plus comment faire machine arrière. Au souvenir de l'infâme bouillie dont il venait de donner lecture et des astucieuses réponses qu'il avait fournies, il songea : elle a totalement raison, je suis un porc. Pis encore, je suis un diplomate beau parleur d'âge mûr qui a retourné le public contre une superbe jeune fille qui ne faisait que suivre sa nature. L'ayant envoyée au tapis, il s'empressa donc d'aller la relever.

« Cela dit, redevenons sérieux un instant…, annonça-t-il, s'adressant directement à elle d'une voix beaucoup plus dure, ce qui fit taire les rires. Vous avez mis le doigt en plein sur la question à laquelle strictement personne ne sait répondre dans la communauté internationale. Qui sont les gentils ? C'est quoi, une politique étrangère "morale" ? Bon, admettons que ce qui réunit les États respectables, de nos jours, c'est la notion de libéralisme à visage humain. Mais ce qui nous sépare, c'est précisément la question que vous posez : à partir de quand un État soi-disant humaniste devient-il répressif à un point inacceptable ? Que se passe-t-il quand il menace nos intérêts nationaux ? Où va se loger l'humanisme, dans ces cas-là ? En d'autres termes, quand est-ce qu'on tire la sonnette d'alarme pour appeler l'ONU – en supposant qu'elle réponde, ce qui est encore autre chose ? Prenez la Tchétchénie, la Birmanie, l'Indonésie, les trois quarts des pays dits en voie de développement… »

Et cætera, et cætera. Du jargon métaphysique de la pire espèce, comme lui-même aurait été le premier à l'admettre, mais qui sortit Tessa d'embarras. Un débat s'engagea, des camps se formèrent, des portes ouvertes furent enfoncées. La conférence dépassa le temps imparti, et fut donc considérée comme un succès.

« J'aimerais que vous veniez faire une promenade avec moi, lui dit Tessa à la fin de la séance. Vous pourrez me parler de la Bosnie », prétexta-t-elle.

Ils déambulèrent dans les jardins de Clare College et, au lieu de lui parler de la sanglante Bosnie, Justin lui présenta chaque plante par ses prénom, nom de famille et profession. A son bras, Tessa l'écoutait en silence, hormis à l'occasion un « Pourquoi cela ? » ou un « Et comment ça se produit ? » qui avaient pour effet d'entretenir son discours. Il lui en sut gré, car parler était sa façon d'ériger des murs pour se protéger des gens – mais là, avec Tessa à son bras, il se surprit à songer moins à des murs qu'aux frêles chevilles dans les grosses boots à la mode progressant pas après pas sur leur étroit sentier commun : le moindre faux pas suffirait à lui briser les tibias, il en était convaincu. Et quelle légèreté dans sa démarche, on eût dit qu'elle voguait. Après la promenade, ils déjeunèrent dans un restaurant italien où les serveurs firent du charme à Tessa, au grand dam de Justin jusqu'à ce qu'il apprenne qu'elle était à moitié italienne, ce qui, d'une certaine manière, arrangeait tout et lui permit au passage de faire étalage de son italien, dont il était fier. Mais, soudain, il remarqua à quel point elle était devenue sérieuse, pensive, et ses couverts trop lourds entre ses mains tremblantes, comme ses grosses boots pour ses chevilles dans le jardin.

« Vous m'avez protégée, expliqua-t-elle en italien, le visage caché par ses cheveux. Vous me protégerez toujours, n'est-ce pas ? »

Avec son excessive politesse habituelle, Justin dit que, euh, oui, le cas échéant, bien sûr. Ou, du moins, il ferait de son mieux. Dans son souvenir, ce furent les seuls mots qu'ils échangèrent pendant le déjeuner, mais elle l'assura par la suite, à sa stupéfaction, qu'il avait parlé brillamment de la menace d'un conflit au Liban, pays auquel il n'avait pas pensé depuis des années, de la démonisation de l'Islam par les médias occidentaux et du ridicule de nos esprits bien-pensants, dont l'ignorance le disputait à l'intolérance ; et elle avait été fort impressionnée par sa véhémence à ce propos, ce qui étonna de nouveau Justin, qui ne se connaissait que des sentiments mitigés sur la question.

Mais de fait, il lui arrivait quelque chose de totalement incontrôlable, aussi inquiétant et excitant que cela fût. Il avait été attiré par le plus pur hasard dans une pièce de théâtre magnifique qui le captivait. Hors de son élément, il jouait un rôle, celui qu'il avait si souvent voulu jouer dans sa vie sans jamais y arriver jusqu'à présent. Il avait certes déjà perçu une ou deux fois les prémices d'une telle sensation, mais jamais avec une confiance ou un abandon aussi grisants. Et tout ceci alors que le séducteur endurci en lui envoyait des signaux d'alarme des plus emphatiques : arrête, elle est dangereuse, elle est trop jeune pour toi, trop vraie, trop sérieuse, elle ne connaît pas les règles du jeu.

C'était perdu d'avance. Après le déjeuner, toujours sous le soleil, ils se rendirent à la rivière Cam, où, comme tout bon galant à sa belle, il lui fit la démonstration de son habileté, son élégance et son aisance à manier la gaffe, vêtu de son gilet, perché en équilibre précaire sur la poupe d'une barge, sans perdre le fil d'une spirituelle conversation bilingue – du moins l'en assura-t-elle là encore par la suite, quand lui ne se souvenait guère que de son corps fluet d'orpheline en chemisier blanc et jupe fendue noire d'écuyère, et de ses yeux graves le fixant avec une lueur de reconnaissance qu'il ne pouvait lui rendre, car une telle attirance et une telle impuissance sous cette emprise lui étaient inconnues. Elle lui demanda d'où il tenait sa science du jardinage et il répondit : « De nos jardiniers. » Elle l'interrogea sur ses parents et il dut bien admettre, malgré sa réticence à l'idée d'offenser ses principes égalitaristes, qu'il était aussi bien né que fortuné, que ces jardiniers étaient les employés d'un père qui lui avait également payé une kyrielle de nounous et de pensions et d'universités et de vacances à l'étranger et tout ce qui pouvait faciliter sa route vers « l'entreprise familiale », à savoir le Foreign Office.

A son grand soulagement, elle sembla trouver cette description de ses origines parfaitement raisonnable, et y répondit par quelques confidences personnelles. Elle aussi avait eu une enfance privilégiée, avoua-t-elle. Mais ses parents étaient tous deux morts du cancer dans les neuf derniers mois. « Je suis donc orpheline, et en quête d'un bon foyer », déclara-t-elle avec une légèreté feinte, après quoi ils restèrent un moment assis à distance, mais toujours en proche communion d'esprit.

« J'ai oublié la voiture, finit-il par lui dire, comme si cela les empêchait de poursuivre.

– Où l'avez-vous garée ?

– Nulle part. C'est une voiture de fonction avec chauffeur.

– Vous ne pouvez pas l'appeler ? »

Étonnamment, elle avait un portable dans son sac, et lui le numéro de mobile du chauffeur dans la poche. Ayant arrimé la barge, il s'assit près de Tessa pour dire au chauffeur de rentrer à Londres sans lui, comme s'il jetait la boussole par-dessus bord en un acte de naufrage volontaire et partagé avec Tessa dont la portée ne leur échappa ni à l'un ni à l'autre. Et après la rivière, elle l'emmena chez elle et lui fit l'amour. Pourquoi, qui voyait-elle alors en lui, qui voyait-il en elle, et qui étaient-ils tous deux à la fin de ce week-end – autant de mystères que résoudraient le temps et la pratique, l'assura-t-elle en le couvrant de baisers à la gare. Le fait est qu'elle l'aimait, lui dit-elle, et tout le reste irait de soi quand ils se marieraient. Et Justin, sous le coup de la folie qui s'était emparée de lui, fit des déclarations aussi irréfléchies, qu'il répéta et développa, surfant sur la vague d'inconscience qui le soulevait, se laissant porter avec plaisir, même si, dans un recoin de sa conscience, il savait que chaque hyperbole se paierait un jour au prix fort.

Elle ne faisait pas secret de son désir d'un amant plus mûr. Comme bien des jeunes beautés qu'il connaissait, elle était dégoûtée par les hommes de son âge. Avec des mots qui le choquèrent en son for intérieur, elle se traita de marie-salope, de traînée au grand cœur et de diablesse. Trop épris pour la sermonner, il découvrit plus tard que ces expressions venaient de son père, qu'il se prit donc à détester tout en

148

s'efforçant de ne pas le montrer à Tessa, qui en parlait comme d'un saint. Le besoin qu'elle avait de l'amour de Justin était une faim inassouvissable, expliqua-t-elle, et Justin ne put guère que jurer ses grands dieux qu'il en allait de même pour lui. Sur le coup, il y croyait.

Son premier instinct, quarante-huit heures après son retour à Londres, fut la fuite. Il avait été frappé par une tornade, mais savait par expérience que les tornades font beaucoup de dommages, parfois indirects, puis s'éloignent. Soudain, la perspective d'un poste pourri en Afrique lui paraissait souriante. Plus il les répétait, plus ses protestations d'amour le dérangeaient : ce n'est pas la vérité, c'est moi mais sur la mauvaise scène. Il avait eu une kyrielle de liaisons et en espérait encore quelques autres, à condition qu'elles se conforment à un schéma préétabli, avec des femmes aussi peu enclines que lui à troquer le bon sens contre la passion. Plus cruellement, il redoutait la foi de Tessa car, en professionnel du pessimisme, il s'en savait dépourvu – autant dans la nature humaine qu'en Dieu, en l'avenir, et surtout en l'omnipotence de l'amour. L'homme était vil et le resterait à tout jamais. Le monde comptait une minorité d'esprits sensés, dont Justin, auxquels il incombait à l'évidence de détourner la race humaine de ses pires excès, à ceci près que, lorsque deux camps étaient résolus à se réduire en charpie, les esprits sensés n'y pouvaient mais, aussi violemment s'attaquaient-ils à la violence. Au bout du compte, songeait le dandy nihiliste, les hommes civilisés sont des Caligula, de nos jours, et le mouvement s'accélère sans cesse. Il était d'autant plus désolant que Justin, hautement sceptique face à toute forme d'idéalisme, se soit lié avec une jeune femme qui, pour délicieusement délurée qu'elle fût par ailleurs, ne pouvait pas traverser la rue sans se poser une question d'éthique. La fuite était la seule option raisonnable.

Mais au fil des semaines, comme il se lançait dans le délicat processus du désengagement, la magie des événements se fit jour en lui. Les petits dîners prévus pour la regrettable scène de rupture se muèrent en moments d'enchantement suivis de délices sexuels encore plus enivrants. Il se mit à avoir honte de son apostasie secrète. Loin de le rebuter, l'idéalisme foufou de Tessa l'amusait, le stimulait même discrètement. Il était juste que quelqu'un éprouve ces choses et les exprime. Jusqu'à présent, il avait considéré que les convictions bien ancrées étaient l'ennemi naturel du diplomate, à ignorer, tolérer ou, comme de l'énergie dangereuse, détourner vers des canaux inoffensifs. Maintenant, à sa surprise, il y voyait des emblèmes de courage, dont Tessa était le porte-drapeau.

Et avec cette révélation lui vint une nouvelle perception de lui-même. Il n'était plus l'idéal des débutantes sur le retour, le célibataire évitant habilement les liens du mariage, mais un drôle de père de substitution passant tous ses caprices à sa belle adorée, lui laissant le dernier mot aussi souvent que nécessaire, et néanmoins son protecteur, son pilier, son équilibre, son aîné, son jardinier amoureux en chapeau de paille. Abandonnant son plan de fuite, Justin mit le cap droit sur elle et, cette fois, du moins souhaitait-il le faire croire aux inspecteurs de police, il ne le regretta pas et ne regarda jamais en arrière.

*

« Pas même quand elle vous a fait honte ? demande Lesley une fois qu'elle et Rob, secrètement stupéfaits par sa franchise, ont observé la période de silence réglementaire.

– Je vous l'ai dit : certains sujets nous séparaient. Moi, j'attendais. Qu'elle se modère ou que le Foreign Office nous attribue des rôles compatibles. Le statut des épouses de diplomate est en évolution constante. Elles ne peuvent pas avoir d'emploi salarié dans le pays où le mari est en poste, mais elles sont obligées de le suivre. Un jour, on leur offre toutes les libertés possibles ; le lendemain, on attend d'elles qu'elles se comportent en geishas diplomatiques.

– C'est Tessa qui parle ou vous ? sourit Lesley.

– Tessa n'a jamais attendu qu'on lui donne sa liberté pour la prendre.

– Et Bluhm ne vous faisait pas honte ? lance Rob.

– Ceci n'a rien à voir avec cela, mais Arnold Bluhm

n'était pas son amant. Ils étaient liés par bien d'autres choses. Le secret le mieux gardé de Tessa était sa fidélité. Elle adorait choquer.

– Quatre nuits en goguette, Justin ? se récrie Rob à ces mots. Dans un même bungalow sur le lac Turkana ? Une fille comme Tessa ? Vous nous demandez sérieusement de croire qu'ils ne s'envoyaient pas en l'air ?

– Vous croirez ce que vous voudrez, réplique Justin le sérénissime. Moi, je n'ai pas le moindre doute là-dessus.

– Pourquoi ?

– Parce qu'elle me l'a dit. »

Ce qui les laisse sans voix. Mais Justin a autre chose à ajouter et, peu à peu, grâce aux encouragements de Lesley, il arrive à l'exprimer.

« Elle avait épousé l'establishment, commence-t-il gauchement. Moi. Pas un noble bienfaiteur de l'humanité. Moi. Il ne faut surtout pas la prendre pour une excentrique. Je n'ai jamais douté – et elle non plus à notre arrivée ici – qu'elle s'intégrerait au club des geishas diplomatiques qu'elle raillait. A sa façon. Mais en mordant sur la ligne, dit-il avant de réfléchir, conscient de leurs regards incrédules. Après la mort de ses parents, elle s'est fait peur. Avec moi pour la stabiliser, elle voulait s'éloigner un peu d'une liberté excessive. C'était le prix qu'elle était prête à payer pour ne plus être orpheline.

– Et qu'est-ce qui a changé ça ? intervient Lesley.

– Nous ! s'enflamme Justin, voulant dire "les autres nous, nous qui lui survivons, nous les coupables". A cause de notre complaisance, dit-il en baissant la voix. A cause de ça, ajouta-t-il en embrassant d'un geste la salle à manger et les croûtes de Gloria empalées le long du manteau de cheminée, mais aussi la maison, ses occupants et par extension toutes ses voisines. Nous qui sommes payés pour voir ce qui se passe et qui préférons ne pas voir. Nous qui marchons dans la vie les yeux baissés.

– C'est elle qui disait ça ?

– Non, moi. C'est ainsi qu'elle en était arrivée à nous considérer. Elle était née riche, mais cela ne l'a jamais impressionnée. L'argent ne l'intéressait pas. Elle en avait

151

beaucoup moins besoin que les classes arrivistes. En revanche, elle savait que rien au monde ne lui permettait d'être indifférente à ce qu'elle voyait et entendait. Elle savait qu'elle avait une dette. »

Et sur ce, Lesley décrète une pause jusqu'au lendemain même heure, Justin, si ça vous va. Ce qui lui va.

Et British Airways semblait avoir atteint la même conclusion, car les hôtesses mettaient les lumières en veilleuse dans la cabine de première classe et prenaient les dernières commandes de la soirée.

Chapitre 8

Rob se prélasse tandis que Lesley déballe de nouveau ses jouets : les carnets de diverses couleurs, les crayons, la gomme, le petit magnétophone qui n'a pas servi hier. Justin a une pâleur de prisonnier et un faisceau de ridules autour des yeux, comme tous les matins ces temps-ci. Un médecin l'enverrait au grand air.

« Justin, vous avez dit que vous n'aviez rien à voir avec le meurtre de votre épouse "au sens où nous l'entendions", lui rappelle Lesley. Sans vouloir vous importuner, quel autre sens y a-t-il ? demande-t-elle en se penchant au-dessus de la table pour saisir sa réponse.

– J'aurais dû l'accompagner.

– A Lokichoggio ? »

Il secoue la tête.

« Au lac Turkana ?

– N'importe où.

– C'est ce qu'elle vous a dit ?

– Non. Elle ne me critiquait jamais. Aucun de nous deux ne disait jamais à l'autre ce qu'il avait à faire. Nous avons eu une seule dispute, et elle concernait la forme, pas le fond. Arnold n'a jamais été un obstacle.

– C'était à quel sujet au juste, la dispute ? demande Rob, se raccrochant farouchement à sa vision réductrice.

– Après la perte de notre bébé, j'ai supplié Tessa de me laisser la ramener en Angleterre, en Italie, où elle voudrait. Elle n'a même pas voulu en entendre parler. Elle avait une mission, Dieu merci, une raison de survivre, et c'était ici à Nairobi. Selon ses propres termes, elle avait découvert une énorme injustice sociale, un grand crime. C'est tout ce que j'avais le droit de savoir. Dans mon métier, l'ignorance délibérée est une forme d'art, dit-il en se tournant vers la fenêtre pour regarder dehors d'un œil éteint. Vous avez vu comment les gens vivent ici, dans les bidonvilles ? demande-t-il à Lesley, qui secoue la tête. Elle m'y a emmené une fois. Dans un moment de faiblesse, à ce qu'elle m'a dit par la suite, elle voulait que je visite son lieu de travail. Ghita Pearson nous a accompagnés. Ghita et Tessa étaient instinctivement proches, liées par des affinités incroyables : mères médecins, pères avocats, éducation catholique. Nous sommes allés dans un dispensaire. Quatre murs en béton, un toit en fer-blanc et un millier de personnes qui attendent de pouvoir entrer, raconte-t-il, avant d'oublier un moment où il se trouve. La pauvreté à cette échelle, c'est une matière en soi qu'on ne peut pas assimiler en un après-midi. Mais quand même, après ça, c'était dur pour moi de me promener dans Stanley Street sans... sans avoir l'autre image à l'esprit. »

Après les habiles dérobades de Woodrow, ses propos sonnent comme parole d'évangile.

« L'énorme injustice, le grand crime, voilà ce qui la maintenait en vie. Notre bébé était mort depuis cinq semaines. Quand elle restait seule à la maison, Tessa regardait fixement le mur. Mustafa me téléphonait au haut-commissariat : "Rentrez, Mzee, elle est malade, elle est malade." Mais ce n'est pas moi qui l'ai ramenée à la vie. C'est Arnold. Lui comprenait. Lui partageait son secret. Dès qu'elle entendait sa voiture dans l'allée, c'était une autre femme. "Alors ? Raconte." Elle voulait les nouvelles, les informations, les avancées. Quand il repartait, elle se retirait dans son petit bureau et travaillait jusque tard dans la nuit.

– A son ordinateur ? »

Un instant de lassitude chez Justin. Ou d'accablement.

« Elle avait ses papiers, son ordinateur. Et le téléphone, qu'elle utilisait avec la plus grande circonspection. Et Arnold, chaque fois qu'il pouvait se libérer.

– Et ça ne vous dérangeait pas, ça ? ironise Rob, en commettant l'erreur de reprendre un ton impérieux. Votre femme qui se languissait dans son fauteuil en attendant que Docteur La Merveille se pointe ?

154

– Tessa était inconsolable. S'il lui avait fallu une centaine de Bluhm, je les lui aurais volontiers donnés sans condition.

– Et vous ne saviez rien de ce grand crime, reprend Lesley, incrédule. Rien du tout. De quoi il s'agissait, qui en était victime, qui le perpétrait… Ils vous cachaient tout ça. Bluhm et Tessa d'un côté, et vous tout seul dans le noir.

– Je leur laissais le champ libre, s'entête Justin.

– Je ne vois vraiment pas comment vous avez pu survivre, insiste Lesley en reposant son carnet avant d'ouvrir les mains. Séparés mais ensemble, à vous entendre, c'est comme… quand on ne se parle plus. C'est même pire.

– On n'a pas survécu, lui rappelle simplement Justin. Tessa est morte. »

*

A ce stade, ils auraient pu croire le temps des confidences révolu et s'attendre à un épisode de confusion ou de gêne, voire de rétractation. Mais Justin n'en est qu'au début. Il se redresse d'un coup comme un chasseur qui a levé du gibier, laisse retomber ses mains sur ses cuisses jusqu'à nouvel ordre et redonne du timbre à sa voix, qu'une force intérieure fait monter du tréfonds de son être dans l'air confiné de la salle à manger des Woodrow, encore imprégné de l'odeur rance de la viande en sauce d'hier soir.

« Elle était si impétueuse, déclare-t-il fièrement, citant une fois de plus les discours qu'il s'est tenus pendant des heures d'affilée. Dès le début, j'ai aimé ça en elle. Elle voulait désespérément avoir un enfant très vite. Il fallait compenser la mort de ses parents au plus tôt. Pourquoi attendre le mariage ? Je l'ai retenue. Je n'aurais pas dû. J'ai argué des conventions – Dieu sait pourquoi. "Très bien, a-t-elle dit. S'il faut que nous soyons mariés pour avoir un bébé, marions-nous sur-le-champ." Alors, nous sommes partis en Italie et nous nous sommes mariés sur-le-champ, ce qui a fort amusé mes collègues, dit-il, l'air amusé lui-même. "Quayle est devenu fou ! Le vieux Justin épouse sa fille ! Elle a son baccalauréat, au moins ?" Quand elle est tombée enceinte au bout de trois ans, elle en a pleuré. Moi aussi. »

155

Il s'interrompt, mais personne ne le bouscule.

« Sa grossesse l'a transformée. En mieux. La maternité lui allait à merveille. Extérieurement, elle restait insouciante, mais un sens aigu des responsabilités naissait en elle. Son travail humanitaire a pris une nouvelle signification. Ce n'est pas inhabituel, à ce qu'il paraît. Ce qui avait été important est devenu une vocation, presque un destin. A sept mois, elle s'occupait encore des malades et des mourants avant de revenir en ville assister à un dîner diplomatique absurde. Plus elle approchait du terme, plus elle était résolue à améliorer le monde pour le bébé. Pour tous les enfants, pas juste le nôtre. Elle avait déjà décidé d'accoucher dans un hôpital africain. Si je l'avais obligée à aller dans une clinique privée, elle l'aurait fait, mais ç'aurait été une trahison de ma part.

– Comment cela ? murmure Lesley.

– Tessa faisait une différence fondamentale entre la douleur constatée et la douleur partagée. La douleur constatée est journalistique, diplomatique, télévisuelle, finie dès qu'on éteint sa saleté de poste. Pour Tessa, ceux qui regardent la souffrance et ne font rien contre ne valaient guère mieux que ceux qui l'infligent. C'étaient les mauvais samaritains.

– Mais elle, elle luttait contre, objecte Lesley.

– D'où l'hôpital africain. Dans ses pires moments, elle parlait d'aller accoucher dans les taudis de Kibera. Heureusement, à eux deux, Arnold et Ghita ont réussi à lui redonner le sens de la mesure. Arnold a l'autorité de la souffrance. Il n'a pas juste soigné des victimes de la torture en Algérie, il a lui-même été torturé. Il a gagné son laissez-passer auprès des miséreux de ce bas monde. Pas moi.

– Précisément, on voit mal où vous vous situez là-dedans, enchaîne Rob, saisissant cette perche comme si la question n'avait pas déjà été évoquée une bonne dizaine de fois. Vous êtes un peu la cinquième roue du carrosse, là, dans les hautes sphères avec votre souffrance diplomatique et votre comité suprême, non ? »

Mais Justin est d'une patience infinie. Par moments, tout bonnement trop bien élevé pour marquer son désaccord.

« Elle m'a exempté de service actif, comme elle disait,

acquiesce-t-il d'une voix assourdie par la honte. Elle a inventé des arguments spécieux pour me dédouaner. Elle affirmait que le monde avait besoin de nous deux : moi à l'intérieur du système, pour pousser ; elle en dehors, sur le terrain, pour tirer. "Je crois en la moralité de l'État, répétait-elle. Si vous autres ne faites pas votre boulot, quel espoir nous reste-t-il, à nous ?" Joli sophisme, nous le savions tous les deux. Le système n'avait pas besoin de mon travail. Et moi non plus. Quel intérêt ? J'écrivais des rapports que personne ne lisait et je faisais des recommandations que personne ne suivait. Tessa ignorait la duplicité. Sauf dans mon cas. Pour moi, elle s'est menti à elle-même.

– A-t-elle jamais eu peur ? » demande Lesley, à voix basse pour ne pas rompre l'atmosphère de confessionnal.

Après réflexion, Justin se permet un demi-sourire nostalgique.

« Un jour, elle s'est vantée auprès de l'ambassadrice américaine que "peur" était un mot qui ne figurait pas dans son vocabulaire. Cela n'a pas amusé Son Excellence.

– Et cette décision d'accoucher dans un hôpital africain, lance Lesley après un sourire fugace, l'œil rivé à son carnet. Vous pouvez nous dire quand et comment elle a été prise, je vous prie ?

– Il y avait une femme dans un des villages déshérités au nord où Tessa allait souvent. Wanza, je ne connais pas son nom de famille. Wanza souffrait d'une mystérieuse maladie. Elle avait été choisie pour un traitement spécial. Elles se sont retrouvées par hasard dans la même salle à l'hôpital Uhuru, et Tessa s'est liée d'amitié avec elle. »

Entendent-ils la note de méfiance qui s'est glissée dans sa voix ? Lui, oui.

« Vous savez de quoi elle souffrait ?

– Non, juste qu'elle souffrait et que ça pouvait être grave.

– Elle avait le sida ?

– Je ne sais pas du tout si sa maladie était liée au sida. J'ai eu l'impression qu'il s'agissait d'autre chose.

– C'est assez rare qu'une femme des bidonvilles vienne accoucher à l'hôpital, non ?

– Elle était suivie.

– Suivie par qui ? »

Pour la seconde fois, Justin se censure. La dissimulation ne lui vient pas naturellement.

« Par un des dispensaires, j'imagine. Dans son village. Dans un bidonville. Comme vous le voyez, je reste flou. Je m'étonne du degré d'ignorance que j'ai réussi à préserver.

– Et Wanza est morte, c'est ça ?

– Elle est morte le dernier soir du séjour de Tessa à l'hôpital, répond Justin, heureux de quitter sa réserve pour recréer l'instant à l'attention de ses interrogateurs. J'étais resté dans la salle commune toute la soirée, mais Tessa a tenu à ce que je rentre dormir quelques heures. Elle a dit la même chose à Arnold et Ghita. On se relayait à son chevet. Arnold avait fourni un lit de camp. Tessa m'a appelé à 4 heures du matin, sur le téléphone de l'infirmière-chef, parce qu'il n'y en avait pas dans la salle. Elle était paniquée. Hystérique serait le mot juste, sauf que, quand elle est hystérique, Tessa ne crie pas. Wanza avait disparu, et son bébé avec. Tessa s'était réveillée et elle avait trouvé le lit de Wanza vide, et plus de berceau. J'ai pris la voiture. Arnold et Ghita sont arrivés à l'hôpital en même temps que moi. Tessa était inconsolable. Comme si elle avait perdu un deuxième enfant en l'espace de quelques jours. A nous trois, on l'a convaincue qu'il était temps de finir sa convalescence à la maison. Avec Wanza morte et le bébé parti, elle ne se sentait plus d'obligation de rester.

– Tessa n'a pas pu voir le corps ?

– Quand elle a demandé, on lui a répondu que ça ne pouvait pas se faire. Wanza était morte, et le bébé avait été ramené au village par son oncle. Pour l'hôpital, fin de l'histoire. Les hôpitaux ne s'étendent pas trop sur la mort, ajoute-t-il, parlant d'expérience à cause de Garth.

– Et Arnold, il a pu voir le corps, lui ?

– Trop tard. On l'avait transporté à la morgue, et il s'était perdu. »

Les yeux de Lesley s'écarquillent d'une surprise sincère, tandis que, de l'autre côté de Justin, Rob se penche vivement en avant, attrape le magnétophone et s'assure que la bande tourne derrière la petite fenêtre.

« Perdu ? Mais ça ne se perd pas, un cadavre ! s'écrie-t-il.

– Au contraire. Il paraît que ça arrive tout le temps, à Nairobi.

– Et le certificat de décès ?

– Je peux seulement vous dire ce que j'ai appris par Arnold et Tessa. Je ne sais rien d'un certificat de décès. Il n'en a jamais été fait mention.

– Pas d'autopsie ? demande Lesley.

– Pas à ma connaissance.

– Wanza a reçu des visites, à l'hôpital ? »

Après réflexion, Justin ne voit apparemment aucune raison de ne pas répondre ;

« Son frère Kioko. Il dormait par terre près d'elle quand il ne chassait pas les mouches. Et Ghita Pearson mettait un point d'honneur à aller lui tenir compagnie quand elle allait voir Tessa.

– Quelqu'un d'autre ?

– Un docteur blanc, je crois. Je n'en suis pas vraiment sûr.

– Qu'il était blanc ?

– Qu'il était médecin. Un homme blanc en blouse blanche avec un stéthoscope.

– Seul ?

– Non, accompagné par un groupe d'internes, dit Justin d'une voix de nouveau teintée de réserve. Enfin, c'est ce qu'il m'a semblé. Ils étaient jeunes et portaient une blouse blanche. »

Avec trois abeilles brodées sur la poche, aurait-il pu ajouter, mais sa résolution l'en empêcha.

« Pourquoi "internes" ? C'est ce que Tessa a dit ?

– Non.

– Et Arnold ?

– Arnold ne s'est pas prononcé en ma présence. C'est pure présomption de ma part. Ils étaient jeunes.

– Et leur supérieur ? Leur médecin-chef, si c'est ça. Arnold a dit quelque chose à son sujet ?

– Pas à moi. S'il avait des griefs, c'est à lui qu'il en a fait part, à l'homme au stéthoscope.

– En votre présence ?

– Mais pas à portée d'oreille. »

Enfin, presque pas...

« Décrivez-nous la scène », demande Rob qui, comme Lesley, se penche en avant pour capter le moindre mot.

Justin s'y emploie déjà. Le temps d'une trêve éphémère, il a rejoint leur camp. Mais la réserve est toujours présente dans sa voix. Prudence et circonspection s'affichent autour de ses yeux fatigués.

« Arnold a pris l'homme à part. Il l'a tiré par le bras. L'homme au stéthoscope. Ils se sont parlé comme un médecin à un autre. A voix basse, à l'écart.

– En anglais ?

– Je crois. Quand Arnold parle français ou kiSwahili, il a une gestuelle différente, explique-t-il sans ajouter qu'en anglais il a tendance à exploiter un registre plus aigu.

– Décrivez-le, le type au stéthoscope, exige Rob.

– Il était corpulent. Un grand gaillard. Grassouillet. Mal fagoté. Je me souviens de chaussures en daim. Ça m'a paru bizarre pour un médecin, je ne sais pas trop pourquoi. Mais ce souvenir persiste. Il avait une blouse crasseuse, sans être spécialement tachée. Des chaussures en daim, une blouse sale, un visage rougeaud. On aurait dit un type du show-biz – blouse blanche mise à part, on aurait pu le prendre pour un imprésario. »

Et trois abeilles dorées, ternies mais toujours visibles, brodées sur la poche, comme sur l'affiche de l'infirmière à l'aéroport, songe Justin.

« Il avait l'air honteux, ajoute-t-il à sa propre surprise.

– De quoi ?

– De sa présence. De ce qu'il faisait là.

– Pourquoi dites-vous ça ?

– Il évitait de regarder Tessa ou moi. Il regardait tout sauf nous.

– Quelle couleur de cheveux ?

– Blonds. Blonds tirant sur le roux. Son visage trahissait la boisson. Et le roux dans les cheveux le faisait ressortir. Vous en avez entendu parler ? Parce que Tessa était très curieuse à son sujet.

– Une barbe ? Une moustache ?

– Non, rien. Enfin si – il avait une barbe d'un jour au moins. Blonde. Tessa lui a demandé son nom plusieurs fois. Il a refusé de le lui donner.

– Ça avait l'air de quoi, comme conversation ? réattaque Rob plein pot. C'était une dispute ? C'était amical ? Ils s'invitaient à déjeuner ? Qu'est-ce qui se passait entre eux ? »

La prudence revenait. Je n'ai rien entendu. J'ai juste vu.

« Arnold semblait protester, lui faire des reproches. Le médecin niait. J'ai eu l'impression… »

Il s'interrompt pour se donner le temps de choisir ses mots. Ne fais confiance à personne, lui avait dit Tessa. A personne, sauf Ghita et Arnold. Promets-le-moi. Promis.

« J'ai eu l'impression que ce n'était pas leur premier désaccord. Que c'était un épisode d'une longue dispute. Enfin, c'est ce que j'ai pensé après coup. Que j'avais assisté à la reprise des hostilités entre deux adversaires.

– Vous y avez beaucoup repensé, alors ?

– Oui, en effet, concède Justin. J'ai aussi eu l'impression que l'anglais n'était pas la langue maternelle du médecin.

– Mais vous n'en avez pas discuté avec Arnold et Tessa ?

– Quand l'homme est parti, Arnold est retourné au chevet de Tessa, il lui a pris le pouls et lui a parlé à l'oreille.

– Et, une fois de plus, vous n'avez rien entendu ?

– Non, et c'était fait pour, dit-il, s'enjoignant de trouver plus convaincant. Je m'étais habitué à mon rôle, explique-t-il en évitant leur regard. A rester en dehors du cercle.

– Wanza prenait quoi, comme médicaments ? demande Lesley.

– Je n'en ai aucune idée. »

En fait, il en a une très bonne idée : du poison. A leur retour de l'hôpital, dans l'escalier menant à leur chambre, il s'était posté deux marches derrière Tessa, tenant son nécessaire d'une main et le sac de layette et de couches pour Garth de l'autre, la surveillant comme du lait sur le feu, parce que, bien sûr, elle avait exigé de monter sans aide. Dès qu'elle commença à s'affaisser, il lâcha les sacs pour la rattraper avant que ses genoux ne ploient, et sentit son atroce légèreté, ses tremblements de désespoir quand elle se lamenta, non pas sur la mort de Garth, mais sur celle de Wanza. *Ils l'ont tuée !* bredouilla-t-elle, le visage collé au sien car il la serrait tout contre lui. *Ces salauds ont tué Wanza, Justin ! Ils l'ont tuée avec leur poison.* Qui ça, ma chérie ? demanda-t-il, en écartant ses cheveux en sueur de ses joues et de son front. Qui l'a tuée ? Dis-le-moi. Passant le bras derrière son dos émacié, il la hissa doucement jusqu'en haut de l'escalier. Quels salauds, ma chérie ? Dis-moi qui sont les salauds. *Ces salauds de ThreeBees. Ces putains de docteurs à la flan. Ceux qui n'osaient pas nous regarder !* De quel genre de docteurs parlons-nous ? s'enquit-il en la soulevant pour l'allonger sur son lit et lui éviter ainsi une nouvelle chute. Ils ont des noms, ces médecins ? Dis-le-moi.

Du fin fond de son monde intérieur, il entend Lesley lui poser la même question inversée : « Le nom de Lorbeer vous dit quelque chose, Justin ? »

Dans le doute, mens, s'est-il juré. Dans l'enfer, mens. Si tu ne dois te fier à personne, pas même à toi, et n'être loyal qu'envers les morts, mens.

« Je crains que non, répond-il.

— Vous ne l'avez jamais entendu par hasard, au téléphone ? Des bribes de conversation entre Arnold et Tessa ? Lorbeer… allemand, hollandais, peut-être suisse ?

— Le nom de Lorbeer ne me dit rien dans aucun contexte.

— Et Kovacs, une Hongroise ? Brune, apparemment très belle ?

— Elle a un prénom ? demande-t-il pour signifier que non, mais cette fois c'est la vérité.

— Aucun d'eux n'en a, se désespère Lesley. Emrich, une blonde. Non ? fait-elle, jetant son crayon sur la table en signe de défaite. Bon, alors Wanza meurt. C'est officiel. Elle a été tuée par un homme qui n'osait pas vous regarder. Et aujourd'hui, six mois plus tard, vous ne savez toujours pas de quoi. Elle est morte, c'est tout.

— On ne m'a jamais rien révélé. Si Tessa ou Arnold connaissaient la cause de sa mort, moi non. »

Rob et Lesley s'affaissent dans leurs fauteuils comme deux sportifs qui ont décidé d'un temps mort. Rob se penche en arrière, ouvre grands les bras et pousse un soupir théâtral, tandis que Lesley reste penchée en avant, le menton dans la main, une expression mélancolique sur son visage intelligent.

« Et vous ne l'avez pas inventé, tout ça ? lance-t-elle à Justin entre ses doigts. Wanza qui meurt, son bébé, le pseudo-médecin honteux, les pseudo-internes en blouse blanche ? Ce ne serait pas un tissu de mensonges de bout en bout ?

– Mais quelle suggestion parfaitement ridicule ! Pourquoi diable irais-je vous faire perdre votre temps en inventant une telle histoire ?

– L'hôpital Uhuru n'a aucun dossier sur Wanza, explique Rob, tout aussi abattu et toujours avachi. Tessa existe, votre pauvre Garth aussi, mais pas Wanza. Elle n'y a jamais séjourné, n'y a jamais été admise, n'y a jamais été soignée par un médecin, charlatan ou non, ni auscultée, ni traitée. Son bébé n'est jamais né, elle n'est jamais morte, son corps n'a jamais été perdu parce qu'il n'a jamais existé. Notre pauvre Les a même tenté le coup de discuter avec quelques infirmières, mais elles savent que pouic, pas vrai, Les ?

– Quelqu'un leur avait dit deux mots avant que je leur parle », explique Lesley.

*

Au son d'une voix d'homme derrière lui, Justin se retourna vivement. Mais ce n'était que le steward qui s'inquiétait de son confort. Monsieur Brown avait-il besoin d'aide pour incliner son siège ? Non, merci, monsieur Brown préférait rester en position relevée. Ou pour faire marcher la vidéo ? Non, merci, je n'en ai pas besoin. Voudrait-il qu'on lui baisse le rideau de son hublot ? Non, merci – avec emphase –, Justin préférait avoir un hublot ouvert sur le cosmos. Ou peut-être une bonne couverture bien chaude pour monsieur Brown ? D'une politesse incurable, Justin accepta et reporta son regard sur le hublot enténébré juste à temps pour voir Gloria débouler dans la salle à manger sans frapper, chargée d'un plateau de sandwiches au pâté qu'elle pose sur la table en jetant un regard sur ce que Lesley a écrit dans son carnet

– peine perdue, en l'occurrence, parce que Lesley a prestement tourné la page.

« Ne surmenez pas notre pauvre invité, vous voulez bien, mes enfants ? Il en a déjà suffisamment sur les bras comme ça, n'est-ce pas, Justin ? »

Et un petit bécot sur la joue pour Justin, et une sortie de music-hall pour tout le monde, puisque tous trois bondissent d'un même élan vers la porte pour l'ouvrir à la geôlière qui remporte le plateau du thé.

*

Après cette intrusion, la conversation reste un temps hachée. Ils mâchonnent leurs sandwiches, Lesley ouvre un autre carnet, un bleu, tandis que Rob, la bouche pleine, débite un flot apparemment décousu de questions.

« Vous connaissez quelqu'un qui fume des cigarettes Sportsman à la chaîne ? demande-t-il sur un ton suggérant que fumer des Sportsman est un crime.

– Pas que je sache, non. Nous étions antitabac, tous les deux.

– Je veux dire à l'extérieur, pas seulement chez vous.

– Toujours non.

– Vous connaissez quelqu'un qui possède un camion de safari vert à grand empattement, en bon état, avec des plaques kenyanes ?

– Le haut-commissaire a un genre de jeep blindée, mais je suppose que ce n'est pas à cela que vous pensez.

– Vous connaissez des quadragénaires costauds, genre militaire, chaussures vernies, teint basané ?

– Personne ne me vient à l'esprit, désolé, avoue Justin, souriant tant il est soulagé d'être sorti de la zone à risque.

– Vous avez déjà entendu parler d'un endroit appelé Marsabit ?

– Oui, je crois. Marsabit, oui, bien sûr. Pourquoi ?

– Ah bon ? Parfait, parfait. Ça, vous connaissez. Alors, c'est où ?

– A la lisière du désert de Chalbi.

– A l'est du lac Turkana, donc ?

– Dans mon souvenir, oui. C'est un centre administratif. Un point de rencontre pour les nomades de toute la région septentrionale.

– Vous y êtes déjà allé ?

– Hélas, non.

– Vous connaissez quelqu'un qui y soit déjà allé ?

– Non, je ne crois pas.

– Vous avez une idée de ce qu'on peut trouver sur place pour le repos du voyageur ?

– Je crois bien qu'il y a de quoi se loger. Et un poste de police. Et une réserve nationale.

– Mais vous n'y êtes jamais allé. »

Justin n'y est jamais allé.

« Et vous n'y avez jamais envoyé personne ? Deux personnes, par exemple ? »

Justin n'y a jamais envoyé personne.

« Alors, comment se fait-il que vous connaissiez si bien l'endroit ? Vous êtes voyant ou quoi ?

– Quand je suis nommé dans un pays, je mets un point d'honneur à en étudier la carte.

– Selon certains rapports, un camion de safari vert à grand empattement se serait arrêté à Marsabit deux nuits avant le meurtre, Justin, explique Lesley une fois leur passe d'armes terminée. Deux Blancs à bord. Des chasseurs, apparemment. Sportifs, de votre âge, en treillis kaki, chaussures bien cirées, comme a dit Rob. Ils n'ont parlé à personne, juste entre eux. Ils n'ont pas dragué la bande de Suédoises au bar. Ils ont acheté leurs provisions au magasin. De l'essence, des clopes, de l'eau, de la bière, des rations. Les clopes, c'était des Sportsman, la bière de la Whitecap en bouteille. La Whitecap n'existe qu'en bouteille. Ils sont partis le lendemain matin, dans le désert, vers l'ouest. S'ils ont continué leur route, ils ont dû atteindre la rive du lac Turkana le lendemain soir. Peut-être même Allia Bay. Les bouteilles de bière vides que nous avons retrouvées près du lieu du crime étaient des Whitecap. Les mégots des Sportsman.

– Ce serait crétin de ma part de demander si l'hôtel de Marsabit tient un registre ? s'enquiert Justin.

– La page est manquante, déclare Rob, faisant un retour triomphal. Malencontreusement déchirée. En plus, les employés de Marsabit ne se souviennent pas plus d'eux que de leur première chemise. Ils ont tellement la trouille qu'ils ne se rappellent même plus comment ils s'appellent. On suppose que quelqu'un a dû leur dire deux mots, à eux aussi. Les mêmes qui ont parlé au personnel hospitalier. »

Mais c'est là son chant du cygne dans son rôle de bourreau, comme lui-même paraît l'admettre, car il fronce les sourcils et se gratouille l'oreille d'un air presque contrit, alors que Justin, lui, se ressaisit. Son regard vole de l'un à l'autre dans l'attente de la question suivante et, faute d'en voir venir, il en pose une lui-même.

« Et le service des cartes grises ? » suggère-t-il.

Ce qui lui vaut un rire amer des deux policiers.

« Au Kenya ? lancent-ils en chœur.

– Les compagnies d'assurances, alors. Les importateurs, les concessionnaires. Il ne peut pas y avoir tant de camions à safari verts à grand empattement que ça, au Kenya, quand même. Pas si on fait le tri.

– Les gars de la tenue y travaillent d'arrache-pied, confirme Rob. D'ici au prochain millénaire, si on est bien sages, ils auront peut-être une réponse. Les importateurs n'ont pas été très malins non plus, pour être honnête, poursuit-il en coulant un regard complice à Lesley. Une petite entreprise du nom de Bell, Barker & Benjamin, également connue sous le surnom de ThreeBees, vous connaissez ? Président à vie, un certain sir Kenneth K. Curtiss, golfeur et escroc, Kenny K pour les intimes ?

– En Afrique, tout le monde connaît ThreeBees, répond Justin tout en se réaffirmant son principe de mentir en cas de doute. Et sir Kenneth aussi, évidemment. C'est un sacré personnage.

– Apprécié ?

– Plutôt admiré, je dirais. Il est propriétaire d'un club de football kenyan très populaire. Et il porte une casquette de base-ball à l'envers, ajoute-t-il avec un dégoût qui les fait rire.

– On peut dire qu'ils se sont activés, chez ThreeBees,

166

mais sans grand résultat, reprend Rob. Très empressés, pas très pressés. "Aucun problème, monsieur l'inspecteur ! Vous aurez ça avant l'heure du déjeuner, monsieur l'inspecteur !" Ça ne fait jamais qu'une semaine de ça.

– J'ai bien peur que ce soit assez fréquent chez les gens d'ici, se lamente Justin avec un sourire las. Vous avez essayé les compagnies d'assurances ?

– ThreeBees fait aussi dans l'assurance automobile. Étonnant, non ? Une assurance au tiers gratuite pour tout achat d'un de leurs véhicules. Mais ça non plus, ça ne nous a pas aidés des masses. Enfin, pour les camions de safari verts en bon état.

– Je vois, lâche Justin.

– Tessa ne les a jamais eus en ligne de mire, eux ? s'enquiert Rob de son ton le plus désinvolte. ThreeBees ? Kenny K a l'air assez proche du trône de Moi, et c'est le genre de choses qui la mettait en rogne à coup sûr, non ?

– Oh, sans doute, répond Justin, tout aussi vague. A un moment ou à un autre. Forcément.

– Ce qui expliquerait pourquoi la vénérable maison ThreeBees ne nous donne pas le petit coup de pouce attendu pour le véhicule mystère et un ou deux détails annexes. Quand même, ils sont puissants dans d'autres secteurs aussi, non ? Tout et n'importe quoi, du sirop antitussif aux jets privés, à ce qu'ils nous ont dit, pas vrai, Les ? »

Malgré son petit sourire, Justin ne relance pas la conversation – il s'abstient même d'une référence amusante à la gloire usurpée de Napoléon ou à la coïncidence inouïe des racines de Tessa sur l'île d'Elbe. Et de toute allusion à la nuit où il l'a ramenée de l'hôpital, et à ces enfoirés de ThreeBees qui ont tué Wanza avec leur poison.

« Et pourtant, d'après vous ils n'étaient pas sur la liste noire de Tessa, poursuit Rob. C'est étonnant, franchement, quand on pense à tout ce que disent d'eux leurs nombreux détracteurs. "Une main de fer dans un gant de fer", c'est comme ça qu'un député anglais les a qualifiés récemment, si je me souviens bien, à propos d'un scandale oublié. Son safari gratuit il peut toujours l'attendre, lui, hein, Les ?

– Ça oui !

– Kenny K et les ThreeBees. Ça fait groupe de rock. Alors, pour vous, Tessa n'avait pas décrété une fatwa contre eux ?

– Pas que je sache, répond Justin en souriant au mot "fatwa".

– A cause de, je ne sais pas, moi, d'un problème qu'elle et Arnold auraient repéré sur le terrain, disons, une erreur médicale, un abus médicamenteux, par exemple ? persiste Rob. Parce qu'elle s'impliquait à fond dans les questions médicales, non ? Et Kenny K aussi, quand il ne joue pas au golf avec la bande à Moi ou qu'il ne se propulse pas dans son Gulfstream pour s'acheter quelques compagnies de plus.

– Oui, oui, répond Justin, mais avec un tel détachement, sinon un manque total d'intérêt, qu'il exclut toute perspective d'éclaircissement.

– Alors, si je vous disais que, ces dernières semaines, Tessa et Arnold ont multiplié les démarches auprès de nombreux services de la tentaculaire maison ThreeBees, lettres, coups de fil, prises de rendez-vous, et qu'ils se sont fait mener en bateau du début à la fin, vous diriez toujours que vous n'en saviez strictement rien. C'est une question.

– En effet, désolé.

– Tessa submerge Kenny K de lettres au vitriol, par coursier ou en recommandé. Elle appelle sa secrétaire trois fois par jour et le bombarde d'e-mails. Elle va le harceler jusqu'à sa ferme du lac Naïvasha et devant ses illustres bureaux tout neufs, mais les gardes du corps le préviennent à temps et il emprunte l'entrée de service, pour le plus grand amusement de son personnel. Tout ça, c'est moi qui vous l'apprend à la seconde, vous le jurez devant Dieu ?

– Devant Dieu ou pas, c'est nouveau pour moi.

– Et pourtant, vous n'avez pas l'air surpris.

– Ah bon ? Comme c'est étrange. Je pensais avoir l'air abasourdi. Peut-être que je ne fais pas étalage de mes émotions », rétorque Justin avec un mélange de colère et de réserve qui les prend par surprise, car ils lèvent la tête vers lui, comme au garde-à-vous.

Mais leurs réactions n'intéressent pas Justin. Ses mensonges ne sont pas du même acabit que ceux de Woodrow. Quand Woodrow s'efforçait d'oublier, Justin est assailli de souvenirs parcellaires : des bribes de conversation entre Bluhm et Tessa que son honneur lui interdisait d'écouter, mais qui lui reviennent aujourd'hui ; la muette exaspération de Tessa à la moindre mention du nom incontournable de Kenny K – par exemple, son accession imminente à la Chambre des Lords, jouée d'avance au Muthaiga Club, ou bien les rumeurs insistantes d'une méga-fusion entre Three-Bees et un conglomérat multinational encore plus grand. Et le boycott implacable – sa croisade antinapoléonienne, ironisait-elle – qu'elle imposait sur toutes les marques détenues par ThreeBees, des produits alimentaires et détergents que son armée de domestiques indigents avait interdiction d'acheter sous peine de mort, aux restoroutes, stations-service, batteries et huiles de vidange que Justin avait obligation d'éviter quand ils étaient ensemble sur la route, sans compter ses jurons furieux dès qu'une affiche détournant l'emblème de Napoléon les narguait sur un panneau publicitaire.

« On nous parle beaucoup de militantisme, Justin, annonce Lesley, émergeant de ses notes pour mieux pénétrer ses pensées. Tessa l'était, militante ? Parce que pour nous, militant, ça fait extrémiste. Genre "quand on n'aime pas, on fait sauter". Ce n'était pas le style de Tessa et Arnold, si ? »

La réponse de Justin est empreinte d'une lassitude propre aux discours écrits et réécrits pour un supérieur sourcilleux.

« Tessa considérait que la quête de profits acharnée des entreprises détruit le monde, et notamment les pays en voie de développement. Sous prétexte d'investir, le capitalisme occidental ravage l'environnement originel et favorise l'émergence des kleptocraties. Voilà son raisonnement, et de nos jours il n'est plus guère extrémiste. Il a même un large écho dans les couloirs des institutions internationales, y compris dans le comité où je siège. »

Une nouvelle pause au souvenir du triste tableau de l'obèse Kenny K frappant un drive depuis le premier tee du Muthaiga Club, avec à ses côtés Tim Donohue, notre maître espion vieillissant.

« Selon ce même raisonnement, l'aide au tiers-monde n'est qu'une autre forme d'exploitation, reprend-il. Les vrais bénéficiaires en sont les pays qui avancent l'argent à crédit, les politiciens et officiels africains qui touchent d'énormes pots-de-vin, et les industriels et marchands d'armes occidentaux qui s'en mettent plein les poches. Les victimes sont l'homme de la rue, les déracinés, les pauvres et les indigents… et les enfants qui n'auront pas d'avenir, conclut-il en citant Tessa et se souvenant de Garth.

– Et vous, vous y croyez ? s'enquiert Lesley.

– Il est un peu tard pour que je commence à croire en quoi que ce soit, répond modestement Justin, qui marque une pause avant d'ajouter moins modestement : Tessa, c'était la perle rare, une avocate qui croit en la justice.

– Pourquoi se rendaient-ils au site de Leakey ? demande Lesley après avoir accueilli cette déclaration en silence.

– Peut-être Arnold y avait-il à faire pour son ONG. Leakey n'est pas du genre à négliger la bonne santé des Africains.

– Possible, convient Lesley en écrivant pensivement dans un carnet à couverture verte. Elle l'avait déjà rencontré ?

– Je ne crois pas.

– Et Arnold ?

– Aucune idée. Vous pourriez poser la question à Leakey.

– M. Leakey n'avait jamais entendu parler d'eux jusqu'à ce qu'il allume sa télévision la semaine dernière, répond Lesley d'un ton funeste. M. Leakey passe le plus clair de son temps à Nairobi, maintenant, à jouer les Monsieur Propre pour Moi et à se démener pour faire passer le message. »

Rob sollicite l'approbation de Lesley d'un coup d'œil et obtient un discret hochement de tête. Il se penche en avant et agite le magnétophone sous le nez de Justin d'un geste agressif : parlez là-dedans.

« Bon, alors, c'est quoi pour vous la peste blanche ? demande-t-il d'un ton autoritaire impliquant que Justin est personnellement responsable de sa propagation. La peste blanche, répète-t-il en le voyant hésiter. C'est quoi ? Allez ! »

Le visage de Justin redevient impassible, sa voix réintègre sa coquille officielle. Un réseau de chemins s'ouvre devant lui, mais ce sont ceux de Tessa et il les explorera seul.

« La peste blanche est un ancien surnom de la tuberculose, déclare-t-il. Le grand-père de Tessa en est mort. Elle a assisté à son agonie quand elle était enfant. Elle avait un livre qui portait ce titre, dit-il, sans préciser que l'ouvrage n'avait pas quitté son chevet jusqu'à ce que lui-même le transfère dans sa sacoche.

– C'est pour ça qu'elle s'intéressait de très près à cette maladie ? demande Lesley, prudente à son tour.

– De très près, je ne sais pas. Comme vous venez de le dire, son travail dans les bidonvilles la faisait s'intéresser à toutes sortes de questions médicales, dont la tuberculose.

– Mais si son grand-père en est mort, Justin…

– Tessa détestait le sentimentalisme lié à cette maladie dans la tradition littéraire, continue sévèrement Justin sans l'écouter. Keats, Stevenson, Coleridge, Thomas Mann… Elle disait que les gens qui trouvent la tuberculose romantique n'ont qu'à aller veiller leur grand-père mourant, pour voir. »

Rob consulte à nouveau Lesley du regard et obtient un nouveau hochement de tête silencieux.

« Alors, ça vous étonnerait d'apprendre qu'au cours d'une perquisition informelle de l'appartement d'Arnold Bluhm nous avons trouvé la copie d'une vieille lettre qu'il avait envoyée au chef du marketing de ThreeBees pour l'avertir des effets secondaires d'un nouveau médicament antituberculeux à action rapide commercialisé par ThreeBees ?

– Pourquoi ça m'étonnerait ? répond Justin du tac au tac, ses talents de diplomate ranimés par ce terrain dangereux. L'ONG de Bluhm s'intéresse de près à la pharmacopée du tiers-monde. C'est le scandale africain, les médicaments. S'il y a bien une chose qui dénote l'indifférence des Occidentaux vis-à-vis des souffrances de l'Afrique, c'est la pénurie affligeante de médicaments adaptés, et les prix exorbitants que les compagnies pharmaceutiques imposent depuis trente ans, affirme-t-il en reprenant les propos de Tessa. Je suis sûr qu'Arnold a écrit des dizaines de lettres comme celle-là.

– Celle-là était cachée à part, rappelle Rob. Bourrée de données scientifiques qui nous dépassent.

– Eh bien, espérons que vous pourrez demander à Arnold de la décoder pour vous quand il resurgira, dit Justin d'un ton sec, sans prendre la peine de cacher son dégoût à l'idée qu'ils aient fouillé les biens de Bluhm et lu sa correspondance à son insu.

– Tessa avait bien un ordinateur portable ? reprend Lesley.

– Oui, en effet.

– Quelle marque ?

– Le nom m'échappe. Petit, gris, japonais, c'est à peu près tout ce que je peux vous dire. »

Il ment. Effrontément. Il le sait, eux aussi. A en juger par leurs visages, ils portent le deuil de leur relation, comme des amis déçus. Mais pas Justin. Justin se cantonne dans sa résistance farouche, sous couvert d'aménité diplomatique. C'est la bataille à laquelle il se prépare depuis des jours et des nuits, tout en priant pour qu'elle n'ait jamais lieu.

« Il était dans son bureau, c'est ça ? Avec son pêle-mêle, ses papiers et ses documents de travail.

– Quand elle ne l'emportait pas avec elle, oui.

– Elle s'en servait pour sa correspondance, ses rapports ?

– Je crois, oui.

– Et ses e-mails ?

– Souvent.

– Et elle imprimait dessus, aussi ?

– Parfois.

– Elle a rédigé un long document il y a cinq ou six mois, environ dix-huit pages plus une annexe. Elle y dénonçait une affaire que nous pensons liée au milieu médical ou pharmaceutique, ou les deux. Une observation de cas cliniques décrivant des faits très graves qui se passaient ici, au Kenya. Elle vous l'a montré ?

– Non.

– Et vous ne l'avez pas lu, tout seul, à son insu ?

– Non.

– Vous ne savez rien là-dessus, alors. C'est ce que vous êtes en train de nous dire ?

– J'en ai peur, oui, reconnaît-il en adoucissant son aveu d'un sourire de regret.

– C'est juste qu'on se demandait si ça avait un rapport avec le grand crime qu'elle pensait avoir mis au jour.

– Je comprends.

– Et si ThreeBees avait quelque chose à voir avec ce grand crime.

– C'est toujours possible.

– Mais elle ne vous l'a pas montré ? insiste Lesley.

– Comme je vous l'ai déjà dit à plusieurs reprises, Lesley : non, affirme-t-il, manquant ajouter "ma chère".

– Vous pensez que ThreeBees aurait pu être impliqué d'une façon ou d'une autre ?

– Je n'en ai pas la moindre idée, hélas. »

Bien au contraire. Il revit le moment terrible, le moment où il a cru la perdre. Quand son visage juvénile se durcissait de jour en jour et que son regard juvénile brillait d'une lueur zélatrice. Quand elle se penchait nuit après nuit sur son ordinateur dans son petit bureau, entourée de monceaux de papiers indexés et truffés de renvois comme le dossier d'un avocat. Quand elle mangeait sans savoir quoi, puis retournait à sa tâche sans un au revoir. Quand de timides villageois se présentaient sans bruit à la porte de service et s'installaient avec elle sur la véranda pour manger la nourriture que Mustafa leur apportait.

« Alors elle n'a même pas discuté de ce document avec vous ? s'étonne Lesley.

– Jamais, désolé.

– Ou en votre présence, avec Arnold ou Ghita, mettons ?

– Ces derniers mois, Tessa et Arnold tenaient Ghita à distance, pour son bien j'imagine. Quant à moi, j'avais l'impression qu'ils ne me faisaient pas confiance. Ils pensaient que, si j'étais pris dans un conflit d'intérêts, je devrais d'abord allégeance à la Couronne.

– A juste titre ? »

Jamais de la vie, songe-t-il. Mais il leur fournit une réponse en accord avec son ambivalence attendue.

« Puisque je n'ai pas connaissance du document auquel vous faites allusion, je crains de ne pas pouvoir répondre à cette question.

– Mais ces dix-huit pages, elle les aurait imprimées depuis son portable, n'est-ce pas ? Même si elle ne vous les a pas montrées.

– Peut-être. Ou celui de Bluhm. Ou d'un autre ami.

– Bon, alors, où il est, cet ordinateur, là tout de suite ? »

Sur du velours.

Woodrow aurait pu en prendre de la graine.

Pas le moindre signe, pas le moindre vibrato, pas la moindre pause calculée pour reprendre son souffle.

« J'ai cherché son portable dans l'inventaire de ses biens que m'a fourni la police kenyane et, comme un certain nombre d'autres choses, hélas, il n'y figure pas.

– Personne à Loki ne l'a vue avec, fait remarquer Lesley.

– Soit, mais j'imagine que personne n'a fouillé ses bagages.

– Et personne à l'Oasis ne l'a vue avec. Elle l'avait, quand vous l'avez accompagnée à l'aéroport ?

– Elle avait le fourre-tout qu'elle emportait toujours sur le terrain. Lui aussi, il a disparu. Et un nécessaire où elle aurait pu ranger son portable. Elle le faisait parfois. Au Kenya, les femmes seules ont intérêt à éviter de s'exhiber dans des lieux publics avec du matériel électronique coûteux.

– Mais elle n'était pas seule, lui rappelle Rob, avant que s'installe un long silence, si long qu'il se crée un véritable suspense pour deviner qui va le briser.

– Justin, quand vous êtes allé chez vous avec Woodrow mardi matin, qu'avez-vous rapporté ? finit par demander Lesley.

– Oh…, commence Justin en affectant de dresser une liste mentalement. Des papiers de famille… de la correspondance privée en rapport avec le fidéicommis familial de Tessa… quelques chemises, des chaussettes… un complet sombre pour l'enterrement… quelques babioles à valeur sentimentale… une ou deux cravates.

– Rien d'autre ?

– Rien qui me vienne à l'esprit comme ça, non.

– Et quelque chose qui ne vous viendrait pas à l'esprit comme ça, oui ? » rétorque Rob.

Justin a un sourire las mais ne pipe mot.

« Nous avons parlé à Mustafa, annonce Lesley. Nous lui avons demandé : "Mustafa, où est l'ordinateur portable de Mlle Tessa ?" Il s'est emmêlé les pinceaux. Tantôt elle l'a emporté avec elle, tantôt non, ensuite c'est les journalistes qui l'ont volé. La seule personne qui ne l'a pas pris, c'est vous. On s'est dit qu'il cherchait peut-être à vous couvrir sans y réussir très bien.

– Désolé, mais c'est là tout ce qu'on obtient quand on moleste les domestiques.

– On ne l'a pas molesté, on y est allé en douceur ! s'insurge Lesley, enfin en colère. On l'a interrogé sur le pêle-mêle : pourquoi n'y avait-il que des punaises et des petits trous mais aucun document ? Réponse : il l'avait rangé. Tout seul, sans l'aide de personne. Il ne sait pas lire l'anglais, il n'a pas le droit de toucher aux biens personnels de Tessa ni à rien dans la pièce, mais il a rangé le pêle-mêle. On lui a demandé ce qu'il avait fait des papiers accrochés. Il a dit les avoir brûlés. Qui lui avait dit de les brûler ? Personne. Qui lui avait dit de ranger le pêle-mêle ? Personne, et surtout pas M. Justin. D'où notre idée qu'il vous couvrait, sans y réussir très bien. Nous pensons que c'est vous qui avez pris ces papiers, pas Mustafa. Et qu'il vous couvre aussi pour l'ordinateur. »

Justin retrouve une fois de plus cette aisance artificielle qui est l'avantage et le défaut de sa profession.

« Je crains que vous n'ayez perdu de vue nos différences culturelles, Lesley. Il est plus vraisemblable qu'elle ait emporté son portable à Turkana.

– Et les papiers punaisés aussi ? Je ne crois pas, Justin. Vous avez pris des disquettes, quand vous êtes passé chez vous ? »

Et là, pendant un seul et bref instant, Justin baisse sa garde. Car si une partie de lui-même est en plein déni, une autre est aussi avide de réponses que ses interrogateurs.

« Non, mais je reconnais que je les ai cherchées. Elles

contenaient l'essentiel de sa correspondance juridique. Tessa avait l'habitude de consulter son avocat par e-mail sur bon nombre de sujets.

– Et vous ne les avez pas trouvées ?

– Normalement, elles étaient sur son bureau, proteste Justin, brûlant de s'ouvrir de ce problème. Dans un joli coffret en laque que lui avait offert ce même avocat à Noël – ils étaient cousins, mais aussi amis de longue date. Il y a des idéogrammes dessus. Tessa a demandé à un bénévole chinois de les lui traduire, et elle a été ravie d'apprendre qu'il s'agissait d'une tirade contre les détestables Occidentaux. A mon avis, les disquettes ont dû suivre le même chemin que le portable. Peut-être qu'elle les a aussi emportées à Loki.

– Pourquoi aurait-elle fait ça ? demande Lesley, sceptique.

– Je ne m'y connais pas du tout en informatique. Je devrais, mais bon. L'inventaire de la police ne mentionnait aucune disquette, ajoute-t-il en attendant leurs lumières.

– Quoi qu'il y ait sur ces disquettes, il y a de bonnes chances que ce soit aussi sur le portable, déclare Rob après un temps de réflexion. Sauf si elle a effacé les documents du disque dur après les avoir copiés sur disquettes. Mais ce serait vraiment une drôle d'idée.

– Comme je vous l'ai dit, Tessa avait un sens aigu de la sécurité. »

Nouveau silence pensif, que Justin partage.

« Alors, où sont ses papiers ? demande brutalement Rob.

– En route pour Londres.

– Par la valise diplomatique ?

– Par le moyen que je choisis. Le Foreign Office me soutient totalement. »

Peut-être est-ce le souvenir des dérobades de Woodrow qui amène Lesley sur le bord de son siège dans une explosion d'exaspération sincère.

« Justin !

– Oui, Lesley.

– Tessa faisait de la recherche, d'accord ? Oubliez les disquettes. Oubliez l'ordinateur. Où sont ses papiers, ses tonnes de papiers, concrètement, à cette minute précise ? Et où sont tous les documents punaisés au pêle-mêle ? »

Réendossant sa personnalité d'emprunt, Justin la gratifie d'une moue magnanime signifiant qu'il va accéder à sa demande, aussi inconsidérée soit-elle.

« Avec mes effets, mais si vous me demandez dans quelle valise en particulier, je crains de ne pouvoir vous répondre. »

Lesley attend, le temps de reprendre son souffle.

« Nous aimerions que vous ouvriez vos bagages pour nous, s'il vous plaît. Nous voudrions que vous nous emmeniez en bas tout de suite pour nous montrer tout ce que vous avez pris chez vous mardi matin. »

Elle se lève, imitée par Rob, qui va se poster près de la porte. Seul Justin reste assis.

« J'ai bien peur que ce ne soit pas possible, déclare-t-il.

– Pourquoi ça ? rétorque Lesley.

– Pour la bonne raison que je les ai pris, ces papiers. Ils sont personnels et privés. Je ne suis pas prêt à les soumettre à votre examen, ni à l'examen de quiconque, avant d'avoir eu l'occasion de les lire moi-même.

– Si on était en Angleterre, Justin, je vous collerais une assignation aux fesses vite fait bien fait ! affirme Lesley, le rouge lui montant aux joues.

– Mais hélas, on n'est pas en Angleterre. Vous n'avez pas de mandat, ni aucun pouvoir local, que je sache.

– Si on était en Angleterre, j'obtiendrais un mandat de perquisition pour fouiller cette maison de fond en comble, poursuit Lesley sans relever. Et je saisirais la moindre babiole, le moindre bout de papier, la moindre disquette que vous avez piqués dans le bureau de Tessa. Et le portable. Et je passerais tout ça au peigne fin.

– Mais vous avez déjà fouillé chez moi, Lesley, proteste Justin calmement depuis son fauteuil. Je ne crois pas que Woodrow serait très heureux de vous voir en faire autant chez lui, si ? Et je ne peux certainement pas vous donner la permission de me faire ce que vous avez fait à Arnold sans son consentement. »

Toute rouge, Lesley lui lance des regards furibonds de

femme humiliée. Très pâle, Rob regarde ses poings serrés à regret.

« C'est ce qu'on verra demain », menace Lesley en prenant congé.

Mais demain n'arrive pas. Quoi qu'elle en dise. Toute la nuit et tard le lendemain matin, Justin reste assis sur le bord de son lit à attendre le retour annoncé de Rob et Lesley, armés de leurs mandats, de leurs assignations et de leurs ordonnances, avec une escouade de policiers kenyans en tenue pour faire le sale boulot à leur place. Il cherche en vain des solutions et des cachettes comme il le fait depuis des jours. Il raisonne en prisonnier de guerre, scrute sol, murs et plafonds : *où* ? Il envisage de recruter Gloria, puis se ravise. Il envisage d'impliquer Mustafa et le boy de Gloria. Il envisage de faire appel à Ghita. Mais les seules nouvelles qu'il reçoit de ses inquisiteurs lui parviennent de Mildren, qui lui téléphone pour lui apprendre que la présence des inspecteurs est requise ailleurs et que non, il n'y a pas de nouvelles d'Arnold. Et quand arrive le jour de l'enterrement, leur présence est encore requise ailleurs – du moins le suppose-t-il quand de temps en temps il balaie du regard la foule en deuil pour y compter les amis absents.

*

L'avion était entré dans une zone d'éternel précrépuscule. Derrière son hublot, une mer de glace déferlait vague après vague vers un infini incolore. Tout autour de lui, des passagers en suaires blancs dormaient dans des postures sépulcrales de défunts. L'une avait le bras levé comme si on l'avait abattue alors qu'elle faisait signe à quelqu'un. Un autre avait la bouche ouverte en un cri silencieux et une main sans vie posée sur le cœur. Assis bien droit, solitaire, Justin reporta son regard vers le hublot, où dansait le reflet de son visage près de celui de Tessa, tels les masques d'anciennes connaissances.

Chapitre 9

« C'est vraiment atroce ! s'écria une silhouette dégarnie dans un ample pardessus marron, arrachant Justin à son chariot à bagages pour l'étouffer entre ses bras. Horrible, carrément injuste, dégueulasse ! D'abord Garth, et maintenant Tess.

— Merci, Ham, répondit Justin en lui rendant tant bien que mal son étreinte malgré ses bras plaqués contre ses flancs. Et merci d'être venu à cette heure indue. Non, ça je m'en charge, merci. Prends plutôt la valise.

— Je serais venu à l'enterrement, si tu me l'avais permis. Nom de Dieu, Justin !

— Je préférais que tu surveilles la boutique, dit gentiment Justin.

— Il est assez chaud, ton complet ? Tu dois te les geler, non, après le soleil africain ? »

Arthur Luigi Hammond était l'unique associé du cabinet juridique Hammond Manzini de Londres et Turin. Son père avait fait son droit avec celui de Tessa à la faculté d'Oxford, puis à Milan. Lors d'une même cérémonie dans une grande église turinoise, ils avaient épousé deux sœurs issues de la noblesse italienne, des beautés célèbres. Quand l'une donna le jour à Tessa, l'autre accoucha de Ham. Quasiment frère et sœur, les deux enfants passèrent toutes leurs vacances ensemble sur l'île d'Elbe, skièrent ensemble à Cortina d'Ampezzo et obtinrent leur licence ensemble, Ham le rugbyman avec une mention passable à l'arraché, Tessa mention très bien. Depuis la mort des parents de Tessa, Ham jouait l'oncle avisé, administrant avec zèle son fidéicommis familial, faisant en son nom des placements d'une prudence

ruineuse et, avec toute l'autorité que lui conférait une cal-
vitie précoce, bridant les instincts généreux de sa cousine
tout en omettant lui-même de lui réclamer des honoraires. Il
était massif, avec un visage rose et tout luisant, des yeux
pétillants et des joues flasques qui boudaient ou souriaient
au gré de ses émotions. Quand Ham joue au rami, disait
Tessa, on connaît son jeu avant lui, rien qu'à la taille de son
sourire à mesure qu'il ramasse ses cartes.

« Balance donc ça à l'arrière ! proposa Ham tandis qu'ils
grimpaient dans sa minuscule voiture. Bon d'accord, par
terre, si tu veux. Il y a quoi, là-dedans ? De l'héroïne ?

– De la cocaïne », rectifia Justin.

Il balaya discrètement du regard les rangées de voitures
couvertes de givre. A la douane, deux inspectrices l'avaient
laissé passer avec une indifférence suspecte et, dans le hall
des bagages, deux hommes maussades portant complet
et badge avaient dévisagé tout le monde sauf lui. A trois
voitures de celle de Ham, à l'avant d'une berline Ford
beige, un couple étudiait une carte, tête contre tête. Dans un
pays civilisé, messieurs, on ne peut jamais savoir, aimait à
dire l'instructeur blasé du séminaire sur la sécurité. Pour
être tranquille, partez toujours du principe qu'on vous file à
chaque instant.

« Prêt ? » demanda Ham d'une voix timide en bouclant sa
ceinture.

L'Angleterre était magnifique. Les rayons rasants du
soleil matinal ourlaient d'or les labours gelés du Sussex.
Ham conduisait comme à son habitude, à 105 kilomètres-
heure pour une vitesse limitée à 110, dix mètres derrière
le pot d'échappement pétaradant du poids lourd le plus
proche.

« Meg te fait des grosses bises, grommela-t-il en référence
à sa femme très enceinte. Elle en a pleuré pendant une
semaine. Moi aussi. Et si je ne fais pas gaffe, je vais me
remettre à chialer, d'ailleurs.

– Je suis désolé, Ham, fit simplement Justin, acceptant
sans amertume le fait que Ham soit de ces personnes qui se
tournent vers le veuf pour trouver leur réconfort.

– Ah, ce que je voudrais qu'ils le retrouvent, cet enfoiré !

explosa Ham quelques minutes plus tard. Et quand ils l'auront pendu, qu'ils balancent aussi ces chiens de journalistes dans la Tamise, tant qu'ils y sont. Elle est partie se cloîtrer chez sa mère, ajouta-t-il. Avec ça, elle va nous faire un prématuré ! »

Ils continuèrent la route en silence, Ham fusillant du regard le camion hoquetant devant lui, Justin contemplant d'un œil perplexe ce pays étranger qu'il avait passé la moitié de sa vie à représenter. La Ford beige les avait dépassés, pour être remplacée par un gros motard en cuir noir. Dans un pays civilisé, on ne peut jamais savoir.

« Au fait, tu es riche, bredouilla Ham, alors que les champs faisaient place à la banlieue. Tu n'étais pas franchement pauvre avant, mais là, t'es plein aux as. T'as tout le magot de son père, de sa mère, du fidéicommis. Et, en plus, tu es l'administrateur de son œuvre de charité. Elle a dit que tu saurais quoi en faire.

– Quand ça ?

– Un mois avant de perdre le bébé. Elle voulait s'assurer que tout baigne au cas où elle y resterait. Enfin, merde, qu'est-ce que j'étais censé faire, moi ! s'emporta-t-il, prenant à tort le silence de Justin pour un reproche. C'était ma cliente, Justin. J'étais son avoué. J'aurais dû la dissuader ? Te téléphoner ? »

L'œil sur le rétroviseur, Justin émit les sons rassurants qui s'imposaient.

« Et l'autre exécuteur testamentaire, c'est cette enflure de Bluhm, ajouta Ham en une parenthèse furieuse. "Exécuteur", c'est le cas de le dire, tiens ! »

Les augustes bureaux de MM. Hammond Manzini dans Ely Place, une impasse fermée par une grille, occupaient les deux derniers niveaux d'un bâtiment vermoulu aux murs lambrissés où pendaient les portraits décatis d'illustres disparus. Deux heures plus tard, des juristes bilingues murmureraient dans des téléphones crasseux tandis que les dames-en-twin-set de Ham se chargeraient de la technologie moderne, mais à 7 heures du matin Ely Place était déserte, hormis une dizaine de voitures garées le long du trottoir et une lumière jaune brûlant dans la crypte de la chapelle

Sainte-Etheldrede. Peinant sous le poids des bagages de Justin, les deux hommes grimpèrent les quatre étages d'un escalier branlant jusqu'au bureau de Ham, puis un cinquième jusqu'à sa mansarde monastique. Dans la minuscule cuisine-salon-salle-à-manger était accrochée la photographie d'un Ham plus svelte passant une transformation sous les vivats d'une foule estudiantine. Dans la minuscule chambre, où Justin était allé se changer, Ham et son épouse Meg découpaient une pièce montée à trois étages au son d'une fanfare de trompettistes italiens en collant. Et dans la minuscule salle de bains où il se doucha figurait une peinture à l'huile primitive de la maison ancestrale de Ham, gouffre financier sis au fin fond du froid Northumberland.

« Le toit de l'aile nord s'est carrément envolé, putain ! hurlait-il fièrement à travers le mur de la cuisine, occupé à casser des œufs et entrechoquer des poêles. Les cheminées, les tuiles, la girouette, l'horloge, tout s'est fait la malle. Meg était partie monter Rosanne, Dieu merci. Si elle avait été dans le potager, elle se serait pris le clocher en pleine poire.

– Elle l'a échappé belle ! s'apitoya Justin en ajoutant de l'eau froide après s'être ébouillanté la main.

– Elle m'a envoyé un petit livre extra pour Noël, cria Ham sur fond de grésillement de bacon. Pas Meg, Tess. Elle te l'a montré ? Le petit livre qu'elle m'a envoyé pour Noël ?

– Non, Ham, je ne crois pas, répondit Justin en se frottant les cheveux au savon, faute de shampooing.

– D'un genre de mystique indien. Rahmi Dushmurf. Ça ne te dit rien ? Attends, je vais retrouver son nom.

– Euh, non...

– Du style aimons-nous les uns les autres mais sans nous attacher. Ce qui me paraît sacrément duraille. »

Aveuglé par le savon, Justin émit un grognement d'approbation.

« Le titre, c'est *Liberté, Amour et Action*. Je ne sais pas ce qu'elle voulait que je foute avec. Je suis marié, nom d'une pipe. J'ai un bébé en route. Et, en plus, je suis catholique. Tess l'était aussi, mais elle a tout envoyé valser, la coquine.

– Elle voulait sans doute te remercier de toutes ces démarches que tu faisais pour elle », avança Justin au moment propice tout en prenant garde de préserver le ton badin de leur papotage.

Interruption momentanée du son de l'autre côté du mur. Encore du grésillement, suivi de jurons païens et d'effluves de brûlé.

« De quelles démarches tu veux parler ? cria Ham d'un ton soupçonneux. Je croyais que tu n'étais pas censé être au courant des démarches. Top secrètes, les démarches, d'après Tessa. "Tenir hors de portée de Justin", ça disait sur l'emballage. Elle le mettait en titre de tous ses e-mails. »

Justin avait trouvé une serviette-éponge, mais se frotter les yeux ne fit qu'aggraver le picotement.

« Je n'étais pas au courant, Ham. J'ai plus ou moins deviné, expliqua-t-il à travers le mur avec la même légèreté. Qu'est-ce qu'elle attendait de toi ? Que tu fasses sauter le Parlement ? Que tu empoisonnes les châteaux d'eau ? »

Pas de réponse. Ham se concentrait sur sa cuisine. Justin tendit le bras pour attraper une chemise propre.

« Ne me dis pas qu'elle te faisait distribuer des tracts subversifs sur la dette du tiers-monde, allons ! enchaîna-t-il.

– Ses putains de statuts, entendit-il par-dessus d'autres bruits de casseroles. Tu veux deux œufs ou un seul ? Pondus par nos poules.

– Un seul, ça va, merci. Tu parlais de statuts ?

– Elle ne s'intéressait qu'à ça. Chaque fois qu'elle trouvait que je m'engraissais dans mon petit confort, paf ! elle me balançait un e-mail sur les statuts d'entreprises, dit Ham avant de se laisser distraire par son fourgonnage. Elle a triché au tennis, tu savais ? A Turin. Si, si. Cette petite coquine et moi, on jouait en double dans un tournoi de mômes. Elle a menti comme un arracheur de dents pendant tout le match. A chaque service litigieux : *out*. La balle pouvait être un mètre dedans, macache ! *Out*. "J'ai le droit, je suis italienne", elle disait. "N'importe quoi. T'es anglaise jusqu'au bout des ongles, comme moi", je lui répondais. Dieu sait ce que j'aurais fait si on avait gagné. J'imagine que j'aurais rendu la coupe. Non, d'ailleurs. Elle m'aurait trucidé. Oh, pardon, je suis confus. »

Justin passa au salon pour s'attabler devant une assiette de cholestérol où s'entassaient bacon, œuf, saucisses, pain grillé et tomates. Ham avait une main plaquée sur la bouche, abasourdi par son choix malheureux de métaphore.

« Quel genre d'entreprises au juste, Ham ? Et ne fais pas cette tête, tu vas me couper l'appétit.

– L'actionnariat, lâcha Ham entre ses doigts en s'asseyant de l'autre côté de la petite table. Tout ce bin's pour des histoires d'actionnariat. Qui détenait deux petites sociétés minables sur l'île de Man. Tu sais si quelqu'un d'autre l'appelait Tess, à part moi ? demanda-t-il, toujours contrit.

– Pas devant moi, en tout cas. Et sûrement pas devant elle. Tess, c'était ton copyright exclusif.

– Je l'adorais, tu sais.

– Et elle aussi, elle t'aimait. Quel genre de sociétés ?

– Propriété intellectuelle. Mais il n'y a jamais rien eu entre nous, hein. On était trop proches.

– Et au cas où tu te poserais la question, c'était pareil avec Bluhm.

– C'est officiel ?

– Et il ne l'a pas tuée, non plus. Pas plus que toi ou moi.

– C'est sûr ?

– Sûr.

– Meg avait des doutes, dit Ham, dont le visage s'était éclairé. Mais tu vois, elle ne connaissait pas Tess aussi bien que moi. C'était spécial, unique. "Tess a des copains, je lui ai dit. Des potes. Le démon du sexe n'a rien à voir là-dedans." Je lui dirai ce que tu viens de me dire, si ça ne te dérange pas. Ça la remontera. Toutes ces saloperies dans la presse. Ça m'a atteint, moi aussi.

– Alors, ces compagnies, elles étaient enregistrées où ? Comment elles s'appelaient ? Tu te souviens ?

– Si je m'en souviens ? Je risquais pas d'oublier, Tess me relançait un jour sur deux. »

Avec force grommellements, Ham versait du thé en se servant de ses deux mains, l'une pour tenir la théière, l'autre pour empêcher le couvercle de tomber. Une fois l'opération terminée, il se rassit sans lâcher la théière, puis baissa la tête comme s'il allait charger.

« Bon d'accord, attaqua-t-il. A ton avis, quel est le secteur où évoluent les requins les plus dissimulateurs, menteurs, fourbes et hypocrites que j'aie jamais eu le douteux bonheur de rencontrer ?

– La défense, suggéra Justin hypocritement.

– Faux. L'industrie pharmaceutique, et y a pas photo. Ça y est, je les ai ! Je savais bien que je les retrouverais. Lorpharma et Pharmabeer.

– Quoi ?

– C'était dans un canard médical. Lorpharma a découvert la molécule et Pharmabeer a breveté le procédé. Je savais bien que j'y arriverais. Je ne sais pas où ils vont chercher des noms comme ça, les mecs.

– Le procédé pour faire quoi ?

– Pour fabriquer la molécule, qu'est-ce que tu crois, andouille ?

– Quelle molécule ?

– Alors, là… Comme du juridique, en pire. Des mots que je n'ai même jamais vus et que j'espère ne jamais revoir. Aveuglons les boursicoteurs avec de la science. Remettons-les à leur place. »

Après le petit déjeuner, ils descendirent ranger la sacoche dans la chambre forte attenante au bureau de Ham. Bouche cousue, les yeux levés au ciel, Ham composa la combinaison et ouvrit la lourde porte en acier pour laisser entrer Justin seul et le regarder depuis le seuil poser le sac par terre près d'une pile de boîtes en cuir patiné au couvercle orné de l'adresse turinoise du cabinet.

« Attention, ce n'était qu'un début ! poursuivait Ham d'un ton lugubre, affectant l'indignation. Un galop d'essai. Après, ça a été le nom des directeurs de toutes les compagnies détenues par MM. Karel Vita Hudson de Vancouver, Seattle et Bâle, en passant par toutes les villes situées entre Oshkosh et East Pinner. "Où en sont les rumeurs très publiques d'une faillite imminente de la vénérable et antique maison Biroute, Bordel & Barbapapa Ltd ou je ne sais quoi, mieux connue sous le nom de ThreeBees, président à vie

185

et maître du monde : un certain sir Kenneth K. Curtiss ?"
D'autres questions, mademoiselle ? Bien sûr que oui, elle en
avait d'autres. Je lui ai dit d'aller voir sur internet, elle m'a
répondu que la moitié des infos qu'elle cherchait étaient
classées X, si c'est comme ça qu'ils les classent quand ils
ne veulent pas que M. Toulemonde aille fourrer son nez
dans leurs affaires. "Tess, ma vieille, ça va me prendre des
semaines ! je lui ai dit. Des mois, même." Eh bien, elle s'en
tamponnait le coquillard. Mais bon, c'était Tess, alors…
J'aurais sauté d'une montgolfière sans parachute si elle me
l'avait demandé.

– Résultat des courses ?

– KVH Vancouver et Bâle possède 51 % des deux petites
compagnies biotechno merdiques de l'île de Man, Lor-
chose et Pharma-truc. ThreeBees Nairobi est détenteur
exclusif des droits d'importation et de distribution de ladite
molécule et de tous ses dérivés pour l'ensemble du continent africain.

– Ham, tu es incroyable !

– Lorpharma et Pharmabeer appartiennent toutes les deux
au même triumvirat. Ou, du moins, c'était le cas jusqu'à
ce qu'ils revendent leurs 51 %. Un mec et deux filles. Lui
s'appelle Lorbeer. Lor plus Beer plus Pharma égale Lorpharma et Pharmabeer. Les filles sont médecins. Adresse
chez un gnome suisse qui habite dans une boîte postale au
Liechtenstein.

– Leurs noms ?

– Lara Quelquechose. C'est dans mes notes. Lara Emrich.
Voilà.

– Et l'autre ?

– J'ai oublié. Ah si : Kovacs. Pas de prénom. Moi, je suis
tombé amoureux de Lara. C'est ma chanson préférée. Enfin,
c'était. Dans *Jivago*. Et celle de Tess aussi, à l'époque.
Putain ! »

Une pause naturelle, le temps que Ham se mouche tandis
que Justin patientait.

« Alors, qu'as-tu fait de tous ces précieux renseignements
après les avoir dégottés, Ham ? s'enquit Justin, ému.

– Je l'ai appelée à Nairobi pour les lui lire. Elle était aux anges. Elle m'a appelé son "héros"..., expliqua-t-il, avant de s'interrompre, alarmé par l'expression sur le visage de Justin. Pas ton téléphone à toi, idiot. Celui d'un pote à elle en province. "Va dans une cabine, Ham, et rappelle-moi tout de suite à ce numéro. Tu as de quoi écrire ?" Hyper autoritaire, comme toujours. En tout cas, vachement méfiante avec le téléphone. Limite parano, même. Enfin, certains paranos ont de vrais ennemis, pas vrai ?

— Tessa, oui, acquiesça Justin, s'attirant un regard curieux de Ham, qui se fit de plus en plus curieux.

— Tu ne crois quand même pas que c'est ça qui s'est passé ? demanda Ham d'une voix assourdie.

— Qu'est-ce que tu veux dire ?

— Que Tess se serait mis à dos les types des labos ?

— C'est concevable.

— Non, mais je veux dire, merde, vieux, tu crois pas qu'ils l'ont fait taire, quand même ? Je sais bien que c'est pas des boy-scouts, mais...

— Je suis convaincu que ce sont tous des philanthropes dévoués, Ham. Tous jusqu'au dernier milliardaire. »

Un très long silence s'ensuivit, que Ham finit par rompre :

« Oh là là ! Mon Dieu. Eh ben. On marche sur des œufs, quoi ?

— Exactement.

— Je l'ai foutue dans la merde avec ce coup de fil.

— Non, Ham. Tu t'es mis en quatre pour elle, et elle t'adorait.

— Eh ben. Bon Dieu. Je peux faire quelque chose ?

— Oui. Trouve-moi une boîte. Un carton marron bien solide. Tu as ça en magasin ? »

Heureux d'être chargé d'une mission, Ham s'en alla et, après moult jurons, revint avec un égouttoir en plastique. Justin s'accroupit devant sa sacoche, en ouvrit les cadenas, défit les languettes en cuir et, bloquant la vue de Ham avec son dos, transféra le contenu du sac dans l'égouttoir.

« Maintenant, passe-moi une pile de tes dossiers les plus barbants sur la fortune Manzini, tu veux ? Des numéros anciens. Des trucs que tu gardes sans jamais les consulter. De quoi remplir ce sac. »

187

Ham lui trouva les vieux dossiers fatigués qu'il semblait vouloir et l'aida à les charger dans la sacoche vide qu'il le regarda ensuite reboucler et cadenasser. Puis, de sa fenêtre, il le vit emprunter l'impasse, sacoche en main, pour aller héler un taxi. Quand Justin disparut, Ham murmura « Bonne Mère ! » en une invocation sincère à la Vierge.

*

« Bonjour, bonjour, monsieur Quayle. Puis-je prendre votre sac, monsieur ? Je dois le passer aux rayons X, si ça ne vous dérange pas. C'est le nouveau règlement. Ça change de notre temps à nous, n'est-ce pas ? Ou du temps de votre père. Merci, monsieur. Voilà votre ticket, comme ça tout est bien en règle. Je suis vraiment désolé, monsieur, dit la voix un ton plus bas. Nous sommes tous très peinés.

– Bonjour, monsieur ! Heureux de vous revoir. Mes plus sincères condoléances, monsieur, dit l'autre voix un ton plus bas également. Mon épouse se joint à moi.

– Nous sommes de tout cœur avec vous, monsieur Quayle, lui dit à l'oreille une troisième voix chargée de vapeurs de bière. Mlle Landsbury vous attend, monsieur. Bon retour au bercail. »

Mais le Foreign Office n'était plus son bercail. Le grotesque vestibule construit pour inspirer la terreur dans le cœur des princes indiens ne communiquait plus qu'une impression d'impuissance boursouflée, et les portraits de hautains boucaniers emperruqués ne lui adressaient plus leur sourire familier.

« Justin, je suis Alison. Quelles circonstances atroces pour nous rencontrer. Comment allez-vous ? demanda Alison Landsbury, s'encadrant avec une retenue étudiée dans la porte de son bureau haute de quatre mètres et lui serrant la main dans les siennes avant de la laisser retomber. Nous sommes tous tellement, tellement peinés, Justin. Horrifiés. Quel courage. Revenir si vite. Êtes-vous sûr de pouvoir discuter posément ? Ça me paraît impensable.

– Je me demandais si vous aviez des nouvelles d'Arnold.

– Arnold ? Ah, le mystérieux docteur Bluhm. Non, rien,

désolée. Nous devons redouter le pire, dit-elle sans préciser ce qu'était le pire. Enfin, au moins il n'est pas ressortissant britannique, se réjouit-elle. Laissons nos bons amis belges s'occuper des leurs. »

Son bureau semblait haut comme deux étages. Des frises dorées, des radiateurs noirs remontant à la guerre et un balcon donnant sur des jardins très privés. Deux fauteuils, et un gilet sur le dossier de celui d'Alison Landsbury pour qu'on ne s'y assoie pas par erreur. Une Thermos de café pour éviter toute interruption de leur tête-à-tête. Et une atmosphère encore mystérieusement chargée de la présence d'autres interlocuteurs. Quatre ans ministre à Bruxelles, trois ans conseillère à la défense à Washington, se remémorait Justin d'après le trombinoscope. Trois ans à Londres, détachée au Comité interministériel sur le renseignement. Nommée chef du personnel six mois plus tôt. Nos seules communications officielles : une lettre suggérant que je rogne les ailes à ma femme – laissée sans réponse ; un fax m'ordonnant de ne pas retourner chez moi – trop tard. Il se demanda à quoi ressemblait son appartement, et lui en imagina un dans une maison de briques rouges derrière chez Harrods, pratique pour le club de bridge le week-end. Elle avait cinquante-six ans, une silhouette anguleuse, une tenue noire par respect pour Tessa et une chevalière d'homme au majeur gauche, que Justin supposa héritée de son père. Sur une photographie accrochée au mur, elle jouait au golf à Moor Park. Sur une autre, que Justin jugea incongrue, elle serrait la main de Helmut Kohl. Bientôt, tu te feras anoblir et nommer marraine d'une fac pour filles, songea-t-il.

« J'ai passé la matinée à ruminer toutes les choses que je ne vais pas aborder, commença-t-elle en projetant la voix pour les retardataires au fond de la salle. Et toutes les questions que nous n'allons pas régler pour l'instant. Je ne vais pas vous demander comment vous envisagez votre avenir, ni vous dire comment nous l'envisageons. Nous sommes tous bien trop bouleversés, conclut-elle, satisfaite de son exposé didactique. Au fait, je suis comme un cake : tout d'un bloc. Je n'ai pas plusieurs couches. Où que vous attaquiez, j'ai la même consistance. »

Elle avait posé devant elle un ordinateur portable qui aurait pu être celui de Tessa, et tout en parlant elle pointait sur l'écran un stylet gris recourbé au bout comme une aiguille à crochet.

« Il y a quand même un certain nombre de choses que je dois vous dire, alors j'y vais, annonça-t-elle avec un coup de stylet sur l'écran. Ah, oui. Congé maladie à durée indéterminée, déjà. "Indéterminée" parce que soumise à avis médical, bien sûr. "Maladie" parce que vous êtes en état de choc traumatique, que vous en ayez conscience ou non, affirma-t-elle avec un deuxième coup de stylet. Nos services proposent une assistance psychologique, et hélas l'expérience nous a fait beaucoup progresser dans ce domaine, dit-elle avec un sourire triste et un nouveau coup de stylet. Le docteur Shand. Emily vous donnera ses coordonnées. Vous avez rendez-vous demain à 11 heures, mais n'hésitez pas à le déplacer si nécessaire. Harley Street, évidemment. Ça vous dérange que ce soit une femme ?

– Pas du tout, répliqua aimablement Justin.

– Où logez-vous ?

– Chez nous. Chez moi. A Chelsea. Enfin, je vais y aller.

– Mais ce n'est pas la maison de famille ? dit-elle en fronçant les sourcils.

– Si, celle de Tessa.

– Je vois. Mais votre père a une maison dans Lord North Street. Très belle, si je me souviens bien.

– Il l'a vendue avant de mourir.

– Vous comptez rester à Chelsea ?

– Pour le moment, oui.

– Alors il faudrait qu'Emily dispose des coordonnées de cette maison-là aussi, je vous prie. »

Retour à l'écran. Lui servait-il à lire des informations ou à se cacher derrière ?

« Le docteur Shand, ce n'est pas juste un coup, c'est à long terme. Thérapie individuelle ou en groupe. Elle prône l'interaction entre patients qui ont des problèmes similaires. Enfin, quand la sécurité le permet, bien sûr, ajouta-t-elle avec un nouveau coup de stylet. Et si c'est d'un prêtre dont vous avez besoin, à la place ou en plus, nous avons des

190

représentants de toutes les confessions qui ont été blanchis par la sécurité, donc n'hésitez pas à demander. Notre credo, c'est qu'il faut tout essayer, du moment que c'est sûr. Si le docteur Shand ne vous convient pas, revenez et nous vous trouverons quelqu'un d'autre. »

Et l'acupuncture, vous faites aussi ? songea Justin. Mais dans une autre partie de sa tête, il se demandait pourquoi elle lui proposait des confesseurs approuvés par la sécurité quand il n'avait aucun secret à confesser.

« Ah oui. Autre chose. Voulez-vous un havre, Justin ? s'enquit-elle avec un autre coup de stylet.

— Pardon ?

— Une maison sûre, dit-elle en prononçant les deux mots comme un seul. Un pied-à-terre le temps que cette folie se calme. Pour aller retrouver votre équilibre *incognito*, faire de longues promenades dans la campagne, passer à Londres nous voir quand nous aurons besoin de vous ou vous de nous et après vous repartez. C'est possible. Pas totalement gratuit dans votre cas, mais fortement subventionné par le gouvernement de Sa Majesté. Discutez-en avec le docteur Shand avant de vous décider.

— Si vous le dites.

— Oui, confirma-t-elle avec un coup de stylet. Vous avez subi une énorme humiliation publique. Comment cela vous a-t-il affecté, à votre connaissance ?

— Eh bien, je ne me suis guère montré en public. Vous m'avez fait cacher, rappelez-vous.

— N'empêche, vous l'avez bel et bien subie. Personne n'aime être décrit comme un mari trompé, ni voir sa vie sexuelle étalée dans la presse. Quoi qu'il en soit, vous n'éprouvez pas de haine à notre encontre. Pas de colère, de rancœur ou de sentiment d'humiliation. Pas d'envie de vengeance. Vous survivez. Bien sûr que vous survivez. Vous êtes de l'ancienne école. »

Ne sachant s'il s'agissait d'une question, d'un reproche ou d'une définition de l'endurance, Justin ne réagit pas, mais concentra son attention sur un bégonia en pot, couleur pêche, condamné à court terme par la proximité du radiateur datant de la guerre.

« Tiens, j'ai là un mémo du service des traitements. Je vous en parle maintenant, ou ça fait trop ? demanda-t-elle avant d'enchaîner. Nous maintenons votre plein salaire, bien sûr, mais hélas pas les allocations de couple, qui sautent à dater de votre veuvage – la potion est amère, Justin, mais l'expérience nous dit que mieux vaut l'avaler vite et digérer. Plus l'indemnité de rapatriement habituelle, en attendant votre prochaine affectation, mais là encore au taux célibataire, évidemment. Ça vous suffit, Justin ?

– Comme argent ?

– Comme informations pour fonctionner dans l'immédiat.

– Pourquoi, il y en a plus ? »

Elle posa son stylet et le regarda bien en face. Des années auparavant, Justin avait eu l'audace de se plaindre dans un magasin chic de Piccadilly, et le regard du gérant n'avait pas été moins glacial.

« Pas pour l'instant, Justin. Du moins à notre connaissance. Nous sommes sur des charbons ardents. Bluhm est toujours dans la nature, et la presse publiera des papiers sordides tant que l'affaire n'aura pas été résolue d'une façon ou d'une autre. Et vous déjeunez avec le Pellegrin.

– Oui.

– Tout va bien, de ce côté-là. Vous avez fait preuve de loyauté et de dignité malgré la pression, Justin, dont acte. Et Dieu sait que le stress a dû être effroyable. Après la mort de Tessa, mais aussi avant. Nous aurions dû être plus fermes et vous rapatrier tous les deux quand il en était encore temps. Rétrospectivement, je crains fort que de nous être laissés aller à la tolérance, c'était choisir la solution de facilité, dit-elle avant un nouveau coup de stylet sur l'écran, qu'elle scrutait avec une désapprobation croissante. Et vous n'avez pas donné d'interview à la presse ? Vous n'avez rien dit, ni officiellement ni officieusement ?

– Seulement à la police.

– Et vous n'en direz pas plus, cela va de soi, ajouta-t-elle sans relever. Même pas "no comment". Dans votre état, vous avez parfaitement le droit de leur raccrocher au nez.

– Cela me sera très facile. »

Coup de stylet. Pause. Nouvel examen de l'écran. Regard sur Justin. Retour à l'écran.

« Et vous ne détenez pas de papiers ou de dossiers à nous ? Qui seraient – comment dire ? – notre propriété intellectuelle ? On vous l'a déjà demandé, mais je dois vous le redemander au cas où il y ait du nouveau, maintenant ou à l'avenir. Rien de neuf ?

– Par rapport à Tessa ?

– Par rapport à ses activités extraconjugales. »

Elle prit son temps avant de préciser. Quand elle s'y employa, Justin comprit soudain, peut-être un peu tard, qu'elle voyait en Tessa une insulte monstrueuse faite à leurs écoles, à leur classe, à leur sexe, à leur patrie et au Service ainsi bafoué, et de là en Justin le cheval de Troie qui l'avait introduite dans la citadelle.

« Je pense à des documents de travail qu'elle aurait pu se procurer de façon légitime ou non au cours de ses enquêtes, si c'est comme ça qu'elle les appelait, ajouta-t-elle avec un dégoût non dissimulé.

– Je ne sais même pas ce que je suis censé chercher, se lamenta Justin.

– Nous non plus. Et nous avons beaucoup de mal à comprendre comment elle s'est retrouvée dans cette situation, au départ. »

Soudain, la colère qui couvait en elle se déversait. Contre son gré, assurément, car elle s'était donné un mal fou pour la contenir, mais de toute évidence ne la contrôlait plus.

« C'est quand même extraordinaire, au vu de ce qu'on sait maintenant, qu'on ait laissé Tessa s'impliquer à ce point. Porter est un excellent chef de mission, à sa façon, mais je ne peux m'empêcher de penser qu'il a une lourde part de responsabilité, là-dedans.

– Dans quoi, au juste ? »

Le freinage instantané d'Alison le prit par surprise. La locomotive avait heurté les butoirs. Elle s'arrêta, les yeux rivés à son écran et le stylet prêt à servir, mais le posa sur la table comme elle aurait reposé arme au pied lors de funérailles militaires.

« Oui, bon, Porter, concéda-t-elle alors qu'il n'avait pas avancé d'argument qu'elle eût pu lui concéder.

– Qu'est-ce qui lui arrive ? demanda Justin.

– Je trouve ça absolument merveilleux, la façon dont ils sacrifient tout pour cette pauvre enfant, tous les deux.

– Moi aussi. Mais quel rapport ? »

Elle sembla partager sa stupéfaction. Avoir besoin de lui comme allié, ne serait-ce que le temps de dénigrer Porter Coleridge.

« Dans ce métier, Justin, c'est très, très dur de savoir quand sévir. On voudrait tellement traiter les gens comme des personnes, adapter les circonstances de chacun à la réalité d'ensemble. »

Si Justin la croyait en train de tempérer son attaque contre Porter, il se trompait lourdement. En fait, elle rechargeait les batteries.

« Mais ne nous voilons pas la face, reprit-elle. Porter était sur place, pas nous. On ne peut pas agir à l'aveuglette, et on ne peut pas recoller les morceaux *post facto* si on n'a pas été informé *a priori*, n'est-ce pas ?

– Sans doute.

– Et à supposer que Porter ait été trop naïf ou trop pris par ses épouvantables problèmes familiaux, que personne ne conteste, pour voir ce qui se tramait sous son nez – l'histoire avec Bluhm et le reste, sauf votre respect –, il avait un lieutenant de toute première classe et au doigté très sûr en la personne de Sandy, à demeure jour et nuit, pour lui mettre les points sur les i. Ce que Sandy a fait. *Ad nauseam*, apparemment. Mais en vain. Alors, je veux dire, il est évident que c'est cette enfant, cette pauvre gamine, Rosie ou je ne sais plus comment, qui monopolise leur attention en dehors des heures de bureau. Or ce n'est pas forcément ce qu'on attend d'un haut-commissaire, si ? »

Justin prit une expression soumise indiquant qu'il était sensible à son dilemme.

« Sans vouloir m'immiscer, Justin, je vous le demande : comment est-il possible – comment a-t-il été possible –, même en oubliant Porter, que votre femme s'investisse dans toute une série d'activités dont vous dites ne rien savoir ?

D'accord, c'était une femme moderne. Bravo ! Elle menait sa vie, elle avait ses relations…, dit-elle avant un silence appuyé. Loin de moi l'idée que vous auriez dû la brider, ce serait sexiste. Je vous demande comment, dans les faits, vous avez pu rester totalement ignorant de ses activités, de ses enquêtes, de ses – comment dirai-je ? – furetages, quoi ?

– Nous avions un accord.

– Certes, chacun sa vie. Mais dans la même maison, Justin ! Vous prétendez vraiment qu'elle ne vous disait rien, qu'elle ne vous montrait rien, qu'elle ne partageait rien avec vous ? Je trouve ça très dur à croire.

– Moi aussi. Mais voilà ce qu'on gagne à faire l'autruche, hélas.

– Bon, alors, vous partagiez l'ordinateur ? demanda-t-elle avec un coup de stylet.

– Pardon ?

– Ma question est très claire. Partagiez-vous le portable avec Tessa ou du moins y aviez-vous accès ? Vous ignorez peut-être qu'elle a envoyé des documents virulents au Foreign Office, entre autres, qui comportaient des allégations très graves contre certaines personnes, qui les accusaient de choses épouvantables ; bref, qui créaient des problèmes potentiellement très dangereux.

– Potentiellement dangereux pour qui, au juste, Alison ? demanda Justin, allant délicatement à la pêche aux informations qu'elle pourrait lui donner gratis.

– Là n'est pas la question, Justin, répliqua-t-elle sévèrement. Il s'agit de savoir si vous avez le portable de Tessa en votre possession et, dans le cas contraire, où il se trouve concrètement à cet instant précis et ce qu'il contient.

– Nous ne le partagions pas, pour répondre à votre première question. Il était à elle, et à elle seule. Je ne saurais même pas comment y entrer.

– On ne vous parle pas d'y entrer. Vous l'avez en votre possession, c'est l'essentiel. Scotland Yard vous l'a réclamé mais, dans votre grande sagesse, vous avez loyalement estimé qu'il serait bien mieux entre les mains du Foreign Office. Nous vous en sommes reconnaissants. Dont acte. »

C'était une alternative, une question binaire. Cochez la case A pour « oui je l'ai », la case B pour « non je ne l'ai pas ». C'était un ordre et un défi. Et, à en juger par son regard de glace, c'était une menace.

« Et les disquettes, bien sûr, ajouta-t-elle dans l'intervalle. C'était une femme organisée, une avocate – c'est pour ça que c'est très bizarre. Elle aura forcément fait des copies de tout ce qu'elle jugeait important. Vu les circonstances, ces disquettes sont une atteinte à la sécurité, et nous aimerions les récupérer également, je vous prie.

– Il n'y a pas de disquettes. Enfin, il n'y en avait pas.

– Mais si, il y en avait. Comment aurait-elle pu utiliser un ordinateur sans conserver des disquettes ?

– J'ai tout retourné. Il n'y en avait pas.

– Comme c'est étrange !

– Oui, n'est-ce pas ?

– Bien. A la réflexion, Justin, je pense que la meilleure solution pour vous, c'est de tout apporter ici dès que vous aurez déballé vos affaires et de nous laisser nous en occuper à partir de là. Pour vous épargner cette peine et cette responsabilité. Qu'en pensez-vous ? On peut passer un accord. Tout ce qui ne nous concerne pas vous revient en propre. On l'imprimera et on vous le remettra sans du tout le lire, ni l'évaluer ni l'archiver. Et si on vous faisait accompagner tout de suite ? Ce serait aussi simple, non ?

– Je n'en suis pas sûr.

– Pas sûr de vouloir une escorte ? Vous avez tort. Un collègue compatissant, du même rang que vous ? Quelqu'un de totalement fiable ? Vous êtes sûr que non ?

– Il était à Tessa, cet ordinateur, voyez-vous. C'est elle qui l'a acheté, c'est elle qui s'en servait.

– Et alors ?

– Et alors, je ne trouve pas très normal que vous me demandiez de vous remettre son bien pour le piller simplement parce qu'elle est morte, argumenta-t-il avant de fermer les yeux un instant sous l'effet de la fatigue, puis de secouer la tête pour se réveiller. De toute façon, ce n'est même pas la peine d'en parler.

– Pourquoi donc ?

– Parce que je ne l'ai pas, affirma-t-il en se levant à sa propre surprise, mais il avait besoin d'air frais et de se dégourdir les jambes. La police kenyane l'aura volé, ce qui est fréquent. Merci, Alison. Vous avez été très aimable. »

Récupérer sa sacoche chez le concierge prit un peu plus longtemps qu'il n'était normal.

« Désolé de revenir top tôt, dit Justin pendant l'attente.

– Mais pas du tout, monsieur », répondit le chef concierge en rougissant.

*

« Justin, très cher ! »

A l'entrée du club, Justin commençait à donner son nom au portier, mais Pellegrin le prit de vitesse, descendant les marches d'un pas lourd pour venir l'accueillir, sourire de chic type aux lèvres.

« Il est avec moi, Jimmy ! s'écria-t-il. Fourrez son sac dans votre bazar et inscrivez-le sous mon nom, précisa-t-il avant de serrer la main de Justin avec un bras autour des épaules en une démonstration d'amitié et de sympathie fort peu anglaise. Vous vous sentez d'attaque ? lui demanda-t-il en confidence après s'être assuré que personne n'était à portée de voix. Sinon, on peut juste faire un tour dans le parc. Ou remettre ça. Soyez honnête.

– Je vais bien, Bernard, je vous assure.

– Cette harpie de Landsbury ne vous a pas épuisé ?

– Du tout.

– J'ai réservé au restaurant. On peut aussi manger au bar, mais c'est sur les genoux et il y a tout un tas de vieux ridés à la retraite qui pleurent toujours la perte de Suez. Vous voulez pisser ? »

Dans le restaurant, sorte de catafalque au plafond céruléen où s'ébattaient des angelots peints, Pellegrin s'était choisi pour lieu de culte un coin protégé par un pilier en granit poli et un dracena pitoyable. Alentour déjeunait la confrérie intemporelle de Whitehall, complets gris fer et coupes de cheveux d'écolier. C'était ça, mon monde, Justin expliquait-il à Tessa. Quand je t'ai épousée, j'étais encore l'un d'eux.

« Débarrassons-nous d'abord des corvées ! » proposa Pellegrin d'un ton sans appel quand un serveur antillais vêtu d'une veste mauve leur eut présenté des menus en forme de raquettes de ping-pong.

C'était là une marque de tact conforme à son personnage de chic type, parce que, le temps de lire la carte, ils pourraient s'habituer l'un à l'autre en évitant de se regarder.

« Le vol était supportable ?

– Tout à fait, merci. Ils m'ont surclassé.

– C'était une fille merveilleuse, Justin, absolument merveilleuse ! murmura Pellegrin par-dessus le bord de sa raquette. Je n'en dirai pas plus.

– Je vous remercie, Bernard.

– Un esprit brillant, un cran d'acier. Le reste, on s'en fout. Viande ou poisson ? Euh, non, c'est lundi. Qu'est-ce que vous mangiez, là-bas ? »

Justin connaissait Bernard Pellegrin pour l'avoir vu de loin en loin tout au long de sa carrière. Il lui avait succédé à Ottawa et l'avait brièvement croisé à Beyrouth. A Londres, ils avaient suivi ensemble un cours de survie à la condition d'otage, pour avoir l'heur d'apprendre comment établir que l'on est pourchassé par un groupe de kamikazes armés, comment préserver sa dignité quand ils vous bandent les yeux avant de vous jeter pieds et poings liés par de l'adhésif dans le coffre de leur Mercedes et comment sauter par la fenêtre du dernier étage quand on ne peut pas emprunter l'escalier mais que, *a priori*, on n'a pas les pieds entravés.

« Tous des enfoirés, ces journalistes ! déclara Pellegrin, caché derrière son menu. Vous savez ce que je vais faire, un de ces quatre ? Les harceler chez eux, ces sales cons. Leur faire le coup qu'ils vous ont fait, leur rendre la monnaie de leur pièce. Je paierai une foule pour aller assiéger le rédacteur en chef d'un de ces torchons pendant qu'il se saute une pétasse. Je prendrai des photos de ses gamins sur le chemin de l'école. Je demanderai à sa femme ce que son mec vaut au pieu. Histoire de montrer à ces enflures l'effet que ça fait. Vous n'avez pas eu envie de les flinguer tous à coups de mitraillette ?

– Euh, non.

– Moi, si. Quelle bande d'hypocrites illettrés ! Le filet de hareng est correct. L'anguille fumée, ça me fait péter. La sole meunière est bonne si on aime la sole. Sinon, prenez-la grillée. »

Il écrivait sur un bloc préimprimé avec pour en-tête les mots « SIR BERNARD P. » en capitales, les divers plats listés à gauche en regard de cases à cocher à droite, et un cadre pour la signature en bas.

« Une sole m'ira très bien. »

Pellegrin n'écoute jamais, se rappela Justin. C'est ça qui lui a valu sa réputation de négociateur.

« Grillée ?

– Meunière.

– Landsbury était en forme ?

– Olympique.

– Elle vous a sorti son coup du cake ?

– Eh oui.

– Elle devrait se renouveler. Elle vous a parlé de votre avenir ?

– Je suis en état de choc et en congé maladie à durée indéterminée.

– Des crevettes, ça vous tente ?

– Je préférerais l'avocat, merci, dit Justin, avant de voir Pellegrin cocher les crevettes deux fois.

– Le Foreign Office désapprouve formellement l'alcool au déjeuner, de nos jours, vous serez soulagé de l'apprendre », dit Pellegrin avec un grand sourire qui surprit Justin.

Puis un deuxième, au cas où la première couche n'aurait pas pris. Et Justin se souvint que tous ses sourires étaient identiques : même largeur, même durée, même degré de chaleur spontanée.

« Mais vous avez des circonstances atténuantes et le devoir m'impose de vous tenir compagnie. Ils ont un sous-meursault qui est potable. Vous en descendrez bien une avec moi ? dit-il en cochant la case appropriée avec son crayon-mine en argent. Vous êtes blanchi, au fait. Disculpé. Acquitté. Félicitations ! lança-t-il en déchirant la commande et en la coinçant sous la salière pour éviter qu'elle ne s'envole.

– Blanchi ? De quoi ?

199

– Du meurtre, quoi d'autre ? Vous n'avez pas tué Tessa et son chauffeur, ni engagé des tueurs à gages dans un bouge infâme, ni pendu Bluhm par les couilles dans votre grenier. Vous pouvez quitter le prétoire sans la moindre tache à votre blason. Merci, les flics. »

Le bon de commande avait disparu de dessous la salière. Le serveur avait dû le prendre, mais Justin, dans son état second, n'avait pas repéré la manœuvre.

« A propos, vous faites pousser quoi, là-bas ? J'ai promis à Celly que je vous le demanderais, précisa-t-il en référence à sa terrifiante épouse, Céline. Des plantes exotiques ? Des plantes grasses ? Moi, c'est pas mon truc.

– Oh, un peu de tout, Justin s'entendit-il dire. Le climat kenyan est très doux. J'ignorais qu'il y avait une tache sur mon blason, Bernard. En théorie, c'est normal, mais c'était une hypothèse très vague.

– Ils avaient toutes sortes de théories, les pauvres. Et franchement, ils visaient trop haut. Il faut que vous veniez à Dorchester, un de ces quatre. J'en parlerai à Celly. Un petit week-end. Vous jouez au tennis ?

– Non, désolé. »

Ils avaient toutes sortes de théories, se répétait-il en son for intérieur. *Les pauvres.* Pellegrin parle de Rob et Lesley comme Landsbury de Porter Coleridge. Ce con de Tom Machinchose allait décrocher Belgrade, disait Pellegrin. Au motif principal que le secrétaire d'État ne pouvait pas supporter de voir sa tronche à Londres, et on le comprend. Dick Machinchouette allait être anobli sur la prochaine liste, après quoi, avec un peu de chance, il serait promu aux Finances – Dieu préserve l'économie nationale, haha ! –, mais voilà, ça fait cinq ans que Dick lèche le cul des travaillistes. A part ça, la routine. Le Foreign Office se peuplait toujours de diplômés d'universités de seconde zone, ces boursiers à l'accent banlieusard et aux pulls bariolés que Justin avait déjà dû connaître avant son départ pour l'Afrique – d'ici à dix ans, il n'y aurait plus personne de notre monde. Le serveur apporta deux cocktails de crevettes, que Justin regarda arriver au ralenti.

« Mais d'un autre côté, ils étaient jeunes, aussi, dit Pellegrin avec indulgence en reprenant un ton funèbre.

– Les nouveaux arrivants ? Bien sûr, par définition.

– Non, vos petits policiers de Nairobi. Jeunes loups aux dents longues, grand bien leur fasse. Nous l'avons tous été.

– Je les ai trouvés assez intelligents.

– David Quayle, c'est un parent à vous ? demanda Pellegrin en mâchonnant, sourcils froncés.

– Mon neveu.

– Nous l'avons engagé la semaine dernière. Vingt et un ans à peine mais, de nos jours, il faut les prendre au berceau si on veut les souffler à la City. Mon filleul a démarré chez Barclays la semaine dernière pour 45 000 livres annuelles hors primes. Il est con comme ses pieds et il n'a aucune expérience.

– Tant mieux, pour David. Je n'étais pas au courant.

– Je n'en reviens pas que Gridley ait choisi d'envoyer une femme comme ça en Afrique, franchement. Frank a bossé avec des diplomates, il connaît le milieu. Qui va prendre une femme policier au sérieux, là-bas ? Pas la bande à Moi, ça c'est sûr.

– Gridley ? répéta Justin, dont l'esprit se désembrumait. Pas Frank Arthur Gridley, le type qui était en charge de la sécurité diplomatique ?

– Si, si, Dieu nous protège.

– Mais c'est un crétin fini ! On a eu affaire à lui quand j'étais au Protocole, dit Justin, qui entendit sa voix dépasser le niveau de décibels autorisé au club et se hâta de baisser le volume.

– Il a la cervelle en fromage blanc, acquiesça gaiement Pellegrin.

– Mais pourquoi diable est-il chargé de l'enquête sur le meurtre de Tessa ?

– On l'a limogé aux Homicides, section des crimes à l'étranger. Vous connaissez les flics, commenta Pellegrin en enfournant crevettes, pain et beurre.

– Je connais Gridley, surtout. »

Mâchouillant ses crevettes, Pellegrin se rabattit sur

le style télégraphique typique des conservateurs de la haute.

« Deux jeunes policiers. Dont une femme. L'autre qui se la joue Robin des Bois. Grosse affaire, retentissement mondial. Ils se voient déjà en haut de l'affiche, dit-il en rajustant sa serviette autour de son cou. Alors ils mijotent des théories. Rien de tel qu'une bonne théorie pour impressionner un supérieur inculte, affirma-t-il avant de boire une gorgée puis de se tamponner la bouche avec un coin de serviette. Des tueurs à gages, des gouvernements africains corrompus, des conglomérats internationaux – génial ! Avec un peu de chance, ils décrocheront un rôle dans l'adaptation cinématographique.

– A quelle multinationale pensaient-ils ? demanda Justin tout en essayant d'écarter l'idée écœurante d'un film retraçant la mort de Tessa.

– Façon de parler, lâcha Pellegrin après avoir croisé et soutenu son regard un instant avec un sourire, puis un deuxième. Ce n'est pas à prendre au pied de la lettre. Ces jeunes flics ont suivi une fausse piste dès le départ, reprit-il pour changer de sujet tandis que le serveur remplissait leurs verres. Lamentable. Foutrement lamentable. Je ne parle pas de vous, mon vieux Matthew, précisa-t-il au serveur par souci de cordialité envers les minorités ethniques. Ni d'un membre de ce club, heureusement, ajouta-t-il comme le serveur prenait la fuite. Le croirez-vous ? Ils ont essayé un temps de faire porter le chapeau à Sandy. Une théorie fumeuse comme quoi il était amoureux d'elle, et il les aurait fait tuer tous les deux par jalousie. Quand ils ont vu que ça ne menait nulle part, ils ont sonné la cloche du complot. Un vrai jeu d'enfants : on glane des faits à droite à gauche, on les mélange, on fait vider leur sac à un ou deux alarmistes frustrés, on pimente avec un ou deux noms connus, et on se mitonne une jolie petite histoire. Tessa en faisait autant, si je peux me permettre. Enfin, pour ça, vous êtes au courant.

– Eh bien, non, désolé », dit Justin en secouant la tête d'un air buté.

Je ne suis pas en train d'entendre ça. Je suis de retour dans l'avion et tout ceci n'est qu'un rêve. Il remarqua pour la première fois que Pellegrin avait de tout petits yeux. Ou bien étaient-ils de taille normale, mais avaient-ils appris à s'étrécir sous le feu de l'ennemi – l'ennemi étant, pour autant que Justin puisse le dire, quiconque forçait Pellegrin à tenir parole ou orientait la conversation vers des territoires inexplorés.

« La sole est bonne ? Vous auriez dû prendre la meunière, c'est moins sec. »

Justin déclara sa sole excellente, se retenant d'ajouter qu'il l'avait bien commandée meunière. Et le sous-meursault était merveilleux. Merveilleux, comme dans *une fille merveilleuse*.

« Elle ne vous l'a pas montrée, sa grande thèse. Enfin, *leur* grande thèse, pardon. C'est votre version et vous vous y tenez, c'est ça ?

– Mais une thèse sur quoi ? La police m'a posé la même question. Et Alison Landsbury aussi, de façon détournée. Quelle thèse ? demanda-t-il d'un air ingénu auquel lui-même commençait à croire, allant de nouveau à la pêche, mais cette fois-ci à couvert.

– Elle ne vous l'a pas montrée, mais elle l'a montrée à Sandy, affirma Pellegrin, faisant descendre cette information avec une goulée de vin. C'est ça que vous voulez me faire croire ?

– Qu'est-ce que vous dites ? s'exclama Justin en se redressant brusquement.

– Eh oui ! Rendez-vous secret et tout le tralala. Désolé. Je pensais que vous étiez au courant. »

Mais vous êtes soulagé de voir que non, songea Justin en regardant toujours Pellegrin d'un air mystifié.

« Et qu'en a fait Sandy ? demanda-t-il.

– Il l'a montrée à Porter, Porter s'est tâté. Porter prend une décision une fois par an avec beaucoup d'eau. Sandy me l'a envoyée. C'était cosigné, avec la mention "confidentiel". Pas par Sandy, par Tessa et Bluhm. Petite parenthèse, histoire de vous laisser souffler : ces héros de l'humanitaire me rendent malades. Ce milieu, ça attire les bureaucrates internationaux comme des mouches. Mais je m'égare, désolé.

– Qu'en avez-vous fait, Bernard, nom de Dieu ? »

Je suis le veuf trompé au bout du rouleau. L'innocent meurtri pas si innocent qu'il en a l'air. Le mari indigné mis hors circuit par son épouse volage et son amant.

« Est-ce que quelqu'un va finir par me dire de quoi il s'agit ? poursuivit-il du même ton agressif. J'ai logé chez Sandy pendant une éternité ou presque, et il ne m'a jamais rien dit sur un rendez-vous secret avec Tessa ou Arnold ou qui que ce soit d'autre. Quelle thèse ? Une thèse sur quoi ? continua-t-il en bon pêcheur.

– Alors, tout ça c'est nouveau pour vous ? fit Pellegrin en souriant de nouveau, une fois, puis deux. Tant mieux.

– Oui, c'est nouveau. Je suis totalement dans le brouillard.

– Une fille comme ça, deux fois plus jeune que vous, qui vadrouille à droite à gauche, ça ne vous a jamais traversé l'esprit de lui demander ce qu'elle fricotait ? »

Le Pellegrin est en colère, remarqua Justin. Comme l'était Landsbury. Comme je le suis, moi. Nous sommes tous furieux et nous le cachons tous.

« Eh bien, non. Et elle n'était pas deux fois plus jeune que moi.

– Vous n'avez jamais regardé son agenda, décroché l'autre combiné par hasard exprès, lu son courrier, jeté un œil dans son ordinateur, rien.

– Rien de tout ça, non.

– Alors comme ça, vous êtes resté imperméable à tout, s'étonna Pellegrin à voix haute en le regardant. Je n'ai rien vu, rien entendu... Incroyable, commenta-t-il en retenant ses sarcasmes à grand-peine.

– Elle était avocate, Bernard. Ce n'était pas une gamine. C'était une avocate hautement qualifiée et très intelligente. Vous l'oubliez.

– Vous croyez ? Je n'en suis pas sûr. »

Chaussant ses lunettes de lecture, il se fraya un chemin avec couteau et fourchette jusqu'à la moitié inférieure de sa sole, puis souleva l'arête centrale en cherchant désespérément du regard un serveur qui lui apporterait une assiette à déchets.

« Espérons juste qu'elle n'a confié ses soupçons qu'à Sandy. Parce qu'elle est allée enquiquiner le premier concerné, ça on le sait.

– Quel premier concerné ? Vous ?

– Curtiss. Kenny K en personne. Zebigboss, dit Pellegrin en déposant son arête sur une assiette qui venait de se matérialiser. Je suis surpris qu'elle ne se soit pas jetée sous les sabots de ses putains de chevaux de course, tant qu'elle y était. Qu'elle ne soit pas allée cafter à Bruxelles, aux Nations unies, à la télé. Une fille comme ça qui se donne pour mission de sauver la planète, elle va où ça lui chante, et les conséquences, elle s'en tape.

– C'est totalement faux, protesta Justin, à la fois stupéfait et furieux.

– Pardon ?

– Tessa s'est donné beaucoup de mal pour me protéger, et pour protéger son pays.

– En remuant la boue ? En montant l'affaire en épingle ? En importunant le patron de son p'tit mari ? En s'incrustant avec Bluhm chez des cadres surmenés ? Pour moi, ce n'est pas protéger son homme, ça. C'est plutôt lui bousiller toutes ses chances, si vous voulez mon avis. Enfin, les maigres chances qui vous restaient, soyons lucides, dit-il en buvant une gorgée d'eau gazeuse. Ah, ça y est ! Je vois ce qui s'est passé, déclara-t-il avec deux sourires. Vous vous en tenez toujours au fait que vous ignoriez tout de l'histoire de fond ?

– Oui. Je suis médusé. Tout le monde me demande si j'étais vraiment dans le noir : la police, Alison, vous. Réponse : oui, j'y étais et j'y reste.

– Mon pauvre ami, lâcha Pellegrin avec un hochement de tête en signe d'incrédulité amusée. Je vais vous donner ma version des faits. Écoutez bien, parce que moi ça m'irait, et à Alison aussi. Ils sont venus vous voir. Tous les deux. Tessa et Arnold. Main dans la main. "Aide-nous, Justin. On a des preuves. Une compagnie anglaise d'âge respectable empoisonne des Kenyans innocents en les utilisant comme cobayes pour Dieu sait quoi. Il y a des villages entiers pleins de cadavres, et en voici la preuve. Lis ça." D'accord ?

– Ils n'ont rien fait de la sorte.

– Attendez, je n'ai pas fini. Personne n'essaie de vous coincer, d'accord ? C'est journée portes ouvertes, là. On est tous vos amis.

– J'avais remarqué, oui.

– Bon, vous les écoutez, parce que vous êtes un brave type. Vous lisez les dix-huit pages de leur scénario apocalyptique, et vous leur dites qu'ils sont givrés. S'ils voulaient bousiller les relations anglo-kenyanes pour les vingt ans à venir, ils ne pourraient pas trouver mieux. Sage réaction. Si Celly m'avait fait un coup comme ça, je lui aurais foutu mon pied au cul. Et, comme vous, j'aurais prétendu que cette rencontre n'a jamais eu lieu, puisqu'elle n'a jamais eu lieu. D'accord ? Nous oublierons ça aussi vite que vous. Rien dans votre dossier, rien dans le petit livre noir d'Alison. Marché conclu ?

– Ils ne sont pas venus me voir, Bernard. Personne ne m'a vendu une histoire, personne ne m'a fait lire un scénario apocalyptique, comme vous dites. Ni Tessa, ni Bluhm, ni personne. C'est un mystère total pour moi.

– Qui c'est, Ghita Pearson ?

– Une employée subalterne de la chancellerie. Anglo-indienne, très intelligente, recrutée localement. Sa mère est médecin. Pourquoi ?

– Et à part ça ?

– Une amie de Tessa. Et de moi aussi.

– Elle aurait pu le voir ?

– Le fameux document ? Sûrement pas.

– Pourquoi ?

– Tessa ne le lui aurait jamais montré.

– Elle l'a bien montré à Sandy Woodrow.

– Ghita est trop vulnérable. Elle essaie de faire carrière chez nous. Tessa n'aurait pas voulu la mettre dans une position intenable. »

Pellegrin voulait plus de sel. Il en versa un petit tas dans la paume de sa main gauche, puis en prit quelques pincées entre le pouce et l'index droits pour en saupoudrer son plat avant de se frotter les mains.

« Enfin, bref, vous êtes blanchi, rappela-t-il à Justin comme si c'était le lot de consolation. Nous n'irons pas vous voir aux portes de votre geôle pour vous passer des hot dogs à travers les barreaux.

– Vous l'avez déjà dit, oui. J'en suis fort aise.

– Ça, c'est la bonne nouvelle. La mauvaise, c'est votre ami Arnold. Votre ami et celui de Tessa.

– Ils l'ont retrouvé ?

– Ils l'ont démasqué mais pas retrouvé, dit Pellegrin en secouant la tête d'un air lugubre. Enfin, ils gardent espoir.

– Démasqué ? De quoi parlez-vous ?

– On navigue en eaux troubles, mon vieux. Ce qui n'est pas évident, vu votre état. J'aurais préféré avoir cette conversation dans quelques semaines, quand vous aurez récupéré, mais c'est impossible. Les enquêtes criminelles ne respectent pas les individus, malheureusement. Elles avancent à leur rythme et à leur façon. Bluhm était votre ami, Tessa votre épouse. Ce n'est rigolo pour aucun de nous d'avoir à vous dire que votre ami a tué votre épouse. »

Justin dévisagea Pellegrin avec un étonnement sincère, mais celui-ci était trop absorbé par son poisson pour le remarquer.

« Et les indices relevés sur le lieu du crime ? Justin s'entendit-il dire depuis une autre planète. Le camion de safari vert ? Les bouteilles de bière et les mégots de cigarette ? Les deux hommes repérés à Marsabit ? Et puis, je ne sais pas, moi, et ThreeBees, tous ces trucs sur lesquels la police anglaise m'a interrogé ? demanda Justin tandis que Pellegrin lui décochait déjà le premier de ses deux sourires.

– Il y a de nouvelles preuves, mon vieux. Concluantes, j'en ai bien peur, révéla-t-il en avalant un autre bout de pain. Les flics ont retrouvé les vêtements de Bluhm, enterrés près du lac. Pas sa saharienne, ça il l'avait laissée dans la jeep pour brouiller les pistes. Sa chemise, son pantalon, son slip, ses chaussettes, ses tennis. Vous savez ce qu'ils ont trouvé dans la poche de son pantalon ? Des clés de voiture. Celles de la jeep. Celles avec lesquelles il a fermé la portière. Comme on fermerait une parenthèse. C'est paraît-il courant, dans les crimes passionnels. On tue quelqu'un, on verrouille la porte, on verrouille son esprit : ça n'est jamais arrivé. La mémoire est effacée. Classique. »

Distrait par l'expression dubitative de Justin, il marqua une pause, puis reprit avec une voix annonçant sa conclusion.

« Moi, je ne crois pas aux complots, Justin. C'est Lee

Harvey Oswald qui a tiré sur John Fitzgerald Kennedy sans l'aide de personne. Arnold Bluhm a pété un plomb et il a tué Tessa. Le chauffeur a voulu s'interposer, alors Bluhm lui a coupé le sifflet et il a balancé la tête dans les buissons pour nourrir les chacals. Basta. Après la branlette intellectuelle vient le temps de se rendre à l'évidence. Crème caramel ? Crumble aux pommes ? demanda-t-il en faisant signe au serveur de leur apporter le café. Vous permettez que je vous donne un conseil d'ami ?

– Faites.

– Vous êtes en congé maladie, c'est l'enfer, mais vous êtes de la vieille école, vous connaissez les règles, vous restez spécialiste de l'Afrique et vous dépendez de moi, affirma-t-il, avant d'ajouter, au cas où Justin y aurait vu une biographie romancée : Il y a plein de postes en or pour un type qui sait où il va, et plein d'endroits à fuir comme la peste. Alors, si vous dissimulez des informations prétendument confidentielles que vous ne devriez pas détenir, dans votre tête ou ailleurs, elles sont à nous, pas à vous. Le monde d'aujourd'hui est plus rude que celui dans lequel nous avons grandi. Il y a plein de méchants qui ont tout à gagner et beaucoup à perdre, d'où leurs mauvaises manières. »

Comme nous l'avons appris à nos dépens, songea Justin au fin fond de sa bulle de verre. Il se leva de table comme sur un nuage et fut surpris de voir son reflet dans de multiples miroirs. Il se vit sous tous les angles, à tous les âges de sa vie. Justin l'enfant perdu dans de vastes demeures, l'ami des cuisinières et des jardiniers. Justin la star du rugby scolaire. Justin le célibataire endurci qui noyait sa solitude dans les conquêtes. Justin l'espoir sans espoir du Foreign Office, photographié avec son ami le dracena. Justin le père récemment veuf de feu son unique fils.

« Vous avez été très aimable, Bernard. Merci. »

Merci pour la leçon de sophistique, voulait-il dire, s'il voulait dire quelque chose. Merci d'avoir envisagé un film sur le meurtre de ma femme et d'avoir piétiné tous les points sensibles qui me restaient. Merci pour les dix-huit pages de scénario apocalyptique, le rendez-vous secret avec Woodrow et autres ajouts croustillants à ma mémoire qui se réveille. Et merci pour le petit avertissement accompagné d'un regard d'acier. Parce que, vu de près, j'ai le même regard d'acier.

« Vous êtes tout pâle, dit Pellegrin d'un ton accusateur. Quelque chose ne va pas, mon vieux ?

— Je vais très bien. Encore mieux depuis que je vous ai vu, Bernard.

— Reposez-vous. Vous êtes à bout de forces. Et surtout, on se le fait, ce petit week-end. Amenez un ami. Quelqu'un qui sache jouer.

— Arnold Bluhm n'a jamais fait de mal à une mouche », affirma distinctement Justin tandis que Pellegrin l'aidait à enfiler son imperméable et lui rendait sa sacoche.

Mais il ne pouvait pas être totalement sûr de l'avoir dit tout haut, ou aux milliers de voix qui hurlaient dans sa tête.

Chapitre 10

C'était la maison dont il détestait jusqu'au souvenir dans l'éloignement : immense, désordonnée et impérieusement parentale, au n° 4 d'une ruelle arborée de Chelsea, avec un jardin de devant indomptable malgré toutes les attentions que lui prodiguait Justin durant ses permissions au pays. Et les vestiges de la cabane de Tessa échouée comme un radeau décrépit dans le chêne mort qu'elle lui interdisait de couper. Et des ballons éclatés d'un autre âge, des lambeaux de cerf-volant harponnés aux branches nues du vieil arbre. Et une grille en fer rouillée qu'il poussa en chassant un amas de feuilles pourrissantes, ce qui fit détaler dans les broussailles le chat bigleux du voisin. Et deux cerisiers caractériels dont il devrait se soucier car ils avaient la cloque du pêcher.

C'était la maison qu'il avait redouté de revoir toute la journée, toute cette semaine passée à purger sa peine au rez-de-jardin, tout au long de sa marche décidée vers l'ouest à travers le clair-obscur solitaire d'une après-midi londonienne hivernale, tandis que son esprit tentait de démêler l'écheveau de monstruosités qu'il avait en tête et que sa sacoche cognait contre sa jambe. C'était la maison qui renfermait des pans entiers de la vie de Tessa qu'il n'avait jamais partagés et ne partagerait jamais.

Un vent glacial secouait les auvents de l'épicerie d'en face, balayait feuilles et chalands tardifs le long du trottoir. Mais Justin, malgré son costume léger, avait trop de choses en tête pour prendre conscience du froid. Les marches carrelées du perron résonnèrent sous ses pas pesants. Arrivé en haut, il fit volte-face et jeta un long regard en arrière,

211

sans trop savoir pourquoi. Un clochard se recroquevillait sous le distributeur de la NatWest. Un couple se disputait dans une voiture mal garée. Un échalas en imperméable et feutre parlait sur son téléphone portable. Dans un pays civilisé, on ne peut jamais savoir. La fenêtre en éventail au-dessus de la porte était éclairée de l'intérieur. Pour ne pas surprendre d'éventuels occupants, il appuya sur la sonnette, dont le couac familier de corne de brume résonna sur le palier du premier. Qui peut bien être là ? se demanda-t-il en attendant des bruits de pas. Aziz le peintre marocain et son amant Raoul. Petronilla, la Nigériane en quête de Dieu et son prêtre guatémaltèque quinquagénaire. Gazon le médecin français cadavérique de haute stature, fumeur invétéré, ancien collègue d'Arnold en Algérie, qui partageait avec lui son sourire nostalgique et sa façon de s'interrompre en plein milieu d'une phrase pour fermer les yeux sous le coup d'un souvenir douloureux et attendre que son esprit se libère de Dieu seul savait quels cauchemars avant de reprendre le fil.

N'entendant ni voix ni bruits de pas, Justin tourna la clé dans la serrure et entra dans le vestibule, s'attendant à des effluves de cuisine africaine, au vacarme du reggae à la radio et à de bruyants bavardages venant de la cuisine.

« Houhou ! C'est moi, Justin ! »

Pas de salut en réponse, pas d'envolée musicale, d'odeur de cuisine ni de conversation. Aucun bruit, sinon le ronron de la circulation dehors et l'écho de sa voix montant l'escalier. Mais il vit la tête de Tessa découpée dans un journal au niveau du cou et collée sur du carton, qui le regardait depuis une rangée de pots de confiture remplis de fleurs entre lesquels se trouvait aussi une feuille de papier quadrillé pliée en deux, arrachée, devina-t-il, dans le carnet à dessins d'Aziz, où les locataires disparus de Tessa avaient écrit des messages de chagrin, d'amour et d'adieu : *Justin, nous ne pouvions pas rester*, datée du lundi précédent.

Il replia la feuille et la replaça entre les pots. Il se tenait au garde-à-vous, les yeux fixés droit devant pour refouler ses larmes. Laissant la sacoche par terre dans l'entrée, il se rendit à la cuisine en s'appuyant d'une main contre le mur. Il ouvrit le réfrigérateur. Vide, hormis un flacon de médicaments dont l'étiquette portait le nom d'une inconnue, une certaine Annie. Sans doute une amie de Gazon. A tâtons, il emprunta le couloir vers la salle à manger et alluma la lumière.

La hideuse salle à manger imitation Tudor du père de Tessa : de part et d'autre, six chaises armoriées à volutes pour les camarades mégalomanes ; aux deux bouts de la table, des sièges Carver en tapisserie pour le couple royal. *Papa savait que c'était affreux mais il l'adorait, alors moi aussi*, lui disait-elle. *Eh bien, moi, non*, pensait-il, *mais je me damnerais plutôt que de le dire.* Pendant les premiers mois de leur histoire, Tessa parlait sans cesse de ses parents, jusqu'à ce que, sous l'influence subtile de Justin, elle entreprenne d'exorciser ses démons en remplissant cette maison de jeunes de son âge, plus on est de fous plus on rit : des trotskistes d'Eton, des prélats polonais et des mystiques orientaux éméchés, plus la moitié des pique-assiettes du monde occidental. Mais sa découverte de l'Afrique lui donna un but dans la vie et le n° 4 devint le refuge des humanitaires introvertis et des activistes de tout poil. Balayant la pièce, le regard désapprobateur de Justin s'arrêta sur de la suie qui formait un arc de cercle devant la cheminée en marbre et enduisait les chenets et le pare-feu. Des choucas, pensa-t-il en laissant son regard errer avant de le concentrer à nouveau sur la suie. Puis d'y concentrer aussi son esprit. Et de rester ainsi concentré tandis qu'il débattait avec lui-même. Ou avec Tessa, ce qui revenait presque au même.

Quels choucas ?

Quand, des choucas ?

Le message dans l'entrée date de lundi.

Ma Gates vient le mercredi – Ma Gates, *alias* Mme Dora Gates, l'ancienne nounou de Tessa, toujours surnommée Ma.

Et si Ma Gates est souffrante, c'est sa fille Pauline qui vient.

Et si Pauline a un empêchement, il y a toujours sa sœur Debbie, la délurée.

Et il était impensable qu'aucune d'elles ait laissé passer une plaque de suie aussi visible.

Donc les choucas avaient lancé leur raid après mercredi et avant ce soir.

Or si la maison s'était vidée lundi, cf. le message, et si Ma Gates avait fait le ménage mercredi, pourquoi y avait-il dans la suie une empreinte bien nette de chaussure d'homme, sans doute une basket ?

Le téléphone se trouvait sur le buffet, près d'un répertoire sur la couverture intérieure duquel Tessa avait griffonné le numéro de Ma Gates au crayon rouge. Justin le composa et tomba sur Pauline, qui fondit en larmes et lui passa sa mère.

« Je suis tellement navrée, mon pauvre monsieur, articula lentement Ma Gates. Plus que vous ou moi ne pourrons jamais le dire, monsieur Justin. »

Il commença son interrogatoire avec l'affectueuse patience qui s'imposait, écoutant plus qu'il ne parlait. Oui, Ma Gates avait tenu à venir le mercredi comme d'habitude, de 9 heures à midi... C'était une occasion de se retrouver seule avec Mlle Tessa... Elle avait fait le ménage comme d'habitude, sans rien bâcler ou négliger... Et elle avait pleuré, et elle avait prié... Et s'il était d'accord, elle aimerait continuer à venir comme avant, s'il vous plaît, le mercredi, comme du vivant de Mlle Tessa, pas pour l'argent, pour sa mémoire...

De la suie ? Certainement pas ! Pas la moindre trace de suie sur le parquet de la salle à manger mercredi, sinon elle l'aurait vue, pour sûr, et nettoyée avant que quelqu'un ne marche dedans. La suie de Londres, c'est tellement gras ! Avec ces grandes cheminées, elle traquait toujours la suie. Non, monsieur Justin, le ramoneur n'a pas la clé, ça non.

Et monsieur Justin savait s'ils avaient retrouvé le docteur Arnold, parce que de tous les messieurs qui séjournaient à la maison, c'était son préféré, quoi qu'en disent les journaux, tous des menteurs...

« C'est très aimable à vous, madame Gates. »

Il alluma le lustre du salon et s'autorisa un coup d'œil aux souvenirs indissociables de Tessa : les flots d'équitation de son enfance ; Tessa en première communiante ; leur photo de mariage sur le perron de la minuscule église de Sant'Antonio, dans l'île d'Elbe. Mais c'est la cheminée qui l'intéressait. Foyer en ardoise avec grille victorienne basse

214

faite de cuivre et d'acier, crochets en cuivre pour suspendre les accessoires. Le tout couvert de longues traînées noires, y compris le manche en acier du tisonnier et des pincettes.

Voilà un joli mystère de la nature, dit-il à Tessa : deux colonies distinctes de choucas décident au même instant de faire tomber de la suie dans deux cheminées distinctes. Qu'est-ce qu'on en pense ? Toi l'avocate et moi l'espèce protégée ?

Mais ici, au salon, pas d'empreinte de pied. Quiconque avait fouillé la cheminée de la salle à manger avait obligeamment laissé une trace de pas. Quiconque avait fouillé celle du salon, qu'il s'agisse du même homme ou d'un autre, n'en avait pas fait autant.

Et pourquoi voudrait-on fouiller une cheminée, *a fortiori* deux ? Certes, ce sont des cachettes traditionnelles pour lettres d'amour, testaments, journaux intimes et sacs de pièces d'or, mais aussi, selon la légende, des lieux hantés. Certes, le vent vient y conter des histoires souvent secrètes, et ce soir-là la bise secouait volets et serrures. Mais pourquoi ces cheminées-ci ? Les nôtres ? Pourquoi au n° 4 ? A moins, bien sûr, qu'elles n'aient fait partie d'une fouille extensive de la maison, en vedettes américaines du numéro principal.

Il s'arrêta sur le palier à mi-étage pour inventorier l'armoire à pharmacie de Tessa, fixée dans l'angle de la cage d'escalier, un ancien casier à épices italien sans valeur qu'elle avait orné d'une croix verte au pochoir, n'étant pas fille de médecin pour rien. La porte de l'armoire était entrebâillée. Il l'ouvrit d'un doigt.

Pillée. Boîtes de pansements ouvertes et renversées, charpie et paquets d'acide borique rageusement éparpillés. Il refermait la porte quand le téléphone du palier sonna à lui déchirer les tympans.

C'est pour toi, dit-il à Tessa. Je vais devoir dire que tu es morte. C'est pour moi. Je vais devoir écouter des condoléances. C'est le cake qui veut savoir si j'ai tout ce qu'il me faut pour vivre mon traumatisme dans le calme et la sécurité. C'est quelqu'un qui a dû attendre que la ligne soit libre après mon interminable conversation avec Ma Gates.

Il souleva le combiné et entendit une femme à l'évidence débordée, avec en fond sonore des échos de voix métalliques et de bruits de pas. Une femme débordée dans une pièce dallée débordant d'activité. Une femme débordée à l'accent cockney, au verbe haut et à la voix de poissonnière.

« Allô, allô ? Je voudrais parler à M. Justin Quayle, s'il vous plaît, déclara-t-elle cérémonieusement, comme si elle allait enchaîner sur un tour de magie, avant de dire en aparté : Il est là, mon chou.

– C'est moi-même.

– Tu veux lui parler en direct, mon chou ? demanda-t-elle à son chou, qui ne voulait pas. Bon, voilà, c'est Jeffrey's, le fleuriste de King's Road, à l'appareil. On a une superbe gerbe de je-ne-vous-dirai-pas-quoi à vous livrer en personne ce soir sans faute si vous êtes là, le plus tôt possible, et je ne suis pas censée dire de qui elles viennent, pas vrai, mon chou ? lança-t-elle sans être contredite. Ça vous irait si je vous envoyais mon livreur maintenant, monsieur Quayle ? Il sera là dans deux minutes, pas vrai, Kevin ? Ou même une, si vous lui offrez un verre.

– Maintenant, ça ira », dit Justin distraitement.

*

Il se retrouva face à la porte de la chambre d'Arnold, ainsi baptisée parce que, à chacun de ses séjours, il y laissait une trace de son passage qu'il aurait voulu durable : paire de chaussures, rasoir électrique, réveille-matin ou dossier sur les échecs lamentables de l'aide médicale au tiers-monde. La vue de son cardigan en poil de chameau étalé sur le dossier de sa chaise n'en pétrifia pas moins Justin, qui faillit dire son nom en s'avançant vers le bureau.

Mis à sac.

Les tiroirs forcés, les papiers et fournitures sortis et rejetés en vrac à l'intérieur.

Un klaxon retentit. Justin courut au rez-de-chaussée et reprit son souffle devant la porte d'entrée. Kevin, petit fleuriste dickensien aux joues rouges et luisantes en raison du froid hivernal, tenait dans les bras un bouquet aussi grand que lui d'iris et de lis aux tiges nouées par un fil de fer auquel était attachée une enveloppe blanche. Justin farfouilla dans une poignée de shillings kenyans, trouva deux pièces d'une livre, les donna au gamin et referma la porte. Il ouvrit l'enveloppe et en sortit un bristol blanc enveloppé dans du papier épais pour que l'écriture ne se voie pas à travers. Impression électronique.

> Justin. Quittez votre domicile à 19 h 30 ce soir avec une mallette remplie de journaux. Allez à pied au Cineflex de King's Road, achetez un ticket pour la salle 2 et regardez le film jusqu'à 21 heures. Sortez avec la mallette par l'issue de secours ouest. Cherchez un minibus bleu garé près de la porte. Vous reconnaîtrez le chauffeur. Brûlez ce message.

Sans signature.

Il étudia l'enveloppe, la renifla, renifla la carte, ne sentit rien, ne savait même pas ce qu'il s'attendait à sentir. Il les emporta dans la cuisine, en approcha une allumette et, dans la plus pure tradition du cours de sécurité pour diplomates, les fit brûler dans l'évier. Après quoi, il émietta les résidus calcinés et les enfonça dans le broyeur, qu'il laissa marcher plus longtemps que nécessaire. Il remonta l'escalier deux à deux jusqu'au grenier, mû par sa détermination et non par la précipitation : *ne réfléchis pas, agis.* Une porte verrouillée lui faisait face. Il avait la clé à la main, et sur le visage une expression résolue mais pleine d'appréhension. Un homme désespéré se motivant pour le grand saut. Il ouvrit la porte à la volée et entra dans l'étroit vestibule qui menait à des mansardes en enfilade coincées entre des conduits de cheminée infestés de choucas et des petits toits-terrasses où cultiver des plantes en pots et faire l'amour. Il avança d'un pas résolu, les yeux étrécis pour éviter de se laisser aveugler par les souvenirs. Pas un objet, tableau, chaise ou recoin qui n'ait été détenu, occupé, habité par Tessa. Le prétentieux bureau de son père, qu'elle avait offert à Justin le jour de leurs noces, trônait dans son alcôve. Il en releva l'abattant. Qu'est-ce que je vous disais ? Pillé. Il ouvrit la penderie et vit les robes et manteaux d'hiver gisant à terre, arrachés de leurs cintres, poches retournées. Allons, chérie, tu aurais pu les ranger. *Tu sais très bien que c'est ce que j'ai fait et que quelqu'un les a décrochés.* Il plongea sous l'amoncellement et déterra le vieux porte-musique de Tessa, le contenant le plus proche d'une mallette sur lequel il pouvait mettre la main.

« Allez, on fait ça tous les deux », lui dit-il à haute voix.

Il s'apprêtait à partir, mais lui jeta un coup d'œil à la dérobée par la porte ouverte de la chambre. Sortie nue de la salle de bains, elle se tenait debout devant le miroir, la tête inclinée de côté pour peigner ses cheveux mouillés, une main levée, un pied tourné vers lui dans cette pose de ballerine qu'elle semblait adopter quand elle était dévêtue. A cette vision, il se sentit éloigné d'elle par la même distance indéfinissable que de son vivant. Tu es trop parfaite, trop jeune, lui dit-il. J'aurais dû te laisser en liberté. *N'importe quoi*, répondit-elle tendrement, ce qui le requinqua.

Il descendit à la cuisine du rez-de-chaussée, où il dénicha une pile d'anciens numéros de *Kenyan Standard*, *Africa Confidential*, *The Spectator* et *Private Eye* qu'il fourra dans le porte-musique. Il retourna dans l'entrée, posa un dernier regard sur l'autel improvisé et la sacoche. Là, ils ne pourront pas la rater s'ils veulent faire mieux que ce matin au Foreign Office, expliqua-t-il à Tessa avant de sortir dans la nuit glaciale. Il lui fallut dix minutes à pied pour atteindre le cinéma. La salle 2 était aux trois quarts vide. Il ne prêta aucune attention au film. Par deux fois il dut s'éclipser aux toilettes, porte-musique en main, pour consulter sa montre-bracelet sans se faire remarquer. A 20 h 55, il sortit par l'issue ouest et se retrouva dans la froidure d'une rue transversale. Un minibus bleu le regardait bien en face, qu'il prit pendant un instant de folie pour le camion à safari vert de Marsabit, puis les phares lui firent de l'œil. Sur le siège du conducteur attendait une silhouette anguleuse en casquette de marin.

« A l'arrière », ordonna Rob.

Justin fit le tour du minibus et vit par la portière déjà ouverte le bras tendu de Lesley prêt à réceptionner le porte-musique. Dans le noir, au contact du siège en bois, Justin se crut à Muthaiga sur le banc à claire-voie de la fourgonnette

Volkswagen, avec Livingstone au volant et Woodrow en face de lui qui lui donnait des ordres.

« On vous suit, Justin, annonça Lesley d'une voix que l'obscurité rendait tendue et étrangement abattue, comme si elle aussi avait subi une perte énorme. L'équipe de surveillance dont nous faisons partie vous a filé jusqu'au cinéma. Nous couvrons l'issue de secours au cas où vous sortiriez par là. Il y a toujours un risque que la cible se lasse et parte avant la fin. C'est ce que vous venez de faire. Dans cinq minutes, nous en avertirons le PC opérationnel. Vous allez dans quelle direction ?

– Vers l'est.

– Allez-y en taxi. Nous transmettrons son numéro, mais nous ne vous suivrons pas, parce que vous pourriez nous reconnaître. Il y a une deuxième voiture de surveillance devant le cinéma, et une troisième plus haut sur King's Road au cas où. Si vous décidez de marcher ou de prendre le métro, ils vous lâcheront deux ou trois piétons aux basques. Si vous sautez dans un bus, ils en seront ravis, parce qu'il n'y a rien de plus simple que de se retrouver coincé derrière un bus londonien. Si vous entrez dans une cabine téléphonique pour passer un coup de fil, ils vous mettront sur écoute. Ils ont un mandat du ministère de l'Intérieur, valable quel que soit l'endroit d'où vous appelez.

– Pourquoi ? » demanda Justin.

Ses yeux s'accoutumaient à l'obscurité. Rob s'était retourné et plaqué de tout son long contre le dossier du siège avant pour participer à la conversation. Son attitude était aussi déplaisante que celle de Lesley, mais plus hostile.

« Parce que vous nous avez foutus dans la merde », répondit-il.

Lesley sortait le papier journal du porte-musique pour le fourrer dans un sac en plastique et le remplacer par une pile d'une douzaine de grosses enveloppes posée à ses pieds.

« Je ne comprends pas, dit Justin.

– Eh ben, faites un effort, conseilla Rob. Nous, on est aux ordres et au secret, vu ? On dit à M. Gridley ce que vous faites. Quelqu'un en haut lieu dit pourquoi vous le faites, mais pas à nous. On est le petit personnel.

– Qui a fouillé ma maison ?

– A Nairobi ou à Chelsea ? rétorqua Rob, sardonique.

– Chelsea.

– Nous ne sommes pas censés chercher à savoir. L'équipe a été relevée pendant quatre heures le temps que d'autres s'en occupent. C'est tout ce qu'on sait. Gridley a posté un flic en tenue sur le perron au cas où un passant essaierait d'entrer. Si ça arrivait, il avait pour consigne de dire que nos agents enquêtaient sur un cambriolage, alors ouste ! Si c'était bien un flic, ce dont je doute, ajouta Rob avant de refermer son clapet.

– On nous a enlevé l'affaire, à Rob et moi, l'informa Lesley. Gridley nous ferait faire la circulation dans les Orcades s'il pouvait, sauf qu'il n'ose pas.

– On nous a tout enlevé, rectifia Rob. Nous sommes des non-êtres. Grâce à vous.

– Il veut nous garder à l'œil, précisa Lesley.

– Au pied, comme des chiens en laisse.

– Il a envoyé deux autres inspecteurs à Nairobi pour assister et conseiller la police locale dans leur recherche de Bluhm, et c'est tout, raconta Lesley. On ne creuse pas, on maintient le cap. Point final.

– Pas de "Marsabit 2, le retour", pas d'emmerdes avec des négresses qui crèvent et des toubibs fantômes, pour reprendre les délicats propos de Gridley, ajouta Rob. Et nos remplaçants n'ont pas le droit de nous parler, au cas où on serait contagieux. Deux abrutis à un an de la retraite, comme Gridley.

– C'est une affaire hypersensible, et vous êtes impliqué, l'informa Lesley, qui referma le porte-musique mais le garda sur les genoux. Comment, mystère. Gridley veut tout savoir sur vous. Qui vous rencontrez et où, qui vient vous voir, qui vous appelez au téléphone, ce que vous mangez, avec qui… Jour après jour. Vous êtes au centre d'une opération top secrète, c'est tout ce qu'on a le droit de savoir. On doit faire ce qu'on nous dit de faire et nous mêler de nos oignons.

– On n'était pas revenus à Scotland Yard depuis dix minutes qu'il réclamait à cor et à cri nos carnets, nos cassettes, nos indices, sur son bureau et tout de suite, continua

Rob. Alors, on lui a tout remis. Les originaux, version complète et non abrégée. Après en avoir fait des copies, évidemment.

– La vénérable maison ThreeBees ne doit jamais être mentionnée à l'avenir, et c'est un ordre, enchaîna Lesley. Ni leurs produits, ni leurs activités, ni leur personnel. Ne surtout pas faire de vagues, et vogue la galère.

– Quelle galère ?

– Tout un tas de galères, intervint Rob. Ce n'est pas ça qui manque. Curtiss est intouchable. Il est en bonne voie de conclure une juteuse vente d'armes anglaises avec les Somaliens. L'embargo l'emmerde, mais il a trouvé des façons de le contourner. Et il est en pole position pour fournir à l'Afrique orientale un système de télécommunications dernier cri dû à la haute technologie britannique.

– Et en quoi je gêne, dans tout ça ?

– Vous êtes dans le chemin, voilà, rétorqua Rob d'un ton fielleux. Si on avait pu vous écarter, on les aurait coincés. Maintenant, on est sur le trottoir, retour à la case départ de nos carrières.

– Ils pensent que vous savez ce que Tessa savait, expliqua Lesley. Ça pourrait être mauvais pour votre santé.

– "Ils" ?

– C'était un coup monté depuis le début, et vous en étiez, explosa Rob sans pouvoir se contenir. La police locale nous a rigolé au nez, et ces enfoirés de chez ThreeBees aussi. Votre ami et collègue M. Woodrow nous a menti à mort, et vous aussi. Vous étiez notre seule chance, et vous nous avez envoyés au tapis.

– Nous avons une question à vous poser, Justin, intervint Lesley, à peine moins amère. Vous nous devez une réponse franche. Vous avez un endroit où aller ? Un lieu sûr où vous installer pour faire de la lecture ? A l'étranger, de préférence.

– Qu'est-ce qui se passe quand je rentre chez moi à Chelsea et que j'éteins ma lampe de chevet ? dévia Justin. Vous restez à l'extérieur, vous autres ?

– L'équipe vous suit à votre porte et vous regarde aller au lit. Les guetteurs prennent quelques heures de sommeil, les Oreilles restent branchées sur votre téléphone. Au petit matin, les guetteurs reviennent dès l'aube pour votre réveil. Votre meilleure chance, c'est entre 1 heure et 4 heures du matin.

– Alors, j'ai un endroit où aller, dit Justin après réflexion.

– Génial, dit Rob. Pas nous.

– Si c'est à l'étranger, passez par terre et par mer, conseilla Lesley. Une fois sur place, brouillez les pistes. Prenez les cars locaux, les tortillards. Habillez-vous de façon neutre, rasez-vous tous les jours, ne regardez pas les gens. Ne louez pas de voiture et évitez l'avion, même les lignes intérieures. Vous êtes riche, à ce qu'on dit.

– En effet.

– Alors, prévoyez un gros paquet de liquide. N'utilisez pas de cartes de crédit ou de traveller's cheques, ne touchez pas à un téléphone portable. Ne faites pas d'appel en PCV et ne prononcez jamais votre nom sur une ligne normale, sinon les ordinateurs vont mouliner. Rob vous a fabriqué un passeport et une carte de presse anglaise, du *Daily Telegraph*. Il a eu du mal à trouver une photo de vous, et puis il a appelé le Foreign Office en disant qu'on en avait besoin pour nos archives. Rob a des amis dans des endroits qui ne sont même pas censés exister, pas vrai, Rob ? lança-t-elle sans obtenir de réponse. Les papiers ne sont pas parfaits, parce que les amis de Rob ont dû faire vite, pas vrai, Rob ? Alors ne les utilisez pas pour entrer sur le territoire anglais ou en sortir. On est bien d'accord ?

– Oui.

– Vous êtes Peter Paul Atkinson, journaliste. Et quoi que vous fassiez, n'ayez jamais, jamais deux passeports sur vous.

– Pourquoi faites-vous tout ça ? demanda Justin.

– Qu'est-ce que ça peut vous foutre ? contra furieusement Rob dans la pénombre. On avait un boulot, c'est tout. Et on n'a pas apprécié de le perdre. Alors on vous le confie, et après nous le déluge. Quand ils nous auront virés, peut-être que vous nous laisserez nettoyer votre Rolls-Royce de temps en temps.

– Peut-être le faisons-nous pour Tessa, dit Lesley en lui

fourrant le porte-musique dans les bras. Allez, Justin, en route. Vous ne nous avez pas fait confiance, vous avez peut-être eu raison. Mais si vous nous aviez fait confiance, on aurait peut-être abouti à quelque chose, dit-elle en tendant le bras vers la poignée de la portière. Prenez soin de vous. Ce sont des tueurs. Mais ça, vous l'avez déjà remarqué. »

Il enfila la rue au son des paroles de Rob dans son émetteur : *Candy sort du cinéma. Je répète, Candy sort, et elle a son sac à main.* La portière du minibus claqua derrière lui. *Comme on fermerait une parenthèse*, songea-t-il. Il marcha un peu. Candy hèle un taxi, et c'est un garçon.

*

Devant la haute fenêtre à guillotine du bureau de Ham, Justin écoutait sonner 10 heures par-dessus le grondement nocturne de la ville. Il regardait dans la rue sans se coller à la vitre, de façon à pouvoir facilement voir sans être vu. Une lampe blafarde était allumée sur le bureau de Ham, installé dans une bergère à oreilles usée par des générations de clients mécontents. Un brouillard givrant venu du fleuve avait gelé les grilles de la minuscule chapelle Sainte-Etheldrede, théâtre de nombreux débats inachevés entre Tessa et son Créateur. Un panneau vert illuminé informait les passants que la chapelle avait été rendue à la foi antique par les pères rosminiens. Confesse, bénédictions et mariages sur rendez-vous. Quelques fidèles nocturnes montaient ou descendaient les marches de la crypte. Mais pas de Tessa. Par terre dans le bureau, entassé sur l'égouttoir en plastique, se trouvait l'ancien contenu de la sacoche. Sur la table, à côté du porte-musique de Tessa, dans des dossiers à en-tête du cabinet, la diligente compilation faite par Ham des mails imprimés, fax, photocopies, relevés de conversations téléphoniques, cartes postales et lettres accumulés l'année précédente au long de sa correspondance avec Tessa.

« Il y a une emmerde, malheureusement, avoua-t-il, gêné. Je n'arrive pas à retrouver ses derniers e-mails.

— Tu n'arrives pas à les retrouver ?

— Il n'y a pas que les siens, d'ailleurs. L'ordinateur doit

223

avoir un virus quelque part. Cette saloperie a bouffé la boîte aux lettres et la moitié du disque dur. Le technicien bosse encore dessus. Quand il aura tout récupéré, je te le passe. »

Ils avaient parlé de Tessa, de Meg, de cricket – une autre des nombreuses passions de Ham. Sans être fan, Justin simula l'enthousiasme de son mieux. Un poster touristique de Florence très défraîchi veillait dans l'ombre.

« Ham, tu as toujours recours aux services de cette messagerie pour les allers-retours hebdomadaires à Turin ?

– Absolument, mon vieux. Ils se sont fait racheter, bien sûr, ils y passent tous. C'est les mêmes personnes, mais dans un plus gros bordel.

– Et tu utilises toujours ces jolis cartons à chapeaux en cuir avec le nom du cabinet marqué dessus que j'ai vus dans ta chambre forte ce matin ?

– Je m'y accrocherai jusqu'au bout, si je peux. »

Justin coula un regard le long de la rue mal éclairée. Ils sont toujours là : une dondon en gros pardessus et un échalas avec un feutre à bords roulés, des jambes arquées comme un jockey tout juste descendu de son cheval, une doudoune de ski au col remonté jusqu'au nez. Cela faisait dix minutes qu'ils scrutaient le panneau de Sainte-Etheldrede, quand tout ce qu'il avait à leur apprendre par cette nuit glaciale de février pouvait s'apprendre par cœur en dix secondes. Dans un pays civilisé, on peut parfois savoir, finalement.

« Dis-moi, Ham.

– Tout ce que tu veux, mon vieux.

– Tessa avait de l'argent placé quelque part en Italie ?

– Des tonnes. Tu veux voir les relevés ?

– Pas vraiment, non. Il est à moi, maintenant ?

– Il l'a toujours été. C'était des comptes joints, tu te rappelles ? Ce qui est à moi est à lui. J'ai essayé de l'en dissuader, elle m'a envoyé paître. Typique.

– Alors, ton agent à Turin pourrait m'en envoyer ? Dans telle ou telle banque. Où que je sois à l'étranger.

– Sans problème.

– A moi ou à un mandataire. Du moment qu'il présente son passeport.

– C'est ton magot, mon vieux, tu en fais ce que tu veux. Profites-en, surtout. »

Le jockey désarçonné avait tourné le dos au panneau d'affichage et affectait de contempler les étoiles. Gros-Pardessus consultait sa montre. Justin se rappela une fois de plus les conseils de son assommant instructeur pendant le séminaire sur la sécurité : *Les guetteurs sont des acteurs. Le plus dur, pour eux, c'est de ne rien faire.*

« Il y a un ami dont je ne t'ai jamais parlé, Ham. Peter Paul Atkinson. Il a ma confiance la plus totale.

– Un avocat ?

– Mais non. Pour ça, je t'ai toi. Un journaliste au *Daily Telegraph*. Un vieux copain de fac. Je veux lui donner pouvoir sur toutes mes affaires. Si toi ou tes collègues de Turin recevez un jour des instructions de sa part, je voudrais que vous les traitiez exactement comme si elles venaient de moi.

– Ça ne se fait pas comme ça, mon vieux, dit Ham avec réticence en se frottant le bout du nez. Il suffit pas d'agiter une baguette magique. Il faut que j'aie sa signature, tout un tas de trucs. Une autorisation formelle de ta part. Signée devant témoins, j'imagine. »

Justin traversa la pièce jusqu'au siège de Ham et lui remit le passeport au nom d'Atkinson pour examen.

« Tu pourrais récupérer les renseignements là-dedans », suggéra-t-il.

Ham commença par tourner la première page pour regarder la photographie et, d'abord impassible, la compara avec les traits de Justin. Il l'observa de plus près, lut les données signalétiques et feuilleta lentement les pages surchargées de tampons.

« Il a voyagé partout, ton copain, nota-t-il avec flegme.

– Et ça va continuer, j'imagine.

– Il va me falloir une signature. Je ne peux rien faire sans.

– Laisse-moi un moment. Tu en auras une. »

Ham se leva et lui rendit le passeport avant de marcher vers son bureau d'un air résolu. Il ouvrit un tiroir et en sortit deux formulaires d'aspect officiel et du papier vierge. Justin posa le passeport à plat sous la lampe et, Ham le surveillant de près par-dessus son épaule, fit quelques essais avant de signer un pouvoir sur toutes ses affaires à M. Peter Paul Atkinson, aux bons soins de MM. Hammond Manzini de Londres et Turin.

« Je vais le faire notarier, dit Ham. Par moi.

– Il y a encore une chose, si ça ne te dérange pas.

– Pffff…

– Je vais avoir besoin de t'écrire.

– Quand tu veux, mon grand. Je serai ravi de garder le contact.

– Pas ici. Pas en Angleterre. Et pas à ton bureau de Turin non plus, si ça te va. Je crois me souvenir que tu as une tripotée de tantes en Italie. Est-ce que l'une d'elles pourrait recevoir du courrier à ton nom et le garder au chaud jusqu'à ton prochain passage ?

– J'ai un vieux dragon qui habite Milan, dit Ham en frissonnant.

– Un vieux dragon milanais, c'est exactement ce qu'il nous faut. Tu me donnes son adresse ? »

*

Il était minuit à Chelsea. Vêtu d'un blazer et d'un pantalon de flanelle grise, Justin le fonctionnaire dévoué était assis à la hideuse table de la salle à manger sous un lustre médiéval, une fois de plus occupé à écrire. Au stylo-plume, sur du papier à l'en-tête du n° 4. Après plusieurs brouillons déchirés, il était satisfait, mais son style et son écriture lui restaient étrangers.

> *Chère Alison,*
> *Je vous remercie pour vos aimables conseils lors de notre entretien de ce matin. Le Foreign Office a toujours su montrer visage humain en temps de crise, aujourd'hui comme hier. J'ai considéré avec attention vos propositions, et longuement parlé aux avocats de Tessa. Il apparaît que ses affaires ont été très négligées ces derniers mois et que je dois m'en occuper sur-le-champ. Il y a des problèmes immobiliers et fiscaux à régler, sans parler de la vente de propriétés ici et à l'étranger. J'ai donc décidé de traiter en priorité ces*

questions financières, et j'imagine que cette occupation sera la bienvenue.

J'espère en conséquence que vous m'accorderez une ou deux semaines de réflexion avant de vous donner ma réponse. Concernant le congé maladie, je ne voudrais pas abuser sans raison de la bonne volonté du Foreign Office. Je n'ai pas pris de vacances cette année, et je crois qu'il me reste cinq semaines d'installation en plus de mes congés annuels. Je préférerais donc les utiliser avant d'en faire appel à votre indulgence. Encore merci pour tout.

Un placebo hypocrite et fourbe, se félicita-t-il. Justin le fonctionnaire au civisme exacerbé qui se demande s'il est convenable de prendre un congé maladie alors qu'il règle les affaires de son épouse assassinée. Il retourna dans l'entrée et jeta un nouveau coup d'œil à la sacoche posée par terre sous la console au plateau en marbre. Un cadenas forcé et inutilisable, l'autre manquant. Le contenu rerangé au petit bonheur. Vous êtes tellement nuls ! songea-t-il avec mépris. Puis il se dit : à moins que vous ne soyez en train d'essayer de me faire peur, auquel cas vous êtes assez doués. Il vérifia ses poches : mon passeport, le vrai, à utiliser pour sortir du territoire ou y rentrer ; de l'argent liquide, pas de carte de crédit. Avec un air résolu, il se mit à allumer et éteindre les lumières de la maison de façon à suggérer son coucher.

Chapitre 11

La montagne se découpait en noir sur le ciel qui s'obscurcissait, tourmenté par des nuages au galop, de vicieuses bourrasques insulaires et une pluie de février. La route sinueuse, sur laquelle s'étaient répandus des gravillons et une boue rougeâtre tombés du flanc détrempé de la colline, courait tantôt sous un dais de branches de pins, tantôt au ras d'un à-pic de mille pieds se jetant dans la Méditerranée tumultueuse. Un virage et la mer se dressait soudain telle une muraille devant Justin, pour retomber dans l'abîme au tournant suivant. Mais aussi nombreux fussent-ils, toujours la pluie frappait le pare-brise de plein fouet, et chaque fois il sentait la jeep tressaillir comme un vieux cheval fatigué sous un bât trop lourd. Et tout ce temps-là, le fort de Monte Capanne l'épiait, parfois loin en contre-haut, parfois perché sur une crête inattendue à sa droite, l'attirant vers l'avant, le bernant comme un phare de pirates.

« Mais où est-ce que c'est, bon sang ? C'est forcément quelque part sur la gauche ! » se plaignit-il tout haut, à lui-même autant qu'à Tessa.

Arrivé à un sommet, il se gara avec irritation sur le bas-côté et posa le bout de ses doigts sur son front le temps de se repérer mentalement, en un de ces gestes excessifs que lui faisait acquérir la solitude. Plus bas scintillaient les lumières de Portoferraio, et droit devant, sur le continent par-delà la mer, celles de Piombino. De part et d'autre de la jeep, un layon ouvrait une trouée dans la forêt. C'est ici que tes assassins t'ont tendu leur embuscade dans leur camion de safari vert, expliqua-t-il à Tessa par la pensée. Ici qu'ils ont fumé leurs immondes Sportsman et bu leurs bouteilles de Whitecap en attendant votre passage, à Arnold et toi. Il s'était rasé, brossé les cheveux et avait enfilé une chemise en jean propre. Son visage lui cuisait et le sang lui battait aux tempes. Il opta pour la gauche. La jeep roula sur un tapis touffu de brindilles et d'aiguilles de pin. Les arbres s'écartèrent, le ciel s'éclaircit et il fit de nouveau presque jour. En contrebas, à l'orée d'une clairière, un groupe de vieilles fermes. *Je ne les vendrai jamais et je ne les louerai jamais*, m'as-tu dit la première fois que tu m'as amené. *Je les donnerai à des gens qui comptent, et après on viendra mourir ici.*

Justin gara la jeep et progressa dans l'herbe humide jusqu'au cottage le plus proche, une jolie maison basse aux murs crépis de frais et au toit en vieilles tuiles roses. Une lumière brûlait derrière les fenêtres du rez-de-chaussée. Il tambourina à la porte. Un panache de fumée s'élevait mollement de la cheminée dans la lumière crépusculaire, pour se faire emporter par le vent sitôt sorti du berceau protecteur des arbres alentour. Des oiseaux noirs aux ailes effilochées tournoyaient en s'invectivant. La porte s'ouvrit et une paysanne en fichu bariolé laissa échapper un cri de douleur, baissa la tête et murmura quelque chose dans sa langue, que Justin ne comprenait pas. Sans se redresser, le corps de profil, elle prit sa main dans les siennes et l'appuya tour à tour sur ses joues avant de lui embrasser le pouce avec ferveur.

« Où est Guido ? » demanda-t-il en italien, la suivant à l'intérieur.

Elle ouvrit une porte et lui montra Guido assis à une longue table sous un crucifix de bois, vieillard blême de douze ans, racorni et oppressé, à la maigreur squelettique et aux yeux hagards. Comme ses mains émaciées reposaient vides sur la table, il était difficile d'imaginer à quoi il aurait pu être occupé avant l'arrivée de Justin, seul dans une pièce basse et sombre aux poutres apparentes. En tout cas, pas à lire, à jouer ou à contempler quoi que ce soit. Sa longue tête penchée d'un côté, bouche bée, Guido regarda Justin entrer, puis se leva, longea la table d'un pas hésitant et voulut se jeter à son cou, mais visa trop court. Ses bras tendus retombèrent à ses côtés et Justin le rattrapa fermement.

« Il veut mourir comme son père et la signora, se plaignit sa mère. "Tous les gentils sont au paradis, qu'il me dit. Tous les méchants restent." Je suis une méchante, moi, signor Justin ? Et vous, vous êtes un méchant ? La signora nous a ramenés d'Albanie, lui a payé ses soins à Milan et nous a installés dans cette maison, tout ça pour que nous mourions de chagrin à cause d'elle ? demanda-t-elle, ce qui poussa Guido à cacher son visage hâve entre ses mains. D'abord il s'évanouit, et puis il va au lit et il dort. Il ne mange pas, il ne prend pas son médicament. Il ne veut pas aller à l'école. Ce matin, dès qu'il est sorti de sa chambre pour se laver, j'ai verrouillé sa porte et j'ai caché la clé.

– Vous avez bien fait », approuva calmement Justin en regardant Guido.

Elle hocha la tête et se retira dans la cuisine, où elle entrechoqua des casseroles et mit une bouilloire à chauffer. Justin raccompagna Guido jusqu'à la table et s'assit près de lui.

« Tu m'écoutes, Guido ? demanda-t-il en italien alors que Guido fermait les yeux. Rien ne va changer, martela-t-il. Tes frais de scolarité, le médecin, l'hôpital, les médicaments, tout ce qui est nécessaire le temps que tu te rétablisses. Le loyer, la nourriture, tes études universitaires quand tu en seras là. On va faire tout ce qu'elle avait prévu pour toi, exactement comme elle l'avait prévu. On ne peut pas faire moins que ce qu'elle souhaiterait, pas vrai ? »

Les yeux baissés, Guido soupesa ces propos avant de secouer la tête d'un air réticent : non, on ne peut pas faire moins, concédait-il.

« Tu joues toujours aux échecs ? On fait une partie ? »

Un nouveau signe de tête, cette fois par pudeur : ce serait manquer de respect à la mémoire de la signora Tessa.

Justin lui prit la main et la serra entre les siennes, puis la secoua doucement en attendant un petit bout de sourire.

« Bon, alors tu fais quoi, quand tu n'es pas occupé à mourir ? s'enquit-il en anglais. Tu as lu les livres qu'on t'a envoyés ? Tu devrais déjà être expert ès Sherlock Holmes.

– M. Holmes est un grand détective, répondit Guido également en anglais, mais sans sourire.

– Et l'ordinateur que la signora t'a donné ? demanda Justin en repassant à l'italien. Tessa m'a dit que tu étais champion. Un vrai génie. Que vous n'arrêtiez pas de vous envoyer des e-mails. J'étais très jaloux. Ne me dis pas que tu as abandonné ton ordinateur, Guido ! »

Cette question déclencha une explosion dans la cuisine.

« Mais si, il l'a abandonné ! Il a tout abandonné ! Quatre millions de lires, ça lui a coûté à la signora. Toute la journée, il était assis à son ordinateur, tap, tap, tap. Tap, tap, tap. "Tu vas te rendre aveugle, je lui disais. Tu vas tomber malade, à force." Et maintenant, plus rien. Même l'ordinateur doit mourir.

– C'est vrai, ça ? » demanda Justin à Guido en essayant de saisir son regard fuyant, sans lui lâcher la main.

C'était vrai.

« Mais c'est affreux, Guido, c'est du gâchis de talent, se plaignit Justin comme un sourire naissait sur les lèvres du garçonnet. L'espèce humaine a un besoin vital de cerveaux comme le tien, tu m'entends ?

– Peut-être.

– Alors tu te souviens de l'ordinateur de la signora Tessa, celui sur lequel elle t'a appris ? »

Bien sûr que Guido s'en souvenait, et avec un air de supériorité, pour ne pas dire de suffisance.

« Bon d'accord, il n'est pas aussi bien que le tien. Le tien a deux ans de moins et plus de capacités, non ? »

Oui, tout à fait. Et le sourire qui s'élargit.

« Eh bien, moi, Guido, contrairement à toi, je suis idiot, et je n'arrive même pas à me débrouiller avec son ordinateur. Et mon problème, c'est que la signora Tessa a laissé tout un tas de messages dedans, dont certains pour moi, et j'ai une peur bleue de les perdre. Et je crois qu'elle aimerait que ce soit toi qui fasses en sorte que cela n'arrive pas. D'accord ? Parce qu'elle aurait tant aimé avoir un fils comme toi. Et moi aussi. Alors, question : est-ce que tu viendrais à la villa m'aider à lire ce qui se trouve dans son portable ?

– Vous avez l'imprimante ?

– Oui.

– Le disque dur ?

– Aussi.

– Le lecteur de CD-rom ? Le modem ?

– Et le manuel, et les transformateurs, et les câbles, et un adaptateur. Sauf que je suis quand même un idiot, et s'il y a la moindre possibilité de tout bousiller, je ne vais pas la rater. »

Guido était déjà debout, mais Justin le ramena tendrement à la table.

« Pas ce soir. Ce soir, tu vas dormir, et tôt demain matin, si tu es d'accord, je viendrai te chercher avec la jeep de la villa, mais à condition que tu ailles à l'école après. Ça marche ?

– Ça marche.

– Vous êtes trop fatigué, signor Justin, murmura la mère de Guido quand elle posa une tasse de café devant lui. Tant de chagrin, c'est mauvais pour le cœur. »

*

Il était sur l'île depuis deux nuits et deux jours, mais si quelqu'un lui avait prouvé que cela faisait une semaine, il n'en aurait pas été surpris. Il avait traversé la Manche en ferry jusqu'à Boulogne, acheté un billet de train en liquide, puis un deuxième pour une destination différente bien avant la localité d'arrivée du premier. Il gardait conscience d'avoir à peine montré son passeport une fois, en passant de Suisse en Italie par un superbe ravin montagneux très encaissé. Son passeport à lui, de cela aussi il était certain. Suivant les instructions de Lesley, il avait expédié celui de M. Atkinson *via* Ham pour ne pas risquer de se faire prendre avec deux passeports. Mais quant à savoir quel ravin ou quel train, il lui aurait fallu une carte pour deviner la ville où il avait embarqué.

Tessa ne l'avait presque pas quitté du voyage, lui faisant à l'occasion partager un fou rire en lançant *sotto voce* une boutade gratuite pour détendre l'atmosphère. A d'autres instants, ils avaient évoqué des souvenirs comme un vieux couple, épaule contre épaule, tête en arrière, yeux clos, jusqu'à ce qu'elle l'abandonne de nouveau et que le cancer de son chagrin revienne le ronger sans l'avoir jamais vraiment quitté. Justin Quayle pleurait alors sa défunte épouse avec une violence qui dépassait ses pires heures au rez-de-jardin de Gloria, au cimetière Langata, à la morgue ou au grenier du n° 4.

Débarquant sur le quai de la gare à Turin, il avait pris une chambre d'hôtel pour se laver, puis acheté d'occasion deux valises banales en toile où ranger les papiers et objets qui constituaient à ses yeux le reliquaire de Tessa. Et *sì*, signor Justin, l'avait assuré le jeune avocat en costume noir, héritier des parts Manzini dans le cabinet, entre des protestations de sympathie d'autant plus pénibles qu'elles étaient sincères, les cartons à chapeau avaient bien été livrés à l'heure, avec des consignes de Ham lui demandant de remettre les numéros 5 et 6 à Justin en main propre sans les ouvrir, et s'il y avait encore quoi que ce soit, mais vraiment quoi que ce soit que le jeune homme puisse faire dans un domaine juridique, professionnel ou autre, il allait sans dire que sa loyauté envers la famille Manzini ne s'arrêtait pas à la mort tragique de la signora, etc. Oh, et bien sûr il y avait l'argent, ajouta-t-il d'un ton dédaigneux en remettant à Justin 50 000 dollars cash contre sa signature. Après quoi, Justin se retira dans l'intimité d'une salle de conférences vide pour transférer le reliquaire de Tessa et le passeport de M. Atkinson dans leur nouvelle sépulture en toile, puis alla prendre un taxi jusqu'à Piombino où, par un heureux hasard, il put embarquer sur un hôtel flottant au luxe tapageur à destination de Portoferraio, dans l'île d'Elbe.

Assis entre ses deux valises aussi loin que possible de la télévision à écran géant, seul dans l'immense libre-service tout en plastique sur le sixième pont, Justin s'offrit une salade aux fruits de mer, un sandwich-baguette au salami et une demi-bouteille de piquette. Après l'accostage à Portoferraio, il éprouva une impression familière d'apesanteur en se frayant un chemin à travers les sombres entrailles de la cale à camions du navire, tandis que de grossiers

234

chauffeurs emballaient leur moteur ou fonçaient carrément droit sur lui, l'expédiant avec ses valises contre la paroi interne de la coque en fer boulonné, sous l'œil amusé des porteurs oisifs.

Au crépuscule, dans le froid glacial du cœur de l'hiver, il sortit furieux et frissonnant sur le quai, où les rares passants avançaient avec une hâte inhabituelle. Craignant de se faire reconnaître ou, pis encore, plaindre, il enfonça son chapeau sur ses yeux et traîna ses valises jusqu'au taxi le plus proche, soulagé de constater que le visage du chauffeur lui était inconnu. L'homme lui demanda s'il était allemand, et Justin se prétendit suédois, improvisation qui le servit à merveille, car il évita ainsi toute autre question pendant les vingt minutes de trajet.

La villa Manzini se blottissait contre la côte septentrionale de l'île. Le vent marin agitait les palmiers, fouettait les murs de pierre, faisait claquer les volets et les tuiles des toits et grincer les dépendances comme de vieux gréements. Seul dans la vacillante clarté lunaire, Justin resta planté où le taxi l'avait déposé, à l'entrée d'une cour pavée ornée d'un pressoir à olives et d'une pompe à eau antiques, le temps de laisser ses yeux s'habituer à l'obscurité. La villa se dressait devant lui, imposante. Deux haies de peupliers plantés par le grand-père de Tessa bordaient l'allée depuis la grille d'entrée jusqu'à la mer. Tour à tour, Justin distingua les maisonnettes des domestiques, les escaliers en pierre, les hauts piliers et les contours flous de vestiges romains. Aucune lumière nulle part. D'après Ham, le gérant du domaine était en virée à Naples avec sa fiancée. Les deux bourlingueuses autrichiennes soi-disant artistes chargées de l'entretien campaient dans une chapelle abandonnée à l'autre bout du domaine. Les deux fermettes d'ouvriers agricoles reconverties en cottages par la mère de Tessa, la *dottoressa* (ainsi qu'on la nommait sur l'île de préférence à *contessa*), et rebaptisées Romeo et Giulietta au profit des touristes allemands, étaient louées par une agence de Francfort.

Bienvenue chez toi, dit-il à Tessa, au cas où elle aurait été lente à se repérer après toutes ces pérégrinations.

235

Les clés de la villa étaient cachées sur le rebord intérieur du coffrage en bois de la pompe à eau. *D'abord tu enlèves le couvercle, mon chéri, comme ça. Là, tu rentres le bras, et si tu as de la chance, tu arrives à les sortir. Après, tu ouvres la grande porte de la maison, et tu emmènes ton épouse dans la chambre et tu lui fais l'amour, comme ça.* Mais il ne l'emmena pas dans la chambre, parce qu'il connaissait un meilleur endroit. Soulevant une fois de plus ses valises en toile, il traversa la cour alors que la lune sortait obligeamment de derrière les nuages pour lui éclairer le chemin par des zébrures blanches entre les peupliers. Arrivé au bout, il emprunta une étroite venelle qu'on eût pu croire de l'ère romaine jusqu'à une porte en bois d'olivier, sur laquelle une abeille héraldique gravée honorait le grand Napoléon lui-même qui, à en croire la légende familiale, appréciait la bonne conversation et le vin encore meilleur de l'arrière-arrière-grand-mère de Tessa au point de s'inviter souvent à la villa pendant les dix mois agités de son exil.

Justin choisit la plus grosse clé et la tourna dans la serrure. La porte gémit et céda. *C'est là que l'on comptait l'argent,* lui dit gravement Tessa dans son rôle d'héritière Manzini, épouse et guide touristique. *Aujourd'hui, les belles olives Manzini sont expédiées par bateau à Piombino pour pressage, comme toutes les autres. Mais du temps de ma mère la* dottoressa, *cette pièce était encore le saint des saints. C'est là qu'on inventoriait l'huile jarre par jarre, avant de la stocker à une température soigneusement entretenue dans la* cantina *en bas. C'est là que... tu ne m'écoutes pas.*

« Parce que tu es en train de me faire l'amour. »

Tu es mon époux et je te ferai l'amour quand j'en aurai envie. Sois bien attentif. C'est dans cette pièce qu'on versait sa paye hebdomadaire à chaque paysan, et il signait, généralement d'une croix, dans un registre plus gros que le Bottin mondain.

« Tessa, je ne peux pas... »

Tu ne peux pas quoi ? Bien sûr que tu peux. Tu es plein de ressources. C'est aussi ici qu'on accueillait les prisonniers à vie du pénitencier à l'autre bout de l'île. D'où le judas

dans la porte. D'où les anneaux en fer dans le mur, pour
pouvoir accrocher les forçats en attendant de les conduire
aux olivaies. Tu n'es pas fier de moi ? Une descendante
d'esclavagistes ?

« Incommensurablement. »

Pourquoi donc fermes-tu la porte à clé ? Suis-je ta prison-
nière ?

« Oui. »

L'oliverie était une pièce basse avec poutres au plafond
et fenêtres trop hautes pour les voyeurs, qu'on y compte la
paye, qu'on y enchaîne des forçats ou que deux jeunes
mariés y fassent lascivement l'amour sur l'élégant canapé
en cuir accolé au mur côté mer. Dans des niches voûtées
derrière la table de comptes carrée se dressaient deux éta-
blis de charpentier. Justin dut mobiliser toutes ses forces
pour les traîner sur les dalles et les placer de chaque côté
en guise de rallonges. D'antiques flacons retrouvés sur le
domaine s'alignaient au-dessus de la porte. Il s'en saisit, les
épousseta avec son mouchoir et les posa sur la table comme
presse-papiers. Le temps s'était arrêté. Justin ne ressentait
ni soif, ni faim, ni fatigue. Il installa une valise sur chaque
établi, en sortit ses deux paquets les plus précieux et les
déposa sur la table de comptes, bien au centre de peur
que, sous le coup de la folie ou du chagrin, ils ne décident
soudain de se jeter par-dessus bord. Il démaillota précautionneusement le premier, couche par couche – sa robe de
chambre en coton, le gilet en angora qu'elle portait la veille
de son départ pour Lokichoggio, le chemisier en soie au col
encore imprégné de son parfum –, jusqu'à ce qu'il tienne
en main le trésor enfin dévoilé, miraculeusement épargné
par les jours et les nuits d'infernale solitude et de voyage :
un bel écrin gris de 25 centimètres par 30 au couvercle orné
du logo de son fabricant japonais. Du second baluchon il
sortit les accessoires. Puis il transporta l'ensemble pièce par
pièce avec d'infinies précautions jusqu'à un vieux bureau
en pin à l'autre bout de l'oliverie.

« Plus tard, promit-il à haute voix. Patience, femme. »

Soulagé de ce poids, il sortit un radioréveil de son bagage
à main et le régla sur la fréquence locale du BBC World

Service, qui lui avait permis pendant tout son périple de se tenir informé des vaines recherches pour retrouver Arnold. Il le programma sur le prochain bulletin horaire, puis se tourna vers les piles inégales de lettres, dossiers, coupures de presse, feuilles imprimées et liasses de documents officiels du genre qui lui avaient servi de refuge contre la réalité, dans une autre vie. Mais pas ce soir, loin de là. Aucun refuge contre quoi que ce soit dans ces papiers, qu'il s'agisse des rapports de Lesley, de la compilation par Ham des requêtes impérieuses de Tessa, ou du classement par celle-ci de lettres, essais, coupures de journaux, articles médicaux et pharmaceutiques, pense-bêtes récupérés sur le pêle-mêle de son bureau ou notes fiévreusement griffonnées à l'hôpital, récupérées par Rob et Lesley dans la cachette de l'appartement d'Arnold Bluhm. La radio se mit en marche. Justin leva la tête et écouta. D'Arnold Bluhm, docteur en médecine soupçonné du meurtre de Tessa Quayle, épouse de diplomate britannique, le présentateur n'avait toujours rien à dire. Son devoir accompli, Justin chercha dans les papiers de Tessa l'objet qu'il avait résolu de garder à portée de main pendant ses recherches. Elle l'avait rapporté de l'hôpital après l'avoir récupéré dans une poubelle près du lit abandonné de Wanza – *le seul objet à elle qu'ils aient laissé*. Pendant des jours et des nuits après son retour, ce planton accusateur avait monté la garde sur son bureau : une petite boîte vide en carton rouge et noir, de 8 centimètres sur 13, qui était ensuite allée rejoindre le tiroir du milieu, où Justin l'avait trouvée lors de sa fouille hâtive. Pas oubliée, pas jetée. Mais reléguée, aplatie, écartée tandis que Tessa se consacrait à des affaires plus pressantes. Le nom Dypraxa imprimé en bandeau sur les quatre côtés, la notice à l'intérieur détaillant les indications et contre-indications. Et trois joviales petites abeilles dorées formant une flèche sur le couvercle. Justin l'ouvrit pour la rendre à son statut de boîte et la plaça au centre d'une étagère vide sur le mur devant lui. *Kenny K se prend pour Napoléon, avec ses ThreeBees*, avait-elle murmuré à Justin dans sa fièvre. *Et les piqûres d'abeille sont mortelles, tu le savais ?* Non, ma chérie, je l'ignorais, rendors-toi.

238

Lire.

Voyager.

Ralentir ses pensées.

Accélérer sa réflexion.

Attaquer dans l'immobilisme, être patient comme un saint et impulsif comme un enfant.

Jamais Justin n'avait eu aussi soif de connaissance. Fini le temps des préparatifs. Il s'était préparé jour et nuit depuis la mort de Tessa. Il s'était tenu sur la réserve, mais il s'était préparé. Dans l'affreux rez-de-jardin chez Gloria, il s'était préparé. Pendant les interrogatoires, lorsque toute réserve devenait presque insoutenable, toujours dans quelque recoin de son esprit en éveil il s'était préparé. Sur l'interminable vol de retour, dans le bureau d'Alison Landsbury, au club de Pellegrin, au cabinet de Ham et au n° 4, quand une centaine d'autres choses lui traversaient l'esprit, il s'était préparé. Ce dont il avait besoin à présent, c'était de plonger droit au cœur du monde secret de Tessa, d'identifier chaque jalon et chaque borne de sa route, d'annihiler sa propre identité pour faire renaître celle de son épouse, de tuer Justin pour ramener Tessa à la vie.

Où commencer ?

Partout à la fois !

Quelle piste suivre ?

Toutes !

Le fonctionnaire en lui s'était mis en sommeil. Stimulé par l'impétuosité de Tessa, Justin ne devait plus de comptes à personne, qu'à elle. Où elle se montrait empirique, il l'imiterait. Où elle usait de méthode, il l'adopterait. Où elle faisait un saut instinctif, il lui prendrait la main pour bondir avec elle. Avait-il faim ? Si Tessa n'avait pas faim, lui non plus. Était-il fatigué ? Si Tessa pouvait tenir la moitié de la nuit en robe de chambre, penchée sur son bureau, alors il pouvait tenir la nuit entière et le lendemain et la nuit d'après en prime !

Il ne s'arracha qu'une fois à son labeur pour une razzia

dans les cuisines de la villa, d'où il rapporta du salami, des olives, des gressins, du parmesan et de l'eau minérale. En une autre occasion – était-ce le crépuscule ou l'aube ? il lui semblait voir une lumière grise –, il étudiait le journal où Tessa avait consigné les visites de Lorbeer et de ses acolytes au chevet de Wanza, quand il se surprit à errer dans le jardin clos de murs. C'était ici, sous l'œil attendri de Tessa, qu'il avait planté par amour des lupins, des roses et d'inévitables freesias pour leur mariage. Les mauvaises herbes lui arrivant au genou trempaient son pantalon. Une seule rose était éclose. Se souvenant qu'il avait laissé la porte de l'oliverie ouverte, il traversa à toutes jambes la cour pavée pour trouver la porte bien verrouillée et la clé dans sa poche de veste.

*

Coupure de presse tirée du *Financial Times* :

ThreeBees bourdonne

Kenneth K. Curtiss, le golden (play)boy à la tête de la société d'investissements dans le tiers-monde ThreeBees, projetterait à très court terme un mariage de convenance avec Karel Vita Hudson, le géant pharmaceutique helvético-canadien. KVH sera-t-il présent à l'autel ? ThreeBees pourra-t-il réunir la dot ? Réponses : deux fois oui, si l'audacieux Kenneth K réussit son pari pharmaceutique. Un accord sans doute historique dans le monde discret et très lucratif de l'industrie pharmaceutique imputerait à Three-Bees Nairobi un quart des 500 millions de livres prévues

en recherche et développement pour le DYPRAXA, l'innovante molécule miracle antituberculeuse de KVH, en échange des droits de commercialisation et de distribution dans toute l'Afrique et d'un pourcentage sur les bénéfices mondiaux.

La porte-parole de Three-Bees à Nairobi, Vivian Eber, s'en réjouit sans triomphalisme aucun : « C'est un coup de génie, du Kenny K dans toute sa splendeur ! Cet acte humanitaire est bon pour notre compagnie, bon pour nos actionnaires et bon pour l'Afrique. Le DYPRAXA est aussi facile à administrer qu'un Smartie.

ThreeBees sera à la pointe de la lutte contre la résurgence mondiale terrifiante des nouvelles souches de tuberculose. »

Dès hier soir à Bâle, le PDG de KVH, Dieter Korn, faisait écho à l'optimisme de Mme Eber : « Le DYPRAXA remplace six ou huit mois d'un traitement pénible par douze prises orales. Nous sommes convaincus que ThreeBees est la firme la mieux placée pour lancer le DYPRAXA en Afrique. »

Note manuscrite de Tessa à Bluhm, sans doute récupérée dans l'appartement d'Arnold :

> *Arnold, mon cœur,*
> *Tu ne m'as pas crue quand je t'ai dit que KVH, c'était des méchants. J'ai vérifié. C'est des méchants. Il y a deux ans, ils ont été accusés d'avoir pollué la moitié de la Floride, où ils ont un énorme « site », et ils s'en sont tirés avec un simple avertissement. Les preuves formelles présentées par les plaignants montraient que KVH avait dépassé de 900 % son quota légal d'effluents toxiques et empoisonné des réserves naturelles, des marais, des rivières, des plages et sans doute le lait. KVH a fourni un service public similaire en Inde, où deux cents enfants de la région de Madras seraient morts de causes connexes. Le procès indien s'ouvrira dans quinze ans, voire plus si KVH continue de soudoyer qui de droit. Ils sont aussi en première ligne de la campagne humanitaire des labos visant à prolonger la vie de leurs patients pour améliorer l'ordinaire des milliardaires blancs. Bonne nuit, chéri. Ne mets plus jamais mes propos en doute. Je suis irréprochable. Et toi aussi. T.*

Coupure de presse tirée des pages financières du *Guardian* de Londres :

Les abeilles font leur miel

La hausse spectaculaire des actions de ThreeBees Nairobi (+ 40 % sur trois mois) reflète la confiance croissante des marchés suite à la récente obtention de la franchise africaine sur le Dypraxa, un traitement innovant et économique contre les formes polypharmacorésistantes de tuberculose. Kenneth K. Curtiss, le PDG de ThreeBees, a déclaré depuis sa résidence monégasque : « Ce qui est bon pour Three-Bees est bon pour l'Afrique, et ce qui est bon pour l'Afrique est bon pour l'Europe, l'Amérique et le reste du monde. »

Une autre chemise étiquetée HIPPO par Tessa renferme une quarantaine d'échanges de lettres puis d'e-mails entre elle et une certaine Birgit, employée par un comité de pharmacovigilance en fonds privés du nom de Hippo, sis à Bielefeld, une petite ville du nord de l'Allemagne. Le logo sur l'en-tête du papier à lettres souligne l'hommage au médecin grec Hippocrate, né vers 460 avant J.-C., dont tous les médecins prononcent le serment. La correspondance commence de façon formelle, mais se débride avec le passage aux e-mails. Les principaux acteurs acquièrent bientôt des surnoms : KVH devient Géant, le Dypraxa devient Cachet, Lorbeer devient Midas, la source qui informe Birgit sur les activités de Karel Vita Hudson devient « notre Amie », et notre Amie doit être protégée sans faillir, car « tout ce qu'elle nous dit contrevient à la loi suisse ».

E-mail de Birgit à Tessa :

> ... pour ses deux médecins Emrich et Kovacs, Midas a fondé une ou deux compagnies sur l'île de Man, puisqu'il s'agissait encore de l'ère communiste. D'après notre Amie, L. a mis les compagnies à son nom pour que les deux femmes n'aient pas de problèmes avec les autorités. Depuis, il y a eu de grosses disputes entre elles, d'ordre scientifique mais aussi personnel. Aucun détail n'a filtré chez Géant. Emrich a émigré au Canada il y a un an. Kovacs reste en Europe, essentiellement à Bâle. Le mobile éléphant que tu as envoyé à Carl le rend littéralement fou de bonheur, et maintenant il barrit tous les matins pour me prévenir qu'il est réveillé.

E-mail de Birgit à Tessa :

Un peu plus d'historique sur Cachet. Il y a cinq ans, Midas cherchait un financement pour la molécule découverte par les deux femmes, et ça ne marchait pas fort. Il a essayé de convaincre de gros labos allemands, mais sans succès parce qu'ils ne voyaient pas de bénéfices juteux en perspective. C'est toujours le même problème avec les pauvres : ils ne sont pas assez riches pour se payer des médicaments chers ! Géant est arrivé sur le tard et seulement après des études de marché très poussées. Notre Amie dit aussi que l'accord avec BBB a été très finement négocié. Refourguer l'Afrique pauvre et se garder le monde riche, un vrai coup de génie ! Le plan est très simple, le timing parfait. Il s'agit de tester Cachet en Afrique pendant deux ou trois ans, date à laquelle KVH estime que la tuberculose sera devenue un PROBLÈME MAJEUR en Occident. Or dans trois ans, BBB sera tellement mouillé dans des affaires que Géant pourra racheter leur part pour trois fois rien ! Donc, selon notre Amie, BBB a acheté le mauvais cheval et c'est Géant qui conduit l'attelage. Carl dort à côté de moi. Chère Tessa, j'espère de tout cœur que ton bébé sera aussi beau que lui. Je suis sûre que ce sera un grand guerrier, comme sa mère ! Ciao, B.

Dernière pièce de la correspondance Birgit / Tessa :

Notre Amie me fait part d'activités furtives chez Géant concernant BBB et l'Afrique. Peut-être as-tu remué le guêpier ? Kovacs doit se rendre dans le plus grand secret en avion à Nairobi, où Midas l'attend. Tout le monde se répand en horreurs sur *die schöne* Lara. C'est une traîtresse, une salope, etc. Quelle virulence, d'un coup, pour une multinationale aussi planplan ! Prends garde à toi, Tessa. Je te trouve un peu *waghalsig*, mais il est tard et je ne trouve pas le mot, alors peut-être pourras-tu demander à ton cher époux de te le traduire ! B.

P. S. Viens vite à Bielefeld, Tessa. C'est une petite ville ravissante qui gagne à être connue et que tu vas adorer ! B.

*

C'est le soir. La grossesse de Tessa est très avancée. Elle fait les cent pas dans le salon de la maison de Nairobi en s'asseyant de temps à autre. Arnold lui a dit de ne pas retourner à Kibera avant d'avoir accouché. Rester assise à son ordinateur suffit à l'épuiser. Au bout de cinq minutes, elle doit se relever pour se dégourdir les jambes. Justin est rentré tôt pour lui tenir compagnie dans cette épreuve.

« C'est quoi, *waghalsig* ? lui demande-t-elle dès qu'il ouvre la porte d'entrée.

– Quoi ? »

Comme elle prononce délibérément le mot à l'anglaise, elle doit le répéter deux fois avant qu'il fasse le lien.

« Intrépide, réplique Justin prudemment. Casse-cou. Pour-quoi ?

– Je suis *waghalsig*, moi ?

– Mais non, voyons.

– Quelqu'un vient de me le dire, c'est tout. Vu mon état, dans le genre casse-cou je me pose là.

– N'en crois pas un mot », réplique Justin avec ferveur, ce qui les fait tous deux éclater de rire.

*

Courrier de MM. Oakey, Oakey & Farmeloe, avocats au barreau de Londres, Nairobi et Hong Kong, à Mme T. Abbott, boîte postale à Nairobi :

    Chère madame,
    Nous agissons pour la maison ThreeBees, Nairobi, qui nous a transmis les diverses lettres que vous avez adressées personnellement à sir Kenneth Curtiss, prési-dent-directeur général de la compagnie susnommée, ainsi qu'à d'autres directeurs et administrateurs siégeant au conseil.

244

Nous devons vous informer que le produit auquel vous faites référence a subi avec succès tous les tests cliniques requis, selon des normes souvent bien plus strictes que celles imposées par la réglementation nationale et internationale. Comme vous le faites remarquer à juste titre, le produit a été testé et breveté en Allemagne, en Pologne et en Russie. A la demande des autorités sanitaires kenyanes, ce brevet a également été visé de façon indépendante par l'Organisation mondiale de la santé, dont vous trouverez ci-joint copie du certificat.

Nous devons donc vous avertir que toute autre démarche entreprise en la matière par vous ou vos associés auprès de la société ThreeBees ou d'une autre sera considérée comme une atteinte gratuite au grand prestige de ce produit et à la réputation d'excellence sur le marché de ses distributeurs, ThreeBees Nairobi. Dans une telle éventualité, nous avons pour instruction d'engager les poursuites judiciaires sans même en référer à nos clients.

Veuillez agréer...

*

« Je peux vous dire un petit mot, mon vieux ? »

C'est Tim Donohue qui parle, à « son vieux » Justin, lequel se rejoue la scène dans sa mémoire. La partie de Monopoly a été suspendue d'un commun accord le temps que les fils Woodrow se précipitent à leur cours de karaté et que Gloria aille chercher les apéritifs à la cuisine. Woodrow est parti fâché au haut-commissariat. Justin et Tim restent donc seuls côte à côte à la table du jardin jonchée de millions de fausses livres.

« Vous permettez que j'évoque un tabou pour le bien général ? demande Donohue d'une voix basse et tendue au volume parfaitement dosé.

– Si c'est nécessaire.

– Ça l'est. Il s'agit de cette fâcheuse querelle entre votre défunte épouse et Kenny K, mon vieux.

– Je ne sais pas de quoi vous parlez.

– Bien sûr que non. C'est un sujet à éviter, en ce moment.

Surtout avec les flics qui s'en mêlent. A balayer sous le tapis, selon nous. Sujet clos. La période est délicate pour tout le monde, y compris Kenny. Vous tenez remarquablement bien le choc, commente-t-il en haussant soudain la voix. Il mérite toute notre admiration, vous ne trouvez pas, Gloria ?

– C'est un véritable surhomme, n'est-ce pas, mon cher Justin ? » confirme Gloria en posant son plateau de gin tonics.

Selon *nous*, se rappelle Justin, tout en déchiffrant les lettres des avocats. Pas selon *lui*. Selon *eux*.

*

E-mail de Tessa à Ham :

> Cher petit ange de cousin. Mon indic chez BBB jure qu'ils sont dans une merde financière bien pire que ce qu'on veut faire croire. Elle affirme qu'il y a des rumeurs internes selon lesquelles Kenny K envisage de céder toutes ses activités non pharma à un cartel sud-américain suspect basé à Bogota ! Question : peut-il revendre une compagnie sans en avertir ses actionnaires ? Je m'y connais encore moins que toi en droit des entreprises, ce qui n'est pas peu dire. Tu as intérêt à éclairer ma lanterne ! Bises, Tess.

Mais, même s'il en avait été capable, Ham n'eut pas le temps d'éclairer sa lanterne, sur le coup ou plus tard, et Justin non plus. Les ahans poussifs d'une vieille voiture dans la côte et des coups martelés sur la porte le firent bondir sur ses pieds. L'œil collé au judas des forçats, il vit les traits replets du père Emilio Dell'Oro, prêtre de la paroisse, traduisant une compassion soucieuse. Justin lui ouvrit la porte.

« Mais que faites-vous donc, signor Justin ? s'écria le prêtre d'une voix de stentor en l'étreignant. Pourquoi dois-je apprendre par Mario le taxi que le mari de la signora se dit suédois et s'est enfermé dans la villa, fou de chagrin ? Pour l'amour de Dieu, à quoi sert un prêtre sinon à aider ses fils frappés par le deuil ? »

Justin marmonna qu'il avait eu besoin de solitude.

« Mais vous êtes en train de travailler ! s'exclama le prêtre, apercevant par-dessus l'épaule de Justin les piles de papiers jonchant l'oliverie. Même en ces heures douloureuses, vous servez votre pays ! Pas étonnant que les Anglais aient été à la tête d'un plus grand empire que Napoléon ! »

Justin avança un argument oiseux sur le travail des diplomates qui ne s'arrêtait jamais.

« C'est aussi le lot des prêtres, mon fils ! Pour chaque âme qui se tourne vers Dieu, une centaine s'en détourne ! dit-il avant de se rapprocher. Mais la signora était croyante, signor Justin. Comme sa mère *la dottoressa*, même si elles s'en défendaient. Avec tant d'amour pour leurs semblables, comment auraient-elles pu faire la sourde oreille à Dieu ? »

Justin réussit à l'entraîner du seuil de l'oliverie au salon de la villa glaciale et, sous des fresques effritées à l'effigie de chérubins sexuellement précoces, lui servit un verre de vin Manzini, puis un deuxième tout en sirotant le sien. Il entendit le bon père l'assurer que Tessa était dans les bras protecteurs de Dieu, et accepta sans rechigner la célébration d'une messe du souvenir pour sa fête, plus un don généreux au fonds de restauration de l'église et un autre destiné au superbe château sur la colline, un des joyaux de l'Italie médiévale, dont conservateurs et archéologues nous prédisent l'effondrement imminent si les murs et fondations ne sont pas renforcés grâce à Dieu… En raccompagnant le brave homme à sa voiture, Justin s'efforçait tant de ne rien faire pour le retenir qu'il accepta passivement sa bénédiction avant de retourner en toute hâte vers Tessa.

Elle l'attendait bras croisés.

Je refuse de croire en l'existence d'un Dieu qui permet la souffrance d'enfants innocents.

« Alors pourquoi nous marions-nous à l'église ? »

Pour l'attendrir, répliqua-t-elle.

*

SALE CHIENNE. ARRÊTE DE SUCER LA BITE DE TON TOUBIB NÈGRE ! RETOURNE À TON PAUVRE EUNUQUE DE MARI ET TIENS-TOI À CARREAU. SORS TON SALE NEZ DE NOS AFFAIRES TOUT DE SUITE ! SINON, T'ES BONNE POUR L'ABATTOIR, PROMIS JURÉ.

La feuille de papier blanc tout simple qu'il tenait entre ses mains tremblantes ne visait pas à attendrir. Message tapé en caractères gras majuscules de plus d'un centimètre de haut. Sans signature, pas étonnant. Sans faute d'orthographe, plus étonnant. L'impact sur Justin en fut si foudroyant, si culpabilisant, si révoltant, que pendant quelques instants atroces il s'emporta contre elle.

Pourquoi ne m'as-tu rien dit ? Pourquoi ne me l'as-tu pas montrée ? Je suis ton mari, ton homme, ta moitié, je suis censé te protéger, nom de Dieu !

J'abandonne. Je démissionne. Tu reçois une menace de mort par courrier. Tu l'ouvres, tu la lis, une fois. *Beurk !* Et si tu es comme moi, tu la tiens du bout des doigts tant elle est écœurante, si répugnante physiquement que tu ne veux pas l'avoir près de ton visage. Mais tu la relis. Et tu la rerelis. Jusqu'à ce que tu la saches par cœur. Comme moi.

Et là, qu'est-ce que tu fais ? Tu m'appelles – « Chéri, il y a un drame, il faut que tu rentres à la maison tout de suite » ? Tu sautes dans ta voiture et tu roules pied au plancher jusqu'au haut-commissariat, tu m'agites la lettre sous le nez, tu m'emmènes *manu militari* chez Porter ? Ben, tiens ! Que nenni. Comme d'habitude, c'est ton orgueil qui passe en premier. Tu ne me montres pas la lettre, tu ne m'en parles pas, tu ne la brûles pas. Tu la caches. Tu la ranges. Tu l'archives. Tout au fond du tiroir de ton bureau interdit. Tu adoptes la ligne de conduite qui déclencherait tes railleries si c'était moi : tu la classes dans tes papiers et tu jettes un voile pudique dessus. Comment peux-tu te regarder en face, après, et me regarder en face ? Mystère. Dieu sait comment tu arrives à vivre avec cette menace, c'est ton affaire. Alors, merci. Merci bien, OK ? Merci d'avoir atteint le summum de l'apartheid conjugal. Bravo. Et encore merci.

Sa rage l'abandonna aussi vite qu'elle s'était emparée de lui, pour laisser place à la honte et aux remords cuisants. Tu n'aurais même pas supporté l'idée de montrer cette lettre, hein ? De déclencher une avalanche que tu n'aurais pas pu contrôler. Ces saloperies sur Bluhm, sur moi. C'en était trop. Tu nous protégeais tous. Bien sûr. Tu en as parlé à Arnold ? Bien sûr que non. Il aurait cherché à te dissuader de continuer.

*

Justin prit du recul par rapport à ce raisonnement naïf.

Trop mièvre. Tessa était plus costaud que ça. Et quand on l'énervait, plus garce, aussi.

Il faut penser avocate. Pragmatisme à tout crin. Jeune fille coriace prête pour l'hallali.

Elle savait qu'elle chauffait. La menace de mort le lui a confirmé. On n'envoie pas des menaces de mort à des gens qui ne sont pas menaçants.

Crier « pouce ! » à ce stade aurait signifié s'en remettre aux autorités. Les Anglais sont impuissants. Ils n'ont aucun pouvoir, aucune juridiction. Notre seul recours, c'est de montrer la lettre aux autorités kenyanes.

Mais Tessa se méfiait des autorités kenyanes. Elle se disait souvent convaincue que les tentacules de l'empire Moi se glissaient jusque dans les moindres recoins de la société kenyane. En matière de confiance comme de vie conjugale, Tessa misait sur les Anglais, pour le meilleur et pour le pire : témoin, son rendez-vous secret avec Woodrow.

Si elle était allée voir la police kenyane, elle aurait dû fournir d'emblée la liste de ses ennemis, réels et potentiels. Sa traque du grand crime aurait aussitôt été interrompue. Elle aurait dû rappeler sa meute. Et elle ne l'aurait jamais fait. Le grand crime comptait plus pour elle que sa propre vie.

Eh bien, c'est la même chose pour moi.

*

Alors que Justin récupère à grand-peine, son œil tombe sur une enveloppe manuscrite que, dans une vie antérieure, il a sortie en toute hâte de ce même tiroir central du bureau de Tessa à Nairobi en même temps que la boîte de Dypraxa vide. L'écriture lui dit quelque chose sans qu'il retrouve quoi. L'enveloppe a été déchirée. A l'intérieur, une seule page pliée de papier officiel bleu. La main est irrégulière, le texte rédigé à la va-vite dans la fièvre de la passion.

> *Ma Tessa chérie, que j'aime et que j'aimerai toujours plus que tout au monde,*
> *Voici ma seule conviction absolue, ma seule certitude sur moi-même au moment où j'écris. Vous avez été très dure avec moi aujourd'hui, mais pas tant que moi avec vous. Nous jouions un mauvais rôle. Je vous désire et vous vénère au-delà du supportable. Je suis prêt si vous l'êtes. Mettons fin tous les deux à nos mariages pitoyables, et enfuyons-nous où vous voudrez, dès que vous voudrez. Si c'est au bout du monde, tant mieux. Je vous aime, je vous aime, je vous aime.*

Mais, cette fois, la signature n'a pas été omise. Elle figure très clairement en lettres aussi hautes que celles de la menace de mort : Sandy. Je m'appelle Sandy et tu peux le crier à la face du monde.

Date et heure également fournies. Même dans les affres de l'amour fou, Sandy Woodrow reste consciencieux.

Chapitre 12

Pétrifié sous la clarté lunaire, l'œil rivé sur l'horizon argenté de la mer, Justin le mari trompé inspire à longues goulées l'air nocturne frisquet, éprouvant le besoin de s'aérer les poumons comme s'il avait inhalé une vapeur méphitique. *Sandy fait passer de la faiblesse à la force,* m'as-tu dit un jour. *Sandy se ment d'abord à lui-même, et à nous autres ensuite... Sandy est le lâche qui a besoin de se protéger par de grands gestes et de grands mots, sinon il se sentirait vulnérable...*

Alors, si tu le savais, qu'as-tu donc fait pour t'attirer ça ? demande-t-il à la mer, au ciel, au vent mordant de la nuit.

Rien du tout, répond-elle, sereine. *Sandy a pris mes coquetteries pour des promesses et tes bonnes manières pour de la faiblesse.*

L'espace d'un instant, néanmoins, Justin s'offre le luxe de laisser son courage l'abandonner, comme il l'a parfois déjà fait en son for intérieur à cause d'Arnold. Mais sa mémoire se réveille. Quelque chose qu'il a lu dans la journée d'hier, ou le soir, ou la veille au soir. Mais quoi ? Un long e-mail de Tessa à Ham, un peu trop intime au goût de Justin à première lecture et qu'il a mis de côté dans une chemise réservée aux énigmes à résoudre quand je serai assez fort pour les affronter. Il retourne à l'oliveraie et exhume la feuille pour vérifier la date.

E-mail de Tessa à Ham, envoyé onze heures précises après que Woodrow, contre toutes les règles du Service concernant l'utilisation de papier à lettres officiel, a déclaré sa flamme à l'épouse d'un collègue sur le papier bleu de l'Imprimerie nationale :

Je ne suis plus une gamine, Ham, et il est temps que j'arrête mes gamineries, mais quelle gamine le fait, même quand elle est en cloque ? Et voilà que je me retrouve avec un enfoiré de première qui en pince pour moi. Le problème, c'est qu'Arnold et moi on a enfin touché le gros lot, ou plutôt le gros tas de merde bien fumant, et on a désespérément besoin que cet enfoiré place un mot en haut lieu, ce qui est la seule solution acceptable pour la femme de Justin et l'Angliche loyale que j'aspire à être malgré tout. T'entends-je dire que je suis toujours une fieffée garce qui aime mener les hommes par le bout du nez, y compris les super-salauds ? Eh bien, ne le dis pas, Ham. Ne le dis pas, même si c'est vrai. Tais-toi. Parce que j'ai des promesses à tenir, et toi aussi, mon chou. Et j'ai besoin que tu me soutiennes comme le bon vieil ami que tu es, et que tu me dises que je suis une brave fille en fait, parce que je le suis. Sinon, je vais te coller le bisou le plus baveux que tu aies jamais reçu depuis le jour où je t'ai poussé dans le Rubicon avec ton costume de marin. Je t'adore, mon chéri. Ciao, Tess. P. S. Ghita me dit que je suis une débauchée, mais avec son accent ça donne "débouchée", comme une roteuse. Bisous, Tess (débouchée).

L'accusée est déclarée innocente, lui dit-il. Et moi, comme d'habitude, je devrais avoir honte.

*

Sa sérénité recouvrée, Justin reprit son voyage au cœur du mystère.

Extrait du rapport commun de Rob et Lesley au commissaire Frank Gridley, Service des crimes à l'étranger, Scotland Yard. Objet : troisième interrogatoire de Woodrow, Alexander Henry, premier conseiller, haut-commissariat britannique à Nairobi :

Le sujet soutient mordicus ce qu'il prétend être l'opinion de sir Bernard Pellegrin, directeur des Affaires africaines au Foreign Office, à savoir que l'enquête poussée sollicitée par Tessa Quayle dans son mémorandum compromettrait inutilement les relations du gouvernement britannique avec la république kenyane et nuirait aux intérêts commerciaux de la Grande-Bretagne... Le sujet refuse de divulguer le contenu de ce mémorandum pour des raisons de sécurité... Le sujet nie avoir connaissance d'un médicament novateur actuellement commercialisé par la maison ThreeBees... Le sujet nous conseille de nous adresser directement à sir Bernard si nous voulons consulter le mémorandum de Tessa Quayle, en supposant qu'il existe encore, ce dont le sujet doute fort. Le sujet dépeint Tessa Quayle comme une hystérique assommante, mentalement instable dès qu'il s'agit d'affaires liées à son travail humanitaire. Nous pensons ces propos motivés par le souci de discréditer son mémorandum. En conséquence, nous demandons par la présente qu'une requête officielle soit adressée dès que possible au Foreign Office pour obtenir copie de tous les documents confiés au sujet par la défunte.

Note marginale signée F. Gridley, adjoint au divisionnaire :

PARLÉ À SIR B. PELLEGRIN. DEMANDE REJETÉE POUR CAUSE SÉCURITÉ NATIONALE.

Coupures de revues médicales savantes plus ou moins obscures qui encensent en jargon jargonnant les atouts sensationnels de l'innovant Dypraxa, son « absence d'effet mutagène » et sa « longue demi-vie chez le rat ».

Article du *Haiti Journal of Health Sciences* exprimant quelques légères réserves sur le Dypraxa, signé par un médecin pakistanais ayant mené des essais cliniques dans un CHU haïtien. Les termes « potentiel toxique » soulignés par Tessa, risques d'insuffisance hépatique, d'hémorragie interne, de vertiges, de lésions du nerf optique.

Extrait du numéro suivant du même canard, dans lequel une kyrielle de sommités médicales aux chaires prestigieuses et aux titres ronflants lancent une contre-attaque cinglante avec à l'appui une expérience portant sur trois cents patients, accusent le pauvre Pakistanais de « partialité », d'« irresponsabilité envers ses patients » et le vouent aux gémonies.

Note manuscrite de Tessa : *Ces faiseurs d'opinion si impartiaux sont tous liés à KVH par de très lucratifs « contrats de veille biotechnologique » destinés à repérer dans le monde entier des projets de recherche prometteurs.*

Extrait d'un livre de Stuart Pocock intitulé *Essais cliniques*, recopié à la main par Tessa pour mieux le mémoriser. Certains passages soulignés rageusement, ce qui contraste avec le style sobre de l'auteur :

> Il existe une tendance chez les étudiants, mais aussi chez de nombreux cliniciens, à accorder un respect excessif à la littérature médicale, à présumer que les revues réputées comme le *Lancet* ou le *New England Journal of Medicine* présentent des découvertes indiscutables. Cette foi naïve dans les « évangiles cliniques » est peut-être motivée par le style dogmatique qu'adoptent de nombreux auteurs au point de minorer les incertitudes inhérentes à tout projet de recherche...

Note de Tessa : *Les labos font constamment paraître des articles en sous-main, même dans les revues dites de qualité.*

> Les communications dans les congrès scientifiques et la publicité des compagnies pharmaceutiques sont encore plus sujettes à caution... Les risques de parti pris sont immenses...

Note de Tessa : *Selon Arnold, les gros labos paient des scientifiques et des toubibs à prix d'or pour faire de la pub à leurs produits. Selon Birgit, KVH a récemment fait don de 50 millions de dollars à un grand hôpital universitaire américain et pris en charge les salaires plus les frais de trois cliniciens réputés et de six assistants. Influencer le recrutement des profs de fac est encore plus facile, à coups de chaires, de laboratoires biotech, de fondations pour la recherche, etc. « On trouve de moins en moins d'opinion scientifique indépendante », dixit Arnold.*

Retour à Stuart Pocock :

> ... il y a toujours le risque que les auteurs se laissent persuader <u>d'insister plus que de juste sur les résultats positifs</u>.

Note de Tessa : *Contrairement au reste de la presse internationale, les revues pharmaceutiques n'aiment pas imprimer de mauvaises nouvelles.*

> ...Et même s'ils publient un compte rendu d'expérimentation incluant les <u>résultats négatifs</u>, ce sera dans un <u>obscur périodique spécialisé plutôt que dans les grands journaux généralistes</u>... Ainsi, la réfutation du rapport positif antérieur <u>n'atteindra jamais un aussi large public</u>.
> ...De nombreux tests cliniques présentent de <u>graves carences de procédure</u> qui interdisent toute évaluation thérapeutique objective.

Note de Tessa : *Ils sont conçus pour prouver quelque chose, pas pour remettre en doute, donc pires qu'inutiles.*

> Il arrive même que les auteurs <u>filtrent délibérément les données pour obtenir un résultat positif</u>...

Note de Tessa : *Propagande.*

Extrait du *Sunday Times* de Londres intitulé « Un laboratoire met des patients en danger lors d'essais cliniques ». Des notes et soulignages abondants de Tessa, sans doute avant copie ou fax à Arnold Bluhm, puisqu'on peut lire en haut de la page : « Arnie, tu as lu ÇA ?! »

UNE des plus grosses compagnies pharmaceutiques au monde a <u>exposé des centaines de patients à des infections potentiellement mortelles</u> en omettant de révéler à six hôpitaux des informations cruciales pour la sécurité du lancement d'un essai clinique à l'échelle nationale.

Pas moins de 650 personnes ont subi une opération chirurgicale en Grande-Bretagne dans le cadre d'une expérimentation menée par Bayer, le géant pharmaceutique allemand, malgré de précédentes études ayant établi que des interactions de ce médicament avec d'autres lui faisaient perdre beaucoup de son potentiel bactéricide. Or ces résultats antérieurs, que le *Sunday Times* a pu se procurer, n'ont pas été divulgués aux hôpitaux concernés.

L'essai clinique, dont les vices ont été cachés aux patients et à leurs familles, a causé chez presque la moitié des personnes opérées dans un des centres-tests à Southampton une série d'infections potentiellement mortelles.

Bayer a refusé de révéler les chiffres complets sur les contaminations et les décès post-opératoires, prétextant que ces données restaient confidentielles.

Selon un porte-parole : « L'étude a été approuvée avant son lancement par l'autorité de régulation compétente et tous les comités d'éthique locaux. »

Publicité couleur pleine page déchirée dans un magazine africain populaire. Légende : JE CROIS AUX MIRACLES ! Au milieu, une jeune et jolie mère africaine en chemisier blanc décolleté et longue jupe, un sourire radieux aux lèvres. L'heureux bébé est assis de côté sur ses genoux, une main sur le sein nourricier, l'heureuse fratrie les entoure, l'heureux père domine sa petite famille. Tout le monde, y compris la mère, admire le bébé rayonnant de santé. En bas de la page, les mots THREEBEES CROIT AUX MIRACLES AUSSI ! Une bulle sortant de la bouche de la jolie maman : « Quand on m'a dit que mon bébé avait la tuberculose, j'ai prié. Quand mon médecin m'a parlé du Dypraxa, j'ai su que ma prière avait été entendue au Paradis ! »

Justin reprend le dossier de police.

Extrait du rapport des enquêteurs sur leur entretien avec PEARSON, Ghita Janet, employée locale de la chancellerie, haut-commissariat britannique à Nairobi :

Nous avons interrogé le sujet à trois reprises, pendant respectivement 9, 54 et 90 minutes. A la demande du sujet, nos interrogatoires se sont déroulés discrètement et en terrain neutre (dans la maison d'un ami). Le sujet a vingt-quatre ans. D'origine anglo-indienne, elle a été éduquée dans des institutions religieuses en Grande-Bretagne après son adoption par de fervents catholiques (père avocat, mère médecin). Diplômée avec mention de l'université d'Exeter en littérature anglaise, américaine et du Commonwealth. A l'évidence, intelligente et très nerveuse. Nous avons eu l'impression que, outre son chagrin, elle ressentait une peur intense. Elle a ainsi fait plusieurs déclarations avant de se rétracter, comme : « On a assassiné Tessa pour la faire taire », ou : « Quiconque s'attaque à l'industrie pharmaceutique s'expose à avoir la gorge tranchée », ou encore : « Certaines compagnies pharmaceutiques sont des marchands d'armes en blouse blanche. » Quand nous lui avons demandé de développer, elle a refusé et a souhaité que ces déclarations soient supprimées du procès-verbal. Elle a également rejeté l'idée que BLUHM ait pu commettre les meurtres de Turkana. BLUHM et QUAYLE, « les deux meilleures personnes au monde », n'étaient pas « en couple », mais les gens « avaient l'esprit mal placé ».

Interrogée plus avant, le sujet s'est prétendue liée par le devoir de réserve, puis par un vœu envers la défunte. Lors de notre troisième et dernière rencontre, nous avons adopté une attitude plus agressive envers le sujet, en lui faisant remarquer que par rétention d'information elle pouvait protéger les meurtriers de Tessa et ralentir les recherches pour retrouver BLUHM. Nous joignons les transcriptions en Annexes A et B. Le sujet les a lues mais a refusé de les signer.

ANNEXE A

Q. Avez-vous jamais assisté ou suivi Tessa Quayle dans ses expéditions sur le terrain ?

R. J'ai profité de plusieurs week-ends ou congés pour accompagner Arnold et Tessa en mission à Kibera ou ailleurs. L'inspection des dispensaires et la surveillance de la médication, c'est le domaine de l'ONG d'Arnold. Plusieurs des médicaments qu'il a examinés se sont avérés périmés depuis longtemps et donc dégradés, même s'ils avaient encore une certaine efficacité. D'autres étaient inadaptés à la pathologie qu'ils étaient censés soigner. Nous avons aussi pu corroborer un phénomène déjà constaté ailleurs en Afrique, à savoir que les indications et contre-indications de certains emballages sont réécrites pour le marché du tiers-monde dans le but d'élargir le champ d'action du médicament bien au-delà de son application brevetée dans les pays développés – par exemple, un antalgique utilisé en Europe et aux États-Unis pour les cancéreux en phase terminale était proposé en cas de douleurs prémenstruelles ou articulaires, sans mention d'aucune contre-indication. Nous avons aussi établi que même lorsque les médecins africains posaient un diagnostic correct, ils prescrivaient régulièrement le mauvais traitement, faute d'instructions adéquates.

Q. ThreeBees était l'un des distributeurs concernés ?

R. Tout le monde sait que l'Afrique est la poubelle pharmaceutique du monde et que ThreeBees est l'un des principaux distributeurs de médicaments en Afrique.

Q. Alors, ThreeBees était concerné dans ce cas précis ?

R. Dans certains cas, ThreeBees était le distributeur.

Q. Le distributeur fautif ?

R. Soit.

Q. Dans combien de cas ? Quelle proportion ?

R. (*après une longue hésitation*) Tous.

Q. Veuillez répéter, s'il vous plaît. Êtes-vous en train de dire que dans tous les cas où vous avez pris un produit en défaut, ThreeBees était le distributeur ?

R. Je ne crois pas que nous devrions parler de cela tant qu'il reste une chance qu'Arnold soit en vie.

ANNEXE B

Q. Vous rappelez-vous s'il y avait un produit en particulier qui préoccupait Arnold et Tessa ?

R. Ce n'est pas correct de me demander ça. Vraiment pas.

Q. Ghita, nous essayons de comprendre pourquoi Tessa a été tuée et pourquoi vous pensez qu'en discutant de tout ça nous mettons Arnold encore plus en danger qu'il ne l'est.

R. Il y en avait partout.

Q. De quoi ? Pourquoi pleurez-vous ? Ghita ?

R. Ça tuait les gens. Dans les villages, les bidonvilles. Arnold en était sûr. C'était un bon médicament, d'après lui. Avec cinq ans de recherche en plus, ils auraient réussi. On ne pouvait rien trouver à redire au concept : le traitement était court, bon marché et facile à suivre.

Mais ils avaient brûlé les étapes. Les tests avaient été conçus de façon sélective. Sans que tous les effets secondaires aient été étudiés. Ils avaient fait des tests sur des femelles enceintes, rates, guenons, lapines et chiennes : aucun problème. Quand ils sont passés à l'homme, là il y en a eu des problèmes, d'accord, mais il y en a toujours. C'est cette zone d'ombre que les compagnies pharmaceutiques exploitent. Elle tombe sous le coup des statistiques, et les statistiques prouvent tout ce que vous voulez qu'elles prouvent. D'après Arnold, ils étaient obnubilés par le souci de lancer leur produit avant la concurrence. Ça paraît impossible tellement il y a de lois et de réglementations, mais Arnold a dit que ça arrive tout le temps. Les choses se présentent sous un jour très différent dans un luxueux bureau des Nations unies à Genève et sur le terrain.

Q. Qui était le fabricant ?

R. Je ne souhaite pas poursuivre là-dessus.

Q. Comment s'appelait ce médicament ?

R. Pourquoi n'ont-ils pas fait plus d'essais ? Ce n'est pas la faute des Kenyans. Quand on est un pays du tiers-monde, on ne peut rien exiger. On prend ce qu'on vous donne.

Q. C'était le Dypraxa ?

R. *(inintelligible).*

Q. Ghita, calmez-vous, je vous prie, et répondez-nous. Comment s'appelle ce médicament, à quoi sert-il et qui le fabrique ?

R. L'Afrique compte 85 % des cas de sida dans le monde, vous le saviez ? Et combien ont accès aux médicaments ? 1 % ! Ce n'est plus un problème humain, c'est un problème économique ! Les hommes ne peuvent pas travailler. Les femmes non plus. C'est une maladie hétérosexuelle, ce qui explique le nombre si élevé d'orphelins ! Ils ne peuvent plus nourrir leur famille ! Plus rien faire ! Ils meurent, c'est tout !

Q. Alors, nous parlons d'un médicament antisida ?

R. Pas tant qu'Arnold est vivant !... C'est associé. Quand il y a tuberculose, on suspecte un sida... Pas toujours, mais c'est classique... C'est ce que disait Arnold.

Q. Wanza était malade à cause de ce médicament ?

R. *(inintelligible).*

Q. Wanza est morte à cause de ce médicament?
R. Pas tant qu'Arnold est vivant! Oui. Du Dypraxa.
   Maintenant, sortez!
Q. Pourquoi se rendaient-ils à la réserve de Leakey?
R. Je n'en sais rien! Sortez!
Q. Qu'est-ce qui se cachait derrière leur voyage à Loki-
   choggio? En dehors des séminaires d'initiation au
   féminisme?
R. Rien! Arrêtez!
Q. Qui est Lorbeer?
R. (*inintelligible*).

CONCLUSIONS

Nous recommandons qu'une requête formelle soit faite
auprès du haut-commissariat pour que le témoin se voie
offrir une protection en échange d'une déclaration complète. Qu'elle reçoive l'assurance que toutes les informations qu'elle nous fournira concernant les activités de
Bluhm et de la défunte ne seront pas utilisées d'une manière
qui risquerait de mettre Bluhm en danger, à supposer qu'il
soit en vie.

RECOMMANDATION REJETÉE POUR RAISONS DE SÉCURITÉ.
                                F. Gridley (commissaire)

Le menton dans le creux de la main, Justin contemplait le
mur. Souvenirs de Ghita, la deuxième plus belle femme de
Nairobi, la disciple autoproclamée de Tessa qui rêve d'apporter des valeurs décentes à ce monde cruel. *Ghita, c'est
moi sans les mauvais côtés*, aime à dire Tessa.

Ghita, la dernière des innocents, assise à côté d'une Tessa
très enceinte à siroter du thé vert et à résoudre les problèmes
du monde dans le jardin de Nairobi, tandis que Justin le
sceptique ridiculement heureux, le futur père en chapeau de
paille, élague, désherbe et taille les parterres, tuteure, arrose
et joue le parfait imbécile anglais d'âge mûr.

« Attention où tu mets les pieds, Justin! » s'alarment-elles
par crainte des régiments de fourmis légionnaires qui sortent de terre après la pluie et peuvent tuer un chien ou
un enfant par la seule force du nombre et de la tactique.
En toute fin de grossesse, Tessa redoute que ces fourmis

légionnaires ne prennent son arrosage pour une averse hors saison.

Ghita, constamment choquée par tout et tout le monde, des catholiques qui s'opposent à la contraception dans le tiers-monde et brûlent des préservatifs lors de meetings dans le stade Nyayo, jusqu'aux cigarettiers américains qui ajoutent des composants destinés à créer une dépendance chez les enfants, en passant par les seigneurs de la guerre somaliens qui lâchent des bombes à fragmentation sur des villages sans défense, et les marchands d'armes qui les fabriquent.

« Qui sont ces gens, Tessa ? murmure-t-elle gravement. Quelle est leur mentalité, dis-moi ? C'est le péché originel, tout ça, ou quoi ? Si tu veux mon avis, c'est bien pire. Dans le péché originel au moins, je trouve qu'il y a une certaine idée de l'innocence. Mais où est l'innocence aujourd'hui, Tessa ? »

Et si Arnold passe, ce qu'il fait souvent le week-end, la conversation prend un tour plus spécifique. Leurs trois têtes se rapprochent, leurs traits se crispent, et si Justin s'amuse à venir arroser trop près d'eux, ils banalisent la conversation jusqu'à ce qu'il se soit éloigné vers un parterre plus à l'écart.

*

Rapport de police sur la rencontre avec des représentants de ThreeBees Nairobi :

> Nous avons sollicité un entretien avec sir Kenneth Curtiss et avons cru comprendre qu'il nous recevrait. En arrivant au siège de ThreeBees, nous nous sommes entendu dire que sir Kenneth avait été convoqué à une audience avec le président Moi, après quoi il devait prendre l'avion pour Bâle en vue de discussions stratégiques avec Karel Vita Hudson (KVH). On nous a alors suggéré de soumettre nos questions à la directrice du marketing pharmaceutique de Three-Bees, Mme Y. Rampuri. En l'occurrence, Mme Rampuri était en congé pour raison familiale et donc indisponible. On nous a alors conseillé de rencontrer sir Kenneth ou

Mme Rampuri à une date ultérieure. Quand nous avons expliqué nos contraintes d'emploi du temps, on a fini par nous proposer un rendez-vous avec des « cadres supérieurs », et au bout d'une heure d'attente nous avons été reçus par Mme V. Eber et M. D. K. Crick, du service clientèle. Était également présent M. P. R. Oakey, qui s'est dit « avocat au siège londonien et de passage à Nairobi pour d'autres affaires ».

Mme Vivian Eber est une grande Africaine séduisante proche de la trentaine, diplômée en gestion d'une université américaine.

M. Crick, originaire de Belfast, du même âge à peu près, a un physique impressionnant et un accent traînant typique de l'Irlande du Nord.

Des recherches ultérieures nous ont révélé que M. Oakey, l'avocat londonien, n'est autre que Percy Ranelagh Oakey, avocat de la Couronne chez Oakey, Oakey & Farmeloe. M. Oakey a récemment défendu avec succès plusieurs grosses compagnies pharmaceutiques, dont KVH, dans des recours collectifs en dommages et intérêts, ce que nous ignorions à l'époque.

Voir Annexe pour note sur D. K. Crick.

RÉSUMÉ DE L'ENTRETIEN

1. Excuses de la part de sir Kenneth K. Curtiss et de Mme Y. Rampuri.
2. Condoléances de BBB (Crick) concernant Tessa Quayle et inquiétude concernant le sort du Dr Arnold Bluhm.

BBB (CRICK) : Ce foutu pays devient chaque jour plus dangereux. Cette histoire avec Mme Quayle, c'est l'horreur. C'était une grande dame, qui avait bien mérité son excellente réputation. Comment pouvons-nous vous être utiles ? N'hésitez pas. Le patron vous envoie ses respects et nous a dit de vous fournir toute l'aide dont vous aurez besoin. Il tient la police britannique en très haute estime.

INSPECTEUR : Nous avons découvert qu'Arnold Bluhm et Tessa Quayle ont entrepris certaines démarches auprès de ThreeBees concernant un nouveau traitement antituberculeux que vous distribuez, le Dypraxa.

BBB (CRICK) : Ah oui ? Il faudra vérifier. Voyez-vous, Mme Eber s'occupe de relations publiques, et moi je

262

suis détaché en attendant la restructuration de notre société. Le credo du patron, c'est « qui ne s'active pas perd de l'argent ».

INSPECTEUR : Ces démarches ont abouti à une rencontre entre Quayle, Bluhm et des gens de chez vous. Nous aimerions pouvoir en consulter le compte rendu et tout autre document y afférent.

BBB (CRICK) : D'accord, Rob. Sans problème. Nous sommes là pour vous aider. Sauf que, quand vous dites qu'elle a fait des démarches auprès de ThreeBees, vous sauriez quel service, par hasard ? Parce qu'il y en a un sacré nombre, d'abeilles, dans notre ruche, croyez-moi !

INSPECTEUR : Mme Quayle a adressé des lettres, des e-mails et des appels téléphoniques à sir Kenneth en personne, à son secrétariat, à Mme Rampuri et à presque tous les membres du conseil à Nairobi. Elle a faxé certaines de ces lettres et envoyé des copies par courrier. Les autres, elle les a remises en main propre.

BBB (CRICK) : Super. Là on a une base pour chercher. Et vous devez avoir des copies de cette correspondance ?

INSPECTEUR : Pas pour l'instant.

BBB (CRICK) : Mais vous savez qui de chez nous assistait à ce rendez-vous, sûrement ?

INSPECTEUR : Nous pensions que vous le sauriez.

BBB (CRICK) : Aïe. Bon, vous avez quoi, vous ?

INSPECTEUR : Des témoignages écrits et oraux selon lesquels ces démarches ont été faites. Mme Quayle est même allée jusqu'à se rendre à la ferme de sir Kenneth lors de son dernier passage à Nairobi.

BBB (CRICK) : Vraiment ? Là, vous me l'apprenez, je dois dire. Elle avait rendez-vous ?

INSPECTEUR : Non.

BBB (CRICK) : Alors, qui l'a invitée ?

INSPECTEUR : Personne. Elle s'est pointée comme ça.

BBB (CRICK) : Wow ! Courageuse. Elle est allée loin ?

INSPECTEUR : Pas assez, il faut croire, parce que après elle a essayé de rencontrer sir Kenneth ici, à son bureau, mais sans succès.

BBB (CRICK) : Ça alors ! Enfin, c'est vrai que le patron est débordé. Beaucoup de gens lui demandent des faveurs, mais peu ont cette chance.

INSPECTEUR : Il ne s'agissait pas d'une faveur.

BBB (CRICK) : De quoi, alors ?

263

INSPECTEUR : De réponses. D'après nos renseignements, Mme Quayle a remis à sir Kenneth une synthèse de dossiers cliniques décrivant les effets secondaires de ce médicament sur des patients.

BBB (CRICK) : Vraiment ? Eh ben ! J'ignorais qu'il y avait des effets secondaires. C'est une scientifique ? Elle est médecin ? Ou plutôt, elle était médecin, devrais-je dire ?

INSPECTEUR : C'est un membre concerné de la société civile, une avocate et une militante. Et elle était très impliquée dans l'aide humanitaire.

BBB (CRICK) : Quand vous dites « remis », ça veut dire quoi ?

INSPECTEUR : Elle les a apportés elle-même dans ce bâtiment à l'attention de sir Kenneth.

BBB (CRICK) : Elle a eu un reçu ?

INSPECTEUR *montre le reçu.*

BBB (CRICK) : Ah. Très bien. Reçu : un paquet. La question, c'est de savoir ce qu'il y avait dedans, pas vrai ? Mais bon, je suis sûr que vous en avez des copies. Une synthèse de dossiers cliniques, forcément.

INSPECTEUR : Nous comptons les obtenir d'un jour à l'autre.

BBB (CRICK) : Ah oui ? Eh bien, nous serons ravis d'y jeter un œil, n'est-ce pas, Viv ? Je veux dire, le Dypraxa, c'est notre produit vedette maintenant, ce que le patron appelle le fleuron du catalogue. Il y a plein de papas et de mamans et de bambins heureux grâce au Dypraxa qui les a soignés. Alors, si Tessa a levé un lièvre, on aimerait vraiment le savoir pour agir en conséquence. Si le patron était là, il serait le premier à le dire. Simplement, c'est le genre de type qui vit à bord d'un Gulfstream. Je suis quand même surpris qu'il l'ait envoyée balader. Ça ne lui ressemble pas du tout. Enfin, j'imagine que quand on est débordé comme il l'est...

BBB (EBER) : Nous avons une procédure établie pour les réclamations des clients sur nos produits pharmaceutiques, voyez-vous, Rob. En l'occurrence, nous ne sommes que le distributeur. Nous importons, nous distribuons. Dans la mesure où le gouvernement kenyan a donné son feu vert à un médicament et que les centres médicaux sont prêts à l'utiliser, nous agissons juste en tant qu'intermédiaire, voyez-vous. C'est à peu près là

264

que s'arrête notre responsabilité. Naturellement, nous prenons conseil pour le stockage, nous tenons à fournir la température et l'humidité adéquates, etc. Mais sinon, la balle est dans le camp du fabricant et du gouvernement kenyan.

INSPECTEUR : Et les essais cliniques ? Vous n'êtes pas censés conduire des essais ?

BBB (CRICK) : Non. Je crains que vous n'ayez mal fait vos devoirs, là-dessus, Rob. Pas si vous parlez d'un vrai protocole d'essai en double aveugle, en tout cas.

INSPECTEUR : Alors on parle de quoi ?

BBB (CRICK) : Ce n'est plus d'actualité quand un médicament sort sur un marché donné comme le Kenya. Une fois qu'on le distribue et qu'on a le soutien total des autorités sanitaires du cru, emballez c'est pesé.

INSPECTEUR : Alors vous faites quoi comme essais, comme tests, comme expériences, si vous en faites ?

BBB (CRICK) : Écoutez, ne jouons pas sur les mots, d'accord ? S'il s'agit d'étoffer le dossier d'un médicament, un vrai bon médicament comme celui-ci, quand on s'apprête à le distribuer dans un pays non africain et pas des moindres, disons les États-Unis, alors oui, je vous l'accorde, ce que nous faisons ici pourrait être assimilé à un test. Mais uniquement dans ce sens. En prévision de la situation qui nous attend, le jour où ThreeBees et KVH pénétreront le nouveau marché prometteur auquel je fais allusion. Vous me suivez ?

INSPECTEUR : Pas encore. J'attends d'entendre le mot « cobaye ».

BBB (CRICK) : Tout ce que je dis, c'est que, dans des conditions optimales pour toutes les parties concernées et dans l'intérêt général, chaque patient est d'une certaine façon un sujet témoin. Personne ne parle de cobayes. Halte-là !

INSPECTEUR : L'intérêt général signifiant le marché américain, c'est ça ?

BBB (CRICK) : Bon Dieu, mais c'est pas vrai ! Je répète : chaque chiffre, chaque donnée enregistrée, chaque patient, tous les résultats sont scrupuleusement consignés et analysés en permanence à Seattle, Vancouver et Bâle pour référence ultérieure, pour l'agrément du produit quand on voudra le déposer ailleurs, pour nous prémunir contre tout problème. Sans compter que les autorités sanitaires kenyanes ne nous lâchent pas d'une semelle.

INSPECTEUR : Pour quoi faire ? Récupérer les cadavres ?

P.R. OAKEY : Je suis sûr que vous ne l'avez pas dit, Rob, et nous ne l'avons pas entendu. Doug a été extrêmement franc et prodigue en informations. Peut-être trop. Oui, Lesley ?

INSPECTEUR : Alors, les réclamations, vous en faites quoi en attendant ? Direct poubelle ?

BBB (CRICK) : En général, Les, on répercute sur le fabricant, Karel Vita Hudson. Et après, soit on répond au client en fonction, soit KVH préfère s'en charger, c'est l'un ou l'autre. Mais en gros, voilà, Rob. Nous pouvons autre chose pour vous ? Peut-être pourrions-nous reprendre rendez-vous quand vous aurez les pièces en main ?

INSPECTEUR : Un petit instant, je vous prie. Selon nos informations, Tessa Quayle et le docteur Arnold Bluhm sont venus ici en novembre dernier à votre invitation, c'est-à-dire à l'invitation de ThreeBees, pour discuter des effets positifs ou négatifs du Dypraxa. Ils ont également donné copie à vos collègues des dossiers cliniques qu'ils avaient envoyés personnellement à sir Kenneth Curtiss. Vous me dites que vous n'avez aucune trace de cette rencontre, pas même l'identité des employés de ThreeBees qui y assistaient ?

BBB (CRICK) : Vous avez une date, Rob ?

INSPECTEUR : Nous avons un agenda signalant un rendez-vous le 18 novembre à 11 heures fixé par ThreeBees. Par le bureau de Mme Rampuri, pour être précis. Votre directrice du marketing qui serait présentement indisponible.

BBB (CRICK) : Ah ça, vous me l'apprenez. Et vous, Viv ?

BBB (EBER) : Pareil, Doug.

BBB (CRICK) : Si j'allais consulter l'agenda d'Yvonne pour vous ?

INSPECTEUR : Bonne idée. Nous allons vous aider.

BBB (CRICK) : Du calme, du calme. Je dois obtenir son accord au préalable, allons. Yvonne est une sacrée bonne femme. Je n'irais pas fouiner dans son agenda sans son feu vert, pas plus que dans le vôtre, Lesley.

INSPECTEUR : Appelez-la. Nous paierons la communication.

BBB (CRICK) : Hors de question, Rob.

INSPECTEUR : Pourquoi ?

BBB (CRICK) : Voyez-vous, Rob, Yvonne et son compagnon sont allés à un méga mariage à Mombasa. Quand on dit « pour raison familiale », c'est ça la raison, OK ? Ils vont être sacrément occupés, croyez-moi. Alors *a priori* on ne pourra pas la contacter avant lundi au plus tôt. Je ne sais pas si vous êtes déjà allé à un mariage à Mombasa, mais je peux vous dire que…

INSPECTEUR : Oublions l'agenda. Qu'en est-il des notes qu'ils lui ont laissées ?

BBB (CRICK) : Vous voulez dire ces dossiers médicaux dont vous nous avez parlé ?

INSPECTEUR : Entre autres.

BBB (CRICK) : Eh bien, Rob, s'il s'agit de vrais dossiers, avec discussion technique des symptômes, des indications, de la posologie, des effets secondaires, aucun doute, Rob, comme on vous l'a dit, c'est direct chez le fabricant. Donc Bâle, donc Seattle, donc Vancouver. Enfin, merde ! Si on ne s'en remettait pas tout de suite aux experts pour évaluation, ce serait criminel, irresponsable, pas vrai, Viv ? Ce n'est pas juste une politique d'entreprise. Chez ThreeBees, c'est carrément les Saintes Écritures, pas vrai ?

BBB (EBER) : Tout à fait, Doug. Le patron est formel. A la seconde où il y a un problème, c'est SOS KVH.

INSPECTEUR : Vous nous dites quoi, là ? C'est ridicule. Vous en faites quoi des papiers, dans cette boîte, à la fin ?

BBB (CRICK) : Je vous dis : message reçu, on va faire des recherches et voir ce qu'on trouve. Ce n'est pas l'administration, ici, Rob. Ni Scotland Yard. C'est l'Afrique. On n'est pas scotchés à la paperasse, vu ? On a autre chose à foutre que de…

P.R. OAKEY : Sérions les problèmes, vous voulez bien ? J'en vois deux, voire trois. Primo : êtes-vous sûrs que ce fameux rendez-vous entre Mme Quayle, le Dr Bluhm et des représentants de ThreeBees a bien eu lieu ?

INSPECTEUR : Comme nous vous l'avons déjà dit, nous avons preuve écrite de la main de Bluhm dans son agenda qu'un rendez-vous a été pris pour le 18 novembre auprès du bureau de Mme Rampuri.

P.R. OAKEY : Pris, c'est une chose, Lesley. Tenu, c'en est une autre. Espérons que Mme Rampuri a bonne mémoire, parce qu'elle doit en organiser des tonnes, de réunions… Deuzio, l'état d'esprit. Pour autant que vous le sachiez, ces démarches supposées, elles étaient vindicatives, dans l'esprit ? En d'autres termes, est-ce que ça sentait le procès ? *De mortuis* etc., mais à ce qu'on dit, Mme Quayle n'était pas du genre à y aller mollo. Et elle était avocate, vous dites. Et le Dr Bluhm est un pro de la pharmacovigilance, paraît-il. Ce ne sont pas des pékins de base.

INSPECTEUR : Qu'est-ce que ça change, s'ils ont été vindicatifs ? Quand un médicament tue, les gens ont le droit d'être vindicatifs.

P.R. OAKEY : Oui, enfin, à l'évidence, Rob, si Mme Rampuri a flairé le procès, ou pire, si le patron a flairé le procès, en supposant qu'il ait bien reçu les documents écrits, ce qui est loin d'être acquis, leur tout premier réflexe aura été de les transmettre au service juridique. C'est peut-être là qu'il faudrait chercher, n'est-ce pas, Doug ?

INSPECTEUR : Je croyais que c'était vous, le service juridique.

P.R. OAKEY (*avec humour*) : Je suis un dernier recours, Rob. Pas un premier recours. Je prends bien trop cher.

BBB (CRICK) : On vous recontactera, Rob. Ce fut un plaisir. Si on déjeunait, la prochaine fois ? Mais bon, n'espérez pas de miracles, surtout. Comme je vous l'ai dit, on ne passe pas nos journées à archiver des papiers, ici. On a beaucoup de fers au feu et chez ThreeBees on bat le fer pendant qu'il est chaud, *dixit* le patron. C'est comme ça que cette compagnie est devenue ce qu'elle est.

INSPECTEUR : Encore un instant, je vous prie, monsieur Crick. Nous aimerions parler à un certain M. Lorbeer, sans doute médecin, d'origine allemande, suisse ou hollandaise. Malheureusement, nous ignorons son prénom, mais nous savons qu'il a pris une part active au lancement du Dypraxa ici, en Afrique.

BBB (CRICK) : Dans quel domaine, Lesley ?

INSPECTEUR : Qu'est-ce que ça change ?

BBB (CRICK) : Eh bien, tout. Si Lorbeer est médecin, ce que vous semblez croire, il travaille sans doute pour les fabricants plutôt que pour nous. ThreeBees ne fait pas dans le médical, voyez-vous. Nous sommes des béotiens sur ce marché. Des commerciaux. Alors, là aussi, Les, je ne peux guère que vous renvoyer sur KVH.

INSPECTEUR : Écoutez, vous le connaissez Lorbeer, oui ou non ? On n'est pas à Vancouver, ni à Bâle, ni à Seattle. On est en Afrique. C'est votre turf et votre médicament. Vous l'importez, vous en faites la pub, vous le distribuez et vous le vendez. Nous vous disons qu'un certain Lorbeer a travaillé sur votre médicament ici en Afrique. Vous en avez entendu parler ou pas ?

P.R. OAKEY : Je crois que vous avez déjà eu votre réponse, Rob. Adressez-vous au fabricant.

INSPECTEUR : Et une femme du nom de Kovacs, peut-être hongroise ?

BBB (EBER) : Médecin aussi ?

INSPECTEUR : Occupez-vous du nom, pas du titre. Est-ce que l'un d'entre vous a déjà entendu le nom de Kovacs ? Une femme ? En liaison avec la commercialisation de ce médicament ?

BBB (CRICK) : Essayez donc le bottin, Rob.

INSPECTEUR : Il y a aussi un docteur Emrich auquel nous voudrions parler…

P.R. OAKEY : Bon, eh ben, chou blanc. Je suis vraiment désolé que nous ne puissions pas vous aider davantage. On aura fait le maximum, mais il faut croire que ce n'est pas notre jour.

Note ajoutée une semaine après ce rendez-vous :

Malgré les recherches que ThreeBees prétend avoir entreprises, aucun papier, aucune lettre, aucun dossier médical, aucun e-mail et aucun fax de Tessa Abbott ou Quayle ou Arnold Bluhm n'auraient été retrouvés à ce jour. KVH nie en avoir eu connaissance, ainsi que le service juridique de ThreeBees Nairobi. Nos tentatives pour recontacter Eber et Crick ont également échoué. Crick « suit une formation continue en Afrique du Sud » et Eber « a été transférée dans un autre service ». Leurs remplaçants n'ont pas encore été nommés. Mme Rampuri reste indisponible « jusqu'à la restructuration de la société ».

CONCLUSIONS : Nous recommandons que Scotland Yard intervienne auprès de sir Kenneth K. Curtiss pour qu'il fournisse une déclaration sur les rapports de son entreprise avec la défunte et le Dr Bluhm, qu'il ordonne à ses employés d'organiser une recherche approfondie pour retrouver l'agenda de Mme Rampuri et les documents manquants, et que Mme Rampuri se présente immédiatement pour interrogatoire.

[Paraphé par le commissaire Gridley, classé sans suite.]

ANNEXE

Crick, Douglas (Doug) James, né à Gibraltar le 10/10/1970 (sources : casier judiciaire, archives du min. de la Déf., minutes de la cour martiale).

Le sujet est le fils naturel de Crick, David Angus, marine royale (dégradé). Crick senior a purgé onze ans dans des prisons anglaises pour divers crimes, dont deux homicides involontaires. Il vit aujourd'hui dans le luxe à Marbella, en Espagne.

Crick, Douglas James (le sujet) arrive en Grande-Bretagne de Gibraltar à l'âge de neuf ans en compagnie de son père (cf. *supra*) arrêté dès son débarquement. Le sujet, mis en placement, doit répondre devant plusieurs tribunaux pour enfants de délits divers, dont trafic de stupéfiants, coups et blessures, proxénétisme et troubles à l'ordre public. Également soupçonné de complicité dans le meurtre de deux jeunes Noirs par un gang à Nottingham en 1984, mais laissé en liberté.

En 1989, le sujet soi-disant réhabilité se porte volontaire pour servir dans la police. Il n'est pas recruté, sinon peut-être comme informateur occasionnel.

En 1990, le sujet s'engage dans l'armée britannique, suit l'entraînement commando et est affecté avec le rang et la solde de sergent au Renseignement militaire pour une mission en civil en Irlande du Nord. Il y sert trois ans, avant d'être dégradé au rang de simple soldat et exclu de l'armée. Le reste de son dossier militaire n'est pas disponible.

Quoique D. J. Crick (le sujet) nous ait été présenté comme employé aux relations publiques, il occupait encore récemment chez ThreeBees un poste haut placé à la sécurité. On le dit intime avec sir Kenneth K. Curtiss, dont il a souvent assuré la protection rapprochée, notamment lors des voyages de Curtiss au Moyen-Orient, en Amérique latine, au Nigeria et en Angola au cours de l'année écoulée.

*

Aller harceler Kenny K jusqu'à sa ferme, le pauvre, dit Tim Donohue devant le plateau de Monopoly dans le jardin de Gloria. *Des coups de fil à des heures indues, des lettres grossières déposées à son club. Balayez tout ça sous le tapis, c'est notre conseil.*

Ce sont des tueurs, dit Lesley dans l'ombre de la camionnette à Chelsea. *Mais ça, vous l'avez déjà remarqué.*

Bercé par l'écho de ces souvenirs, Justin avait dû s'assoupir à la table de comptes, parce qu'il s'éveilla au son d'un combat aérien matutinal entre mouettes et oiseaux terrestres, sauf qu'en y regardant de plus près ce n'était pas l'aube mais le crépuscule. Peu après, il se retrouva démuni. Il avait lu tout ce qu'il y avait à lire et il savait, s'il en avait jamais douté, que sans l'ordinateur de Tessa, il ne voyait qu'un détail du tableau.

Chapitre 13

Guido attendait sur le seuil du cottage, vêtu d'un manteau noir trop long pour lui et encombré d'un cartable qui ne tenait pas sur ses frêles épaules. D'une main décharnée, il serrait une boîte en fer contenant ses médicaments et ses sandwiches. Il était 6 heures du matin. Les premiers rayons du soleil printanier ourlaient d'or les toiles d'araignée sur le talus herbeux. Justin avança la jeep le plus près possible du cottage. Sous l'œil de sa mère à la fenêtre, Guido repoussa la main que lui tendait Justin pour sauter sur le siège du passager, bras, genoux, cartable, boîte en fer, basques compris, et s'affaler à ses côtés comme un oisillon après son premier vol.

« Ça fait longtemps que tu attends ? » demanda Justin, qui obtint pour toute réponse un froncement de sourcils.

Guido est passé maître dans l'art de l'autodiagnostic, lui rappelle Tessa, très impressionnée par sa récente visite à l'hôpital pédiatrique de Milan. *S'il est malade, il réclame l'infirmière. S'il est très malade, l'infirmière-chef. Et s'il se croit mourant, le médecin. Et ils rappliquent tous en courant.*

« Je dois être devant l'école à 9 heures moins 5, dit sèchement Guido en anglais.

– Pas de problème, répondit Justin également en anglais pour flatter son orgueil.

– Si c'est plus tard, j'arrive en classe essoufflé. Si c'est plus tôt, je traîne et tout le monde me remarque.

– Compris, fit Justin, remarquant d'un coup d'œil dans le rétroviseur que Guido avait le teint cireux, comme lorsqu'il avait besoin d'une transfusion. Et au cas où tu te poserais la

question, on va travailler dans l'oliverie, pas dans la villa »,
le rassura-t-il.

Guido ne pipa mot, mais le temps qu'ils atteignent
la route côtière, il avait repris des couleurs. Parfois, moi
non plus je ne supporte pas de la sentir si proche, songea
Justin.

La chaise étant trop basse pour Guido et le tabouret trop
haut, Justin alla chercher deux coussins à la villa. A son
retour, Guido était déjà debout devant le bureau en pin à tri-
poter nonchalamment les éléments du portable – le cordon
téléphonique du modem, les transformateurs pour le PC et
l'imprimante, la fiche d'alimentation, le câble de connexion
et enfin l'ordinateur lui-même, qu'il manipula avec une
irrévérence téméraire : il ouvrit le rabat, puis enfonça le
fil électrique mais sans le brancher à la prise murale, Dieu
merci, du moins pour l'instant. Avec la même assurance
cavalière, il écarta les périphériques dont il n'avait pas
l'usage et se laissa tomber sur les coussins rehaussant la
chaise.

« OK, annonça-t-il.

– OK quoi ?

– Branchez, ordonna-t-il en anglais, avec un signe de tête
en direction du socle mural à ses pieds. Allons-y », dit-il en
lui tendant le câble.

L'oreille hypersensible de Justin décela dans sa voix un
nouvel accent nasillard, déplaisant, à l'américaine.

« Quelque chose peut mal tourner ? s'inquiéta-t-il.

– Comme quoi, par exemple ?

– On ne risque pas de tout effacer par erreur ?

– En l'allumant ? Non.

– Pourquoi pas ?

– Tout ce qui est là-dedans, elle l'a sauvegardé, expliqua
Guido en balayant l'écran d'un geste auguste de sa main
d'épouvantail. Si elle ne l'a pas sauvegardé, c'est qu'elle
n'en voulait pas, alors ce n'est pas là-dedans. C'est pas
logique, ça ? »

Justin sentit une barre se former sur son front, traduisant
son irritation habituelle face au jargon informatique.

« D'accord. Si tu le dis, je branche, concéda-t-il en se

penchant pour faire entrer précautionneusement la fiche dans la prise murale. C'est sûr ?

– C'est pas vrai, ça ! »

A contrecœur, Justin abaissa l'interrupteur et se releva à temps pour constater que rien ne se produisait sur l'écran. La bouche soudain sèche, il eut la nausée. J'exagère. Je me fourvoie comme un crétin. J'aurais dû prendre un expert, pas un enfant. J'aurais dû apprendre à faire marcher ce satané truc moi-même. Mais l'écran s'éclaira et lui présenta une ribambelle d'enfants africains radieux agitant la main devant un dispensaire au toit de tôle, puis une vue aérienne de rectangles et d'ovales colorés éparpillés sur un fond bleu-gris.

« C'est quoi ?

– Le bureau. »

Justin lut par-dessus l'épaule de Guido : *Ma mallette… Voisinage réseau… Connexion express…*

« Et maintenant ?

– Vous voulez voir les dossiers ? Je vous montre les dossiers. On va dans DOSSIERS et vous lisez.

– Je veux voir ce que Tessa voyait. Tout ce sur quoi elle travaillait. Je veux la suivre à la trace, lire tout ce qu'il y a là-dedans. Il me semblait avoir été clair là-dessus. »

Dans son angoisse, la présence de Guido l'insupportait. Il aurait voulu Tessa pour lui tout seul, comme avant, à la table de comptes. Il aurait voulu que son ordinateur n'existe pas. Guido pointa une flèche sur une icône dans le coin inférieur gauche de l'écran.

« Tu tapes sur quoi, là ?

– Le trackpad. Voilà les neuf derniers documents sur lesquels elle a travaillé. Vous voulez que je vous montre les autres ? Je vous montre les autres, pas de problème. »

Une fenêtre apparut, intitulée *Ouvrir dossier, Docs Tessa.* Guido cliqua de nouveau.

« Elle a en gros vingt-cinq éléments dans cette famille, expliqua-t-il.

– Ils ont des titres ? »

Guido se pencha de côté, invitant Justin à regarder pour lui-même :

Labos	Peste	Essais
labos-généralités	peste-historique	Russie
labos-pollution	peste-Kenya	Pologne
labos-tiers-monde	peste-remèdes	Kenya
labos-surveillance	peste-nouveau	Mexique
labos-corruption	peste-ancien	Allemagne
labos-procès	peste-charlatans	Victimes recensées
labos-liquidités		Wanza
labos-plaintes		
labos-hypocrisie		
labos-essais		
labos-faux		
labos-mensonges		

« Arnold, lut Guido qui déplaçait la flèche et cliquait. Qui c'est, cet Arnold, tout d'un coup ?

– Un ami à elle.

– Il a des documents à lui. Ouh là, qu'est-ce qu'il en a !

– Combien ?

– Plus de vingt, dit-il avant de recliquer. *Bric-à-brac.* C'est quoi, cette expression ?

– Ah ça, ils n'ont peut-être pas d'équivalent en Amérique, bougonna Justin. Qu'est-ce que c'est que ça ? Tu fais quoi, là ? Tu vas trop vite.

– Mais non. Je vais lentement exprès pour vous. Je regarde dans sa mallette, pour voir combien de dossiers elle a. Wow ! Elle en a un max. Dossier 1, dossier 2, et plein d'autres », ajouta-t-il en cliquant toujours.

Son attitude d'adolescent américain horripilait Justin. D'où la sort-il ? Il a dû regarder trop de films hollywoodiens. Je vais parler au principal.

« Vous avez vu ? demandait Guido. C'est sa corbeille. C'est là qu'elle met ce qu'elle compte jeter.

– Mais qu'elle n'a pas encore jeté, j'imagine.

– Ce qui est là, elle ne l'a pas jeté. Ce qui n'y est plus, elle l'a jeté, annonça-t-il en cliquant.

– C'est quoi, AOL ? s'enquit Justin.

– America On Line, un provider. Un fournisseur d'accès internet. Ce qu'elle a récupéré par AOL et qu'elle a gardé, elle l'a stocké dans ce navigateur, avec ses anciens e-mails. Les nouveaux messages, il faut aller en ligne si on veut les récupérer. Pour en envoyer, il faut aussi aller en ligne. Hors ligne, il n'y a pas d'émission ni de réception.

– Ça, je le sais. C'est évident.

– Vous voulez que je me connecte ?

– Pas encore. Je veux voir ce qu'il y a là-dedans, déjà.

– Tout ?

– Oui.

– Alors, vous en avez pour des jours de lecture. Peut-être même des semaines. Vous n'avez qu'à pointer la souris et à cliquer. Vous voulez vous asseoir à ma place ?

– Tu es absolument sûr que rien ne peut mal tourner ? insista Justin en s'installant sur la chaise, tandis que Guido se postait derrière lui.

– Ce qu'elle a sauvegardé est sauvegardé. Je vous l'ai dit. Pourquoi elle l'aurait sauvegardé, sinon ?

– Et je ne peux pas le perdre ?

– Mais je rêve ! Non, sauf si vous cliquez sur effacer. Et même si vous cliquez sur effacer, ça va vous demander : Justin, vous êtes sûr que vous voulez effacer ? Si vous n'êtes pas sûr, vous dites non. Vous cliquez sur non. Si vous cliquez sur non, ça veut dire *Non, je ne suis pas sûr*. Cliquer, ça se résume à ça. Lancez-vous. »

Justin explore à tâtons le labyrinthe de Tessa, sous la supervision de Guido qui joue les mentors et dicte ses ordres comme un androïde de film américain. A chaque procédure nouvelle ou complexe, Justin réclame une pause, prend une feuille de papier et note les étapes que lui énonce Guido d'un ton impérieux. De nouveaux horizons informatiques s'ouvrent à lui. Va ici, va là, reviens ici. C'est trop vaste, tu as ratissé trop large, je ne te rattraperai jamais, dit-il à Tessa. Même si je lisais pendant un an, comment saurais-je que j'ai trouvé ce que tu cherchais ?

*

Des communiqués de l'Organisation mondiale de la santé. Les actes d'obscurs symposiums médicaux organisés à

Genève, Amsterdam et Heidelberg sous l'égide d'un des non moins obscurs avant-postes du vaste empire médical onusien.

Des prospectus vantant des molécules au nom imprononçable et leurs vertus curatives.

Des notes de Tessa à elle-même. Des mémos. Une citation choc de *Time Magazine* encadrée de points d'exclamation, en capitales grasses, visible de l'autre bout de la pièce par qui a des yeux et les garde ouverts. Une synthèse effrayante pour la galvaniser dans sa quête :

> EN 1993, LES ESSAIS CLINIQUES SE SONT SOLDÉS PAR 691 RÉACTIONS NÉGATIVES, DONT SEULES 39 ONT ÉTÉ SIGNALÉES AUX AUTORITÉS SANITAIRES NATIONALES.

Tout un dossier consacré à PW. Qui diable est PW dans la vie ? Désespoir. Qu'on en revienne au papier, ça je comprends. Mais en cliquant sur *Bric-à-brac*, revoilà PW qui lui saute au visage. Un autre clic et tout est clair : PW pour PharmaWatch, cyber-underground autoproclamé avec une base virtuelle au Kansas et la « mission de dénoncer les abus et les méfaits de l'industrie pharmaceutique », mais aussi « l'inhumanité des soi-disant humanitaires qui dépouillent les nations les plus pauvres ».

Des comptes rendus de conférences dites « occultes » entre manifestants prévoyant de converger sur Seattle ou Washington pour exprimer leurs opinions à la Banque mondiale et au Fonds monétaire international.

De grandes phrases sur « L'hydre géante de l'entreprise Amérique » et le « Monstre capitalisme ». Un billet d'humeur tiré de Dieu sait où intitulé « L'anarchisme redevient tendance ».

Justin clique encore et tombe sur une attaque en règle du mot *Humanitarisme*. A ce qu'il découvre, *humanitarisme* est le mot clé de Tessa. Dès qu'elle l'entend, confie-t-elle à Bluhm dans un long e-mail, elle sort son revolver.

Chaque fois que j'entends un labo justifier ses agissements par les mots Humanitarisme, Altruisme ou

Déontologie, j'ai envie de vomir, et pas parce que je suis enceinte, mais parce que je lis par ailleurs que les géants pharmaceutiques américains essaient de prolonger la vie de leurs patients pour préserver leur monopole, fixer les prix qu'ils veulent et utiliser le département d'État comme épouvantail afin de dissuader le tiers-monde de fabriquer ses propres produits génériques à une fraction du prix de la version déposée. D'accord, ils ont fait un geste histoire de dire, pour les médicaments antisida. Mais parlons plutôt de...,

*

Je sais tout ça, songe-t-il en cliquant de nouveau sur le bureau, puis sur *Docs Arnold*.

« Qu'est-ce que c'est que ça ? » s'affole-t-il, ôtant les mains du clavier comme pour se dédouaner.

C'est la première fois de toute leur vie commune que Tessa exige un mot de passe avant de le laisser entrer. Son ordre est dépouillé : MOT DE PASSE, MOT DE PASSE, comme une enseigne de bordel clignotante.

« Merde, lâche Guido.

– Elle avait un mot de passe, quand elle t'a appris à faire marcher ce truc ? demande Justin en ignorant cet éclat scatologique.

– Moi, fanfaronne Guido avant de se couvrir la bouche d'une main en se penchant pour taper cinq caractères de l'autre, ce qui affiche cinq astérisques et rien d'autre.

– Qu'est-ce que tu fais ?

– Je tape mon nom, Guido.

– Pourquoi ?

– C'était ça, le mot de passe, s'excite-t-il en italien. Le I n'est pas un I, c'est un 1. Et le O est un zéro. Tessa raffolait de ce truc. Dans un mot de passe, il fallait au moins un chiffre. Elle n'en démordait pas.

– Pourquoi je vois des étoiles ?

– Parce que vous n'êtes pas censé voir Guido ! Sinon, vous pourriez lire le mot de passe par-dessus mon épaule !

Ça ne marche pas! Guido n'est plus son mot de passe! s'exclame-t-il en se cachant le visage entre les mains.

– Alors, on n'a qu'à deviner, suggère Justin pour le calmer.

– Deviner comment? Deviner quoi? Et en combien d'essais? Trois, genre!

– Tu veux dire que si on se trompe, on n'entre pas, dit Justin, essayant vaillamment de prendre le problème à la légère. Hé ho? Tu veux bien me regarder?

– Un peu qu'on n'entre pas!

– Bon, d'accord. Réfléchissons. Qu'est-ce qu'il y a d'autre, comme chiffres qui peuvent remplacer des lettres?

– Trois, ça peut être E à l'envers. Cinq, ça peut être S. Il y en a au minimum une demi-douzaine. C'est horrible! se lamente-t-il, toujours caché derrière ses mains.

– Qu'est-ce qui se passe au juste si on épuise nos essais?

– Ça se bloque et ça ne donne plus d'essais, qu'est-ce que vous croyez?

– Plus jamais?

– Plus jamais!

– Et d'après toi on n'a droit qu'à trois essais? demande Justin en souriant à ce mensonge.

– Écoutez, je suis pas une encyclopédie, OK? Je suis pas un mode d'emploi. Quand je sais pas, je me tais. Ça peut être trois, ça peut être dix. Il faut que j'aille à l'école. Vous devriez peut-être appeler la hotline.

– Réfléchis. Après Guido, c'est quoi qu'elle préfère?

– Vous! dit Guido en montrant enfin son visage. Qu'est-ce que vous croyez! Justin!

– Elle n'aurait pas fait ça.

– Pourquoi?

– Parce que c'est son royaume, pas le mien.

– Vous dites ça au pif! C'est débile. Essayez Justin. J'ai raison, je suis sûr que j'ai raison!

– Écoute-moi. Après Justin, c'est quoi qu'elle préfère?

– J'étais pas marié avec elle, moi, OK? Vous, oui! »

Justin pense à *Arnold*, puis à *Wanza*. Il essaie *Ghita* en tapant 1 pour le I. Rien ne se passe. Il émet un grognement agacé pour railler ce jeu puéril indigne de lui, mais c'est parce que son esprit part dans toutes les directions et qu'il ne sait pas laquelle suivre. Il pense à *Garth*, feu le père de Tessa, puis à *Garth*, feu son fils, et les écarte tous deux pour des motifs esthétiques autant qu'affectifs. Il pense à *Tessa*, mais elle n'est pas mégalomane. Il pense à *ARN0lD* et *ARNOLD* et *ARN0lD*, mais Tessa n'aurait pas eu la bêtise de bloquer le dossier d'Arnold avec Arnold pour mot de passe. Il songe à *Maria*, la mère de Tessa, puis à *Mustafa*, puis à *Hammond*, mais aucun ne s'impose comme nom de code ou mot de passe. Un œil dans la tombe, il regarde disparaître sous la terre rouge les freesias jaunes disposés sur le couvercle du cercueil. Il voit Mustafa, debout dans la cuisine des Woodrow avec son panier à la main. Et il se revoit en chapeau de paille les entretenir dans leur jardin de Nairobi et ici, sur l'île d'Elbe. Il entre le mot *freesia* en tapant 1 pour le I. Sept astérisques apparaissent, mais rien ne se produit. Il saisit le même mot en tapant 5 pour le S.

« J'ai encore droit à un essai ? demande-t-il doucement.

– J'ai douze ans, Justin, douze ans ! s'emporte Guido avant de se radoucir. Peut-être encore un. Après, c'est rideau. Je démissionne, OK ? C'est son ordinateur. Le vôtre. Laissez-moi en dehors de tout ça. »

Justin tape une troisième fois *freesia*, toujours avec un 5 pour le S, mais en retransformant le 1 en I, et découvre un pamphlet inachevé. Grâce à ses freesias jaunes, il vient de pénétrer dans le dossier *Arnold* et d'y trouver un tract sur les droits de l'homme. Guido danse de joie dans toute la pièce.

« On a réussi ! Je vous l'avais bien dit ! On est géniaux ! Elle est géniale ! »

*

Pourquoi les gays africains sont-ils condamnés à vivre cachés ?
Oyez les sages paroles du grand arbitre de la moralité, le président Daniel Arap Moi :
« Les termes lesbianisme et homosexualité n'existent pas dans les langues africaines. » Moi, 1995.

« L'homosexualité va à l'encontre des coutumes et croyances africaines. C'est même un péché capital aux yeux de l'Église. » Moi, 1998.

Comme de bien entendu, le Code pénal kenyan le soutient dûment sur toute la ligne. Les articles 162 à 165 prévoient un EMPRISONNEMENT DE CINQ À QUINZE ANS pour « actes charnels contre nature ». La loi va plus loin encore :

– La loi kenyane définit toute relation sexuelle entre deux hommes comme un ACTE CRIMINEL.

– La loi kenyane n'envisage même pas de relation sexuelle entre deux femmes.

Quelles sont les CONSÉQUENCES SOCIALES de cette attitude antédiluvienne ?

– Les gays se marient ou ont des liaisons avec des femmes afin de dissimuler leur orientation sexuelle.

– Ils le vivent mal, et leur épouse aussi.

– Il n'y a aucune éducation sexuelle spécifique pour les gays, même au plus fort de l'épidémie de sida, longtemps occultée au Kenya.

– Des pans entiers de la société kenyane sont obligés de vivre dans le mensonge. Médecins, avocats, entrepreneurs, prêtres et politiciens vivent dans la terreur du chantage et de l'arrestation.

– Ainsi se crée un cercle vicieux de corruption et d'oppression qui précipite notre société toujours plus loin dans le bourbier.

Ici s'arrête l'article. Pourquoi ?

Et pourquoi diable archiver un pamphlet inachevé sur les droits des homosexuels sous le titre *Arnold* et le bloquer avec un mot de passe ?

Justin prend conscience de la présence à son côté de Guido, qui est revenu de ses pérégrinations et se penche en avant vers l'écran, qu'il contemple d'un air perplexe.

« Il est temps que je t'emmène à l'école, affirme Justin.

– Pas encore ! On a encore dix minutes ! Qui c'est, Arnold ? Il est gay ? Qu'est-ce qu'ils font, les gays ? Ma mère pique une crise quand je le lui demande.

– On y va. On pourrait se retrouver coincés derrière un tracteur.

– Écoutez. Laissez-moi ouvrir sa boîte aux lettres, d'accord ? Quelqu'un aurait pu lui écrire. Arnold, peut-être. Vous ne voulez pas aller voir dans sa boîte aux lettres ? Elle vous a peut-être envoyé un message que vous n'avez pas encore lu. Alors, je l'ouvre ? Oui ?

– Tout va bien se passer, dit Justin en posant doucement la main sur l'épaule de Guido. Personne ne va se moquer de toi. Ça arrive à tout le monde d'être absent de temps en temps. Ça ne veut pas dire qu'on est invalide. Ça veut dire qu'on est normal. On regardera dans sa boîte aux lettres quand tu seras de retour. »

*

L'aller-retour à l'école de Guido prit une grosse heure, pendant laquelle Justin ne s'autorisa aucun vagabondage mental, aucune spéculation prématurée. Quand il revint à l'oliveraie, il ne se dirigea pas vers l'ordinateur, mais vers la pile de documents que lui avait remise Lesley dans la camionnette devant le cinéma. Avec bien plus d'aisance qu'à l'ordinateur, il y dénicha la photocopie d'une lettre non datée, écrite d'une main maladroite sur papier réglé, qui lui avait attiré l'œil durant l'un de ses premiers raids exploratoires. Selon le mémo joint paraphé par Rob, elle avait « fait surface » entre les pages d'une encyclopédie médicale que les deux policiers avaient trouvée par terre dans la cuisine de Bluhm, où des cambrioleurs frustrés l'avaient jetée. Un vieux papier à lettres défraîchi. Une enveloppe libellée à la boîte postale de l'ONG de Bluhm. Un cachet de l'ancienne île esclavagiste arabe de Lamu.

Mon cher Arni à moi chéri,
Jamais j'oublie notre amour ou tes étreints ou ta bonté pour moi. Quel chance et bonheur que t'honneur notre belle île pour ta vacance ! Je dois te dire merci, mais c'est à Dieu que je remercie pour ton amour et tes cado généreux et toute la connaissance que je vais

l'avoir dans mes études grâce à toi et en plus la moto.
Pour toi, mon homme chéri, je travaille le jour et nuit,
toujours avec la joie dans le cœur de savoir que mon
chéri il est avec moi à chaque pas, qui me soutient et qui
m'aime.

Et la signature ? Comme Rob avant lui, Justin tenta de la
déchiffrer. Ainsi que le soulignait son mémo, la calligraphie
tassée et étirée aux courbes harmonieuses suggérait un
auteur arabe. La signature à fioriture semblait se composer
d'une voyelle entre deux consonnes : Pip ? Pet ? Pat ? Dot ?
Inutile d'essayer de deviner. Pour autant que quiconque
puisse en juger, c'était peut-être une signature arabe.

Mais l'auteur était-il une femme ou un homme ? Une
Arabe illettrée de Lamu écrirait-elle aussi hardiment ? Et
ferait-elle de la moto ?

Justin traversa la pièce jusqu'au bureau en pin et s'assit
devant l'ordinateur mais, au lieu de rouvrir *Arnold*, il
contempla l'écran noir.

*

« Bon, alors, il aime qui, Arnold, en fait ? » lui demande-
t-il avec une nonchalance étudiée, alors qu'ils sont allongés
côte à côte sur le lit par une chaude soirée de dimanche à
Nairobi.

Arnold et Tessa sont revenus ce matin-là de leur premier
voyage ensemble sur le terrain, dont Tessa a déclaré que
c'était l'une des grandes expériences de sa vie.

« Arnold aime l'ensemble de la race humaine, répond-elle
tout alanguie. L'humanité entière.

– Il couche avec l'humanité entière ?

– Peut-être. Je ne lui ai pas posé la question. Tu veux que
je lui demande ?

– Non, je ne crois pas. Je me disais que je pourrais lui
demander moi-même.

– Ce ne sera pas nécessaire.

– Sûre ?

– Sûre et certaine, dit-elle avant de l'embrasser et de

l'embrasser encore jusqu'à ce qu'elle le ramène à la vie. Et ne me pose plus jamais cette question, ajoute-t-elle après coup, étendue avec le visage au creux de son aisselle et les jambes allongées sur les siennes. Disons seulement qu'Arnold a perdu son cœur à Mombasa », conclut-elle avant de se couler en lui, tête baissée et épaules roides.

*

A Mombasa ?

Ou à Lamu, soit 240 kilomètres plus loin sur la côte ?

Revenant à la table de comptes, Justin sélectionna cette fois-ci le profil par Lesley de « BLUHM, Arnold Moïse, médecin, disparu ou suspect ». Pas de scandale, pas de mariage, pas de compagne, pas de concubine. A Alger, le sujet résidait dans une auberge pour jeunes médecins des deux sexes, en chambre single. Pas d'autre nom dans les fichiers de son ONG. Personne à prévenir en cas d'accident : sa demi-sœur adoptive, une Belge résidant à Bruges. Arnold n'avait jamais fait de note de frais pour un accompagnant, n'avait jamais rien demandé d'autre qu'un hébergement pour célibataire. L'appartement dévasté du sujet à Nairobi était décrit par Lesley comme « monacal, avec une nette atmosphère d'abstinence ». Le sujet y vivait seul, sans domestique. « Dans sa vie privée, le sujet semble se passer de tout confort matériel, y compris l'eau chaude. »

*

« Le Muthaiga Club au grand complet s'est mis dans la tête que notre bébé a été engendré par Arnold », Justin informe-t-il Tessa avec une parfaite courtoisie.

Ils mangent du poisson dans un restaurant indien à la limite de la ville. Elle est enceinte de quatre mois et, même si leur conversation ne semble rien en trahir, Justin est plus épris d'elle que jamais.

« Qui c'est, le Muthaiga Club au grand complet ? demande-t-elle.

— Elena la Grecque, j'imagine. Qui a passé le mot à Gloria,

285

qui l'a passé à Woodrow, enchaîne-t-il gaiement. Qu'est-ce que je suis censé y faire, je l'ignore. T'emmener là-bas et te faire l'amour sur la table de billard, ça pourrait être une solution, si tu es partante.

– Alors, c'est une double offense, dit-elle d'un ton pensif. Un double préjugé.

– Double ? Pourquoi ?

– Ces enfoirés sont bourrés de préjugés, conclut-elle en baissant les yeux avec un petit hochement de tête. Alors, oublie ça. »

*

Et à l'époque, il avait suivi son ordre. Plus aujourd'hui.

Pourquoi *double* ? se demanda-t-il sans quitter l'écran des yeux.

Une *simple* offense, ce serait l'adultère d'Arnold. Mais double ? Pourquoi *double* ? A cause de sa race ? On reproche à Arnold son adultère supposé et sa race ? Ce serait ça, le double préjugé ?

Peut-être.

Sauf si.

Sauf si c'est de nouveau Tessa l'avocate au regard froid qui parle, celle qui a préféré ignorer une menace de mort plutôt que compromettre sa quête de justice.

Sauf si le *premier* des deux préjugés ne vise pas un Noir qui coucherait avec une Blanche mariée, mais les homosexuels en général, *dont Bluhm* – même si ses détracteurs l'ignorent.

Auquel cas, le raisonnement de l'avocate au regard froid et au sang chaud serait le suivant :

Première offense : Arnold est homosexuel, ce que les préjugés locaux lui interdisent d'admettre sous peine de devoir renoncer à son travail humanitaire, puisque Moi déteste les ONG autant que les homosexuels et qu'au minimum il ferait expulser Arnold.

Deuxième offense : Arnold est obligé de vivre caché (cf. article inachevé de ?). Au lieu d'affirmer sa sexualité, il en

286

arrive à jouer les play-boys et s'attire ainsi les critiques réservées aux adultérins interraciaux.

D'où une double offense.

Et enfin, pourquoi, une fois de plus, Tessa ne confie-t-elle pas ce secret à son époux bien-aimé au lieu de le laisser en proie à des soupçons déshonorants qu'il ne peut pas, ne doit pas et ne va pas avouer, y compris à lui-même? demanda-t-il à l'écran.

Il se rappela le nom du restaurant indien qu'elle aimait tant. Haandi.

*

Les vagues de jalousie que Justin avait si longtemps endiguées déferlèrent soudain sur lui. Mais une jalousie nouvelle à l'idée que Tessa et Arnold lui aient caché ce secret-là comme tant d'autres, qu'ils l'aient délibérément exclu de leur petit cercle à deux, voué à les reluquer de loin comme un voyeur torturé, ignorant malgré toutes les assurances de Tessa qu'il n'y avait jamais eu et qu'il n'y aurait jamais rien à voir, qu'aucune étincelle ne jaillirait jamais entre eux, comme Ghita avait failli l'expliquer à Rob et Lesley avant de se rétracter, que leur relation se limitait à cette amitié fraternelle qu'il avait lui-même décrite à Ham sans y croire vraiment au tréfonds de son cœur.

Un homme parfait. Ainsi Tessa avait-elle qualifié Bluhm un jour. Même Justin le sceptique n'avait jamais pensé à lui qu'en ces termes. Un homme qui touche la fibre homoérotique en chacun de nous, avait-il fait remarquer à Tessa en toute naïveté. Beau, éloquent, courtois avec les amis comme avec les inconnus. Beau, depuis sa voix rauque jusqu'à sa barbe gris acier bien taillée, en passant par ses yeux ronds d'Africain aux lourdes paupières qui ne vous quittent pas quand il vous parle ou vous écoute. Beau dans les gestes rares mais opportuns qui ponctuent ses affirmations lucides, intelligentes et superbement formulées. Beau de ses jointures ciselées à son corps svelte et découplé, athlétique et souple comme celui d'un danseur et aussi discipliné dans son maintien. Jamais impertinent, jamais inconscient, jamais insensible, alors qu'à chaque cocktail ou conférence il rencontrait des Occidentaux si frustes que Justin en était gêné pour lui. Même les anciens du Muthaiga Club le disaient : eh ben, ils n'en faisaient pas, de notre temps, des Noirs comme ce Bluhm, là, pas étonnant que la Lolita de Justin en soit tombée amoureuse.

Alors, pour l'amour de Dieu, pourquoi n'as-tu pas mis un terme à ma souffrance ? reprocha-t-il furieusement à Tessa, ou plutôt à l'écran.

Parce que je te faisais confiance et que j'attendais la même confiance en retour.

Si tu me faisais confiance, pourquoi ne m'as-tu rien dit ?

Parce que je ne trahis jamais la confiance de mes amis, et que je te demande de respecter cette attitude et de m'en admirer d'autant plus. Énormément et constamment.

Parce que je suis avocate et que question secrets, avait-elle pour habitude de dire, *la tombe, à côté de moi, c'est un vrai moulin à paroles.*

Chapitre 14

Et la tuberculose, c'est le jackpot – demandez donc à Karel Vita Hudson. D'un jour à l'autre, les pays les plus riches vont être confrontés à une pandémie tuberculeuse, ce qui fera du Dypraxa la poule aux œufs d'or dont rêve tout bon actionnaire. La peste blanche, la phtisie galopante, la grande faucheuse, la camarde ne se contente plus seulement des miséreux de cette terre. Elle fait ce qu'elle faisait il y a cent ans. Elle plane comme un immonde nuage de pollution dans *le ciel de l'Occident*, même si ses victimes se comptent toujours parmi les pauvres.

> – Un tiers de la population mondiale est porteur du bacille,

confie Tessa à son ordinateur, mettant en relief grâce au soulignage.

> – Aux États-Unis, l'incidence a augmenté de 20 % en sept ans...
> – En moyenne, un sujet non traité transmet la maladie à dix ou quinze personnes par an...
> – Les autorités sanitaires de New York se sont autorisées à incarcérer les tuberculeux qui refusent de se soumettre à l'isolement...
> – 30 % de tous les cas recensés de tuberculose sont aujourd'hui résistants aux médicaments...

La peste blanche n'est pas endogène, lit Justin. Elle nous est transmise par l'haleine viciée, les mauvaises conditions de vie, le manque d'hygiène, l'eau polluée et l'incurie administrative.

Les pays riches la détestent parce qu'elle ternit leur image de marque, les pays pauvres parce qu'elle y est souvent synonyme de sida. Certains refusent d'admettre qu'elle sévit chez eux, préférant vivre dans le déni plutôt que de porter la marque de l'infamie.

Et au Kenya, comme dans d'autres nations d'Afrique, l'incidence de la tuberculose a été multipliée par quatre depuis l'apparition du virus VIH.

Un e-mail détaillé d'Arnold énumère les difficultés pratiques que pose le traitement sur le terrain :

> – Diagnostic difficile et long. Les patients doivent apporter des échantillons de crachats plusieurs jours de suite.
> – Analyses en labo essentielles, mais microscopes souvent cassés ou volés.
> – Pas de teinture disponible pour détecter les bacilles. Teinture vendue, bue, épuisée, pas remplacée.
> – Durée du traitement : huit mois. Les patients qui se sentent mieux au bout d'un mois l'abandonnent ou vendent leurs comprimés. La maladie récidive sous une forme pharmacorésistante.
> – Médicaments antituberculeux vendus sur les marchés noirs d'Afrique comme remèdes contre les MST (maladies sexuellement transmissibles). L'Organisation mondiale de la santé recommande de surveiller le patient pendant qu'il prend son comprimé. Résultat : sur les marchés noirs, les comprimés sont vendus « humides » ou « secs » selon qu'ils ont séjourné ou non dans la bouche de quelqu'un...

Un post-scriptum abrupt poursuit :

> La tuberculose tue plus de mères que toute autre maladie. En Afrique, ce sont toujours les femmes qui paient le prix fort. Wanza était un cobaye, elle est devenue une victime.
> De même que des villages entiers de Wanzas ont servi de cobayes.

*

Extraits d'un article en page 4 de l'*International Herald Tribune* :

« L'Occident ne sera pas épargné par les souches de tuberculose pharmacorésistantes », par Donald G. McNeil Jr., Service du *New York Times*.

Certains passages soulignés par Tessa.

AMSTERDAM – Le nombre de souches mortelles de tuberculose résistantes aux médicaments augmente dans les pays pauvres mais aussi dans les pays riches occidentaux, selon un rapport de l'Organisation mondiale de la santé et d'autres groupes de lutte contre la tuberculose.

Pour le docteur Marcos Espinal, principal auteur de ce rapport : « Voilà le message : attention les gars, c'est sérieux.

Nous risquons une crise majeure. »

Mais l'arme la plus puissante dont dispose la communauté médicale internationale pour lever des fonds est le spectre d'une explosion incontrôlable de cas dans le tiers-monde, qui permettra à des souches distinctes de se recomposer en une maladie incurable et très contagieuse qui attaquera l'Ouest.

Note de bas de page rédigée par Tessa dans un style étonnamment sobre, comme si elle s'obligeait à éviter tout sensationnalisme :

« Selon Arnold, les immigrants russes aux États-Unis, notamment ceux qui arrivent tout droit des camps, sont porteurs de toutes sortes de souches de tuberculose multirésistantes – dans une proportion plus importante même qu'au Kenya, où multirésistance n'est PAS synonyme de séropositivité. D'après un de ses amis qui traite des cas très graves dans la zone de Bay Ridge à Brooklyn, les chiffres sont déjà affolants. L'incidence nationale dans les groupes des minorités urbaines surpeuplées serait en constante augmentation. »

C'est-à-dire en termes compréhensibles par les bourses du monde entier : si le marché de la tuberculose suit les prévisions, il y aura des milliards et des milliards de dollars à gagner, et ce qui les fera rentrer c'est le Dypraxa – toujours à condition que le galop d'essai en Afrique n'ait pas révélé d'effets indésirables, bien sûr.

A cette pensée, Justin retourne d'urgence à l'hôpital Uhuru de Nairobi. Se hâtant vers la table de comptes, il fouille de nouveau dans les dossiers de police et en exhume six pages photocopiées couvertes des gribouillis fiévreux de Tessa, qui s'efforce de transcrire le dossier médical de Wanza en termes simples.

Wanza est mère célibataire.

Elle ne sait ni lire ni écrire.

Je l'ai rencontrée à son village, et je l'ai revue dans le bidonville de Kibera. Elle est enceinte de son oncle, qui l'a violée, avant d'affirmer qu'elle l'avait aguiché. C'est sa première grossesse. Wanza a quitté le village pour éviter un nouveau viol, par son oncle ou par un autre homme qui la brutalisait.

Wanza dit que de nombreux villageois souffrent de vilaines toux. Beaucoup ont le sida, y compris des femmes. Deux femmes enceintes sont mortes récemment. Comme Wanza, elles se rendaient au dispensaire situé à 8 kilomètres du village. Wanza n'a plus voulu y retourner. Elle avait peur que leurs médicaments soient mauvais. Ceci prouve que Wanza est intelligente, parce que la plupart des autochtones ont une foi aveugle dans les médecins, même si elles ont plus de respect pour les piqûres que pour les comprimés.

A Kibera, des Blancs sont venus la voir. Un homme et une femme qui portaient des blouses blanches et qu'elle a donc pris pour des médecins. Ils savaient de quel village elle venait. Ils lui ont donné des comprimés, les mêmes qu'elle prend maintenant à l'hôpital.

Wanza dit que l'homme s'appelait Law-bear. Je le lui

ai fait répéter et rerépéter. Lor-bear ? Lor-beer ? Lohr-bear ? La femme blanche qui l'accompagnait n'a pas dit son nom, mais a examiné Wanza et pris des échantillons de sang, d'urine et de crachats.

Ils sont revenus la voir deux fois à Kibera, sans s'intéresser aux autres occupants de sa hutte. Ils lui ont dit qu'elle irait accoucher à l'hôpital parce qu'elle était malade, ce qui ne l'a pas rassurée. A Kibera, beaucoup de femmes enceintes sont malades, mais elles ne vont pas pour autant accoucher à l'hôpital.

Lawbear a dit qu'il n'y aurait pas de frais, que tout serait pris en charge. Elle n'a pas demandé par qui. Elle a trouvé l'homme et la femme très inquiets, et ça ne lui a pas plu. Elle a plaisanté à ce sujet, mais cela ne les a pas fait rire.

Le lendemain, une voiture est venue la chercher. Wanza était proche du terme. C'était la première fois qu'elle montait en voiture. Deux jours plus tard, son frère Kioko est arrivé pour lui tenir compagnie à l'hôpital, où il avait appris qu'elle se trouvait. Kioko sait lire et écrire, et il est très intelligent. Le frère et la sœur s'aiment beaucoup. Wanza a quinze ans.

Kioko raconte que, pendant l'agonie d'une autre villageoise enceinte, le couple de Blancs est venu prendre des échantillons, comme pour Wanza. C'est là qu'ils ont entendu dire qu'elle s'était enfuie à Kibera. D'après Kioko, ils se sont montrés très curieux à son sujet, ils lui ont demandé comment la retrouver et ils ont noté ses indications dans un carnet. C'est comme ça que le couple de Blancs a retrouvé Wanza dans le bidonville et l'a fait hospitaliser à Uhuru pour observation. Wanza est un des nombreux cobayes africains qui n'ont pas survécu au Dypraxa.

*

Enceinte de sept mois, assise à la table du petit déjeuner, Tessa lui parle. Mustafa occupe son poste de prédilection juste à l'entrée de la cuisine, de façon à pouvoir écouter par la porte entrouverte et savoir exactement quand refaire des toasts ou reservir du thé. Les matins sont des moments heureux. Les soirs aussi. Mais c'est le matin que leurs conversations sont les plus aisées.

« Justin.

– Tessa.

– Prêt ?

– Je suis tout ouïe.

– Si je te balance le mot *Lorbeer* à la figure, comme ça, qu'est-ce que tu me réponds ?

– Laurier.

– Continue.

– Laurier. Couronne. César. Empereur. Athlète. Victoire.

– Continue.

– Feuilles de laurier… bouquet garni… baies noires… se reposer sur ses lauriers… nous n'irons plus au bois, les lauriers sont coupés… Pourquoi tu ne ris pas ?

– Bon, alors, allemand ? insiste-t-elle.

– Allemand. Substantif masculin.

– Épelle-le-moi. Ça pourrait être hollandais ? poursuit-elle quand il s'est exécuté.

– J'imagine. A peu de chose près. Il y a de légères différences. Tu t'es mise aux mots croisés ou quoi ?

– Non, c'est fini », répond-elle d'un ton songeur.

Et, comme souvent avec Tessa l'avocate, c'est point final à la ligne. *La tombe, à côté de moi, c'est un vrai moulin à paroles.*

*

Ni J, ni G, ni A, poursuivent ses notes. C'est-à-dire : Ni Justin, ni Ghita, ni Arnold ne sont présents. Elle se trouve seule dans la salle avec Wanza.

> *15 h 23. Un homme blanc rondouillard et une grande femme d'allure slave arrivent en blouse blanche,*

294

celle de la Slave déboutonnée au col. Trois autres
hommes les accompagnent, tous en blouse blanche.
Abeilles napoléoniennes usurpées sur la poche. Ils
vont au chevet de Wanza et restent bouche bée.
Moi : Qui êtes-vous ? Qu'est-ce que vous lui faites ?
Vous êtes médecins ?
Ils m'ignorent, observent Wanza, écoutent sa respira-
tion, vérifient son cœur, son pouls, sa température,
ses pupilles, l'appellent «Wanza». Pas de réponse.
Moi : C'est vous, Lorbeer ? Qui êtes-vous ? Comment
vous appelez-vous, tous ?
La Slave : Cela ne vous regarde pas.
<u>Exeunt</u>.

La Slave est un sacré numéro. Cheveux teints en noir,
longues jambes, ne peut pas s'empêcher de rouler des
hanches.

Comme un coupable pris en flagrant délit, Justin glisse
prestement les notes de Tessa sous la pile de papiers la plus
proche, se lève d'un bond et se retourne horrifié vers la
porte de l'oliverie. Quelqu'un tambourine dessus. Il la voit
trembler au rythme des coups, et par-dessus le tintamarre il
entend la voix de stentor impérieuse et atrocement familière
d'un Anglais de la classe dominante.

« Justin ! Sortez de là, mon vieux ! Montrez-vous ! Nous
savons que vous êtes là ! Voilà deux amis qui vous apportent leur réconfort et quelques présents ! »

Pétrifié, Justin reste incapable de répondre.

« Vous boudez, mon garçon ! Vous jouez les Greta Garbo !
Pas la peine ! C'est nous ! Beth et Adrian ! Vos amis ! »

Justin attrape les clés sur le buffet et sort tel un condamné
à mort dans la lumière aveuglante pour se retrouver face à
Beth et Adrian Tupper, le plus grand tandem littéraire de
l'époque, les Tupper de Toscane mondialement célèbres.

« Beth ! Adrian ! Quelle agréable surprise ! déclare-t-il
avant de claquer la porte derrière lui.

– Mon brave Justin, dit Adrian dans un aparté théâtral en
l'attrapant par les épaules. Les dieux soient avec vous.
Hmm ? Hmm ? Du courage. Il n'y a que ça de vrai, lance-

t-il en confidence d'un ton compatissant. Vous êtes seul ?
Ne m'en parlez pas. Terriblement seul. »

S'abandonnant à son étreinte, Justin sent ses deux petits
yeux enfoncés jeter un regard avide par-dessus son épaule.

« Oh, Justin, nous l'aimions tant, gémit Beth avec une
moue désolée sur sa minuscule bouche, puis en relevant les
commissures pour l'embrasser.

– Où est votre intendant, Luigi ? demande Adrian.

– A Naples, avec sa fiancée. Ils se marient en juin, ajoute
Justin sans raison.

– Il devrait être ici pour vous soutenir. Ah, tout fout le
camp, mon pauvre. Il n'y a plus de loyauté. Plus de service.

– Le grand c'est en mémoire de cette chère Tessa et le
petit pour que ce pauvre Garth soit à son côté, explique
Beth avec un filet de voix métallique et sourd. Je me disais
qu'on pourrait les planter en souvenir, pas vrai, Adrian ? »

A l'arrière de leur pick-up garé dans la cour, sur la pile
ostentatoire de bûches dont Adrian veut faire croire à ses
lecteurs qu'il les scie lui-même, sont fixés deux jeunes
pêchers aux racines enveloppées dans des sacs en plastique.

« Beth sent les vibrations, confie Tupper en braillant.
Elle est toujours sur la bonne longueur d'onde, mon ami,
toujours à l'écoute, pas vrai, chérie ? "Il faut lui apporter
des arbres", qu'elle m'a dit. Elle sait, voyez-vous. Elle sait.

– On pourrait les planter tout de suite, ce serait fait,
d'accord ? intervient Beth.

– Après le déjeuner », dit fermement Adrian.

Et une dînette rustique toute simple – sa trousse de premiers secours, comme l'appelle Beth –, composée d'une
miche de pain, d'olives et de truites de notre fumoir, une par
personne, mon cher, rien que nous trois, avec une bouteille
de votre excellent vin Manzini.

Courtois jusqu'au bout, Justin les précède à la villa.

*

« On ne peut pas porter le deuil éternellement, mon gars.
Les juifs n'ont droit qu'à sept jours en tout et pour tout.
Après, ils reprennent le collier. C'est leur loi, vois-tu, ma

chérie », explique Adrian, s'adressant à sa femme comme à une débile mentale.

Ils sont assis dans le salon sous les chérubins, à manger de la truite sur leurs genoux conformément à l'idée que Beth se fait d'un pique-nique.

« Tout est écrit noir sur blanc, pour eux. Ce qu'il faut faire, qui doit le faire, combien de temps. Et après, ils se remettent au travail. Justin devrait faire pareil. Ça ne sert à rien de se laisser aller, Justin. Il ne faut jamais se laisser aller dans la vie. C'est trop négatif.

— Oh, je ne me laisse pas aller, proteste Justin, se maudissant d'ouvrir une deuxième bouteille.

— Alors, qu'est-ce que vous fabriquez ? demande Tupper en rivant sur lui ses deux petits yeux ronds.

— Eh bien, Tessa a laissé beaucoup d'affaires en plan, voyez-vous, les informe Justin maladroitement. Euh, il y a sa succession, évidemment, et puis l'œuvre caritative qu'elle avait montée, et des tas d'autres choses.

— Vous avez un ordinateur ? »

Vous l'avez vu ! songe Justin, secrètement épouvanté. Impossible ! J'ai fait trop vite, j'en suis sûr !

« La plus belle invention depuis la presse à imprimer, mon garçon. Pas vrai, Beth ? Fini la secrétaire, l'épouse, tout. Qu'est-ce que vous avez comme modèle ? Au début, on a fait de la résistance, hein que tu as résisté, Beth ? C'était un tort.

— On ne se rendait pas compte, avoue Beth en buvant une très grande gorgée de vin pour une aussi petite femme.

— Oh, j'ai juste pris ce que j'ai trouvé sur place, répond Justin, se resaisissant. Les avocats de Tessa m'ont remis tout un tas de disquettes. J'ai réquisitionné l'ordinateur du domaine et j'ai essayé de les lire tant bien que mal.

— Alors vous en avez terminé. Il est temps de rentrer à la maison. Ne faites pas traîner. Rentrez. Votre pays a besoin de vous.

— Eh bien, à vrai dire, je n'ai pas tout à fait fini, Adrian. J'en ai encore pour quelques jours.

— Le Foreign Office sait où vous êtes ?

— Sûrement. »

Comment Adrian fait-il pour abaisser ainsi mes défenses, s'immiscer indûment dans ma vie privée ? Et moi qui le laisse faire.

Un moratoire bienvenu pendant lequel Justin subit le récit extraordinairement ennuyeux de la conversion à internet contre toute prédisposition du plus grand couple d'auteurs au monde – à l'évidence, le filage d'un nouveau chapitre passionnant des Contes toscans. Et en cadeau, un ordinateur gratuit, merci les fabricants !

« Vous fuyez la réalité, mon cher, l'avertit sévèrement Adrian tandis qu'ils déchargent les pêchers du camion et les transportent jusqu'à la *cantina* en attendant que Justin les plante. Le devoir, ça existe, même si c'est un mot désuet. Plus vous repousserez l'échéance, plus ce sera dur. Rentrez au pays. Ils vous accueilleront à bras ouverts.

– Pourquoi on ne les plante pas maintenant ? s'enquiert Beth.

– Trop d'émotion, chérie. Laisse-le faire ça tout seul. Dieu vous bénisse, très cher. La longueur d'onde. C'est ce qui compte le plus. »

C'était quoi, ça ? demande Justin mentalement à Tupper en regardant leur pick-up s'éloigner. Une coïncidence ou un piège ? Vous avez sauté le pas ou on vous a poussés ? C'est l'odeur du sang qui vous a attirés ou c'est Pellegrin ? Au cours de sa vie surmédiatisée, Tupper avait à l'occasion prêté sa plume à la BBC et à un torchon anglais. Mais il avait aussi travaillé dans les coulisses secrètes de Whitehall. Justin se rappelle une des pires méchancetés de Tessa : « Qu'est-ce que tu crois qu'Adrian fait de toutes les choses intéressantes qu'on ne trouve pas dans ses livres ? »

*

Il en revint à Wanza, pour s'apercevoir que les six pages de journal rédigées par Tessa sur la maladie de sa camarade se terminaient en queue de poisson. Lorbeer et son équipe font trois autres visites. Arnold les interpelle par deux fois, mais Tessa n'entend pas l'échange. C'est la Slave sexy qui examine Wanza, tandis que Lorbeer et ses acolytes regardent sans rien faire. La suite se passe la nuit, alors que Tessa dort. Elle se réveille, elle hurle, mais aucune infirmière ne vient tant elles ont peur. A grand-peine, Tessa les trouve et leur soutire que Wanza est morte et son bébé reparti au village.

Justin rangea le journal dans le dossier de police et se tourna une fois de plus vers l'ordinateur. Il avait un goût de bile dans la bouche. Il avait bu trop de vin. Sa truite, qui s'était sans doute échappée du fumoir à mi-parcours, lui gonflait l'estomac comme du caoutchouc. Il tapota sur quelques touches, envisagea de retourner à la villa boire un litre d'eau minérale et contempla soudain l'écran avec une incrédulité horrifiée. Il détourna le regard, secoua la tête pour s'éclaircir les idées et reporta les yeux sur l'écran. Il se cacha le visage entre les mains pour chasser son étourdissement. Mais au coup d'œil suivant, le message était toujours là.

CE PROGRAMME A ACCOMPLI UNE OPÉRATION INTERDITE. VOUS RISQUEZ DE PERDRE TOUTES LES DONNÉES NON SAUVEGARDÉES CONTENUES DANS TOUTES LES FENÊTRES ACTIVÉES.

Et sous la sentence de mort, des boîtes alignées comme des cercueils pour des funérailles collectives : cliquer sur le modèle dans lequel vous préféreriez être enterré. Il laissa tomber les bras, roula la tête de gauche et de droite, puis fit lentement reculer sa chaise en poussant sur les talons.

« C'est de ta faute, Tupper ! murmura-t-il. Pauvre type, espèce de pauvre type. »

Mais en fait, c'est à lui-même qu'il en voulait.

C'est quelque chose que j'ai fait, ou que je n'ai pas fait. J'aurais dû éteindre cette bestiole.

Guido. Il me faut Guido.

Il consulta sa montre. La sortie des classes est dans vingt minutes, mais Guido a refusé que j'aille le chercher. Il préfère prendre le car scolaire comme tous les autres garçons normaux, merci bien, et il demandera au chauffeur de klaxonner quand il le déposera devant les grilles, après quoi

Justin a son aimable autorisation d'aller le chercher en jeep. Il n'y avait rien d'autre à faire qu'à attendre. S'il y allait d'un coup de volant dans l'espoir d'arriver avant le départ du bus, il risquait de le rater et de devoir revenir à toute vitesse. Laissant l'ordinateur bouder, il retourna à la table de comptes pour se remonter le moral avec les documents sur papier qu'il préférait infiniment à l'écran.

> *Dépêche PANA (24/09/97)*
> Selon l'Organisation mondiale de la santé, l'Afrique sub-saharienne avait en 1995 le plus fort nombre de nouveaux cas de tuberculose au monde, ainsi qu'un taux élevé de co-infection TB/VIH…

Je le savais déjà, merci.

> **Mégapoles tropicales : des enfers en puissance**
> Avec la destruction de l'écosystème du tiers-monde par la déforestation sauvage, la pollution de l'eau et des sols et l'exploitation pétrolière effrénée, de plus en plus de communautés rurales du tiers-monde sont contraintes de migrer vers les villes en quête de travail et de subsistance. Les experts prévoient la formation de dizaines, voire de centaines, de mégapoles tropicales qui attireront en masse une nouvelle sous-classe ouvrière déshéritée, ce qui entraînera des taux sans précédent de maladies mortelles comme la tuberculose…

Il entendit le klaxon d'un car dans le lointain.

*

« Donc, vous avez merdé, jubila Guido quand Justin l'amena sur la scène du désastre. Vous êtes entré dans sa boîte aux lettres ? demanda-t-il, les doigts déjà sur le clavier.

– Bien sûr que non. Je ne saurais même pas comment m'y prendre. Qu'est-ce que tu fais ?

– Vous avez tapé des trucs sans penser à les enregistrer ?

– Absolument pas, non. Je n'aurais jamais fait ça.

– Alors, c'est cool. Vous n'avez rien scratché, l'assura Guido dans son sabir informatique, avant de faire recouvrer la santé à la machine grâce à quelques autres petits clics. On peut se connecter, maintenant ? S'il vous plaît ? supplia-t-il.

– Pourquoi on ferait ça ?

– Pour récupérer son courrier, enfin ! Il y a des centaines de gens qui lui écrivaient des mails tous les jours, et vous ne cherchez pas à les lire. Et tous ceux qui vous auront envoyé des messages de sincères condoléances, vous ne voulez pas savoir ce qu'ils vous disent ? Il y a des e-mails de moi auxquels elle n'a pas répondu, là-dedans ! Peut-être qu'elle ne les a pas lus ! »

Guido était au bord des larmes. Le prenant gentiment par les épaules, Justin l'assit sur le tabouret devant le clavier.

« Dis-moi ce qu'on risque, au pire.

– On ne risque rien. Tout est sauvegardé. Il n'y a pas de pire. On fait que des trucs hypersimples, là. Si on plante, ça ne change rien. Je sauvegarderai les nouveaux e-mails, s'il y en a, et Tessa avait sauvegardé tout le reste. Faites-moi confiance, l'assura Guido en reliant le portable au modem avant de tendre à Justin le bout d'un câble. Débranchez le téléphone, branchez ça à la place et on sera connectés. »

Justin s'exécuta. Guido tapota et attendit. Justin regarda par-dessus son épaule. Des hiéroglyphes, une fenêtre, d'autres hiéroglyphes, une pause pour la prière et la contemplation, puis un message plein écran qui clignotait comme une enseigne lumineuse, et un cri écœuré de Guido.

ZONE DANGEREUSE !!
CECI EST UNE MISE EN GARDE SANITAIRE.
N'ALLEZ PAS PLUS LOIN. LES ESSAIS CLINIQUES ONT
DÉJÀ MONTRÉ QUE DES RECHERCHES PLUS POUSSÉES
PEUVENT PROVOQUER DES EFFETS SECONDAIRES
MORTELS. POUR VOTRE SÉCURITÉ ET VOTRE CONFORT,
VOTRE DISQUE DUR A ÉTÉ NETTOYÉ DE SES TOXINES.

Pendant quelques secondes d'illusion, Justin s'inquiéta à peine. En d'autres circonstances, il serait allé à la table de comptes écrire aux fabricants une lettre critiquant vertement leur style hyperbolique. Toutefois, Guido venant de prouver qu'ils faisaient plus de bruit que de mal, Justin était sur le point de s'exclamer, quelque chose du genre : « Ah, encore eux, ils exagèrent ! » quand il vit que Guido avait rentré la tête dans les épaules comme après un passage à tabac, que ses doigts s'étaient recroquevillés telles des araignées mortes de chaque côté du portable et que son visage, ou du moins ce qu'en voyait Justin, avait repris sa pâleur d'avant transfusion.

« C'est grave ? » demanda-t-il doucement.

Avec l'intense concentration du pilote d'un avion en perdition, Guido appliqua ses procédures d'urgence l'une après l'autre. Visiblement en vain, car il se redressa, se tapa sur le front, ferma les yeux et poussa un gémissement atroce.

« Dis-moi juste ce qui se passe, plaida Justin. Rien ne peut être si grave, Guido. Raconte-moi, ajouta-t-il toujours sans succès. Bon, tu as éteint, c'est ça ? »

Pétrifié, Guido hocha la tête.

« Et maintenant, tu débranches le modem ? »

Autre hochement de tête. Même air pétrifié.

« Pourquoi ?

— Je redémarre.

— Ce qui veut dire ?

— On attend une minute.

— Pourquoi ?

— Peut-être deux.

— Ça sert à quoi ?

— À lui donner le temps d'oublier. De se calmer. Ce n'est pas normal, Justin. Ça craint grave, ajouta-t-il en retombant dans son langage branché. C'est pas une bande de jeunes marginaux qui s'éclatent, là. C'est des vrais malades qui vous ont fait ce coup-là, je vous jure.

— Qui m'ont fait ce coup à moi ou à Tessa ?

— On dirait que quelqu'un vous déteste », dit Guido en secouant la tête.

Il ralluma l'ordinateur, se redressa sur son tabouret, prit une profonde inspiration, comme un soupir à l'envers. Et Justin vit d'un œil ravi la ribambelle de joyeux gamins noirs lui faire des signes de la main sur l'écran.

« Tu as réussi ! s'exclama-t-il. Tu es un génie, Guido ! »

Mais au moment où il prononçait ces mots, les gamins furent remplacés par un drôle de petit sablier empalé en diagonale par une flèche blanche, qui disparut à son tour pour laisser place à un néant bleu-noir.

« Ils l'ont flingué, murmura Guido.

– Comment ça ?

– Ils vous ont collé un virus. Ils lui ont fait vider le disque dur et ils vous ont laissé un message pour vous avertir.

– Alors, ce n'est pas de ta faute, s'empressa de dire Justin.

– Est-ce qu'elle copiait les documents ?

– Tout ce qu'elle a imprimé, je l'ai lu.

– Je parle pas d'imprimer ! Je parle de disquettes.

– On n'arrive pas à les retrouver. On pense qu'elle les a peut-être emportées avec elle dans le nord.

– De quoi ? Et l'e-mail, ça existe. Pourquoi elle se serait trimballé ses disquettes dans le nord ? Je capte pas, là. Je comprends pas. »

Justin se souvint de Ham et pensa à Guido. L'ordinateur de Ham aussi avait eu un virus.

« Tu disais qu'elle t'envoyait beaucoup d'e-mails.

– Genre une ou deux fois par semaine. Si elle oubliait une semaine, elle en envoyait deux la suivante, répondit Guido en italien car il était redevenu l'enfant perdu qu'il était quand Tessa l'avait découvert.

– Tu as consulté ton mail, depuis qu'elle a été tuée ? »

Guido secoua la tête en un violent geste de déni. Ç'aurait été trop pénible. Il n'avait pas pu.

« Alors, on pourrait peut-être aller chez toi voir ce que tu trouves. Ça ne t'ennuie pas ? Je ne m'impose pas trop ? »

En remontant la colline au cœur de la forêt enténébrée, Justin avait pour seule pensée Guido, son ami blessé, pour seul but de le ramener en sécurité chez sa mère, le calmer, s'assurer qu'il cesse dorénavant de se morfondre et s'emploie à être un arrogant petit génie de douze ans en bonne santé, au lieu d'un invalide dont la vie avait pris fin avec la mort de Tessa. Et si, comme il le soupçonnait, *ils* – quels qu'ils soient – avaient fait à l'ordinateur de Guido la même chose qu'à ceux de Ham et Tessa, alors il faudrait le consoler et, autant que possible, le rasséréner. Cette unique priorité excluait tout autre projet ou émotion qu'il aurait pu nourrir au risque d'engendrer l'anarchie, d'abandonner la voie de la rationalité, de confondre sa quête de vengeance avec sa quête de Tessa.

Il se gara et, avec un sentiment funeste, passa la main sous le bras de Guido qui, étonnamment, ne se dégagea pas. Sa mère ayant préparé un ragoût et du pain maison dont elle était fière, Justin tint à ce qu'ils mangent d'abord tous les deux en sa présence et la complimentent. Puis Guido alla chercher son ordinateur dans sa chambre. Assis côte à côte, ils passèrent un moment sans se connecter, à lire les récits de Tessa sur les lions endormis qu'elle avait vus lors de ses périples, et les éléphants TERRIBLEMENT joueurs qui auraient écrabouillé sa jeep en s'asseyant dessus si elle leur en avait laissé l'occasion, et les girafes carrément HAUTAINES qui ne sont JAMAIS contentes sauf quand quelqu'un admire leur cou élégant.

« Vous voulez une copie sur disquette de tous ses mails ? demanda Guido, devinant que Justin ne supporterait pas d'en voir plus.

– Ce serait très gentil, dit Justin fort poliment. Et puis je voudrais aussi que tu me copies ton travail pour que je le lise à loisir et que je t'écrive. Tes rédactions, tes devoirs, toutes les choses que tu aurais voulu montrer à Tessa. »

Une fois les disquettes faites, Guido remplaça le fil du téléphone par celui du modem, et ils virent galoper un joli troupeau de gazelles Thomson avant que l'écran ne vire au noir. Quand Guido essaya de revenir au bureau, il fut bien obligé de déclarer d'une voix rauque que tout le disque dur avait été vidé comme celui de Tessa, mais sans le message démentiel sur les essais cliniques et la toxicité.

« Et elle ne t'a rien envoyé à stocker pour elle ? » demanda Justin en trouvant qu'il avait un ton de douanier inquisiteur.

Guido secoua la tête.

« Ou à retransmettre. Elle ne t'a pas utilisé comme boîte postale, en quelque sorte ? »

Nouvelles dénégations d'un signe de tête.

« Alors, tu as perdu quoi comme documents importants ?

– Juste ses derniers messages, murmura Guido.

– Eh bien, on est deux. »

Ou plutôt trois, si on compte Ham, songea-t-il.

« Enfin, si moi je peux assumer, toi aussi, reprit-il. Parce que j'étais son mari, moi, d'accord ? Peut-être que c'est un virus dans son ordinateur qui a infecté le tien. C'est possible ? Un truc qu'elle aurait attrapé et t'aurait transmis par erreur ? Je ne sais absolument pas de quoi je parle, hein. Je devine. Ce que j'essaie de te dire, c'est qu'on ne pourra jamais savoir. Alors, autant se dire "tant pis" et reprendre le cours normal de nos vies, tous les deux. D'accord ? Et tu commanderas tout ce qu'il te faut pour te rééquiper, promis ? Je préviendrai le bureau de Milan. »

Relativement confiant d'avoir requinqué Guido, Justin prit congé, redescendit la colline jusqu'à la villa, gara la jeep dans la cour où il l'avait trouvée, passa prendre l'ordinateur à l'oliveraie et l'emporta sur la plage. En formation, on lui avait enseigné qu'il y a des gens malins qui savent récupérer les données dans un ordinateur supposément vidé et il y croyait volontiers, mais ces gens appartenaient à un système auquel lui n'appartenait plus. L'idée d'appeler Rob et Lesley à sa rescousse l'effleura, mais il ne tenait pas à les embarrasser. En outre, pour être honnête, il y avait quelque chose de souillé dans cet ordinateur, quelque chose d'obscène dont il préférait se débarrasser physiquement.

A la lumière d'une lune à demi cachée, il emprunta donc une jetée branlante, passant un antique panneau qui affirmait avec véhémence que quiconque s'aventurait plus loin le faisait à ses risques et périls. Une fois arrivé au bout, il envoya par le fond l'ordinateur violé avant de retourner à l'oliveraie écrire tout ce qu'il avait sur le cœur jusqu'à l'aube.

*

Cher Ham,

Voici la première de ce que j'espère être une longue série de lettres à ton aimable tante. Sans vouloir faire dans le mélo, si jamais je passe sous un bus, je te prie de remettre tous ces documents en personne à ton confrère le plus teigneux et impitoyable, de le payer une fortune et de lancer la machine. Nous rendrons ainsi tous les deux service à Tessa.

Fidèlement,

Justin

Chapitre 15

Jusqu'à ce que le whisky finisse par avoir raison de lui, Sandy Woodrow resta fidèle à son poste tard le soir au haut-commissariat pour rédiger, corriger et peaufiner son discours du lendemain à la réunion de la chancellerie, le transmettre par la voie hiérarchique à son cerveau officiel et le voir redescendre jusqu'aux enfers de son autre cerveau, où le cernaient des spectres accusateurs l'obligeant à hurler plus fort qu'eux : vous n'existez pas, vous êtes un concours de circonstances, vous n'êtes nullement liés au départ inopiné pour Londres de Porter Coleridge avec femme et enfant sous le prétexte fumeux qu'ils ont décidé impromptu de rentrer au pays trouver une école adaptée pour Rosie.

Parfois ses pensées s'envolaient à leur gré vers des sujets aussi subversifs que le divorce à l'amiable, la question de savoir si Ghita Pearson ou la nouvelle employée du service commercial, Tara Truc, ferait une bonne compagne et si oui laquelle ses fils préféreraient, ou si après tout une vie d'ours solitaire ne lui conviendrait pas mieux, à rêver en vain de rencontres et voir peu à peu ses espoirs s'amenuiser. Toutefois, sur le chemin du retour, portières verrouillées et vitres remontées, il réussit à se retrouver, soutien de famille et mari loyal, toujours ouvert aux propositions l'air de rien, certes – quel homme ne l'est pas ? – mais en définitive le même fils de soldat exemplaire, honnête et équilibré dont Gloria s'était jadis entichée. Aussi fut-il surpris en arrivant, pour ne pas dire vexé, de constater qu'elle s'était retirée sans deviner ses bonnes dispositions par télépathie, lui laissant le soin de dénicher de quoi dîner dans le réfrigérateur.

Merde après tout, je suis haut-commissaire par intérim et j'ai droit à un minimum de respect, même à la maison.

« Du neuf aux infos ? » cria-t-il d'un ton pitoyable en mangeant sa viande froide dans une solitude indigne.

Le plafond de la salle à manger, une mince plaque de béton, formait aussi le sol de leur chambre.

« Vous n'avez pas les infos au bureau ? brailla Gloria.

– On ne passe pas nos journées à écouter la radio, si c'est ce que tu crois, persifla Woodrow avant d'attendre une réponse, la fourchette à mi-chemin de sa bouche.

– Ils ont tué deux autres fermiers blancs au Zimbabwe, si on peut appeler ça une nouvelle, annonça Gloria après une interruption du signal.

– Ah, ne m'en parle pas ! On a eu le Pellegrin sur le dos toute la journée : et pourquoi ne pouvons-nous pas persuader Moi de freiner Mugabe, je vous prie ? Pour la bonne raison qu'on ne peut déjà pas persuader Moi de se freiner lui-même, tiens, cette question ! »

Au lieu du « mon pauvre chéri » qu'il attendait, il dut se contenter d'un silence énigmatique.

« Sinon rien d'autre ? reprit-il. Aux infos, rien d'autre ?

– Qu'est-ce que tu veux d'autre ? »

Mais qu'est-ce qui lui prend, à celle-là ? s'irrita-t-il en se resservant un verre de bordeaux. Je ne l'ai jamais vue comme ça. Depuis que son bellâtre de veuf est reparti en Angleterre, elle se traîne comme une vache à l'abattoir. Elle ne boit plus avec moi, elle ne mange plus avec moi, elle ne me regarde plus en face, et ne parlons pas du reste, ça ne l'a jamais passionnée. Mais qu'elle néglige jusqu'à son maquillage, c'est insensé.

Il se réjouit néanmoins qu'elle n'ait pas appris la nouvelle. Pour une fois, au moins, il en savait plus qu'elle. C'est rare que Londres arrive à préserver un scoop sans qu'un imbécile du service Communication aille tout déballer aux médias avant le délai convenu. Si seulement ils pouvaient tenir leur langue jusqu'à demain matin, il aurait les coudées franches, ce qu'il avait demandé à Pellegrin.

« Le moral des troupes, Bernard ! l'avait-il averti en parfait petit soldat. Il y en a ici à qui ça va faire un coup. Je préférerais le leur annoncer moi-même. Surtout vu que Porter est parti. »

Ça ne faisait pas de mal de rappeler qui commandait, au passage. Circonspection et flegme, voilà ce qu'ils attendent d'un haut responsable. Ne surtout pas en rajouter, mais plutôt laisser Londres constater que tout roule quand Porter n'est pas là à se ronger les sangs pour un rien.

Très éprouvant de rester comme ça dans l'expectative, soyons honnête. C'est ce qui doit déprimer Gloria. La résidence du haut-commissaire se trouve à cent mètres, avec le personnel aux ordres, la Daimler au garage, et pas de seigneur au château. D'un côté, Porter Coleridge, notre haut-commissaire absentéiste. De l'autre, mon humble personne remplissant son rôle mieux que lui, attendant nuit et jour de savoir si la doublure peut officiellement lui succéder en vedette à l'affiche et jouir des avantages liés à son rang – à savoir la résidence, la Daimler, le bureau particulier, Mildren, 35 000 livres d'augmentation et quelques pas de plus vers l'anoblissement.

Mais il y avait un hic, et de taille. Le Foreign Office se montrait réticent à promouvoir un homme en place. On préférait le rapatrier et l'expédier ailleurs. Bien sûr, il y avait eu quelques exceptions, mais si peu…

Ses pensées revinrent vers Gloria. *Lady Woodrow*. Ça, ça la requinquera. Elle est désœuvrée, pour ne pas dire oisive. J'aurais dû lui faire deux gosses de plus pour l'occuper. Mais fini l'oisiveté une fois à la résidence, ça c'est sûr – elle aura de la chance si elle a seulement une soirée libre par semaine. Et chamailleuse, avec ça. Elle a incendié Juma la semaine dernière pour une histoire stupide de décoration du rez-de-jardin. Et lundi, chose inimaginable, elle avait réussi à se brouiller avec Elena la sorcière, *casus belli* inconnu.

« On devrait peut-être inviter les Elena à dîner, chérie ? avait-il suggéré, grand seigneur. Ça fait des mois qu'on ne leur a pas envoyé le carrosse.

– Si tu veux les voir, fais-le toi-même », avait-elle répliqué d'un ton si glacial qu'il s'en était bien gardé.

Mais, pour lui, la perte était sensible. Gloria sans amie, c'était un moteur sans engrenage. Le fait inouï qu'elle ait conclu une sorte de trêve armée avec Ghita Pearson aux yeux de biche ne le rassurait pas. A peine deux mois plus tôt, Gloria dénigrait encore le métissage de Ghita. « Je ne veux rien avoir à faire avec des filles de brahmane éduquées en Angleterre qui parlent comme nous et s'habillent en derviches, avait-elle prévenu Elena à portée d'oreille de Woodrow. Et cette Quayle a une mauvaise influence sur elle. » Mais, aujourd'hui, cette Quayle était morte et Elena en quarantaine. Et si Ghita s'habillait en derviche, elle n'en avait pas moins été recrutée par Gloria comme guide du bidonville de Kibera avec pour but officiel de lui trouver un bénévolat dans une ONG. Ceci au moment même où le comportement de Ghita inquiétait sérieusement Woodrow.

D'abord, son exhibition à l'enterrement. Il n'existait certes pas de manuel sur l'attitude à observer lors de funérailles, mais Woodrow jugeait néanmoins qu'elle s'était donnée en spectacle. Puis cette période de deuil qu'il qualifiait d'hostile, où elle errait tel un zombie dans la chancellerie, évitant systématiquement son regard quand fut un temps il la considérait comme…, disons, une éventuelle candidate. Et vendredi dernier, elle avait demandé sa journée sans la moindre explication, alors qu'en tant que récente employée et benjamine de la chancellerie, elle n'avait pas encore gagné ses galons. Par bonté d'âme, il avait dit : « D'accord, Ghita, entendu, mais ne l'épuisez pas, hein ? », rien d'insultant, juste une innocente plaisanterie entre un homme marié d'un certain âge et une jolie jeune fille. Et elle qui l'avait littéralement fusillé du regard.

Qu'en avait-elle fait, de ce congé – sans même demander la permission ? Elle avait pris un charter pour ce satané lac Turkana avec une douzaine d'autres membres féminins du club des supporters de Tessa Quayle pour aller déposer une couronne, jouer du tam-tam et chanter des hymnes à l'endroit même où Tessa et Noah avaient été assassinés ! Woodrow ne l'apprit que le lundi matin au petit déjeuner en ouvrant son *Nairobi Standard*, où il découvrit une photo de Ghita entre deux énormes Africaines qu'il lui semblait vaguement avoir vues à l'enterrement.

« Eh bien, Ghita Pearson, je t'y prends ! avait-il ronchonné en tendant le journal à Gloria. Enfin, bon sang, il est temps de laisser reposer les morts au lieu de les déterrer toutes les dix minutes. J'ai toujours pensé que Ghita en pinçait pour Justin.

– Si nous n'avions pas eu à recevoir l'ambassadeur d'Italie, j'aurais pris l'avion avec elles », répliqua Gloria d'un ton plein de reproches.

La lumière était éteinte dans la chambre. Gloria faisait semblant de dormir.

*

« Eh bien, mesdames et messieurs, prenons place, je vous prie. »

Une perceuse électrique gémissait à l'étage au-dessus. Woodrow envoya Mildren la faire taire, tandis que lui-même rangeait ses papiers avec ostentation. Le grincement cessa. Woodrow finit par lever les yeux et voir tout son monde réuni, y compris un Mildren essoufflé. Exceptionnellement, Tim Donohue et son assistante Sheila avaient été conviés. Faute de réunions du haut-commissaire ralliant la troupe diplomatique, Woodrow exigeait l'assiduité de tous. D'où la présence de l'attaché de la Défense et du secrétaire général, de Barney Long, du service commercial, et de cette pauvre Sally Aitken, bégaiement et rougissements inclus, détachée du min. de l'Agr. et de la Pêche. Ghita, remarqua-t-il, occupait son coin habituel où, depuis la mort de Tessa, elle essayait de se faire oublier. Woodrow s'irrita de voir que son cou s'ornait toujours d'une écharpe de soie noire en souvenir du bandage souillé autour de celui de Tessa. Ses regards en coin étaient-ils aguicheurs ou dédaigneux ? Avec ces beautés eurasiennes, allez donc savoir !

« Mes amis, ce n'est pas joyeux joyeux, commença-t-il sans ambages. Barney, vous voulez bien vous occuper de la porte ? Ne la réparez pas, hein, fermez-la à clé, c'est tout. »

Rires, mais du genre inquiets.

Il alla droit au but, comme prévu. Prenons le taureau par les cornes, nous sommes entre professionnels, taillons dans le vif. Mais aussi un courage tacite perceptible dans l'attitude de notre haut-commissaire par intérim quand il survola ses notes, les tapota de la mine émoussée de son crayon et releva les épaules avant de s'adresser à l'assistance.

« J'ai deux choses à vous annoncer ce matin. La première est confidentielle jusqu'à ce que vous l'entendiez aux infos anglaises ou kenyanes, selon qui la diffusera en premier. A midi aujourd'hui, la police kenyane va lancer un mandat d'arrêt contre le docteur Arnold Bluhm pour le meurtre prémédité de Tessa Quayle et du chauffeur Noah. Les Kenyans ont contacté le gouvernement belge et vont avertir les employeurs de Bluhm. Si on a une longueur d'avance, c'est à cause de l'implication de Scotland Yard, qui va transmettre le dossier à Interpol. »

A peine un craquement de chaise après cette bombe. Pas de protestation, pas d'exclamation de surprise. Seul le regard énigmatique de Ghita enfin fixé sur lui, plein d'admiration ou de haine.

« Je sais que c'est un énorme choc, surtout pour ceux qui connaissaient Arnold et l'appréciaient. Je vous donne l'autorisation de prévenir vos conjoints à votre discrétion, si vous le souhaitez. »

Vision fugitive de Gloria qui, avant la mort de Tessa, taxait Bluhm de gigolo parvenu et s'inquiétait aujourd'hui curieusement de son bien-être.

« Je ne peux pas dire que cela me réjouisse non plus, avoua Woodrow, lèvres pincées, grand maître de la litote. Nous ne couperons pas aux poncifs journalistiques sur le mobile. Les rapports entre Tessa et Bluhm seront disséqués *ad infinitum*. Et si jamais ils l'attrapent, il y aura un procès retentissant. Alors, du point de vue de cette mission, les nouvelles ne pourraient guère être plus mauvaises. Je n'ai pas encore d'information sur les preuves à charge. Elles sont paraît-il en béton, mais on n'allait pas me dire le contraire, lança-t-il avec le même humour grinçant. Des questions ? »

Aucune. Tous semblaient tomber des nues. Même Mildren, au courant depuis la veille, ne trouva rien de mieux que de se gratter le bout du nez.

« La deuxième nouvelle est liée à la première, mais bien

312

plus délicate. Vos conjoints ne devront pas en être informés sans mon accord préalable. Les employés subalternes seront informés au coup par coup si nécessaire et sous condition. Par moi-même ou par le haut-commissaire, si et quand il revient. Pas par vous, je vous prie. Suis-je assez clair ? »

Oui, il l'était. Quelques hochements de tête intrigués, cette fois, au lieu de regards bovins. Tous les yeux convergeaient vers lui, quand ceux de Ghita ne l'avaient pas quitté. *Mon Dieu, si jamais elle était amoureuse de moi, comment pourrais-je m'en tirer ?* Il alla jusqu'au bout de sa pensée. *Bien sûr ! C'est pour ça qu'elle essaie de se mettre bien avec Gloria ! Avant elle courait après Justin, maintenant c'est après moi. C'est une dragueuse de couples, jamais satisfaite tant qu'elle n'a pas séduit aussi l'épouse.* Il se campa virilement pour reprendre son bulletin d'information.

« Je suis navré de devoir vous annoncer que notre ancien collègue Justin Quayle a disparu dans la nature. Vous n'êtes pas sans savoir qu'il a décliné notre accueil à Londres, parce qu'il préférait mener sa barque, *et cætera*. Il a tout de même tenu son rendez-vous avec le chef du personnel à son arrivée et un déjeuner avec Pellegrin le même jour. Tous deux l'ont trouvé à bout de nerfs, maussade et hostile. Pauvre vieux. On lui a offert asile et assistance psychologique, il a refusé. Et puis il a abandonné le navire. »

C'était Donohue et non Ghita que Woodrow observait discrètement à présent. Bien sûr, son regard évitait à dessein de fixer l'un ou l'autre pour errer ostensiblement entre la ligne d'horizon et les notes sur son bureau, mais en fait il épiait Donohue, avec la conviction croissante que lui et son asperge de Sheila étaient déjà au courant de la défection de Justin.

« Le jour même de son arrivée en Angleterre, ou plutôt le soir même, Justin a envoyé une lettre assez hypocrite au chef du personnel lui annonçant qu'il prenait un congé afin de mettre en ordre les affaires de sa femme, et ceci par la poste, ce qui lui a donc donné trois jours pour s'éclipser. Le temps que le chef du personnel essaie de lui remettre le grappin dessus – pour son propre bien, ajouterai-je –, il avait disparu de la circulation. Tout laisse à penser qu'il s'est donné beaucoup de mal en vue de brouiller les pistes. On a retrouvé sa trace à l'île d'Elbe, où Tessa possédait un domaine, mais le temps que le Foreign Office le débusque, il était déjà parti. Où ? Dieu seul le sait, même si on a quelques idées. Il n'a fait aucune demande officielle de congé, bien sûr. Et le Foreign Office qui se décarcassait pour l'aider au mieux, lui trouver un poste où panser ses blessures un an ou deux, précisa-t-il avec un haussement d'épaules face à l'ingratitude qui règne sur cette terre. En tout cas, quel que soit son but, il le poursuit seul. Et certainement pas pour notre bénéfice. »

Il jeta un regard attristé à l'assistance avant de reprendre la lecture de ses notes.

« A cela s'ajoute un problème de sécurité que je ne peux vous divulguer, comme vous vous en doutez, et donc le Foreign Office s'inquiète doublement de savoir où et quand il va resurgir. Ils se font aussi du souci pour lui, comme nous tous j'en suis sûr. Malgré toute sa dignité et son sang-froid tant qu'il était ici, il semble avoir craqué sous la pression. »

Il en arrivait à la partie délicate, mais ils avaient eu le temps de s'y préparer.

« Nos experts ont diverses interprétations, dont aucune très rassurante pour nous, enchaîna vaillamment le fils du général. Selon nos aruspices, il est possible que Justin soit en phase de déni, qu'il refuse d'admettre la mort de sa femme et qu'il soit parti à sa recherche. C'est fort pénible, mais nous sommes confrontés à la logique d'un esprit temporairement dérangé, du moins l'espérons-nous. Une autre théorie, ni plus ni moins vraisemblable, veut que Justin soit à la poursuite de Bluhm par désir de vengeance. Avec les meilleures intentions du monde, le Pellegrin aurait laissé échapper que Bluhm était soupçonné du meurtre de Tessa. Justin a peut-être saisi la balle au bond. C'est triste. Vraiment triste. »

L'espace d'un instant, en un nouvel avatar, Woodrow se fit l'incarnation de cette tristesse. Il était tour à tour la face humaine d'une administration humaine, l'adjudicateur romain plus lent encore à condamner qu'à juger, l'homme d'expérience qui sait assumer les décisions difficiles mais aussi se laisser guider par ses meilleurs instincts. Enhardi par la qualité de sa prestation, il s'autorisa à improviser.

« Il semblerait que les gens dans la situation de Justin ont souvent des desseins inavoués. Ils fonctionnent sur pilote automatique en attendant un prétexte pour accomplir ce que leur inconscient a déjà décidé de faire. Un peu comme les suicidaires, par exemple. Quelqu'un dit une plaisanterie en passant, et paf, ça déclenche le truc. »

Parlait-il trop ? Trop peu ? S'égarait-il ? Ghita lui faisait des gros yeux de sibylle furieuse, et il y avait quelque chose au fond du regard jaunâtre de Donohue, sous ses sourcils broussailleux, que Woodrow n'arrivait pas à appréhender. Mépris ? Colère ? Ou juste son air permanent de poursuivre un but distinct, de venir d'un autre monde et d'y retourner ?

« Mais, hélas, l'hypothèse la plus vraisemblable sur ce qui se passe actuellement dans la tête de Justin, celle qui colle le mieux aux faits avérés et remporte les suffrages des psys du Foreign Office, c'est qu'il s'est forgé une théorie du complot, ce qui pourrait être très grave. Quand on ne peut pas affronter la réalité, on s'invente un complot. Quand on n'accepte pas que sa mère soit morte d'un cancer, on accuse le médecin traitant, les chirurgiens, les anesthésistes, les infirmières, tous de mèche, bien sûr, qui ont conspiré d'un commun accord pour se débarrasser d'elle. Voilà exactement ce que semble se dire Justin au sujet de Tessa. Elle a été victime de viol et de meurtre, mais surtout d'une machination internationale. Elle n'est pas morte parce qu'elle était jeune, séduisante et terriblement malchanceuse, mais parce qu'*ils* la voulaient morte. Qui sont *ils* ? A vous de voir. Peut-être l'épicier du coin ou la dame de l'armée du Salut qui a sonné chez vous pour vous fourguer leur revue. Ils sont tous dans le coup. Ils ont tous conspiré au meurtre de Tessa. »

Rires gênés dans l'assistance. En avait-il trop dit, ou se rangeaient-ils au contraire de son côté ? Reprends-toi. Tu te disperses.

« Ou, pour Justin, la bande à Moi, la World Company, le Foreign Office et nous tous ici même. Nous sommes tous des ennemis, des conjurés, et Justin est le seul à le savoir, autre composante de sa paranoïa, car dans sa tête ce n'est pas Tessa la victime, mais lui. Et si on se met à sa place, l'identité de ses ennemis dépendra de la dernière personne qu'il aura écoutée, des derniers livres et journaux qu'il aura lus, des derniers films qu'il aura vus et de l'humeur du moment. On nous a par ailleurs dit qu'il buvait, ce qui n'était pas le cas quand il résidait ici. Le Pellegrin dit qu'un déjeuner pour deux à son club lui a coûté un mois de salaire. »

A nouveau quelques rires nerveux dans l'assistance, à l'exception de Ghita. Woodrow poursuivit son programme libre, admirant ses carres, ses figures imposées, ses salchows et sa glisse. C'est cette facette de moi que tu détestais le plus, dit-il à Tessa en revenant essoufflé à elle sur une pirouette. *C'est cette voix qui a causé la perte de l'Angleterre*, me taquinais-tu quand nous dansions. *C'est cette voix qui a fait couler un millier de navires, tous à nous.* Très drôle. Eh bien, écoute-la donc cette voix, ma petite. Écoute-la saboter habilement la réputation de ton ancien époux, grâce au Pellegrin et à mes cinq années de lessivage mental à la section Renseignement si honnête du Foreign Office.

Il fut pris d'un haut-le-cœur déclenché par une haine passagère envers chaque parcelle impitoyable de sa nature paradoxale. Le genre de nausée qui aurait pu lui faire quitter la pièce en trombe sous prétexte d'un coup de fil urgent ou d'un besoin naturel, histoire de s'évader de lui-même ; mais aussi le pousser à ouvrir le tiroir de ce bureau, à en sortir une feuille de papier bleu de l'Imprimerie nationale et à combler ce vide intérieur par des déclarations d'amour fou et des promesses extravagantes. Qui m'a infligé ça ? se demandait-il tout en parlant. Qui m'a fait tel que je suis ? L'Angleterre ? Mon père ? Mes écoles ? Ma pitoyable mère angoissée ? Ou bien dix-sept ans de mensonges au nom de mon pays ? *Arrive un âge où notre enfance n'excuse plus rien, Sandy*, as-tu la bonté de m'apprendre. *Le problème, dans votre cas, c'est que cet âge se situera vers vos quatre-vingt-quinze ans.*

Il poursuivit avec un brio retrouvé.

« Quelle conspiration précise Justin a-t-il bien pu imaginer et où entrons-nous en jeu, nous le haut-commissariat, que nous soyons de mèche avec les francs-maçons, les jésuites, le Ku Klux Klan ou la Banque mondiale – je crains de ne pouvoir vous éclairer. Mais ce que je peux vous affirmer, c'est qu'il rôde. Il a déjà fait de sérieuses insinuations, il n'a rien perdu de sa crédibilité ni de son charme, et il pourrait très bien revenir ici demain ou dans trois mois, dit-il avant de durcir à nouveau le ton. Auquel cas, vous avez ordre, tous autant que vous êtes, et ce n'est pas une simple requête, désolé, Ghita, mais un ordre formel, quels que soient vos sentiments personnels, et croyez-moi, je suis d'accord, c'est un garçon adorable, bon, généreux, nous le savons tous, bref, à n'importe quelle heure du jour ou de la nuit, vous devez m'en informer. Ou Porter s'il est de retour. Ou Mike Mildren, ajouta-t-il avec un bref regard dans sa direction et en manquant dire "Mildred". Ou, si c'est de nuit, avertir immédiatement le fonctionnaire de garde au haut-commissariat. Avant que la presse, la police ou quiconque ne l'approche, prévenez-nous. »

Le regard de Ghita, qu'il observait à la dérobée, semblait plus sombre, plus lascif que jamais, et celui de Donohue plus maladif. Celui de Sheila la grande bringue, aussi dur que du diamant, ne cillait pas.

« Pour commodité de référence et raisons de sécurité, Londres a donné à Justin le nom de code *le Hollandais*, comme dans le Hollandais volant. Si par hasard – il y a peu de chance, mais il s'agit quand même d'un homme très perturbé disposant de fonds illimités –, si par hasard vous avez de ses nouvelles, vous, quelqu'un d'autre, par ouï-dire, peu importe, ou si c'est déjà fait, alors, pour son bien et le nôtre, téléphonez aussitôt, où que vous soyez, et dites : "C'est à propos du Hollandais, le Hollandais fait ceci ou cela, j'ai reçu une lettre du Hollandais, il vient de m'appeler, ou il m'a envoyé un fax, ou un e-mail, il est assis devant moi dans mon fauteuil." Sommes-nous bien d'accord sur ce point ? Des questions ? Oui, Barney ?

– Vous avez dit "de sérieuses insinuations". A l'égard de qui ? Et de quoi ? »

C'était le terrain dangereux. Woodrow en avait longuement discuté avec Pellegrin sur la ligne brouillée de Porter Coleridge.

« Ses arguments sont assez flous. Son obsession, c'est les trucs pharmaceutiques. Autant que nous puissions en juger, il s'est convaincu que les fabricants et les inventeurs d'un certain médicament sont responsables du meurtre de Tessa.

– Il pense qu'on ne lui a pas tranché la gorge ? Mais enfin, il a bien vu le corps ! s'écria Barney, écœuré.

– Cette histoire de médicament remonte au triste séjour de Tessa à l'hôpital. Ça a tué son bébé. C'est le premier coup tiré par les conspirateurs. Tessa s'est plainte auprès des fabricants, alors ils l'ont tuée à son tour.

– Il est dangereux ? demanda Sheila, sans doute pour prouver à l'assistance qu'elle n'avait pas plus d'information que les autres.

– Il pourrait l'être. C'est ce que prétend Londres. Sa première cible, c'est la compagnie pharmaceutique qui a fabriqué le poison. Ensuite, les scientifiques qui l'ont inventé. Après quoi, ce sera ceux qui l'ont administré, donc les importateurs à Nairobi, en l'occurrence la maison Three-Bees, que nous devrons peut-être informer, dit-il sans repérer un battement de cils de Donohue. Et je vous le répète : nous avons affaire à un diplomate anglais en apparence sensé et réfléchi. Ne vous attendez pas à un cinglé avec un entonnoir sur la tête, des jarretières jaunes et l'écume aux lèvres. A première vue, c'est l'homme que nous connaissons tous et que nous aimons. Charmant, élégant, attirant et courtois à l'extrême. Jusqu'à ce qu'il se mette à hurler au complot international qui aurait tué son fils et sa femme. »

Une pause. Une touche personnelle. Dieu que cet homme a de ressources en lui !

« C'est plus que tragique. Je pense que tous ceux d'entre nous qui étaient proches de lui le ressentent. C'est bien pour ça que je dois enfoncer le clou. Pas de sentimentalisme, je vous en prie. Si le Hollandais croise votre chemin, nous devons le savoir aussitôt. D'accord, mes amis ? Merci. D'autres affaires à aborder pendant que nous sommes tous réunis ? Oui, Ghita ? »

*

Si Woodrow avait du mal à déchiffrer les sentiments de Ghita, il était pour une fois plus proche de son état d'esprit qu'il ne le croyait. Elle se leva alors que tous restaient assis, y compris Woodrow. Cela, elle en était sûre. Et elle se levait pour être vue. Surtout, elle se levait parce qu'elle n'avait jamais entendu de sa vie un tel tissu de mensonges iniques et ne supportait pas de rester bras croisés. Aussi était-elle debout, outrée, indignée, prête à confondre Woodrow, parce que durant toute sa jeune et curieuse vie elle n'avait jamais connu de gens aussi bons que Tessa, Arnold et Justin.

De cela elle avait conscience. Mais lorsque son regard, survolant les têtes graves tournées vers elle des attachés à la Défense et au Commerce et de Mildren le secrétaire particulier du haut-commissaire, plongea dans celui, fourbe et suggestif, de Sandy Woodrow, elle comprit qu'elle devait trouver une autre approche.

Comme Tessa. Non par lâcheté, mais par stratégie.

Lancer au visage de Woodrow que c'était un menteur ne lui vaudrait qu'un instant de fierté douteuse, suivi d'une mise à pied assurée. Et que pouvait-elle prouver ? Rien. Les mensonges de Woodrow n'étaient pas pure invention, mais un miroir déformant brillamment conçu pour transformer les faits en monstruosités sans leur ôter leur crédibilité.

« Oui, ma chère Ghita ? »

Il avait la tête rejetée en arrière, les sourcils remontés et la bouche entrouverte comme un chef de chœur qui s'apprêterait à chanter avec elle. Elle détourna vivement le regard. Le visage de ce vieux Donohue a les traits affaissés, songea-t-elle. La sœur Marie avait un chien comme lui au couvent. Justin m'a dit que ça s'appelle des babines. J'ai joué au badminton avec Sheila hier soir, et la voilà qui me dévisage, elle aussi. A son propre étonnement, Ghita s'entendit soudain parler à l'assistance.

« Ce n'est peut-être pas le meilleur moment pour évoquer ce point, Sandy. Je ferais sans doute mieux de le laisser de côté quelques jours, vu tout ce qui se passe.

– Laisser quoi de côté ? Ne nous faites pas languir, Ghita.

– Voilà, c'est une requête du Programme alimentaire mondial. Ils font sérieusement pression pour que nous envoyions un représentant du CEDAO au prochain symposium sur l'Autarcie du consommateur. »

C'était un mensonge. Valable, efficace, acceptable. Par un miracle de fourberie, elle avait extrait de sa mémoire une demande en attente qu'elle avait réactualisée comme une invitation pressante. Si Woodrow demandait à voir le dossier, elle n'avait pas la moindre idée de ce qu'elle pourrait faire. Mais ce ne fut pas le cas.

« De la quoi du consommateur, Ghita ? s'informa Woodrow au milieu de quelques petits rires libérateurs.

– On dit aussi "maïeutique humanitaire", Sandy, répondit sévèrement Ghita en reprenant le jargon de la circulaire. Comment une communauté ayant reçu une aide alimentaire et médicale substantielle apprend-elle à se gérer une fois que les ONG se retirent ? Telle est la question à l'ordre du jour. Quelles précautions les donateurs doivent-ils prendre pour s'assurer que la structure logistique adéquate reste en place et qu'il n'y ait pas de privation indue ? On fait grand cas de ces débats.

– Cela me semble tout à fait justifié. Combien de temps dure cette sauterie ?

– Trois jours, Sandy. Mardi, mercredi et jeudi, avec prolongation possible. Mais notre problème, Sandy, c'est que nous n'avons plus de représentant au CEDAO depuis le départ de Justin.

– Donc, vous vous demandez si vous pourriez y assister à sa place, s'écria Woodrow, avec un petit rire compréhensif à l'égard des ruses féminines. Et où cela se tient-il, Ghita ? Dans la ville du péché ? comme il avait baptisé le complexe des Nations unies.

– En fait, à Lokichoggio, Sandy », répondit Ghita.

*

Chère Ghita,
Je n'ai pas eu l'occasion de vous dire combien Tessa
vous aimait et appréciait les moments que vous passiez

ensemble. Mais vous le savez de toute façon. Merci pour tout ce que vous lui avez donné.

J'ai un service à vous demander, à condition que cette requête ne vous pose pas problème et que vous vous en ressentiez. Si au cours de vos voyages vous vous retrouvez un beau jour à Lokichoggio, veuillez contacter une Soudanaise nommée Sarah, une amie de Tessa. Elle parle anglais et servait dans une famille anglaise à l'époque du mandat britannique. Il se peut qu'elle nous éclaire sur ce qui a vraiment conduit Tessa et Arnold à Loki. Ce n'est qu'une intuition, mais il me semble rétrospectivement qu'ils s'y rendaient avec beaucoup plus d'enthousiasme que n'en méritait un cours d'initiation au féminisme pour Soudanaises ! Si c'est le cas, Sarah peut être au courant.

Tessa n'a presque pas dormi la veille du départ, et s'est montrée exceptionnellement expansive – même pour elle – lors de nos adieux, de nos « derniers adieux », comme dirait Ovide, même si aucun de nous deux ne le savait alors. Voici une adresse en Italie où m'écrire à l'occasion. Mais ne vous mettez pas en quatre pour autant. Encore merci,

Bien affectueusement,

Justin.

Pas le Hollandais. Justin.

Chapitre 16

Justin arriva dans la petite ville de Bielefeld près de Hanovre après deux jours de train éprouvants. Il descendit sous le nom d'Atkinson dans un hôtel modeste face à la gare, fit un tour de la ville et mangea un repas sans intérêt. La nuit venue, il alla déposer sa lettre. C'est ainsi que font les espions, songea-t-il en s'approchant de la maison d'angle plongée dans l'obscurité. C'est cette vigilance qu'on leur apprend au berceau. Cette façon de traverser une rue sombre, de scruter les porches, de tourner un coin de rue : M'attendez-vous là ? Vous ai-je déjà vu avant ? Mais il n'avait pas plus tôt déposé sa lettre que son bon sens le tançait : oublie les espions, imbécile, tu aurais pu faire porter ce foutu courrier par un taxi. Et maintenant, à la lumière du jour, tout en avançant pour la seconde fois vers la maison d'angle, il s'infligeait certaines angoisses : Surveillent-ils les lieux ? M'ont-ils repéré la nuit dernière ? Vont-ils m'arrêter à mon arrivée ? Quelqu'un a-t-il appelé le *Telegraph* et découvert que je n'existe pas ?

Durant son voyage en train, il avait peu dormi, et pas du tout la nuit précédente à l'hôtel. Il ne s'encombrait plus de papiers, de valises en toile, d'ordinateurs ni de périphériques. Tout ce qui devait être conservé avait été expédié à Milan chez la tante draconienne de Ham, et le reste reposait vingt mille lieues sous les mers en Méditerranée. Débarrassé de son fardeau, il marchait avec une légèreté symbolique. Ses traits étaient plus accusés et une lumière plus intense brillait au fond de ses yeux. Il s'en rendait compte. Il se sentait heureux d'être désormais investi de la mission de Tessa.

Le rez-de-chaussée de la maison d'angle, château allemand à tourelles de cinq étages, était barbouillé de zébrures qu'il découvrit vert perroquet et orange maintenant qu'il les voyait au jour, alors que la nuit dernière sous l'éclairage au sodium elles lui avaient semblé d'un noir et blanc écœurant. A un étage supérieur, de vaillants enfants de toutes races lui souriant sur une fresque lui rappelèrent ceux qui agitaient la main dans le portable de Tessa. Ils avaient leur réplique en chair et en os derrière une fenêtre du rez-de-chaussée, assis en cercle autour d'une enseignante à l'air harassé. A la fenêtre voisine, une affiche faite à la main demandait comment pousse le chocolat et présentait des photos gondolées de graines de cacao.

Feignant l'indifférence, Justin dépassa le bâtiment puis tourna brusquement à gauche et flâna sur le trottoir, s'arrêtant pour examiner les plaques de médecins et psychologues marginaux. *Dans un pays civilisé, on ne peut jamais savoir.* Une voiture de police passa, ses occupants, dont une femme, lui jetèrent un regard indifférent. Sur le trottoir opposé, deux hommes âgés en imperméable et feutre noirs semblaient attendre un enterrement devant une fenêtre aux rideaux tirés. Trois femmes à vélo descendaient la côte dans sa direction. Sur les murs, des graffitis exaltaient la cause palestinienne. Il revint au château peinturluré et se posta devant la porte d'entrée décorée d'un hippopotame vert. Un autre plus petit ornait la sonnette. Une fenêtre en saillie ouvragée surplombait Justin telle la proue d'un navire. C'est là qu'il était venu poster sa lettre hier soir. Me guettait-on de là-haut ? L'institutrice à l'air fourbu derrière la fenêtre lui indiqua de passer par l'autre porte, mais celle-ci était fermée et cadenassée. Il fit un geste désolé.

« Ils auraient dû laisser ouvert », maugréa-t-elle, toujours furieuse, après avoir débloqué les verrous et tiré la porte.

Justin s'excusa de nouveau et se fraya adroitement un chemin entre les enfants en leur souhaitant *grüss dich* et *guten Tag*, mais sa vigilance redoublée limitait sa politesse jadis infinie. Il monta un escalier, passant à côté de vélos et d'une poussette, et arriva dans une salle qui sembla à son œil attentif avoir été réduite aux plus strictes nécessités : une fontaine à eau, une photocopieuse, des étagères vides, des piles d'ouvrages de référence et des boîtes en carton entassées à même le sol. Par l'embrasure d'une porte, il vit une jeune femme portant un col roulé et des lunettes à monture d'écaille assise devant un écran.

« Je m'appelle Atkinson, dit-il en anglais. Peter Atkinson. J'ai rendez-vous avez Birgit de chez Hippo.

– Pourquoi n'avez-vous pas téléphoné ?

– Je suis arrivé tard hier soir. J'ai pensé que ce serait mieux de lui laisser un mot. Peut-elle me recevoir ?

– Je n'en sais rien. Allez lui demander. »

Il la suivit dans un petit couloir jusqu'à une porte à deux battants dont elle en poussa un.

« Ton journaliste est là », annonça-t-elle en allemand comme si « journaliste » signifiait « amant », puis elle se retira dans ses quartiers.

Petite, vive, Birgit avait des joues roses, des cheveux blonds, l'allure d'une pugiliste enjouée, un sourire prompt et engageant. Son bureau était aussi dépouillé que le hall, avec la même atmosphère de dénuement volontaire.

« Nous avons notre conférence à 10 heures », expliqua-t-elle, légèrement essoufflée en lui saisissant la main.

Elle parlait l'anglais de ses e-mails, et il la laissa faire. M. Atkinson ne tenait pas à se faire remarquer en parlant allemand.

« Vous aimez le thé ?

– Merci, mais non merci. »

Elle approcha deux chaises d'une table basse et s'assit sur l'une d'elles.

« Si c'est au sujet du cambriolage, nous n'avons vraiment rien à raconter, l'avertit-elle.

– Quel cambriolage ?

– C'est sans importance. Ils ont pris quelques petites choses. Peut-être avions-nous trop de biens. Du coup, plus maintenant.

– Quand est-ce que ça a eu lieu ?

– Il y a longtemps. La semaine dernière », fit-elle avec un haussement d'épaules.

Justin sortit un calepin de sa poche et, façon Lesley, l'ouvrit sur son genou.

« C'est au sujet du travail que vous faites ici. Mon journal va publier une série d'articles sur l'industrie pharmaceutique et le tiers-monde sous le titre "Marchands de médicaments". Sur le tiers-monde qui n'a aucun pouvoir consumériste. Sur les maladies graves concentrées dans un endroit et les gros profits dans un autre. »

Il s'était préparé à tenir un discours de journaliste, mais n'était pas certain d'y réussir.

« "Les pauvres ne peuvent pas payer, alors ils meurent. Combien de temps cela va-t-il durer ? Ce ne sont pas les moyens qui nous manquent, mais la volonté." Bref, ce genre de choses. »

A sa grande surprise, elle arborait un large sourire.

« Et vous voulez que je vous donne les réponses à ces simples questions avant 10 heures ?

– Si vous pouviez juste me dire ce que fait exactement Hippo, qui vous finance, quelles sont vos attributions, en quelque sorte », fit-il d'un ton grave.

Elle se mit à parler et lui à écrire dans son calepin sur son genou. Elle lui faisait son numéro habituel, supposa-t-il, et lui tout son possible pour avoir l'air d'écouter en prenant ses notes. Il songeait que cette femme avait été l'amie et l'alliée de Tessa sans l'avoir jamais rencontrée, et que si cela s'était produit elles se seraient toutes deux félicitées de leur choix. Il songeait aussi qu'il peut y avoir bien des motifs à un cambriolage, dont servir de couverture à quiconque vient installer ces dispositifs fournissant ce que le Foreign Office aime appeler « matériau spécial », pour œil averti uniquement. Il se rappelait à nouveau son entraînement de sécurité et la visite en groupe d'un sinistre laboratoire en sous-sol derrière Carlton Gardens, où les stagiaires pouvaient admirer *de visu* les tout derniers endroits astucieux où implanter un système d'écoute miniaturisé. Adieu pots de fleurs, pieds de lampe, rosaces au plafond, moulures et cadres de photos, bienvenue à presque tout ce qu'on peut imaginer, de l'agrafeuse sur le bureau de Birgit à sa veste de sherpa accrochée derrière la porte.

Il avait fini d'écrire ce qu'il voulait écrire et elle de dire ce qu'elle voulait dire, apparemment, car elle s'était levée et compulsait des brochures sur une étagère, en quête de quelque documentation à lui remettre avant de le faire sortir de son bureau à temps pour aller à sa conférence de 10 heures. Pendant ce temps, elle parla de l'Agence fédérale allemande du médicament, qu'elle qualifia de tigre de papier. Et l'Organisation mondiale de la santé étant financée par l'Amérique, elle favorise les multinationales, vénère le profit et déteste les décisions militantes, ajouta-t-elle avec mépris.

« Allez à n'importe quelle réunion de l'OMS, vous voyez quoi ? demanda-t-elle de façon rhétorique en lui tendant une liasse de brochures. Des lobbyistes, des attachés de presse des grands laboratoires. Par dizaines. D'un grand labo, ou de trois ou quatre. "Venez déjeuner. Venez à notre petite réunion du week-end. Avez-vous lu ce superbe article du professeur Untel ?" Or les pays du tiers-monde ne sont pas évolués. Ils n'ont ni argent ni expérience. Grâce au langage et aux manœuvres diplomatiques, les lobbyistes les embobinent sans problème. »

Elle s'interrompit pour lui jeter un regard intrigué. Justin tenait son calepin ouvert devant lui face à elle pour qu'elle puisse à la fois lire le message et voir son expression qu'il espérait convaincante et rassurante. En outre, il levait l'index gauche en guise d'avertissement.

JE SUIS LE MARI DE TESSA QUAYLE. JE ME MÉFIE DE CES MURS. POUVEZ-VOUS ME RETROUVER CE SOIR A 17 H 30 DEVANT LE VIEUX FORT ?

Elle lut le message, puis le regarda droit dans les yeux par-dessus l'index levé tout le temps qu'il meublait le silence avec la première chose qui lui vint à l'esprit.

« Alors ce que vous me dites, c'est que nous avons besoin d'une organisation mondiale indépendante assez puissante pour damer le pion à ces entreprises, lança-t-il d'un ton involontairement agressif. Pour saper leur influence.

– Oui. Je pense que ce serait une excellente idée », répondit-elle avec un calme olympien.

Il passa près de la femme au col roulé en lui adressant un petit geste amical qu'il jugeait approprié pour un journaliste.

« J'ai fini, lui dit-il. Je m'en vais. Merci de votre coopération. »

Donc, pas besoin de téléphoner à la police pour les prévenir qu'il y a un imposteur en ce lieu.

Il traversa la salle de classe sur la pointe des pieds et tenta d'arracher un sourire à l'institutrice épuisée. « C'est la dernière fois », lui promit-il, mais seuls les enfants sourirent.

Dehors, les deux vieux messieurs en imperméable et chapeau noirs attendaient toujours le convoi funèbre. Dans une berline Audi garée le long du trottoir, deux jeunes femmes étudiaient un plan d'un air grave. Il retourna à son hôtel et demanda à tout hasard s'il y avait du courrier pour lui. Il n'y en avait pas. Une fois dans sa chambre, il arracha la page accusatrice de son calepin ainsi que la suivante, qui en portait l'empreinte, puis les brûla dans le lavabo et alluma le ventilateur pour chasser la fumée. Il s'étendit sur son lit, se demandant ce que font les espions pour tuer le temps. Il s'assoupit et fut réveillé par la sonnerie du téléphone. Il décrocha et ne manqua pas de dire : « Atkinson. » C'était la gouvernante, qui « vérifiait », s'excusa-t-elle. Vérifiait quoi, mon Dieu ? Mais les espions ne posent pas ce genre de question. Ils ne se font pas remarquer. Les espions s'étendent sur des draps blancs dans des villes grises et attendent.

*

Le vieux fort de Bielefeld se dressait sur un haut tertre vert dominant les collines ennuagées. Des parkings, des bancs pour pique-niquer et des jardins municipaux se partageaient l'espace entre les remparts couverts de lierre. Durant les mois chauds, c'était un lieu prisé des citadins qui venaient se promener le long des avenues bordées d'arbres, admirer les kyrielles de fleurs et prendre un repas arrosé de bière au Relais du Chasseur. Mais les mois de grisaille, l'endroit ressemblait à un terrain de jeu abandonné au cœur des nuages. C'est du moins ce que pensa Justin ce soir-là après avoir payé son taxi et, en avance de vingt minutes, fait une reconnaissance qu'il espérait discrète du lieu choisi pour son rendez-vous. Les parkings vides creusés dans les fortifications étaient grêlés d'eau de pluie. Sur les pelouses détrempées, des pancartes rouillées exigeaient de maîtriser son chien. Assis tout raides sur un banc au pied des murs, deux vieillards portant écharpe et pardessus l'observaient. Étaient-ce les mêmes vieux messieurs en feutre noir qui attendaient le corbillard ce matin ? Pourquoi me dévisagent-ils ainsi ? Suis-je juif ? polonais ? Combien de temps faudra-t-il à votre Allemagne pour devenir un pays européen comme un autre ?

Une seule route menait au fort. Il l'emprunta en marchant au milieu pour éviter les fossés remplis de feuilles mortes. Quand elle arrivera, j'attendrai qu'elle se soit garée avant de lui parler, se dit-il. Les voitures aussi ont des oreilles. Mais celle de Birgit n'en avait pas, pour la bonne raison que c'était une bicyclette. A première vue, on aurait dit une amazone fantomatique pressant sa monture rétive vers le sommet de la colline, sa cape en plastique se gonflant derrière elle et son harnachement fluorescent rappelant l'emblème des croisés. Lentement, l'apparition prit chair. Ce n'était plus un ange ailé ni un messager hors d'haleine revenant du combat, juste une jeune maman vêtue d'une cape sur sa bicyclette. Et de cette cape sortaient non pas une mais deux têtes, la seconde, celle de son jovial fils blond attaché à l'arrière dans un siège pour enfants et mesurant, selon l'œil inexpérimenté de Justin, environ dix-huit mois sur l'échelle de Richter.

Cette vision lui fut tellement agréable, inattendue et touchante que pour la première fois depuis la mort de Tessa il éclata d'un rire franc, chaleureux et spontané.

« En si peu de temps, comment voulez-vous que je déniche une baby-sitter ? s'écria Birgit, vexée par son hilarité.

— Mais non, surtout pas ! Cela n'a aucune importance. C'est merveilleux. Comment s'appelle-t-il ?

— Carl. Et vous ? »

Carl te fait plein de bisous... Le mobile éléphant que tu as envoyé à Carl le rend littéralement fou de bonheur... J'espère de tout cœur que ton bébé sera aussi beau que lui.

Il lui montra son passeport au nom de Quayle. Elle l'étudia de près : nom, âge, photo, en jetant à chaque fois un coup d'œil de vérification.

« Vous avez dit à Tessa qu'elle était *waghalsig* », fit-il.

Elle eut un froncement de sourcils qui se mua en sourire tandis qu'elle retirait sa cape, la pliait et chargeait Justin de tenir le vélo le temps qu'elle détache Carl de son siège. Après quoi, elle le posa par terre, défit une sacoche et se retourna pour que Justin puisse remplir son sac à dos : le biberon de Carl, un paquet de Knäckerbrot, des couches de rechange et deux sandwiches jambon-fromage enveloppés dans du papier paraffiné.

« Vous avez déjeuné, Justin ?

– Pas vraiment.

– Alors, on va manger. Après, on sera moins nerveux. *Carlchen, du machst das bitte nicht.* On peut marcher. Carl est infatigable. »

Nerveux ? Qui est nerveux ? Affectant d'examiner les nuages menaçants, il pivota lentement sur un talon, tête levée. Ils étaient toujours là, telles deux vieilles sentinelles assises à faire le guet.

*

« J'ignore combien de documents ont été perdus, déplora Justin après lui avoir raconté l'histoire du portable de Tessa. J'ai eu l'impression que votre correspondance était bien plus fournie que ce qu'elle en avait imprimé.

– Vous n'avez rien lu sur Emrich ?

– Qu'elle a émigré au Canada, mais qu'elle travaillait toujours pour KVH.

– Vous ne savez pas quelle est sa situation actuelle..., son problème ?

– Elle s'est disputée avec Kovacs.

– Kovacs n'est rien. Emrich s'est querellée avec KVH.

– A quel sujet ?

– Le Dypraxa. Elle croit avoir identifié certains effets secondaires très négatifs. KVH n'y croit pas.

– Comment ont-ils réagi ?

– Pour le moment, ils se sont contentés de détruire sa réputation et sa carrière.

– C'est tout ?

– C'est tout. »

Ils marchèrent en silence un moment, Carl en éclaireur devant eux, plongeant soudain pour ramasser des marrons d'Inde pourrissants qu'il fallait l'empêcher de porter à la bouche. Un océan de brume vespérale baignait le flanc des collines moutonnantes, isolant leurs sommets arrondis comme autant d'îlots.

« C'est arrivé quand ?

– C'est toujours en cours. Elle a été renvoyée par KVH, par les doyens de l'université Dawes au Saskatchewan et par le conseil d'administration de l'hôpital universitaire Dawes. Elle a essayé de publier un article dans une revue médicale sur ses conclusions concernant le Dypraxa, mais son contrat avec KVH comportait une clause de confidentialité, donc ils l'ont suivie en justice et la revue aussi et aucun exemplaire n'a pu sortir.

– Poursuivie, pas suivie. Poursuivie.

– C'est pareil.

– Et vous l'avez dit à Tessa ? Ça a dû la fasciner.

– Bien sûr, je lui ai dit.

– Quand ?

– Il y a trois semaines peut-être, ou deux, fit-elle en haussant les épaules. Notre correspondance aussi a disparu.

– Vous voulez dire qu'ils sont entrés dans votre ordinateur ?

– Il a été volé pendant le cambriolage. Je n'avais pas transféré ni imprimé ses lettres, alors bon. »

Alors bon, songea Justin.

« Vous avez une idée de qui l'a volé ?

– Oui, personne. Dans les entreprises, c'est toujours personne. Le grand patron appelle le sous-chef, qui appelle son adjoint, qui parle au responsable de la sécurité interne, qui parle à son subordonné, qui parle à ses amis, qui parlent à leurs amis. Mission accomplie. Pas par le patron, ni le sous-chef, ni l'adjoint, ni le subordonné. Ni par l'entreprise. En fait, par personne. Mais c'est fait. Il n'y a ni papiers, ni chèques, ni contrats. Personne ne sait rien. Personne n'était là. Mais c'est fait.

– Et la police ?

– Oh, notre police est très zélée. Vous avez perdu un ordinateur ? Prévenez la compagnie d'assurance et achetez-en un neuf, n'allez pas embêter la police. Vous avez connu Wanza ?

– Seulement à l'hôpital. Elle était déjà très malade. Tessa vous a écrit à son sujet ?

– Qu'elle avait été empoisonnée, oui. Que Lorbeer et Kovacs étaient venus lui rendre visite à l'hôpital et que le bébé de Wanza a survécu mais pas elle. Que le médicament l'avait tuée. Peut-être par association. Ou peut-être qu'elle était trop maigre, sans assez de graisse pour supporter le traitement. Peut-être aussi qu'elle aurait survécu à des doses moins fortes. Peut-être que KVH va ajuster la pharmaco-cinétique avant de vendre le produit en Amérique.

– Elle a dit ça ? Tessa ?

– Bien sûr. "Wanza n'était qu'un cobaye de plus. Je l'aimais, ils l'ont tuée. Tessa."

– Mais enfin, Birgit, et Emrich là-dedans ? protesta aussi-tôt Justin. En tant que codécouvreuse de la molécule, si elle l'a jugée à risque, certainement que...

– Emrich exagère, l'interrompit Birgit. Demandez donc à Kovacs. A KVH. La participation de Lara Emrich à la mise au point du Dypraxa a été minime. C'était Kovacs le génie, Emrich n'était que sa préparatrice, et Lorbeer leur éminence grise. Mais, bien sûr, comme Emrich était aussi la maîtresse de Lorbeer, l'importance de son rôle a été amplifiée.

– Où est Lorbeer ?

– On ne sait pas. Emrich ne le sait pas, KVH non plus – du moins, c'est ce qu'ils disent. Il a disparu de la circula-tion depuis cinq mois. Peut-être qu'ils l'ont tué aussi.

– Où est Kovacs ?

– Elle voyage. Elle voyage tellement que KVH ne peut jamais nous dire où elle est ni où elle va. La semaine dernière, c'était Haïti, enfin peut-être, et il y a trois semaines Buenos Aires ou Tombouctou. Mais où sera-t-elle demain ou la semaine prochaine, mystère. Son adresse personnelle reste confidentielle, bien sûr, et son numéro de téléphone aussi. »

Carl avait faim. Alors qu'il s'amusait à tremper une brindille dans une flaque, il se mit soudain à brailler à pleins poumons pour être nourri. Ils s'assirent sur un banc et Birgit lui donna le biberon.

« Si vous n'étiez pas là il le prendrait tout seul, fit-elle fièrement. Il marcherait biberon au bec en titubant un peu. Mais là, il a un oncle qui l'observe, alors il réclame toute votre attention. »

Quelque chose dans ses propres paroles lui remémora le chagrin de Justin.

« Je suis vraiment désolée, Justin, murmura-t-elle. Comment vous dire ça ? »

Si brièvement, si tendrement que pour une fois il n'éprouva pas le besoin de répondre « merci » ou « oui, c'est affreux », ou toute autre phrase vide de sens qu'il prononçait par réflexe quand les gens se sentaient obligés de formuler l'inexprimable.

*

Ils s'étaient remis à marcher, et Birgit racontait le cambriolage.

« J'arrive le matin au bureau. Mon collègue, Roland, est à Rio pour une conférence, mais sinon c'est une journée normale. Les portes sont bouclées, je dois les déverrouiller comme d'habitude. Je ne remarque rien tout de suite. C'est ça qui cloche. Quel cambrioleur referme les portes derrière lui en quittant les lieux ? La police nous a posé cette question. Enfin, nos portes étaient bien verrouillées. A l'intérieur, ce n'est pas très en ordre, mais rien d'anormal. Chez Hippo, chacun nettoie son bureau. On n'a pas les moyens de payer quelqu'un pour l'entretien, et il arrive qu'on soit trop débordés ou trop paresseux pour faire le ménage. »

Trois jeunes femmes à vélo les dépassèrent dignement, firent le tour du parking et revinrent en repassant près d'eux avant de redescendre la pente. Justin se rappela les trois cyclistes de ce matin.

« Je vais vérifier le téléphone. On a un répondeur chez Hippo. Un truc tout bête dans les cent marks, mais bon, quand même cent marks et il n'a pas été volé. On a des correspondants partout dans le monde, et on a besoin d'un répondeur. La cassette a disparu. Et moi, je me dis : zut, qui a pris cette fichue cassette ? Je vais dans l'autre bureau en chercher une neuve. L'ordinateur a disparu. Et moi, je me dis : zut, quel est l'imbécile qui a déplacé l'ordinateur, et pour le mettre où ? C'est un gros truc en hauteur, mais sur roulettes, donc transportable. On a une nouvelle employée, une stagiaire en droit, très bien, d'ailleurs, mais nouvelle. "Beate, je lui dis, où est passé l'ordinateur ?" Et on se met à chercher. Ordinateur, cassettes, disquettes, papiers, dossiers, tout a disparu, et les portes sont fermées. Ils n'ont rien pris de valeur. Ni l'argent dans la tirelire, ni la cafetière, la radio, le téléviseur ou le répondeur vide. Ce ne sont ni des drogués ni des cambrioleurs professionnels. Ni des criminels, pour la police. Pourquoi un criminel verrouillerait-il les portes derrière lui ? Peut-être que vous, vous savez.

– Pour nous avertir, répondit Justin après un long silence.

– Pardon ? Nous avertir de quoi ? Je ne comprends pas.

– Ils ont refermé les portes pour Tessa aussi.

– Expliquez-vous, s'il vous plaît. Quelles portes ?

– Celles de la jeep. Quand ils l'ont tuée. Ils ont verrouillé les portières pour que les hyènes n'emportent pas les corps.

– Mais pourquoi ?

– Pour nous montrer qu'on devait avoir peur. C'est le message qu'ils ont inscrit sur le portable de Tessa. Pour elle ou pour moi. "Avertissement. Ne poursuivez pas votre action." Ils lui ont aussi envoyé une menace de mort. Je l'ai seulement découvert il y a quelques jours. Elle ne m'en avait jamais parlé.

– Elle était bien courageuse », commenta Birgit.

Elle se souvint alors des sandwiches. Ils allèrent s'asseoir sur un banc pour les manger tandis que Carl mâchouillait un biscuit en chantonnant. Les deux vieilles sentinelles passèrent près d'eux sans les voir en descendant la côte.

« Il y avait une logique derrière ce qu'ils ont emporté ou c'était en vrac ?

– En vrac, mais avec une logique. Roland prétend que non, mais il est toujours très décontracté, Roland. On dirait un athlète dont le cœur bat deux fois moins vite que la norme, ça lui permet de courir plus vite que n'importe qui. Mais seulement s'il en a envie. Quand c'est utile d'aller vite, il le fait. Sinon, il reste couché.

– Quelle était la logique ? »

Elle a le froncement de sourcils de Tessa, remarqua-t-il. Signe de discrétion professionnelle, et comme avec Tessa il n'essaya pas de percer son silence.

« Comment avez-vous traduit *waghalsig* ? finit-elle par demander.

– Imprudente, je crois. Risque-tout, peut-être. Pourquoi ?

– Alors moi aussi j'ai été *waghalsig*. »

Carl voulut se faire porter, ce que Birgit déclara inédit. Justin insista pour offrir ses épaules. Elle s'affaira à déboucler son sac à dos et en allonger les courroies pour Justin puis, une fois satisfaite du résultat, elle souleva Carl pour l'installer dedans en lui recommandant de bien se conduire avec son nouvel oncle.

« J'ai été pire que *waghalsig*. J'ai été totalement stupide, avoua-t-elle en se mordant les lèvres, se détestant d'avance pour ce qu'elle allait dire. On nous a porté une lettre. La semaine dernière. Jeudi. Un service de coursier à Nairobi. Pas une lettre, d'ailleurs, un document. Soixante-dix pages. Sur le Dypraxa. L'historique, les paramètres, les effets secondaires. Du positif et du négatif, mais surtout du négatif vu les décès et les effets secondaires. Il n'y avait pas de signature. Un rapport objectif d'un point de vue scientifique, mais par ailleurs un peu délirant. Adressé à Hippo, sans destinataire particulier. Simplement Hippo. Aux messieurs et aux dames de Hippo.

– En anglais ?

– Oui, mais pas rédigé par un anglophone, je pense. Tapé,

pour qu'on ne puisse pas identifier l'écriture. Avec beaucoup de références à Dieu. Vous êtes croyant ?

– Non.

– Mais Lorbeer l'est. »

*

Le crachin avait laissé place à de grosses gouttes isolées. Birgit était assise sur un banc, près d'un portique de balançoires munies de barres transversales pour la sécurité des enfants, où il avait fallu installer Carl et le pousser. Il luttait contre le sommeil, paupières mi-closes, doux comme un chaton, le sourire aux lèvres tandis que Justin le poussait avec une prudence obsessive. Une Mercedes blanche immatriculée à Hambourg monta lentement la côte, les dépassa, fit le tour du parking inondé et revint à petite vitesse. Un conducteur, un passager à son côté. Justin se souvint des deux femmes dans l'Audi garée ce matin-là dans la rue au moment où il sortait. La Mercedes redescendit la côte.

« Tessa disait que vous parlez toutes les langues, remarqua Birgit.

– Ça ne signifie pas que j'ai quelque chose à dire dans aucune. Pourquoi avez-vous été *waghalsig* ?

– Dites plutôt stupide, je vous prie.

– Alors, pourquoi avez-vous été stupide ?

– Parce que quand le coursier nous a remis le document de Nairobi, j'étais si excitée que j'ai téléphoné à Lara Emrich au Saskatchewan : "Lara, ma chérie, écoute ça : on a reçu un long historique du Dypraxa, très mystique, très délirant, très authentique. Pas de signature, pas d'adresse, pas de date, mais je crois que ça vient de Markus Lorbeer. Ça décrit les accidents fatals dus aux associations médicamenteuses et ça va beaucoup aider ton affaire." J'étais ravie, parce que le document lui rend hommage. Il s'intitule : "Le docteur Lara Emrich a raison." Je lui ai dit : "C'est insensé, mais aussi virulent qu'une déclaration politique. Très polémique, aussi, très religieux, très accablant pour Lorbeer." Elle m'a répondu : "Alors, c'est bien de lui. Markus se flagelle. Normal." »

– Vous avez rencontré Emrich ? Vous la connaissez ?

– Comme Tessa, par e-mail. Nous sommes des e-correspondantes. D'après le document, Lorbeer a passé six ans en Russie, deux sous l'ancien régime communiste, quatre sous la nouvelle anarchie. Je le dis à Lara, qui le savait déjà. Je lui raconte aussi que Lorbeer était le représentant de certains labos occidentaux, il démarchait des officiels russes de la santé pour leur vendre des médicaments de l'Ouest. Selon le document, en six ans, il a eu affaire à huit ministres de la Santé. Il mentionne même une boutade sur cette période et j'allais la rapporter à Lara quand elle m'interrompt et me la récite dans les termes exacts : "Les ministres russes de la Santé arrivaient en Lada et repartaient en Mercedes." Une des plaisanteries favorites de Lorbeer, me dit-elle. Ce qui nous confirme à toutes les deux que c'est bien lui l'auteur. Un *mea culpa* masochiste. Lara m'apprend aussi que le père de Lorbeer était un protestant allemand, très calviniste, très strict, d'où les conceptions religieuses morbides du fils et son besoin de se confesser. Vous vous y connaissez en médecine ? En chimie ? En biologie, peut-être ?

– Mon éducation a été un peu trop onéreuse pour cela, j'en ai peur.

– Dans sa confession, Lorbeer affirme que lorsqu'il agissait pour le compte de KVH, il a obtenu l'agrément du Dypraxa par flatterie et corruption. Il raconte qu'il a acheté des officiels de la santé, expédié les essais cliniques, payé les brevets et les licences d'importation et graissé la patte à tous les bureaucrates de la chaîne alimentaire. A Moscou, un agrément par des sommités médicales faiseuses d'opinion pouvait s'obtenir pour 25 000 dollars. C'est ce qu'il écrit. Le problème, c'est que si vous en soudoyez un, vous êtes obligé de soudoyer aussi ceux que vous avez écartés, sans quoi ils vont discréditer la molécule par jalousie ou rancune. En Pologne, ce n'était guère différent, juste moins cher. En Allemagne, la pression était plus discrète, mais pas tant que ça. Lorbeer rapporte une célèbre occasion où il a affrété un jumbo jet au nom de KVH et emmené quatre-vingts éminents médecins allemands en Thaïlande pour un voyage éducatif, raconta-t-elle en souriant. Leur éducation a été faite en vol sous forme de films et de conférences, mais aussi de caviar Beluga et de cognacs et whiskies hors d'âge. Tout doit être de première qualité, écrit-il, parce que les bons docteurs allemands sont blasés depuis longtemps. Le champagne ne leur suffit plus. En Thaïlande, ils avaient quartier libre, mais des divertissements et de charmantes hôtesses étaient prévus pour ceux qui le désiraient. Lorbeer a lui-même chargé un hélicoptère de larguer des orchidées sur une plage où les médecins et leurs hôtesses se prélassaient. Pendant le vol de retour, toute éducation a été inutile. Les médecins étaient éduqués de bout en bout. La seule chose dont ils devaient se souvenir, c'était comment rédiger leurs ordonnances et leurs articles savants. »

Birgit avait beau en rire, cette histoire la mettait mal à l'aise et elle éprouva le besoin d'en rectifier l'impact.

« Cela ne prouve pas que le Dypraxa soit un mauvais médicament, Justin. C'est un excellent remède qui nécessite des tests complémentaires. Tous les médecins ne se laissent pas corrompre et toutes les compagnies pharmaceutiques ne sont pas négligentes et cupides. »

Elle s'arrêta, consciente de trop parler, mais Justin n'essaya pas de la détourner du sujet.

« L'industrie pharmaceutique moderne n'a que soixante-cinq ans d'âge. Elle comprend des gens honnêtes, elle a accompli des miracles humains et sociaux, mais elle manque encore de conscience collective. Lorbeer écrit que les labos ont tourné le dos à Dieu. Il fait beaucoup de références bibliques que je ne comprends pas. Peut-être parce que je ne comprends pas Dieu. »

Carl s'était endormi sur la balançoire. Justin le souleva et, la main contre son dos bien chaud, le promena de long en large sur le macadam.

« Vous me disiez que vous aviez téléphoné à Lara Emrich, rappela-t-il.

– Oui, mais j'ai changé de sujet parce que j'ai honte de ma stupidité. Ça va ou vous voulez que je le porte ?

– Ça va. »

La Mercedes blanche s'était arrêtée au bas de la côte, toujours avec les deux hommes à bord.

« Chez Hippo, cela fait des années qu'on pense que nos téléphones sont sur écoute, et on en tire une certaine fierté. Il arrive aussi que notre courrier soit censuré. On s'envoie des lettres à nous-mêmes et on les voit arriver avec retard et dans un autre état. On a souvent imaginé d'y glisser de fausses informations pour les *Organy*.

– Les quoi ?

– C'est le mot qu'emploie Lara. Un mot russe de l'époque soviétique qui signifie les organes étatiques.

– Je l'adopte tout de suite.

– Alors peut-être que les *Organy* nous ont entendues rire et nous congratuler au téléphone quand j'ai promis à Lara de lui envoyer immédiatement une copie du document au Canada. Lara m'a dit que, malheureusement, elle n'avait pas de fax, parce qu'elle avait dépensé tout son argent chez des avocats et qu'elle n'avait plus accès à l'hôpital. Si elle avait eu un fax, il n'y aurait peut-être pas de problème aujourd'hui. Elle aurait une copie de la confession de Lorbeer, même si nous n'en avons pas. Tout serait sauvé. Peut-être. C'est toujours peut-être pour tout. Il n'y a aucune preuve.

– Et par e-mail ?

– Elle n'en a plus. Son ordinateur a fait un arrêt cardiaque le lendemain du jour où elle a essayé de publier son article. Il ne s'en est jamais remis, conclut-elle stoïquement, les joues roses de confusion.

– Et alors ? insista Justin.

– Alors, nous n'avons pas de document. Ils l'ont volé avec l'ordinateur, les dossiers et les bandes. J'ai téléphoné à Lara dans la soirée, 17 heures en Allemagne. Notre entretien s'est terminé vers 17 h 40. Elle était tout émue, ravie. Moi aussi. "Attends un peu que Kovacs l'apprenne", répétait-elle. Bref, on a parlé longtemps, on a ri, et je n'ai pas pensé à faire un double de la confession de Lorbeer sur-le-champ. J'ai rangé le document dans le coffre et je l'ai fermé. Il n'est pas énorme, mais imposant quand même. Les voleurs avaient une clé. Ils ont verrouillé nos portes à leur départ et celle du coffre après avoir volé le document. Quand on y réfléchit, c'est évident. Avant, on n'y pense pas.

Que fait un géant quand il veut une clé ? Il ordonne à son petit personnel de se renseigner sur notre coffre, ensuite il téléphone au géant qui l'a conçu et lui demande de faire fabriquer la clé par son petit personnel à lui. Dans le monde des géants, c'est normal. »

La Mercedes blanche n'avait pas bougé. C'était peut-être normal aussi.

*

Ils avaient trouvé un abri en tôle. De chaque côté, des rangées de transats repliés, enchaînés les uns aux autres comme des prisonniers. La pluie tambourinait, crépitait sur le toit en tôle et creusait des rigoles à leurs pieds. Birgit avait repris Carl, qui dormait sur sa poitrine, la tête dans le creux de son épaule, protégé par un parasol qu'elle avait ouvert. Justin était assis à l'écart sur le banc, les mains jointes en prière entre ses genoux, la tête inclinée au-dessus. C'est ça qui m'a fait mal dans la mort de Garth, se rappela-t-il. D'être privé de mon éducation paternelle.

« Lorbeer écrivait un *roman*, annonça-t-elle en allemand. Comment ça se dit ?

– Roman.

– *Roman*, ça se dit roman ?

– Oui.

– Bon, alors ce roman commence par l'heureux dénouement. Il était une fois deux belles jeunes femmes médecins, Emrich et Kovacs. Elles sont internes à l'université de Leipzig, en Allemagne de l'Est. Cette université a un grand hôpital. Elles font de la recherche sous la supervision de savants professeurs et rêvent de faire un jour une grande découverte qui sauvera le monde. Personne ne parle du dieu Profit, sauf s'il s'agit de profit pour l'humanité. L'hôpital de Leipzig accueille de nombreux Russes allemands qui arrivent de Sibérie et souffrent de tuberculose. Dans les camps de prisonniers soviétiques, la prévalence de tuberculose est très élevée. Tous les patients sont pauvres, malades et sans défense, la plupart sont porteurs de souches multirésistantes, et beaucoup sont mourants. Ils sont prêts à signer n'importe quoi, à tester n'importe quoi, ils ne causeront pas d'ennuis. Tout naturellement, les deux jeunes docteurs isolent des bactéries et développent des embryons de molécules antituberculeuses. Elles pratiquent des tests sur animaux, peut-être aussi sur des étudiants en médecine et d'autres internes. Ils sont tous pauvres et futurs médecins, donc intéressés par le processus expérimental. Et puis, il y a un *Oberarzt* qui supervise leurs recherches…

– Un médecin-chef.

– L'*Oberarzt* qui dirige l'équipe s'enthousiasme pour ces expériences. Comme ils veulent tous s'attirer son admiration, ils s'impliquent. Personne n'est malveillant, personne n'est criminel. Ce sont de jeunes rêveurs auxquels on confie un sujet de recherche excitant, et les malades sont désespérés. Alors pourquoi pas ?

– Oui, pourquoi pas ? murmura Justin.

– Et puis Kovacs a un amant. Kovacs a toujours un amant. De nombreux amants. Celui-ci est polonais. Un type bien. Marié, mais peu importe. Et il possède un laboratoire. Un petit labo fonctionnel bien équipé, à Gdansk. Par amour pour Kovacs, le Polonais lui dit qu'elle peut venir s'amuser dans son laboratoire quand elle a du temps libre. Elle peut même y amener qui elle veut, donc elle fait venir sa belle collègue et amie Emrich. Kovacs et Emrich font de la recherche, Kovacs et le Polonais font l'amour, tout le monde est content et personne ne parle du dieu Profit. Tous ces jeunes n'aspirent qu'à l'honneur, la gloire et peut-être une petite promotion. Et leurs recherches donnent des résultats positifs. Il y a toujours des patients qui meurent, ils seraient morts de toute façon. Mais il y en a qui survivent alors qu'ils étaient condamnés. Kovacs et Emrich sont fières. Elles écrivent des articles pour des revues médicales. Leur professeur en écrit aussi pour les soutenir. D'autres professeurs soutiennent ce professeur, tout le monde est content, tout le monde se congratule, personne n'a d'ennemi. Pas encore. »

Carl se tortilla contre son épaule. Elle lui tapota le dos et lui souffla légèrement sur l'oreille. Il sourit et se rendormit.

« Emrich aussi a un amant. Elle a un mari qui lui a donné

341

son nom mais qui ne la satisfait pas, c'est l'Europe de l'Est, tout le monde se marie dans tous les sens. Son amant s'appelle Markus Lorbeer. Il est né en Afrique du Sud de père allemand et de mère hollandaise, il vit à Moscou, travaille à son compte comme visiteur médical, mais aussi comme... entrepreneur capable de repérer un potentiel intéressant dans le domaine de la biotechnologie et de l'exploiter.

– Un dénicheur de talents.

– Il a une quinzaine d'années de plus que Lara, il a vu du pays, comme on dit, et c'est un rêveur, comme elle. Il aime la science, mais n'est jamais devenu un scientifique. Il aime la médecine, mais n'est pas médecin. Il aime Dieu et le monde entier, mais aussi les espèces sonnantes et trébuchantes et le dieu Profit. C'est ce qu'il écrit : "Le jeune Lorbeer est croyant, il vénère le Dieu chrétien, il vénère les femmes, mais il vénère aussi beaucoup le dieu Profit." Ce sera sa perte. Il croit en Dieu et n'en tient pas compte. Personnellement, je désapprouve, mais peu importe. Pour un humaniste, Dieu est un prétexte pour ne pas être humaniste. Nous serons humanistes dans l'au-delà ; en attendant, vive le Profit. Enfin, bref. "Lorbeer a pris le don de Dieu." J'imagine qu'il entend par là la molécule. "Et il l'a vendu au Diable." Il doit parler de KVH, je pense. Et puis il écrit que quand Tessa est venue le voir dans le désert, il lui a confié toute l'ampleur de son péché.

– Il dit ça ? demanda Justin en se redressant vivement. Il a parlé à Tessa ? Quand ? A l'hôpital ? Où est-elle allée le voir ? Quel désert ? Mais qu'est-ce qu'il raconte ?

– Comme je vous l'ai dit, ce document est assez délirant. Il appelle Tessa l'Abbesse. "Quand l'Abbesse est venue voir Lorbeer dans le désert, Lorbeer a pleuré." Il s'agit peut-être d'un rêve, d'un conte. Lorbeer devient un pénitent dans le désert. Il est Élie ou le Christ, je n'en sais rien. C'est franchement écœurant. "L'Abbesse a enjoint Lorbeer de rendre des comptes à Dieu. Au cours de cette rencontre dans le désert, Lorbeer a donc confessé à l'Abbesse la nature profonde de ses péchés." Voilà ce qu'il écrit. A l'évidence, ils étaient nombreux. Je ne me les rappelle pas tous. Il y avait le péché d'aveuglement, le péché de duplicité, le péché d'orgueil, je crois bien, et puis le péché de lâcheté. Pour tout cela, il ne se donne aucune excuse, ce qui me rend assez heureuse. Mais il en est sans doute heureux aussi. Lara dit qu'il n'est heureux qu'en se confessant ou en faisant l'amour.

– Il a écrit tout ça en anglais ? »

Elle acquiesça d'un signe de tête.

« Un paragraphe dans le style de la Bible, et le suivant bourré de données très techniques sur la conception délibérément spécieuse des essais cliniques, les désaccords entre Kovacs et Emrich, et les problèmes du Dypraxa associé à d'autres médicaments. Seul quelqu'un de très bien informé peut connaître pareils détails. Je préfère de loin ce Lorbeer-là au Lorbeer mystique, je ne vous le cache pas.

– Abbesse en anglais ? *Abbott* ?

– Oui.

– Avec un a minuscule ?

– Non, majuscule. "L'Abbesse a enregistré tout ce que je lui ai dit." Mais il a commis un autre péché. Il l'a tuée. »

Attendant la suite, Justin fixa son regard sur Carl endormi.

« Peut-être pas de ses propres mains. Il reste ambigu. "Lorbeer l'a tuée par sa traîtrise. Il a commis le péché de Judas, donc il lui a tranché la gorge et a cloué Bluhm à l'arbre." Quand j'ai lu ce passage à Lara, je lui ai demandé : "Lara, Markus veut-il dire qu'il a tué Tessa Quayle ?"

– Qu'a-t-elle répondu ?

– Markus ne tuerait même pas son pire ennemi. C'est son supplice, d'après elle. Être un méchant avec une bonne conscience. Elle est russe, toujours très mélancolique.

– Enfin, s'il a tué Tessa, il ne peut pas être bon, si ?

– Lara jure que c'est impossible. Elle possède beaucoup de lettres de lui. Elle ne sait aimer que désespérément. Il lui a fait de nombreuses confessions, mais pas celle-là, bien sûr. Markus est très fier de ses péchés, dit-elle. Sauf qu'il est vaniteux et en exagère le poids. C'est un être complexe, un rien psychotique sans doute, raison pour laquelle elle l'aime.

– Mais elle ne sait pas où il se trouve ?

343

– Non.

– Judas n'a tué personne, remarqua-t-il, le regard plongé sans le voir dans le crépuscule trompeur. Judas a trahi.

– Le résultat est le même. Judas a tué en trahissant.

– Il y a un chaînon manquant, affirma Justin après une nouvelle contemplation prolongée du crépuscule. Si Lorbeer a trahi Tessa, auprès de qui ?

– Ce n'était pas clair. Peut-être les Forces des Ténèbres. Je n'ai que des bribes de souvenir.

– Les Forces des Ténèbres ?

– Il en parle dans la lettre. J'ai horreur de ce jargon. Veut-il parler de KVH ? Il connaît peut-être d'autres forces.

– Le document faisait-il mention d'Arnold ?

– L'Abbesse a un guide. Dans le document, c'est le Saint. Le Saint a interpellé Lorbeer à l'hôpital et lui a dit que le Dypraxa était un engin de mort. Le Saint s'est montré plus modéré que l'Abbesse parce qu'il est médecin, et plus tolérant parce qu'il a l'expérience de la méchanceté humaine. Mais c'est Emrich qui détient la vérité suprême. Lorbeer en est convaincu. Emrich sait tout, donc on ne lui permet pas de parler. Les Forces des Ténèbres sont résolues à étouffer la vérité. C'est pour cette raison qu'il fallait tuer l'Abbesse et crucifier le Saint.

– Le crucifier ? Arnold ?

– Dans la fable de Lorbeer, les Forces des Ténèbres ont traîné Bluhm jusqu'à un arbre et l'ont crucifié. »

Tous deux se turent, éprouvant une certaine honte.

« Lara affirme aussi que Lorbeer boit comme un Russe, ajouta-t-elle pour calmer le jeu, mais Justin n'allait pas se laisser détourner de son but.

– Il écrit dans le désert, mais il utilise un service de messagerie depuis Nairobi, remarqua-t-il.

– L'adresse était dactylographiée, le bon écrit à la main, et le paquet expédié de l'hôtel Norfolk à Nairobi. Le nom de l'expéditeur n'était pas très lisible, je crois que c'était McKenzie. C'est écossais, ça ? Si le paquet ne pouvait être remis au destinataire, il ne fallait pas le renvoyer au Kenya mais le détruire.

– Le bon portait un numéro, j'imagine.

– Il était attaché à l'enveloppe. Avant de ranger le document au coffre pour la nuit, je l'ai d'abord remis dans l'enveloppe. Qui a disparu avec, évidemment.

– Contactez la messagerie. Ils auront un double.

– Ils n'ont pas trace du paquet. Ni à Nairobi, ni à Hanovre.

– Bon. Où puis-je la trouver ?

– Lara ? »

La pluie crépitait sur le toit en tôle et les lumières orangées de la ville scintillaient dans la brume, tandis que Birgit déchirait une page de son agenda pour y inscrire un long numéro de téléphone.

« Elle possède une maison, mais pas pour très longtemps. Sinon, vous devrez vous renseigner à l'université, seulement soyez prudent parce qu'ils la détestent.

– Lorbeer couchait-il avec Kovacs et avec Emrich ?

– Ce ne serait pas impossible, le connaissant. Cela dit, je suis persuadée que la cause de la querelle entre les deux femmes n'est pas le sexe, mais la molécule. »

Elle s'interrompit et suivit son regard dans le lointain, où il n'y avait rien à voir sinon les sommets distants des collines émergeant du brouillard.

« Tessa a souvent écrit qu'elle vous aimait, dit doucement Birgit au visage détourné de Justin. Pas de façon directe, ce n'était pas nécessaire. Mais elle disait que vous étiez un homme d'honneur et qu'en cas de nécessité vous agiriez comme tel. »

Elle se préparait à partir. Il lui passa le sac à dos et ils attachèrent Carl dans son siège à l'arrière, puis arrangèrent la cape imperméable pour que sa tête somnolente sorte par le trou. Birgit se tenait face à Justin.

« Bon, alors vous marchez ? dit-elle.

– Oui, je marche. »

Elle sortit une enveloppe de sa veste.

« C'est tout ce dont je me souviens du roman de Lorbeer. Je l'ai noté pour vous. Mon écriture est très vilaine, mais vous arriverez à la déchiffrer.

– C'est très gentil de votre part, dit-il en fourrant l'enveloppe à l'intérieur de son imperméable.

– Allez, bonne marche », fit-elle.

Elle allait lui serrer la main, mais se ravisa et l'embrassa sur la bouche tout en maintenant sa bicyclette. Un baiser d'affection et d'adieu, sérieux, voulu, forcément maladroit. Puis Justin tint à son tour le vélo pendant que Birgit bouclait son casque sous son menton avant de s'installer sur la selle et de descendre la colline en pédalant.

*

Je marche.

Il marchait au milieu de la route, surveillant d'un œil les sombres massifs de rhododendrons de chaque côté. Des lampes au sodium éclairaient le chemin tous les cinquante mètres. Il scrutait les zones d'ombre entre deux. L'air du soir sentait la pomme. Il arriva au bas de la colline et s'approcha de la Mercedes garée, passant à dix mètres du capot. Aucune lumière intérieure. Deux hommes assis à l'avant, mais à en juger par leur silhouette immobile, pas ceux qui avaient monté et redescendu la colline. Il continua de marcher et la voiture le doubla. Il fit mine de ne pas s'y intéresser, mais il lui sembla que les deux hommes, eux, s'intéressaient à lui. Arrivée à un croisement, la Mercedes tourna à gauche. Justin prit à droite, en direction des lumières de la ville. Un taxi le dépassa et le chauffeur le héla.

« Merci, merci, répondit chaleureusement Justin. Je préfère marcher. »

Il n'y eut pas de commentaire. Il marchait maintenant sur un trottoir, du côté de la chaussée. Il traversa de nouveau et arriva dans une petite rue brillamment éclairée. Des jeunes gens au regard vitreux étaient tapis sous les porches. Des hommes en veste de cuir se tenaient aux coins de rue, coudes levés, occupés à parler dans leur téléphone portable. Il traversa encore deux rues et vit son hôtel devant lui.

L'inévitable effervescence du soir régnait dans le hall. Une délégation japonaise arrivait, mitraillée par des appareils photo, les porteurs empilaient des bagages luxueux à l'intérieur de l'unique ascenseur. Justin prit place dans la queue, enleva son imperméable qu'il jeta sur son bras en veillant à l'enveloppe de Birgit dans la poche intérieure. L'ascenseur redescendit. Justin s'effaça devant les dames, puis monta au troisième étage, où il fut le seul à descendre. Le couloir sordide, avec son éclairage jaunâtre au néon, lui rappelait l'hôpital Uhuru. Les téléviseurs braillaient dans toutes les chambres. La sienne portait le numéro 311 et la clé était un morceau de plastique plat avec une flèche noire imprimée dessus. Le vacarme des téléviseurs en concurrence l'exaspérait tant qu'il avait bien envie d'aller se plaindre à quelqu'un. Comment vais-je pouvoir écrire à Ham avec un boucan pareil ? Il entra dans sa chambre, posa son imperméable sur une chaise et s'aperçut que le seul coupable était son propre téléviseur. Les femmes de chambre ont dû l'allumer quand elles ont fait le ménage et n'ont pas pensé à l'éteindre en partant. Il s'approcha du poste, qui offrait le genre d'émission qu'il détestait par-dessus tout. Une chanteuse à demi vêtue hurlait à pleins poumons dans un micro, pour la plus grande joie d'un public d'adolescents en extase, tandis que des flocons de neige lumineux sillonnaient l'écran.

Ce fut la dernière vision de Justin avant que les lumières s'éteignent : ces flocons de neige sur son écran. Les ténèbres l'envahirent et il se sentit roué de coups et étouffé en même temps. Des bras serrèrent les siens le long de son corps, on lui enfonça une boule de tissu rugueux dans la bouche, on lui attrapa les jambes comme pour un plaquage au rugby, et il s'effondra avec l'idée qu'il faisait une crise cardiaque, hypothèse confirmée lorsqu'on lui porta un second coup au creux de l'estomac qui lui coupa la respiration, car rien ne se passa quand il essaya de crier, il n'avait plus ni voix ni souffle et la boule de tissu l'étouffait.

Il tomba, les genoux contre la poitrine. On lui serrait quelque chose autour du cou, sans doute un nœud coulant. Il en déduisit qu'on allait le pendre. Il eut la vision de Bluhm crucifié à un arbre. Il sentit le parfum d'une lotion pour homme, eut le souvenir de l'odeur corporelle de Woodrow et se rappela qu'il avait reniflé sa lettre d'amour pour voir si elle en était imprégnée. Pendant un instant rarissime, Tessa n'occupait plus sa mémoire. Il gisait à terre sur le flanc gauche, et ce qui lui avait enfoncé l'estomac lui écrasa l'entrejambe d'un coup aussi violent. On l'avait encapuchonné mais pas encore pendu, et il gisait toujours sur le flanc. Le bâillon lui donnait des haut-le-cœur mais l'empêchait de vomir et l'obligeait à ravaler son vomi. Des mains le firent rouler sur le dos et lui mirent les bras en croix, paumes en l'air, jointures enfoncées dans le tapis. Ils vont me crucifier, comme Arnold. Mais non, pas tout de suite en tout cas. Ils lui appuyaient sur les mains tout en les tordant, provoquant une douleur pire que tout ce qu'il aurait pu imaginer et qu'il ressentait dans les bras, la poitrine, tout le long des jambes et dans l'aine. Je vous en prie, songeait-il. Pas ma main droite, sinon comment écrirai-je à Ham ? Ils durent entendre sa prière, car la douleur cessa et il perçut une voix d'homme, allemand du Nord, peut-être berlinois, assez cultivé, qui donnait l'ordre de remettre ce porc sur le côté et de lui attacher les mains dans le dos. On lui obéit.

« Monsieur Quayle, vous m'entendez ? »

La même voix, en anglais cette fois. Justin ne répondit pas. Pas par manque de courtoisie, mais parce qu'il avait enfin réussi à cracher son bâillon et vomissait, son vomi lui coulant dans le cou à l'intérieur du capuchon. Le son de la télévision s'éteignit.

« Ça suffit, monsieur Quayle. Vous arrêtez, maintenant, d'accord ? Ou vous finirez comme votre femme. Vous m'entendez ? Vous voulez encore une petite leçon, monsieur Quayle ? »

Au même instant, un nouveau coup atroce dans l'aine.

« Vous êtes peut-être un peu sourd. On vous laisse un petit mot, d'accord ? Sur votre lit. Quand vous vous réveillez, vous le lisez et vous le gardez en mémoire. Et puis vous rentrez en Angleterre, compris ? Vous ne posez plus de vilaines questions. Rentrez chez vous, soyez bien sage. Sinon, la prochaine fois on vous tue comme Bluhm. Et c'est un processus très long. Vous m'entendez ? »

Un dernier coup dans l'aine pour bien enfoncer la leçon. Il entendit la porte se refermer.

*

Il gisait seul, au milieu de ses ténèbres et de son vomi, couché sur le flanc gauche, les genoux remontés sous le menton, les mains attachées dos à dos derrière lui et le cerveau en feu à cause des douleurs fulgurantes qui le traversaient de part en part. Au cœur de cette sombre agonie, il battit le rappel de ses troupes en déroute : pieds, mollets, genoux, aine, ventre, cœur, mains, tous répondaient présents mais étaient plutôt amochés. Il s'agita dans ses liens et éprouva la sensation de se rouler sur des braises ardentes. Il resta de nouveau immobile, et un étrange plaisir l'envahit, qui se concrétisa en une introspection victorieuse. *Ils m'ont fait subir ça, mais je suis resté moi-même. Je suis aguerri. Je suis solide. Au fond de moi est un homme intact. S'ils revenaient maintenant et m'infligeaient les mêmes tortures, ils n'atteindraient jamais l'homme intact. J'ai passé l'examen que j'ai fui toute ma vie. Je suis un lauréat de la douleur.*

C'est alors que la douleur se calma ou que la nature lui vint en aide, car il se mit à somnoler, les lèvres bien serrées, respirant par le nez à travers l'obscurité puante et gluante de sa cagoule. Le téléviseur marchait toujours, il l'entendait, et si son sens de l'orientation ne le trompait pas il lui faisait face. Toutefois, la cagoule devait être doublée, car il n'apercevait même pas une lueur sur l'écran et, lorsqu'il roula sur le dos en mettant ses mains au supplice, il ne vit pas le moindre filet de lumière au plafond, alors que les lampes étaient allumées à son arrivée et qu'il n'avait pas entendu ses bourreaux les éteindre en partant. Il se laissa rouler sur le côté et fut un instant pris de panique, attendant que l'homme fort en lui se démène pour reprendre le dessus. Trouve une idée, mon vieux. Fais marcher ta fichue cervelle, c'est la seule chose qu'ils ont laissée intacte. Et pourquoi, d'ailleurs ? Parce qu'ils ne voulaient pas de scandale. Ou plutôt, ceux qui les ont envoyés ne voulaient pas de scandale. « La prochaine fois, on vous tue, comme Bluhm » – mais pas cette fois, malgré toute l'envie qu'ils en avaient. Bon, alors je crie. C'est ça que je fais ? Je me roule par terre, je donne des coups de pied dans les meubles, les cloisons et la télé, bref je me démène comme un beau diable jusqu'à ce que quelqu'un s'aperçoive qu'il ne s'agit pas de deux amants passionnés s'adonnant aux pires excès du sadomasochisme, mais d'un Anglais ligoté et torturé avec la tête dans un sac.

Le diplomate averti en lui prit la peine de se représenter les conséquences d'une telle découverte. L'hôtel appelle la police. La police prend ma déposition et appelle le consulat britannique du coin, en l'occurrence à Hanovre, si tant est qu'on en ait encore un là. Arrive le consul de service, furieux d'être arraché à son dîner pour examiner une fois de plus un sujet britannique ensanglanté en détresse, et son premier réflexe est d'étudier mon passeport – lequel importe peu. Si c'est celui au nom d'Atkinson, on a un problème parce qu'il est faux, comme le confirmera un simple appel à Londres. Si c'est celui au nom de Quayle, autre problème, mais le résultat probable reviendra au même : le premier avion pour Londres d'office, un comité d'accueil mal disposé qui attend de me cueillir à l'aéroport.

Ses jambes n'étaient pas ligotées. Jusqu'à présent il n'avait pas osé les écarter. Il le fit, ressentant aussitôt une brûlure épouvantable dans l'aine, le ventre, puis les mollets et les cuisses. Mais tout de même, il pouvait les écarter, taper ses pieds l'un contre l'autre et entendre ses talons claquer. Enhardi par cette découverte, il franchit l'ultime étape, se laissa rouler sur le ventre en poussant malgré lui un hurlement, et serra aussitôt les lèvres pour ne pas recommencer.

Il s'obligea à rester face contre terre. Puis, patiemment, soucieux de ne pas alerter les occupants des chambres voisines, il entreprit de s'attaquer à ses liens.

Chapitre 17

L'avion, un vieux bimoteur Beechcraft affrété par les Nations unies, avait pour commandant un quinquagénaire dur à cuire de Johannesburg et comme copilote un Africain costaud avec des favoris. Un panier-repas en carton blanc trônait sur chacun des neuf sièges délabrés. L'aéroport Wilson se trouvait à proximité de la sépulture de Tessa et, tandis que l'avion attendait dans la touffeur de la piste d'envol, Ghita essayait de l'apercevoir par le hublot, se demandant combien de temps encore avant qu'on l'orne d'une pierre tombale, mais ne vit que de l'herbe argentée, un berger unijambiste en boubou rouge s'appuyant sur un bâton pour surveiller ses chèvres, et un troupeau de gazelles nerveuses paissant sous une pyramide de nuages bleu nuit. Elle avait coincé son sac de voyage sous son siège, mais il était trop gros et elle dut écarter ses chaussures de bonne sœur pour lui faire de la place. Il faisait une chaleur épouvantable à bord et le commandant avait prévenu les passagers qu'il n'y aurait pas d'air conditionné avant le décollage. Dans la poche zippée de son sac, elle avait fourré ses notes et ses lettres de créance en tant que déléguée au CEDAO du haut-commissariat britannique, et dans la poche principale son pyjama et un rechange. Je fais ça pour Justin. Je suis les traces de Tessa. Je n'ai aucune raison d'avoir honte de mon inexpérience ou de ma duplicité.

A l'arrière du fuselage s'entassaient des sacs de précieuse *miraa*, une plante légèrement narcotique, autorisée, adorée par les tribus du nord, et dont le boisé se répandait peu à peu dans l'avion. Devant Ghita étaient assis quatre travailleurs humanitaires endurcis : deux hommes, deux femmes. **La** *miraa* leur appartenait peut-être. Elle envia leur insouciance, leur courage, leurs vêtements élimés et leur dévouement à toute épreuve, puis s'aperçut avec un brin de remords qu'ils avaient son âge. Elle aurait voulu pouvoir rompre avec ses habitudes acquises d'humilité, comme rapprocher les talons lorsqu'elle serrait la main à ses supérieurs, un usage inculqué par les sœurs. Elle ouvrit son panier-repas et y trouva deux sandwiches au plantain, une pomme, une tablette de chocolat et une canette de jus au fruit de la passion. Elle avait à peine dormi et mourait de faim, mais son savoir-vivre lui interdisait de manger un sandwich avant le décollage. La veille au soir, après son retour chez elle, le téléphone n'avait cessé de sonner, ses amis l'appelant l'un après l'autre pour exprimer indignation et incrédulité face à l'avis de recherche lancé contre Arnold. Sa place au haut-commissariat l'obligeait à jouer les femmes d'État chevronnées auprès d'eux. A minuit, quoique morte de fatigue, elle avait entrepris une démarche irrémédiable qui, eût-elle abouti, l'aurait arrachée à ce *no man's land* où elle s'était retirée en recluse ces trois dernières semaines. Elle avait fouillé dans le vieux pot en cuivre qui lui servait de vide-poche et en avait sorti un bout de papier caché là. Ghita, voici le numéro auquel vous pouvez nous joindre si vous souhaitez nous reparler. En cas d'absence, laissez un message et l'un de nous vous rappellera dans l'heure, je vous le promets. La voix agressive d'un Africain lui répondit, et elle espéra avoir fait un faux numéro.

« Je voudrais parler à Rob ou à Lesley, je vous prie.

– Votre nom ?

– Je veux parler à Rob ou à Lesley. L'un d'eux est-il là ?

– Qui êtes-vous ? Donnez-moi tout de suite votre nom et le motif de votre appel.

– J'aimerais parler à Rob ou à Lesley, je vous prie. »

On lui raccrocha au nez, et elle admit sans pathos qu'elle se retrouvait seule, comme elle s'en doutait. Désormais, ni Tessa, ni Arnold, ni la sage Lesley de Scotland Yard ne pouvaient la décharger de ses responsabilités. Ses parents adorés n'y pourraient rien. Son père avocat recevrait son témoignage et déclarerait que d'un côté ceci mais de l'autre cela, et lui demanderait quelle preuve tangible elle avait pour étayer ces graves allégations. Sa mère médecin lui dirait tu es sous pression ma chérie, viens donc à la maison te reposer. Obnubilée par cette pensée, elle ouvrit son portable, certaine qu'il déborderait de cris de chagrin et d'indignation au sujet d'Arnold. Mais à peine s'était-elle connectée que l'écran lança un éclair avant un fondu au noir. Elle appela quelques amis pour apprendre que leurs ordinateurs ne présentaient pas le même symptôme.

« Dis donc, Ghita, tu as peut-être chopé un de ces virus tordus qui part des Philippines ou d'un autre repaire de cyber-maniaques ! » s'écria jalousement un de ses amis, comme si Ghita avait droit à un traitement de faveur.

C'est possible, reconnut-elle. Elle dormit d'un mauvais sommeil, tracassée par ses e-mails perdus, les conversations croisées avec Tessa qu'elle n'avait pas imprimées parce qu'elle préférait les relire sur écran, plus vivantes ainsi, plus typiques de Tessa.

Le Beechcraft n'ayant toujours pas décollé, Ghita se livra selon son habitude à l'examen de grandes questions existentielles, tout en évitant soigneusement la principale : que fais-je ici et pourquoi ? En Angleterre, quelques années auparavant – ma période pré-Tessa, comme elle l'avait secrètement baptisée –, elle avait beaucoup souffert des offenses réelles ou imaginaires qu'elle essuyait au quotidien en tant qu'Anglo-Indienne. Elle se voyait comme une incurable hybride, moitié jeune femme noire en quête de Dieu, moitié jeune femme blanche valant mieux que ces races inférieures sans foi ni loi. Nuit et jour, elle brûlait de savoir quelle place lui réservait le monde de l'homme blanc, comment et où investir ses ambitions et son humanisme, et si elle devait continuer à étudier la danse et la musique dans son université londonienne après celle d'Exeter ou, à l'instar de ses parents adoptifs, suivre son autre étoile et exercer une profession libérale.

Ce qui explique pourquoi, prise d'une impulsion soudaine, elle se retrouva un beau matin à passer un examen d'entrée au Foreign Office, qu'elle rata en toute logique, ne s'étant jamais préoccupée de politique, mais auquel on lui conseilla de se représenter deux ans plus tard. D'une certaine façon, malgré son échec, la décision même de se présenter à cet examen mit au jour le raisonnement qui l'y avait conduite, à savoir qu'elle se sentait plus à l'aise à l'intérieur du système qu'en dehors, où elle n'aurait guère d'autre satisfaction que de développer ses talents artistiques.

Ce fut à ce moment-là, durant une visite chez ses parents en Tanzanie, qu'elle décida, là encore sur un coup de tête, de postuler localement au haut-commissariat britannique, puis de viser les promotions internes. Sans cette démarche, elle n'aurait jamais rencontré Tessa. Et en y repensant, elle ne se serait jamais trouvée dans la ligne de mire où elle comptait bien rester, à défendre des valeurs auxquelles elle comptait bien demeurer fidèle, même si elles se résumaient à une énumération assez simpliste : vérité, tolérance, justice, sens de la beauté de la vie, refus viscéral de leur contraire, mais par-dessus tout la croyance bien ancrée, héritée de ses parents et réaffirmée par Tessa, qu'il faut contraindre le système à refléter ces qualités, sans quoi il n'a aucune raison d'être. Ce qui la ramena à la plus importante de toutes les interrogations. Elle avait aimé Tessa, elle avait aimé Bluhm, elle aimait toujours Justin – pour être honnête, un peu plus que de droit ou de raison, quel que fût le mot juste. Travailler pour le système ne l'obligeait pas à en accepter les mensonges, comme ceux entendus la veille même de la bouche de Woodrow. Au contraire, cela l'obligeait à les rejeter et à remettre le système à sa place, c'est-à-dire du côté de la vérité. Ce qui expliquait à Ghita pour sa pleine satisfaction ce qu'elle faisait là et pourquoi. « Mieux vaut combattre le système de l'intérieur que le critiquer de l'extérieur », disait son père, iconoclaste par ailleurs.

Et, chose merveilleuse, Tessa avait fait exactement la même réflexion.

Le Beechcraft s'ébroua comme un vieux chien avant de s'élancer à grand-peine dans les airs en bringuebalant. Par son minuscule hublot, Ghita vit toute l'Afrique défiler en contrebas : des bidonvilles, des troupeaux de zèbres au galop, les fermes horticoles du lac Naivasha, les Aberdares, la vague silhouette du mont Kenya sur l'horizon lointain et, les reliant telle une mer de brumes, l'étendue infinie de brousse marron tavelée de vert. L'avion pénétra dans un nuage de pluie et la cabine fut envahie par une pénombre crépusculaire bientôt remplacée par l'aveuglante clarté du soleil, suivie d'une formidable explosion quelque part à gauche. Sans avertissement, l'avion gîta. Les paniers-repas, les sacs à dos et le fourre-tout de Ghita déboulèrent le long de l'allée centrale dans un concert de cloches et de sirènes sous les éclairs de lampes rouges. Tout le monde resta coi, sauf un vieil Africain hilare qui clama : « Nous t'aimons, Seigneur, surtout ne l'oublie pas ! » au soulagement des passagers pris d'un rire nerveux. L'avion ne s'était toujours pas redressé et le ronflement du moteur se réduisit à un murmure. Le copilote africain à favoris avait déniché un manuel contenant une liste d'instructions que Ghita essayait de lire par-dessus son épaule. Le commandant dur à cuire se retourna pour s'adresser à ses passagers apeurés, sa bouche en biais parcheminée copiant l'inclinaison des ailes de l'avion.

« Mesdames et messieurs, comme vous avez dû le remarquer, un des moteurs a flanché, ce qui nous oblige à retourner à Wilson en récupérer un autre », annonça-t-il sèchement.

Je n'ai pas peur, se réjouit Ghita. Jusqu'à la mort de Tessa, ce genre d'ennui n'arrivait qu'aux autres. Maintenant, cela m'arrive à moi, mais je peux faire face.

Quatre heures plus tard, elle débarquait sur le tarmac à Lokichoggio.

*

« Vous êtes Ghita ? hurla une jeune Australienne par-dessus le vrombissement des moteurs et les cris d'accueil. Moi, c'est Judith. Salut ! »

Grande, les joues rouges, allègre, elle arborait un chapeau d'homme marron à bords roulés et un tee-shirt aux couleurs des United Tea Services de Ceylan. Aussitôt amies, elles échangèrent une accolade au milieu du charivari. Des avions-cargos blancs des Nations unies décollaient ou atterrissaient, des poids lourds blancs manœuvraient en grondant, le soleil brûlait d'une chaleur de fournaise qui assaillit Ghita depuis la piste tandis que des vapeurs tremblotantes de kérosène l'éblouissaient. Entraînée par Judith, elle se glissa à l'arrière d'une jeep au milieu de sacs postaux, et s'assit à côté d'un Chinois en sueur portant costume noir et col de pasteur. Des jeeps passèrent à toute allure près d'eux en sens inverse, suivies d'un convoi de camions blancs se dirigeant vers les avions de fret.

« C'était vraiment une femme charmante, très dévouée ! cria Judith depuis le siège avant en parlant à l'évidence de Tessa. Et pourquoi vouloir arrêter Arnold ? C'est complètement idiot ! Arnold ne ferait pas de mal à une mouche. Vous êtes ici pour trois nuits, c'est bien ça ? Parce qu'on attend un groupe de nutritionnistes qui arrivent d'Ouganda ! »

Judith est ici pour s'occuper des vivants, pas des morts, songea Ghita au moment où la jeep franchissait bruyamment un portail pour s'engager sur une route en dur. Ils traversèrent un bidonville avec des bars, des éventaires et une pancarte humoristique indiquant : Direction Piccadilly. De sereines collines brunes se dressaient au loin. Ghita dit qu'elle aimerait bien aller là-haut. Judith l'avertit qu'elle n'en reviendrait jamais.

« À cause des bêtes sauvages ?

– Non, des gens. »

Ils approchaient du camp. Sur un carré de poussière rouge près des grilles d'entrée, des enfants jouaient au basket avec un sac de nourriture blanc cloué à un poteau en bois. Judith conduisit Ghita à la réception prendre son laissez-passer. En signant le registre, Ghita feuilleta nonchalamment les pages précédentes pour le voir s'ouvrir à celle qu'elle feignait de ne pas chercher :

Tessa Abbott, BP Nairobi, *tukul* 28.

A. Bluhm, Médecins de l'Univers, *tukul* 29.

Et la même date.

« Les types de la presse se sont régalés, s'enthousiasmait Judith. Reuben leur a demandé 50 dollars cash le cliché. 800 dollars au total, ça fait 800 cahiers à dessins et jeux de crayons de couleur. D'après Reuben, ça produira deux

Van Gogh dinka, deux Rembrandt dinka et un Andy Warhol dinka. »

Reuben, le coordinateur légendaire du camp, se souvint Ghita. Congolais. Ami d'Arnold.

Elles suivaient une large avenue bordée de tulipiers dont les corolles rutilantes se détachaient brillamment sur fond de câbles aériens et de *tukuls* à toit de chaume peints en blanc. Un Anglais dégingandé à l'allure d'instituteur les dépassa à petite vitesse sur son antique vélo d'agent de police. Reconnaissant Judith, il actionna sa sonnette et lui adressa un signe de main amical.

« Les douches et les wawas sont juste en face. Première séance : demain matin à 8 heures précises, rendez-vous à l'entrée de la hutte 32, annonça Judith en montrant ses quartiers à Ghita. La bombe insecticide est près du lit, mais je vous conseille d'utiliser la moustiquaire. Ça vous dirait d'aller faire un tour au club en fin de journée pour boire une bière avant le dîner ? »

Oui, cela tentait Ghita.

« Mais faites attention à vous. Il y a des gars qui ont la dent en revenant du terrain.

– Au fait, dit Ghita d'un ton qu'elle espérait dégagé, il y a une certaine Sarah ici qui était plus ou moins amie de Tessa. Je me demandais si elle était dans le coin, parce que j'aimerais aller la saluer. »

Elle défit ses bagages et, armée de sa trousse de toilette et d'une serviette, traversa courageusement l'avenue. Il avait plu, ce qui amortissait le vacarme de la piste d'atterrissage. Les collines menaçantes avaient pris une teinte noire et olive. L'air sentait l'essence et les épices. Ghita se doucha, regagna son *tukul*, s'assit à une petite table branlante pour consulter ses notes de travail en transpirant abondamment et se plongea dans les arcanes de l'Autarcie humanitaire.

*

Le club de Loki se résumait à un long toit en chaume protégé par de gigantesques ramures, un bar devant une fresque représentant la faune de la jungle et un rétroprojecteur qui envoyait les images floues d'un match de foot sans suspense sur un mur en plâtre tandis qu'une sono crachait de la musique de danse africaine. De joyeux cris de retrouvailles déchiraient l'air nocturne à chaque arrivée de travailleurs humanitaires venus de postes éloignés. On se saluait dans diverses langues, on s'étreignait, on s'embrassait et on marchait bras dessus bras dessous. Mon havre spirituel devrait être ici, songea Ghita avec envie. Voilà mon peuple arc-en-ciel. Leur non-appartenance à une classe sociale, à une race unique, leur ferveur, leur jeunesse sont les miennes. Engagez-vous à Loki et découvrez la sainteté ! Vadrouillez en avion, donnez-vous une image romantique et jouissez de l'adrénaline du danger ! Du sexe à gogo et une vie nomade qui vous évite les attaches ! Finie la routine du bureau et toujours un peu d'herbe à fumer en route ! La gloire et des garçons quand je reviens du terrain, de l'argent et encore des garçons qui m'attendent pendant mes permissions ! Qui en demande davantage ?

Moi.

J'ai besoin de comprendre pourquoi tout ce gâchis était nécessaire, à la base. Et pourquoi il l'est encore. Je dois avoir le courage de pester comme Tessa : « Loki, c'est à chier ! Ça ne devrait pas plus exister que le mur de Berlin. C'est un monument élevé à l'échec de la diplomatie. Mais, bon sang, à quoi ça sert de diriger un service d'ambulance Rolls-Royce quand nos politiques ne font rien pour éviter les accidents ? »

La nuit tomba soudain. Le soleil fit place à des néons jaunes, les oiseaux cessèrent leur babil, puis le reprirent un ton au-dessous. Assise à une longue table, à trois places de Judith qui enlaçait un anthropologue de Stockholm, Ghita songeait qu'elle ne s'était jamais sentie aussi bien depuis son arrivée à l'école religieuse, sauf que chez les sœurs on ne buvait pas de bière et on ne partageait pas sa table avec une demi-douzaine de beaux mâles de toutes nationalités dont les six paires d'yeux évaluaient votre libido et votre disponibilité. Elle écoutait des récits de lieux inconnus, d'exploits si terrifiants qu'elle était persuadée de ne jamais pouvoir y participer et faisait de son mieux pour sembler bien informée et peu impressionnée. L'orateur du moment était Hank le Faucon, un pur Yankee du New Jersey. D'après Judith, un ex-boxeur et un aigrefin qui avait choisi l'aide humanitaire de préférence à une vie de criminel. Il pérorait sur les factions rivales de la plaine du Nil : le SPLE qui avait un temps léché le cul au SPLM, le SSIM qui foutait la pâtée à un autre acronyme, massacrait les hommes, enlevait femmes et bétail, bref, apportait sa contribution aux quelques millions de morts déjà dénombrés dans les absurdes guerres civiles du Soudan. Ghita sirotait sa bière en s'efforçant de sourire au monologue de Hank le Faucon, qui semblait s'adresser exclusivement à elle en tant que nouvelle venue et prochaine conquête. Elle fut donc soulagée lorsqu'une Africaine grassouillette d'âge indéterminé portant un short, des baskets et la casquette à visière des marchands de quatre-saisons londoniens surgit de l'ombre et lui tapa sur l'épaule en criant : « Je suis Sarah la Soudanaise, ma chérie. Tu dois être Ghita. On ne m'avait pas dit que tu étais si jolie. Viens donc prendre une tasse de thé. » Sans autre cérémonie, elle l'entraîna *via* un dédale de bureaux jusqu'à un *tukul* semblable à une cabine de plage sur pilotis, pourvu d'un lit, d'un réfrigérateur et d'une bibliothèque remplie d'une collection assortie de classiques anglais – de Chaucer à James Joyce.

A l'extérieur, un minuscule balcon avec deux chaises pour s'asseoir sous le ciel étoilé, et chasser les insectes une fois que l'eau bout dans la bouilloire.

*

« Il paraît qu'ils vont arrêter Arnold, dit calmement Sarah la Soudanaise quand elles eurent dûment déploré la mort de Tessa. Ben tiens ! Si on veut dissimuler la vérité, la première chose à faire c'est d'en proposer une autre aux gens pour les calmer, sinon ils risquent de se demander où se cache la vérité vraie, et ça ce n'est jamais bon. »

Une institutrice, décida Ghita. Ou une gouvernante. Habituée à exposer ses pensées et à les répéter à des enfants inattentifs.

« Après le meurtre vient l'opération de camouflage, pour-suivit Sarah sur le même ton affable. Et il ne faut jamais oublier qu'un bon camouflage est bien plus difficile à réali-ser qu'un vilain meurtre. Un crime, on peut s'en tirer. Mais un camouflage, c'est la prison assurée, dit-elle, appuyant sa démonstration d'un geste de ses grandes mains. On cache ce petit bout-ci, mais un autre montre son nez. On cache celui-là, on se retourne et le premier a réapparu. On se retourne encore et un troisième petit bout pointe son museau un peu plus loin, aussi vrai que Caïn a tué Abel. Bon, alors, qu'est-ce que je dois te raconter, ma petite ? J'ai l'impression que je ne te parle pas de ce que tu veux entendre. »

Ghita se lança habilement. Justin essayait de reconstituer les derniers jours de Tessa, expliqua-t-elle. Il voulait s'assu-rer que son dernier séjour à Loki avait été satisfaisant et fructueux. Quelle avait été au juste la contribution de Tessa au séminaire ? Sarah pouvait-elle le lui dire ? Tessa aurait-elle fait une communication sur la base de ses connais-sances juridiques ou de son expérience avec les femmes au Kenya ? Y avait-il un épisode, un moment béni dont Sarah se souvenait et que Justin serait heureux de connaître ?

Sarah l'écouta d'un air satisfait, le regard brillant sous le bord de sa casquette tout en sirotant son thé et en écartant les moustiques de sa large main, sans jamais cesser de sou-rire aux passants ou de les héler. « Salut, ma petite Jeannie, grosse vilaine ! Qu'est-ce que tu fais avec ce bon à rien de Santo ? Tu vas écrire tout ça à Justin, ma chérie ? »

La question dérouta Ghita. Était-ce bien ou mal de se proposer d'écrire à Justin ? Y avait-il des insinuations dans tout ? Au haut-commissariat, Justin était quantité négli-geable. L'était-il ici également ?

« Eh bien, je suis sûre que Justin aimerait que je lui écrive, reconnut-elle avec embarras. Mais je le ferai unique-ment si je peux lui raconter des choses rassurantes, à suppo-ser que cela soit possible. Enfin, je ne voudrais pas lui dire quoi que ce soit qui risquerait de le blesser, se rebiffa-t-elle, s'écartant de son but. Justin sait que Tessa et Arnold voya-geaient ensemble. Le monde entier le sait, maintenant. Quoi qu'il y ait eu entre eux, Justin l'a accepté.

– Oh, mais il n'y avait rien entre ces deux-là, ma belle, crois-moi, fit Sarah avec un rire franc. Tout ça, c'est des potins de journaux. C'était hors de question, je peux te l'assurer. Salut, Abby, comment va, ma chérie ? C'est ma sœur Abby. Elle en a vu défiler quelques-uns ! Elle a été mariée quatre fois, ou presque. »

Le sens de ces deux déclarations échappa à Ghita, trop occupée à étayer ce qui lui semblait de plus en plus un mensonge stupide.

« Justin veut faire la lumière sur certaines zones d'ombre, poursuivit-elle bravement. Tirer les détails au clair. Reconstituer tout ce que Tessa a fait et pensé durant ses derniers jours. Enfin, il va de soi que, si vous me racontiez quelque chose qui pourrait, euh, lui faire de la peine, je me garderais bien de le lui rapporter, c'est évident.

– Faire la lumière, répéta Sarah en secouant de nouveau la tête avec un sourire pour elle-même. Belle expression. Elle convient bien à l'action de cette femme formidable. Bon, qu'est-ce que tu crois qu'ils ont fait quand ils étaient ici, ma belle ? Qu'ils ont flirté comme des jeunes mariés ? Eh bien, pas du tout.

– Ils ont suivi l'atelier sur le féminisme, j'imagine. Vous aussi ? Non, vous deviez le diriger, avoir un rôle important. Je ne vous ai pas demandé ce que vous faites, ici. Je devrais le savoir. Navrée.

– Ne t'excuse pas, ma belle. Tu n'es pas navrée. Juste un peu dans le noir. Tu n'as pas encore fait la lumière, toi, s'esclaffa-t-elle. Oui, je me souviens, maintenant. J'ai assisté à cet atelier. Je l'ai même peut-être dirigé. On s'en occupe à tour de rôle. C'était un groupe intéressant, ça je m'en souviens. Deux femmes remarquables de Dhiak, une veuve marabout d'Aweil, un rien pontifiante, mais réceptive malgré tout, et deux juristes de je ne sais où. Une bonne équipe, je le dis sincèrement. Mais ce que feront ces femmes une fois de retour au Soudan, mystère. Mystère et boule de gomme.

– Tessa s'est peut-être mise en rapport avec les juristes, avança Ghita avec espoir.

– Peut-être, ma belle. Mais beaucoup de ces femmes

n'ont jamais pris l'avion, alors beaucoup sont malades et paniquées, et on est obligé de les requinquer avant qu'elles arrivent à parler et à écouter, ce pour quoi on les a amenées ici. Certaines sont tellement effrayées qu'elles n'adressent la parole à personne et ne pensent qu'à rentrer chez elles, malgré l'horreur. Ne te lance jamais dans ce métier si tu redoutes l'échec, ma petite, c'est ce que je dis aux gens. Comptez vos succès, voilà l'avis de Sarah la Soudanaise, et ne pensez jamais à vos ratages. Tu veux toujours me poser des questions sur cet atelier ?

– Voyons, est-ce qu'elle a été brillante ? demanda Ghita, dont la perplexité croissait. Est-ce que ça lui a plu ?

– Comment voudrais-tu que je le sache, ma petite ?

– Vous avez forcément le souvenir de quelque chose qu'elle a dit ou fait. Personne n'oublie Tessa bien long-temps, affirma-t-elle en se sentant impolie malgré elle. Ni Arnold.

– Je ne dirai pas qu'elle a pris part à ces débats, parce que ce ne serait pas vrai, ma jolie. Non, elle n'y a pas pris part. Ça, je peux l'affirmer.

– Et Arnold ?

– Non plus.

– Pas même une communication, rien ?

– Rien, ma belle. Ni l'un ni l'autre.

– Donc, ils sont restés là, silencieux, tous les deux ? Tessa n'est pas du genre à se taire. Ni Arnold, d'ailleurs. Combien de temps a duré l'atelier ?

– Cinq jours. Mais Tessa et Arnold ne sont pas restés à Loki ce temps-là. Peu de gens le font. Tous ceux qui viennent ici aiment se croire en transit. Tessa et Arnold les premiers, fit-elle avant de s'interrompre pour dévisager Ghita, comme si elle la jaugeait dans un but précis. Tu comprends ce que je suis en train de dire, ma chérie ?

– Non, désolée.

– Alors, peut-être que tu comprends ce que je ne suis pas en train de dire.

– Non plus.

– Alors, qu'est-ce que tu cherches ?

– J'essaie de savoir ce que Tessa et Arnold ont fait dans

leurs derniers jours. Justin m'a écrit pour me le demander spécifiquement.

– Tu aurais cette lettre sur toi, par hasard ? »

D'une main tremblante, Ghita la sortit du sac à bandoulière acheté pour le voyage. Sarah la prit et rentra la lire dans le *tukul* à la lumière de l'ampoule au plafond, puis resta un instant seule avant de revenir sur la véranda, où elle s'assit sur sa chaise, l'air fort troublé.

« Tu vas me dire quelque chose, ma petite ?

– Si je le peux.

– Tessa t'a-t-elle dit de sa propre bouche qu'elle et Arnold venaient à Loki pour un atelier sur le féminisme ?

– C'est ce qu'ils ont dit à tout le monde.

– Et tu l'as crue ?

– Oui, bien sûr. Les autres aussi. Justin y compris. Et on le croit toujours.

– Et Tessa était une amie proche ? Comme une sœur, à ce qu'il paraît. Et malgré ça, elle ne t'a jamais dit qu'elle avait une autre raison de venir ici ? Que cet atelier était en fait un prétexte, une excuse, comme l'Autarcie pour toi, j'imagine ?

– Au début de notre amitié, Tessa me confiait certaines choses. Et puis elle s'est inquiétée pour moi, elle a pensé qu'elle m'en racontait trop et que ce n'était pas correct de me faire endosser ce fardeau. Je suis une employée vacataire recrutée sur place. Elle savait que j'envisageais de demander un poste de titulaire. De repasser les examens.

– C'est toujours ton intention ?

– Oui, mais cela ne signifie pas que je ne peux pas entendre la vérité. »

Sarah but une gorgée de thé, rajusta sa casquette et s'installa plus confortablement sur sa chaise.

« Tu comptes rester ici trois nuits, si j'ai bien compris ?

– Oui. Je retourne à Nairobi jeudi.

– Parfait, parfait. Tu vas assister à une belle conférence. Judith est une femme brillante, pragmatique, elle ne se laisse pas mener en bateau. Un peu irritable avec les esprits lents, mais jamais volontairement blessante. Et demain soir, je te présenterai à mon bon ami le capitaine McKenzie. Tu n'as jamais entendu parler de lui ?

– Non.

– Tessa ou Arnold n'ont jamais mentionné ce nom en ta présence ?

– Non.

– Eh bien, le capitaine est pilote pour nous, ici, à Loki. Il s'est envolé pour Nairobi aujourd'hui, vous avez dû vous croiser en vol. Il allait faire l'approvisionnement et régler une petite affaire. Tu aimeras beaucoup le capitaine McKenzie. C'est un homme bien élevé avec un cœur gros comme ça, crois-moi. Presque rien de ce qui se passe dans le coin ne lui échappe, et presque rien ne s'échappe de sa bouche, par ailleurs. Il a combattu dans beaucoup de sales guerres, mais à présent il est entièrement dévoué à la paix. Voilà pourquoi il vit ici à Loki pour nourrir mon peuple affamé.

– Il connaissait bien Tessa ? demanda timidement Ghita.

– Oui, et il la trouvait admirable. Point final. Il n'aurait jamais pris de libertés avec une femme mariée – pas plus qu'Arnold, d'ailleurs. Mais le capitaine McKenzie connaissait mieux Arnold que Tessa. Il juge les policiers de Nairobi complètement idiots de s'en prendre à Arnold comme ça, et il se propose de le leur dire pendant qu'il sera là-bas. J'ajouterai que c'est l'une des raisons essentielles de cet aller-retour à Nairobi. Et ils ne vont pas aimer ce qu'il a à leur dire, parce que, crois-moi, le capitaine dit ce qu'il pense sans se gêner.

– Le capitaine McKenzie était-il à Loki quand Tessa et Arnold y sont venus pour l'atelier ?

– Oui. Et il a vu Tessa plus que moi, bien plus. »

Elle s'interrompit un instant pour sourire aux étoiles, et Ghita eut l'impression qu'elle cherchait à prendre une décision, par exemple parler franchement ou garder ses secrets pour elle. Question que Ghita se posait elle aussi depuis trois semaines.

« Bon, ma chère petite, reprit enfin Sarah. Je t'ai écoutée, je t'ai observée, j'ai pensé à toi et je me suis fait du souci pour toi. Je suis arrivée à la conclusion qu'il y en a, dans ta tête, et aussi que tu es quelqu'un de bien, d'honnête, avec un sens aigu des responsabilités, ce que j'estime. Mais si tu n'étais pas celle que je crois, si je m'étais trompée, on pourrait causer de gros ennuis au capitaine McKenzie, toutes les deux. Je vais te confier des informations dangereuses, et on ne peut plus les effacer une fois qu'on les détient. Donc, je te conseille de me dire tout de suite si je t'ai surestimée ou si je t'ai bien jugée. Parce que les gens indiscrets ne se corrigent jamais. Voilà encore une chose que j'ai apprise. Ils peuvent prêter serment sur la Bible un jour et le lendemain recommencer à parler à tort et à travers. La Bible ne fait pas un poil de différence.

– Je comprends.

– Alors, tu vas m'avertir que j'ai mal interprété ce que j'ai vu en toi, entendu et pensé de toi ? Ou je te raconte ce que j'ai en tête, auquel cas tu porteras à jamais ce lourd fardeau de responsabilités ?

– J'aimerais que vous me fassiez confiance, je vous prie.

– C'est ce que je pensais. Alors, écoute-moi. Je vais parler à voix basse, rapproche-toi, dit-elle en tirant sur le bord de sa casquette comme pour faire de la place à Ghita. Très bien. Avec un peu de chance, les geckos nous gratifieront de quelques rots sonores. Bon. Tessa n'est jamais venue à cet atelier, et Arnold non plus. A la première occasion, ils sont montés profil bas à l'arrière de la jeep du capitaine McKenzie pour rejoindre discrètement la piste d'atterrissage. Et à la première occasion, le capitaine McKenzie les a emmenés vers le nord à bord de son Buffalo sans passeports ni visas, ni aucune formalité d'usage imposée par les rebelles sud-soudanais qui ne cessent de se battre entre eux et n'ont ni l'idée ni l'intelligence de s'unir contre les vilains Arabes du nord qui semblent croire qu'Allah pardonne tout, même si ce n'est pas le cas de son prophète. »

Croyant que Sarah avait terminé, Ghita s'apprêtait à parler, mais celle-ci commençait à peine.

« Autre complication : M. Moi, qui serait infoutu de gérer un cirque de puces savantes malgré l'aide de tout son cabinet même s'il y avait de l'argent à la clé, s'est mis dans le crâne de gérer l'aérodrome de Loki, comme tu as dû le constater. M. Moi n'a guère d'affection pour les ONG, mais un grand appétit pour les taxes d'aéroport. Et le Dr Arnold tenait tout particulièrement à ce que M. Moi et ses acolytes ne sachent pas vers quelle destination lui et Tessa s'embarquaient.

– Et alors, où sont-ils allés ? murmura Ghita.

– Je n'ai jamais voulu savoir, éluda Sarah. Comme ça, si je ne sais pas, je ne risque pas d'en parler dans mon sommeil – non que quelqu'un pourrait m'entendre, maintenant, je suis trop vieille. Mais le capitaine McKenzie le sait, lui, ça va de soi. Il les a ramenés tôt le lendemain d'où il les avait conduits et tout aussi discrètement. Et le Dr Arnold m'a dit : "Sarah, nous ne sommes allés nulle part. Nous sommes restés ici à Loki, et nous avons assisté à l'atelier sur le féminisme vingt-quatre heures sur vingt-quatre. Tessa et moi te sommes très reconnaissants de bien vouloir garder en mémoire ce fait important." Mais Tessa est morte, et elle n'aura plus l'occasion de montrer sa reconnaissance ni à Sarah la Soudanaise ni à quiconque. Quant au Dr Arnold, autant que je sache, il a connu un sort pire que la mort. Ce Moi a des hommes partout, ils tuent et ils volent à cœur joie, et ça en fait, des tueries. Quand ils prennent un prisonnier avec l'intention de lui arracher certaines vérités, ils ne montrent aucune compassion, ne l'oublie surtout pas, ma chère petite, parce que tu danses sur un volcan. J'ai donc décidé qu'il est indispensable que tu aies un entretien avec le capitaine McKenzie, qui sait des choses que je préfère ignorer. Parce que Justin, qui est paraît-il quelqu'un de bien, a besoin de glaner tous les renseignements possibles sur sa défunte femme et le Dr Arnold. Alors, est-ce que j'ai raison de penser ça ou est-ce que j'ai tort ?

– Vous avez raison.

– Parfait, dit Sarah après avoir fini sa tasse de thé. Alors, va manger, prends des forces, et moi je vais rester un peu ici, parce que les langues vont bon train dans le coin, comme tu as déjà dû t'en rendre compte. Et ne touche pas au curry de chèvre, ma belle, même si tu en raffoles. Notre jeune cuisinier somalien est un garçon très doué qui fera un bon avocat, mais il a la main très lourde sur le curry. »

Ghita ne sut jamais comment elle réussit à survivre à la première journée du séminaire sur l'Autarcie, mais lorsque la cloche sonna 17 heures, même si la cloche n'était que dans sa tête, elle eut la satisfaction de savoir qu'elle avait évité le ridicule, parlé ni trop ni trop peu, humblement écouté l'opinion d'intervenants plus âgés et mieux informés, et pris de nombreuses notes pour un futur rapport au CEDAO que personne ne lirait.

« Contente d'être venue ? demanda gaiement Judith en lui prenant le bras à la fin de la réunion. A plus tard au club.

– Ça, c'est pour toi, ma fille, dit Sarah en sortant d'une hutte réservée aux employés avec une enveloppe brune à la main. Passe une bonne soirée.

– Vous aussi. »

L'écriture de Sarah sortait tout droit d'un cahier d'écolier.

> *Chère Ghita,*
> *Le capitaine McKenzie occupe le* tukul *Entebbe, n° 14, au bord du terrain d'aviation. Emporte une lampe torche pour après l'extinction du groupe électrogène. Le capitaine sera heureux de te recevoir à 21 heures, après le dîner. C'est un vrai gentleman, donc tu n'as rien à craindre. Donne-lui ce mot pour que je sois certaine qu'il sera convenablement détruit. Prends bien soin de toi et n'oublie pas tes responsabilités en matière de discrétion.*
>
> *Sarah.*

Les noms des *tukuls* rappelaient à Ghita les étendards régimentaires commémorant des batailles dans l'église voisine de son école religieuse en Angleterre. La porte d'Entebbe était entrebâillée, mais la porte-moustiquaire à l'intérieur bien coincée. Une lampe-tempête à abat-jour bleu éclairait le capitaine McKenzie par-derrière, de sorte que lorsque Ghita arriva au *tukul* elle ne vit que sa silhouette assise à son bureau, où il écrivait comme un moine. Et, la première impression comptant beaucoup pour elle, elle resta un instant immobile à observer la silhouette anguleuse dont l'extrême immobilité laissait deviner une nature militaire inflexible. Elle s'apprêtait à frapper sur le châssis de la porte, mais le capitaine McKenzie avait dû l'entendre approcher, l'apercevoir ou sentir sa présence, car il bondit sur ses pieds et vint lui ouvrir en deux grandes enjambées.

« Ghita, je suis Rick McKenzie. Vous êtes pile à l'heure. Vous avez un mot pour moi ? »

Néo-zélandais, songea-t-elle, sûre de son fait. Sa connaissance des noms et accents anglo-saxons lui faisait parfois défaut, mais pas cette fois-ci. Il était bien néo-zélandais et, vu de plus près, plutôt proche de la cinquantaine que de la trentaine, supposa-t-elle en remarquant les fins sillons sur ses joues creuses et les pointes argentées de ses cheveux noirs bien coupés. Elle lui remit le mot de Sarah et l'observa pendant qu'il lui tournait le dos pour le lire à la lampe bleue. Sous la lueur plus intense, elle vit une pièce dépouillée et propre, une planche à repasser, des chaussures marron bien cirées, un lit de camp fait comme on le lui avait enseigné à l'école religieuse avec des coins carrés et le drap rabattu sur la couverture, puis replié pour former un triangle.

« Asseyez-vous donc là, fit-il en indiquant une chaise de cuisine dont elle s'approcha, suivie par la lampe bleue qui se posa sur le plancher au centre de l'entrée du *tukul*. Comme ça, personne ne peut voir à l'intérieur, expliqua-t-il. Ici, on a des guetteurs de *tukuls* à plein temps ! Vous voulez un Coca ? proposa-t-il en lui en tendant un. D'après Sarah, vous êtes digne de confiance, Ghita. Sa parole me suffit. Tessa et Arnold ne faisaient confiance qu'à eux-mêmes, dans cette affaire. Et à moi, parce que je leur étais indispensable. C'est aussi ma façon de travailler. Vous êtes venue pour un plan Autarcie, m'a-t-on dit ?

– Le séminaire sur l'Autarcie était un prétexte. Justin m'a écrit pour me demander de découvrir ce que Tessa et Arnold faisaient à Loki dans les jours qui ont précédé le meurtre. Il ne croyait pas à l'histoire de l'atelier sur le féminisme.

« – Il a sacrément raison. Vous avez sa lettre ? »

C'est ma carte d'identité, songea-t-elle. La preuve de ma bonne foi comme messagère de Justin. Elle la lui tendit et le regarda se lever, chausser des lunettes sévères à monture d'acier et faire un pas de côté pour se trouver dans l'arc de la lampe bleue sans être visible depuis la porte.

« Maintenant, écoutez bien », dit-il en lui rendant la lettre.

Mais il commença par allumer la radio, soucieux d'instaurer ce qu'il appela pompeusement le *niveau de son acceptable*.

*

Ghita était étendue sur son lit, sous un simple drap, car la nuit n'était pas plus fraîche que le jour. A travers la moustiquaire, elle voyait la lueur rouge de l'appareil antimoustique. Elle avait tiré les rideaux, mais ils étaient très minces. Elle entendait sans cesse des bruits de pas et de voix devant sa fenêtre, et chaque fois elle avait envie de bondir hors du lit et de crier : « Salut ! » Elle repensa à Gloria qui, une semaine plus tôt et pour son plus grand désarroi, l'avait invitée à faire une partie de tennis au club.

« Dites-moi, ma chère, avait commencé Gloria après l'avoir écrasée 6-2, 6-2, 6-2 et tout en l'entraînant bras dessus bras dessous vers le club. Tessa avait le béguin pour Sandy ou était-ce l'inverse ? »

A quoi Ghita, malgré son amour fervent de la vérité, avait répondu sans même rougir en la regardant bien en face : « Je suis certaine qu'il n'y avait rien de ce genre ni d'un côté ni de l'autre. Qu'est-ce qui vous fait croire une chose pareille, Gloria ?

– Rien, ma chère. Rien du tout. Sinon peut-être son attitude pendant l'enterrement. »

Ensuite, Ghita se remit à penser au capitaine McKenzie.

« Il y a ce cinglé de Boer qui dirige un centre de nutrition à 8 kilomètres à l'ouest d'une petite ville appelée Mayan, disait-il en maintenant son niveau de voix juste au-dessous de celui de Pavarotti. Un vrai fou de Dieu. »

Chapitre 18

Son visage s'était rembruni et ses rides s'étaient creusées au point que la luminosité blanche du vaste ciel du Saskatchewan ne pouvait en pénétrer les zones d'ombre. Justin entra résolument dans la petite ville, un trou perdu à trois heures de train de Winnipeg au cœur d'un infini neigeux, en évitant le regard des rares passants. Même le vent soufflant en continu du Yukon ou de l'Arctique, qui fouette cette immense plaine à longueur d'année, gèle la couche de neige, ploie les blés, secoue les panneaux indicateurs et les câbles aériens, n'empourprait pas ses joues hâves. Le froid glacial de −20 degrés au bas mot stimulait son corps endolori. Avant de prendre le train à Winnipeg, il avait acheté une veste matelassée, une toque en fourrure et des gants. La rage qui l'étouffait lui servait d'aiguillon. Un rectangle de papier machine ordinaire rangé dans son portefeuille lui rappelait : RENTRE CHEZ TOI ET TIENS-TOI TRANQUILLE, SINON TU REJOINS TA FEMME.

*

Mais c'était sa femme qui l'avait entraîné ici. C'était elle qui l'avait libéré de ses liens et de sa cagoule, aidé à se mettre sur les genoux près du lit et par étapes à se traîner jusqu'à la salle de bains. Sous ses encouragements, il s'était à demi redressé en prenant appui sur la baignoire, avait ouvert le robinet de douche pour s'asperger le visage, le devant de sa chemise et le col de sa veste, parce qu'il savait – elle l'avait prévenu – que s'il se déshabillait il ne pourrait plus se rhabiller. Son plastron était dégoûtant, son veston maculé de vomi, mais il réussit à les éponger. Il faillit se rendormir, mais elle l'en empêcha. Il essaya de se recoiffer, mais ne put lever les bras si haut. Il avait une barbe de la veille, mais elle resterait en l'état. La station debout lui donnait des vertiges, mais heureusement il atteignit le lit avant de tomber. Dans sa délicieuse semi-inconscience, ce fut encore Tessa qui l'empêcha de décrocher le téléphone pour appeler la réception ou réclamer les soins du docteur Birgit. N'aie confiance en personne, lui avait-elle dit, donc il lui obéit. Il attendit que tout s'arrête de tourner pour se relever et traverser la pièce en titubant, heureux qu'elle fût si petite.

Son imperméable était toujours sur le dossier de la chaise où il l'avait posé, et étonnamment l'enveloppe de Birgit aussi. Il ouvrit le placard qui logeait le coffre-fort mural fermé et composa la date de son mariage, manquant s'évanouir de douleur à chaque contact. La porte s'ouvrit. A l'intérieur, le passeport au nom de Peter Atkinson l'attendait sagement. Il le sortit tant bien que mal de ses mains meurtries mais apparemment pas brisées et le glissa dans la poche intérieure de son veston. Il enfila avec peine son imperméable et réussit à le boutonner au col et à la taille. Résolu à voyager léger, il n'avait pris qu'un sac à bandoulière où se trouvait encore son argent. Il rassembla ses objets de toilette dans la salle de bains, ses chemises et sous-vêtements dans la commode, les plaça dans le sac avec dessus l'enveloppe de Birgit et tira la fermeture Éclair. En passant la courroie sur son épaule, il glapit de douleur comme un petit chien. Sa montre indiquait 5 heures et semblait marcher. Il sortit en chancelant dans le couloir et longea le mur jusqu'à l'ascenseur. Dans le hall du rez-de-chaussée, deux femmes en costume turc actionnaient un énorme aspirateur industriel. Un vieux portier de nuit somnolait derrière le comptoir de la réception. Justin parvint à lui donner son numéro de chambre, à demander sa note, à glisser la main dans sa poche revolver, à sortir des billets de la liasse, plus un bon pourboire « avec retard pour Noël ».

« Ça ne vous ennuie pas si j'en prends un ? demanda-t-il d'une voix méconnaissable en montrant un bouquet de parapluies d'hôtel fiché dans une jarre en céramique près de la porte.

– Prenez-en autant que vous voulez », répondit le vieux portier.

Le gros manche en frêne du parapluie lui arrivait à la hanche. En s'appuyant dessus, il traversa la place déserte jusqu'à la gare. Arrivé devant les marches menant au hall, il fit une pause et s'étonna de trouver le portier à côté de lui. L'espace d'un instant, il avait cru que c'était Tessa.

« Vous allez y arriver ? s'enquit le portier avec sollicitude.

– Oui.

– Voulez-vous que je vous prenne un billet ?

– Zurich, indiqua Justin en se tournant pour lui montrer sa poche. Un aller simple.

– En première ?

– Absolument. »

*

La Suisse était un rêve d'enfance. Quarante ans plus tôt, ses parents l'avaient emmené en randonnée dans l'Engadine et ils avaient séjourné dans un palace au cœur d'une forêt nichée entre deux lacs. Rien n'avait changé. Ni le parquet ciré, ni les vitraux, ni la sévère châtelaine qui le conduisit à sa chambre. Allongé sur le transat du balcon, Justin regardait aujourd'hui les mêmes lacs brasiller au soleil couchant, le même pêcheur se blottir dans sa barque au milieu de la brume. Les jours passaient, innombrables, ponctués par ses séances à la cure thermale et le glas de la cloche le conviant à ses repas solitaires parmi les vieux couples qui chuchotaient. Dans une petite rue bordée de chalets anciens, un médecin blafard et son assistante pansèrent ses blessures. « Accident de voiture », expliqua Justin. Le médecin fronça les sourcils derrière ses lunettes, et sa jeune assistante pouffa.

La nuit, son monde intérieur le réclamait comme tous les soirs depuis la mort de Tessa. Penché sur le bureau en marqueterie devant la baie vitrée, écrivant obstinément à Ham malgré sa main droite meurtrie, lisant la transcription par Birgit des épreuves de Markus Lorbeer, puis reprenant avec soin son dur témoignage d'amour qu'Ham recueillerait, Justin éprouvait une impression croissante de complétude. Si Lorbeer le pénitent expiait sa culpabilité dans le désert en se nourrissant de sauterelles et de miel sauvage, Justin aussi se retrouvait seul face à son destin. Mais il était résolu, et comme obscurément purifié. Il n'avait jamais cru que sa quête connaîtrait une fin heureuse, qu'il pourrait seulement y en avoir une. Reprendre la mission de Tessa, brandir son étendard et assumer son courage représentait un but en soi. Elle avait été témoin d'une épouvantable injustice et avait entrepris de la combattre. Lui aussi l'avait constatée, mais trop tard. Le combat de Tessa était devenu le sien.

Au souvenir de l'obscurité perpétuelle sous la cagoule et de l'odeur de son vomi, à la vue des ecchymoses sur tout son corps, des marques ovales jaunes et bleues telles des notes de musique sur son torse, son dos et ses cuisses, il éprouvait toutefois un autre genre de lien. Je suis l'un des vôtres. Je ne suis plus celui qui cultive ses roses pendant que vous chuchotez en buvant du thé vert. Plus besoin de baisser la voix quand j'approche. Je suis assis avec vous à la table, et je dis *oui*.

Le septième jour, Justin régla sa note et, sans presque y réfléchir, prit un car et un train jusqu'à Bâle, dans cette légendaire vallée du Rhin supérieur où les géants pharmaceutiques ont leurs châteaux. Et là, d'un palace orné de fresques, il posta une grosse enveloppe au vieux dragon de Ham à Milan.

Après quoi, il marcha. Péniblement, mais il marcha. Il monta d'abord une côte pavée menant à la cité médiévale avec ses clochers, ses boutiques, ses statues de libres penseurs et martyrs de l'oppression. Une fois dûment imprégné de cet héritage, comme il se plut à le croire, il rebroussa chemin jusqu'aux rives du fleuve et, se postant au milieu d'un jardin d'enfants, leva les yeux pour contempler avec incrédulité l'empire de béton en constante expansion des milliardaires de l'industrie pharmaceutique, le front uni de leurs casemates anonymes face à l'ennemi individuel. Des grues orange s'affairaient en permanence au-dessus d'elles.

Des cheminées blanches, tels des minarets silencieux, certaines ornées de damiers au sommet, d'autres de rayures ou de couleurs vives pour écarter les avions, déversaient leurs émanations invisibles dans le ciel marronnasse. A leur pied s'étendait une jungle de voies ferrées, de gares de triage, de parkings pour camions et de docks, chacun protégé par son mur de Berlin personnel, surmonté de barbelés tranchants et barbouillé de graffitis.

Aimanté par une force qu'il ne cherchait plus à analyser, Justin traversa le pont et, comme en un rêve, erra dans un désert lugubre de lotissements à l'abandon et de friperies, où circulaient à vélo des travailleurs immigrés aux yeux caves. Peu à peu, au hasard des caprices de l'attraction magnétique, il se retrouva dans ce qui lui sembla une belle avenue bordée d'arbres au bout de laquelle se dressait un portail écologiquement correct, sous une telle masse de plantes grimpantes qu'elle cachait presque les battants en chêne, la sonnette et la boîte aux lettres en cuivre bien astiquées. Seulement lorsqu'il leva les yeux plus haut, puis plus haut encore et jusqu'au ciel au-dessus de sa tête découvrit-il un gigantesque triptyque de tours blanches reliées par des passerelles. La pierre était aseptisée et les vitres teintées. Derrière chaque énorme bâtisse se dressait une cheminée blanche, pointue comme un crayon bien taillé fiché en plein ciel, ornée des lettres KVH en or à la verticale, qui semblaient faire à Justin un clin d'œil amical.

Combien de temps resta-t-il là, seul, pris au piège comme un minuscule insecte au pied du triptyque, il ne le sut ni alors ni plus tard. Tantôt il lui semblait que les ailes du bâtiment se refermaient pour le broyer, tantôt qu'elles s'écroulaient sur lui. Ses genoux lâchèrent et il se retrouva assis sur un banc, au centre d'un carré de terre battue où des dames promenaient leur chien à petits pas. Il remarqua une odeur vague mais pénétrante qui le transporta un instant à la morgue de Nairobi. Combien de temps vais-je devoir rester ici avant de ne plus sentir cette odeur ? se demanda-t-il. La nuit devait être tombée, à en juger par l'éclairage derrière les vitres teintées. Il aperçut des silhouettes en mouvement et de petits clignotements bleus d'ordinateurs. Pourquoi suis-je assis là ? demanda-t-il à Tessa de son poste de guet. A quoi est-ce que je pense, si ce n'est à toi ?

Elle était assise à ses côtés, mais pour une fois n'avait pas de réponse à lui fournir. Je pense à ton courage, répondit-il à sa place. Je pense qu'Arnold et toi luttiez contre tout ça, quand ce cher vieux Justin veillait à ce que ses plates-bandes soient assez sableuses pour y cultiver tes freesias jaunes. Je pense que je ne crois plus en moi, ni en tout ce que je représentais. Qu'il fut un temps où, comme ces gens-là, ton Justin se flattait de se soumettre aux vues sévères d'une volonté collective qu'il appelait au choix la *Nation*, la *Doctrine de l'homme sensé* ou, avec quelques doutes, la *Grande Cause*. Fut un temps où je trouvais raisonnable qu'un homme ou une femme meure au profit du plus grand nombre. J'appelais cela sacrifice, ou devoir, ou encore nécessité. Fut un temps où je pouvais passer devant le Foreign Office le soir et regarder ses fenêtres éclairées en disant : bonsoir, c'est moi, Justin, votre humble serviteur. Je suis un rouage de la grande machine savante, et fier de l'être. Je sers, donc je sens. Aujourd'hui, tout ce que je sens, c'est que tu étais seule face à leur meute et que, sans surprise, ils ont gagné.

*

Depuis la grand-rue de la petite ville, Justin tourna à gauche vers le nord-ouest pour rejoindre Dawes Boulevard, son visage sombre offert de plein fouet au vent de la prairie, tandis qu'il poursuivait son minutieux examen des alentours. Ses trois années d'attaché économique à Ottawa n'avaient pas été vaines : bien que découvrant les lieux, il se sentait partout en terrain connu. La neige de Halloween jusqu'à Pâques, se souvenait-il. Planter après la première lunaison en juin et récolter avant la première gelée en septembre. Les crocus apeurés ne feraient leur apparition entre les touffes d'herbe mortes et sur la prairie dénudée que dans quelques semaines. De l'autre côté de la route, la synagogue pimpante et fonctionnelle construite par des colons débarqués à la gare avec leurs mauvais souvenirs, leurs valises en carton et la promesse d'un pays libre. Une centaine de mètres plus loin, l'église ukrainienne, puis les églises catholique, presbytérienne, baptiste et celle des témoins de Jéhovah, avec leur parking composé de box électrifiés pour que le moteur des fidèles reste chaud pendant qu'ils prient. Une réflexion de Montesquieu lui vint à l'esprit : « Il n'y a jamais eu de royaume où il y ait eu tant de guerres civiles que dans celui du Christ. »

Derrière les maisons de Dieu s'élevaient celles de Mammon, le secteur industriel de la ville. Les cours du bœuf doivent être au plus bas, sinon pourquoi me trouverais-je face à l'usine flambant neuve le Bon Porc de Guy Poitier ? Même remarque visiblement pour les céréales, sinon que ferait la Compagnie de Pressage de Graines de Tournesol au milieu d'un champ de blé ? Tiens, ces gens timides attroupés devant les vieux lotissements sur la place de la gare doivent être des Sioux ou des Cree. Un tournant du chemin de halage l'emmena vers le nord par un petit tunnel, d'où il émergea dans un paysage différent de hangars à bateaux et de manoirs avec façade sur le fleuve. C'est ici que les riches anglophones tondent leurs pelouses, lavent leurs voitures, vernissent leurs bateaux et râlent contre les youpins, les Popov et ces maudits Indiens assistés, songea-t-il. Et là-haut sur la colline, du moins ce qui en tenait lieu dans le coin, se trouvait son but, la fierté de la ville, la perle de l'est du Saskatchewan, son Versailles intellectuel : l'université Dawes, un ensemble bien orchestré de grès moyenâgeux, de brique rouge coloniale et de coupoles en verre. Arrivant à une fourche, Justin gravit la petite éminence, emprunta un Ponte Vecchio années vingt et se trouva devant une loge crénelée surmontée d'armoiries dorées. Par la voûte d'entrée, il put admirer le campus médiéval impeccable et son resplendissant fondateur coulé en bronze sur un socle en granit, George Eamon Dawes Junior soi-même, propriétaire de mines, magnat du chemin de fer, débauché, voleur de terrains, tueur d'Indiens et saint local.

Justin poursuivit son chemin. Il avait étudié le guide. La route s'ouvrait sur un parvis goudronné où le vent soulevait une poussière granuleuse. A l'autre bout, un pavillon couvert de lierre flanqué de trois bâtiments modernes en acier et béton que des fenêtres en longueur éclairées au néon découpaient en tranches. Une plaque vert et or – les couleurs préférées de Mme Dawes, d'après le guide – indiquait en français et en anglais : Hôpital universitaire de recherche clinique. Un autre plus petit : Service de consultation externe. Justin s'y rendit et arriva devant une rangée de portes battantes protégées par un auvent ondulé en béton et surveillées par deux femmes imposantes en pardessus vert auxquelles il dit « bonsoir » et qui lui répondirent par un salut jovial. Le visage gelé, son corps endolori parcouru d'élancements dus à la marche, son dos et ses cuisses de fourmillements brûlants, il monta le perron après un dernier regard furtif en arrière.

Le haut vestibule en marbre avait un aspect funèbre. Un grand portrait hideux de George Eamon Dawes Junior en tenue de chasse lui rappela le hall d'entrée du Foreign Office. Des hommes et des femmes aux tempes argentées et en tunique verte tenaient le bureau d'accueil le long d'un mur. Dans un instant ils vont m'appeler « monsieur Quayle » et me dire que Tessa était une grande, grande dame. Il traversa une galerie marchande miniature qui abritait la banque Dawes du Saskatchewan, un bureau de poste, un kiosque à journaux Dawes, un McDonald's, une Pizza Paradise, une cafétéria Starbuck, une boutique de lingerie, vêtements de grossesse et liseuses Dawes. Il arriva à une intersection de couloirs où résonnaient les cliquetis et les grincements des brancards, le ronron des ascenseurs, l'écho métallique de pas pressés et le grelot des téléphones. Des patients inquiets attendaient là, assis ou debout. Des blouses vertes sortaient en coup de vent par une porte pour s'engouffrer dans une autre. Mais aucune poche ne s'ornait d'abeilles dorées.

Près d'une porte sur laquelle une plaque indiquait « réservé aux médecins » était accroché un grand panneau d'affichage. Croisant ses mains dans le dos pour se donner une contenance, Justin étudia les annonces. Baby-sitters, bateaux et voitures, offre et demande. Chambres à louer. Chorale Dawes, Étude biblique Dawes, Société d'éthique

Dawes, Groupe de danses folkloriques écossaises Dawes. Anesthésiste cherche bon chien marron de taille moyenne et de plus de trois ans « qui adore la marche ». Crédits Dawes, Plans de financement d'études différé Dawes. Une messe du souvenir aura lieu dans la chapelle Dawes en mémoire du Dr Maria Kowalski – quelqu'un saurait-il quel genre de musique elle aimait ? Tableaux de planning pour les médecins de garde, les médecins en vacances, les médecins de service. Et une charmante affiche annonçant que, cette semaine, les pizzas gratuites pour les étudiants en médecine arrivent avec les compliments de Karel Vita Hudson, Vancouver – *et venez donc à notre brunch dominical KVH avec projection de films à la discothèque Haybarn. Remplissez le formulaire joint à la pizza et profitez d'un billet gratuit pour l'expérience de toute une vie !*

Mais pas un mot sur le Dr Lara Emrich, tout récemment encore star de l'équipe pédagogique de Dawes, spécialiste des souches multi- et non résistantes de tuberculose, ex-enseignant-chercheur à Dawes par mécénat de KVH, codécouvreuse du médicament miracle, le Dypraxa. Elle n'était pas en vacances, ni de garde. Son nom ne figurait pas dans le luxueux annuaire interne accroché par un cordon vert à pompon près du tableau d'affichage. Elle ne recherchait pas un chien marron de taille moyenne. La seule référence éventuelle était une carte postale écrite à la main, reléguée au bas du tableau, presque hors de vue, qui annonçait à regret que, « sur ordre du doyen », le meeting prévu des Médecins du Saskatchewan pour l'Intégrité ne se tiendrait pas dans l'enceinte de l'université Dawes. Un autre lieu serait indiqué dès que possible.

*

Son corps épuisé et frigorifié demandant grâce, Justin se laissa fléchir pour retourner en taxi à son motel sans caractère. Cette fois, il avait fait preuve d'habileté. S'inspirant des méthodes de Lesley, il avait envoyé sa lettre par l'intermédiaire d'un fleuriste, jointe à un énorme bouquet de roses d'amoureux.

Je suis un journaliste anglais, ami de Birgit chez Hippo. J'enquête sur la mort de Tessa Quayle. Pourriez-vous me téléphoner au Saskatchewan Man Motel, chambre 18, après 19 heures ? Je vous suggère d'appeler d'une cabine publique éloignée de votre domicile.

Peter Atkinson.

Je lui dirai plus tard qui je suis, avait-il décidé. Il ne faut pas l'affoler. Mieux vaut choisir le moment et le lieu. C'est plus sage. Sa couverture s'effilochait, mais il n'en avait pas d'autre. Il était Atkinson à son hôtel en Allemagne, Atkinson quand on l'avait rossé, pourtant ses assaillants l'avaient appelé « monsieur Quayle ». Il avait néanmoins gardé le pseudonyme d'Atkinson pour prendre l'avion de Zurich à Toronto et se terrer dans une pension en brique proche de la gare, où il avait appris avec un flegme incroyable par son petit transistor que le Dr Arnold Bluhm était mondialement recherché en relation avec le meurtre de Tessa Quayle. *Moi, je ne crois pas aux complots, Justin... Arnold Bluhm a pété un plomb et il a tué Tessa...* Et c'était en voyageur anonyme qu'il avait pris le train pour Winnipeg, attendu un jour et pris un autre train jusqu'à cette petite ville. Malgré tout, il ne se faisait pas d'illusion. Au mieux, il avait quelques jours d'avance sur eux. Mais dans un pays civilisé, on ne peut jamais savoir.

*

« Peter ? »

Justin se réveilla en sursaut et consulta sa montre. 21 heures. Il avait posé un crayon et un bloc-notes près du téléphone.

« Oui, c'est Peter.

– Je suis Lara, annonça-t-elle d'un ton plaintif.

– Bonsoir, Lara. Où peut-on se rencontrer ? »

Un soupir. Triste, d'une langueur désespérée, en harmonie avec la mélancolie de sa voix slave.

« C'est impossible.

– Pourquoi ?

– Il y a une voiture devant ma porte. Des fois, ils mettent une camionnette. Ils font le guet en permanence. Une rencontre discrète est impossible.

– Où êtes-vous, là ?

– Dans une cabine, dit-elle d'un ton laissant croire qu'elle n'en réchapperait jamais.

– Quelqu'un vous surveille, en ce moment ?

– Personne en vue. Mais il fait nuit. Merci pour les roses.

– Je peux vous retrouver où ça vous arrange. Chez une amie, ou quelque part en dehors de la ville, si vous préférez.

– Vous êtes en voiture ?

– Non.

– Et pourquoi ? demanda-t-elle sur un ton de reproche et de défi.

– Je n'ai pas les papiers nécessaires sur moi.

– Qui êtes-vous ?

– Je vous l'ai dit. Un ami de Birgit. Un journaliste anglais. On en reparlera de vive voix. »

Elle raccrocha. Soudain barbouillé, il avait besoin d'aller aux toilettes, or il n'y avait pas de téléphone dans la salle de bains. Il attendit aussi longtemps que possible, puis s'y précipita. Son pantalon baissé sur les talons, il entendit la sonnerie à trois reprises, mais le temps qu'il revienne en sautillant, c'était trop tard. Il s'assit sur le lit, la tête entre les mains. Je suis vraiment mauvais à ce petit jeu. Que feraient des espions ? Que ferait ce vieux renard de Donohue ? Avec une héroïne d'Ibsen en ligne, la même chose que moi en ce moment et sans doute pire. Il consulta de nouveau sa montre de peur d'avoir perdu la notion du temps, l'ôta et la posa près du crayon et du bloc-notes. Un quart d'heure. Vingt minutes. Une demi-heure. Qu'est-ce qui a bien pu se passer ? Il remit sa montre à son poignet, s'énervant en essayant de refermer le fichu bracelet.

« Peter ?

– Où peut-on se retrouver ? C'est où vous voulez.

– Birgit dit que vous êtes son mari. »

Mon Dieu ! Que la terre arrête de trembler. Doux Jésus !

« Birgit a dit ça au téléphone ?

– Elle n'a pas dit de nom. Juste : "C'est son mari." Elle a

381

été très discrète. Pourquoi ne me l'avez-vous pas dit, vous ? Ça m'aurait évité de vous prendre pour un provocateur.

– Je comptais vous le dire de vive voix.

– Je vais téléphoner à mon amie. Vous n'auriez pas dû m'envoyer de roses. C'est exagéré.

– Quelle amie ? Lara, attention à ce que vous allez lui dire. Je m'appelle Peter Atkinson et je suis journaliste. Vous êtes toujours dans la cabine ?

– Oui.

– La même ?

– Personne ne me surveille. L'hiver, ils guettent seulement de leur voiture. Ils sont paresseux. Mais là, il n'y a pas de voiture.

– Avez-vous assez de pièces ?

– J'ai une carte.

– Servez-vous de pièces, pas d'une carte. Vous avez appelé Birgit avec une carte ?

– Ce n'est pas important. »

Il était 22 h 30 quand elle le rappela.

« Mon amie assiste à une opération, expliqua-t-elle sans plus d'excuse. Une opération compliquée. Mais j'ai une autre amie qui est d'accord. Si vous êtes inquiet, prenez un taxi jusqu'à Eaton et marchez le reste du trajet.

– Je ne suis pas inquiet. Je suis prudent. »

Bon sang, songea-t-il en notant l'adresse. On ne s'est pas encore rencontrés, je lui ai envoyé deux douzaines de roses exagérées, et on a déjà une querelle d'amoureux.

*

Il y avait deux façons de quitter le motel : par la porte d'entrée et quelques marches jusqu'au parking, ou par la porte de derrière sur le couloir qui menait à la réception *via* un dédale d'autres couloirs. Après avoir éteint la lumière dans sa chambre, Justin jeta un coup d'œil au parking par la fenêtre. La clarté de la pleine lune nimbait chaque voiture d'un halo de givre argenté. De la vingtaine de véhicules garés, un seul était occupé. Une femme assise au volant, un homme à côté d'elle. Ils se querellaient. A propos de roses ou du dieu Profit ? Elle gesticulait, lui hochait la tête. Il descendit, aboya un dernier mot, un juron, claqua la portière, monta dans une autre voiture et s'éloigna. La femme resta là où elle était. Elle leva les mains de désespoir, les posa sur le volant, jointures en l'air, y enfouit sa tête et se mit à pleurer, les épaules secouées de sanglots. Justin surmonta une envie absurde d'aller la consoler et se rendit en hâte à la réception pour commander un taxi.

*

La maison appartenait à une rangée de pavillons mitoyens neufs et blancs construits en épi le long d'une rue victorienne, telles des proues de navires qui manœuvrent pour entrer dans un vieux port. Chacun avait un sous-sol avec escalier séparé, une porte d'entrée à laquelle menaient quelques marches en pierre, des grilles métalliques, et un fer à cheval en cuivre comme heurtoir décoratif. Sous le regard d'un gros chat gris bien installé entre les rideaux et la fenêtre du n° 7, Justin grimpa les marches du n° 6 et appuya sur la sonnette. Il avait toutes ses possessions avec lui : un sac de voyage, de l'argent et, contre l'ordre formel de Lesley, ses deux passeports. Il avait payé d'avance sa note de motel. Si jamais il y retournait, ce serait de son plein gré, pas par nécessité. A 23 heures, il faisait un froid glacial et la nuit avait la pureté de la glace. Des voitures étaient garées à touche-touche le long du trottoir désert. Une femme de haute taille, à contre-jour, lui ouvrit la porte.

« Vous êtes Peter, fit-elle d'un ton accusateur.

– Et vous, Lara ?

– Bien sûr, dit-elle en refermant la porte derrière lui.

– On vous a suivie jusqu'ici ?

– C'est possible. Et vous ? »

Ils se faisaient face en pleine lumière. Birgit avait raison. Lara Emrich était belle. Tout en elle respirait la beauté : l'intelligence de son regard hautain, sa froide distanciation toute scientifique qui, dès qu'il l'eut perçue, le fit se replier sur lui-même, sa façon de repousser ses cheveux grisonnants du dos de son poignet. Puis, le coude toujours en l'air et le poignet sur son front, elle continua de l'étudier d'un œil critique, avec arrogance et tristesse à la fois. Elle était tout de noir vêtue. Pantalon noir, tunique noire. Pas de maquillage. De près, sa voix était encore plus lugubre qu'au téléphone.

« Je suis désolée pour vous, dit-elle. C'est terrible. Vous êtes triste.

– Merci.

– C'est le Dypraxa qui l'a tuée.

– C'est ce que je pense. Indirectement, mais c'est vrai.

– Le Dypraxa a tué beaucoup de gens.

– Mais tous n'ont pas été trahis par Markus Lorbeer. »

Du premier étage retentit un tonnerre d'applaudissements à la télévision.

« Amy est mon amie, dit-elle comme si l'amitié était une maladie. Elle est chef de clinique à l'hôpital Dawes. Malheureusement, elle a signé une pétition en faveur de ma réintégration et elle est membre fondateur de l'association des Médecins du Saskatchewan pour l'Intégrité. On va donc trouver une bonne excuse pour la virer. »

Il allait lui demander si Amy le connaissait sous le nom de Quayle ou d'Atkinson quand une grosse voix de femme les héla du premier et une paire de pantoufles en fourrure pointa sur la marche du haut.

« Fais-le monter, Lara. Un verre lui fera du bien. »

La quarantaine obèse, Amy était de ces femmes lucides qui ont décidé d'outrer leur personnage. Elle portait un kimono de soie cramoisi, des créoles et des pantoufles ornées d'yeux en verre, mais les siens étaient cernés de noir et des rides d'amertume encadraient sa bouche.

« Ceux qui ont tué votre femme devraient être pendus, fit-elle. Scotch, bourbon ou vin ? Je vous présente Ralph. »

La pièce était une vaste mansarde lambrissée de pin avec un bar au fond. La télévision retransmettait un match de hockey sur glace. Ralph, un vieux monsieur aux cheveux clairsemés vêtu d'une robe de chambre, était assis dans un fauteuil en similicuir pourvu d'un repose-pieds assorti. En entendant son nom, il agita mollement une main tavelée de brun sans quitter l'écran des yeux.

« Bienvenue au Saskatchewan. Servez-vous à boire, cria-t-il avec un accent d'Europe centrale.

– Qui gagne ? s'enquit Justin par courtoisie.

– Les Canucks.

– Ralph est avocat, dit Amy. N'est-ce pas, chéri ?

– Je ne suis plus grand-chose, maintenant. Cette foutue Parkinson m'entraîne dans la tombe. Ils ont vraiment été salauds, dans le corps académique. C'est pour ça que vous êtes ici ?

– En gros, oui.

– Ils étouffent la liberté d'expression, ils s'interposent entre le médecin et le malade… Il est temps que des gens cultivés aient les couilles de dire la vérité au lieu de s'aplatir comme des lâches en chiant dans leur froc.

– C'est bien vrai, reconnut poliment Justin en acceptant un verre de vin blanc qu'Amy lui offrait.

– Karel Vita tire les ficelles et Dawes joue les pantins. Ils donnent 25 millions de dollars comme capital initial pour un bâtiment neuf de biotechnologie, avec 50 autres à suivre. C'est pas une bagatelle, même pour une bande de riches crétins comme Karel Vita. Et si tout le monde se tient à carreau, il y aura encore des sous. Comment diable résister à pareille pression ?

– Il faut essayer, parce que sinon on est foutus, dit Amy.

– Foutus si on essaie et foutus si on n'essaie pas. Dès qu'on ouvre le bec, ils vous retirent votre salaire, vous foutent à la porte et vous chassent de la ville. La liberté d'expression coûte très cher ici, monsieur Quayle. Trop cher pour beaucoup d'entre nous. Quel est votre prénom ?

– Justin.

– Ici, quand il s'agit de liberté d'expression, c'est le règne de la pensée unique, Justin. Tout va pour le mieux tant qu'une sale dingue de Russe ne se met pas en tête de publier des articles délirants dans la presse médicale pour débiner une jolie petite pilule de son invention qui se trouve rapporter 2 milliards par an à la maison Karel Vita, qu'Allah protège. Où penses-tu les installer, Amy ?

– Dans le petit salon.

– Pense à couper les téléphones pour qu'ils ne soient pas

dérangés. Amy s'occupe de toute la technique, ici, Justin. Moi, je suis le vieux con. Si vous avez besoin de quoi que ce soit, demandez à Lara. Elle connaît la maison mieux que nous, ce qui est dommage étant donné qu'on va être expulsés dans quelques mois. »

Sur quoi il retourna à ses Canucks victorieux.

*

Elle ne le voit plus, bien qu'elle ait chaussé de grosses lunettes plutôt faites pour un homme. Elle a apporté un cabas de ménagère russe qu'elle a posé ouvert à ses pieds, rempli de papiers qu'elle connaît par cœur : des lettres d'avocats la menaçant et d'autres de la faculté lui signifiant son renvoi, une copie de son article impubliable et les courriers de son avocat, peu nombreux parce qu'elle n'a pas d'argent, explique-t-elle, et qu'en outre il préfère défendre les droits des Sioux que s'attaquer aux ressources juridiques illimitées de MM. Karel Vita Hudson de Vancouver. Tous deux sont assis face à face, leurs genoux se touchant presque, comme des joueurs d'échecs sans échiquier. Un souvenir de ses postes en Orient rappelle à Justin de ne pas pointer les pieds vers elle, alors il se tient légèrement de travers, sans égards pour son corps endolori. Depuis un moment elle s'adresse aux ombres derrière lui sans qu'il l'interrompe, ou presque. Le ton tantôt découragé, tantôt didactique, elle est totalement concentrée sur elle-même, obnubilée par la monstruosité de son cas désespérément insoluble auquel elle rapporte tout. Par moments, assez souvent soupçonne-t-il, elle oublie jusqu'à l'existence de Justin. Ou bien il représente autre chose pour elle, une commission d'universitaires indécis, une assemblée de collègues gênés, un professeur hésitant, un avocat inapte. C'est seulement lorsque Justin prononce le nom de Lorbeer qu'elle prend conscience de sa présence, plisse le front et trouve son échappatoire dans quelques banalités mystiques : Markus est trop romantique, il est si faible, tous les hommes font de vilaines choses, les femmes aussi. Mais non, elle ne sait pas où il se trouve.

« Il se cache quelque part. Il est imprévisible, chaque matin il change de direction, explique-t-elle sans se départir de sa mélancolie.

– Quand il parle du désert, s'agit-il d'un vrai désert ?

– Ce sera un lieu de grand désagrément. Ça aussi, c'est typique de lui. »

Afin de plaider sa cause, elle a retenu des idiomes qui le surprennent dans sa bouche : « Je zappe là-dessus... KVH ne fait pas de quartier... » Elle parle même de « mes patients dans le couloir de la mort ». Et quand elle lui donne une lettre d'avocat, elle en cite des passages tandis qu'il la lit, de crainte qu'il n'en rate les points les plus insultants :

> Nous vous rappelons encore une fois qu'en vertu de la clause de confidentialité dans votre contrat il vous est expressément interdit de communiquer cette désinformation à vos patients... Vous êtes officiellement mise en garde contre toute propagation, verbale ou autre, de ces opinions fausses et malveillantes dues à une interprétation erronée de données obtenues pendant que vous étiez sous contrat avec MM. Karel Vita Hudson...

Ceci suivi par un *non sequitur* d'une suprême arrogance : « Nos clients nient formellement avoir tenté à aucun moment d'étouffer ou d'influencer un débat scientifique légitime... »

« Mais pourquoi donc avez-vous signé ce contrat pourri ? interrompt brutalement Justin.

– Parce que je leur faisais confiance, répond-elle avec un rire sans joie, contente de le voir s'irriter. J'étais idiote.

– Vous êtes tout sauf idiote, Lara, bon sang ! Vous êtes une femme extrêmement intelligente ! » s'exclame Justin.

Outrée, elle s'enferme dans un silence maussade.

*

Les deux premières années après l'acquisition de la molécule Emrich-Kovacs par Karel Vita grâce à l'entremise de Markus Lorbeer furent une sorte d'âge d'or, raconte-t-elle. Les premiers tests à court terme étaient excellents, les statistiques les valorisaient encore, et toute la communauté scientifique ne parlait que de l'association Emrich-Kovacs. KVH fournissait laboratoires de recherche, techniciens, essais cliniques dans tout le tiers-monde, voyages en première classe, hôtels de luxe, considération et argent à discrétion.

« Pour Kovacs la frivole, c'est un rêve devenu réalité. Elle se voit conduire des Rolls-Royce, gagner des Nobel, devenir riche et célèbre, avoir plein plein d'amants. Et pour Lara la sérieuse, c'est un gage d'essais cliniques scientifiques et fiables. On testera la molécule sur un vaste échantillon de communautés ethniques et sociales vulnérables à cette maladie. De nombreuses vies seront améliorées, d'autres sauvées. Tout cela sera très satisfaisant.

– Et Lorbeer ?

– Markus rêve de sainteté et de richesses, dit-elle avec un regard irascible et une moue réprobatrice. Il est pour les Rolls-Royce, mais aussi pour les vies sauvées.

– Donc pour Dieu et pour le Profit, plaisante Justin, qui reçoit en réponse un autre regard désapprobateur.

– Au bout de deux ans, j'ai fait une fâcheuse découverte. Les tests KVH, c'était de la foutaise. Ils n'avaient pas été conçus scientifiquement, mais juste pour lancer la molécule sur le marché au plus vite. Certains effets secondaires étaient délibérément occultés. Dès qu'on en détectait, le test était récrit pour qu'ils ne ressortent pas.

– Quels étaient ces effets secondaires ?

– A l'époque des tests non scientifiques, on en remarque peu, dit-elle en reprenant son ton incisif et hautain de conférencière. Ce qui s'explique aussi par l'enthousiasme débordant de Kovacs et Lorbeer, et par le souci des cliniques et centres médicaux du tiers-monde que tout ait l'air impeccable. Sans compter que les grandes revues médicales publiaient des comptes rendus d'essais favorables écrits par d'éminents faiseurs d'opinion qui passaient sous silence leurs relations lucratives avec KVH. En fait, ces articles étaient rédigés à Vancouver ou à Bâle et simplement signés par ces gens-là. On a constaté que le médicament ne convenait pas à une infime proportion de femmes en âge d'avoir des enfants. Certaines ont eu des troubles de la vue. Certaines sont mortes, mais en manipulant les dates au mépris des critères scientifiques on a pu les exclure de la période concernée.

– Personne ne s'est plaint ?

– Qui va se plaindre ? rétorque-t-elle, irritée par cette question. Les médecins et les professionnels de santé du tiers-monde qui se font de l'argent grâce à ces tests ? Le distributeur qui s'enrichit en commercialisant la molécule et ne tient pas à perdre les bénéfices de toute la gamme des produits KVH, voire faire faillite carrément ?

– Et les malades ? »

L'opinion qu'elle a de lui est à son plus bas…

« La plupart vivent dans des pays non démocratiques au régime corrompu. En théorie, ils ont donné leur consentement informé au traitement. En pratique, leur signature figure au bas de formulaires d'accord qu'ils ne savent même pas lire. La loi leur interdit d'être rétribués, mais on les dédommage généreusement du voyage et du manque à gagner, et on les nourrit gratis, ce qu'ils apprécient au plus haut point. Sans compter qu'ils ont peur.

– Des compagnies pharmaceutiques ?

– De tout le monde. S'ils se plaignent, on les menace. On leur dit que leurs enfants ne recevront plus de médicaments des États-Unis, que leurs maris iront en prison.

– Mais vous, vous vous êtes plainte.

– Non, je ne me suis pas plainte. J'ai protesté, et fermement. Quand je me suis aperçue que le Dypraxa était présenté comme un médicament sans danger et non en cours d'essai, j'ai donné une conférence lors d'un symposium scientifique à l'université pour détailler la position peu éthique de KVH. Ça n'a pas plu. Le Dypraxa est un bon médicament, là n'est pas le problème. Le problème est triple, dit-elle en levant aussitôt trois doigts effilés. Primo : les effets secondaires sont délibérément occultés par intérêt financier. Deuzio : les communautés les plus pauvres du monde sont utilisées comme cobayes par les plus riches. Tertio : les compagnies usent d'intimidation pour étouffer un débat scientifique légitime sur ces problèmes. »

Les doigts se replient, tandis que son autre main plonge dans son sac et en sort une brochure sur papier glacé bleu avec en gros titre : BONNES NOUVELLES CHEZ KVH.

Le Dypraxa est un substitut économique très efficace et sans danger des traitements jusque-là reconnus de la tuberculose. Il s'est révélé remarquablement avantageux pour les pays en voie de développement.

Elle lui reprend la brochure pour lui tendre la lettre d'un avocat souvent feuilletée, dont un paragraphe est surligné.

L'étude du Dypraxa a été conçue et appliquée dans le respect de l'éthique pendant un certain nombre d'années avec le consentement de tous les malades dûment informés. KVH ne fait aucune différence entre pays riches et pays pauvres en ce qui concerne les tests. Son unique souci est de sélectionner les conditions adaptées aux projets en cours. KVH est loué à juste titre pour la grande qualité des soins dispensés.

« Où se situe Kovacs dans tout ça ?

— Kovacs est à cent pour cent derrière la compagnie. Elle ignore l'intégrité. C'est avec son aide que la plupart des données cliniques sont faussées ou supprimées.

— Et Lorbeer ?

— Markus est partagé, comme toujours. Il se voit en grand chef du Dypraxa pour l'Afrique entière. Mais par ailleurs il a peur et il a honte. Alors il se confesse.

— Il est employé par ThreeBees ou KVH ?

— Connaissant Markus, peut-être les deux. C'est un personnage complexe.

— Et comment diable KVH vous a-t-il fait recruter à Dawes ?

— Parce que j'étais idiote, répond fièrement Lara en évacuant la récente affirmation contraire de Justin. Sinon, pourquoi aurais-je accepté de signer ? Chez KVH, ils ont été très polis, très charmants, très compréhensifs, très malins. Deux jeunes gens sont venus de Vancouver pour me voir à Bâle. Je me suis sentie flattée. Ils m'ont envoyé des roses, comme vous. Je leur ai dit que les tests, c'était de la foutaise. Ils en ont convenu. Je leur ai dit qu'ils ne devraient pas commercialiser le Dypraxa comme un médicament sans danger. Ils en ont convenu. Je leur ai dit que de nombreux effets secondaires n'avaient jamais été sérieusement évalués. Ils ont admiré mon courage. L'un des deux était un Russe de Novgorod. "Venez déjeuner, Lara. On va en discuter." Et là, ils m'ont dit qu'ils voulaient me faire venir à Dawes pour élaborer mon propre test sur le Dypraxa. Contrairement à leurs supérieurs, ils semblaient pondérés. Ils reconnaissaient que l'on n'avait pas fait assez de tests corrects. Mais à Dawes, on les ferait. C'était ma molécule. J'en étais fière, eux aussi, l'université aussi. Nous avons conclu un accord équilibré. Dawes m'accueillerait, KVH me paierait. Dawes est un lieu idéal pour ce genre de tests. On y hospitalise des Indiens venus des réserves, qui sont sensibles aux anciennes souches de tuberculose, et des cas multirésistants venus de la communauté hippie de Vancouver. Un échantillon parfait pour le Dypraxa. C'est sur la base de cet accord que j'ai signé le contrat et accepté la clause de confidentialité. J'ai été idiote, répéta-t-elle avec une petite moue signifiant "CQFD".

– Et KVH a des bureaux à Vancouver.

– D'énormes bureaux. C'est leur plus grosse implantation dans le monde, après Bâle et Seattle. Comme ça, ils pouvaient me surveiller, ce qui était le but recherché. Me museler et me contrôler. J'ai signé ce fichu contrat et je me suis mise au travail de bon cœur. L'année dernière, j'ai terminé mon étude. C'était extrêmement négatif. J'ai jugé nécessaire de faire connaître à mes malades mon opinion sur les effets secondaires du Dypraxa. En tant que médecin, c'est un devoir sacré. J'ai aussi estimé que la communauté médicale internationale devait en être informée par une publication dans une revue réputée. La presse de ce genre n'aime pas publier des opinions négatives. Je le savais, et je savais aussi que le journal inviterait trois scientifiques distingués à commenter mes résultats. Ce que cette revue ignorait, c'est que lesdits scientifiques venaient de signer des contrats juteux avec KVH Seattle pour la recherche de traitements biotechnologiques d'autres maladies. Ils se sont empressés d'avertir Seattle de mes intentions, qui les a transmises aussitôt à Bâle et à Vancouver. »

Elle lui tend une feuille de papier blanc pliée. Il l'ouvre et ressent une affreuse impression de déjà-vu.

PUTAIN COMMUNISTE. SORS TES SALES PATTES DE NOTRE UNIVERSITÉ. RETOURNE À TA PORCHERIE BOLCHEVIQUE. ARRÊTE D'EMPOISONNER LA VIE D'HONNÊTES GENS AVEC TES THÉORIES PERVERSES.

En majuscules imprimées. Pas de fautes d'orthographe. Expressions idiomatiques. Bienvenue au club, songe Justin.

« Il est convenu que l'université Dawes touchera sa part des bénéfices mondiaux du Dypraxa, poursuit-elle en lui reprenant machinalement la lettre. Le personnel dévoué recevra des actions à taux préférentiel. Les autres reçoivent ce genre de lettres anonymes. Il est plus important de se dévouer à l'hôpital qu'aux malades. Et il est capital de se dévouer à KVH.

– C'est Halliday qui a écrit ça, dit Amy en entrant dans la pièce avec du café et des gâteaux secs. Halliday est la toute-puissante gouine de la mafia médicale de Dawes. A la faculté, tout le monde doit lui lécher les bottes ou crever. Sauf moi, Lara et quelques autres imbéciles.

– Comment savez-vous que c'est elle qui a écrit ça ?

– J'ai fait un test ADN. J'ai décollé le timbre sur l'enveloppe et analysé la salive. Cette salope aime s'entraîner dans le gymnase de l'hôpital, alors Lara et moi on a fauché un cheveu de sa brosse rose Bambi et on a comparé. Bingo.

– Elle a été appelée à s'expliquer ?

– Bien sûr. Devant tout le conseil d'administration. Elle a avoué, la garce. Excès de zèle dans l'exercice de ses fonctions, qui se résument à protéger les intérêts de l'université. Elle s'est humblement excusée en plaidant la tension émotionnelle, ce qui chez elle signifie pulsion sexuelle de jalousie. Affaire classée, félicitations à la salope, et pendant ce temps-là, ils démolissent Lara. Je suis la prochaine sur la liste.

– Emrich est communiste, explique Lara en savourant

l'ironie de la chose. Elle est russe, elle a grandi à Saint-Pétersbourg quand ça s'appelait encore Leningrad, elle a été éduquée dans les universités soviétiques, donc elle est communiste et anticapitaliste. C'est bien commode.

– Et Emrich n'a même pas inventé le Dypraxa, n'est-ce pas, ma belle ? lui rappelle Amy.

– Non, c'est Kovacs, confirme amèrement Lara. Kovacs était le parfait génie, et moi sa laborantine aux mœurs légères. Comme Lorbeer était mon amant, il a fait rejaillir la gloire sur moi.

– Et c'est pour ça qu'ils ne te paient plus, pas vrai, mon chou ?

– Non, pour une autre raison. J'ai violé la clause de confidentialité, donc rompu mon contrat. C'est logique.

– Lara est aussi une pute, hein, ma belle ? Elle s'est tapé les deux beaux mecs de Vancouver. Sauf que c'est faux. Personne ne baise à Dawes, et on est tous chrétiens, excepté les juifs.

– Vu que la molécule tue, je voudrais bien ne pas l'avoir inventée, murmure Lara, préférant ignorer la dernière boutade d'Amy.

– Quand avez-vous vu Lorbeer pour la dernière fois ? » demande Justin lorsqu'ils sont de nouveau seuls.

*

« Il était en Afrique, répond-elle d'un ton toujours réservé mais moins dur.

– Quand ça ?

– Il y a un an.

– Moins d'un an, corrige Justin. Ma femme lui a parlé à l'hôpital Uhuru il y a six mois. Son plaidoyer, s'il appelle ça comme ça, a été expédié de Nairobi il y a quelques jours. Où est-il maintenant ?

– Vous m'avez demandé quand je l'ai vu pour la dernière fois, se rebiffa-t-elle, ne goûtant pas de se faire reprendre. C'était il y a un an en Afrique.

– Où ça ?

– Au Kenya. Il m'a demandé de venir. L'accumulation de

preuves lui était devenue insupportable. "Lara, j'ai besoin de toi. C'est capital et très urgent. Ne dis rien à personne. Je paierai tout. Viens." J'ai été touchée par sa requête. J'ai dit à Dawes que ma mère était malade et j'ai pris l'avion pour Nairobi. Je suis arrivée un vendredi. Markus est venu me chercher à l'aéroport. Dans la voiture, il m'a tout de suite demandé : "Lara, est-il possible que notre molécule provoque une congestion cérébrale qui comprime le nerf optique ?" Je lui ai rappelé que tout était possible, puisque certaines données scientifiques fondamentales manquaient encore, malgré nos efforts pour y remédier. Il m'a emmenée dans un village pour me montrer une femme qui ne tenait plus debout. Elle souffrait d'atroces migraines, elle était mourante. Il m'a conduite dans un autre village où une femme n'arrivait plus à accommoder. Elle voyait tout noir quand elle sortait de sa hutte. Et il m'a fait part d'autres cas. Les agents de santé n'osaient pas nous parler franchement tant ils avaient peur. ThreeBees punit toute critique, d'après Markus. Lui aussi avait peur. Peur de ThreeBees, peur de KVH, peur pour les femmes malades, peur de Dieu. "Que dois-je faire, Lara, que dois-je faire ?" Il avait parlé à Kovacs, qui est à Bâle. Elle lui a dit qu'il était idiot de paniquer, parce qu'il ne s'agissait pas d'effets secondaires du Dypraxa, mais d'une fâcheuse association médicamenteuse. C'est typique de Kovacs. Elle a épousé un riche Serbe et passe plus de temps à l'Opéra qu'au laboratoire.

– Alors, que doit-il faire ?

– Je lui ai dit la vérité. Ce qu'il constate en Afrique, je le constate à l'hôpital Dawes du Saskatchewan. "Markus, ce sont les mêmes effets secondaires que je détaille dans mon rapport à Vancouver, sur la base de tests cliniques objectifs sur six cents cas." Mais il me supplie quand même : "Que dois-je faire, Lara, que dois-je faire ?" "Markus, tu dois être courageux et faire à toi tout seul ce que les industriels refusent de faire collectivement, tu dois retirer le produit du marché jusqu'à ce qu'il ait été testé de façon exhaustive." Il s'est mis à pleurer. Ce fut notre dernière nuit d'amour. Moi aussi, j'ai pleuré. »

*

Une sorte d'instinct sauvage s'empare soudain de Justin, un ressentiment profond et indéfinissable. En veut-il à cette femme d'avoir survécu ? Lui reproche-t-il d'avoir couché avec le traître avoué de Tessa et d'en parler encore avec tendresse ? S'offusque-t-il de sa présence face à lui, belle, vivante, égocentrique, alors que Tessa repose auprès de leur fils ? S'offense-t-il de ce que Lara montre si peu d'intérêt pour Tessa et tellement pour elle-même ?

« Lorbeer vous a-t-il jamais parlé de Tessa ?

– Pas pendant ma visite.

– Quand, alors ?

– Il m'a écrit que l'épouse d'un officiel anglais harcelait ThreeBees à propos du Dypraxa en leur envoyant des lettres et en faisant des visites importunes. Elle était soutenue par un médecin d'une ONG, mais il ne m'a pas dit son nom.

– Quand a-t-il écrit cela ?

– Le jour de mon anniversaire. Markus n'oublie jamais cette date. Il m'a adressé ses vœux et il m'a parlé d'une Anglaise et de son amant, un médecin africain.

– Il a dit ce qu'on devait en faire ?

– Il avait peur pour elle. Il me disait qu'elle était belle et émouvante. Je crois qu'il était attiré par elle. »

Justin éprouve soudain l'étrange impression que Lara est jalouse de Tessa.

« Et le médecin ?

– Markus admire tous les médecins.

– D'où vous écrivait-il ?

– Du Cap. Il y était pour étudier les activités de Three-Bees en Afrique du Sud, et à titre personnel il faisait des comparaisons avec ses expériences au Kenya. Il éprouvait du respect pour votre femme. Le courage n'est pas le fort de Markus. Il doit l'apprendre.

– Il disait où il l'avait rencontrée ?

– A l'hôpital de Nairobi. Elle l'avait défié. Lui se sentait gêné.

– Pourquoi ?

395

– Il était obligé de l'ignorer. Markus est persuadé qu'en ignorant les gens, il leur fait de la peine, surtout les femmes.

– Il n'empêche qu'il s'est arrangé pour la trahir.

– Markus n'a pas toujours le sens pratique. C'est un artiste. S'il dit qu'il l'a trahie, c'est peut-être au sens figuré.

– Vous avez répondu à sa lettre ?

– Comme toujours.

– Adresse ?

– Un numéro de boîte postale à Nairobi.

– A-t-il parlé d'une femme, Wanza ? Elle se trouvait dans la même salle que mon épouse à l'hôpital Uhuru. Elle est morte à cause du Dypraxa.

– Je ne suis pas au courant de ce cas.

– Ça ne m'étonne pas. On a effacé toute trace d'elle.

– C'était à prévoir. Markus m'a parlé de ce genre de procédé.

– Quand Lorbeer a fait sa visite dans cette salle, il était avec Kovacs. Qu'est-ce qu'elle faisait là-bas ?

– Markus voulait que je revienne à Nairobi, mais entretemps mes rapports avec KVH et l'hôpital s'étaient dégradés. Ils étaient au courant de ma première visite et menaçaient déjà de me renvoyer de l'université parce que j'avais menti au sujet de ma mère. Alors Markus a appelé Kovacs à Bâle et l'a persuadée d'aller à ma place étudier la situation avec lui à Nairobi. Il espérait qu'elle lui épargnerait la démarche délicate de recommander à ThreeBees le retrait du médicament. KVH Bâle a d'abord hésité à envoyer Kovacs à Nairobi, et puis ils ont accepté à condition que cette visite reste secrète.

– Même pour ThreeBees ?

– Non, impossible. ThreeBees était trop impliqué, et Markus les conseillait. Kovacs a donc passé quatre jours à Nairobi dans le plus grand secret, et puis elle est retournée à Bâle retrouver son escroc de mari serbe et les opéras.

– Elle a fait un rapport ?

– Oui, un rapport méprisable. J'ai reçu une formation de scientifique. Ce rapport n'avait rien de scientifique. Il était polémique.

– Lara.

– Quoi ? lance-t-elle, le regard agressif.

– Birgit vous a lu la lettre de Lorbeer au téléphone. Son plaidoyer. Sa confession. Enfin, bref, peu importe le nom.

– Et alors ?

– Qu'en avez-vous pensé, de cette lettre ?

– Que Markus ne peut pas se racheter.

– De quoi ?

– C'est un faible qui cherche la force aux mauvais endroits. Malheureusement, ce sont les faibles qui détruisent les forts. Il a peut-être fait quelque chose de très mal. Parfois, il est trop fasciné par ses propres péchés.

– Si vous deviez le trouver, où chercheriez-vous ?

– Je n'ai pas à le trouver, dit-elle avant de marquer une pause. J'ai juste un numéro de boîte postale à Nairobi.

– Je peux l'avoir ?

– Je vous le note, dit-elle l'air plus déprimé que jamais, avant d'écrire sur un calepin et d'arracher la feuille pour la lui donner. Si je devais le chercher, j'irais chez ceux auxquels il a fait du mal.

– Dans le désert ?

– C'est peut-être au sens figuré, précise-t-elle d'un ton qui a perdu son agressivité, comme celui de Justin. Markus est un enfant. Il agit par impulsion et ensuite il réagit aux conséquences, sourit-elle, un sourire aussi beau qu'elle. Il est souvent très surpris.

– Qu'est-ce qui déclenche l'impulsion ?

– Moi, jadis. »

Justin se lève pour ranger dans sa poche les papiers qu'elle lui a donnés, mais trop vite. La tête lui tourne et il est pris de nausée. Il tend une main vers le mur pour reprendre son équilibre, mais le médecin professionnel lui tient déjà le bras.

« Qu'est-ce qui vous arrive ? demande-t-elle vivement tout en l'aidant à se rasseoir.

– J'ai des vertiges, de temps en temps.

– Pourquoi ? Vous avez de l'hypertension ? Vous ne devriez pas porter de cravate. Défaites votre col. C'est ridicule. »

Elle lui a posé la main sur le front. Il se sent faible, épuisé.

Elle va chercher un verre d'eau. Il en boit quelques gorgées et le lui rend. Elle a des gestes à la fois sûrs et doux. Il sent son regard posé sur lui.

« Vous avez de la fièvre, lui dit-elle sévèrement.

– Peut-être.

– Pas peut-être. Vous avez de la fièvre. Je vais vous ramener à votre hôtel. »

C'est l'instant contre lequel l'instructeur assommant du séminaire sur la sécurité l'a mis en garde, le moment où l'on est trop abattu, trop paresseux ou simplement trop fatigué pour faire attention, où tout ce qu'on souhaite c'est rentrer à son motel minable, dormir et, une fois les idées claires le matin, préparer un gros paquet pour la tante milanaise si patiente de Ham, contenant le récit du Dr Lara Emrich, une copie de son article inédit sur les effets secondaires du Dypraxa tels que troubles visuels, hémorragie, cécité et mort, ainsi que le numéro de boîte postale de Markus Lorbeer à Nairobi et un mot expliquant ce qu'on prévoit comme prochaine étape, au cas où l'on serait empêché par des forces incontrôlables de la mener à bien. Un moment de défaillance consciente, coupable, voulue, où la présence d'une très belle femme à ses côtés, paria comme lui, qui lui prend le pouls de ses doigts experts, ne doit pas servir d'excuse pour ne pas respecter les principes de base de la sécurité sur le terrain.

« Il ne faut pas qu'on vous voie avec moi, objecte-t-il sans conviction. Ils savent que je suis dans le coin. Je vais aggraver votre situation.

– Elle ne peut pas être aggravée. Les choses sont au plus mal.

– Où est votre voiture ?

– A cinq minutes d'ici. Vous pouvez marcher ? »

C'est aussi le moment où Justin, dans son état d'épuisement, se réfugie avec soulagement derrière les bonnes manières et la galanterie d'antan qu'on lui a inculquées dans son berceau d'Eton. Le soir, une femme seule doit être raccompagnée à sa voiture pour lui éviter toute mauvaise rencontre avec des vagabonds, des voleurs de grand chemin ou des bandits. Justin se lève. Elle lui passe une main sous le coude pour le soutenir le temps d'aller du salon à l'escalier.

« Bonne nuit, les petits ! crie Amy à travers une porte fermée. Amusez-vous bien.

– Vous avez été très aimable », répond Justin.

Chapitre 19

Pour redescendre l'escalier jusqu'à la porte d'entrée de chez Amy, Lara précède Justin, tenant son cabas d'une main et la rampe de l'autre tout en le surveillant par-dessus son épaule. Dans le vestibule, elle lui décroche son manteau et l'aide à l'enfiler, puis elle passe le sien, met sa toque en fourrure style Anna Karénine et s'apprête à porter le sac de voyage de Justin, mais la galanterie d'Eton l'interdit, alors elle le fixe de ses yeux marron – le regard de Tessa, la lueur rieuse en moins – tandis qu'en parfait Anglais stoïque il ajuste la courroie sur son épaule sans montrer le moindre signe de douleur. Sir Justin lui ouvre la porte et émet un murmure surpris à la morsure glaciale du froid malgré son manteau matelassé et ses bottes fourrées. Sur le trottoir, le docteur Lara lui prend le bras gauche de la main gauche et plaque le bras droit contre son dos pour le stabiliser mais, cette fois, même l'Etonien endurci ne peut réprimer un cri de douleur au réveil en fanfare de ses nerfs. Elle ne dit rien, mais leurs regards se croisent quand il tourne vivement la tête comme pour échapper à la douleur. Les yeux sous la toque Anna Karénine lui rappellent terriblement d'autres yeux. La main s'est retirée de son dos pour rejoindre celle qui soutient le bras gauche. Le pas s'est ralenti pour respecter son allure. Hanche contre hanche, ils avancent dignement sur le trottoir gelé lorsqu'elle s'arrête net, lui serrant toujours le bras, et observe fixement l'autre côté de la rue.

« Qu'y a-t-il ?

– Rien. C'était prévisible. »

Ils se trouvent sur la grand-place de la ville. Une petite voiture grise de marque indéterminée est garée sous un réverbère orange, crasseuse malgré le givre. Un cintre en fer lui sert d'antenne radio. Vue sous cet angle, elle a quelque chose d'inquiétant et de fragile. Une voiture prête à exploser.

« C'est la vôtre ? demande Justin.

– Oui. Mais ça ne va pas. »

Le grand espion remarque après coup ce que Lara a déjà vu : le pneu avant droit est à plat.

« Ne vous inquiétez pas, on va changer la roue, plastronne Justin, oubliant bêtement un instant le froid mordant, son corps meurtri, l'heure tardive et toute consigne de sécurité opérationnelle.

– Ça ne suffira pas, réplique-t-elle d'un ton lugubre de circonstance.

– Bien sûr que si. On mettra le moteur en marche. Vous resterez assise au chaud à l'intérieur. Vous avez bien une roue de secours et un cric ? »

Mais une fois sur l'autre trottoir, il constate ce qu'elle avait prévu : le pneu gauche est aussi à plat. Poussé par un soudain besoin d'agir, il essaie de se dégager, mais Lara s'accroche à lui et il comprend que ce n'est pas de froid qu'elle frissonne.

« Ça arrive souvent ? demande-t-il.

– Oui.

– Vous appelez un garage, dans ce cas ?

– Ils ne se déplacent pas la nuit. Alors je rentre en taxi, je reviens le matin et j'ai un PV pour stationnement interdit, quand ce n'est pas pour le mauvais état du véhicule. Il leur arrive aussi de l'emmener à la fourrière, ce qui n'est pas pratique pour aller la récupérer. Il n'y a pas toujours de taxi, mais ce soir nous avons de la chance. »

Suivant son regard, il découvre avec surprise un taxi garé à l'autre bout de la place, l'habitacle éclairé, le moteur en marche, une silhouette penchée sur le volant. Sans lui lâcher le bras, Lara le pousse à avancer. Après quelques mètres, il s'arrête, car son signal d'alarme intérieur s'est déclenché.

« Les taxis stationnent comme ça en ville, si tard le soir ?

– C'est sans importance.

– Au contraire, c'est très important. »

Il détourne son regard du sien et s'aperçoit qu'un autre taxi vient se garer derrière le premier. Lara le voit elle aussi.

« Vous êtes stupide. Regardez, on a deux taxis maintenant. On peut en prendre un chacun, ou un seul et je vous dépose d'abord à votre hôtel. Nous verrons. Peu importe. »

Oubliant l'état de Justin, ou perdant simplement patience, elle le tire à nouveau par le bras, mais du coup il chancelle, se dégage et se poste devant elle, lui barrant le passage.

« Non », dit-il.

Non signifiant : je refuse. J'ai compris l'incohérence de la situation. Je me suis montré irréfléchi jusque-là, je ne vais pas l'être maintenant et vous non plus. Ça fait trop de coïncidences. On est sur une place déserte d'une ville perdue dans la toundra par une nuit de mars glaciale à ne pas mettre un pingouin dehors, votre voiture a été sabotée, il y a justement un taxi disponible, et un deuxième derrière. Quels autres clients que nous peuvent-ils bien attendre ? N'est-il pas raisonnable de supposer que ceux qui ont saboté votre voiture aimeraient nous voir monter dans la leur ?

Mais Lara n'est pas ouverte à cet argument logique. Hélant le taxi le plus proche, elle s'avance dans sa direction. Justin lui attrape l'autre bras et la tire en arrière. Ce geste l'exaspère autant qu'il fait souffrir Justin. Elle en a assez de se faire commander.

« Laissez-moi. Écartez-vous. Et rendez-moi ça ! »

Il s'est emparé du cabas. Le premier taxi démarre, aussitôt suivi du second. A tout hasard ? En soutien ? Dans un pays civilisé, on ne peut jamais savoir.

« Retournez à la voiture, ordonne Justin.

– Quelle voiture ? Elle est inutilisable. Vous êtes fou ! »

Elle tire sur son cabas tandis que Justin fouille dedans, écartant les documents, les mouchoirs en papier et tout ce qui le gêne.

« Donnez-moi les clés de voiture, Lara, je vous en prie ! »

Il a trouvé le sac à main dans le cabas et l'a ouvert. Il tient le trousseau de clés – il y en a assez pour pénétrer dans Fort Knox. Pourquoi diable une paria solitaire a-t-elle besoin d'autant de clés ? Il progresse vers la voiture en les tripotant, crie : « C'est laquelle ? Laquelle ? » et l'entraîne de force sous le réverbère pour qu'elle repère la bonne, ce qu'elle fait enfin en râlant et pestant.

« Voilà, vous avez la clé d'une voiture aux pneus crevés, raille-t-elle en la lui agitant sous le nez. Ça vous rassure ? Vous vous sentez plus fort ? »

Parlait-elle sur ce ton à Lorbeer ?

Les deux taxis contournent la place dans leur direction, l'un derrière l'autre, l'allure inquisitrice plus qu'hostile, mais furtive. Leurs intentions sont malveillantes, Justin en a la conviction. Il sent planer menace et préméditation.

« C'est un verrouillage central ? hurle-t-il. La clé ouvre toutes les portes à la fois ? »

Elle n'en sait rien ou est trop furieuse pour répondre. Un genou à terre, le cabas coincé sous le bras, il tente d'introduire la clé dans la portière côté passager. Il gratte le givre du bout des doigts, sa peau colle à la carrosserie et ses muscles gémissent aussi fort que les voix dans sa tête. Lara s'accroche à son cabas et l'invective. La portière s'ouvre enfin. Il empoigne la jeune femme.

« Lara, pour l'amour du ciel, voudriez-vous avoir l'obligeance de vous taire et de monter dans la voiture tout de suite ? »

Le choix de l'emphase courtoise fait mouche : Lara le dévisage, l'air incrédule. Il tient toujours son sac et le jette à l'intérieur. Elle bondit dessus comme un chien après une balle et atterrit sur le siège du passager. Justin claque la porte, puis s'écarte pour faire le tour du véhicule, mais le second taxi double le premier et fonce sur lui, l'obligeant à bondir sur le trottoir, l'aile avant frôlant son pardessus au passage. Lara ouvre la porte du conducteur de l'intérieur. Les deux taxis s'arrêtent au milieu de la chaussée à une quarantaine de mètres derrière eux. Justin tourne la clé de contact. Les essuie-glaces du pare-brise sont couverts de givre, mais la vitre arrière est relativement nette. Le moteur tousse comme un vieillard cacochyme. A cette heure de la nuit ? semble-t-il dire. Par ce froid ? Me faire ça à moi ? Justin tourne de nouveau la clé.

« Il y a de l'essence, au moins ? »

Dans le rétroviseur, il aperçoit deux hommes qui descendent de chaque taxi, où ils devaient se cacher à l'arrière. L'un tient une batte de base-ball, un autre un objet que Justin identifie tour à tour comme une bouteille, une grenade à main ou une matraque. Tous les quatre s'avancent résolument vers la voiture. Par miracle, le moteur tourne. Justin l'emballe et desserre le frein, mais c'est une automatique et il n'arrive pas à se rappeler comment ça fonctionne. Il met en marche avant et appuie sur le frein jusqu'à ce que tout revienne dans l'ordre. La voiture finit par bondir en avant avec force soubresauts et gémissements. Le volant est aussi rigide qu'une barre de fer. Dans le rétroviseur, Justin voit les hommes presser le pas. Il accélère prudemment, les roues avant hurlent et hoquettent mais la voiture avance tant bien que mal, prend même de la vitesse au grand dam des poursuivants, qui se mettent à courir. Ils ont les vêtements adéquats, remarque Justin : épais survêtements et bottes à semelle en caoutchouc. Celui qui tient la batte de base-ball porte un bonnet de marin en laine orné d'un pompon, les autres des toques de fourrure. Justin jette un coup d'œil à Lara. Elle se mord les doigts d'une main et agrippe le tableau de bord de l'autre. Les yeux clos, elle murmure, peut-être une prière, ce qui intrigue Justin car il la croyait athée, contrairement à son amant Lorbeer. Ils quittent la petite place et avancent en cahotant et pétaradant le long d'une rue mal éclairée bordée de pavillons mitoyens qui ont connu des jours meilleurs.

« Où se trouve la partie la plus éclairée de la ville ? Où y a-t-il le plus de monde ? lui demande-t-il en obtenant pour toute réponse un hochement de tête. Où est la gare ?

– Trop loin. Je n'ai pas d'argent. »

Elle semble penser qu'ils vont s'enfuir ensemble. De la fumée ou de la vapeur s'échappe du capot et une affreuse odeur de caoutchouc brûlé rappelle à Justin les émeutes estudiantines à Nairobi, mais il continue d'accélérer tout en guettant leurs poursuivants dans le rétroviseur, et se dit qu'ils sont ridicules, mal organisés, sans doute mal entraînés, une équipe mieux dirigée n'aurait jamais laissé les taxis derrière. Le mieux, s'ils avaient un peu de bon sens, serait de faire tout de suite demi-tour – juste deux d'entre eux – et de courir à toutes jambes rejoindre leurs véhicules, mais ils ne semblent pas y songer, peut-être parce qu'ils se rapprochent et que tout va dépendre de qui lâchera le premier, eux ou la voiture. Un écriteau en français et en anglais l'avertit qu'il s'approche d'un carrefour. En philologue amateur, il s'amuse à comparer les deux langues.

« Où est l'hôpital ? demande-t-il.

– Le docteur Lara Emrich n'est pas autorisée à pénétrer dans l'enceinte de l'hôpital, entonne-t-elle après avoir retiré ses doigts de sa bouche.

– Ah bon, alors on ne peut pas y aller ? lance-t-il en riant, décidé à lui remonter le moral. Pas si c'est interdit. Allons, allons. Où est-il ?

– A gauche.

– Combien de temps d'ici ?

– Dans des conditions normales, très peu.

– Combien exactement ?

– Cinq minutes. Moins, s'il n'y a pas de circulation. »

Il n'y en a pas, mais de la vapeur ou de la fumée s'échappe du capot, les pavés de la route sont gelés, le compteur de vitesse indique avec optimisme un maximum de 15 kilomètres à l'heure, les hommes reflétés dans le rétroviseur ne donnent pas signe de fatigue, et on n'entend aucun bruit excepté le long gémissement des jantes en mouvement, comme un millier d'ongles crissant sur un tableau noir. Soudain, à son grand étonnement, Justin découvre que la route débouche sur une esplanade givrée. Droit devant lui, la loge crénelée et les armoiries Dawes trop éclairées, sur la gauche le pavillon couvert de lierre flanqué de ses trois satellites d'acier et de verre le surplombant tels des icebergs. Il tourne le volant à gauche et enfonce le champignon, sans résultat. Le compteur indique zéro à l'heure, ce qui est ridicule puisqu'ils avancent encore, même si c'est peu.

« Qui connaissez-vous ? crie-t-il à Lara.

– Phil, répond-elle, s'étant sans doute posé la même question.

– Qui est ce Phil ?

– Un Russe. Un ambulancier. Mais maintenant il est trop âgé. »

Elle attrape son sac à l'arrière, en sort un paquet de cigarettes, pas des Sportsman, en allume une et la lui offre, mais il n'y prête pas attention.

« Ils ont disparu », dit-elle en gardant la cigarette pour elle.

Telle une fidèle monture à bout de course, la voiture rend l'âme. L'essieu avant s'affaisse, une âcre fumée noire s'échappe du capot, un affreux grincement venant de dessous leur annonce que le véhicule a trouvé sa dernière demeure au milieu du parvis. Justin et Lara en descendent tant bien que mal sous le regard camé de deux Indiens cree en manteau de kapok.

*

Le local professionnel de Phil se résumait à une guérite en bois blanc à côté d'un parking d'ambulances. Elle contenait un tabouret, un téléphone, un gyrophare rouge, un radiateur électrique maculé de taches de café et un calendrier toujours ouvert à décembre, mois où une mère Noël en tenue légère présentait son postérieur dénudé à des chanteurs de noëls reconnaissants. Phil était assis sur le tabouret, en pleine conversation téléphonique. Il avait le visage aussi tanné que le cuir de sa casquette à oreillettes, craquelé, corroyé et grenelé d'une fine barbe argentée. Quand Lara s'exprima en russe, il eut le réflexe du vieux prisonnier : sans bouger la tête, il regarda droit devant sous ses paupières tombantes en attendant de s'entendre confirmer qu'on s'adressait à lui. Seulement lorsqu'il en fut certain tourna-t-il la tête vers elle, adoptant l'attitude des Russes de son âge en présence de jolies jeunes femmes : un rien mystique, timide et bourru à la fois. Phil et Lara parlèrent ce qui sembla une inutile éternité à Justin, qui se tenait dans son ombre comme un amoureux ignoré, Lara depuis le seuil de la porte et Phil du haut de son tabouret, ses mains noueuses croisées sur ses genoux. Ils s'échangeaient des nouvelles de leurs familles, supposait Justin, comment allait l'oncle Untel ou le cousin Chose, quand finalement Lara s'écarta pour laisser passer le vieil homme, ce qu'il fit en la prenant sans motif par la taille avant de descendre la rampe d'accès au parking souterrain.

« Il sait que vous êtes bannie des lieux ? demanda Justin.

– Ce n'est pas important.

– Où est-il allé ? »

Pas de réponse, mais c'était inutile. Une ambulance flambant neuve s'arrêtait à côté d'eux, et Phil avec sa casquette en cuir tenait le volant.

*

La maison moderne, somptueuse, faisait partie d'une marina de luxe en bordure du lac, destinée aux fils et filles préférés de MM. Karel Vita Hudson de Bâle, Vancouver et Seattle. Lara lui offrit un whisky, se versa une vodka, lui montra le jacuzzi, lui expliqua le fonctionnement de la chaîne hi-fi, du micro-ondes multifonctions à hauteur d'yeux et, avec la même indifférence désabusée, lui indiqua l'endroit le long de sa clôture où se garaient les *Organy* quand ils venaient la surveiller, c'est-à-dire presque tous les jours de la semaine, précisa-t-elle, généralement de 8 heures selon la météo jusqu'à la nuit tombée, sauf s'il y avait un match de hockey important, auquel cas ils partaient plus tôt. Elle lui montra le ciel de nuit ridicule dans sa chambre, une coupole de plâtre blanc percée de petites lumières imitant les étoiles, et le variateur pour en régler l'intensité au gré des occupants du grand lit rond en dessous. Et pendant un instant, tous deux songèrent à s'y allonger ensemble – deux hors-la-loi de l'establishment se consolant dans les bras l'un de l'autre, quoi de plus sensé ? Mais l'ombre de Tessa se glissa entre eux et l'occasion s'envola sans qu'aucun y fasse même allusion. Justin parla des icônes, à la place. Lara en possédait une demi-douzaine : André, Paul, Siméon Pierre, Jean et la sainte Vierge, la tête ceinte d'auréoles en étain, les douces mains jointes en prière ou levées pour donner une bénédiction ou indiquer la sainte Trinité.

« J'imagine que c'est Markus qui vous les a offertes,

dit-il, désarçonné par cet étalage excessif de religiosité improbable.

– C'est une position complètement scientifique, commenta-t-elle en prenant sa mine la plus sombre. Si Dieu existe, Il sera reconnaissant. Sinon, peu importe », fit-elle en rougissant légèrement quand il se mit à rire, avant de l'imiter.

La chambre d'ami se trouvait au sous-sol. La fenêtre munie de barreaux avec vue sur le jardin lui rappela celle chez Gloria. Il dormit jusqu'à 5 heures, écrivit à la tante de Ham pendant une heure, s'habilla et monta en catimini au premier avec l'intention de laisser un mot à Lara avant de partir et essayer de se faire déposer en ville. Assise devant la fenêtre dans la même tenue que la veille au soir, elle fumait une cigarette. Le cendrier près d'elle débordait.

« Vous pouvez prendre un car en haut de la route jusqu'à la gare. Il y en a un qui part dans une heure », lui dit-elle.

Elle lui prépara du café, qu'il but à la table de la cuisine. Aucun d'eux ne semblait avoir l'intention de discuter des événements de la nuit précédente.

« Sans doute une bande de voyous déjantés », se borna-t-il à dire, mais elle resta plongée dans ses pensées intimes.

A un autre moment, il lui demanda ce qu'elle allait faire.

« Combien de temps pouvez-vous rester ici ?

– Quelques jours, répondit-elle distraitement. Une semaine, peut-être.

– Qu'allez-vous devenir ?

– Cela dépend. C'est sans importance. Je ne mourrai pas de faim. Bon, partez maintenant, dit-elle brusquement. Il vaut mieux que vous attendiez à l'arrêt du bus. »

Au moment où il partait, elle lui tournait le dos, le cou tendu en avant, comme à l'écoute d'un bruit suspect.

« Vous serez clément envers Lorbeer », déclara-t-elle.

Mais il ne sut dire si c'était là une prédiction ou un ordre.

Chapitre 20

« A quoi il joue, votre connard de Quayle, Tim ? demanda Curtiss en faisant pivoter son corps massif sur un de ses talons pour faire face à Donohue dans la pièce qui résonnait, aussi grande qu'une chapelle de taille respectable, avec des poteaux en teck comme poutres, des portes munies de gonds de prison et des boucliers tribaux sur les murs en rondins.

– Ce n'est pas notre connard, Kenny, ça ne l'a jamais été, répondit stoïquement Donohue. Il appartient au Foreign Office régulier.

– Régulier ? Qu'est-ce qu'il y a de régulier à son sujet ? C'est l'enfoiré le plus pervers dont j'aie jamais entendu parler. Pourquoi il ne vient pas me voir, si mon médicament l'inquiète ? Ma porte est grande ouverte. Je ne suis pas un monstre, si ? Qu'est-ce qu'il veut ? De l'argent ?

– Non, Kenny, je ne crois pas. Je ne crois pas que ce soit l'argent, son truc. »

Cette voix qu'il a, songeait Donohue en attendant d'apprendre le motif de sa convocation. Elle me hantera toujours. Agressive et cajoleuse. Menteuse et geignarde. Mais avant tout agressive. Rééduquée, pas éduquée. L'ombre de son bas quartier du Lancashire perce encore, au désespoir de ces tuteurs en élocution qui viennent le soir.

« Alors, qu'est-ce qui le tracasse, Tim ? Vous le connaissez, vous. Moi, non.

– Sa femme, Kenny. Elle a eu un accident, vous vous souvenez ? »

Curtiss se retourna vers la grande baie vitrée et leva les mains, paumes en l'air, pour en appeler à la sagesse du crépuscule africain. Derrière la vitre blindée s'étendaient des pelouses qui s'ombrageaient et, au bout, un lac. Des lumières scintillaient au flanc des collines. Quelques étoiles précoces perçaient la brume nocturne d'un bleu profond.

« Oui, bon, sa femme se fait descendre, raisonna Curtiss du même ton plaintif. Une bande de voyous s'excite dessus. Ou c'est son étalon noir qui l'a butée, qu'est-ce que j'en sais, moi ? Vu sa façon de se comporter, elle l'a bien cherché. On parle de Turkana, là, pas du Surrey, nom d'un chien ! Mais bon, je suis désolé, d'accord ? Vraiment désolé. »

Peut-être pas autant que vous devriez, songea Donohue.

Curtiss possédait des demeures de Monaco à Mexico, et Donohue les détestait toutes. Il détestait leur puanteur de teinture d'iode, leurs domestiques serviles et leurs planchers flottants. Il détestait leurs bars à miroirs et leurs fleurs inodores qui vous zieutaient comme les putes déprimées dont s'entourait Curtiss. Donohue les assimilait aux Rolls-Royce, au Gulfstream et au yacht en un grand tripot vulgaire à cheval sur une demi-douzaine de pays. Mais plus que tout, il détestait cette ferme fortifiée sur les rives du lac Naivasha, ses clôtures en barbelés tranchants, ses vigiles, ses coussins en peau de zèbre, ses tommettes, ses tapis en peau de léopard, ses sofas en antilope, son bar avec miroirs éclairés en rose, sa télévision par satellite, son téléphone par satellite, ses détecteurs de mouvement, ses boutons d'appel d'urgence et ses talkies-walkies – parce que c'est dans cette maison, dans cette pièce et dans ce sofa en antilope qu'il se faisait convoquer comme un écolier au bon gré de Curtiss depuis cinq ans pour recevoir les bribes d'information que le grand sir Kenny K, dans son imprévisible magnanimité, daignait jeter entre les mâchoires avides du Renseignement britannique. Et c'est là qu'il s'était encore fait convoquer ce soir pour des raisons qu'il lui restait à découvrir, au moment même où il débouchait une bouteille de vin blanc sud-africain avant de s'attabler devant un saumon de lac avec son épouse bien-aimée, Maud.

Voilà comment nous voyons les choses, mon vieux Tim, pour le meilleur et pour le pire, disait le message personnel au ton inquiet, écrit dans le style vaguement woodehousien de son directeur régional à Londres.

> Sur le front ouvert, maintenez un contact amical en accord avec les apparences établies ces cinq dernières années. Golf, apéritif à l'occasion, déjeuner à l'occasion, etc. Je ne vous envie pas. Sur le front secret, continuez à agir avec naturel et à prendre l'air affairé, puisque les alternatives – rupture, colère conséquente du sujet, etc. – sont trop atroces à envisager dans la crise actuelle. Pour votre gouverne, sachez qu'ici c'est le chaos complet des deux côtés du fleuve et que la situation change d'un jour à l'autre mais toujours en pire.
>
> Roger.

« Pourquoi êtes-vous venu en voiture, au fait ? s'agaça Curtiss sans interrompre sa contemplation de son domaine africain. Vous auriez pu prendre le Beechcraft si vous aviez demandé. Doug Crick avait un pilote en stand-by pour vous. Vous essayez de me culpabiliser ou quoi ?

– Vous me connaissez, chef, commença Donohue, qui l'appelait parfois ainsi en marque passive d'hostilité, car c'était le titre qu'il réservait de toute éternité au chef de son propre Service. J'adore conduire. On ouvre les vitres, on roule à fond la caisse. Il n'y a rien que j'aime autant.

– Sur ces routes merdiques ? Vous êtes cinglé ! Je l'ai dit au Boss hier. Non, je mens. Dimanche. "Le tout premier truc qu'un mec repère en arrivant à Kenyatta quand il monte dans son bus de safari, c'est quoi ? je lui ai demandé. C'est pas les lions et les girafes à la con, c'est vos routes, monsieur le Président. Vos routes pourries." Le problème, c'est que le Boss, il ne voit que ce qu'il veut bien voir. Et en plus, dès qu'il peut, il se déplace en avion. "C'est pareil avec vos trains, je lui dis. Utilisez vos prisonniers, vous en avez assez ! Foutez-les au travail sur les rails et donnez une chance au réseau ferré." "Parlez-en à Jomo", il me dit. Alors, je lui demande : "Jomo qui ?" Et lui : "Jomo, mon nouveau ministre des Transports." Moi : "Depuis quand ?" Et lui : "Depuis maintenant." Quel con !

413

« – Ça oui, quel con ! » répéta dévotement Donohue.

Et il sourit comme souvent quand il n'y avait pas de quoi sourire, c'est-à-dire en inclinant sa longue tête indolente de côté et un peu en arrière, façon chèvre, tout en caressant le bout de sa moustache, avec des étincelles dans ses yeux jaunâtres et scrutateurs.

Un silence sans précédent emplit la grande pièce. Les serviteurs africains étaient rentrés à pied dans leurs villages. Les gardes du corps israéliens qui ne patrouillaient pas sur le domaine regardaient un film de kung-fu à la loge – Donohue avait profité de quelques garrottages rapides en attendant qu'on l'autorise à passer. Les secrétaires privés et le valet somalien avaient été relégués aux quartiers des domestiques, de l'autre côté de la ferme. Pour la première fois de l'histoire humaine, aucun téléphone ne sonnait dans un foyer Curtiss. Un mois plus tôt, Donohue aurait dû se battre pour placer un mot et menacer de partir si Curtiss ne lui accordait pas quelques minutes en tête à tête. Ce soir, il aurait apprécié le tintement du téléphone privé ou le glapissement du satcom qui boudait sur son chariot à côté de l'imposant bureau.

Son dos de lutteur toujours tourné vers Donohue, Curtiss avait adopté ce qui était pour lui une pose méditative. Il portait sa tenue africaine habituelle : chemise blanche, boutons de manchettes ThreeBees en or, pantalon bleu marine, souliers vernis à glands sur le côté et montre en or aussi plate qu'une pièce de un penny à son gros poignet velu. Mais c'était la ceinture en crocodile noire qui retenait l'attention de Donohue. Chez les autres hommes corpulents de sa connaissance, la ceinture glissait devant, et le ventre débordait par-dessus, mais chez Curtiss elle restait parfaitement à niveau comme une ligne tirée au cordeau autour d'un œuf, ce qui lui donnait l'apparence d'un énorme Humpty Dumpty. Sa crinière de cheveux teints en noir était plaquée en arrière à la Russe au-dessus de son large front et taillée en croupion de canard sur la nuque. Il fumait un cigare et fronçait les sourcils chaque fois qu'il en tirait une bouffée. Quand le cigare l'ennuyait, il le laissait brûler sur le premier meuble précieux à portée. Quand il voulait le récupérer, il accusait le personnel de l'avoir volé.

414

« J'imagine que vous savez ce que cet enfoiré manigance, lança-t-il.

– Qui ça, Moi ?

– Quayle.

– Je ne crois pas. Je devrais ?

– Ils ne vous disent rien ou ils s'en foutent ?

– Peut-être qu'ils ne savent pas, Kenny. Tout ce qu'on m'a dit, c'est qu'il reprend le flambeau de sa femme, quelle qu'ait été sa cause, qu'il a coupé les ponts avec ses employeurs et qu'il fait cavalier seul. On sait qu'elle avait une propriété en Italie, et on suppose que c'est là qu'il se cache.

– Et l'Allemagne, bordel ?

– Quoi l'Allemagne, bordel ? répéta Donohue en imitant une façon de parler qu'il détestait.

– Il était en Allemagne la semaine dernière, à fouiner chez une bande de militants hippies gauchistes qui asticotent KVH. Si je n'avais pas été bonne poire, il aurait été rayé des listes électorales. Mais vos gars à Londres, ils ne le savent pas, ça, hein ? Ils se font pas chier. Ils ont mieux à faire. *Je vous parle, Donohue !* »

Curtiss avait fait volte-face, son torse puissant courbé, ses mâchoires rubicondes en avant et une main enfoncée dans une poche de son ample pantalon ; de l'autre, il serrait son cigare, bout incandescent droit devant lui, faisant mine de le marteler comme un piquet de tente chauffé à blanc dans la tête de Donohue.

« Désolé, Kenny, je ne vous suis plus, répondit Donohue d'un ton égal. Vous me demandez si mon service file Quayle. Je n'en ai pas la moindre idée. Si de précieux secrets d'État sont en danger. J'en doute. Si notre précieuse source sir Kenneth Curtiss doit être protégée. Nous ne vous avons jamais promis de protéger vos intérêts commerciaux, Kenny. Permettez-moi de vous le dire, je ne crois pas qu'il y ait une institution au monde, financière ou autre, qui s'y engagerait. Et qui y survivrait.

– Je vous emmerde ! hurla Curtiss en plaquant ses deux larges mains sur la grande table de réfectoire, le long de laquelle il progressa comme un gorille en direction de Donohue, qui souriait toujours de tous ses crocs et ne cédait

415

pas de terrain. Je peux enterrer votre putain de Service à moi tout seul si je veux, vous le savez, ça ?

– Mais, mon cher ami, je n'en ai jamais douté.

– Les mecs qui vous paient, je les invite à déjeuner. Je leur organise des soirées sur mon yacht à la con. Et allons-y les filles, le caviar, le champagne. En période électorale, c'est moi qui leur donne leur siège. Et allons-y les voitures, les biftons, les secrétaires à gros nichons. Je traite avec des sociétés qui font dix fois plus de fric que votre boîte n'en dépense en un an. Si je leur disais ce que je sais, vous seriez cuits. Alors, je vous emmerde, Donohue.

– Moi aussi, je vous emmerde, Curtiss, moi aussi », murmura Donohue avec lassitude comme s'il avait déjà entendu tout ça, ce qui était d'ailleurs le cas.

Malgré tout, son cerveau opérationnel se demandait bigrement ce que ces simagrées pouvaient bien annoncer. Curtiss avait déjà fait des scènes par le passé, Dieu sait. Donohue ne comptait plus les fois où il s'était trouvé là à attendre que l'orage s'apaise ou, si les insultes devenaient trop viles pour être ignorées, à opérer une retraite stratégique hors de la pièce jusqu'à ce que Kenny décide qu'il était temps de le rappeler et de lui présenter ses excuses, parfois avec l'aide d'une ou deux larmes de crocodile. Mais ce soir, Donohue avait le sentiment de se trouver dans une maison piégée. Il se rappela le regard appuyé dont l'avait gratifié Doug Crick à la grille, la déférence exagérée de son « Oh, bonsoir, monsieur Donohue, je vais prévenir le patron de ce pas ». Il écoutait avec un malaise croissant le calme funeste qui planait chaque fois que les emportements hystériques de Curtiss se perdaient dans le silence.

Derrière la baie vitrée passèrent à pas lents deux Israéliens en short menant des chiens de garde rebelles. D'immenses eucalyptus parsemaient la pelouse, entre lesquels sautillaient des colobes qui rendaient les chiens fous. L'herbe était riche et impeccable, irriguée depuis le lac.

« C'est votre clique qui le paie ! lança soudain Curtiss, *sotto voce* pour plus d'effet, avec un geste accusateur. Quayle est votre homme, pas vrai ? Il agit sur vos ordres pour que vous puissiez me baiser. C'est ça ?

– Tout à fait, Kenny, dit Donohue d'un ton apaisant avec un sourire entendu. Complètement délirant et à côté de la plaque, mais à part ça en plein dans le mille.

– Pourquoi vous me faites ça ? J'ai le droit de savoir ! Je suis sir Kenneth Curtiss, bordel de merde ! Rien que l'année dernière, j'ai versé un demi-million de livres dans les caisses du parti, putain ! Et à vous, le Renseignement britannique de mes deux, je vous ai fourni des infos en or ! Je vous ai gracieusement rendu certains services d'un genre très, très spécial. Je…

– Kenny, l'interrompit doucement Donohue. Taisez-vous. Pas devant les domestiques, d'accord ? Maintenant, écoutez-moi. Pourquoi aurions-nous le moindre intérêt à encourager Justin Quayle à vous entuber ? Pourquoi mon Service, qui est sur la corde raide et comme toujours pilonné par Whitehall, voudrait-il scier la branche sur laquelle il est assis en bousillant un atout aussi précieux que Kenny K ?

– Parce que vous avez bousillé tout le reste de ma vie, voilà pourquoi ! Parce que vous avez dit aux banques de m'acculer à rembourser ! Il y a dix mille emplois menacés en Angleterre, mais tout le monde s'en branle, du moment qu'on botte le cul de Kenny K. Parce que vous avez conseillé à vos amis politiques de s'en laver les mains avant que je passe à la trappe. J'ai pas raison, hein, j'ai pas raison ? »

Donohue s'affairait à trier les renseignements et les questions. *Les banques l'acculent à rembourser ? Londres le sait ? Et, si oui, pourquoi diable Roger ne m'a-t-il pas prévenu ?*

« Je suis désolé de l'apprendre, Kenny. C'est arrivé quand, l'histoire des banques ?

– Qu'est-ce que ça peut foutre ? Aujourd'hui. Cet après-midi. Par téléphone et par fax. Par téléphone pour m'avertir, par fax au cas où j'oublierais, et copie suit par courrier au cas où je ne lirais pas le putain de fax. »

Alors oui, Londres sait, songea Donohue. *Mais s'ils savent, pourquoi m'ont-ils laissé dans le brouillard ? A voir.*

« Les banques ont-elles motivé cette décision, Kenny ? demanda-t-il avec sollicitude.

– Leur première préoccupation, c'est leur profond souci d'éthique concernant certaines pratiques commerciales. Mais quelles pratiques commerciales, bordel ? Et quelle éthique ? L'éthique, pour eux, ça se résume à celles qu'ils trouvent dans les poils de leurs clebs. La baisse de confiance du marché les inquiète aussi, à ce qu'ils disent. La faute à qui, putain ? A eux, tiens ! Et puis des rumeurs troublantes. Et merde, j'ai déjà connu pire.

– Et vos amis politiques qui s'en lavent les mains, ceux que nous n'avons pas avertis ?

– J'ai reçu un coup de fil d'un sous-fifre de Downing Street avec un parapluie dans le cul. Je vous appelle au nom de, patati patata. Ils me sont éternellement reconnaissants et tout ça, mais dans le climat actuel de propreté plus blanc que blanc, ils me retournent mes généreuses contributions aux finances du parti, et où est-ce qu'ils doivent les envoyer, je vous prie, parce que plus vite mon fric disparaît de leurs registres plus ils seront contents, et pourrait-on faire comme si rien de tout ça n'était jamais arrivé ? Vous savez où il est, en ce moment ? Enfin, où il était il y a deux nuits, à s'envoyer en l'air ? »

Il fallut à Donohue le temps d'un battement de cils et d'un haussement d'épaules pour comprendre que Curtiss ne parlait plus du locataire de Downing Street mais de Justin Quayle.

« Au Canada. Dans le Saskatchewan, bordel ! éructa Curtiss en réponse à sa propre question. A se geler les miches, j'espère.

– Qu'est-ce qu'il faisait là-bas ? demanda Donohue, mystifié non pas tant par l'idée de Justin au Canada que par la facilité avec laquelle Curtiss avait pu y suivre sa trace.

– Dans une université. Il y a une greluche de scientifique qui s'est mis dans le crâne de violer son contrat et d'aller raconter à tout le monde que mon médicament tue. Quayle s'est installé chez elle, un mois après la mort de sa femme ! dit-il en haussant la voix, annonçant une nouvelle tempête force 10. Il a un faux passeport, nom de Dieu ! Qui le lui a fourni ? C'est vous ! Il paie cash. Qui lui envoie l'argent ? C'est vous, bande d'enfoirés ! Chaque fois, il glisse comme une anguille entre les mailles de leur filet. Qui c'est qui lui a appris ? Vous autres !

– Non, Kenny. Pas nous. On n'a rien fait de tout ça. »

Leur filet et pas le vôtre, remarqua Donohue, tandis que Curtiss s'échauffait avant de se remettre à hurler.

« Alors, si vous pouviez avoir la gentillesse d'éclairer ma lanterne, qu'est-ce qui lui prend, à cette enflure de Porter Coleridge, d'envoyer au Cabinet des informations mensongères et diffamatoires sur ma société et mon médicament, et de menacer d'aller tout déballer à la presse s'il n'obtient pas l'ouverture d'une enquête exhaustive et impartiale par nos crétins de dirigeants à Bruxelles ? Et pourquoi les branleurs de votre boutique le laissent faire – ou plutôt pourquoi ils l'encouragent, cet enfoiré ? »

Et comment as-tu fait pour l'apprendre ? s'émerveillait Donohue en son for intérieur. Comment diable un homme, fût-il aussi ingénieux et retors que Curtiss, réussit-il à mettre les pattes sur un message crypté top secret à peine huit heures après sa transmission en personne à Donohue par le réseau du Service ? S'étant posé la question, Donohue le professionnel de sa profession entreprit d'y obtenir réponse. Il fit un joyeux sourire, mais vraiment très joyeux cette fois, qui reflétait son plaisir sincère qu'en ce bas monde certaines choses se fassent encore correctement entre amis.

« Mais, bien sûr ! s'exclama-t-il. Le vieux Bernard Pellegrin vous a rencardé. C'est courageux de sa part. Et ça tombe à point nommé. J'ose espérer que j'en aurais fait autant. J'ai toujours eu un faible pour Bernard. »

Ses yeux souriants rivés sur les traits écarlates de Curtiss, Donohue les regarda se composer en une expression de mépris après un temps d'hésitation.

« Cette grande folle ? Je ne lui ferais même pas confiance pour aller faire pisser son caniche au parc. Je lui garde un super job au chaud pour sa retraite, et cet enfoiré n'a pas levé le petit doigt pour me protéger. Vous en voulez ? demanda Curtiss en lui agitant un carafon de cognac sous le nez.

– Je ne peux pas, mon vieux. Ordres de Leech.

419

– Je vous l'ai déjà dit : allez voir mon médecin. Doug vous a donné son adresse. Il n'est jamais qu'au Cap. On vous y emmènera en avion. Prenez le Gulfstream.

– On ne change pas les chevaux au milieu du gué, Kenny, mais merci.

– Il n'est jamais trop tard », rétorqua Curtiss.

Alors, c'est bien Pellegrin, conclut Donohue en confirmation de ses soupçons, tout en regardant Curtiss se resservir une autre dose létale du carafon. Après tout, il y a des choses prévisibles en toi, dont le fait que tu n'aies jamais appris à mentir.

*

Cinq ans auparavant, mû par le désir de se rendre utile, le couple Donohue sans enfant avait séjourné dans le nord chez un fermier africain pauvre qui, à ses moments perdus, montait un réseau d'équipes de football junior. Le problème était l'argent : pour un camion qui conduirait les gamins aux matches, pour les maillots et autres précieux symboles de dignité. Maud venait de faire un petit héritage, et Donohue avait une assurance vie. Avant même leur retour à Nairobi, ils promettaient de verser le tout échelonné sur cinq ans, et Donohue se sentait plus heureux que jamais. Rétrospectivement, son seul regret était d'avoir consacré si peu de sa vie au football junior et autant aux espions. Pour une obscure raison, cette même pensée lui traversa l'esprit alors qu'il regardait Curtiss se caser dans un fauteuil en teck, hocher la tête et cligner de l'œil comme un bon vieux grand-père. Et voilà le fameux charme qui me laisse de marbre, songea Donohue.

« J'ai fait un saut à Harare il y a deux jours, lui confia habilement Curtiss, les mains plaquées sur les genoux pour se pencher en avant et accentuer ainsi l'atmosphère de confidence. Ce frimeur de Mugabe s'est nommé un nouveau ministre des Projets nationaux. Un type assez prometteur, je dois dire. Vous avez lu des choses sur lui, Tim ?

– Oh oui.

– Un jeune qui vous plairait bien. Il nous donne un coup

de main sur un projet qu'on monte, là-bas. Il ne crache pas sur un petit bakchich. Il en raffole, même. Je me suis dit que cette information pourrait vous intéresser. Ça a déjà servi, dans le temps, pas vrai ? Un type qui se laisse graisser la patte par Kenny K ne sera pas contre un pot-de-vin de Sa Majesté. Pas vrai ?

– En effet. Merci. Bonne idée. Je ferai passer en haut lieu.

– Vous voyez ce gratte-ciel que j'ai fait construire près de l'autoroute Uhuru ? demanda Curtiss après une avide goulée de cognac accompagnée de hochements de tête et de clins d'yeux.

– Il est magnifique, Kenny.

– Je l'ai vendu à un Russe la semaine dernière. Un parrain de la mafia, d'après Doug. Et un gros bonnet, apparemment, pas du menu fretin comme on a dans le coin. Il paraît qu'il est en train de monter un gros trafic de drogue avec les Coréens, annonça-t-il en se carrant dans son siège pour scruter Donohue d'un œil soucieux d'ami proche. Dites donc, Tim, qu'est-ce qui vous arrive ? Vous êtes tout pâle.

– Je vais très bien. Ça m'arrive de temps en temps.

– C'est la chimiothérapie, ça. Je vous ai pourtant dit d'aller consulter mon médecin, mais vous refusez. Comment va Maud ?

– Maud se porte très bien, merci.

– Prenez donc le yacht. Offrez-vous des vacances, tous les deux. Parlez-en à Doug.

– Encore merci, Kenny, mais ça ne serait pas franchement discret, question couverture, si ? »

Un autre changement d'humeur couvait : Kenny poussa un long soupir et laissa tomber ses grands bras. Voir ainsi repousser ses largesses l'affectait au plus haut point.

« Tim, vous n'êtes pas passé dans le camp des lâcheurs de Kenny, quand même ? Vous n'allez pas me battre froid comme ces banquiers à la noix ?

– Bien sûr que non.

– Oui, ben évitez, ça se retournerait contre vous. Ce Russe dont je vous parlais, écoutez voir, vous savez ce qu'il s'est mis de côté pour les mauvais jours ? Et qu'il a montré à Doug ?

– Je suis tout ouïe, Kenny.

– Je l'ai construit avec sous-sol, mon gratte-ciel. Ce n'est pas courant, ici, mais je voulais y mettre un parking souterrain. Ça m'a coûté la peau des fesses. Enfin, on ne se refait pas. Quatre cents places pour deux cents logements. Et ce Russe dont je vais vous communiquer le nom, il a un gros camion blanc garé sur chaque emplacement, avec ONU peint sur le capot. Ils n'ont jamais été conduits, d'après ce qu'il a dit à Doug. Ils sont tombés d'un avion de fret à destination de la Somalie. Il veut les fourguer, annonça-t-il en levant les bras au ciel, stupéfait de sa propre anecdote. Non mais c'est du délire ! La mafia russe qui refourgue des camions de l'ONU ! A moi, en plus. Vous savez ce qu'il voulait que Doug fasse ?

– Dites-moi.

– Qu'il les importe. De Nairobi à Nairobi. Il va nous les maquiller, et nous on n'aura plus qu'à s'arranger avec les mecs de la douane et inscrire les camions sur nos registres par petits lots. Si c'est pas du crime organisé, ça ! Un escroc russe qui arnaque les Nations unies en plein jour, ici, à Nairobi, c'est l'anarchie. Et je réprouve l'anarchie. Alors, ce renseignement, il est pour vous. Gratis, à l'œil. Compliments de Kenny K. Dites-leur que c'est un bonus. Cadeau de la maison.

– Ils seront fous de joie.

– Je veux qu'on l'arrête, Tim. Qu'on l'arrête net. Et vite.

– Coleridge ou Quayle ?

– Les deux. Je veux qu'on arrête Coleridge, je veux qu'on perde le rapport débile de la Quayle… »

Mon Dieu, ça aussi, il est au courant, se dit Donohue.

« Il me semblait que Pellegrin l'avait déjà perdu pour vous, protesta-t-il avec ce froncement de sourcils propre aux hommes d'un certain âge quand la mémoire leur fait défaut.

– Laissez Bernard en dehors de ça ! Ce n'est pas un de mes amis, ça ne le sera jamais. Et je veux que vous disiez à votre M. Quayle que s'il continue à s'en prendre à moi, je peux foutre rien faire pour l'aider parce que c'est au monde entier qu'il s'attaque, pas à moi ! Compris ? Ils l'auraient

422

buté, en Allemagne, si je m'étais pas mouillé pour lui ! Vous m'entendez ?

— J'entends bien, Kenny. Je ferai passer en haut lieu. Je ne peux pas vous promettre plus. »

Avec une souplesse d'ours, Curtiss bondit de son siège et se propulsa à l'autre bout de la pièce.

« Je suis un patriote ! cria-t-il. Confirmez, Donohue ! Je suis un patriote, bordel !

— Bien sûr, Kenny.

— Dites-le. Je suis un patriote !

— Vous êtes un patriote. Vous êtes le plus patriote des patriotes. Mieux que Winston Churchill. Qu'est-ce que vous voulez que je vous dise ?

— Donnez-moi un exemple de mon patriotisme. Un parmi tant d'autres. Le meilleur qui vous vienne à l'esprit. Allez ! »

Mais où est-ce que ça nous mène, tout ça ? se demanda Donohue, qui s'exécuta malgré tout.

« Le coup qu'on a fait en Sierra Leone l'année dernière ?

— Parlez-m'en. Allez-y. Racontez-moi !

— Un client à nous voulait des armes et des munitions, mais dans l'anonymat.

— Et alors ?

— Alors, on a acheté les armes…

— C'est moi qui les ai achetées !

— Vous avez acheté les armes avec notre argent, on vous a fourni un faux certificat d'utilisateur final disant qu'elles étaient destinées à Singapour…

— Vous avez oublié le putain de bateau !

— ThreeBees a affrété un cargo de 40 000 tonnes pour transporter les armes. Il s'est perdu dans le brouillard…

— Ben tiens !

— … et a dû faire escale dans un petit port près de Free-town, où notre client et son équipe attendaient pour décharger les armes.

— Et rien ne m'obligeait à faire ça pour vous, pas vrai ? J'aurais pu me dégonfler. J'aurais pu dire : "Mauvaise adresse, sonnez à côté." Mais je l'ai fait. Je l'ai fait par amour pour mon pays, bordel ! Parce que je suis un patriote !

cria-t-il, baissant aussitôt le ton jusqu'à un murmure de conjuré. Bon, écoutez. Voilà ce que vous allez faire, ce que le Service va faire, rectifia-t-il avant de communiquer ses ordres *staccato* en arpentant la pièce. Votre Service – pas le Foreign Office, c'est une bande de lopettes –, votre Service va personnellement faire le tour des banques. Et, dans chaque banque, vous repérez un Anglais ou une Anglaise digne de ce nom – je vous donnerai des tuyaux. Vous m'écoutez ? Parce que c'est à vous de faire passer le message, ce soir en rentrant chez vous, conclut-il, reprenant sa voix vibrante et suraiguë de visionnaire, de milliardaire du peuple.

– Je vous écoute, l'assura Donohue.

– Bon. Après, vous les réunissez. Tous ces Anglais et ces Anglaises bon teint. Dans une jolie salle lambrissée de la City, vous en connaissez forcément, vous autres. Et, en votre capacité officielle de Services secrets britanniques, vous leur dites : "Mesdames, messieurs, pas touche à Kenny K. On ne vous dit pas pourquoi, mais on vous dit pas touche au nom de Sa Majesté. Kenny K a fait un travail formidable pour son pays, on ne peut pas vous dire quoi, et ce n'est pas fini. Lâchez-lui la bride pendant trois mois côté crédits et vous servirez votre pays, comme Kenny K." Et ils le feront. Si l'un d'entre eux dit oui, ils diront tous oui, parce que ce sont des moutons. Et les autres banques suivront, parce que ce sont des moutons aussi. »

Donohue n'aurait jamais pensé pouvoir plaindre Curtiss un jour. Or c'était peut-être le jour.

« Je vais leur demander, Kenny. Le problème, c'est qu'on n'a pas ce genre de pouvoir. Si c'était le cas, il faudrait nous dissoudre. »

Mais l'effet ravageur de ces propos dépassa ses pires craintes. Les rugissements de Curtiss résonnèrent jusque dans les poutres. Tel un prêtre pendant l'oblation, il leva au-dessus de sa tête ses manches de chemise blanches, et la pièce résonna du tonnerre de sa voix despotique.

« Vous n'êtes plus dans le coup, Donohue ! Vous croyez que ce sont les pays qui gouvernent ce putain de monde ? Retournez au catéchisme. Ces temps-ci, le nouvel hymne, c'est "Dieu sauve notre multinationale". Et vous pouvez dire autre chose à vos amis MM. Coleridge et Quayle, et à tous les autres que vous liguez contre moi : Kenny K aime l'Afrique ! jura-t-il en faisant pivoter son torse pour embrasser d'un geste le lac baigné de soyeuse clarté lunaire derrière la baie vitrée. Il a l'Afrique dans le sang, bordel de Dieu ! Et Kenny K adore son médicament ! Et Kenny K est venu sur cette terre pour fournir son médicament à chaque homme, chaque femme et chaque enfant africain qui en a besoin ! Et c'est ce qu'il compte bien faire, alors allez vous faire foutre, tous autant que vous êtes ! Et si quelqu'un se met en tête de barrer la route à la science, qu'il se jette la première pierre. Parce que je ne peux pas les stopper, ces gens, je ne peux plus les stopper, et vous non plus. Parce que cette molécule a été testée et retestée par tous les meilleurs cerveaux qu'on peut se payer, affirma-t-il avant d'enchaîner en un crescendo hystérique et menaçant : Et pas un, pas un seul d'entre eux n'a trouvé la moindre couille à y redire. Et ils n'en trouveront jamais ! Maintenant, barrez-vous. »

Comme Donohue s'exécutait, un branle-bas furtif se déchaîna alentour : des ombres se glissèrent dans les couloirs, des chiens aboyèrent et un chœur de téléphones entama sa mélopée.

*

Émergeant à l'air frais, Donohue prit le temps de se laisser purifier par les parfums et les bruits de la nuit africaine. A son habitude, il ne portait pas d'arme. Des effilochures de nuages voilaient les étoiles, et la lumière crue des projecteurs de sécurité parcheminait les acacias. Il entendit des engoulevents et un hennissement de zèbre. Il balaya la scène d'un lent regard, fouillant longuement les recoins les plus sombres. Derrière la maison perchée sur une haute terrasse miroitait le lac et, devant, une étendue de tarmac que la clarté lunaire faisait ressembler à un profond cratère et au centre de laquelle il avait garé sa voiture, par réflexe à l'écart de toute végétation. Pensant avoir entraperçu une ombre en mouvement, il s'immobilisa. Curieusement, il pensa à Justin. S'il avait bien séjourné coup sur coup en Italie, en Allemagne et au Canada sous un faux passeport, comme le disait Curtiss, alors c'était là un Justin qu'il ne connaissait pas, mais dont les dernières semaines lui avaient fait soupçonner l'existence : Justin le solitaire ne recevant d'ordres de personne, Justin l'exalté sur le sentier de la guerre, résolu à découvrir ce qu'il aurait pu aider à enterrer dans une vie antérieure. Et si c'était là le nouveau Justin, si c'était là la mission qu'il s'était assignée, alors quel meilleur endroit pour commencer à chercher qu'ici, à la résidence lacustre de sir Kenneth Curtiss, importateur et distributeur de « mon médicament » ?

Donohue amorçait un pas vers sa voiture quand il perçut un son tout proche. Il se figea et reposa le pied sur le bitume le plus doucement possible. A quoi jouons-nous, Justin, à un-deux-trois soleil ? Ou serait-ce juste un colobe ? Un bruit de pas, cette fois, très net, derrière lui. Homme ou singe ? Donohue leva le coude droit pour se protéger et, réprimant le désir de murmurer le prénom de Justin, fit volte-face pour se retrouver face à Doug Crick, debout à un mètre dans la lumière de la lune, les mains ballantes pour bien montrer qu'elles étaient vides. Il était costaud, aussi grand que Donohue mais deux fois plus jeune, avec un large visage au teint pâle, des cheveux blonds et un sourire charmant quoique efféminé.

« Salut, Doug ! dit Donohue. Ça va ?

– Très bien, monsieur, merci. Vous aussi, j'espère.

– Je peux faire quelque chose pour vous ? s'enquit Donohue, à voix aussi basse que Crick.

– Oui, monsieur. Vous pouvez prendre la grand-route, tourner vers Nairobi, rouler jusqu'à l'embranchement pour le parc national de Hell's Gate, qui a fermé il y a une heure. C'est une simple piste, pas éclairée. Je vous y retrouve dans dix minutes. »

Donohue emprunta une sombre allée de grevilleas jusqu'à la loge et laissa un vigile braquer une lampe torche sur son visage puis dans sa voiture, au cas où il aurait volé des tapis en peau de léopard. Le kung-fu avait laissé place à un porno filmé flou. Donohue s'engagea au pas sur la grand-route, à l'affût d'animaux ou de piétons. Des autochtones encapuchonnés étaient accroupis le long des talus. Des marcheurs solitaires munis de grandes cannes lui faisaient mollement signe ou sautaient d'un bond moqueur dans le faisceau de ses phares. Il roula jusqu'à un joli panneau indiquant le parc national, s'arrêta, éteignit les phares et patienta. Une voiture vint se ranger derrière la sienne. Il déverrouilla la portière passager et l'entrouvrit pour déclencher le plafonnier. Il n'y avait ni nuages ni lune. Vues à travers le pare-brise, les étoiles semblaient deux fois plus brillantes. Donohue distingua la constellation du Taureau et des Gémeaux, puis du Cancer. Crick se coula sur le siège avant et claqua la portière derrière lui, les plongeant tous deux dans une totale obscurité.

« Le patron est désespéré, monsieur. Je ne l'avais jamais vu comme ça… Jamais.

– Je vous crois, Doug.

– Il a un peu pété les plombs, pour être honnête.

– Le surmenage, j'imagine, compatit Donohue.

– J'ai passé la journée au standard à lui transmettre des appels. Les banques londoniennes, Bâle, et puis encore les banques, et puis des institutions financières dont il n'a jamais entendu parler qui lui proposent un crédit au taux mensuel cumulé de 40 %, et puis ce qu'il appelle sa bande, les politicards. C'est difficile de ne pas écouter ce qui se dit, pas vrai ? »

Une mère portant un bébé grattait timidement sur le pare-brise de sa main émaciée. Donohue baissa sa vitre et lui tendit un billet de 20 shillings.

« Il a hypothéqué ses maisons de Paris, Rome et Londres, et celle de Sutton Place à New York va être saisie. Il essaie de trouver un repreneur pour son équipe de foot à la noix, mais il faudrait être sourd et aveugle pour en vouloir. Il a demandé à son bon ami au Crédit suisse de lui avancer 25 millions de dollars aujourd'hui, en lui promettant de lui en rendre 30 lundi. Et, en plus, KVH lui réclame le paiement de ses droits de distribution. S'il n'a pas les fonds, ils vont pousser le bouchon et reprendre sa société. »

Un trio hébété s'était réuni derrière la vitre, des réfugiés d'une même famille qui n'avaient nulle part où aller.

« Vous voulez que je nous en débarrasse, monsieur ? demanda Crick en attrapant la poignée.

— Surtout pas ! ordonna sèchement Donohue avant de redémarrer pour rouler à petite vitesse tandis que Crick continuait à parler.

— Il leur crie dessus, c'est tout ce qu'il fait. Honnêtement, c'est pathétique. KVH n'en veut pas, de son fric. C'est son entreprise qu'ils veulent, ça on le savait tous, mais pas lui. Et moi, je ne peux pas savoir jusqu'où ira l'onde de choc.

— Je suis désolé d'entendre tout ça, Doug. J'ai toujours cru que vous et Kenny étiez comme les deux doigts de la main.

— Moi aussi, monsieur. Il m'en a fallu beaucoup pour que j'en arrive à ça, je vous l'avoue. Le double jeu, ce n'est pas mon genre. »

Une bande de gazelles mâles ostracisées s'était approchée de la route pour les voir passer.

« Qu'est-ce que vous voulez, Doug ?

— Je me demandais s'il y avait des missions informelles dont vous voudriez me charger, monsieur. Des cambrioles, des filatures. Des documents à récupérer pour vous, ajouta-t-il alors que Donohue attendait, impassible. Et puis aussi, j'ai un ami, du temps de l'Irlande. Il vit à Harare, ce qui ne serait pas ma tasse de thé, personnellement.

— Oui, et alors ?

— Et alors, on l'a contacté. Il travaille en free-lance.

— Contacté pour faire quoi ?

— Des Européens qui étaient des amis d'amis à lui l'ont contacté. Ils lui ont proposé des paquets de fric pour les débarrasser d'une Blanche et de son amant noir dans le coin de Turkana. Genre pour avant-hier. Départ ce soir, on a une voiture à votre disposition.

— Quand ça ? demanda Donohue en se garant de nouveau sur le bas-côté.

— Deux jours avant l'assassinat de Tessa Quayle.

— Il a accepté le contrat ?

— Bien sûr que non, monsieur.

– Pourquoi pas ?

– Ce n'est pas son genre. Il ne touche pas aux femmes, déjà. Il a fait le Rwanda, le Congo. Il ne touchera plus jamais à une femme.

– Alors, qu'est-ce qu'il a fait ?

– Il leur a conseillé de parler à certaines personnes de sa connaissance qui ne sont pas aussi difficiles.

– Comme qui, par exemple ?

– Il ne veut pas le dire, monsieur Donohue. Et s'il était disposé à me le dire, je ne le laisserais pas faire. Il y a des choses trop dangereuses à savoir.

– Il n'y a pas grand-chose sur la table, alors ?

– Eh bien, il est prêt à parler des paramètres plus généraux, si vous voyez ce que je veux dire.

– Non. J'achète des noms, des dates et des lieux. Au détail. En liquide. Mais pas des paramètres.

– Si on enlève l'enrobage, monsieur, je crois que son message, c'est : voulez-vous savoir ce qui est arrivé au docteur Bluhm, et où précisément sur la carte ? Sauf que, comme il se pique d'écrire, il vous a mis ça sur papier, les événements de Turkana tels qu'ils ont pu affecter le docteur, sur la base de ce que lui ont raconté ses amis. En exclusivité, si le prix est correct. »

Un autre groupe de migrants nocturnes s'était assemblé autour de la voiture, mené par un vieillard portant un chapeau de femme à ruban et large bord.

« C'est des conneries, tout ça, commenta Donohue.

– Je ne crois pas, monsieur. Pour moi, c'est la vérité vraie. Je le sais. »

Donohue eut un frisson. Comment ça, « je le sais » ? s'étonna-t-il. Ton ami du temps de l'Irlande, ce ne serait pas un nom de code pour Doug Crick ?

« Où est-il, ce compte rendu ?

– Disons, à portée de main, monsieur.

– Je serai au bar de la piscine de l'hôtel Serena demain midi pendant vingt minutes.

– Il en attend 50 000, monsieur Donohue.

– Je vous dirai à quoi il peut s'attendre quand j'aurai vu la camelote. »

Donohue roula pendant une heure en slalomant entre les nids-de-poule à une allure constante ou presque. Un chacal détala devant ses phares en direction du parc naturel. Des employées sortant d'une ferme horticole lui firent signe de les prendre en stop, mais pour une fois il ne s'arrêta pas. Sans même ralentir en passant devant sa propre maison, il se dirigea tout droit vers le haut-commissariat. Le saumon de lac tiendrait jusqu'à demain.

Chapitre 21

« Sandy Woodrow, commença Gloria avec une feinte sévérité, debout devant lui, poings sur les hanches, vêtue de sa nouvelle robe de chambre vaporeuse. Il serait peut-être temps de pavoiser. »

Elle s'était levée tôt, s'était brossé les cheveux le temps qu'il se rase, avait chargé le chauffeur d'emmener les garçons à l'école, puis préparé des œufs au bacon interdits à Sandy, mais de temps en temps une femme a bien le droit de gâter son homme. Elle avait pris sa voix de gendarme en caricature de la cheftaine qu'elle avait été dans sa jeunesse, mais tout cela échappait pour l'instant à son mari, qui feuilletait comme d'habitude une pile de journaux de Nairobi.

« Le drapeau sera redéployé lundi, chérie, répondit distraitement Woodrow en mastiquant son bacon. Mildred a contacté le service du Protocole. On est resté plus longtemps en berne pour Tessa que pour un prince du sang.

– Je ne parle pas de ça, imbécile ! fit Gloria en lui confisquant la pile de journaux pour la poser délicatement sur une petite table sous ses aquarelles. Tu es bien assis ? Alors, écoute-moi. Je te parle d'organiser une soirée sensationnelle pour nous remonter le moral à tous, toi y compris. Il en est temps, Sandy, vraiment. Il est temps qu'on se dise tous entre nous : "D'accord, ça y est, c'est fait, désolés mais la vie continue." Tessa aurait la même réaction. Ah, question importante, mon chéri : quelle est la version officieuse ? Quand les Porter reviennent-ils ? »

Les Porter comme *les Sandy* et *les Elena*, comme on parle des gens dans l'intimité. Woodrow déposa un morceau d'œuf sur son pain grillé.

« M. et Mme Porter Coleridge sont en congé de longue durée au pays pour scolariser leur fille Rosie, déclara-t-il comme s'il reprenait les propos d'un porte-parole virtuel. Version officieuse, version officielle : il n'y a qu'une version. »

Mais une version qui préoccupait Woodrow au plus haut point malgré son air dégagé. Que fabriquait donc Coleridge ? Pourquoi ce silence radio ? D'accord, il était en congé. Tant mieux pour lui. Mais les chefs de mission en vacances ont toujours un numéro de téléphone, un e-mail, une adresse. Ils éprouvent un sentiment de manque, téléphonent à leur second et à leur secrétaire particulier sous un prétexte fallacieux, pour avoir des nouvelles de leurs domestiques, de leur jardin, de leur chien et comment ça se passe au bureau sans moi ? Et ils se froissent quand on leur laisse entendre que ça se passe plutôt mieux en leur absence. Mais depuis le départ précipité de Coleridge, pas le moindre mot. Et quand Woodrow appelait Londres avec l'intention avouée de lui soumettre quelques questions innocentes et de le cuisiner au passage sur ses ambitions et ses rêves, il se heurtait à une série de murs. Coleridge était « en détachement au Cabinet », lui dit un néophyte du service Afrique. Il « participait à un groupe de travail ministériel », lui dit un satrape au sous-secrétariat permanent.

Quant à Bernard Pellegrin, lorsque Woodrow finit par le joindre depuis le téléphone digital sur le bureau de Coleridge, il se montra aussi évasif que tous les autres.

« Une couille au service du Personnel, expliqua-t-il sans plus de précision. Le Premier ministre veut un briefing, alors le secrétaire d'État en veut un aussi, alors ils en veulent tous. Tout le monde veut sa petite part d'Afrique. Quoi de neuf ?

– Enfin, Bernard, Porter va revenir ou non ? Parce que c'est très perturbant pour nous tous.

– Je serais bien le dernier à savoir, mon vieux, fit-il avant de marquer une pause. Vous êtes seul ?

– Oui.

– Cette petite peste de Mildred n'a pas l'oreille collée au trou de la serrure ?

– Non, répondit Woodrow en baissant la voix après un coup d'œil à la porte close donnant sur l'antichambre.

– Vous vous souvenez de cette grosse liasse de papiers que vous m'avez envoyée il y a quelque temps ? Une vingtaine de pages. Écrites par une femme. »

Woodrow eut un haut-le-cœur. Ces nouveaux dispositifs de brouillage sont peut-être efficaces contre l'extérieur, mais le sont-ils contre l'intérieur ?

« Oui, et alors ?

– Mon point de vue, c'est... le meilleur scénario... qui réglerait tout... bref, le paquet n'est jamais arrivé. Il s'est perdu dans le courrier. Ça marche ?

– De votre côté, peut-être, Bernard. Ça, je ne peux rien en dire. Si vous n'avez rien reçu, c'est votre problème. Mais moi, je vous l'ai envoyé. C'est tout ce que je sais.

– Supposons que vous ne l'avez pas envoyé, mon vieux. Que rien ne s'est passé. Rien d'écrit, rien d'envoyé ? Ce serait jouable, ça, de votre côté ? fit-il d'un ton dégagé à l'extrême.

– Non. Impossible. Ce n'est pas jouable du tout, Bernard.

– Pourquoi donc ? s'étonna-t-il d'un ton curieux mais nullement inquiet.

– Je vous l'ai envoyé par la valise. Ça a été enregistré. "Personnel", à votre nom. Inventorié. Signé par les messageries royales. J'en ai parlé... »

Il allait dire « à Scotland Yard » mais se ravisa à temps.

« J'en ai parlé aux gens qui sont venus ici à ce sujet. J'étais bien obligé. Ils avaient déjà fait leur enquête avant de m'interroger. Je vous ai dit que je le leur avais raconté ! s'emporta-t-il sous le coup de la peur. Je vous ai prévenu, même ! Bernard, y aurait-il un élément nouveau ? Vous me rendez nerveux, je vous assure. J'avais cru comprendre que toute l'affaire était enterrée, d'après vous.

– Rien de grave, mon vieux. Calmez-vous. Ce genre d'histoire refait surface de temps en temps. Un peu de dentifrice s'échappe du tube et on le remet dedans. Des gens disent que c'est infaisable, mais ça arrive tous les jours. Votre épouse va bien ?

– Gloria va bien.

– Les gamins ?

– Aussi.

– Passez-leur le bonjour. »

« Donc, j'ai décidé de donner une super-soirée dansante, s'enthousiasmait Gloria.

– Ah, très bien, parfait, dit Woodrow qui, pour se donner le temps de retrouver le fil de la conversation, se saisit des gélules qu'elle lui faisait avaler tous les matins : trois de céréales, une d'huile de foie de morue et une demi-aspirine.

– Je sais que tu détestes danser, mais ce n'est pas ta faute, c'est celle de ta mère, enchaîna gentiment Gloria. Je ne laisserai pas Elena se mêler de ça, pas après sa petite soirée minable. Je la tiendrai juste informée.

– Ah bon. Vous vous êtes rabibochées, toutes les deux ? J'ignorais. Tant mieux. »

Gloria se mordit les lèvres, soudain déprimée par certains souvenirs de la soirée d'Elena.

« Tu sais, Sandy, j'ai des amis, fit-elle d'un ton assez pitoyable. Et franchement, j'ai besoin d'eux. Je me sens plutôt seule toute la journée à attendre ton retour. Avec les amis, on rit, on bavarde, on se rend service. Bon, parfois on se fâche, mais on se réconcilie. C'est ça les amis. J'aimerais que tu en aies, toi aussi. C'est vrai, tu sais.

– Mais je t'ai toi, ma chérie », répliqua galamment Woodrow en l'étreignant avant de partir.

*

Gloria s'attela à sa tâche avec autant d'énergie et d'efficacité que lors des obsèques de Tessa. Elle forma un comité de travail avec d'autres épouses et des membres du personnel trop subalternes pour refuser. En tête de ceux-ci venait Ghita, choix crucial de la part de Gloria, car c'était la cause involontaire de sa fâcherie avec Elena et de l'horrible scène qui avait suivi, dont le souvenir la hanterait à jamais.

Le bal d'Elena avait été, dans une certaine mesure, reconnaissons-le, bon, un succès. Et Sandy, c'était bien connu, trouvait que les couples doivent se séparer pendant les réceptions et « se baguenauder dans la salle », selon son expression. C'était lors des soirées qu'il exerçait au mieux son travail de diplomate, se plaisait-il à dire. A juste titre, d'ailleurs : il était charmant. Donc, le plus clair de la soirée, Gloria et Sandy ne s'étaient guère vus, s'adressant un rare hou-hou de loin ou un signe de main sur la piste de danse. Rien que de très normal, quoique Gloria aurait bien voulu danser avec lui juste une fois, au besoin un fox-trot pour qu'il puisse suivre le rythme. A part cela, Gloria n'avait pas eu grand-chose à redire à cette soirée, sinon qu'Elena aurait pu se vêtir un rien plus décemment à son âge, au lieu de laisser sa poitrine déborder de partout, et que l'ambassadeur du Brésil aurait pu éviter de lui coller la main aux fesses pendant la samba, mais d'après Sandy c'est typique des Latino-Américains.

Ce fut donc un véritable coup de tonnerre le lendemain matin, Gloria n'ayant rien remarqué de fâcheux et s'estimant très observatrice, qu'on se le dise, quand Elena, pendant le débriefing autour d'un café au Muthaiga Club, avait *laissé échapper* – au passage, comme s'il s'agissait d'un potin banal et non d'une vraie bombe qui détruisait sa vie à jamais – que Sandy « avait fait un tel rentre-dedans à Ghita Pearson » (les mots exacts d'Elena) que Ghita avait prétexté une migraine pour partir tôt, ce qu'Elena trouvait malvenu parce que si tout le monde en faisait autant, ce n'était même pas la peine de se donner le mal d'organiser une soirée.

Gloria en resta d'abord sans voix. Puis refusa tout net d'en croire un mot. Que voulait dire Elena au juste par « rentre-dedans » ? Du rentre-dedans comment, El ? Précise, s'il te plaît. Je suis assez contrariée. Non, c'est normal, mais continue, je t'en prie. Maintenant que c'est lâché, vide ton sac.

Eh bien, il lui avait mis la main au panier, pour commencer, répondit Elena avec une vulgarité voulue, exaspérée par la pudibonderie latente de Gloria. Et puis, il lui avait peloté les seins et frotté son truc contre le bas-ventre. Tu t'attends à quoi d'un type qui bande pour quelqu'un, ma vieille ? Tu dois être la seule en ville à ne pas savoir que Sandy est le plus grand coureur de jupons du métier. Regarde donc comment il a tourné autour de Tessa pendant des mois, la langue pendante, même quand elle était enceinte de huit mois !

L'allusion à Tessa fut la goutte d'eau. Gloria avait admis depuis longtemps que Sandy avait eu un béguin inoffensif pour Tessa, mais qu'il était évidemment bien trop probe pour se laisser emporter par ses sentiments. Non sans quelque honte, elle avait interrogé Ghita à ce sujet et fait chou blanc pour sa plus grande satisfaction. A présent, Elena avait non seulement rouvert la plaie, mais l'avait arrosée de vinaigre. Incrédule, perplexe, humiliée et tout simplement fumasse, Gloria rentra chez elle en trombe, congédia le personnel, installa les garçons devant leurs devoirs, verrouilla le bar et attendit le retour de Sandy d'un air sombre. Il finit par arriver vers 20 heures, invoquant comme toujours l'excès de travail, mais à jeun, pour autant qu'elle pouvait en juger vu son désarroi. Ne souhaitant pas que les garçons tendent l'oreille, elle lui saisit le bras et l'entraîna de force jusqu'au rez-de-jardin par l'escalier de service.

« Quelle mouche te pique ? se plaignit-il. J'ai besoin d'un scotch.

— C'est toi la mouche qui me pique, répliqua vertement Gloria. Pas de faux-fuyants, je te prie. Pas de boniment diplomatique, non merci. Pas de politesses gratuites. Nous sommes deux adultes. As-tu eu une liaison avec Tessa Quayle, oui ou non ? Je te préviens, Sandy, je te connais très bien. Si tu me mens, je le verrai tout de suite.

— Non, je n'en ai pas eu, fit simplement Woodrow. D'autres questions ?

— Étais-tu amoureux d'elle ?

— Non. »

Stoïque comme son père sous le feu de l'ennemi. Pas un haussement de sourcils. Le Sandy qu'elle aimait, si elle était sincère avec elle-même. L'homme avec qui on sait toujours où on en est. Je n'adresserai plus jamais la parole à Elena.

« As-tu fait du gringue à Ghita Pearson en dansant avec elle à la soirée d'Elena, oui ou non ?

— Non.

— Elena dit que si.

436

– Elena raconte n'importe quoi, ce n'est pas nouveau.

– Elle dit que Ghita est partie tôt et en larmes parce que tu l'avais pelotée.

– Eh bien, ça doit faire chier Elena que je ne l'aie pas pelotée elle. »

Gloria ne s'attendait pas à des dénégations aussi catégoriques, sans équivoque, voire acharnées. Elle se serait passée de l'expression « faire chier », et venait d'ailleurs de supprimer l'argent de poche de Philip pour l'avoir employée, mais Sandy n'avait peut-être pas tort.

« As-tu caressé ou peloté Ghita, t'es-tu frotté à elle ? Réponds-moi ! hurla-t-elle avant de fondre en larmes.

– Non, répéta Woodrow en faisant un pas vers elle, mais elle le repoussa.

– Ne me touche pas ! Laisse-moi tranquille. Tu aurais voulu avoir une aventure avec elle ?

– Avec Ghita ou Tessa ?

– L'une ou l'autre. Les deux. Quelle importance ?

– Commençons par Tessa.

– A ton choix.

– Si par "aventure" tu veux dire coucher avec, j'y ai sûrement pensé, comme la plupart des hommes qui aiment les femmes. Je trouve Ghita moins séduisante, mais la jeunesse a certains attraits, alors les deux font la paire. Que penses-tu de la formule de Jimmy Carter ? "J'ai commis l'adultère dans mon cœur." Voilà, je me suis confessé. Alors tu veux le divorce ou je peux avoir mon scotch ? »

Mais maintenant, pliée en deux, elle pleurait à chaudes larmes de honte, de dégoût d'elle-même, et suppliait Sandy de lui pardonner, car l'horrible évidence de ce qu'elle venait de faire lui était apparue : elle l'avait accusé de tout ce dont elle-même s'accusait depuis que Justin était parti un soir avec ses valises. Elle avait reporté sa culpabilité sur Sandy. Mortifiée, elle s'entoura de ses bras, hoqueta : « Je suis vraiment désolée, Sandy », et : « Oh, Sandy, je t'en prie », et : « Sandy, pardonne-moi, je suis odieuse » tout en essayant de se dégager de l'étreinte de Woodrow, qui lui avait passé un bras autour des épaules et l'aidait à monter l'escalier, comme le bon docteur qu'il aurait dû être. Quand ils arrivèrent au salon, elle lui remit la clé du bar et il prépara un whisky bien tassé pour chacun d'eux.

Néanmoins, la convalescence dura un certain temps. Des soupçons aussi monstrueux ne s'effacent pas en un jour, surtout lorsqu'ils font écho à d'autres occultés dans le passé. Gloria se reporta en arrière, puis encore un peu plus en arrière. Sa mémoire capricieuse persistait à lui rappeler des incidents qu'elle avait ignorés à l'époque. Après tout, Sandy était séduisant et, en toute logique, les femmes lui faisaient des avances. C'était toujours lui le plus distingué de la salle, et un innocent badinage ne portait pas à conséquence. Mais sa mémoire la relança, et Gloria douta. Elle repensa à des femmes au cours d'affectations antérieures, partenaires de tennis, baby-sitters, jeunes épouses dont le mari visait une promotion. Elle revécut certains pique-niques, certaines parties de plage, et même, avec un frisson involontaire, le barbecue bien arrosé à la piscine de l'ambassadeur de France à Amman, où tout le monde était nu, où personne n'osait vraiment regarder, où on a tous couru chercher nos serviettes à grands cris, mais tout de même…

Gloria mit plusieurs jours avant de pardonner à Elena, quoique au fond elle ne lui pardonnerait jamais, bien sûr. Mais avec sa générosité naturelle, elle se dit qu'Elena était si malheureuse. Comment ne pas l'être, d'ailleurs, avec son affreux petit Grec de mari, ce qui la poussait à compenser par des liaisons plus sordides les unes que les autres ?

*

La seule autre chose qui tracassait Gloria, c'était à quelle occasion donner la soirée. Il fallait une fête, comme la fête nationale américaine ou la fête du travail, et à une date assez proche pour que les Porter ne soient pas encore de retour, ce que Gloria voulait absolument éviter puisqu'elle souhaitait mettre Sandy en vedette. Le Commonwealth Day approchait, mais pas assez. En trichant un peu, on pourrait fêter un Commonwealth Day anticipé et prendre ainsi tout le monde de vitesse. Ce serait faire preuve d'initiative. Elle aurait préféré le British Commonwealth Day, mais de nos jours on doit rogner sur tout, quelle époque ! Elle aurait préféré la Saint-George, terrassons définitivement ce maudit dragon ! Ou l'anniversaire de Dunkerque, et battons-nous sur les plages ! Ou Waterloo, Trafalgar, Azincourt, toutes de retentissantes victoires anglaises, hélas sur les Français qui, comme le souligna aigrement Elena, comptaient les meilleurs cuisiniers de la ville. Donc, comme aucune de ces dates ne convenait, ce serait le Commonwealth Day.

Gloria décida qu'il était temps de mettre en chantier son grand œuvre, qui nécessitait l'accord du bureau particulier. Mike Mildren était en plein chambardement. Après avoir partagé son appartement pendant six mois avec une Néo-Zélandaise plutôt malsaine, il l'avait échangée du jour au lendemain pour un jeune et bel Italien qui, selon la rumeur, passait la journée à se prélasser au bord de la piscine de l'hôtel Norfolk. Elle l'appela du Muthaiga Club juste après le déjeuner, à l'heure où on le disait le plus réceptif, jouant de toute sa rouerie et se jurant de ne pas l'appeler Mildred par mégarde.

« Mike, c'est Gloria. Comment allez-vous ? Vous avez une minute ou deux ? »

C'était aimable et modeste de sa part, car après tout elle était l'épouse du haut-commissaire par intérim, même si elle ne s'appelait pas Veronica Coleridge. Oui, Mildred avait une minute.

« Voilà, Mike, comme vous le savez peut-être, je projette d'organiser avec quelques proches un grand pince-fesses en avant-première du Commonwealth Day. Un genre de lever de rideau aux fêtes des autres. Sandy vous en a certainement parlé, non ?

– Pas encore, Gloria, mais il va sûrement le faire. »

Sandy l'incapable, oubliant tout ce qui la concerne dès qu'il a franchi la porte d'entrée, et à son retour trouvant le sommeil dans l'alcool.

« Bon, bref, ce que nous envisageons, Mike, c'est une grande tente, enchaîna-t-elle. La plus grande possible, avec une cuisine attenante. On aura un super-buffet chaud et un très bon orchestre local. Pas un DJ comme à la soirée d'Elena, et pas de saumon fumé non plus. Sandy allonge

439

une grosse part de ses précieuses indemnités et les attachés du Service cassent leur tirelire, ce qui est un bon début, dirons-nous. Vous m'écoutez toujours ?

– Absolument, Gloria. »

Blanc-bec prétentieux, va ! Trop des minauderies de son maître. Sandy le remettra dans le rang dès qu'il en aura l'occasion.

« Alors, deux questions, Mike. Disons, assez délicates, mais qu'importe, je me lance. Premièrement : Porter étant porté disparu, passez-moi l'expression, donc faute de participation financière de Son Excellence, pour ainsi dire, y a-t-il, euh, une caisse noire disponible ou bien pourrait-on persuader Porter d'envoyer sa contribution à distance ?

– Question numéro deux ? »

Il est vraiment insupportable.

« La question numéro deux, Mike, c'est : où ? Vu l'ampleur de l'événement, l'immense tente, son importance pour la communauté britannique en cette période plutôt difficile, le cachet que nous voulons lui imprimer, si c'est bien ça qu'on dit pour le cachet, nous pensons que... enfin moi, pas Sandy, il est trop occupé, bien sûr... nous pensions donc que le meilleur endroit pour avoir un raout cinq étoiles du Commonwealth Day serait peut-être... à condition que tout le monde soit d'accord, ça va de soi... la pelouse du haut-commissaire. Mike ? fit-elle avec l'étrange impression qu'il avait plongé sous l'eau et s'éloignait à la nage.

– J'écoute, Gloria.

– Alors, qu'en pensez-vous ? Pour garer les voitures, tout ça. Attention, personne n'irait dans la maison, bien sûr. C'est celle de Porter. Euh, enfin, sauf pour arrêts pipi. On ne peut pas installer des W.-C. portables dans le jardin, n'est-ce pas ? lança-t-elle en s'emmêlant entre "Porter" et "portables", avant de poursuivre vaillamment. Enfin, tout est à disposition, là, non ? Domestiques, voitures, service de sécurité, etc. ? fit-elle avant de se reprendre aussitôt : Je veux dire à la disposition de Porter et Veronica, bien sûr, pas à la nôtre. Sandy et moi ne faisons qu'assurer l'intérim jusqu'à leur retour. Il ne s'agit pas d'une prise de pouvoir. Mike, vous m'entendez ? J'ai l'impression de parler toute seule. »

C'était vrai. Le refus arriva le soir même sous forme d'un mot dactylographié dont Mildred avait dû garder copie. Elle ne le vit pas le remettre, juste une décapotable s'éloigner avec Mildred sur le siège du passager et son garçon de piscine au volant. Le département était catégorique, avait-il écrit emphatiquement. La résidence et la pelouse du haut-commissaire étaient territoires interdits pour toute réception. Il ne devait y avoir « aucune annexion *de facto* du statut de haut-commissaire », terminait-il cruellement. Une lettre officielle en ce sens du Foreign Office suivait.

Woodrow était furieux. Il ne s'était jamais emporté aussi violemment contre Gloria.

« Ça t'apprendra à demander, tempêta-t-il en arpentant rageusement le salon. Tu imagines vraiment que je vais récolter le poste de Porter en allant camper sur sa foutue pelouse ?

– Je voulais juste les aiguillonner un peu, protesta-t-elle d'un ton pitoyable. C'est parfaitement naturel de vouloir que tu sois sir Sandy un de ces jours. Je ne cherche pas la gloire par procuration. Je veux juste te voir heureux, dit-elle avant de montrer qu'à son habitude elle ne se laissait pas abattre. Bon, ben, on n'a plus qu'à faire ça ici », assura-t-elle avec un regard pensif en direction du jardin.

*

Le grand raout du Commonwealth Day avait commencé.

Tous les préparatifs effrénés avaient été payants, les invités étaient arrivés, les musiciens jouaient, les boissons coulaient à flots, les couples bavardaient, les jacarandas dans le jardin de devant étaient en fleur, bref, la vie était enfin magnifique. La tente inadéquate avait été remplacée par une deuxième mieux adaptée, les serviettes en papier par d'autres en tissu, les couverts en plastique par de l'argenterie, les banderoles d'une affreuse couleur puce par du bleu roi et de l'or, un générateur qui braillait comme un âne malade par un nouveau qui ronronnait comme un chat satisfait. L'esplanade devant la maison ne ressemblait plus à un chantier et, par une brillante intervention de dernière minute, Sandy avait rameuté par téléphone quelques Africains bien comme il faut, dont deux ou trois appartenaient à l'entourage de Moi. Plutôt que de se fier à des serveurs sans référence – voyez ce qui s'était passé à la soirée d'Elena ! ou plus exactement ce qui ne s'était pas passé ! –, Gloria avait recruté le personnel d'autres maisons de diplomates, dont Mustafa, le lancier de Tessa comme elle l'appelait, trop accablé de douleur, aux dires de tous, pour chercher un nouvel emploi. Gloria avait envoyé Juma le relancer et il était finalement là, naviguant entre les tables de l'autre côté de la piste de danse, l'air bien abattu, le pauvre, mais visiblement content qu'on ait pensé à lui, ce qui était l'essentiel. Les policiers en tenue étaient miraculeusement arrivés à l'heure pour aider les voitures à se garer, et le problème habituel serait de les tenir à l'écart des boissons, mais Gloria leur avait fait la leçon et il n'y avait plus qu'à espérer. L'orchestre était merveilleux, très « jungle », avec un rythme bien marqué qui permettrait à Sandy de danser le cas échéant. N'était-il pas superbe dans le smoking tout neuf que Gloria lui avait acheté comme « amende honorable » ? Quel top model il ferait, un jour ! Quant au buffet chaud, du moins ce qu'elle en avait goûté, il était plutôt bon. Pas sensationnel, on ne peut pas s'y attendre à Nairobi, où il y a des limites à ce que l'on peut acheter même avec les moyens. Mais de très loin meilleur que celui d'Elena, non que Gloria visât la compétition. Et cette chère Ghita était divine en sari doré.

*

Woodrow avait tout lieu de se féliciter lui aussi. Tout en sirotant méthodiquement son quatrième whisky et en regardant les couples tournoyer aux accents d'une musique qu'il détestait, il se faisait l'effet du marin ballotté par la tempête qui a réussi à rentrer au port contre toute attente. *Non*, Gloria, je ne lui ai jamais fait d'avances, ni à elle ni à une autre. *Non* à tout. *Non*, je ne te donnerai pas les moyens de me détruire. Ni à toi, ni à cette supergarce d'Elena, ni à

442

Ghita, cette petite puritaine en chaleur. Comme Tessa le disait à raison, je suis un homme de *statu quo*.

Du coin de l'œil, il repéra Ghita, enlacée par un superbe Africain qu'elle n'avait sans doute jamais vu avant ce soir. C'est criminel, une beauté comme la tienne, lui dit-il en son for intérieur. Celle de Tessa l'était, la tienne aussi. Comment une femme avec un corps pareil peut-elle ne pas partager le désir qu'elle allume chez un homme ? Et quand je te le fais remarquer – juste une petite confidence, rien de grossier –, tes yeux lancent des éclairs et tu me souffles en aparté d'ôter mes mains de là. Et puis tu files chez toi, offusquée, sous le regard observateur de cette supergarce d'Elena… Sa petite rêverie fut interrompue par un homme pâle et chauve à l'air égaré, en compagnie d'une amazone d'un mètre quatre-vingts avec une frange.

« Ah, mon cher ambassadeur, comme c'est gentil à vous d'être venu ! »

Il avait oublié son nom, mais avec cette sacrée musique peu importait. Il cria à Gloria de venir le rejoindre.

« Ma chérie, je te présente le nouvel ambassadeur de Suisse, qui est arrivé il y a une semaine. Il est très gentiment venu présenter ses compliments à Porter. Et le pauvre tombe sur moi ! Votre femme vous rejoint dans une quinzaine de jours, n'est-ce pas, monsieur l'Ambassadeur ? Alors, on est en goguette, ce soir, ha ha ! Ravi de vous voir ici ! Excusez-moi, je dois faire le tour de mes invités. Ciao ! »

Le chef d'orchestre s'était mis à chanter, si ces braillements pouvaient s'appeler du chant. Il serrait son micro dans une main et en titillait le bout de l'autre tout en roulant des hanches avec une jouissance extatique.

« Chéri, tu ne trouves pas ça excitant ? murmura Gloria en virevoltant près de lui dans les bras de l'ambassadeur d'Inde. Moi si ! »

Un plateau de boissons circulait. Woodrow reposa prestement son verre vide et en prit un plein. Gloria retournait sur la piste au bras du jovial Morrison M'Gumbo, un corrompu notoire connu sous le surnom de « ministre du Déjeuner ». Woodrow chercha désespérément du regard quelqu'un au corps assez agréable pour danser. Ce fait de ne pas danser l'énervait prodigieusement. Ces minauderies, tout cet étalage d'appas. Il avait l'impression d'être l'amant le plus maladroit, le plus incapable qu'une femme ait eu à supporter. Ça lui rappelait les « fais ci, ne fais pas ça » et les « pour l'amour de Dieu, Woodrow ! » dont on lui avait rebattu les oreilles dès l'âge de cinq ans.

« Je disais que j'ai fui toute ma vie ! hurlait-il au visage surpris de sa partenaire, une humanitaire danoise à la poitrine plantureuse qui s'appelait Fitt ou Flitt. J'ai toujours su ce que je fuyais, mais sans la moindre idée de vers quoi je me dirigeais. Et vous ? J'ai dit : "Et vous ?", répéta-t-il alors qu'elle riait en hochant la tête. Vous pensez que je suis fou, ou saoul, hein ? cria-t-il en obtenant un signe d'assentiment. Eh bien, vous avez tort, je suis les deux à la fois. »

Une copine d'Arnold Bluhm, se souvint-il. Dieu, quelle aventure ! Quand donc cette histoire finira-t-elle ? Mais il avait dû exprimer sa pensée à haute voix, car elle l'entendit malgré le vacarme ambiant et il la vit baisser les yeux et répondre : « Peut-être jamais » avec cette piété que les bons catholiques réservent au pape. Seul à nouveau, Woodrow se dirigea à contre-courant vers les tables où s'étaient réfugiés des invités commotionnés par ces explosions sonores assourdissantes. Il est temps de manger quelque chose, se dit-il en défaisant son nœud papillon, qu'il laissa pendre.

« Définition d'un gentleman, disait mon père : c'est un type qui sait faire son nœud papillon tout seul », confia-t-il à une Vénus noire qui n'y comprit rien.

Ghita s'était annexé un territoire dans un coin de la piste de danse et ondulait du bassin en compagnie de deux charmantes Africaines du British Council. D'autres filles se joignirent à elles pour faire un sabbat de sorcières, encouragées par les vivats des musiciens rassemblés au bord de l'estrade. Elles se tapaient mutuellement dans les mains, puis se tournaient le dos et se cognaient les fesses les unes contre les autres. Et Dieu sait ce que les voisins devaient raconter, car Gloria ne les avait pas tous invités de crainte que la tente ne grouille de trafiquants d'armes et de drogue – une bonne blague dont Woodrow avait dû faire profiter quelques grands gaillards en boubou qui s'esclafférent avant d'aller la raconter aux femmes, mortes de rire à leur tour.

Ghita. Que diable mijote-t-elle donc ? On se croirait à la réunion de la chancellerie. Dès que je la regarde elle détourne les yeux, et dès que je détourne les miens elle me regarde. C'est diabolique. Cette fois encore, il avait dû extérioriser ses pensées, parce que Meadower, un casse-pieds du Muthaiga Club, l'approuva, ajoutant que, quitte à se trémousser comme ça, ils feraient aussi bien de baiser carrément sur la piste, ces jeunes. Ce qui rejoignait tout à fait l'opinion de Woodrow, ainsi qu'il le hurla à l'oreille de Meadower en se retrouvant soudain face à Mustafa l'ange noir, posté devant lui comme pour lui bloquer le passage, sauf que Woodrow n'avait nulle intention de bouger. Il remarqua que Mustafa ne portait rien, ce qu'il trouva choquant. Si Gloria a eu la bonté de l'engager pour faire le service, pourquoi ne sert-il pas ? Pourquoi reste-t-il planté là comme ma mauvaise conscience, les mains vides, sauf un petit bout de papier plié dans l'une, à articuler des mots inintelligibles comme un poisson rouge ?

« Il dit qu'il a un message pour vous, hurla Meadower.

– Quoi ?

– Un message personnel très urgent. Une superbe créature tombée folle amoureuse de vous.

– Mustafa a dit ça ?

– Quoi ?

– J'ai dit : "Mustafa a dit ça ?"

– Vous ne voulez pas savoir qui c'est ? Sans doute votre femme ! » beugla Meadower en piquant un fou rire.

Ou Ghita, songea Woodrow dans un ridicule élan d'espoir.

Il s'écarta d'un pas et Mustafa vint à ses côtés, épaule contre épaule, si bien qu'aux yeux de Meadower on aurait dit deux hommes se protégeant mutuellement du vent pour allumer leur cigarette. Woodrow tendit la main et Mustafa lui remit respectueusement le mot. Du papier A4 blanc, plié et replié.

« Merci, Mustafa ! » hurla Woodrow dans le sens de : « Tire-toi maintenant. »

Mais Mustafa ne bougea pas et lui ordonna du regard de lire le mot. D'accord, imbécile, reste là. De toute façon, tu ne sais pas lire l'anglais, ni le parler. Il déplia le bout de papier. Impression électronique. Pas de signature.

> Cher monsieur,
> J'ai en ma possession une copie de la lettre que vous avez écrite à Mme Tessa Quayle, lui proposant de vous enfuir tous les deux. Mustafa va vous conduire à moi. Veuillez ne rien dire à personne et venir immédiatement, sinon je serai obligé de remettre ce document à quelqu'un d'autre.

Pas de signature.

*

Woodrow eut l'impression d'avoir été dégrisé par un jet de canon à eau des unités anti-émeute. Un homme en route pour l'échafaud pense à une foule de choses en même temps, et Woodrow, tout imbibé qu'il fût de son propre whisky détaxé, ne faisait pas exception à la règle. Se doutant à juste titre que son aparté avec Mustafa n'avait pas échappé à Gloria, qui ne le quitterait plus jamais des yeux lors d'une réception, il lui adressa de loin un petit geste rassurant, ses lèvres indiquèrent en silence : « tout va bien », et il suivit docilement Mustafa. En chemin, il surprit le regard de Ghita braqué droit sur lui pour la première fois de la soirée et le jugea calculateur.

En parallèle, il s'interrogeait sérieusement sur l'identité de son maître chanteur, qu'il associait aux policiers en tenue présents ce soir. Son raisonnement était le suivant : ils avaient dû un jour fouiller la maison des Quayle et y découvrir ce que Woodrow lui-même n'avait pas trouvé. Un des leurs avait glissé la lettre dans sa poche en attendant l'occasion d'en tirer profit. Occasion qui venait de se présenter.

Une autre éventualité lui vint à l'esprit presque en même

temps : Rob ou Lesley ou les deux, se voyant retirer une prestigieuse affaire de meurtre, avaient décidé de passer à la caisse. Mais pourquoi ici et maintenant, grand Dieu ? Dans tout ce micmac, Woodrow incluait aussi Tim Donohue, pour la simple raison qu'il le considérait comme un païen militant quoique sénile. Au long de cette soirée, par exemple, assis dans le coin le plus sombre de la tente avec son épouse Maud aux yeux de fouine, il avait eu une attitude malfaisante et méfiante.

Entre-temps, Woodrow prenait note de détails concrets sur son chemin, un peu comme s'il repérait les issues de secours quand un avion entre dans une zone de turbulences : les piquets de tente mal enfoncés et les cordes trop lâches – mon Dieu, la moindre brise pourrait tout emporter ! –, le tapis en fibre de coco couvert de boue le long du passage sous la marquise – quelqu'un pourrait glisser dessus et me faire un procès ! –, l'entrée du rez-de-jardin laissée sans surveillance et grande ouverte – des voleurs pourraient dévaliser toute la maison sans qu'on s'en aperçoive.

En contournant la cuisine, il fut surpris de voir le nombre de parasites qui avaient fondu sans autorisation sur sa maison dans l'espoir de glaner quelques reliefs du buffet, tassés en groupes çà et là tels des personnages de Rembrandt à la lueur d'une lampe-tempête. Au moins une douzaine, voire plus, s'indigna-t-il. Plus une vingtaine d'enfants qui campaient par terre. En tout cas, six. Il fut également choqué de voir les policiers en tenue à la table de la cuisine, abrutis de boisson et de sommeil, vestes et holsters passés sur le dossier de leurs chaises. Toutefois, leur état le convainquit du faible risque qu'ils soient les auteurs de la lettre toujours serrée et pliée dans sa main.

Quittant la cuisine par l'escalier de service, Mustafa, armé d'une lampe torche, le conduisit jusqu'au vestibule et à la porte d'entrée. Philip et Harry ! s'horrifia soudain Woodrow. Dieu du ciel, s'ils me voyaient en ce moment ! Mais, au fond, que verraient-ils ? Leur père en smoking, le nœud papillon noir pendant à son cou. Pourquoi croiraient-ils qu'on l'a desserré pour le bourreau ? D'ailleurs, il s'en souvenait à présent, Gloria avait envoyé les deux garçons dormir chez des amis. Ayant vu assez d'enfants de diplomates à des réceptions, elle n'aurait pu supporter la présence de Philip et Harry.

Mustafa tenait la porte d'entrée ouverte et agitait sa lampe en direction de l'allée. Woodrow sortit. Il faisait noir comme dans un four. Pour créer une ambiance romantique, Gloria avait fait éteindre toutes les lumières extérieures, comptant sur les rangées de bougies plantées dans des sacs de sable, dont la plupart s'étaient d'ailleurs mystérieusement éteintes. En parler à Philip, dont le dernier hobby était le vandalisme domestique. Il faisait une très belle nuit, mais Woodrow n'était pas d'humeur à contempler les étoiles. Tel un farfadet, Mustafa marchait d'un pas léger vers le portail en lui faisant signe d'avancer avec sa lampe. Le portier baluhya ouvrit les battants, entouré de sa famille au grand complet qui observait Woodrow avec l'intense curiosité de coutume. Des voitures étaient garées des deux côtés de la route, leurs gardiens sommeillant sur l'accotement ou bavardant à voix basse autour de petits feux. Des Mercedes avec chauffeur, des Mercedes avec gardien, des Mercedes avec berger allemand, et l'habituelle smala de villageois sans autre occupation que de regarder la vie passer. Le vacarme de l'orchestre retentissait autant dehors que sous la tente. Woodrow ne serait pas étonné de recevoir des plaintes officielles demain. Ces affréteurs belges au n° 12 sont foutus de vous faire un procès à la seconde où votre chien pète dans leur espace aérien.

Mustafa s'était arrêté à côté de la voiture de Ghita, que Woodrow connaissait bien pour l'avoir maintes fois observée en toute sécurité depuis la fenêtre de son bureau, généralement un verre à la main. C'était un petit modèle japonais si étroit et bas que lorsque Ghita se glissait à bord, Woodrow l'imaginait se tortillant pour enfiler son maillot de bain. Mais pourquoi s'arrêter ici ? interrogea-t-il Mustafa du regard. Que vient faire la voiture de Ghita dans mon histoire de chantage ? Il se mit à calculer ce qu'il valait en termes d'argent liquide. Exigeraient-ils des centaines de livres ? Des milliers ? Il devrait emprunter à Gloria, mais alors quelle excuse inventer ? Cela dit, il ne s'agissait que d'argent. La

voiture de Ghita était garée le plus loin possible d'un réverbère éteint en raison de la coupure de courant, mais allez
donc savoir quand les lumières se rallumeraient. Il calcula
qu'il devait avoir sur lui environ 80 livres en shillings
kenyans. Combien ça faisait, en poids de silence ? Il se mit à
penser négociation. Quelles sanctions pouvait-il prendre en
tant qu'acheteur ? Quelles garanties aurait-il que le type ne
reviendrait pas dans six mois ou six ans ? Contacte Pellegrin, songea-t-il dans un élan d'humour macabre. Demande
à ce vieux Bernard de remettre la pâte dentifrice dans le
tube.

A moins que…

Perdant pied, Woodrow se raccrocha à l'idée la plus
saugrenue de toutes.

Ghita !

Ghita a volé la lettre ! Ou, plus vraisemblablement, Tessa
la lui a confiée ! Ghita a envoyé Mustafa m'arracher à la
réception, et maintenant elle va me punir pour ce qui s'est
passé à celle d'Elena. Et voilà, elle est là ! Sur le siège du
conducteur ! Elle m'attend ! Elle s'est éclipsée par l'arrière
de la maison et elle est dans la voiture, elle, ma subalterne,
prête à me faire chanter !

Il reprit espoir, l'espace d'une seconde. Si c'est Ghita,
on peut s'arranger. Je peux la rouler dans la farine quand
je veux. Peut-être même mieux que s'arranger. Son désir de
me blesser n'est que le verso d'autres désirs plus positifs.

Mais ce n'était pas Ghita. Qui que ce fût, c'était un
homme, indubitablement. Le chauffeur de Ghita, peut-être ?
Son fiancé venu la reconduire chez elle après la soirée pour
que personne d'autre ne l'accapare ? Mustafa tenait la porte
ouverte côté passager et lui faisait signe de monter avec sa
torche. Woodrow obéit. Pas en se tortillant comme pour
enfiler son maillot de bain, non, ce n'était pas son genre.
Plutôt comme s'il sautait dans une auto tamponneuse avec
Philip à la fête foraine. Mustafa claqua la portière. La voiture oscilla mais le conducteur resta immobile. Comme certains Africains des villes, style Saint-Moritz malgré la chaleur, il portait un anorak sombre matelassé et un bonnet de
laine enfoncé bas sur le front. Était-ce un Blanc ou un Noir ?

Woodrow inspira mais ne sentit aucun suave parfum d'Afrique.

« Bonne musique, Sandy », dit calmement Justin, allongeant le bras pour mettre le moteur en marche.

Chapitre 22

Woodrow était assis de guingois derrière un bureau ouvragé en teck amazonien au prix affiché de 5 000 dollars, le coude posé sur un sous-main à cadre en argent moins coûteux. Son visage maussade trempé de sueur reflétait la lueur d'une simple bougie, dont la flamme se répliquait à l'infini dans des miroirs suspendus au plafond tels des stalactites. En face de lui à l'autre bout de la pièce, Justin était adossé à la porte dans la pénombre, comme Woodrow le jour où il était venu à son bureau lui annoncer la mort de Tessa, les mains jointes derrière le dos pour éviter sans doute qu'elles ne lui jouent des tours. Woodrow scrutait les ombres que la bougie projetait sur les murs : éléphants, girafes, gazelles, rhinocéros rampants ou couchés et, en face, des oiseaux : oiseaux perchés, oiseaux aquatiques emmanchés d'un long cou, oiseaux de proie capturant des oisillons entre leurs serres, oiseaux chanteurs géants juchés sur des troncs d'arbre celant une boîte à musique, prix sur demande. La boutique se trouvait dans une rue transversale boisée où personne ne circulait jamais ni ne frappait à la vitrine pour découvrir pourquoi, à 0 h 30, un Blanc à moitié saoul en smoking et nœud papillon défait parlait à une bougie dans le Bazar d'Antiquités africaines et orientales de M. Ahmad Khan, au sommet d'une colline verdoyante à cinq minutes en voiture de Muthaiga.

« Khan est de vos amis ? demanda Woodrow sans obtenir de réponse. Vous avez eu la clé comment, sinon ? C'est un ami de Ghita ? lança-t-il toujours dans le vide. Un ami de la famille, sans doute. De Ghita, je veux dire. »

Il sortit de la poche poitrine de son smoking un mouchoir

en soie, avec lequel il essuya subrepticement deux larmes sur ses joues. Un nouvel épanchement l'obligea aussitôt à répéter son geste.

« Qu'est-ce que je leur dis quand j'y retourne ? Si j'y retourne...

– Vous trouverez bien quelque chose.

– En général, je trouve, oui, reconnut Woodrow dans son mouchoir.

– Je vous fais confiance », dit Justin.

Effrayé, Woodrow tourna la tête pour le regarder, mais Justin n'avait pas bougé, les mains prudemment coincées derrière le dos.

« Qui vous a dit de le passer à la trappe, Sandy ?

– Pellegrin, qui d'autre ? "Brûlez-le, Sandy. Brûlez-en tous les exemplaires." Ordre du trône. Je n'en avais gardé qu'un, je l'ai brûlé. Vite fait bien fait, dit-il en reniflant pour réprimer son envie de pleurer. Le bon élément, voyez. Attentif à la sécurité. Comme je ne faisais pas confiance aux concierges, je l'ai emporté de mes blanches mains dans la salle des chaudières, et je l'ai balancé dans les flammes. Bien entraîné. Premier de la classe.

– Porter savait ?

– Mmoui, en gros. Sans approuver. Il n'apprécie pas Bernard. C'est la guerre ouverte entre eux. Enfin, ouverte façon Foreign Office. Porter ressort toujours la même blague à ce sujet : *Il faut séparer le Pellegrin de l'ivraie*. A l'époque, ça semblait plutôt drôle. »

Et aujourd'hui aussi, apparemment, car il osa un éclat de rire qui se termina en de nouvelles larmes.

« Pellegrin a dit pourquoi vous deviez le faire disparaître, le brûler ? Brûler tous les exemplaires ?

– Nom de Dieu, murmura Woodrow, avant un long silence pendant lequel il sembla s'hypnotiser avec la flamme de la bougie.

– Qu'est-ce qui se passe ?

– Votre voix, mon vieux, c'est tout. Elle a mûri, expliqua Woodrow en se passant la main sur la bouche avant d'étudier le bout de ses doigts pour en vérifier la propreté. On ne vous croyait plus capable de prendre de l'envergure, pourtant.

– Avez-vous pensé à demander à Pellegrin pourquoi il fallait détruire le document ? répéta Justin en reformulant sa question comme à l'intention d'un étranger ou d'un enfant.

– Pour faire d'une pierre deux coups, d'après Bernard. Il y avait des intérêts britanniques en jeu, déjà. Il faut bien protéger les siens.

– Vous l'avez cru ? demanda Justin, obligé de patienter encore tandis que Woodrow s'employait à endiguer un nouveau flot de larmes.

– Je l'ai cru pour ThreeBees, évidemment. Le fleuron de l'industrie britannique en Afrique, le joyau de la Couronne. Curtiss, le chouchou des dirigeants africains, qui distribue des pots-de-vin à droite et à gauche – c'est un trésor national, ce type. En plus, il fricote avec la moitié du Cabinet, ce qui ne lui fait pas de mal.

– D'une pierre deux coups, vous disiez ?

– KVH. Les types de Bâle nous faisaient la danse des sept voiles en laissant entendre qu'ils pourraient ouvrir un complexe chimique dans le sud du Pays de Galles, un autre en Cornouailles d'ici trois ans, et un troisième plus tard en Irlande du Nord. Richesse et prospérité pour nos régions en difficulté. Mais si on balançait tout sur le Dypraxa, terminé.

– Si on balançait tout ?

– La molécule en était encore au stade des essais. Elle l'est toujours, en théorie. Si elle tue quelques patients condamnés, où est le drame ? Elle n'était pas brevetée en Grande-Bretagne, donc pas de problème, si ? lança-t-il, en appelant à un confrère avec une truculence retrouvée. Enfin, bon Dieu, Justin, il faut bien les tester sur quelqu'un, les médicaments, non ? Et alors, on choisit qui, hein ? Les étudiants en gestion de Harvard ? »

Surpris de ne pas obtenir l'adhésion de Justin à cet argument pertinent, il en avança un deuxième.

« Enfin, merde ! Ce n'est pas le boulot du Foreign Office d'évaluer la sécurité des médicaments de synthèse ! Il est censé graisser les rouages de l'industrie britannique, pas aller raconter partout qu'une compagnie britannique implantée en Afrique empoisonne ses clients. Vous connaissez la règle du jeu. On n'est pas payés pour faire du sentiment.

Et ces gens qu'on tue seraient morts de toute façon. Regardez donc le taux de mortalité qu'ils ont, ici – non que ça intéresse grand monde, d'ailleurs.

– Mais vous, vous faisiez du sentiment, Sandy, finit par objecter Justin après avoir pris le temps de peser ces arguments spécieux. Vous étiez amoureux d'elle, vous vous souvenez ? Comment avez-vous pu balancer son rapport dans la chaudière alors que vous l'aimiez ? dit-il d'une voix qu'il ne pouvait empêcher de gagner en volume. Comment avez-vous pu lui mentir alors qu'elle vous faisait confiance ?

– Bernard a dit qu'elle devait être stoppée, marmotta Woodrow après s'être assuré d'un autre regard en coin que Justin n'avait pas quitté son poste dans l'ombre de la porte.

– Ah ça, pour être stoppée, elle a été stoppée !

– Oh, voyons, Quayle, ne mélangez pas tout ! murmura Woodrow. Ces gens-là n'ont rien à voir avec nous. Ils ne sont pas de mon milieu, ni du vôtre. »

Sans doute inquiet de s'être emporté, Justin reprit cette fois la parole sur le ton civilisé d'un collègue déçu.

« Mais comment avez-vous pu la stopper, comme vous dites, si vous l'adoriez tant, Sandy ? A vous lire, elle était votre sauveuse, celle qui vous arracherait à tout ça… »

Il avait dû oublier un instant où il se trouvait, car son ample geste des bras n'embrassait pas le lugubre décor de la geôle de Woodrow, mais troupeau sur troupeau d'animaux sculptés, disposés de profil dans l'ombre de leurs vitrines.

« Elle vous ouvrait le chemin du bonheur et de la liberté, du moins à ce que vous lui avez dit. Pourquoi n'avez-vous pas soutenu sa cause ?

– Je suis désolé, murmura Woodrow en baissant les yeux, tandis que Justin enchaînait sur une autre question.

– Alors, vous avez brûlé quoi, au juste ? Pourquoi ce document représentait-il une telle menace pour vous et Bernard Pellegrin ?

– C'était un ultimatum.

– Adressé à qui ?

– Au gouvernement britannique.

– Tessa adressait un ultimatum au gouvernement britannique ? A notre gouvernement ?

454

– Agissez, sinon… Elle se sentait liée à nous, à vous. Par loyauté. C'était une épouse de diplomate britannique, et elle tenait à agir comme telle. Elle disait : "La solution de facilité, c'est de court-circuiter le système et de porter l'affaire en place publique. L'autre solution, c'est de faire en sorte que le système marche. Je préfère la difficulté." Elle s'accrochait à l'idée absurde que les Anglais ont un gouvernement plus intègre, plus vertueux, que toute autre nation. Quelque chose dont son père lui avait bourré le crâne, apparemment. Selon elle, Bluhm était d'accord pour que les Anglais s'en occupent du moment qu'ils jouaient franc jeu. S'ils étaient si concernés, qu'ils aillent parler à ThreeBees et KVH. Rien d'hostile, rien d'extrême, juste les persuader de retirer le médicament du marché jusqu'à ce qu'il soit prêt. Et sinon…

– Elle avait fixé une date butoir ?

– Elle avait conscience que ça dépendrait des régions, Amérique du Sud, Moyen-Orient, Russie, Inde. Mais son souci premier, c'était l'Afrique. Elle voulait des preuves sous trois mois que le médicament était en cours de retrait. Passé cette date, elle foutrait la merde. Elle ne l'a pas dit en ces termes, mais presque.

– Et c'est ça que vous avez transmis à Londres ?

– Oui.

– Et Londres a fait quoi ?

– Pas Londres, Pellegrin.

– Pellegrin a fait quoi ?

– Il a dit que c'était un ramassis de niaiseries à la con, que ça lui ferait mal aux seins de se laisser dicter la politique du Foreign Office par une épouse anglaise avec un retour de conscience et son amant noir. Et puis il a pris l'avion pour Bâle, il a déjeuné avec les types de chez KVH, il leur a demandé s'ils pourraient envisager de lever un drapeau rouge, temporairement. Ils ont répondu en gros que le drapeau n'était pas assez rouge et qu'on ne retirerait pas un médicament comme ça. Les actionnaires ne le permettraient pas. Non que personne leur demande leur avis, mais si on l'avait fait, ils n'auraient pas marché. *Ergo*, le conseil non plus. Les médicaments, c'est pas des recettes de cuisine. On ne peut pas retirer un ingrédient, un atome ou que sais-je ?, en ajouter un autre et réessayer. On peut juste bidouiller le dosage, reformuler, mais pas recomposer. Si on veut le changer, c'est retour à la case départ, à ce qu'ils lui ont dit, et personne ne fait ça une fois arrivé à ce stade-là. Et puis après, ils ont menacé de réduire leurs investissements en Grande-Bretagne, ce qui augmenterait le nombre des chômeurs de Sa Majesté.

– Et ThreeBees, là-dedans ?

– C'était un autre déjeuner, ça. Caviar et Krug sur le Gulfstream de Kenny K. Bernard et Kenny ont jugé que si l'histoire des patients empoisonnés par ThreeBees sortait, ce serait le foutoir en Afrique. La seule chose à faire, c'était de noyer le poisson le temps que les scientifiques de KVH peaufinent leur formule et ajustent le dosage. Bernard n'a plus que deux ans à tirer. Il pense qu'il a ses chances d'être nommé au conseil d'administration de ThreeBees. Et peut-être de KVH, s'ils veulent de lui. Pourquoi se contenter d'un poste de directeur quand on peut en avoir deux ?

– Quelles étaient ces preuves que contestait KVH ? »

La question sembla envoyer des élancements dans tout le corps de Woodrow, qui se redressa, se prit la tête à deux mains, se frictionna le crâne du bout des doigts, puis s'affaissa vers l'avant, la tête toujours entre les mains, en murmurant « mon Dieu ».

« Un peu d'eau, peut-être ? » suggéra Justin.

Il l'emmena le long du couloir jusqu'à un lavabo et se tint à son côté, comme à la morgue quand Woodrow était allé vomir. Woodrow se passa les mains sous l'eau et s'aspergea le visage.

« Les preuves étaient confondantes, murmura-t-il une fois de retour à son fauteuil. Bluhm et Tessa étaient allés de village en dispensaire parler aux patients, aux parents, aux familles. Curtiss en a eu vent et a fait monter une opération de couverture par son homme de main, Crick. Mais Tessa et Bluhm ont aussi enquêté là-dessus. Ils sont retournés voir les gens qu'ils avaient interrogés : plus personne. Alors ils ont consigné dans leur rapport que non seulement Three-Bees empoisonnait les gens, mais en plus ils détruisaient les preuves après coup. "Ce témoin a disparu depuis notre rencontre. Ce témoin a été accusé de crime depuis notre rencontre. Ce village a été vidé de ses habitants." Ils ont fait très fort. Vous devriez être fier d'elle.

– Une certaine Wanza figurait-elle dans ce rapport ?

– Oh, Wanza, c'était la vedette. Mais ils ont muselé son frangin pour de bon.

– Comment cela ?

– Ils l'ont arrêté. Ils lui ont extorqué des aveux spontanés. Il est passé devant le juge la semaine dernière. Dix ans pour l'agression d'un touriste blanc dans le parc national de Tsavo. Le touriste blanc n'est pas venu témoigner, mais beaucoup d'Africains terrorisés ont identifié le gamin, donc ça collait. Le juge a rajouté les travaux forcés et vingt coups de canne pour faire bonne mesure. »

Justin ferma les yeux. Il revoyait le visage crispé de Kioko accroupi par terre à côté de sa sœur. Il sentait la main crispée de Kioko dans la sienne près de la tombe de Tessa.

« Et à la lecture de ce rapport dont vous avez dû flairer l'authenticité, vous n'avez toujours pas éprouvé le besoin de dire quoi que ce soit aux Kenyans ?

– Nom de Dieu, Quayle ! s'exclama Woodrow avec toute sa combativité retrouvée. Ça vous arrive souvent de mettre votre plus beau costume et de vous propulser au quartier général de la police locale pour les accuser d'orchestrer une opération de couverture en échange d'une obole de Kenny K ? Ce n'est pas comme ça qu'on se fait des amis et qu'on influence les gens sous le soleil de Nairobi. »

Justin avança d'un pas, mais se ressaisit et reprit les distances qu'il s'était imposées.

« J'imagine qu'il y avait aussi des données cliniques ?

– Hein ?

– Je vous pose une question sur les données cliniques contenues dans le mémorandum rédigé par Arnold Bluhm et Tessa Quayle et détruit par *vous* sur ordre de Bernard Pellegrin, mais dont une copie a été transmise par Bernard Pellegrin à KVH pour être désossée autour d'un déjeuner ! »

Woodrow attendit que s'éteigne l'écho de cette explosion, qui résonna dans les vitrines.

457

« Les données cliniques, c'était le rayon de Bluhm. Elles figuraient en annexe. Tessa leur avait réservé une annexe à part, façon Justin. C'est vous, le roi des annexes. Enfin, c'était vous. Et elle aussi.

– Des données cliniques qui montraient quoi ?

– Des observations. Sur trente-sept cas en tout. De A à Z. Noms, adresses, traitement, date et lieu de l'enterrement. Les mêmes symptômes chaque fois. Somnolence, cécité, hémorragies, défaillance hépatique, bingo.

– Bingo, c'est-à-dire décès ?

– En quelque sorte. On peut le dire comme ça, j'imagine, oui.

– Et KVH contestait ces données ?

– Non scientifiques, inductives, biaisées, tendancieuses… hyper-sensibilisées. Ça vient de sortir, ça. Hyper-sensibilisées. Ça veut dire qu'on est trop sensible pour être fiable, j'imagine. Moi, c'est l'inverse. Hypo-sensibilisé. Insensibilisé. Désensibilisé. Moins on sent, plus fort on crie. Plus grand est le vide à combler. Pas vous. Moi.

– Qui est Lorbeer ?

– La bête noire de Tessa.

– Pourquoi ?

– C'est lui qui a mis ce médicament sur orbite, qui l'a lancé, qui a convaincu KVH de le mettre au point, qui a prêché la bonne parole à ThreeBees. Un enfoiré de première, pour Tessa.

– Elle a dit que Lorbeer l'avait trahie ?

– Pourquoi aurait-elle dit ça ? On l'a tous trahie, pleurnicha-t-il sans pouvoir se contrôler. Et vous, assis sur votre cul à faire pousser vos plantes, là, pendant qu'elle se démenait comme une sainte ?

– Où se trouve Lorbeer, actuellement ?

– Je n'en ai pas la moindre idée. Personne ne sait. Il a vu le vent tourner et il s'est carapaté. ThreeBees l'a cherché pendant un temps, et puis ils se sont lassés. Tessa et Bluhm ont repris la traque. Il leur fallait Lorbeer comme témoin numéro un. Il fallait le retrouver.

– Et Emrich ?

– Une des inventrices du médicament. Elle est venue ici,

une fois. Elle a essayé de cafarder sur KVH, mais ils lui ont coupé l'herbe sous le pied.

– Et Kovacs ?

– Le troisième couteau. A la solde exclusive de KVH. Une pouffiasse, apparemment. Je ne l'ai jamais rencontrée. Lorbeer, je l'ai vu une fois, je crois bien. Un gros Boer aux yeux de fouine, rouquin. »

Il fit un bond d'effroi. Justin se tenait juste derrière lui. Il avait posé une feuille de papier sur le sous-main et lui tendait un stylo à bille, capuchon en avant par courtoisie.

« C'est un laissez-passer, expliqua-t-il. Un laissez-passer de chez vous, précisa-t-il avant de lire le texte : "Le porteur est un sujet britannique agissant sous les auspices du haut-commissariat britannique à Nairobi." Signez.

– Peter Paul Atkinson, déchiffra Woodrow à la lueur de la bougie. Qui c'est, celui-là ?

– Ce que ça dit là-dessus : un journaliste anglais qui écrit pour le *Telegraph*. Si quelqu'un appelle le haut-commissariat pour se renseigner sur lui, c'est un journaliste accrédité de bonne réputation. Vous vous en souviendrez ?

– Mais qu'est-ce qu'il va foutre à Loki ? C'est le trou du cul du monde. Ghita y est allée. Il devrait y avoir une photo, non ?

– Il y en aura une. »

Woodrow signa le document, que Justin plia et rangea dans sa poche avant de retourner à la porte d'un pas raide. Une rangée de coucous taïwanais sonna 1 heure du matin.

*

Mustafa attendait sur le trottoir avec sa lampe torche quand Justin gara la petite voiture de Ghita, dont il avait dû guetter le bruit du moteur. Sans comprendre qu'il venait d'être raccompagné chez lui, Woodrow resta assis à regarder à travers le pare-brise, les mains serrées sur les genoux, tandis que Justin se penchait par-dessus lui pour parler à Mustafa par la vitre ouverte côté passager. Il s'exprima en anglais, en y incorporant les quelques mots de kiSwahili de cuisine qu'il possédait.

« M. Woodrow ne se sent pas bien, Mustafa. Vous l'avez amené dehors à l'air frais pour qu'il vomisse. Veillez à ce qu'il aille s'allonger dans sa chambre jusqu'à ce que Mme Woodrow puisse s'occuper de lui. Et veuillez dire à Mlle Ghita que je suis sur le point de partir. »

Woodrow entreprit de descendre du véhicule, mais se tourna vers Justin.

« Vous n'allez pas raconter tout ça à Gloria, hein, mon vieux ? Il n'y aurait rien à y gagner, maintenant que vous savez tout. Elle n'est pas aussi sophistiquée que nous, voyez-vous. Entre vieux collègues, tout ça. D'accord ? »

Tel un homme manipulant un baluchon qui le dégoûte en s'efforçant de ne pas le laisser paraître, Mustafa fit descendre Woodrow de voiture et l'escorta jusqu'à la porte d'entrée. Justin avait remis son bonnet de laine et son anorak. Des faisceaux de projecteurs colorés s'échappaient de la tente, où l'orchestre jouait un rap insoutenable. Sans quitter le véhicule, Justin jeta un coup d'œil à gauche et crut distinguer l'ombre d'un homme de haute taille devant les buissons de rhododendrons sur le trottoir, mais en y regardant à deux fois, il ne le revit pas. Il continua de scruter les buissons, puis les voitures garées de chaque côté. Un bruit de pas le fit se retourner pour voir une silhouette se hâter vers lui. C'était Ghita, un châle sur les épaules, chaussures de danse dans une main et lampe de poche dans l'autre. Elle se glissa sur le siège du passager et Justin démarra.

« Ils se demandent où il est passé, annonça-t-elle.

— Donohue était là ?

— Je ne crois pas, mais je n'en suis pas sûre. Je ne l'ai pas vu. »

Elle faillit lui poser une question mais se ravisa.

Il conduisait lentement, épiant l'habitacle des voitures garées et surveillant ses rétroviseurs. Il dépassa sa propre maison sans presque lui accorder un regard. Un chien jaune se rua vers la voiture pour mordre les pneus. Justin l'évita en le grondant gentiment, les yeux toujours rivés sur les rétroviseurs. Les nids-de-poule apparaissaient dans le faisceau des phares comme autant de lacs noirs. Ghita coula un regard par la lunette arrière sur la route enténébrée.

« Regardez devant, ordonna-t-il. Je risque de me perdre. Indiquez-moi le chemin. »

Il prenait de la vitesse, slalomant entre les cassis, franchissant les dos-d'âne, se déportant vers le milieu de la route quand il se méfiait des bas-côtés. Ghita murmurait : à gauche, encore à gauche, nid-de-poule droit devant. Il freina brusquement et une voiture les dépassa, suivie d'une autre.

« Vous avez reconnu quelqu'un ? demanda-t-il.

– Non. »

Ils débouchèrent dans une avenue bordée d'arbres barrée par un panneau fatigué indiquant TRAVAUX D'UTILITÉ PUBLIQUE, derrière lequel s'alignaient de jeunes garçons squelettiques munis de bâtons et d'une brouette sans roue.

« Ils sont toujours là ? s'enquit Justin.

– Jour et nuit, répondit Ghita. Ils prennent les pierres dans un trou pour les mettre dans un autre, comme ça leur travail ne se termine jamais. »

Justin freina et la voiture s'immobilisa juste devant le panneau pour être aussitôt encerclée par les garçons, qui tambourinèrent du plat de la main sur le toit. Justin baissa sa vitre, et une lampe torche éclaira l'habitacle, suivie par la tête souriante d'un porte-parole aux yeux pétillants qui ne pouvait guère avoir plus de seize ans.

« Bonsoir, bwana, lança-t-il sur un ton très cérémonieux. Je suis M. Simba.

– Bonsoir, monsieur Simba, répondit Justin.

– Souhaitez-vous faire un don pour cette belle route que nous construisons, m'sieur ? »

Justin passa un billet de 100 shillings par la fenêtre. Le gamin l'agita au-dessus de sa tête en une danse triomphale sous les applaudissements de ses comparses.

« Quel est le tarif habituel ? demanda Justin à Ghita tout en reprenant la route.

– Environ dix fois moins. »

Une autre voiture les doubla, dont Justin détailla les occupants, visiblement sans y repérer les visages escomptés. Ils arrivèrent au centre-ville : enseignes lumineuses, cafés, trottoirs bondés, matutus passant en trombe dans des hurlements de musique. Sur leur gauche, un bruit de tôle froissée fut suivi par des mugissements de klaxons et des cris. Ghita le pilotait de nouveau : à droite ici, par les grilles là. Justin emprunta une allée qui montait jusqu'à l'avant-cour décatie d'un immeuble carré de trois étages. A la lumière des projecteurs de sécurité, Justin lut les mots VENEZ AUJOURD'HUI À JÉSUS ! peinturlurés sur le mur dallé.

« C'est une église ?

– C'était une clinique dentaire tenue par des adventistes du Septième Jour, répondit Ghita. Elle a été reconvertie en immeuble d'habitation. »

Seule, Ghita ne se serait jamais risquée dans le parking, un terrain en contrebas ceint de barbelés tranchants, mais Justin empruntait déjà la rampe en tendant la main pour récupérer la clé. Il se gara, puis elle le vit tendre l'oreille et scruter la pénombre au niveau de la rue.

« Vous attendez qui ? » murmura-t-elle.

Passant devant des groupes de jeunes souriants, il l'entraîna vers l'entrée, où quelques marches menaient au vestibule. Un panneau manuscrit indiquant ASCENSEUR HORS SERVICE, ils allèrent emprunter un escalier gris éclairé par des ampoules de faible puissance. Justin l'escorta jusqu'au dernier étage, plongé dans l'obscurité, sortit sa lampe de poche et éclaira le chemin. De la musique orientale et des odeurs de cuisine exotique filtraient par les portes closes. Justin passa sa lampe à Ghita et retourna à la cage d'escalier tandis qu'elle défaisait le cadenas de sa grille en fer et tournait les trois verrous. En entrant chez elle, elle entendit le téléphone sonner. Elle chercha Justin des yeux, pour le trouver à son côté.

« Bonjour, Ghita, ma chérie ! s'écria une voix masculine affable qu'elle ne reconnut pas d'emblée. Vous étiez superbe, ce soir. C'est Tim Donohue. Je me demandais si je pourrais passer une minute, pendre un café avec vous deux à la belle étoile. »

*

Le petit appartement de Ghita avait trois pièces, qui donnaient toutes sur le même entrepôt décrépit et la même

462

rue agitée, avec ses néons cassés et ses mendiants intrépides qui barraient la route aux voitures jusqu'au dernier coup de klaxon. Une fenêtre protégée par des barreaux ouvrait sur un escalier extérieur en fer censé servir d'issue de secours en cas d'incendie, mais dont les occupants avaient scié la première volée pour raisons de sécurité. Les étages supérieurs restant intacts, par les chaudes soirées Ghita pouvait monter sur le toit s'installer contre le plaquage en bois du réservoir d'eau et réviser pour l'examen d'entrée dans le corps diplomatique qu'elle avait décidé de passer l'année suivante, écouter le brouhaha de ses voisins orientaux, partager leur musique, leurs disputes, leurs enfants, se convaincre presque d'être des leurs.

Et si cette illusion s'évanouissait à la seconde où elle passait le portail du haut-commissariat et revêtait sa seconde peau, le toit, avec ses chats, ses poulaillers, ses cordes à linge et ses antennes, restait l'un des rares endroits où elle se sentait à l'aise – ce qui expliquait peut-être pourquoi elle trouva assez naturel que Donohue propose d'y boire le café à la belle étoile. Comment savait-il qu'elle disposait de ce toit ? Mystère, puisqu'il n'avait jamais mis les pieds chez elle, à sa connaissance. Mais il savait. Sous l'œil méfiant de Justin, Donohue enjamba le seuil et, un doigt sur les lèvres, glissa son corps anguleux dans le cadre de la fenêtre et sur la plate-forme de l'escalier en fer avant de leur faire signe de le suivre. Justin passa après lui. Le temps que Ghita les rejoigne avec le plateau, Donohue était déjà juché sur une caisse, les genoux au niveau des oreilles. Mais Justin n'arrivait pas à se poser. Un instant il se tenait comme une sentinelle aux aguets devant les enseignes lumineuses d'en face, l'instant d'après il s'accroupissait au côté de Ghita, tête baissée, comme un homme qui dessine de l'index des figures dans le sable.

« Comment avez-vous réussi à passer les frontières, mon vieux ? demanda Donohue par-dessus le vacarme de la circulation tout en sirotant son café. Mon petit doigt m'a dit que vous étiez au Saskatchewan il y a deux jours.

– Un safari organisé, répondit Justin.

– *Via* Londres ?

463

– Amsterdam.

– Un gros groupe ?

– Le plus gros que j'aie pu trouver.

– Sous le nom de Quayle ?

– Plus ou moins.

– Quand est-ce que vous leur avez faussé compagnie ?

– A Nairobi. A la seconde où on avait passé la douane.

– Malin. Je vous ai sous-estimé. Je pensais que vous passeriez par voie de terre. Depuis la Tanzanie, par exemple.

– Il a refusé que j'aille le chercher à l'aéroport, intervint Ghita d'un ton protecteur. Il est venu ici de nuit, en taxi.

– Vous voulez quoi ? demanda Justin depuis son coin dans la pénombre.

– Une vie tranquille, si ça ne vous dérange pas, mon vieux. J'ai atteint un certain âge. Je ne veux plus de scandale. Plus de grands déballages. Plus de risque-tout qui cherchent des choses disparues, dit-il avant de se tourner vers Ghita. Pourquoi êtes-vous allée à Loki, très chère ?

– Elle y est allée pour moi, s'interposa Justin avant qu'elle ait eu le temps de penser à sa réponse.

– Parfait, approuva Donohue. Et aussi pour Tessa, je suppose. Ghita est une fille formidable, commenta-t-il avant de s'adresser de nouveau à elle directement, de façon plus insistante. Et vous avez trouvé ce que vous cherchiez, très chère ? Mission accomplie ? Je suis sûr que oui.

– Je lui ai demandé de se renseigner sur les derniers jours de Tessa là-bas, intervint Justin encore plus vite qu'avant. De s'assurer qu'elle et Arnold faisaient bien ce qu'ils disaient faire : assister à l'atelier sur le féminisme. Et c'était le cas.

– Vous confirmez cette version des faits, ma chère ? s'enquit Donohue auprès de Ghita.

– Oui.

– Bon, tant mieux, remarqua Donohue avant de boire une autre gorgée de café. On parle business ? suggéra-t-il à Justin.

– Il me semblait que c'est ce qu'on était en train de faire.

– Je veux parler de vos projets.

– Quels projets ?

– Précisément. Par exemple, si jamais ça vous avait traversé l'esprit de tailler le bout de gras avec Kenny K. Curtiss, vous gâcheriez votre salive. Je vous le dis gratos.

– Pourquoi ça ?

– Parce que ses gorilles vous attendent déjà. Et puis, il est hors du coup, à supposer qu'il ait jamais été dedans. Les banques lui ont repris ses billes. Les avoirs pharmaceutiques de ThreeBees vont retourner là d'où ils étaient venus, chez KVH, ajouta-t-il sans obtenir de réaction. Ce que je veux dire, Justin, c'est qu'il n'y a rien de jouissif à tirer sur l'ambulance – si c'est de la jouissance que vous recherchez. C'est ça ? insista-t-il en vain. Quant au meurtre de votre épouse, aussi pénible que ce soit pour moi de vous le dire, Kenny K n'était pas complice, je répète : pas complice, comme on dit à la cour. Pas plus que son comparse M. Crick, dont je suis certain qu'il aurait sauté sur l'occasion si on la lui avait donnée. Crick avait certes pour ordre de rapporter les faits et gestes d'Arnold et Tessa à KVH, et il sollicitait librement les appuis locaux de Kenny K, notamment la police kenyane, pour les suivre à la trace, mais il n'est pas plus complice que lui. Une mission de surveillance n'en fait pas un meurtrier.

– Et à qui faisait-il ses rapports ?

– A un répondeur au Luxembourg qui a été déconnecté depuis. De là, le message fatidique a été retransmis par des canaux que vous et moi n'avons aucune chance de découvrir, jusqu'à atteindre les oreilles susceptibles des messieurs qui ont tué votre femme.

– Marsabit, dit Justin, de tout près.

– En effet, le fameux duo de Marsabit, dans leur camion de safari vert. Rejoint en route par quatre Africains chasseurs de prime comme eux. Le cacheton était d'un million de dollars à se partager à la discrétion du chef, connu sous le nom de colonel Elvis. Tout ce dont on peut être sûr, c'est qu'il ne s'appelle pas Elvis et qu'il ne s'est jamais hissé jusqu'au grade vertigineux de colonel.

– Crick a-t-il dit au Luxembourg que Tessa et Arnold se dirigeaient vers Turkana ?

– Ça, mon cher ami, c'est une question de trop.

– Pourquoi ?

– Parce que Crick refuse d'y répondre. Il a peur. Prenez-en donc de la graine. S'il est trop généreux avec ses informations et celles de certains amis à lui, il a peur de se retrouver la langue coupée pour laisser de la place à ses couilles dans sa bouche. Il n'a peut-être pas tort.

– Vous voulez quoi ? répéta Justin, accroupi au côté de Donohue en le regardant droit dans ses yeux cernés de noir.

– Vous dissuader de mener vos projets à bien, mon cher ami. Vous dire que quoi que vous cherchiez, vous ne le trouverez pas, mais que ça ne vous empêchera pas de vous faire tuer. Il y a un contrat sur vous à la seconde où vous posez un pied sur le sol africain, et vous voilà les deux pieds en Afrique. Tous les mercenaires renégats et les parrains mafieux rêvent de vous avoir dans leur ligne de mire. 500 000 pour vous descendre, 1 million pour que ça ait l'air d'un suicide, ce qui est préférable. Vous pouvez engager tous les gardes du corps que vous voulez, ce sera en pure perte : vous engageriez les mêmes types qui espèrent vous flinguer.

– Qu'est-ce que ça peut faire à votre Service, que je vive ou que je meure ?

– Concrètement, rien. Personnellement, je préférerais ne pas voir les méchants gagner, dit-il avant de reprendre son souffle. Et dans cette optique, je suis au regret de vous apprendre qu'Arnold Bluhm est mort et bien mort depuis des semaines. Alors, si c'est pour sauver Arnold que vous êtes ici, je suis désolé mais, une fois encore, il n'y a plus rien à sauver.

– Prouvez-le, exigea sèchement Justin, tandis que Ghita se détournait en silence pour cacher son visage dans le creux de son bras.

– Je suis vieux, mourant, désabusé et je vous raconte des secrets qui me vaudraient d'être exécuté à l'aube par mes supérieurs s'ils l'apprenaient. Voilà toutes les preuves que vous aurez. Bluhm a été mis K. O., jeté dans le camion de safari et emmené dans le désert. Pas d'eau, pas d'ombre, pas de nourriture. Ils l'ont torturé pendant deux jours dans l'espoir de découvrir si lui ou Tessa avaient pensé à faire

466

un double des disquettes qu'ils avaient trouvées dans le 4×4. Désolé, Ghita. Bluhm a dit que non, ils n'avaient pas d'autre copie, mais pourquoi l'auraient-ils cru ? Alors, ils l'ont torturé jusqu'à ce que mort s'ensuive, histoire d'être tranquilles et parce que ça les bottait bien. Et puis, ils l'ont abandonné aux hyènes. C'est la triste vérité.

– Oh mon Dieu, murmura Ghita entre ses doigts.

– Alors vous pouvez rayer Bluhm de votre liste, Justin, et Kenny K. Curtiss avec. Aucun des deux n'en vaut plus la peine, poursuivit-il implacablement. Par ailleurs, vous serez heureux d'apprendre que Porter Coleridge vous soutient bec et ongles, à Londres. Et ça, ce n'est pas juste top secret, c'est manger le papier avant même de le lire. »

Justin avait disparu du champ de vision de Ghita, qui scruta l'obscurité et le découvrit juste derrière elle.

« Porter réclame la reprise de l'enquête sur Tessa par les inspecteurs d'origine et la tête de Gridley sur un plateau avec celle de Pellegrin. Il veut que les rapports entre Curtiss, KVH et le gouvernement britannique soient examinés par une commission parlementaire et, au passage, il s'attaque aux pieds d'argile de Sandy Woodrow. Il veut que la molécule soit évaluée par une équipe de scientifiques indépendants, s'il en existe encore dans ce monde. Il a découvert l'existence d'un Comité d'essais éthiques de l'Organisation mondiale de la santé qui pourrait faire l'affaire. Si vous rentrez au pays maintenant, vous pourrez peut-être faire pencher la balance. Voilà pourquoi je suis venu, conclut-il gaiement avant de terminer son café et de se lever. Exfiltrer les gens, c'est une des rares choses qu'on sait encore bien faire, Justin. Alors, si vous préférez sortir du Kenya enroulé dans un tapis plutôt que de braver une deuxième fois l'enfer de l'aéroport Kenyatta, sans parler des guetteurs de Moi et de tous les autres, demandez à Ghita de nous faire signe.

– Vous avez été très aimable, le remercia Justin.

– J'avais peur que vous disiez ça. Bonne nuit. »

*

Allongée sur son lit, porte ouverte, Ghita regardait fixement le plafond sans savoir si elle devait pleurer ou prier. Elle n'avait jamais cru que Bluhm en réchapperait, mais l'atrocité de sa mort dépassait ses pires angoisses. Elle regrettait son école religieuse et sa croyance simpliste que si l'homme s'élève ou déchoit c'est par la volonté de Dieu. De l'autre côté du mur, Justin était retourné à son bureau écrire au stylo comme il aimait le faire alors qu'elle lui avait proposé d'utiliser son ordinateur. L'avion pour Loki partait de Wilson à 7 heures, ce qui lui laissait une heure. Elle aurait voulu l'accompagner dans la suite de son voyage, or personne ne le pouvait. Elle avait proposé de le conduire à l'aéroport, mais il préférait prendre un taxi à l'hôtel Serena.

« Ghita ? appela-t-il en frappant à sa porte.

— Oui, oui, dit-elle en se levant.

— Pourriez-vous poster ça pour moi, Ghita, s'il vous plaît, lui demanda-t-il en lui tendant une épaisse enveloppe adressée à une femme à Milan. Ce n'est pas une conquête, au cas où vous seriez curieuse. C'est la tante de mon avocat, dit-il avec un de ses rares sourires. Et voici une lettre pour Porter Coleridge, à son club. N'utilisez pas la valise, si possible. Et pas de messagerie non plus. La poste kenyane régulière est bien assez fiable. Merci mille fois pour toute votre aide. »

A ces mots, elle ne put se contenir plus longtemps. Elle le serra dans ses bras, se colla contre lui et l'étreignit comme si elle se raccrochait à la vie, jusqu'à ce qu'il finisse par se dégager.

Chapitre 23

Le capitaine McKenzie et son copilote Edsard sont assis dans le cockpit du Buffalo, une plate-forme surélevée à l'avant du fuselage sans porte de séparation entre l'équipage et la cargaison, ou vice versa d'ailleurs. Juste au-dessous, d'une marche, une âme charitable a installé un fauteuil victorien bas, brun-roux, que l'on imaginerait tiré par une vieille gouvernante devant une cheminée de cuisine un soir d'hiver, dont les pieds ont été fixés au pont par des crampons en fer improvisés, et où Justin est sanglé à la taille par des rubans de nylon effilochés qui évoquent un harnais pour enfant. Il capte les propos du capitaine McKenzie et d'Edsard *via* le casque sur ses oreilles, qu'il enlève à l'occasion pour entendre les questions d'une jeune Zimbabwéenne blanche, Jamie, bien installée au milieu d'une pyramide solidement arrimée de caisses d'emballage marron. Justin a voulu lui offrir son fauteuil, mais McKenzie l'en a empêché par un « Vous restez là » sans réplique. A l'autre bout du fuselage, six Soudanaises en boubou sont accroupies, l'air stoïque ou complètement terrorisé. L'une d'elles vomit dans un seau en plastique prévu à cet effet. Des panneaux matelassés argentés tapissent le plafond de l'avion, où pendillent à un câble des cordes de largage rouges, leur crochet métallique dansant au vrombissement des moteurs. Le fuselage grogne et halète comme une antique locomotive réquisitionnée pour une dernière bataille. Aucune trace de climatisation ni de parachute. Sur un panneau mural, une croix rouge cloquée indique le matériel médical, et en dessous s'alignent des jerrycans de kérosène reliés par de la ficelle. *C'est le voyage que Tessa et Arnold ont fait, et c'est cet homme qui pilotait. Leur dernier voyage avant leur dernier grand voyage.*

« Alors, vous êtes un ami de Ghita, avait fait remarquer McKenzie quand Sarah la Soudanaise avait amené Justin à son *tukul* à Loki pour un tête-à-tête.

– Oui.

– Sarah m'a dit que le bureau du Sud-Soudan à Nairobi vous a délivré un laissez-passer mais que vous l'avez égaré. Exact ?

– Exact.

– Ça vous ennuie si je jette un coup d'œil à votre passe-port ?

– Pas du tout, fit Justin en lui tendant celui au nom d'Atkinson.

– Dans quel secteur travaillez-vous, monsieur Atkinson ?

– Je suis journaliste. Au *Daily Telegraph* de Londres. J'écris un article sur l'opération Lifeline Sudan de l'ONU.

– Quel dommage, juste au moment où Lifeline a besoin de toute la publicité possible. C'est bête qu'un petit bout de papier vienne faire obstacle. Vous avez une idée d'où vous l'avez perdu ?

– Non, hélas.

– Aujourd'hui, on transporte surtout des caisses d'huile de soja. Plus quelques petits colis pour les gens qui travaillent sur le terrain. La tournée habituelle, quoi, si ça vous dit.

– Bien sûr.

– Ça ne vous gêne pas d'être assis sur le plancher d'une jeep sous un tas de couvertures pendant une heure ou deux ?

– Pas du tout.

– Alors, marché conclu, monsieur Atkinson. »

Après quoi, McKenzie s'en est tenu obstinément à cette version. Dans l'avion, comme à tout journaliste, il décrit le mécanisme de ce qu'il appelle fièrement l'opération anti-famine la plus coûteuse de l'histoire de l'humanité. Ses explications jaillissent en rafales métalliques qui ne couvrent pas toujours le vacarme des moteurs.

« Au Sud-Soudan, on a les riches en calories, les OK en calories, les pauvres en calories et les sans-calories, mon-

470

sieur Atkinson. Le boulot de Loki, c'est de prévoir les épisodes de famine. Chaque tonne qu'on largue coûte 1 300 dollars à l'ONU. Dans une guerre civile, c'est les riches qui meurent les premiers, parce que si on leur vole leur bétail ils n'arrivent pas à s'adapter, alors que pour les pauvres ça ne change pas grand-chose. La survie d'un groupe dépend du fait que les terres alentour soient cultivables en toute sécurité. Malheureusement, ce n'est pas souvent le cas dans le coin. Je vais peut-être trop vite pour vous ?

– Non, c'est parfait.

– Donc, Loki doit recenser les moissons et prévoir où surviendront les prochaines famines. On est sur le point d'en avoir une, là. Mais il faut être précis dans le timing. Si on largue les denrées quand ils sont prêts à moissonner, on chamboule leur économie. Si on les largue trop tard, ils sont déjà en train de mourir. A propos, la voie aérienne est la seule valable. Sur route, les denrées sont détournées, souvent par le chauffeur.

– Très bien. Je comprends.

– Vous ne prenez pas de notes ? »

Voulant dire : « Si vous êtes journaliste, comportez-vous comme tel. » Justin ouvre son calepin et Edsard prend le relais de la conférence, cette fois sur la sécurité.

« Nous avons quatre niveaux de sécurité dans les centres de nutrition. Indice 4 : annulez le largage. Indice 3 : alerte rouge. Indice 2 : possible. Nous n'avons pas de zones à risque zéro au Sud-Soudan. Compris ?

– Compris.

– Quand on arrive au centre, le coordinateur indique l'indice du jour, reprend McKenzie. S'il y a état d'alerte, faites ce qu'il vous dit. Le centre où vous vous rendez est dans une zone en principe contrôlée par le général Garang, qui vous a délivré le visa que vous avez perdu. Mais elle est soumise à de fréquentes attaques venant du nord ou de tribus rivales du sud. N'allez pas croire que c'est juste un conflit nord/sud. Les alliances tribales changent du jour au lendemain, et ils sont tout aussi prêts à se battre entre eux que contre les musulmans. Vous me suivez toujours ?

– Parfaitement.

– Au départ, le Soudan est un fantasme de cartographe colonial. Au sud, on a l'Afrique, des champs verdoyants, du pétrole et des chrétiens animistes. Au nord, l'Arabie, le sable et une poignée d'intégristes musulmans décidés à faire régner la charia. Vous savez ce que c'est ?

– Plus ou moins, oui, dit Justin qui a écrit des rapports sur ce sujet dans une autre vie.

– Le résultat, c'est qu'on a tous les ingrédients d'une famine chronique : ce que la sécheresse ne détruit pas, les guerres civiles s'en chargent et vice versa. Mais Khartoum reste le gouvernement de droit. Donc, au final, malgré tous les accords qu'elle négocie dans le sud, l'ONU doit ménager Khartoum. Alors ce qu'on a là, monsieur Atkinson, c'est un pacte triangulaire unique entre l'ONU, les gars de Khartoum et les rebelles qu'ils écrabouillent. Vous me suivez ?

– Vous allez au camp n° 7 ! » lui hurle à l'oreille Jamie la Zimbabwéenne blanche, les mains en porte-voix, gentiment accroupie à ses côtés, en jean marron et chapeau de brousse.

Justin acquiesce d'un signe de tête.

« Le camp n° 7, c'est le point chaud, en ce moment ! Une amie à moi s'est payé un indice 4 là-bas il y a à peine quinze jours ! Elle a dû patauger onze heures dans les marécages et attendre l'avion de secours encore six heures sans son pantalon !

– Qu'est-ce qui est arrivé à son pantalon ? hurle Justin.

– Il faut le retirer ! Les garçons comme les filles ! A cause de l'irritation ! Le frottement d'un pantalon humide et brûlant, c'est insupportable ! crie-t-elle avant de se taire un instant, puis de remettre les mains en porte-voix à l'oreille de Justin. Si vous entendez du bétail fuir un village, courez vite. Si les femmes le suivent, courez encore plus vite. Un jour, il y a un type à nous qui a couru comme ça quatorze heures, sans même une goutte d'eau. Il a perdu presque 4 kilos. Il avait Carabino à ses basques.

– Carabino ?

– Oui, c'était un brave type jusqu'à ce qu'il se mette avec ceux du nord. Maintenant, il s'est excusé et il est revenu. Tout le monde est bien content et personne ne lui demande où il était passé. C'est votre premier séjour ? »

Il acquiesce à nouveau.

« Écoutez. Statistiquement, vous ne devriez pas avoir de problème. Ne vous inquiétez pas. Et puis Brandt est un sacré personnage.

– Qui est Brandt ?

– Le coordinateur du camp n° 7. Un type formidable. Tout le monde l'adore. Fou comme un lapin. Hyper branché religion.

– D'où vient-il ?

– D'après lui, c'est un marginal à la dérive comme nous tous, répond-elle en haussant les épaules. Ici, personne n'a de passé. C'est quasiment la règle.

– Depuis combien de temps est-il là ? hurle Justin, obligé de répéter une deuxième fois.

– Six mois, je pense ! Croyez-moi, six mois non-stop sur le terrain, c'est une éternité ! Il ne veut même pas venir à Loki pour quelques jours de détente », conclut-elle à regret en s'affalant dans son coin, épuisée à force de hurler.

Justin déboucle son harnais et va au hublot. *C'est le voyage que tu as fait. Le même laïus qu'on t'a débité. Le même paysage que tu as vu.* En bas, la zone marécageuse du Nil émeraude, embrumée par la chaleur, parsemée de trous d'eau noirs en forme de puzzle. Sur les hautes terres, des enclos à bétail où s'entassent des animaux.

« Les membres d'une tribu ne disent jamais combien de bêtes ils possèdent ! lui crie Jamie, à nouveau debout près de lui. Aux coordinateurs de le découvrir ! Les chèvres et les moutons au centre de l'enclos, les vaches autour, les veaux à côté d'elles, les chiens avec ! La nuit, ils brûlent de la bouse de vache dans leurs petites cabanes ! Ça éloigne les prédateurs, ça tient chaud aux vaches, et eux ça les fait tousser comme des malades ! Il arrive qu'ils y mettent aussi les femmes et les enfants ! Les filles sont bien nourries au Soudan, ça fait monter le prix pour le mariage ! dit-elle en se frottant le ventre avec un sourire. Un homme peut avoir autant d'épouses qu'il veut, s'il en a les moyens. Ils ont une danse incroyable, mais vraiment incroyable ! s'écrie-t-elle en éclatant de rire, la main devant la bouche.

– Vous êtes coordinatrice ?

– Seulement assistante.

– Comment vous avez fait pour trouver ce travail ?

– Je suis allée dans la boîte de nuit qu'il fallait à Nairobi. Vous voulez que je vous pose une colle ?

– Bien sûr.

– On largue des céréales ici, d'accord ?

– D'accord.

– A cause du conflit nord/sud, d'accord ?

– Continuez.

– A part les surplus que nous refilent les céréaliers américains, l'essentiel de ces céréales est cultivé dans le nord du Soudan. Allez donc comprendre : les organisations humanitaires achètent les céréales à Khartoum, et Khartoum utilise cet argent pour acheter des armes qui servent à la guerre contre le sud. Les avions qui apportent les céréales à Loki utilisent le même aéroport que les bombardiers de Khartoum pour pilonner les villages du Sud-Soudan.

– Et alors, c'est quoi la colle ?

– Pourquoi l'ONU finance les bombardements du Sud-Soudan d'un côté et ravitaille les victimes de l'autre ?

– Je passe.

– Vous retournez à Loki, après ? »

Justin secoue la tête.

« Dommage », fait-elle avec un clin d'œil avant de retourner à sa place entre les caisses d'huile de soja.

Justin reste au hublot à regarder le reflet doré de l'avion caresser les marécages scintillants. Il n'y a pas d'horizon. Au-delà d'une certaine distance, les couleurs du sol se fondent dans la brume et teintent la vitre d'un mauve de plus en plus intense. *On pourrait voler une vie entière sans atteindre le bout du monde*, dit-il à Tessa. Sans avertissement, le Buffalo amorce sa lente descente. Les marécages virent au marron, la terre ferme s'élève au-dessus du niveau de l'eau. Le reflet doré de l'avion balaye des arbres isolés semblables à des choux-fleurs verts. Edsard a pris les commandes. Le capitaine McKenzie, occupé à étudier un catalogue de matériel de camping, se retourne et fait signe à Justin que tout va bien. Justin rejoint sa place, boucle sa ceinture et consulte sa montre. Le vol a duré trois heures.

Edsard fait faire à l'avion un brusque virage sur l'aile. Des cartons de papier hygiénique, de bombes insecticides et de chocolat déboulent le long du pont en acier et viennent heurter la plate-forme surélevée du cockpit près des pieds de Justin. Un groupe de huttes à toit de jonc surgit sous l'extrémité de l'aile. Des parasites crépitent dans le casque de Justin, comme de la musique classique jouée à la mauvaise vitesse. Au cœur de cette cacophonie, il capte une grosse voix à l'accent germanique qui donne des indications sur l'état du terrain. Il discerne les mots « stable » et « clair ». L'avion se met à vibrer violemment. En se redressant malgré son harnais, Justin aperçoit par la vitre du cockpit une bande de terre rouge qui traverse un champ verdoyant, où des rangées de sacs blancs servent de repères. D'autres sont éparpillés dans un coin du terrain. L'avion se redresse et le soleil frappe la nuque de Justin comme un jet d'eau bouillante. Il se rassoit aussitôt. La voix à l'accent germanique retentit clairement, cette fois.

« Allez, Edsard, descends, mon gars ! On a préparé un bon ragoût de chèvre pour le déjeuner. Tu as ce glandeur de McKenzie avec toi, là-haut ? »

Mais Edsard ne se laisse pas si facilement embobiner.

« Qu'est-ce que font ces sacs, là-bas dans le coin, Brandt ? Il y a eu un largage, récemment ? On partage notre espace aérien avec un autre avion ?

— Que des sacs vides, Edsard. N'y fais pas attention et atterris donc, tu m'entends ? Tu as ce fameux journaliste à bord ?

— Il est là, Brandt, répond laconiquement McKenzie.

— Et qui d'autre ?

— Moi ! hurle gaiement Jamie par-dessus le vrombissement.

— Un journaliste, une nymphomane et six déléguées de retour, annonce McKenzie d'un ton toujours aussi calme.

— A quoi il ressemble, ton caïd, mon gars ?

— J'attends que tu me le dises. »

Gros éclat de rire dans la cabine, partagé au sol par la voix étrangère sans visage.

« Pourquoi est-il aussi tendu ? demande Justin.

« – Ils sont tous comme ça, en bas. C'est le terminus. Quand on aura atterri, restez avec moi, je vous prie, monsieur Atkinson. Le protocole exige que je vous présente au commissaire avant tout le monde. »

La piste est un long court de tennis en terre battue, pour partie envahi par la végétation. Sortant d'un massif d'arbres, des chiens et des villageois s'y dirigent. Les huttes au toit de paille sont coniques. Edsard fait un passage en rase-mottes pendant que McKenzie scrute les fourrés de chaque côté.

« Pas de gros méchants ? demande Edsard.

– Pas de gros méchants », confirme McKenzie.

Le Buffalo vire sur l'aile, se stabilise et fond sur la piste, qu'il heurte de plein fouet. Des nuages de poussière écarlate voilent les hublots. Le fuselage s'affaisse à gauche, encore plus à gauche, et la cargaison gémit dans ses amarres. Les moteurs hurlent, l'avion trépide, racle quelque chose au sol, gémit et se cabre. Puis les moteurs s'arrêtent. Ils sont arrivés. A travers la poussière qui retombe, Justin voit approcher une délégation de dignitaires africains, des enfants et deux femmes blanches en jean crasseux exhibant dreadlocks et bracelets. Au cœur du groupe, portant un feutre marron, un vieux short kaki et des souliers en daim éculés, s'avance l'auguste silhouette de Markus Lorbeer. Sourire, gros nez, cheveux roux, mais pas de stéthoscope.

*

Les Soudanaises descendent tant bien que mal de l'avion et vont rejoindre un groupe des leurs qui chante des mélopées. Jamie la Zimbabwéenne étreint ses camarades au milieu des cris de joie et de surprise. Elle enlace Lorbeer à son tour, lui caresse le visage, lui ôte son feutre, lui lisse ses cheveux roux, tandis que, ravi, il lui tapote les fesses en gloussant comme un gamin le jour de son anniversaire. Des porteurs dinkas se précipitent à l'arrière du fuselage pour décharger selon les instructions d'Edsard. Mais Justin reste assis jusqu'à ce que le capitaine McKenzie lui fasse signe de descendre. L'éloignant des réjouissances, il lui fait traverser la piste et monter un petit tertre où un groupe de vieux Dinkas en pantalon noir et chemise blanche sont assis en demi-cercle sur des chaises de cuisine à l'ombre d'un arbre. Au centre siège Arthur le commissaire, un homme ratatiné et chenu au visage buriné, au regard intense et pénétrant sous une casquette de base-ball rouge avec *Paris* brodé dessus en fil d'or.

« Ainsi, vous êtes un homme de plume, monsieur Atkinson, dit Arthur dans un impeccable style ancien, une fois les présentations faites par McKenzie.

– C'est exact, monsieur.

– Quel journal ou quelle publication, si je puis me permettre, a l'honneur de bénéficier de vos services ?

– Le *Telegraph* de Londres.

– Le *Sunday Telegraph* ?

– Surtout le *Daily Telegraph*.

– Deux excellents journaux.

– Arthur a été sergent dans les Forces de défense soudanaises pendant le mandat britannique, explique McKenzie.

– Dites-moi, monsieur, aurais-je raison de penser que vous êtes ici pour vous nourrir l'esprit ?

– Et celui de mes lecteurs, j'espère, répond Justin avec une onctuosité toute diplomatique en voyant du coin de l'œil Lorbeer et sa délégation traverser la piste d'envol.

– Alors, monsieur, voudriez-vous bien nourrir aussi l'esprit de mon peuple en nous envoyant des livres anglais ? Les Nations unies nous fournissent de quoi nourrir notre corps, mais rarement notre esprit. Nos auteurs préférés sont les grands romanciers anglais du XIXe siècle. Votre journal pourrait peut-être envisager de subventionner ce projet.

– Je me ferai un plaisir de le proposer, affirme Justin, qui, par-dessus son épaule droite, aperçoit Lorbeer et sa troupe arriver près du tertre.

– Vous êtes le bienvenu, monsieur. Combien de temps nous honorerez-vous de votre éminente compagnie ?

– Jusqu'à demain à la même heure, Arthur, répond McKenzie au nom de Justin, tandis que Lorbeer et son cortège se sont arrêtés au pied de la butte et attendent que McKenzie et Justin redescendent.

– Mais pas plus longtemps, je vous prie, dit Arthur avec un coup d'œil en coin à ses courtisans. Ne nous oubliez pas après votre départ, monsieur Atkinson. Nous attendons les livres promis.

– Quelle chaleur ! remarque McKenzie en redescendant la butte. Pas loin de 42 degrés et ça va encore monter. Mais c'est quand même le jardin d'Eden. Donc, même heure demain, d'accord ? Salut, Brandt ! Le voilà, ton caïd. »

*

Justin ne s'attendait pas à une bonhomie aussi prononcée. Les yeux aux cils roux qui refusaient de le voir à l'hôpital Uhuru rayonnent d'une joie sincère. Le visage poupin, brûlé par le soleil quotidien, n'est qu'un large sourire contagieux. La voix gutturale dont les marmonnements nerveux se perdaient dans les chevrons de la salle où se trouvait Tessa est maintenant vibrante et assurée. Tout en parlant, Lorbeer serre la main de Justin entre les siennes dans une étreinte amicale et confiante.

« On vous a briefé à Loki, monsieur Atkinson, ou on m'a laissé cette lourde tâche ?

– Je n'ai guère eu le temps d'être briefé, répond Justin, souriant lui aussi.

– Pourquoi les journalistes sont-ils toujours si pressés, monsieur Atkinson ? se plaint gaiement Lorbeer en lui lâchant la main pour lui taper sur l'épaule tout en le ramenant vers la piste d'envol. Serait-ce que la vérité change vite, de nos jours ? Mon père m'a toujours dit : "Si quelque chose est vrai, c'est éternel."

– Je voudrais bien qu'il aille dire ça à mon rédacteur en chef.

– Mais votre rédacteur en chef ne croit peut-être pas à l'éternité, déclare Lorbeer en se tournant vers Justin pour lui agiter un doigt devant le visage.

– Peut-être bien, reconnaît Justin.

– Et vous ? »

Les sourcils de clown s'arquent comme ceux d'un prêtre inquisiteur. Pendant un instant, Justin reste coi. *Qu'est-ce*

que j'essaie de me faire croire? C'est Markus Lorbeer,
celui qui t'a trahie.

« J'attends de voir, réplique-t-il, mal à l'aise, tandis que
Lorbeer éclate d'un gros rire franc.

– Pas trop longtemps quand même, mon gars ! Sinon,
l'éternité viendra vous chercher. Vous avez déjà assisté à un
largage de nourriture ? fait-il en baissant soudain le ton et
en saisissant le bras de Justin.

– Non.

– Je vais vous en montrer un, mon gars. Et après ça, vous
croirez à l'éternité, je vous le promets. On en a quatre par
jour, ici, et c'est la manne céleste à chaque fois.

– C'est très aimable à vous. »

Lorbeer va y aller de son laïus. En bon diplomate et collègue sophiste, Justin le sent venir.

« Nous essayons d'être efficaces, ici, monsieur Atkinson.
Nous essayons de nourrir les ventres creux. Peut-être que
nous exagérons sur la quantité, mais quand les clients
meurent de faim, il n'y a pas de crime à cela. Peut-être
qu'ils nous mentent un peu, qu'ils grossissent le nombre
d'affamés et de mourants dans leur village. Peut-être qu'on
fabrique quelques millionnaires du marché noir à Aweil.
Eh bien, tant pis. D'accord ?

– D'accord. »

Jamie est arrivée près de Lorbeer avec un groupe d'Africaines munies de blocs-notes.

« Peut-être que les marchands ambulants ne nous aiment
pas trop parce qu'on bousille leur commerce. Peut-être que
les pauvres guerriers et les marabouts de la brousse trouvent
qu'on ruine leur pratique avec nos médicaments occidentaux.
Peut-être que nos largages de denrées créent une dépendance.
D'accord ?

– D'accord.

– Écoutez bien, monsieur Atkinson, lance Lorbeer en
balayant d'un immense sourire toutes ces imperfections.
Racontez ça à vos lecteurs. Racontez ça à ces enfoirés de
l'ONU à Genève et à Nairobi. Chaque fois que mon centre
de nutrition fait avaler une cuillerée de bouillie à un gamin
qui meurt de faim, j'ai fait mon travail. Et ce soir-là, je dors

entre les bras de Dieu. J'ai gagné ma raison d'être sur terre. Vous le leur direz ?

– J'essaierai.

– Vous avez un prénom ?

– Peter.

– Moi, c'est Brandt. »

Ils échangent une poignée de main plus longue.

« Demandez-moi ce que vous voulez, Peter, d'accord ? Je n'ai pas de secrets devant Dieu. Vous avez une question en particulier à me poser ?

– Pas encore. Plus tard, peut-être, quand j'aurai eu le temps de me mettre un peu au parfum.

– Parfait. Prenez votre temps. La vérité est éternelle. D'accord ?

– D'accord. »

*

C'est l'heure de la prière.

L'heure de la sainte communion.

L'heure du miracle.

L'heure de partager l'hostie avec l'humanité entière.

C'est du moins ce que proclame Lorbeer, et ce que Justin feint de consigner dans son calepin avec le vain espoir d'échapper à la bonne humeur étouffante de son guide. C'est l'heure de voir s'accomplir « le mystère de la part d'humanité chez l'homme corrigeant les effets du mal en lui », encore un de ces aphorismes déconcertants que Lorbeer prononce, scrutant d'un regard de profonde dévotion les cieux embrasés tandis qu'un large sourire appelle la bénédiction de Dieu et que Justin sent l'épaule de celui qui a trahi sa femme frôler gentiment la sienne. Un cercle de spectateurs s'est formé, Jamie la Zimbabwéenne, Arthur le commissaire et ses courtisans au premier plan. Des chiens, des membres de tribus en boubous rouges et une foule soumise d'enfants nus s'installent au bord de la piste d'atterrissage.

« On nourrit 416 familles aujourd'hui, Peter. Pour une famille, il faut compter six personnes. Au commissaire ici présent, je cède 5 % du largage. C'est strictement entre nous, mais vous êtes un type bien, alors je vous le dis. A entendre le commissaire, on croirait que la population du Soudan s'élève à 100 millions. Un autre problème qu'on a ici, ce sont les rumeurs. Il suffit qu'un type dise qu'il a vu un cavalier armé d'un fusil pour que 10 000 personnes s'enfuient à toutes jambes en abandonnant leurs récoltes et leur village. »

Il s'arrête net. A son côté, Jamie pointe un bras vers le ciel, tandis que sa main libre cherche à tâtons, puis serre discrètement celle de Lorbeer. Le commissaire et sa suite ont entendu, eux aussi. Ils lèvent la tête, ferment à demi les yeux et étirent les lèvres en un sourire à la fois crispé et radieux. Justin perçoit le ronronnement lointain d'un moteur et distingue un point noir perdu dans le ciel cuivré, qui se mue peu à peu en un Buffalo identique à celui qui l'a transporté ici, blanc, courageux et solitaire comme la cavalerie de Dieu. Il frôle la cime des arbres, se déporte et oscille en tentant de récupérer assiette et altitude, puis disparaît à jamais. Mais les fidèles de Lorbeer ne perdent pas la foi. Les têtes restent levées dans l'espoir de le faire ainsi revenir. Et le revoilà, volant bas, en ligne droite, avec détermination. Justin sent sa gorge se serrer et les larmes lui monter aux yeux quand de la queue de l'avion tombe la première averse de sacs blancs tels des flocons neigeux. Au début, ils dérivent mollement mais prennent bientôt de la vitesse et viennent s'écraser dans la zone de largage avec un crépitement humide de mitraillette. L'avion décrit un cercle pour recommencer la manœuvre.

« Vous avez vu ça, mon gars ? » murmure Lorbeer, qui a les larmes aux yeux lui aussi.

Pleure-t-il quatre fois par jour, ou juste quand il a un public ?

« Oui, j'ai vu », reconnaît Justin.

Et toi aussi tu as vu, Tessa, ce qui t'a sûrement convertie sur-le-champ à sa chapelle, comme moi.

« Écoutez, mon gars. Il nous faut d'autres pistes d'atterrissage. Mettez ça dans votre article. Plus de pistes et plus près des villages. La route est trop longue et trop dangereuse pour ces femmes. Elles se font violer ou trancher la gorge, leurs gosses se font enlever pendant leur absence, et quand elles arrivent ici elles s'aperçoivent qu'elles se sont trompées. Ce n'est pas le bon jour pour leur village. Alors elles repartent, désorientées. Beaucoup meurent à cause de cette erreur. Leurs gosses aussi. Vous allez écrire tout ça ?

– J'essaierai.

– A Loki, ils nous disent que plus de pistes exige plus de coordinateurs. Moi, je réponds : d'accord, on en aura. Et ils me disent : où est l'argent ? Je réponds : dépensez-le avant de le trouver. Mais qu'est-ce qui… »

Un nouveau silence règne autour de la piste. Un silence appréhensif. Y aurait-il des maraudeurs à l'affût dans les bois, prêts à voler ce don du ciel et à s'enfuir ? La large main de Lorbeer serre le haut du bras de Justin.

« Nous n'avons pas d'armes, ici, mon gars, explique-t-il en réponse à l'interrogation muette de Justin. Dans les villages, ils ont des Armalite et des Kalachnikov. Arthur le commissaire en achète avec ses 5 % et les donne à son peuple. Mais ici, au centre de nutrition, tout ce qu'on a, c'est une radio et nos prières. »

La crise semble passée. Les premiers porteurs s'avancent timidement sur la piste pour entasser les sacs. Blocs-notes en main, Jamie et les autres assistantes prennent place parmi eux, une devant chaque tas. Certains sacs ont craqué. Des femmes armées de brosses balaient soigneusement les grains épars. Lorbeer agrippe le bras de Justin et lui explique « la culture du sac de denrées ». Après avoir inventé la manne tombée du ciel, Dieu a inventé les sacs tombés du ciel, dit-il avec un gros rire. Éventrés ou intacts, ces sacs blancs en fibre synthétique portant les initiales du Programme alimentaire mondial représentent autant une denrée de base au Sud-Soudan que la nourriture qu'ils contiennent.

« Vous voyez cette manche à air ? Les mocassins de ce type ? Son foulard ? Moi, je vous le dis, mon gars, si jamais je me marie un jour, j'habille mon épouse en sacs de denrées. »

A côté de lui, Jamie s'esclaffe, vite imitée par ses voisins. Et ce rire résonne encore quand trois files de femmes sortent

482

en différents points à la lisière des arbres de l'autre côté de la piste. Grandes – pour une Dinka, un mètre quatre-vingts n'a rien d'exceptionnel –, elles ont ce port africain majestueux dont rêvent en vain les top models. La plupart sont seins nus, d'autres portent des robes en coton cuivré qui leur enserrent la poitrine. Leur regard impassible braqué sur les piles de sacs devant elles, elles se parlent en confidence. Chaque colonne connaît sa destination. Chaque assistante connaît ses clientes. Tandis qu'une femme après l'autre donne son nom, empoigne un sac par le haut, le balance en l'air et le pose délicatement sur sa tête, Justin jette un coup d'œil à Lorbeer et constate que son regard s'est empreint d'une incrédulité dramatique, comme s'il était responsable du calvaire de ces femmes et non de leur salut.

« Quelque chose ne va pas ? demande-t-il.

– Les femmes sont le seul espoir de l'Afrique, mon gars », murmure Lorbeer tout en continuant à les observer.

Voit-il Wanza parmi elles ? Et toutes les autres Wanza ? A l'ombre de son feutre, ses petits yeux délavés trahissent son sentiment de culpabilité.

« Notez bien ça, mon gars. On ne donne les denrées qu'aux femmes. Les hommes, on ne leur fait même pas confiance pour traverser la route, ces crétins, ça non ! Ils revendent notre bouillie sur les marchés ou ils en font faire de l'alcool par leurs femmes. Ils achètent des cigarettes, des armes, des filles. Les hommes sont des bons à rien. Les femmes s'occupent du foyer, les hommes font la guerre. L'Afrique entière est une lutte des sexes, mon gars. Seules les femmes accomplissent le travail de Dieu, ici. Prenez note. »

Justin s'exécute. Inutilement d'ailleurs, car Tessa lui répétait le même message tous les jours. Les files de femmes regagnent silencieusement le couvert des arbres. Des chiens craintifs lapent les quelques grains encore épars.

*

Jamie et les assistantes se sont dispersées. S'appuyant sur sa houlette, coiffé de son feutre marron, Lorbeer a l'autorité d'un mentor qui entraîne Justin sur la piste, loin du village de *tukuls*, vers la lisière bleutée des arbres. Une dizaine d'enfants se bousculent pour rester sur ses talons, tirent le grand homme par la main, lui attrapent chacun un doigt, s'y accrochent, poussent des rugissements et lancent leurs pieds en l'air tels des elfes agiles.

« Ces gamins se prennent pour des lions, confie Lorbeer à Justin d'un ton indulgent tandis qu'ils le tiraillent et grognent. Dimanche dernier, au cours d'instruction religieuse, les lions ont dévoré Daniel si vite que Dieu n'a pas eu le temps de le sauver. J'ai dit aux enfants : "Non, non, vous devez laisser Dieu sauver Daniel ! C'est dans la Bible." Mais ils m'ont dit que les lions ont bien trop faim pour attendre. Qu'ils mangent d'abord Daniel, et après ça Dieu pourra faire son miracle. Ils disent que sinon les lions vont mourir. »

Ils approchent d'une rangée de cahutes rectangulaires à l'extrémité de la piste. Chaque cahute est entourée d'une barrière de fortune formant enclos, et chaque enclos est un enfer miniature pour malades condamnés, desséchés, estropiés, déshydratés. Femmes accroupies, stoïquement ramassées sur elles-mêmes, supportant leur calvaire en silence. Bébés couverts de mouches, trop malades pour pleurer. Vieillards comateux à cause de vomissements et de diarrhées. Auxiliaires médicaux et médecins épuisés faisant de leur mieux pour les inciter en douceur à s'aligner plus ou moins. Longue file d'adolescentes nerveuses murmurant et ricanant entre elles. Jeunes garçons se battant comme des chiffonniers tandis qu'un ancien les menace de son bâton.

*

Suivis à distance par Arthur et sa cour, Lorbeer et Justin arrivent à un dispensaire au toit de chaume qui rappelle un club-house provincial de cricket. Se frayant gentiment un chemin au milieu de malades qui hurlent, Lorbeer conduit Justin devant un rideau en acier gardé par deux Africains costauds en tee-shirt de Médecins sans frontières. On tire le rideau, Lorbeer se précipite à l'intérieur, ôte son feutre et entraîne Justin à sa suite. Une auxiliaire médicale blanche et trois assistants mélangent et dosent des ingrédients derrière un comptoir en bois. Il règne une atmosphère de crise permanente mais contrôlée. A la vue de Lorbeer, l'auxiliaire médicale lève les yeux et sourit.

« Salut, Brandt. Qui est ce charmant ami ? demande-t-elle avec un accent écossais prononcé.

– Helen, je te présente Peter. Il est journaliste et il va raconter au monde entier que vous êtes une bande de fainéants.

– Salut, Peter.

– Salut.

– Helen est infirmière, elle nous vient de Glasgow. »

Sur les étagères, cartons et bocaux de couleurs variées sont entassés jusqu'au toit. Justin les balaie d'un regard de curiosité générale, essayant en fait de repérer la boîte rouge et noire au charmant logo représentant trois abeilles dorées, mais en vain. Lorbeer s'est planté devant l'étalage, jouant une fois encore son rôle de conférencier. L'auxiliaire et ses assistants échangent des sourires narquois. C'est reparti. Lorbeer tient un bocal industriel de gélules vertes.

« Peter, je vais maintenant vous montrer l'autre bouée de sauvetage de l'Afrique », commence-t-il d'un ton grave.

Raconte-t-il cela tous les jours ? A chaque visiteur ? Est-ce son acte de contrition quotidien ? En a-t-il aussi fait profiter Tessa ?

« L'Afrique compte 80 % des sidéens du monde, Peter. Et encore, c'est une estimation optimiste. Les trois quarts ne sont pas traités. Merci, les firmes pharmaceutiques et leur serviteur, le Département d'État américain, qui menacent de sanction tout pays osant produire sa version bon marché des molécules brevetées aux États-Unis. Compris ? Vous avez noté ?

– Continuez, fait Justin en rassurant Lorbeer d'un signe de tête.

– Les pilules dans ce bocal coûtent 20 dollars pièce à Nairobi, 6 à New York, 18 à Manille. Sous peu, l'Inde va en fabriquer une version générique qui coûtera 60 cents. Et ne me parlez pas des frais de recherche et développement. Les labos les ont amortis il y a dix ans, et pour l'essentiel ils sont subventionnés par le gouvernement de toute façon, alors c'est des conneries. Ce qu'on a là, c'est un monopole amoral qui se paie chaque jour en vies humaines. Compris ? »

Lorbeer connaît si bien ses preuves à charge qu'il n'a pas besoin de les chercher. Il remet le bocal sur les étagères et prend une grosse boîte blanche et noire.

« Ces salauds fourguent ce même produit depuis déjà trente ans. Ça sert à quoi ? La malaria. Et vous savez pourquoi il a trente ans, Peter ? Si quelques pékins se chopent la malaria à New York un jour, là, vous verrez, on trouvera un remède fissa ! »

Il choisit une autre boîte. Ses mains et sa voix tremblent d'une indignation sincère.

« Un généreux et philanthropique labo du New Jersey a fait don de ce produit aux nations pauvres et affamées du monde. D'accord ? Les labos ont besoin qu'on les aime. Sinon, ça les angoisse et ils sont malheureux. »

Et dangereux, songe Justin.

« Pourquoi ce labo a-t-il fait don de ce médicament ? Je vais vous le dire. Parce qu'ils en ont fabriqué un meilleur et que l'ancien encombrait le stock. Alors ils en font don à l'Afrique malgré la date de péremption à six mois et ils obtiennent un avantage fiscal de quelques millions de dollars pour leur acte de générosité. Sans compter qu'ils s'épargnent au passage quelques millions en stockage et en frais de destruction de médicaments invendables. Et en prime, tout le monde dit : "Oh, regardez ce qu'ils sont gentils", y compris les actionnaires…, conclut-il en retournant le carton pour jeter un regard méprisant à sa base. Ce lot est resté trois mois à la douane de Nairobi, le temps que les douaniers se fassent graisser la patte. Il y a environ deux ans, le même labo a expédié en Afrique des lotions capillaires, des remèdes antitabac et des coupe-faim. Ces salauds sont dépourvus de tout sentiment, sauf pour le dieu Profit. Voilà la vérité. »

Mais le plus fort de sa colère vertueuse vise ses propres maîtres, *ces fainéants de l'aide humanitaire à Genève qui s'aplatissent devant les labos à chaque fois.*

« Ces mecs prétendent faire de l'humanitaire ! s'indignet-il, indifférent aux sourires entendus des assistants, reprenant inconsciemment le mot en H que Tessa haïssait tant. Avec leur boulot pépère, leur salaire net d'impôts, leur retraite, leur belle voiture, les écoles internationales gratuites pour leurs gosses ! Si souvent en déplacement qu'ils n'ont même plus le temps de dépenser leur fric. Je les ai vus, moi, faire des gueuletons dans les grands restaurants suisses avec les jeunes lobbyistes des labos. Pourquoi ils se mouilleraient au nom de l'humanité ? Genève a quelques milliards de dollars à claquer ? Génial ! Donnons-les aux grands labos et faisons le bonheur des Américains ! »

Justin profite de l'accalmie après la tempête pour glisser une question.

« Et à quel titre exactement les avez-vous vus, Brandt ? »

Les têtes se redressent, sauf celle de Justin. A l'évidence, personne jusque-là n'a osé défier le prophète dans son désert. Les yeux du rouquin s'écarquillent et un pli de contrariété barre le front tout rouge.

« Je les ai vus, mon gars, croyez-moi. Vus de mes propres yeux.

– Je n'en doute pas, Brandt. Mais mes lecteurs, c'est autre chose. Ils pourraient se demander : "Qui était Brandt quand il les a vus ?" Vous faisiez partie de l'ONU ou vous étiez juste client dans un restaurant ? lance-t-il avec un petit rire pour souligner l'improbabilité d'une telle coïncidence. Ou alors, vous étiez au service des Forces des Ténèbres ? »

Lorbeer flaire-t-il la présence d'un ennemi ? L'expression « Forces des Ténèbres » l'inquiète-t-elle par sa familiarité ? Cette silhouette floue qu'était Justin à l'hôpital se précise-t-elle ? Le visage de Lorbeer devient pitoyable. La juvénilité qui l'éclairait s'est éteinte et il ne reste qu'un vieil homme blessé, tête nue. Ne me faites pas ça, semble-t-il dire. Vous êtes mon ami. Mais le journaliste consciencieux est trop occupé à prendre des notes pour venir à son secours.

« Pour se tourner vers Dieu, il faut d'abord avoir péché, dit Lorbeer d'une voix rauque. Tout le monde ici s'en remet à la clémence de Dieu, croyez-moi, mon gars. »

Mais son visage reflète toujours sa blessure, ainsi que le malaise qui s'est imposé à lui comme l'annonce de mauvaises nouvelles qu'il ne veut pas entendre. Sur la piste, au retour, il préfère ostensiblement la compagnie d'Arthur le commissaire. Tous deux marchent à la dinka, main dans la main, l'imposant Lorbeer avec son feutre sur la tête, et Arthur tel un épouvantail chétif avec son chapeau de Paris.

*

Une palissade en bois avec un rondin en guise de barrière délimite le domaine de Brandt le coordinateur et de ses assistants. Les enfants s'éclipsent. Seuls Arthur et Lorbeer font faire à leur visiteur de marque le tour obligatoire des installations du camp. La douche improvisée, un seau en hauteur muni d'une ficelle pour le faire basculer. La citerne d'eau de pluie agrémentée d'une pompe préhistorique alimentée par un générateur préhistorique. Autant d'inventions du génial Brandt.

« Un de ces jours, je déposerai un brevet pour celle-là ! » jure Lorbeer avec un clin d'œil trop appuyé à Arthur, qui lui en fait un à son tour.

Un panneau solaire posé par terre au milieu d'un poulailler sert de trampoline aux poules.

« Ce truc-là éclaire tout l'enclos par la seule chaleur du jour ! » se vante Lorbeer, dont le monologue a pourtant perdu de son enthousiasme.

Les latrines se trouvent contre la palissade, une pour les hommes, une pour les femmes. Lorbeer frappe à la première, puis l'ouvre toute grande, révélant un trou dans le sol d'où s'échappe une odeur nauséabonde.

« Ici, les mouches deviennent résistantes à tous les désinfectants qu'on leur balance, se plaint-il.

– Des mouches multirésistantes ? » suggère Justin en souriant.

Lorbeer lui jette un regard égaré avant de tenter un sourire peiné. Ils traversent l'enceinte, s'arrêtant en chemin pour scruter une tombe d'un mètre sur trois fraîchement creusée, au fond de laquelle une famille de serpents vert et jaune est lovée dans la boue rougeâtre.

« Ça, mon gars, c'est notre abri antiaérien. Dans ce camp,

les morsures des serpents sont pires que les bombes », se lamente Lorbeer à l'encontre des cruautés de la nature.

Justin ne réagissant pas, il se retourne vers Arthur pour partager la blague, mais entre-temps celui-ci est reparti auprès des siens. Dans un besoin désespéré d'amitié, Lorbeer passe un bras autour des épaules de Justin et l'entraîne au pas de charge vers le *tukul* central.

« Et maintenant, vous allez goûter à notre ragoût de chèvre, annonce-t-il d'un ton sans réplique. Notre vieux cuisinier le réussit bien mieux que les restaurants de Genève ! Écoutez, vous êtes un brave type, d'accord, Peter ? Vous êtes mon ami ! »

Qui as-tu vu au fond de la tombe parmi les serpents ? demande-t-il à Lorbeer. *Encore Wanza, ou Tessa qui tendait sa main glacée pour te toucher ?*

*

L'espace au sol ne fait pas plus de 5 mètres en largeur. Un assemblage de palettes en bois forme la table familiale, des caisses non ouvertes de bière et d'huile de cuisine les sièges. Un ventilateur électrique déglingué tourne inutilement sous le plafond de paille, et l'air empeste le soja et la bombe antimoustique. Seul Lorbeer, en tant que chef de famille, a droit à une vraie chaise tirée de sa place habituelle devant les éléments de la radio empilés sous un immense parapluie à côté du fourneau à gaz. Coiffé de son feutre, il est assis très raide entre Justin et Jamie, qui semble occuper cette place de droit. De l'autre côté de Justin, un jeune médecin de Florence portant une queue de cheval, puis Helen, l'Écossaise du dispensaire, et en face d'elle une infirmière nigériane nommée Salvation.

Sans s'attarder, d'autres membres de la famille élargie se servent de ragoût et mangent debout ou s'assoient juste le temps de l'avaler, avant de repartir. Quant à Lorbeer, il enfourne goulûment son ragoût et jette des regards autour de la table en parlant encore et toujours. Même s'il lui arrive de s'adresser à un membre de son auditoire en particulier, il ne fait aucun doute que le principal bénéficiaire de son savant discours est le journaliste de Londres. Son premier sujet de conversation est la guerre. Pas les conflits inter-tribaux qui font rage alentour, mais « cette foutue grosse guerre » qui, elle, fait rage dans le nord autour des gisements pétrolifères de Bentiu et s'étend chaque jour vers le sud.

« Ces salauds de Khartoum, ils ont des tanks et des hélicoptères de combat là-bas, Peter. Ils mettent ces pauvres Africains en bouillie. Allez voir par vous-même, mon gars. Si les bombardements ne suffisent pas, ils envoient des troupes au sol achever le travail, pas de problème. Ces soldats violent et massacrent à cœur joie. Et qui les soutient? Qui applaudit dans les tribunes? Les multinationales pétrolières. »

Sa voix indignée ne s'en laisse pas rabattre. Les autres conversations doivent rivaliser ou s'éteindre, et la plupart s'éteignent.

« Les multinationales adorent Khartoum, mon gars! Elles disent: "Les amis, nous respectons vos beaux principes fondamentalistes. Les flagellations publiques, les mains tranchées, nous admirons. Nous voulons vous aider de notre mieux. Vous pouvez utiliser nos routes et nos aérodromes tant que vous voulez. Mais ne laissez pas ces fainéants d'Africains des villes et des villages barrer la route au grand dieu Profit! On a autant envie que vous à Khartoum de voir se faire l'épuration ethnique de ces bons à rien. Alors voilà quelques pétrodollars pour vous. Achetez-vous plus d'armes." Tu entends ça, Salvation? Et vous, Peter, vous notez tout ça?

– Chaque mot, merci, Brandt, répond Justin, le nez dans son calepin.

– Les multinationales sont les suppôts de Satan, c'est moi qui vous le dis, mon gars! Un jour ils iront en enfer, où ils ont leur place, et ils feraient bien d'y croire. »

Avec un mouvement de recul théâtral, il se voile la face de ses grandes mains pour incarner l'homme des multinationales face à son Créateur le jour du Jugement dernier.

« "Ce n'est pas moi, Seigneur. Je n'ai fait qu'obéir aux ordres du grand dieu Profit!" Et cet homme des multinationales, c'est lui qui vous rend accro aux cigarettes pour pouvoir vous vendre après le remède contre le cancer que vous n'avez pas les moyens de payer ! »

C'est aussi celui qui vous vend des médicaments non testés. Celui qui accélère les essais cliniques et utilise les déshérités de la terre comme cobayes.

« Un café ?

– Avec plaisir, merci. »

Lorbeer se lève d'un bond et s'empare de la chope à soupe de Justin, qu'il rince avec l'eau chaude d'un thermos avant de la remplir de café. Sa chemise lui colle au dos, soulignant des bourrelets de chair flasque. Et il ne s'arrête pas de parler, comme s'il avait contracté l'horreur du silence.

« Les gars de Loki vous ont parlé du train, Peter ? crie-t-il en essuyant la chope avec un Kleenex ramassé dans le sac-poubelle près de lui. Ce vieux tortillard qui descend vers le sud à la vitesse d'un escargot environ trois fois par an ?

– Non.

– Il emprunte l'ancienne voie ferrée construite par vous autres Anglais, d'accord ? Comme dans les vieux films. Il est protégé par des cavaliers sauvages du nord. Et il ravitaille chaque garnison de Khartoum sur sa route, du nord au sud. D'accord ?

– D'accord. »

Pourquoi transpires-tu autant ? Pourquoi cet œil hagard et interrogateur ? Quelle comparaison fais-tu entre le train arabe et tes propres péchés ?

« Ah, ce train ! Là il est coincé entre Ariath et Aweil, à deux jours de marche d'ici. Prions Dieu que le fleuve reste en crue, ça empêchera peut-être ces salauds de venir jusqu'ici. Partout où ils vont, c'est l'apocalypse, croyez-moi. Ils massacrent tout le monde. Personne ne peut les arrêter, ils sont trop forts.

– De quels salauds parlons-nous, Brandt ? demande Justin en reprenant des notes. J'ai un peu perdu le fil.

– Les cavaliers fous, c'est eux les salauds. Vous croyez qu'ils sont payés pour protéger le train ? Pas un sou, pas une

491

drachme, mon gars. Ils font ça à l'œil, par pure bonté d'âme. Leur récompense, c'est de tuer et de violer dans tous les villages où ils passent, d'y mettre le feu, de kidnapper les jeunes pour les ramener dans le nord une fois le train à vide et de voler tout ce qu'ils ne brûlent pas.

– J'ai compris. »

Mais le train ne suffit pas à Lorbeer, terrifié à l'idée que le silence puisse s'installer et l'exposer à des questions qu'il redoute d'entendre. Ses yeux hagards cherchent désespérément une suite à l'anecdote.

« Ils vous ont parlé de l'avion, au moins ? L'avion de fabrication russe, plus vieux que l'arche de Noé. Celui qu'ils gardent à Juba ? Ça aussi, quelle histoire !

– Non, ils ne m'ont parlé ni du train ni de l'avion. Comme je l'ai dit, ils n'ont pas eu le temps de m'expliquer. »

Et Justin attend encore, le stylo en position, qu'on lui raconte l'histoire de l'avion russe basé à Juba.

« Ces cinglés de Musulmans à Juba fabriquent des bombes comme des boulets de canon. Ils les embarquent sur leur vieux coucou, ils les font rouler le long du fuselage et ils les lâchent sur des villages chrétiens, mais oui ! "Salut, les chrétiens ! Voilà un petit mot doux de la part de vos frères musulmans !" Et ces bombes sont très efficaces, croyez-moi, Peter. Ils ont maîtrisé la technique de visée, les mecs. Et ces bombes sont tellement instables que l'équipage fait gaffe à s'en débarrasser avant d'atterrir à Juba ! »

Sous le grand parapluie, la radio de campagne signale l'approche d'un autre Buffalo. D'abord la voix laconique de Loki, puis celle du capitaine qui demande un contact. Penchée sur le poste, Jamie annonce beau temps, terrain stable, pas de problème de sécurité. Les convives s'en vont en hâte, mais Lorbeer demeure à sa place. Justin referme son calepin d'un coup sec et, sous l'œil de Lorbeer, le range dans sa poche de chemise, où il va rejoindre ses stylos et ses lunettes de lecture.

« Eh bien, c'était un excellent ragoût de chèvre, Brandt. J'ai quelques questions spécifiques à vous poser, si vous êtes d'accord. Y a-t-il un coin où on pourrait s'installer une heure sans être dérangés ? »

Tel un homme qui ouvre le chemin vers son lieu d'exécution, Lorbeer entraîne Justin à travers un carré de prairie piétiné encombré de tentes et de cordes à linge. Une tente en forme de cloche est installée à l'écart. Son chapeau à la main, Lorbeer ouvre le rabat pour laisser passer Justin et réussit à lui adresser un horrible sourire servile. Justin se courbe, leurs regards se croisent et il voit chez Lorbeer ce qu'il a déjà remarqué dans le *tukul*, mais là de façon bien plus évidente : un homme terrifié par ce qu'il s'interdit résolument de voir.

Chapitre 24

A l'intérieur de la tente, l'air est âcre, étouffant et confiné, imprégné d'une odeur d'herbe pourrie et de vêtements souillés que même de multiples lavages ne pourront jamais nettoyer. Il n'y a qu'une chaise et, pour la libérer, Lorbeer doit enlever une bible luthérienne, un volume des poèmes de Heine, un pyjama en pilou style grenouillère et un sac à dos d'urgence pour coordinateur contenant une radio et une balise qui en sort à moitié. Il offre alors la chaise à Justin avant de s'asseoir au bord d'un lit de camp rudimentaire à 15 centimètres du sol, sa tête rouquine entre les mains, son dos moite agité de secousses tandis qu'il attend que Justin parle.

« Mon journal s'intéresse à un nouveau médicament antituberculeux controversé, le Dypraxa, fabriqué par KVH et distribué en Afrique par la maison ThreeBees. J'ai remarqué que vous n'en avez pas sur vos étagères. Mon journal pense que votre véritable nom est Markus Lorbeer et que vous êtes la bonne fée qui a lancé ce médicament sur le marché », annonce Justin en ouvrant une fois de plus son calepin.

Lorbeer reste figé telle une statue. Son dos humide, sa tête rouquine, ses épaules affaissées en sueur sont comme paralysés sous le coup des paroles de Justin.

« Comme vous le savez sûrement, la rumeur enfle au sujet des effets secondaires du Dypraxa, enchaîne Justin en tournant une page pour consulter ses notes. KVH et ThreeBees ne peuvent pas éternellement colmater les brèches. Il serait prudent que vous fassiez une déclaration avant le reste du peloton. »

Ils ruissellent de sueur, tous deux victimes du même mal. La chaleur est tellement accablante à l'intérieur que Justin craint de les voir y succomber et tomber côte à côte dans une semi-torpeur. Lorbeer se met à tourner sous la tente comme un lion en cage. C'est ainsi que j'ai enduré mon enfermement au rez-de-jardin, songe Justin, qui voit son prisonnier s'immobiliser pour surprendre son reflet dans la glace en fer-blanc, puis interroger une croix en bois fixée à la toile au-dessus de la tête de lit.

« Grand Dieu, comment vous avez fait pour me retrouver, mon gars ?

– En parlant à des gens. Avec un peu de chance, aussi.

– Foutaises, tout ça ! De la chance, mon œil ! Qui vous paie ? »

Il continue de marcher, secoue la tête pour en éliminer les gouttes de sueur, fait volte-face comme s'il s'attendait à trouver Justin sur ses talons, et le regarde d'un air soupçonneux et réprobateur.

« Je travaille en free-lance, dit Justin.

– A d'autres, mon gars ! J'en ai acheté, des journalistes comme vous. Je connais toutes vos petites magouilles. Qui vous a acheté ?

– Personne.

– KVH ? Curtiss ? Je leur ai fait gagner du fric, bon Dieu !

– Et ils vous en ont fait gagner en retour, non ? D'après mon journal, vous détenez un tiers de 49 % des compagnies qui ont breveté la molécule.

– Mais j'y ai renoncé, mon gars. Lara aussi. C'était de l'argent taché de sang. "Reprenez-le, je leur ai dit. Il est à vous. Et le jour du Jugement dernier, que Dieu vous préserve !" Voilà ce que je leur ai dit, Peter.

– A qui au juste ? demande Justin en écrivant. A Curtiss ? A quelqu'un de chez KVH ? lance-t-il alors que le visage de Lorbeer devient un masque de terreur. Ou à Crick, peut-être ? Ah, c'est ça, je vois. Crick était votre contact chez Three-Bees, conclut-il en notant *Crick* dans son calepin, une lettre à la fois tant sa main est engourdie par la chaleur. Mais le Dypraxa n'était pas un mauvais médicament, n'est-ce pas ? Mon journal pense qu'on l'a juste mis trop vite sur le marché.

– Trop vite ? répète Lorbeer avec un amusement amer à ces mots. Trop vite, mon gars ? Chez KVH, ils voulaient toujours des résultats de tests pour avant-hier. »

Une énorme explosion arrête le temps. C'est l'avion russe de Khartoum venu de Juba larguer une de ses bombes. Ou les cavaliers sauvages du nord. Ou la bataille acharnée pour les gisements pétroliers de Bentiu qui est arrivée aux portes du centre de nutrition. La tente tremble, s'affaisse, puis se redresse, prête pour un nouvel assaut. Ses cordes protestent et gémissent lorsque des torrents d'eau se déversent sur son toit de toile. Mais Lorbeer ne semble pas avoir remarqué l'offensive. Debout au centre de la tente, il porte une main à son front comme s'il avait oublié quelque chose. Justin ouvre le rabat et, à travers des rideaux de pluie, compte trois tentes à terre et deux qui s'effondrent sous ses yeux. L'eau dégoutte du linge sur les cordes, transformant l'herbe en lac et montant comme la marée à l'assaut des murs en bois du *tukul* avant de s'écraser en vagues désordonnées sur le toit en paille de l'abri anti-aérien. Puis tout s'arrête aussi soudainement que cela a commencé.

« Alors, Markus, reprend Justin comme si l'orage avait purifié l'intérieur de la tente autant que l'extérieur. Parlez-moi de Wanza. A-t-elle représenté un tournant dans votre vie ? C'est ce que pense mon journal. »

Les yeux exorbités de Lorbeer restent braqués sur Justin. Il veut parler, mais aucun mot ne sort de sa bouche.

« Wanza, qui a quitté son village au nord de Nairobi pour le bidonville de Kibera et qu'on a emmenée de là pour accoucher à l'hôpital Uhuru. Elle est morte, le bébé a survécu. Mon journal pense qu'elle se trouvait dans la même salle que Tessa Quayle. C'est possible ? Ou Tessa Abbott, comme elle se faisait parfois appeler. »

Justin réussit à garder le ton égal et détaché qui sied au reporter impartial. A bien des égards, cette indifférence n'est pas feinte, car il n'apprécie guère de tenir un homme à sa merci. La responsabilité est plus lourde qu'il ne le souhaite, et son instinct de vengeance trop faible. Un avion vole à basse altitude, en route vers la zone de largage. Lorbeer lève les yeux en l'air avec un faible espoir. Ils viennent me sauver ! Non ! Ils viennent sauver le Soudan.

« Qui êtes-vous, mon gars ? »

Il lui a fallu un grand courage pour poser cette question, mais Justin l'ignore.

« Wanza est morte. Tessa aussi. Et Arnold Bluhm aussi, un humanitaire belge, médecin et très bon ami à elle. Mon journal pense que Tessa et Arnold sont venus ici vous parler peu avant d'être assassinés, que vous leur avez tout avoué à propos du Dypraxa et que – bien sûr, ce n'est qu'une supposition –, dès leur départ, vous les avez trahis auprès de vos anciens employeurs pour vous acheter une assurance vie. Peut-être par message radio à votre ami M. Crick. Ça vous rappelle quelque chose ?

– Doux Jésus ! Grand Dieu ! »

Markus Lorbeer meurt sur le bûcher. Il entoure de ses bras le mât central de la tente, y appuie le front et l'étreint comme pour se protéger des assauts impitoyables de son inquisiteur. A l'agonie, il lève la tête vers les cieux, murmure des paroles implorantes et inaudibles. Justin se lève, porte sa chaise juste derrière Lorbeer, dont il prend le bras pour l'aider à s'asseoir.

« Que venaient chercher ici Tessa et Arnold ? demande Justin, qui formule toujours ses questions avec une désinvolture voulue et préférerait ne plus entendre d'aveux larmoyants ni d'appels à Dieu.

– Ils étaient en quête de ma culpabilité, mon gars, de mon passé honteux, de mon péché d'orgueil, murmure Lorbeer en se tamponnant le visage avec un bout de chiffon trempé qu'il a sorti de la poche de son short.

– Et ils ont obtenu ce qu'ils voulaient ?

– Tout, mon gars, dans les moindres détails, je le jure.

– Sur un magnétophone ?

– Deux, mon gars ! Cette femme n'avait pas confiance en un seul. »

Justin sourit intérieurement en reconnaissant bien là le flair d'avocate de Tessa.

« Je me suis complètement humilié devant eux. Je leur ai dit la vérité toute nue, Dieu m'est témoin. Il n'y avait pas d'autre issue. J'étais le dernier maillon de la chaîne dans leur enquête.

– Ils ont dit ce qu'ils comptaient faire des renseignements que vous leur avez fournis ? »

Les yeux de Lorbeer s'élargissent, cependant ses lèvres restent closes et son corps si immobile que Justin se demande un instant s'il n'a pas connu une mort libératrice, mais apparemment il rassemble ses souvenirs. Soudain, il se met à parler très fort, ses mots jaillissant comme un cri tant il s'acharne à les faire sortir.

« Ils comptaient les transmettre au seul homme en qui ils avaient confiance au Kenya. Tout raconter à Leakey. L'ensemble des données qu'ils avaient réunies. Elle a dit que c'était au Kenya de résoudre le problème du Kenya. Et Leakey était l'homme de la situation. Du moins, ils en étaient persuadés. Ils m'ont prévenu. Elle m'a dit : "Markus, vous feriez bien de vous cacher. Vous n'êtes plus en sécurité, ici. Trouvez-vous un refuge plus sûr, sinon ils vous mettront en pièces pour les avoir trahis." »

Si malgré ses efforts Justin peine à reconstituer les mots exacts de Tessa à travers la voix étouffée de Lorbeer, il perçoit sans mal l'idée générale, parce qu'il était dans sa nature de faire passer la survie de Lorbeer avant la sienne. Et « vous mettront en pièces » était assurément une expression à elle.

« Et qu'est-ce que Bluhm vous a dit, lui ?

– Il a été plus terre à terre, mon gars. Il m'a traité de charlatan et de traître envers mon devoir.

– Ce qui vous a aidé à le trahir, bien sûr », avance gentiment Justin.

Mais sa gentillesse est vaine. Les larmes de Lorbeer sont encore pires que celles de Woodrow. Avec des braillements pleurnichards, insupportables, exaspérants, il plaide pour sa défense. Il adore cette molécule, mon gars ! Elle ne mérite pas une condamnation publique ! Dans quelques années, elle prendra place parmi les grandes découvertes médicales du siècle ! Il suffit de vérifier son pic de toxicité et de contrôler son rythme d'assimilation par l'organisme ! On y travaille déjà, mon gars ! Quand elle sera lancée sur le

marché américain, tous ces bugs auront disparu, c'est sûr !
Lorbeer aime l'Afrique, mon gars, il aime l'humanité entière,
c'est un brave homme qui ne supporte pas le poids d'une
telle culpabilité ! Mais voilà que tout en suppliant, gémis-
sant et pestant, il réussit mystérieusement à surmonter sa
défaite. Il s'assoit bien droit, redresse les épaules, et sa
détresse de pénitent fait place à un petit sourire de supériorité.

« Mais n'oublions pas leur relation, mon gars ! s'indignet-il d'un ton lourd de sous-entendus. N'oublions pas leur
éthique personnelle. Ils sont mal placés pour jeter la première pierre, franchement.

– Je ne vous suis plus très bien, dit doucement Justin, tandis qu'un écran protecteur entre lui et Lorbeer s'installe
dans sa tête.

– Lisez les journaux, mon gars. Écoutez la radio. Faites-
vous votre propre idée et dites-moi donc pourquoi cette jolie
Blanche mariée voyage avec ce beau docteur noir comme
fidèle compagnon ? Pourquoi elle reprend son nom de jeune
fille au lieu de garder le nom de son époux devant Dieu ?
Pourquoi elle s'affiche effrontément avec son amant ici
même, sous cette tente, cette femme adultère et hypocrite,
pour interroger Markus Lorbeer sur sa moralité ? »

Mais l'écran protecteur a dû glisser, car Lorbeer regarde
Justin d'un air ébahi, comme s'il voyait l'ange de la mort
venir le quérir pour ce Jugement dernier qu'il redoute tant.

« Seigneur ! C'est vous. Son mari. Quayle. »

*

Le dernier largage de la journée a vidé le camp de ses travailleurs. Laissant Lorbeer pleurer seul sous sa tente, Justin
s'assoit sur le tertre près de l'abri antiaérien pour jouir du
spectacle vespéral : d'abord les hérons d'un noir de jais,
plongeant et tournoyant pour annoncer la tombée du jour ;
puis l'éclairage qui repousse l'obscurité en de longues
salves frissonnantes, et l'humidité de la journée qui s'éva-
pore en un voile blanc ; enfin les étoiles, si proches qu'on
pourrait les toucher.

Chapitre 25

Entre les rumeurs savamment orchestrées par Whitehall et Westminster, les petites phrases et les images trompeuses que les télévisions ressassaient comme des perroquets, l'esprit oiseux des journalistes dont le devoir d'investigation n'allait pas plus loin que le prochain bouclage et la prochaine invitation à déjeuner, un chapitre vint s'ajouter à l'histoire avec un petit h.

Contraire aux pratiques établies, la promotion en poste de M. Alexander Woodrow au titre de haut-commissaire britannique à Nairobi propagea des ondes de satisfaction dans la communauté blanche de la ville et fut saluée par la presse africaine locale. « La force tranquille de la tolérance », disait le sous-titre en page trois du *Standard* de Nairobi. Quant à Gloria, elle apportait « un souffle d'air frais qui chasserait les dernières toiles d'araignée du colonialisme britannique ».

Sur la disparition subite de Porter Coleridge dans les catacombes de Whitehall, on en dit moins qu'on n'en sous-entendit. « Faute d'être en prise avec le Kenya moderne », le prédécesseur de Woodrow s'était « aliéné des ministres consciencieux par ses sermons sur la corruption », et l'on avançait même, en se gardant bien de développer, qu'il avait pu succomber à ce même vice qu'il dénonçait.

Les rumeurs selon lesquelles il aurait été « traîné devant un conseil de discipline à Whitehall » et invité à s'expliquer sur « certains faits gênants survenus pendant son mandat » ne furent pas démenties, quoique qualifiées de pure spéculation par le porte-parole du haut-commissariat qui les avait lancées. « Porter était un grand esprit et un homme de principes. Remettre en doute ses multiples qualités serait injuste », Mildren informa-t-il des journalistes fiables qui surent lire entre les lignes de cette nécrologie officieuse.

On apprit dans l'indifférence générale que « sir Bernard Pellegrin, tsar de toutes les Afriques au Foreign Office » avait « sollicité un départ en préretraite afin d'occuper de hautes fonctions chez le géant pharmaceutique multinational Karel Vita Hudson de Bâle, Vancouver, Seattle et maintenant Londres », auxquelles son « entregent légendaire » le prédestinait. Assistait au banquet d'adieu en son honneur un auguste aréopage de hauts-commissaires africains à la cour de Saint James et leurs épouses. Dans un discours plein d'humour, le délégué sud-africain fit remarquer que sir Bernard et madame n'avaient peut-être pas gagné Wimbledon, mais qu'ils avaient assurément gagné le cœur de nombreux Africains.

La spectaculaire renaissance du « phénix de la finance », sir Kenneth Curtiss, fut acclamée par ses amis comme par ses ennemis. Seuls quelques oiseaux de mauvais augure n'y virent qu'une illusion, et dans le démantèlement de la maison ThreeBees un tour de passe-passe éhonté. Ces voix discordantes n'empêchèrent pas l'accession du grand populiste à la Chambre des Lords, où il tint à porter le titre de lord Curtiss de Nairobi et Spennymoor, ce dernier étant son humble village natal. Ses nombreux détracteurs dans la presse durent reconnaître, non sans une dose d'ironie, que ce vieux diable portait l'hermine à merveille.

L'« agenda londonien » de l'*Evening Standard* traita avec humour la retraite bien méritée du divisionnaire Frank Gridley de Scotland Yard, vieux limier incorruptible « connu du milieu londonien sous le surnom affectueux de Gridley-le-Grilloir ». En réalité, la retraite était bien la dernière chose qui l'attendait. L'une des toutes premières sociétés de sécurité en Grande-Bretagne s'apprêtait à lui mettre le grappin dessus dès son retour des vacances à Majorque promises de longue date à son épouse.

En comparaison, le départ de Rob et de Lesley des services de police n'attira aucune publicité, mais les initiés remarquèrent que l'un des derniers actes de Gridley avant

502

de quitter Scotland Yard avait été d'exhorter à l'éradication de ce qu'il appelait « une nouvelle race de carriéristes sans scrupules » qui ternissait l'image de la police.

Ghita Pearson, autre carriériste en puissance, se vit refuser l'entrée dans le corps diplomatique britannique. Ses résultats d'examen avaient beau être bons, voire excellents, des rapports confidentiels du haut-commissariat à Nairobi suscitaient quelque inquiétude. La jugeant « trop prompte à se laisser emporter par ses sentiments », le service du personnel lui conseilla d'attendre un ou deux ans avant de repostuler, étant bien entendu que son métissage n'avait nullement joué.

Aucun doute n'entourait en revanche le triste décès de Justin Quayle. Fou de désespoir et de chagrin, il s'était suicidé à l'endroit même où son épouse Tessa avait été assassinée quelques semaines plus tôt. Sa rapide déchéance mentale n'était pas un secret dans son entourage. Ses employeurs londoniens avaient déployé tous leurs efforts pour le sauver de lui-même, hormis le faire interner. La nouvelle que son ami fidèle Arnold Bluhm était le meurtrier de son épouse avait été la goutte d'eau. Les multiples traces de coups sur son abdomen et ses jambes racontaient leur triste histoire au groupe soudé des initiés : dans les jours qui avaient précédé son décès, Quayle en était arrivé à s'auto-flageller. Comment il avait obtenu l'arme fatale, un pistolet de tueur, calibre 38 à canon court, en parfait état, avec cinq balles à pointe molle dans le barillet, était un mystère qui resterait insoluble. Un homme riche et désespéré décidé à se supprimer trouve toujours un moyen. En reposant au cimetière Langata, se félicitait la presse, il rejoignait son épouse et son enfant.

L'administration, pilier contre lequel les élus de passage frétillent et se trémoussent comme des effeuilleuses, avait une fois encore rempli son devoir, à une petite exception irritante près. Justin avait, semble-t-il, passé les dernières semaines de son existence à constituer un « dossier noir » visant à prouver que Tessa et Bluhm avaient été assassinés parce qu'ils en savaient trop sur les funestes activités d'une des plus prestigieuses firmes pharmaceutiques au monde, qui avait jusqu'ici réussi à préserver son anonymat. Un avocat arriviste d'origine italienne et parent de la défunte, en plus, s'était fait connaître. Prodigue de la fortune de feu ses clients, le bougre s'était attaché les services d'un emmerdeur professionnel prétendument agent de relations publiques, et d'un cabinet d'avocats de la City réputé et surpayé pour sa pugnacité. La maison Oakey, Oakey & Farmeloe, représentant la firme visée, contesta en vain l'utilisation de l'héritage à cette fin, et dut se contenter d'attaquer tous les journaux qui osaient reprendre l'histoire.

Pourtant, certains la publièrent, et les rumeurs persistaient. Sommé d'examiner les documents, Scotland Yard les déclara publiquement « infondés et affligeants » et refusa de les transmettre au parquet. Mais les avocats du couple défunt, loin de jeter l'éponge, recoururent au Parlement. Un député écossais, lui-même avocat, fut suborné aux fins de déposer une question anodine sur la santé du continent africain à l'intention du ministre des Affaires étrangères. Celui-ci botta en touche avec sa grâce habituelle pour se retrouver coincé par une question subsidiaire qui le prit à la jugulaire.

> Q : Monsieur le ministre des Affaires étrangères a-t-il connaissance de démarches écrites faites à ses services au cours des douze derniers mois par Mme Tessa Quayle, qui vient d'être atrocement assassinée ?
> R : Cette question ne figure pas à l'ordre du jour.
> Q : Ce qui veut dire non ?
> R : Je n'ai pas connaissance de telles démarches accomplies de son vivant.
> Q : Alors, elle vous a peut-être écrit à titre posthume ?
> (*Rires.*)

Dans les suites écrites et verbales à cet échange, le ministre des Affaires étrangères nia d'abord toute connaissance de ces documents, puis argua qu'en raison des procédures en cours ils étaient *sub judice*, et, pour finir, après « des recherches complémentaires poussées et très coûteuses », reconnut les avoir « découverts », décréta qu'ils avaient reçu alors et aujourd'hui toute l'attention qu'ils méritaient, « vu l'état mental perturbé de l'auteur », mais ajouta imprudemment qu'ils étaient classés secrets.

> Q : Ça arrive souvent, au Foreign Office, de classer secrets les écrits de personnes à l'état mental perturbé ? (*Rires.*)
> R : Dans les cas où de tels écrits pourraient nuire à des tiers innocents, oui.
> Q : Ou au Foreign Office, peut-être ?
> R : Je pensais à la douleur inutile qui pourrait être infligée aux parents proches de la victime.
> Q : Dans ce cas, soyez rassuré, Mme Quayle n'avait pas de parents proches.
> R : Ce ne sont pas les seuls intérêts que je dois prendre en considération.
> Q : Merci. Je crois que j'ai obtenu la réponse que j'attendais.

Le lendemain, une demande formelle de déclassification des documents Quayle fut présentée au Foreign Office, doublée d'une saisine de la Haute Cour. Simultanément, et sûrement pas par coïncidence, une initiative parallèle fut montée à Bruxelles par les avocats des proches de feu le docteur Arnold Bluhm. Pendant l'audience préliminaire, une foule multiraciale de perturbateurs symboliquement vêtus de blouses blanches parada pour les caméras de télévision devant le palais de justice en brandissant des pancartes « Nous accusons ». Ces désagréments furent vite réglés. Les avocats belges multiplièrent les recours pour faire en sorte que l'affaire traîne des années. Cependant, il était à présent de notoriété publique que la compagnie visée n'était autre que Karel Vita Hudson.

*

« Là-haut, c'est la chaîne du Lokomorinyang, le capitaine McKenzie informe-t-il Justin *via* son casque. De l'or et du pétrole. Le Kenya et le Soudan se la disputent depuis plus de cent ans. Les vieilles cartes l'attribuent au Soudan, les récentes au Kenya. Quelqu'un a dû graisser la patte du cartographe. »

Le capitaine McKenzie est de ces hommes pleins de tact qui savent exactement quand faire diversion. Cette fois-ci, il pilote un bimoteur Beech Baron. Justin est assis près de lui sur le siège du copilote, à écouter sans entendre, tantôt le capitaine McKenzie, tantôt le bavardage des autres pilotes dans les parages. « Comment ça va, aujourd'hui, Mac ? On est au-dessus des nuages ou en dessous ? – Mais t'es où, vieux ? – Un mile sur ta droite et mille pieds en dessous. Tu deviens aveugle ou quoi ? » Ils survolent des blocs rocheux brunâtres ombrés de bleu et constellés de taches écarlates là où le soleil les frappe en trouant l'épais plafond de nuages. La masse désordonnée des contreforts devant eux est divisée par une route, telle une veine entre deux muscles rocheux.

« Du Cap au Caire, précise laconiquement McKenzie. Ne l'essayez pas.

– J'éviterai », promet Justin.

McKenzie fait un virage sur l'aile et amorce la descente suivant le tracé de la route, qui s'encaisse en sinuant entre des collines.

« La route à droite, là, c'est celle qu'ont prise Arnold et Tessa. De Loki à Lodwar. Superbe si on ne craint pas les bandits. »

Sortant de sa torpeur, Justin scrute le pâle brouillard devant lui et repère Arnold et Tessa à bord de leur jeep, le visage poussiéreux, la boîte de disquettes brimbalant entre eux sur le siège. Une rivière rejoint la route du Caire, la Tagua, d'après McKenzie, et sa source se situe là-haut dans les montagnes Tagua qui s'élèvent à 3 300 mètres. Justin note poliment l'information. Le soleil s'infiltre, les collines virent au bleu nuit, menaçantes et isolées, Tessa et Arnold disparaissent. Le paysage redevient vacuité, sans homme ni bête à l'horizon.

« Certains Soudanais quittent leurs tribus de la chaîne Mogila, dit McKenzie. Dans leur jungle, ils sont à poil, mais quand ils descendent au sud, ils deviennent tout timides, ils portent des petits pagnes. Et qu'est-ce qu'ils courent vite ! »

Justin lui accorde un sourire poli tandis que, derrière des

montagnes brunes décharnées qui bossuent la terre kaki, il distingue les contours bleutés d'un lac.

« C'est Turkana ?

– N'allez pas y nager. Sauf si vous êtes très rapide. Eau vive, améthystes superbes et crocodiles très amicaux. »

Des troupeaux de chèvres et de moutons apparaissent en contrebas, puis un village et un enclos.

« Des Turkanas, explique McKenzie. Ils ont eu un gros règlement de comptes entre tribus l'année dernière à cause de vols de bétail. Il vaut mieux les éviter.

– D'accord, promet Justin.

– A ce qu'on raconte, il n'y a pas qu'eux qu'il vaut mieux éviter, ajoute McKenzie en braquant sur lui un long regard interrogateur.

– En effet, acquiesce Justin.

– On pourrait être à Nairobi en deux heures, annonce McKenzie avant d'ajouter, au vu du signe de tête de Justin : Vous voulez que je vous fasse passer en douce la frontière avec le Kampala ? On a assez de carburant.

– C'est très gentil à vous. »

Quand la route sableuse et déserte réapparaît, l'avion pique à gauche, puis à droite en une violente réaction de cheval rétif que la nature exhorterait à faire demi-tour.

« Ces vents-là, c'est les pires à des kilomètres à la ronde, dit McKenzie. Ils font la réputation du coin. »

Entre de petites collines noires coniques s'étend la ville de Lodwar, d'apparence soignée et fonctionnelle, avec des toits en fer-blanc, un terrain d'atterrissage bitumé et une école.

« Aucune industrie, précise McKenzie. Un super marché pour les vaches, les ânes et les chameaux, si vous êtes acheteur.

– Non, dit Justin en souriant.

– Un hôpital, une école, beaucoup de soldats. Lodwar sert de base aux forces de sécurité de toute la région. Les soldats passent le plus clair de leur temps dans les collines Apoi, à traquer les bandits sans aucun succès. C'est un aimant à bandits, ce coin. Ils viennent du Soudan, d'Ouganda, de Somalie. Le sport local, c'est le vol de bestiaux, énonce McKenzie en jouant de nouveau les guides touristiques. Les Mandangos volent du bétail, ils dansent pendant deux semaines et ils se le font revoler par une autre tribu.

– Combien y a-t-il entre Lodwar et le lac ?

– Une cinquantaine de kilomètres. Allez à Kalokol. Il y a une cabane de pêche, là-bas. Demandez Mickie le batelier. Son gamin s'appelle Abraham. Il est OK tant qu'il reste avec Mickie, mais tout seul c'est une vraie vipère.

– Merci. »

Fin de la conversation. McKenzie survole la piste en faisant battre ses ailerons pour signaler son intention d'atterrir. Il remonte et refait un passage. Soudain, ils sont au sol. Il n'y a plus rien à dire que merci, une fois encore.

« Si vous avez besoin de moi, trouvez quelqu'un qui peut me contacter par radio, dit McKenzie dans la chaleur étouffante de la piste. Si je ne peux pas vous dépanner, il y a un certain Martin qui dirige l'aéroclub de Nairobi. Ça fait trente ans qu'il pilote. Il a été formé à Perth et à Oxford. Recommandez-vous de moi.

– Merci, répète Justin qui, dans son désir de se montrer courtois, note le renseignement.

– Vous voulez que je vous prête mon sac de voyage ? demande McKenzie en agitant une sacoche noire qu'il tient de la main droite. Il y a un pistolet à canon long pour tir sur cible, si ça vous intéresse. Ça vous laisse une chance, à quarante mètres.

– Oh, même à dix je n'en ai aucune, s'exclame Justin avec le rire modeste qui remonte à sa vie d'avant Tessa.

– Je vous présente Justice, annonce McKenzie en désignant un philosophe grisonnant en tee-shirt élimé et sandales vertes arrivé de nulle part. C'est votre chauffeur. Justin, voici Justice. Justice, voici Justin. Justice travaille avec un monsieur du nom d'Ezra qui sera votre éclaireur. Je peux faire autre chose pour vous ?

– J'aimerais que vous postiez ceci pour moi à votre prochain passage à Nairobi, demande Justin en sortant une grosse enveloppe de la poche de sa saharienne. Par la poste normale, ce sera parfait. Ce n'est pas une conquête, c'est la tante de mon avocat.

– Ce soir, ça suffira ?

– Ce sera parfait.

– Prenez soin de vous, dit McKenzie en glissant l'enveloppe dans son sac de voyage.

– Faites-moi confiance », répond Justin en se retenant pour une fois de dire à McKenzie qu'il a été fort aimable.

*

Sur le lac blanc, gris et argent, le soleil au zénith découpait le bateau de pêche de Mickie en zébrures noires et blanches, noires à l'ombre de l'auvent, blanches sur les plats-bords exposés à ses rayons cruels, blanches à la surface de l'eau vive qui écumait et bouillonnait quand y affleuraient des poissons, blanches contre le gris des monts embrumés moutonnant sous la chaleur, blanches sur les visages noirs du vieux Mickie et de son jeune acolyte, Abraham la vipère – un sale gamin fulminant d'une rage secrète, McKenzie avait bien raison –, qui pour une raison impénétrable parlait allemand et pas anglais, si bien que le peu de conversation qu'il y avait se faisait dans trois langues : en allemand pour Abraham, en anglais pour le vieux Mickie et dans leur idiolecte de kiSwahili entre eux. Blanches aussi dès que Justin regardait Tessa, c'est-à-dire souvent. En vrai garçon manqué, elle avait tenu à se percher sur la proue malgré les crocodiles, une main sur la coque selon les conseils de son père, Arnold toujours à deux pas au cas où elle glisserait. Sur la radio du bord, une émission de cuisine en anglais chantait les louanges des tomates séchées au soleil.

Au départ, Justin avait eu du mal à indiquer sa destination dans quelque langue que ce fût. A croire qu'ils n'avaient jamais entendu parler d'Allia Bay, qu'ils s'en désintéressaient totalement. Le vieux Mickie voulait l'emmener au sud-est, à l'Oasis de Wolfgang où il avait sa place, et Abraham la vipère avait renchéri : c'était là que séjournaient les Wazungus, dans le meilleur hôtel de la région, réputé pour ses vedettes de cinéma, ses stars du rock et ses milliardaires, alors à n'en pas douter l'Oasis était sa destination, qu'il le

509

sache ou non. Justin dut sortir de son portefeuille une petite photographie de Tessa, une photo d'identité qui n'avait pas été galvaudée par les journaux, pour que le but de sa mission leur apparaisse enfin et qu'ils se calment, en proie à un certain malaise. Alors comme ça, Justin voulait visiter l'endroit où Noah et la femme mzungu avaient été assassinés ? demanda Abraham.

Oui, s'il vous plaît.

Justin savait-il que de nombreux policiers et journalistes s'y étaient rendus, que tout ce qui pouvait être retrouvé sur place l'avait été, que la police de Lodwar et la brigade volante de Nairobi avaient l'une et l'autre interdit les lieux aux touristes, aux curieux, aux chasseurs de trophées et à quiconque n'avait rien à faire là ? persista Abraham.

Non, Justin ne le savait pas, mais cela ne changeait rien à son projet et il était prêt à payer le prix fort pour le mener à bien.

Et que l'endroit était réputé hanté, même avant le meurtre de Noah et de la Mzungu ? poursuivit Abraham avec une conviction bien moindre maintenant que l'aspect financier était réglé.

Justin jura qu'il n'avait pas peur des fantômes.

Eu égard à la nature macabre de leur expédition, le vieillard et son mousse affichaient une mine sinistre. Assise à la proue, Tessa dut déployer toute sa bonne humeur pour les dérider, mais comme à son habitude elle y arriva grâce à une série de remarques amusantes. La présence d'autres bateaux de pêche à l'horizon aida aussi. Elle les héla – bonne pêche ? – et ils lui répondirent – tant de rouges, tant de bleus, tant d'arc-en-ciel. Et son enthousiasme était si communicatif que Justin persuada bientôt Mickie et Abraham de lancer une ligne eux aussi, ce qui eut pour effet de détourner leur curiosité vers des chemins plus productifs.

« Vous allez bien, monsieur ? lui demanda Mickie à son côté, lui regardant le blanc de l'œil comme un vieux médecin.

– Je vais bien. Je vais très bien.

– Je crois que vous avez la fièvre, monsieur. Pourquoi ne pas aller vous reposer sous l'auvent ? Je vous apporterai une boisson fraîche.

– Parfait. Nous allons faire ça, tous les deux.

– Merci, monsieur. Je vais m'occuper du bateau. »

Une fois installé sous l'auvent, Justin pêcha des glaçons dans son verre pour se rafraîchir la nuque et le front tout en se laissant bercer par le roulis. Force est de reconnaître que c'est une étrange compagnie qu'ils ont amenée, mais Tessa étant fort exubérante quand il s'agit de lancer des invitations, il n'y a guère qu'à serrer les dents et doubler le nombre initialement prévu. Sympathique de voir Porter, et vous aussi, Veronica, et votre petite Rosie, toujours un plaisir, non, là, aucun problème. Et Tessa qui se débrouille toujours pour stimuler Rosie mieux que quiconque. Mais Bernard et Celly Pellegrin, ma chérie, grosse erreur, et c'est bien son genre d'emporter trois raquettes au lieu d'une dans son affreux sac de tennis. Quant aux Woodrow, franchement, il est temps d'oublier ta conviction louable mais erronée que même les moins prometteurs d'entre nous ont un cœur d'or et que c'est toi qui vas le leur révéler. Et pour l'amour de Dieu, arrête de me regarder comme si tu allais me faire l'amour l'instant d'après. Sandy devient déjà fou rien qu'à plonger dans ton décolleté.

« Qu'est-ce qui se passe ? » demanda sèchement Justin.

Il avait cru un instant qu'il s'agissait de Mustafa, mais finit par comprendre que Mickie avait empoigné sa chemise au-dessus de la clavicule droite et le secouait pour le réveiller.

« On est arrivés, monsieur. Sur la rive est. Près des lieux du drame.

– A quelle distance ?

– Dix minutes à pied, monsieur. On va vous accompagner.

– Ce n'est pas nécessaire.

– C'est tout à fait nécessaire, monsieur.

– *Was fehlt dir* ? demanda Abraham par-dessus l'épaule de Mickie.

– *Nichts*. Rien. Je vais bien. Vous avez été très aimables, tous les deux.

– Buvez encore un peu d'eau, monsieur », dit Mickie en lui tendant un verre bien frais.

Ils forment une sacrée colonne, à crapahuter là sur les roches volcaniques du berceau de l'humanité, Justin doit l'admettre. « Je n'aurais jamais pensé croiser autant de gentlemen dans les parages », dit-il en jouant le parfait crétin anglais, ce qui lui vaut le rire silencieux de Tessa : sourire ravi, hochements de tête, toute la panoplie sauf le son. Gloria ouvre la marche. Logique. Avec sa foulée royale et ses mouvements de bras, c'est une vraie championne. Pellegrin râle, logique aussi. Son épouse Celly se plaint de ne pas supporter la chaleur – quoi de neuf sous le soleil ? Sur les épaules de son papa, Rosie Coleridge chante en l'honneur de Tessa – mais comment avons-nous fait pour tous tenir dans le bateau ?

Mickie s'était arrêté, une main légèrement posée sur le bras de Justin. Abraham se tenait juste derrière lui.

« C'est ici que votre femme a quitté ce monde, monsieur », dit doucement Mickie.

Il aurait pu s'épargner cette peine, car Justin le savait très bien – même s'il ignorait comment Mickie avait déduit qu'il était l'époux de Tessa, mais peut-être l'en avait-il informé pendant son sommeil. Il avait vu l'endroit en photo, dans la pénombre du rez-de-jardin et en rêve. Ici courait ce qui ressemblait au lit asséché d'une rivière. Là le triste petit tas de pierres érigé par Ghita et ses amies. Tout autour, hélas, les détritus aujourd'hui indissociables de tout événement médiatique : boîtiers de cassettes vidéo, paquets de cigarettes, bouteilles en plastique, assiettes en carton. A une trentaine de mètres plus haut sur l'à-pic, la piste où le camion de safari à grand empattement avait serré la jeep de Tessa et en avait crevé un pneu d'un coup de feu, ce qui l'avait précipitée en bas de la pente, les assassins sur ses talons avec leurs pangas, leurs pistolets et tout leur barda. Là sur la paroi rocheuse, Mickie les montrait en silence de son vieux doigt noueux, les traces de peinture bleue laissées par le 4×4 de l'Oasis en glissant dans le ravin. Et cette paroi, contrairement à la roche volcanique noire alentour, était blanche comme un suaire. Peut-être les taches brunes étaient-elles bien du sang, comme l'avançait Mickie, mais peut-être n'était-ce que du lichen, conclut Justin après

examen. Sinon, rien de notable pour le jardinier observateur
hors des herbes jaunes et une rangée de palmiers doums
qu'on aurait crus plantés là par la municipalité, comme
toujours. Certes, quelques buissons d'euphorbe essayaient
de survivre entre deux blocs de basalte noir. Et un commi-
phora d'un blanc spectral – étaient-ils jamais en feuilles ? –
étendait de part et d'autre ses branches étiolées comme une
mite ses ailes. Justin s'assit sur un roc basaltique. Il avait le
tournis mais se sentait lucide. Mickie lui passa une bouteille
d'eau et il en but une gorgée, revissa le bouchon et la posa à
ses pieds.

« Je voudrais rester seul un moment, Mickie. Vous pourriez aller pêcher, Abraham et vous. Je vous appellerai de la
rive quand j'aurai fini.

– On préférerait vous attendre avec le bateau, monsieur.

– Pourquoi pas aller pêcher ?

– On préférerait rester ici avec vous. Vous avez de la
fièvre.

– C'est en train de passer. Juste deux heures, dit-il en
constatant qu'il était 16 heures à sa montre. Quand est-ce
qu'il fait nuit ?

– A 19 heures, monsieur.

– Parfait. Eh bien, venez me rechercher au crépuscule. Si
j'ai besoin de quoi que ce soit, je crie, dit-il avant d'ajouter
fermement : Je veux être seul, Mickie. C'est pour ça que je
suis venu.

– Bien, monsieur. »

Il ne les entendit pas partir. Pendant un moment, il n'entendit que les rares clapotis du lac, les hoquets d'un bateau
de pêche à l'occasion, un cri de chacal, les insolences d'une
famille de vautours qui avait réquisitionné un palmier doum
sur la rive du lac, et Tessa lui disant que si c'était à refaire,
c'est toujours ici en Afrique qu'elle voudrait mourir en
s'employant à prévenir une grave injustice. Il but un peu
d'eau, se leva, s'étira et retourna voir les traces de peinture,
parce que c'est là qu'il se savait près d'elle. Ce n'était guère
compliqué à calculer : les mains posées sur les marques,
il se trouvait à moins de 50 centimètres d'elle, en ôtant
l'épaisseur de la portière, ou le double si Arnold était entre

513

les deux. Il réussit même à rire avec elle, parce qu'il avait toujours eu un mal fou à la convaincre de mettre sa ceinture. Mieux valait s'en passer sur les routes africaines, argumentait-elle avec son entêtement habituel, parce qu'on pouvait au moins changer de position sur son siège au lieu de se prendre chaque nid-de-poule comme un sac à patates. Il se dirigea vers le fond du ravin et, les mains dans les poches, se posta près du lit de la rivière asséchée à contempler l'endroit où la jeep était venue achever sa course et où ce pauvre Arnold en avait été extrait inconscient pour être emmené vers le lieu de sa lente et atroce mise à mort.

Puis il retourna s'asseoir sur le rocher où il avait déjà ses habitudes et se consacra à l'étude d'une petite fleur bleue assez similaire au phlox qu'il avait planté dans le jardin de leur maison à Nairobi. Le problème, c'est qu'il ne savait pas vraiment si elle appartenait bien à cet environnement ou s'il l'avait mentalement transplantée de Nairobi voire, à la réflexion, des prés autour de son hôtel dans l'Engadine. En outre, son intérêt pour la flore en général lui passait. Il ne voulait plus cultiver l'image du brave type se passionnant exclusivement pour les phlox, les asters, les freesias et les gardénias. Et il méditait toujours sur cette évolution de sa personnalité quand lui parvint depuis la rive le bruit d'un moteur, d'abord la petite explosion à la mise en route, puis le ronflement régulier à mesure qu'il s'éloignait. Mickie a décidé de tenter sa chance, finalement, songea-t-il. Un vrai pêcheur ne sait pas résister à la tentation des poissons qui remontent vers la surface au crépuscule. Puis il évoqua ses tentatives pour persuader Tessa de l'accompagner à la pêche, qui se soldaient invariablement par un panier vide et de folles étreintes, ce qui expliquait peut-être pourquoi il cherchait tant à la persuader. Et il souriait encore à la logistique requise pour faire l'amour au fond d'un petit bateau quand il lui vint une idée différente sur la partie de pêche de Mickie, à savoir qu'elle n'avait pas lieu.

Mickie n'était pas du genre à faire n'importe quoi, changer d'avis, céder à des caprices.

Non, pas Mickie.

Comme l'avait dit Tessa, à la seconde où on posait les

yeux sur Mickie, on savait que ce type avait le sens inné du service, ce qui expliquait d'ailleurs pourquoi il était si facile de le confondre avec Mustafa.

Donc, Mickie n'était pas parti pêcher.

Mais il était parti. Savoir s'il avait emmené Abraham la vipère importait peu. Mickie était parti, et le bateau avec. Il retraversait le lac – le bruit de moteur avait mis longtemps à s'éloigner.

Alors, pourquoi était-il parti ? Qui lui avait dit de partir ? Qui l'avait payé pour qu'il parte ? Qui lui avait ordonné de partir ? Qui l'avait menacé au cas où il ne partirait pas ? Quel message Mickie avait-il reçu par sa radio de bord, ou de vive voix depuis un autre bateau ou la rive, qui l'avait persuadé, au mépris de son instinct naturel inscrit sur son brave visage, de lâcher un job pour lequel il n'avait pas encore été payé ? Ou bien Markus Lorbeer, ce fieffé Judas, avait-il souscrit une autre assurance auprès de ses amis industriels ? Justin méditait encore cette possibilité lorsqu'il entendit un autre moteur, cette fois depuis la route. Le crépuscule tombait vite, à présent, la lumière vacillait déjà, on aurait donc pu supposer qu'une voiture passant là à cette heure roule au moins en codes, mais celle-ci non, curieusement.

Sans doute en raison de la vitesse d'escargot du véhicule, il envisagea que ce fût Ham, comme toujours à 10 kilomètres-heure en dessous de la limite de vitesse, venant lui annoncer l'arrivée à bon port des lettres à sa dragonne de tante milanaise et la réparation imminente de la grande injustice débusquée par Tessa selon son credo maintes fois réaffirmé : on doit forcer le système à se réformer de l'intérieur. Puis il songea : je me trompe, ce n'est pas une voiture. C'est un petit avion. Puis le bruit cessa, ce qui faillit convaincre Justin qu'il s'illusionnait, qu'il entendait la jeep de Tessa, par exemple, et qu'à tout instant elle allait se garer au-dessus de lui sur la route, en sortir d'un bond avec ses Mephisto et descendre en sautillant la pente pour le féliciter d'avoir repris le flambeau. Mais ce n'était pas la jeep de Tessa, ni d'aucune connaissance. Il avait devant les yeux la masse indistincte d'une jeep ou d'un 4×4 à grand empattement – non, d'un camion de safari –, bleu ou vert foncé, difficile à dire avec cette lumière qui se mourait si vite, et le véhicule s'était garé à l'endroit même où Justin s'était posté plus tôt pour regarder Tessa. Il avait beau s'attendre à quelque chose du genre depuis son retour à Nairobi, le souhaiter même sans se l'avouer, au point d'en négliger la mise en garde de Donohue, il accueillit cette vision avec une exultation totale, pour ne pas dire un sentiment de complétude. Il avait rencontré ceux qui avaient trahi Tessa – Pellegrin, Woodrow, Lorbeer ; il avait reconstitué son mémorandum scandaleusement occulté – par bribes, certes, mais c'était inévitable ; et maintenant, semblait-il, il allait partager avec elle le dernier de tous ses secrets.

Un deuxième camion s'était garé derrière le premier. Justin perçut de légers bruits de pas et distingua les silhouettes furtives d'hommes athlétiques en vêtements amples qui couraient tête baissée. Il entendit quelqu'un siffler, et quelqu'un lui répondre juste derrière lui. Il crut sentir, peut-être à raison, une bouffée de Sportsman. L'obscurité se fit soudain plus profonde quand des torches s'allumèrent autour de lui. La plus vive le repéra et l'emprisonna dans son faisceau.

Il entendit des pas descendre le long de la paroi de roche blanche.

Note de l'auteur

Je me dois tout d'abord de voler à la défense du haut-commissariat britannique de Nairobi. L'endroit n'est pas tel que je l'ai décrit, car je n'y suis jamais allé. Les employés ne sont pas tels que je les ai dépeints, car je ne les ai jamais vus et ne leur ai jamais parlé. J'ai rencontré le haut-commissaire il y a deux ans, et nous avons bu une bière au gingembre sur la véranda de l'hôtel Norfolk, point final. Il ne ressemble pas le moins du monde, physiquement ou autre, à mon Porter Coleridge. Quant à ce pauvre Sandy Woodrow, eh bien, s'il y avait en effet un premier conseiller au haut-commissariat britannique de Nairobi, soyez sûr que ce serait un homme ou une femme zélé et honnête qui ne convoiterait pas le conjoint d'un collègue ni ne détruirait des documents compromettants. Mais il n'y en a pas. La fonction de premier conseiller, à Nairobi comme dans nombre d'autres missions britanniques, est passée à la trappe de l'histoire.

En ces temps maudits où les avocats dirigent le monde, je dois multiplier ainsi les démentis, en l'occurrence totalement sincères. Aucun personnage de ce roman, aucun organisme ni aucune société, Dieu merci, ne m'a été inspiré par une personne ou une organisation existante, qu'il s'agisse de Woodrow, Pellegrin, Landsbury, Crick, Curtiss et sa redoutable maison ThreeBees ou MM. Karel Vita Hudson, *alias* KVH, à une seule exception près : le merveilleux Wolfgang de l'Oasis Lodge, un personnage qui marque tant ses visiteurs qu'il serait futile d'essayer de lui créer un *alter ego* fictif. Dans sa royale bonté, Wolfgang n'a émis aucune objection à ce que j'utilise son nom et sa voix.

Le Dypraxa n'existe pas, n'a jamais existé et n'existera jamais. Je ne connais aucun remède miracle antituberculeux récemment lancé ni sur le point de l'être sur le marché africain ou tout autre, si bien qu'avec un peu de chance je ne vais pas passer le restant de ma vie dans des tribunaux ou pire, quoique de nos jours on ne puisse jamais être sûr. Mais je peux vous dire une chose : à mesure que j'avançais dans mon périple à travers la jungle pharmaceutique, je me suis rendu compte que, au regard de la réalité, mon histoire est aussi anodine qu'une carte postale de vacances.

Sur une note plus joyeuse, je souhaite remercier chaleureusement tous ceux qui m'ont aidé et me permettent de les citer ici, ainsi que tous les autres qui, pour de très bonnes raisons, ne préfèrent pas.

Ted Younie, observateur concerné depuis longtemps par la scène africaine, m'a donné l'idée des compagnies pharmaceutiques, puis par la suite a expurgé mon texte de quelques solécismes.

Le docteur David Miller, médecin ayant pratiqué en Afrique et dans le tiers-monde, a suggéré la tuberculose, et m'a ouvert les yeux sur la coûteuse campagne de séduction que les firmes pharmaceutiques orchestrent savamment à destination du corps médical.

Le docteur Peter Godfrey-Faussett, professeur à l'École d'hygiène et de médecine tropicale de Londres, m'a donné de précieux conseils d'expert avant et pendant la rédaction.

Arthur, homme aux multiples talents et fils de mon éditeur américain aujourd'hui décédé, Jack Geoghegan, m'a raconté des histoires atroces du temps où il travaillait pour une compagnie pharmaceutique à Moscou et en Europe de l'Est. L'esprit bienveillant de Jack nous protégeait.

Daniel Berman, de Médecins sans frontières à Genève, m'a fourni des informations dignes de trois étoiles au Michelin : vaut tout le détour.

BUKO Pharma-Kampagne de Bielefeld en Allemagne (à ne pas confondre avec Hippo dans mon roman) est un organisme en fonds privés et en sous-effectif, dont les employés compétents et honnêtes s'acharnent à dénoncer les méfaits de l'industrie pharmaceutique, notamment dans le tiers-monde. Si vous êtes d'humeur généreuse, envoyez-leur de l'argent pour les aider à poursuivre leur œuvre, je vous prie. Les données médicales étant encore insidieusement et systématiquement falsifiées par les géants de l'industrie pharmaceutique, la survie de BUKO est plus cruciale que jamais. Ils m'ont non seulement apporté une aide précieuse, mais aussi exhorté à louer les compagnies pharmaceutiques responsables. Par égard pour eux, j'ai essayé de le faire ici ou là, mais tel n'était pas l'objet de mon histoire.

Le docteur Paul Haycock, vétéran de l'industrie pharmaceutique internationale, et Tony Allen, vieux pro de l'Afrique aussi généreux qu'observateur et consultant auprès des labos, m'ont abreuvé de conseils et d'informations avec une bonne humeur qui a même résisté à mes attaques contre leur profession – ainsi que l'accueillant Peter, qui préfère rester humblement dans l'ombre.

J'ai reçu l'aide de plusieurs personnes de confiance aux Nations unies. Si aucune n'avait la moindre idée de mon projet, je soupçonne néanmoins qu'il vaut mieux que j'aie le tact de ne pas les nommer.

Bien qu'il m'en coûte, j'ai également décidé de ne pas nommer les gens qui m'ont généreusement aidé au Kenya. Au moment où j'écris ces lignes me parvient la nouvelle du décès de John Kaiser, un prêtre américain originaire du Minnesota qui travaillait au Kenya depuis trente-six ans. On a retrouvé son corps à Naivasha, à 80 kilomètres au nord-ouest de Nairobi, avec une balle dans la tête et un fusil à proximité. Depuis longtemps, M. Kaiser critiquait ouvertement la politique du gouvernement kenyan en matière de droits de l'homme – ou plutôt l'absence d'une telle politique. Ce genre d'accident peut se reproduire.

Les mésaventures de Lara au chapitre 18 m'ont été inspirées par plusieurs cas, notamment en Amérique du Nord, de chercheurs en médecine hautement qualifiés ayant osé contredire leurs mécènes pharmaceutiques et qui, pour leur peine, se sont fait persécuter et vilipender. La question n'est pas de savoir si leurs découvertes gênantes étaient exactes. Ce qui est en question, c'est la conscience individuelle face à la cupidité des entreprises. Ce qui est en question, c'est le droit élémentaire des médecins d'exprimer des opinions scientifiques en toute intégrité, et leur devoir d'avertir leurs patients des risques qu'ils pensent inhérents aux traitements prescrits.

Enfin, si vous vous retrouvez un jour sur l'île d'Elbe, ne manquez surtout pas de visiter le magnifique vieux domaine que je me suis approprié au nom de Tessa et de ses ancêtres italiens. La chiusa di Magazzini appartient à la famille Foresi, dont les vignobles produisent du vin rouge, blanc et rosé ainsi que des liqueurs, et l'oliveraie une huile d'une pureté totale. Ils proposent quelques cottages à la location. Il y a même une oliverie où ceux qui cherchent des réponses aux grandes énigmes de la vie peuvent trouver une retraite temporaire.

John le Carré
décembre 2000

Chandelles noires
Gallimard, 1963
et « Folio » n° 2177, 1990
Robert Laffont, « Bouquins », œuvres t. 1

L'Espion qui venait du froid
Gallimard, 1964
et « Folio » n° 414, 1973
Robert Laffont, « Bouquins », œuvres t. 1

Le Miroir aux espions
Robert Laffont, 1965
« Le Livre de poche » n° 2164, 1982

Une petite ville en Allemagne
Robert Laffont, 1969
et « Bouquins », œuvres t. 2
« 10 / 18 » n° 1542, 1983

Un amant naïf et sentimental
Robert Laffont, 1972
et « Bouquins », œuvres t. 3
« Le Livre de poche » n° 3591, 1974

L'Appel du mort
Gallimard, 1973
et « Folio » n° 2178, 1990
Robert Laffont, « Bouquins », œuvres t. 1

La Taupe
Robert Laffont, 1974
et « Bouquins », œuvres t. 1
« Le Livre de poche » n° 4747, 1976
rééd. Seuil, 2001
et « Points », n° P 921

Comme un collégien
Robert Laffont, 1977
et « Bouquins », œuvres t. 1
« Le Livre de poche » n° 5299, 1979
rééd. Seuil, 2001
et « Points », n° P 922

Gens de Smiley

Robert Laffont, 1980
et « Bouquins », œuvres t. 2
« Le Livre de poche » n° 5575, 1981
rééd. Seuil, 2001
et « Points », n° P923

La Petite fille au tambour

Robert Laffont, 1983
et « Bouquins », œuvres t. 2
« Le Livre de poche » n° 7542, 1989

Un pur espion

Robert Laffont, 1986
Le Livre de poche, 1987
rééd. Seuil, 2001
et « Points », n° P996

Le Bout du voyage

théâtre
Robert Laffont, 1987
et « Bouquins », œuvres t. 2

La Maison Russie

Robert Laffont, 1987
et « Bouquins », œuvres t. 3
Gallimard, « Folio », n° 2262, 1991
« Le Livre de poche », n° 14112, 1997

Le Voyageur secret

Robert Laffont, 1990
« Le Livre de poche », n° 9559, 1993

Une paix insoutenable

essai
Robert Laffont, 1991
« Le Livre de poche », n° 9560, 1993

Le Directeur de nuit

Robert Laffont, 1993
« Le Livre de poche », n° 13765, 1995

Notre Jeu

Seuil, 1996
« Points », n° P330

Le Tailleur de Panama
Seuil, 1998
« Points », n° P 563

Single & Single
Seuil, 1999
« Points », n° P 776

RÉALISATION : PAO ÉDITIONS DU SEUIL
IMPRESSION : S.N. FIRMIN-DIDOT AU MESNIL-SUR-L'ESTRÉE
DÉPÔT LÉGAL : SEPTEMBRE 2002. N° 55721 (60402).